FIONA MCINTOSH

Der Schokoladensalon

Autorin

Fiona McIntosh, geboren in Brighton, England, ist zeit ihres Lebens viel gereist: Sie verbrachte einen Teil ihrer Kindheit in Afrika, arbeitete in Paris und siedelte schließlich nach Australien über. Gemeinsam mit ihrem Mann gibt sie ein Reisemagazin heraus. Die Autorin lebt mit ihrer Familie in der Nähe von Adelaide, Südaustralien.

Von Fiona McIntosh bereits erschienen:

Herzen aus Gold
Der Duft der verlorenen Träume
Wenn der Lavendel wieder blüht
Das Mädchen im roten Kleid

Fiona McIntosh

Der Schokoladen Salon

Roman

Deutsch von
Theda Krohm-Linke

blanvalet

Die Originalausgabe erschien 2016 unter dem Titel »The Chocolate Tin« bei Penguin Random House Australia Pty Ltd.

MIX
Papier aus verantwortungsvollen Quellen
FSC® C014496

Verlagsgruppe Random House FSC® N001967

1. Auflage

Neumarkter Straße 28, 81673 München
Redaktion: Judith Schneiberg
Umschlaggestaltung: © www.buerosued.de
Umschlagmotiv: Ildiko Neer/Arcangel Images; imageBROKER/
Dr. Wilfried Bahnmüller/mauritius images; akg-images
KW · Herstellung: sam
Satz: Buch-Werkstatt GmbH, Bad Aibling
Druck und Bindung: GGP Media GmbH, Pößneck
Printed in Germany
ISBN 978-3-7341-0740-5

www.blanvalet.de

*Dieses Buch widme ich Dr. Alex Hutchinson,
Kuratorin von Nestlé History and Archives.*

1

York – 1915

Die Auseinandersetzung war harmlos verlaufen – sogar in höflichem Tonfall –, aber Alex Frobisher hatte nicht den geringsten Zweifel daran, dass andere die Entscheidung für sie treffen würden, wenn sie es nicht selbst in die Hand nahm. Sie schnalzte leise mit der Zunge und trieb ihre schwarze Stute an. Das vertraute Klappern der Hufe auf der Straße beruhigte sie, und sie versuchte, ihre Gedanken auf eine Zeit zurückzulenken, als die Sommer in Schottland noch endlos schienen, voller Lachen und Wärme. Die glücklichen Tage bis zu jenem Nachmittag im August 1905, als sich die Dunkelheit über ihre Familie senkte. Der Schmerz, der seitdem auf ihnen lag, war sicherlich die Ursache dafür, dass ihre Mutter so auf eine Ehe drängte … auch wenn Alex sie gar nicht wollte.

Blackberry kannte den Weg; sie wusste genau, wo sie links in die üppig blühende Landschaft der ausgedehnten Grünflächen von Knavesmire abbiegen musste, die an einer der berühmtesten Rennbahnen Englands lagen. Der Trab verwandelte sich in einen leichten Galopp, und als sie schneller wurden, verschmolz die Landschaft zu einem angenehmen Flirren der Blätter. Das goldene Sonnenlicht des Spätherbstes, jetzt kurz vor Einsetzen der Dämmerung besonders intensiv, schimmerte im blauschwarzen

Fell der Stute. Der Wind zerrte an Alex' Haaren, die jedoch unter ihrer Reitkappe sicher mit Haarnadeln festgesteckt waren; lediglich ein paar Strähnen lösten sich und genossen die Freiheit.

Mit den Jahren war ihre Haarfarbe zu einem tiefen Schokoladenbraun nachgedunkelt. Auch ihr Leben war dunkler geworden, und vor allem das letzte Jahr hatte sie in eine nicht enden wollende Dunkelheit gestürzt.

Im Geiste überdachte sie die Auseinandersetzung noch einmal, während sie am Eingangstor Blackberry zügelte, damit sie langsamer wurde. Die Stute fiel in Schritt, und ihr Atem dampfte weiß aus den Nüstern in den verblassenden Nachmittag. Ein eisiger Hauch legte sich über die weite Rasenfläche des Parks. Alex durchlebte im Geiste noch einmal das unangenehme Gespräch. Wie ein Film lief es vor ihrem inneren Auge ab.

Ihr Vater in seinem Tweedanzug, der seinen Nachmittagstee trank und sich unglücklich bemühte, die kleinen Pfannkuchen zu missachten, die er so gerne aß, um dem schrillen Wortwechsel zwischen seiner Frau und seiner Tochter zu entkommen. Er war an die hohen Fenster getreten, die von schweren pflaumenblauen Samtvorhängen eingerahmt waren und schaute auf das Land, das den weitläufigen champagnerfarbenen Backsteinbau namens *Tilsden Hall* umgab. Die Frobishers lebten dort schon seit Jahrzehnten, und Alex wusste genau, dass sein Blick sich auf den Ententeich richtete. Instinktiv verstand sie, dass ihr Vater jetzt am liebsten zum Teich gegangen wäre, um die beiden Schwäne zu beobachten, die friedlich über die klare Wasserfläche glitten. Stattdessen musste er mal wieder eine Meinungsverschiedenheit zwischen den beiden Frauen in seinem Leben ertragen.

Alex beobachtete, wie ihre Mutter die Augen zu der grauslich bemalten Decke im Arts-and-Crafts-Stil, den ihre Vorfahren so sehr geschätzt hatten, hob. Minerva behauptete gerne, es sei »Volkskunst« aus der Vergangenheit, aber ihre Tochter empfand das Gewirr aus Blumen und geometrischen Mustern auf der Holzdecke nur als peinlich. Alex blickte ihre Mutter an. Minerva Frobishers gerümpfte Nase und die geschürzten Lippen vermittelten den Eindruck, sie wolle etwas besonders Widerwärtiges abwehren.

»Mutter«, flehte Alex. »Ich muss wirklich einige Entscheidungen selbst treffen dürfen.«

»Das kannst du doch. Du kannst wählen, ob du dich mit Edward St. John, Ashley Langdon-Smith oder Duncan Cameron formell verloben oder dir von allen dreien den Hof machen lassen willst.«

»Wenn die Entscheidung bei mir liegt, dann wähle ich keinen von ihnen.«

Ihre Mutter stieß einen leisen empörten Laut aus. Ihr Vater warf Alex einen sanft verzweifelten Blick zu, weil sie wieder einmal schlafende Hunde geweckt hatte. Sie erwiderte ihn mit einem kleinen entschuldigenden Schulterzucken. Sie wussten beide, dass er nun unweigerlich in die Diskussion hineingezogen werden würde, die er so gerne vermieden hätte.

»Charles!«

»Ja, meine Liebe?«

»Was hast du dazu zu sagen?«, fragte Minerva.

Ihr Vater trat an den Kamin; auf dem verrußten Eisengitter unter dem Kaminsims aus Mahagoni stand in erhabenen Lettern, dass er 1898 erbaut worden war. Er wandte den tanzenden Flammen den Rücken zu und ergriff einen warmen Pfannkuchen, den er sorgfältig faltete, vorsichtig, um auch nicht einen Tropfen von der weichen Butter oder dem glänzenden Gelee zu verlieren. Absichtlich biss er sofort hinein, um nicht antworten zu müssen, und nickte lediglich, um anzudeuten, dass er etwas sagen würde, sobald sein Mund wieder leer war.

Erneut stieß Minerva einen empörten Seufzer aus. »Alexandra«, fuhr sie fort, »du hättest schon vor Jahren heiraten sollen. Aber da du unser einziges Kind bist, haben wir dir immer nachgegeben. Wir haben dir viel Zeit gelassen, viel mehr als den meisten Töchtern, und außerdem bist du privilegiert aufgewachsen …«

»Dessen bin ich mir bewusst, Mutter«, erwiderte Alex, die sich sehr bemühte, ihre Worte nicht allzu scharf klingen zu lassen.

»Tatsächlich? Wirklich, Liebes, ist das so? Du gibst nämlich nicht den kleinsten Hinweis darauf, dass du deine Rolle ernst nimmst.«

»Bitte …«, begann Alex.

»Während ich jeden Abend dafür bete, dass deine Cousins Hugh und George verschont bleiben mögen, fürchte ich doch täglich, dass sie uns jederzeit genommen werden können. Tausende von Männern sterben täglich. Irgendjemand in dieser Familie muss doch realistisch an die Zukunft denken. Ohne Peter …«

Alex unterbrach sie. Diese emotionale Reise wollte sie nicht schon wieder machen. »Ich weiß, Mutter. Ich soll heiraten und dir Enkel schenken, damit *Tilsden* erhalten bleibt. Das ist mir vollkommen klar.«

»Wir beide wollen das. Aber eigentlich sorge ich mich aufrichtig darum, dass sich jemand um dich kümmert, Alexandra. Dein Vater will dich vielleicht nicht drängen, aber ich weiß, dass Frauen nicht annähernd so viel zu sagen haben, wie sie es gerne hätten. Nun, wir können uns dagegen wehren, und bitte versteh mich nicht falsch«, sagte sie und hob einen Finger, »ich bin voller Bewunderung für mutige Frauen, die die Welt verändern wollen, aber unser Weg, mein Schatz, ist es, die Tradition zu bewahren. Ich weiß, dass du das nicht hören willst, aber ich werde es trotzdem sagen, und zwar sehr deutlich, damit du dir völlig im Klaren bist, welche Rolle du in der Familie Frobisher spielst. Es kann nicht sein, dass du hanebüchene Ideen hegst und davon träumst, berufstätig zu sein! Du kannst nicht ernsthaft in Betracht ziehen, für ein Gehalt zu arbeiten – niemand würde dich mehr heiraten wollen. Außerdem verstehst du ehrlich gesagt auch gar nichts davon. Überlass das Geschäft den Männern in deinem Leben – das ist ihre Aufgabe. Deine, mein geliebtes Kind, ist es zu heiraten. Die meisten jungen Frauen haben keine solche Auswahl, aber wir lieben dich sehr und wollen, dass du glücklich wirst mit deiner Wahl.« Es war beeindruckend, wie streitbar ihre Mutter wirken konnte, auch wenn sie so liebevolle Worte wählte. »Jeder von ihnen ist in fast jeder Hinsicht ideal.«

»Es fehlt nur das Wichtigste.«

»Ich kannte deinen Vater kaum, als ich ihm versprochen wurde, und ich habe mich nicht vor der Pflicht, ihn zu heiraten, gedrückt, obwohl ich wesentlich jünger war als du jetzt. Und ich habe rasch gelernt, ihn zu respektieren.«

»Aber was ist mit Liebe, Mutter?«

»Natürlich liebe ich deinen Vater«, erwiderte Minerva. Ihre Empörung flammte erneut auf, aber sie wich ihr aus, dachte Alex.

»Nun, damit das klar ist, keiner dieser Männer spricht mich an.«

»Spricht dich an?«, fragte ihre Mutter verächtlich. »Was um alles in der Welt soll das denn heißen, Kind? In welcher Hinsicht *sprechen* sie dich nicht an?«

»In vielerlei Hinsicht.« Alex seufzte. »Um es ganz einfach zu beantworten: Edward ist aufgeblasen und hat schrecklich schlechten Atem; Ashley hat Angst vor Spinnen und schläft am liebsten bei Licht – das ist wohl kaum besonders heldenhaft! Jedenfalls spüre ich, dass Ashley sich von seinen Londoner Society-Freunden leicht beeinflussen lässt … Und Duncan … nun ja, Duncan ist Schotte.«

»Er erbt den Titel eines Lairds!«

»Genau. Will ich wirklich auf dem Ben Nevis versauern, Mutter?« Es gefiel Alex selbst nicht, wie herablassend sie klang. Diese Männer kämpften an der Front, riskierten den Tod, damit sie ihr privilegiertes Leben weiterführen konnte.

»Duncan empfindet große Zuneigung zu dir.«

»Natürlich. Seine Wahl ist begrenzt. Entweder ich oder ein Schaf, nicht wahr?« Manchmal rutschten ihre Gedanken ihr einfach so heraus. Obwohl sie sich dafür schämte, empfand sie einen hilflosen Anflug von Triumph darüber, dass sich ihr Vater an seinem zweiten Pfannkuchen beinahe verschluckte.

»Charles, wirklich!« Charles' amüsierte Miene wurde ernst, als seine Frau ihn in missbilligendem Ton zurechtwies. »Ich verzweifle an dir, Alexandra Frobisher. Duncan hat etwas Besseres verdient.«

»Mutter, ich weiß, dass er deine erste Wahl ist, aber sei fair. Duncan will keine Frau, um sie zu lieben. Er will eine

Gattin zum Repräsentieren, die ihm den Haushalt führt und ihm in diesen öden Highlands das Bett warm hält«, sagte sie gereizt.

»Wenn wir auf diese Art und Weise Erben bekommen, dann umso besser.«

Alex ließ seufzend die Schultern hängen. »Du kannst dir sicher vorstellen, dass die Camerons jeden Sohn eher als *ihren* Erben ansehen würden und nicht als deinen.«

»Das ist mir egal. Je eher du eine Familie gründest, desto besser. Dann weiß ich jedenfalls, dass es Kinder gibt, die zu gegebener Zeit für dich sorgen.« Die verzweifelte Stimme ihrer Mutter wurde lauter. »Wir brauchen Enkel … Enkelsöhne wären großartig.«

»Der Nachname eines Sohnes wäre Cameron, nicht Frobisher. Wie soll uns das helfen?«

»Sei nicht absichtlich so begriffsstutzig. Ich finde das höchst ärgerlich!«

»Minerva!« Ihr Vater hatte endlich seinen zweiten Pfannkuchen aufgegessen. »Nicht, meine Liebe. Dein Blutdruck ist hoch genug, das weißt du doch.«

»Charles, ich brauche hier deine Unterstützung.«

Er nickte, stellte Tasse und Untertasse ab, setzte sich neben seine Frau und ergriff liebevoll ihre Hand. Alex liebte ihren Vater dafür, vor allem, da sie wusste, dass sein größter Wunsch Harmonie war: seine Tochter glücklich, seine Frau zufrieden.

»Für euch beide ist das alles in Ordnung, Charles. Ihr lebt manchmal nur in eurer eigenen kleinen Welt. Und Alex ist durch und durch Daddys Liebling …«

Alex ließ ihre Mutter ihre Litanei herunterbeten und gratulierte sich selbst, weil sie sich zurückhielt und nicht einwandte, dass sie im Gegensatz zu anderen verwöhnten

Töchtern aus dem Kreis ihrer Mutter ihren Vater nicht mehr »Daddy« nannte. Ihr war das modernere und weltläufigere »Dad« lieber.

Ihr Vater lächelte verlegen, aber dann nickte er und wandte sich an Alex. »Alex, Liebling«, begann er, und sie schenkte ihm ihre volle Aufmerksamkeit, weil sie wusste, dass seine Worte endgültig waren. »Diese Diskussion ist nur entstanden, weil du uns mutig deinen Wunsch mitgeteilt hast, in der Fabrik mitarbeiten zu wollen, wo sie Freiwillige suchen.«

»Ja, Dad. Und bei *Rowntree's* kann ich auch Erfahrungen sammeln.«

Sie sah die vertrauten Fältchen um die Augen ihres Vaters, als er sie anlächelte, wobei die Grübchen in seinen Wangen tiefer wurden. In diesem Moment war sie wieder ein kleines Mädchen und blickte den einzigen Mann an, den sie vergötterte. Er lächelte viel zu selten ... in ein paar Monaten jährte sich ihr Leid zum zwanzigsten Mal. Entschlossen schüttelte sie die düstere Stimmung ab. Ihr Vater warf seiner Frau einen stolzen Blick zu.

»Natürlich kann man dir nicht verdenken, dass du dich mit dem Hauptgeschäft hier vertraut machen willst, schließlich lebst du in York«, sagte er. »Deine Mutter möchte dir nur vermitteln, dass du – als unsere einzige, über alles geliebte Tochter – das tun musst, was wir von dir erwarten.« Er nickte, zufrieden mit seiner Wortwahl. »Wir sind keine Schokoladenmacher wie die Familie Rowntree und ...«

»Wir sind noch nicht einmal Quäker«, warf Minerva ein und verzog dabei das Gesicht, als habe sie etwas Unbekömmliches gegessen.

Charles schüttelte den Kopf. »Es gibt zahlreiche andere Wege für deinen Freiwilligendienst. Und was deine Träume von deinem eigenen Geschäft angeht … Ich möchte dich zwar nicht rundheraus entmutigen, weil du immer schon ein ehrgeiziges Kind warst …« Er wehrte Minerva, die ihn unterbrechen wollte, ab. »Lass mich ausreden, Min, meine Liebe. Alex war immer schon ein unabhängiges Mädchen mit einer eigenen Meinung, und ich glaube, wir sind uns beide einig darin, dass sie feste Moralvorstellungen hat. Sie wird nie jemanden im Stich lassen, den sie liebt, am wenigsten uns, deshalb denke ich, dass wir uns keine Sorgen zu machen brauchen.«

Alex dankte ihrem Vater mit einem Nicken und einem zärtlichen Lächeln.

Doch er hob warnend den Finger, und ihr zog sich der Magen zusammen. »Frauen haben jedoch gerade jetzt Verantwortung ihren Männern, ihrer Familie gegenüber, um das Land heil durch den Krieg zu bringen. Du bist das einzige Kind, was uns geblieben ist, und wenn du deine Verantwortung nicht wahrnimmst, brichst du deiner Mutter das Herz.«

»Du könntest natürlich einen Rowntree heiraten … Sogar ein Cadbury wäre denkbar, um deinen Vater und mich glücklich zu machen«, warf ihre Mutter ein.

Alex ignorierte den Einwurf. »Dad, ich glaube, es könnte mich inspirieren, etwas über das Geschäft zu lernen. Bitte, ich erwarte mehr von meinem Leben als den sicheren Hafen der Ehe.«

Ihr Vater holte tief Luft, um anzudeuten, dass er sie verstand. Alex hob flehend die Hände, um ihre Frustration zu verbergen. Sie konnte nur hoffen, dass ihre Stimme sie nicht verriet. »Jeder hier hat etwas mit Schokolade zu tun, und ich kann lernen, Dad. Verstehst du das nicht? Es wäre für mich schon eine Bereicherung, mich einfach nur in dieser Umgebung aufzuhalten.«

Das entsetzte Keuchen ihrer Mutter ließ Alex' kleinen Ballon der Hoffnung platzen, und ihre Klage erstarb ihr in der Kehle. Statt süßer Freude empfand sie Bitterkeit.

Charles Frobisher blickte sie zärtlich an, was alles nur noch schlimmer machte, aber sie musste dagegen ankämpfen, ihm nicht zu zürnen. »Nein, mein geliebtes Kind, das geht nicht. Es ist nicht standesgemäß, in der Fabrik zu arbeiten – nicht für eine Frobisher.«

Alex versuchte die klare Absage zu überhören. »Gib mir eine Chance, Dad. Ich glaube, ich kann mir eine Karriere aufbauen und auch als Frau meinen Lebensunterhalt selbst verdienen.«

»Karriere? Hörst du dir eigentlich zu, Alex?«, sagte Minerva. »Du bist verblendet. Frauen haben keine Karrieren, um Himmels willen! Es mag ja sein, dass du moderne Vorstellungen hast, weil wir das Jahr 1915 schreiben, aber deine Aufgabe ist es, deinen Ehemann zu unterstützen. Du bist dazu bestimmt, einen bedeutenden Mann zu heiraten, so oder so, und die Mutter seiner Kinder zu werden. Wir müssen wissen, dass deine Zukunft gesichert ist. Das ist deine *Karriere* als eine Frobisher. Wir haben dich doch nie im Zweifel über deine Pflicht gelassen, oder? Töchter aus Familien wie der unseren müssen ihren Teil zur Zukunft der Familie beitragen. Es ist an der Zeit, dass du für alle deine Privilegien deinen Beitrag leistest.«

Alex hasste es ihre Eltern zu enttäuschen, aber warum konnten sie nicht verstehen, dass sie keines der Privilegien, auf die sie beide anspielten, wollte? Die Söhne ihres Onkels konnten gerne alles haben, wenn sie lange genug lebten, um zu erben. Aber sie würde diesen Kampf lieber an einem anderen Tag ausfechten. Sie gab nach, um die finstere Miene ihrer Mutter und die Enttäuschung ihres Vaters darüber, dass seine beiden Frauen solche Dickköpfe waren, zu besänftigen. »Ich kann im Moment niemanden heiraten, weil alle unsere Männer in Europa für ihr und unser Leben kämpfen. Dad, Mutter, bitte regt euch nicht auf; die drei Männer, von denen ihr redet, liegen höchstwahrscheinlich gerade im Schützengraben. Sie mögen ja meiner Meinung nach nicht geeignet sein, aber sie sind sicher gute Männer, tapfer und patriotisch.« Der Gesichtsausdruck ihrer Mutter entspannte sich, und Alex verspürte Erleichterung. »Wir können keine wichtigen Entscheidungen über eine Ehe treffen, wenn die infrage kommenden Bräutigame in einem Krieg kämpfen. Ihr beide kommt aus einer anderen Zeit; ihr wurdet geboren, als eine Königin das Empire regierte, und seitdem hat es einen weiteren König gegeben. 1915 ist erst ein Vierteljahr alt, und wir müssen sicherlich noch mit einem weiteren Kriegsjahr rechnen …« Sie hob eine Schulter. »Keiner von uns weiß, was passieren wird, aber die moderne Frau in mir akzeptiert eben, dass wir den Fortschritt nicht aufhalten können, komme, was wolle. Deshalb werde ich natürlich heiraten, und ich werde euch natürlich auch Enkel schenken, aber ich weiß nicht, wen ich heiraten werde oder wann. Können wir uns darauf einigen, dass wir über Heirat erst wieder reden, wenn wir wissen, dass es Frieden gibt?«

»Abgemacht!«, sagte Charles und klatschte in die Hände.

Seine Frau blickte ihn ungläubig an.

»Alex hat recht, meine Liebe. Dieses Gespräch ist müßig, solange diese drei netten Jungs an der Front sind. Der arme alte Cameron wurde nach Belgien geschickt, nicht wahr?«

»Nun, sie bekommen auch Urlaub, oder?«, erwiderte Minerva.

Alex stöhnte.

»Das ist sicher so«, pflichtete ihr Vater seiner Frau bei.

»Wenn sie lange genug am Leben bleiben«, warf Alex ein.

»Aber ich denke, unser einziges, kostbares Kind sollte eine überlegte Entscheidung treffen, wenn die Welt weniger chaotisch ist«, fuhr ihr Vater fort. »Außerdem hat es doch keinen Zweck, wenn sie sich darauf einlässt, einen Mann zu heiraten, der möglicherweise gar nicht vom Schlachtfeld zurückkehrt. Stell dir doch nur einmal vor, was das für eine schreckliche Situation für uns alle wäre. Wenn sie dann schon verheiratet wäre, schwanger oder sogar ein Kind hätte?«

Bravo, Dad, jubelte Alex im Stillen.

»Genug, Charles.« Die untere Hälfte von Minervas Gesicht schien in ihrem Hals zu verschwinden, als ob sie verzweifelt versuchte, eine neue Angriffsstrategie zu entwickeln, aber sie konnte ihre Enttäuschung nicht verbergen. »Gut«, sagte sie schließlich. »Dann sind wir uns also einig? Alle? Sobald es Frieden gibt, kann ich innerhalb von sechs Wochen deine Verlobung bekannt geben, Alexandra?« Sie blickte sie beide erwartungsvoll an.

»Ich glaube, das ist nur fair«, sagte Charles zum Kamin gewandt. Erneut beugte er sich über das Tablett mit den erkaltenden Pfannkuchen.

»Du solltest keinen mehr essen, Liebling. Denk an deine Verstopfung.«

»Ja, meine Liebe«, sagte er und zwinkerte seiner Tochter verstohlen zu.

»Alexandra?«

Sie wandte ihre Aufmerksamkeit wieder ihrer Mutter zu. Diesen Tonfall konnte sie nicht ignorieren.

»Ich möchte deine Zustimmung zu diesem Pakt, auf den wir uns als Familie einigen, laut und deutlich hören. Sechs Wochen nach dem formellen Eintritt des Friedens wirst du verlobt sein. Du wirst zu deinem Wort stehen. Ich dulde nicht, dass meine Tochter länger unverheiratet bleibt. Du gibst uns ein feierliches Versprechen, Liebling, nicht wahr?«

»Ja, ich stimme zu«, sagte Alex, und ihre Mutter nickte, scheinbar zufriedengestellt. Alex blickte zu den hohen Fenstern, durch die nachmittags immer das Licht fiel. Bis zur Dämmerung waren es noch ein paar Stunden, und sie brauchte unbedingt frische Luft.

In der Ferne hörten sie das Telefon klingeln, dann klopfte es an die Tür. Eine Frau mit vertrauter leidender Miene trat ein. Ihr oft düsterer Gesichtsausdruck verbarg ihre wahre, großzügige und freundliche Natur. Sie war schon vor Alex' Geburt auf *Tilsden* gewesen, und Charles Frobisher hatte dem Drängen der Haushälterin nachgegeben, dass kein neuer Butler eingestellt werden müsse, solange so viele Männer im Krieg waren. Und so hatte die Haushälterin die meisten Pflichten eines Butlers übernommen.

»Ja, Lambton?«, sagte Charles.

»Mr Britten-Jones ist am Telefon, Sir.«

»Britten-Jones? In Ordnung, Lambton, danke.«

»Wer ist das, Liebling?«, fragte Minerva.

»Kannst du dich noch an das Ehepaar erinnern, das wir

in Bath kennengelernt haben? Er hatte mit der Erweiterung des Transportnetzes im Westen zu tun.«

»Vage.«

»Mit rotem Gesicht, gebaut wie ein Steinblock. Altes Geld. Und auch neues Geld, eine Menge sogar – aber das brauchte er auch. Soweit ich mich erinnere, hatte er eine ziemlich große Familie.«

»Die Frau war dünn wie ein Gespenst und sehr klein, glaube ich.«

»Ja, genau. Nun, ich habe in den vergangenen zwei Jahren einige Schienengeschäfte mit ihm abgewickelt. Er ist ein netter Kerl. Ich mag ihn. Hervorragende Familie. Aber schon seltsam, dass er mich zu Hause anruft.«

Alex folgte ihrem Vater an die Tür und lächelte Lambton zu, deren ruhige und doch bestimmende Art sie bewunderte. Für Alex war sie so etwas wie eine Großmutter.

»Ich reite mit Blackberry aus«, verkündete Alex.

»Zieh dich warm an, Liebling. Es sind Wolken aufgezogen; wenn die Sonne hinter ihnen verschwindet, wird es kalt«, rief Minerva ihr fröhlich nach. »Heute ein einfaches Abendessen ein bisschen früher, um sieben. Mrs Morrison möchte sich das Stück anschauen, das sie in der Aula der St. Peter's School aufführen.«

Alex blickte sich nach ihrer Mutter um, die sie voller Zuneigung anlächelte, als habe es den Streit über die Heirat nie gegeben.

Die eisige Kälte riss sie aus ihren finsteren Gedanken. Blackberry war bereits ein zweites Mal durch den Park getrabt, allerdings dieses Mal langsamer, und sie standen wieder am Eingang nahe der Hauptstraße, die von London nach York führte, vorbei an den eleganten, wohlhabenden Wohnsitzen von The Mount, wo auch ihre Familie lebte. Die Erinnerung an das Gespräch verblasste. Ihr Atem kam stoßweise, weil es so kalt war, aber ihr Ärger war bei dem schnellen Galopp verflogen, und sie sah die Dinge jetzt gelassener. Als sie das Pferd zügelte, trat ihre Zofe auf sie zu.

»Es wird frisch, Miss.« Holly beschirmte ihre Augen mit der Hand, um zu Alex hinaufzublicken. »Sie haben vorhin ein wenig traurig ausgesehen?«

Alex glättete ihren langen schwarzen Rock und zog ihn über die Schnürstiefel. Die herbstliche Kühle drang ihr durch das dünne Jackett. Sie hätte auf ihre Mutter hören und sich wärmer einpacken sollen.

»Manchmal ist es schwer, das einzige Kind zu sein – man steht einfach viel zu sehr im Mittelpunkt.« Sie straffte die Schultern. »Jetzt hör dir das an; ich klinge wirklich jämmerlich. Achte nicht auf meine selbstmitleidigen Worte, Holly.« Geschickt schwang sie ihr Bein über den Sattelknauf und ließ sich zu Boden gleiten. Sie zog die Zügel über Blackberrys Kopf, um ihr Pferd wegzuführen. »Sie wollen, dass ich mich für einen Heiratskandidaten entscheide.«

Holly verzog mitfühlend das Gesicht.

»Ist fünfundzwanzig wirklich schon so alt? Wo steht geschrieben, dass ich in diesem Alter verheiratet sein muss?«

Ihre Zofe lächelte sie verständnisvoll an, aber Alex wusste, dass auch Holly sie wahrscheinlich viel zu wählerisch fand. »Lady Frobisher liebt Sie über alles, Miss. Sie macht sich Sorgen um Sie und will nur das Beste. Sie ist nicht Ihr Feind.«

»Ich weiß, ich weiß.« Alex seufzte. »Ich bin mein eigener Feind. Meine Mutter meint es ganz sicher nicht böse. Sie ist einfach in dieser viktorianischen Auffassung gefangen, nach der das Leben jeder Tochter im Wesentlichen auf die Ehe zuläuft. So ist sie ja auch aufgewachsen. Sie will unbedingt, dass ich auch diesen ausgeprägten Familiensinn habe, vor allem seit …« Sie sprach den schmerzlichen Gedanken nicht aus. »Nun ja, Frauen wie meiner Mutter zufolge sollten Töchter keine Träume haben, die über die Führung eines Haushalts hinausgehen. Manchmal frage ich mich, warum ich überhaupt etwas lernen durfte. Verzeih mir, Holly, ich klinge schrecklich undankbar.«

»Sie müssen sich nicht entschuldigen, Miss. Wir alle haben Träume. Daran ist nichts Schlimmes.«

Alex Schuldgefühle wurden nur noch größer, als sie an Hollys Leben dachte, ihre endlosen Arbeitspflichten für die Frobishers bei nur einem einzigen freien Tag im Monat. Und den verbrachte sie hauptsächlich mit der Reise nach Burnley und wieder zurück, um ihre Eltern und ihre Geschwister zu sehen.

»Was für Träume hast du? Ehe? Familie?«

Holly zuckte mit den Schultern. »Ja, natürlich. Ich hoffe auf beides, aber für Romanzen ist natürlich kaum Zeit, wegen der Arbeit.« Sofort wandte sie den Blick ab. »Das soll kein Vorwurf sein, Miss. Ich liebe meine Arbeit bei Ihrer Familie.« Aber sie runzelte die Stirn.

»Was ist? Sprich weiter«, ermunterte Alex sie.

»Nun, ich wollte immer schon einen Laden haben«, gestand Holly. So viel Aufrichtigkeit hatte Alex nicht erwartet, und sie blickte sie überrascht an.

»Entschuldigung, Miss. Das war unpassend.«

»Nein, keineswegs … Ich bin fasziniert, wirklich. Einen Laden«, wiederholte sie beeindruckt. »Wirklich?« Sie nickte Holly, die verlegen lächelte, zu. Sie freute sich für ihre Zofe, die seit dem Antritt ihrer Stellung vor vier Jahren zu einer Vertrauten für sie geworden war.

»Jetzt bist du einundzwanzig, Alex, und wir schenken dir zum Geburtstag deine eigene Zofe«, hatte ihre Mutter in einem aufgeblasenen Tonfall zu ihr gesagt. »Herzlichen Glückwunsch, Liebling. Das ist Holly.«

Alex konnte sich noch gut daran erinnern, dass sie sich für sich und stellvertretend auch für die junge Frau geschämt hatte. Holly wurde überreicht wie eine Sache, was Alex empörend fand. Sie hatte von Anfang an darauf geachtet, ihre Beziehung so ausgewogen wie möglich zu halten, ohne Aufsehen zu erregen. Und sie hatte entdeckt, dass die pragmatische Holly für ihre zwanzig Jahre sehr klug war. Oft war sie es, die die junge Debütantin davor warnte, sich zu eng mit dem Personal zu verbünden. »Eines Tages müssen Sie mich vielleicht entlassen«, hatte Holly einmal im Scherz gesagt, aber Alex hatte die tiefere Wahrheit dahinter gespürt.

»Warum hast du mir in all der Zeit nie davon erzählt?«

Holly lächelte. »Warum sollte ich es erwähnen? Es ist ja nur ein dummer Traum.«

Alex verbarg den leisen Schmerz darüber, dass Holly sie aus ihren innersten Wünschen ausschloss, obwohl sie doch in den vergangenen Jahren sehr zusammengewachsen waren.

Blackberry schnaubte ungeduldig, und Alex führte ihn in Richtung Stall. An der Eingangstür blieb sie noch einmal stehen.

»An was für einen Laden denkst du denn?«

»Mir hat immer ein Stoffladen vorgeschwebt, aber mittlerweile träume ich von einer Teestube oder einer Konditorei.«

»Oh, das ist ja wundervoll.« Alex meinte ihre Worte ganz ernst. »Noch nicht einmal Mrs Morrison kann so gut Tee oder Schokolade machen wie du.«

Holly legte eine Hand an den Mundwinkel. »Das liegt daran, dass Mrs Morrison über *Tilsden* den Kriegszustand verhängt hat, und so oft es geht, die Teeblätter mehrmals verwendet.«

Alex lachte. »Erzähl das bloß nicht meiner Mutter.«

»Wir tun unser Bestes, um die Familie vor den Einflüssen der Außenwelt abzuschirmen«, gestand Holly.

»Amen«, murmelte Alex. »Und wie läuft es in deinem Krieg, Holly?«

Holly seufzte. »Meinen jüngsten Bruder haben sie noch nicht nach Europa geschickt, aber meine älteren Brüder sind in Nordfrankreich, gemeinsam in einem Schützengraben, deshalb versuchen wir, optimistisch zu bleiben.« Sie zuckte mit den Schultern. »Obwohl die anderen Mädchen sagen, wie glücklich ich mich schätzen kann, verliebt zu sein, wäre es manchmal wahrscheinlich doch einfacher, keinen Schatz zu haben.«

»Weil man sich dann um eine Person weniger Sorgen machen muss?«

Holly nickte. »Aber das Leben hat anders entschieden, und ich habe meinen Freund. Doch ab und zu fehlen mir seine Küsse.« Sie kicherte. »Küsse brauchen wir doch alle, oder?«

»Ja. Und es ist schön, dass du von deinem Laden träumen kannst.«

»Finden Sie?«

»Warum fragst du das?«

»Weil ich nicht in der Lage bin, meine Träume zu verwirklichen.«

Alex blinzelte. Es dauerte ein bisschen, bis sie verstand, was Holly damit sagen wollte. »Aber ich schon?«

»Sie haben viele Freiheiten, Miss. Und solange Sie niemanden damit verletzen ...«

Hollys herausfordernde Worte gaben Alex das Gefühl, aus einem dunklen Raum plötzlich in strahlendes Sonnenlicht zu treten. »Ich soll meinem Herzen folgen, meinst du?«

»Nein, das sage ich nicht. Es steht mir nicht zu, Sie zu ermutigen, sich gegen Ihre Eltern aufzulehnen, Miss«, sagte Holly, aber ihre Miene drückte deutlich das Gegenteil aus.

Alex schaute auf die Rennbahn gegenüber, deren große Grünfläche sich vor ihnen ausbreitete. In ein paar Wochen würde sie überfluteter Morast sein. Es war schon vorgekommen, dass die Leute darauf mit Booten gefahren waren, und im Winter gesellte sie sich für gewöhnlich zu der fröhlichen Schar, die Ende Januar dort Schlittschuh lief. In der Ferne, auf der anderen Seite der Rennbahn, sah Alex einen einsamen Mann, der auf seinem Pferd die Strecke entlanggaloppierte. Sie wusste, dass das Arnold Rowntree war, der Neffe von Joseph Rowntree, dem Wohltäter und Gründer der berühmten Schokoladenmarke. Er kannte ihren Vater, da sie beide mit der ständig expandierenden Eisenbahn befasst waren, aber wie sie in ihrer Arbeit miteinander verbunden waren, wusste sie nicht. Arnold war Anfang vierzig, rundlich, mit schimmernder Halbglatze und dicken Haarbüscheln über und hinter seinen Ohren. Bis vor Kurzem war er Abgeordneter der Liberalen für York gewesen, und alle hatten ihn nur liebevoll Schokoladen-Jumbo genannt. Aber als Direktor des Familienunternehmens und guter Quäker hatte Arnold auch den Kriegsdienst verweigert, was ihm in Kriegszeiten keinen besonders positiven Ruf einbrachte.

Alex kniff die Augen zusammen, dachte an ihre Cousins und Hollys Brüder und ihren Schatz, die in schlammigen Schützengräben lagen und jeden Moment ohne Vorwarnung getötet werden oder Senfgas einatmen konnten, während dieser dickliche, joviale, vor der Zeit kahlköpfige Mann so reich und privilegiert war, dass er scheinbar sorglos die frische englische Luft atmen und mit seinem Pferd über den Knavesmire galoppieren konnte. Und doch mochte sie ihn; was ihr Vater über seine ständigen guten Taten für die Stadt erzählte, vor allem darüber, dass er einen Teil seiner Fabrik als Lazarett für verwundete Soldaten zur Verfügung gestellt hatte, klang sehr nett. Es gab auch schon Pläne zum Bau einer Siedlung für die Fabrikarbeiter, damit sie aus den Elendsvierteln in saubere, gesunde und moderne Behausungen kamen. Die Tukes, denen das Unternehmen der Rowntrees früher gehört hatte, hatten sogar von Wiesen und Obstgärten umgebenes Land am Rand der Stadt gekauft und dort mehrere Gebäude gebaut, in denen Yorker Bürger mit Geisteskrankheiten in einer freundlicheren, weniger düsteren Umgebung gepflegt und untergebracht wurden. Es hieß *Die Zuflucht*. Ihre Mutter hatte gesagt, die Quäker hätten sich deshalb zum Bau des Sanatoriums entschlossen, weil eine Quäkerfrau im Bezirksasyl wegen mangelnder Pflege gestorben war. Alex schauderte. Das Irrenhaus des Bezirks war ein wuchtiges Backsteingebäude aus dem 18. Jahrhundert, in dem den Gerüchten nach die Geisteskranken schrecklich behandelt wurden. Sie musste Rowntree für seine Großherzigkeit einfach bewundern, auch wenn andere ihn einen Feigling nannten.

»Einen Penny für Ihre Gedanken, Miss!«

»Entschuldigung? Oh, tut mir leid. Da drüben reitet Arnold Rowntree. Sein Hengst heißt ›Geschäftsreise‹.«

»Das ist ein eigenartiger Name für ein Pferd.«

Alex grinste. »Nun, es heißt, dass er es ebenso hasste, Leute anzulügen, wie ihm der ständige Strom von Besuchern zuwider ist, die ihn jeden Tag wegen Kleinigkeiten heimsuchen.«

»Fahren Sie fort, Miss.«

»Mein Vater sagte, es erleichtere Schokoladen-Jumbos Seele, dass seine Dienstboten die Hand aufs Herz legen und einem Besucher sagen können, der Herr sei auf Geschäftsreise.«

Kurz herrschte Schweigen, dann warf Holly den Kopf in den Nacken, und beide Frauen lachten herzlich.

»Das ist köstlich, oder?«, fügte Alex hinzu. »Mir hat diese Geschichte immer gefallen, und das Wissen, dass es ihn schmerzt zu lügen, hat ihn mir umso sympathischer gemacht.«

»Die Leute reden dieser Tage nichts Gutes über die Quäker.«

»Das haben sie nicht verdient, weil sie so viel Gutes für York getan haben. Und wir sollten nicht vergessen, dass Söhne von Quäkern der *Sanitätseinheit der Freunde* beigetreten sind, um an der Front zu dienen.«

Alex führte Blackberry den Hügel hinauf, und Holly lief nebenher. Es war unheimlich still, wenn man bedachte, dass normalerweise auf der Straße nach London ständig Kutschen, Busse und sogar ein paar Automobile fuhren, deren Fehlzündungen auf dieser Hauptverkehrsader laut knallten. Oben auf dem Hügel lag The Mount, das geschützte Wohngebiet der Reichen und Mächtigen. Eine Enklave am Rand von Yorks dunklen, überfüllten mittelalterlichen Straßen … abseits der Elendsviertel und Märkte, der Warenhäuser und Verwaltungsgebäude, die alle innerhalb der mächtigen Stadtmauer lagen … abseits vom Schmutz und Drama des städtischen Lebens erstreckte es sich in einer sauberen, kultivierten Schönheit vor der Weitläufigkeit und der frischen Luft von Knavesmire. Alex musste nicht zweimal gesagt werden, wie privilegiert sie lebte; sie akzeptierte es und versuchte, es nicht allzu sehr auszunutzen.

Holly kam wieder zu ihrem ursprünglichen Thema zurück. »Und, was wollen Sie jetzt tun, Miss?«

»Ich will endlich überhaupt etwas *tun*!« Alex stöhnte. »Ich will etwas finden, was meine Fantasie beflügelt und mich herausfordert, und nicht nur einfach akzeptieren, dass ich jetzt, wo ich Mitte zwanzig bin, vergessen muss, dass ich Verstand und Ehrgeiz besitze, und nur noch zählt, wen ich heirate.«

»Wem soll es denn wehtun, wenn Sie Freiwilligendienst in der Fabrik leisten? Ich finde das eher bewundernswert. Jede Hand hilft.«

»Meiner Mutter würde es wehtun.«

»Das dürfen wir natürlich nicht zulassen. Und wenn Sie es ausgleichen?«

»Wie meinst du das?«

»Sie wissen schon, Notlügen. Solche, die einem verziehen werden.«

Alex lächelte. »Sprich weiter.«

»Nun, es werden ständig Freiwillige im Fabrikkrankenhaus gesucht. Vielleicht könnten Sie dort eine Schicht arbeiten, und dann ein paar Stunden am Tag in der Schokoladenfabrik …«

»Warum um alles in der Welt bin ich darauf nicht schon früher gekommen?«

»Ich verwette mein Häubchen darauf, dass Ihre Eltern Ihnen zustimmen werden, dass Sie dem Vaterland auf ehrenhafte Weise dienen, wenn Sie verwundete Soldaten pflegen.«

»Das würden sie beide zumindest als sehr nobel empfinden. Ich werde es gleich heute Abend beim Essen erwähnen.«

»Dinner ist heute Abend um sieben, Miss. Sie müssen sich beeilen, wenn wir Ihre Haare noch hochstecken und Sie rechtzeitig fertig machen wollen.«

Mittlerweile hatten sie das Haus erreicht. Alex blickte an der St. Peter's School vorbei hinunter zur Blossom Street, die vom Kloster dominiert wurde, das für seine geheime Kapelle berühmt war, in der die mumifizierte Hand der Märtyrerin Margaret Clitherow aufbewahrt wurde. Nun, wenn Margaret der Reformation von Heinrich VIII. standgehalten, geheime Messen abgehalten und zudem noch verfolgte katholische Priester hatte beherbergen können, dann konnte Alex doch sicher den Mut aufbringen, sich auf so harmlose Weise ihren Eltern zu widersetzen?

»Kannst du dir vorstellen, wie schmerzhaft es gewesen sein muss, als Margaret Clitherow von dem riesigen Felsblock zermalmt wurde?«

»Oh, darüber möchte ich lieber nicht nachdenken, Miss.«

»Margaret Clitherow glaubte so fest an ihren Weg, dass

noch nicht einmal die Angst davor, unter der mit Gewichten und Steinen beschwerten Tür zu sterben, sie abschrecken konnte.«

»Es heißt, es habe eine entsetzliche Viertelstunde gedauert, bis ihr die Steine das Rückgrat gebrochen haben«, sagte Holly.

Alex seufzte. »Und meine einzige große Leistung heute ist, mir die Haare hochstecken zu lassen und auszuwählen, was ich anziehen möchte. Es muss doch mehr im Leben geben, Holly. In Europa sterben Männer für mein Recht, ein Leben in Freiheit zu führen.«

Holly grinste. »Für heute Abend haben Sie Ihre Seele genug erforscht, Miss. Kommen Sie, wir bringen Blackberry in ihren Stall. Ich gehe mit Ihnen.«

2

Holly griff nach den Gagat-Ohrringen.

»Ich glaube, heute Abend trage ich nur die Kette«, entschied Alex. Sie neigte den Kopf, damit Holly ihr die lange Kette mit den dunkel schimmernden Perlen anlegen konnte.

Sie überprüfte ihre Kleidung im Spiegel und zupfte an der dunkelgrauen Spitze des mauvefarbenen Shiftkleids. Nichts an diesem Kleid wirkte altmodisch, und es bestand auch nicht aus so vielen Schichten, weil die Spitze in breiten Bändern aufgenäht war. Es war ein gewagter und schlanker Abschied von den hochgeschlossenen Ausschnitten und hohen Kragen, die ihre Mutter bevorzugte.

»Ich fühle mich durch und durch modern, Holly«, gestand sie.

»Sie sehen sehr schön aus, Miss.«

»Zweifellos werde ich sofort eine Diskussion darüber auslösen, dass ich zu viel Dekolleté zeige«, bemerkte Alex und ahmte den Tonfall ihrer Mutter nach. »Meine Frisur gefällt mir so auch sehr gut, danke dir«, sagte sie und wandte den Kopf zur Seite, um Hollys locker gesteckte Wellen zu bewundern.

»Jetzt sehen Sie so aus wie die Modelle in den Magazinen.«

Dass die oberen Locken nicht geflochten und festgesteckt waren, zeugte von der Unabhängigkeit, nach der junge Frauen strebten, und in Verbindung mit dem schmalen, eleganten Kleid rechnete Alex mit hochgezogenen Augenbrauen.

»Wollen Sie diesen neuen Lippenstift auflegen?«, fragte Holly aufgeregt. Sie ergriff das neu entwickelte Röhrchen und bewunderte es. »Ist es nicht wundervoll?«

»Und nur ganz leicht aufsässig.« Alex grinste. »Meine Mutter glaubt, dass nur Frauen von zweifelhafter Moral ihre Lippen färben, aber es ist anscheinend völlig in Ordnung, sich in die Lippen zu kneifen, um den gleichen Effekt zu erzeugen. Das ist angeblich nicht darauf ausgerichtet, die Aufmerksamkeit der Männer zu erregen.«

»Meine Mutter hat uns immer zum Beerenpflücken in den Garten geschickt.«

»Nun, das ist sehr klug.« Alex nahm das Metallröhrchen und zog den Deckel ab. Beide Frauen beobachteten gespannt, wie sie den winzigen Stift an der Seite des inneren Röhrchens drückte, um das himbeerrosa Wachs hochzuschieben. »Das ist viel besser als diese Töpfchen. Ehrlich gesagt, Holly, ich finde es ziemlich öde, sich stundenlang anzuziehen, nur um sich ein paar Stunden später wieder auszuziehen, oder?«

Holly blickte über ihre Schulter in den Spiegel. »Ich mag diese Traditionen – vor allem, wie sich die Frauen für das Dinner zurechtmachen, und die Männer ihr Dinnerjacket und den Kummerbund tragen. Womit sollte ich meinen Lebensunterhalt verdienen, wenn ich keine Lady hätte, die ich für alle Gelegenheiten in ihrem Leben ankleiden muss?«

Alex blies die Wangen auf. »Wie machst du das nur, Holly? Du lässt mich jede Situation mit anderen Augen sehen.«

»Sie sind zwar eine moderne Frau, Miss, aber trotz all ihrer Rebellion werden Sie Ihrer Schönheit niemals entkommen können, selbst wenn Sie nur einen Sack trügen und nicht die leiseste Spur Rouge aufgelegt hätten.« Sie lächelten einander an.

»Du bist sehr großzügig, Holly, danke. Und die beste Antwort auf deine Frage ist, dass du dann eben keine Kammerzofe mehr wärst. Du würdest unabhängig sein und deinen eigenen Laden eröffnen.«

»Ich träume weiter, wenn Sie Ihr Abendessen genießen, Miss. Um wie viel Uhr möchten Sie zu Bett gehen?«

»Das kann ich allein. Möchtest du dir heute Abend nicht die Aufführung anschauen?«

»Ich habe nicht gedacht, dass ich das könnte.«

»Ich bin absolut in der Lage, die Haarnadeln aus meinen Haaren zu entfernen, ohne dabei Finger zu verlieren, und ich werde mir auch bestimmt nicht die Beine brechen, wenn ich mit einem Nachthemd kämpfe. Ach, und weißt du was? Leg meinen Lippenstift auf, wenn du ausgehst.«

»Wirklich?«

»Du wirst daran viel mehr Freude haben als ich.«

Holly stieß einen leisen Pfiff aus. »Danke. Ich verspreche Ihnen, ich nehme nur einen Hauch. Und ich lege Ihnen Ihr Nachtgewand zurecht.«

»Für den Fall, dass ich es nicht allein schaffe?«, neckte Alex sie und sprühte sich ein wenig Parfüm aus ihrem Flakon auf. Sofort umhüllte ein Duft von warmem Anis und frischer Bergamotte, vermischt mit den weicheren, pudrigen Noten von Rose, Veilchen und Pomeranzen die beiden Frauen.

Holly atmete tief ein. »Mmm, ich liebe diesen Duft.«

»*L'Heure Bleue*«, sagte Alex und stellte den viereckigen Flakon auf ihren Schminktisch. »Mein Cousin hat einen exzellenten Geschmack.«

»Was bedeutet ›Lerblö‹?«

Alex korrigierte die falsche Aussprache ihrer Zofe nicht. »Die direkte Übersetzung ist ›blaue Stunde‹ … kurz vor Einbruch der Dunkelheit, bevor die ersten Sterne am Himmel erscheinen.«

»Es klingt genauso, wie es duftet, Miss. Aber das soll wahrscheinlich auch so sein.«

»Ja. Wünsch mir Glück in meiner blauen Stunde, wenn ich mit unserem neuen Plan versuche, meine Eltern zu überreden, mir mehr Freiheit zu lassen.«

»Es wird Ihnen gefallen, Miss. Denken Sie an meine Worte. Sie werden stolz auf Sie sein, weil Sie im Lazarett arbeiten wollen. Oh, und heute Abend haben Sie Gesellschaft.«

Alex, die sich zur Tür gewandt hatte, blieb stehen. »Gesellschaft? Doch nicht etwa einer der langweiligen Kollegen meines Vaters aus der Stadt?«

Holly schenkte ihr einen wissenden Blick. »Doch. Aber ich habe den Herrn in der Halle gesehen. Er sieht sehr gut aus.«

Alex lief eilig die Treppe hinunter und blieb vor den prächtigen, dreigeteilten Fenstern stehen. In der mittleren Scheibe war mit buntem Glas ein Blumenkranz dargestellt. Normalerweise fiel Licht in die Eingangshalle, aber es wurde immer früher dunkel, da der Winter nahte, und die Dämmerung wurde immer kürzer. Lampen wurden angezündet, und das Licht der elektrischen Glühbirnen des großen Kronleuchters in der Empfangshalle fiel schimmernd auf das warme Holz der Wandpaneele. Rasch lief sie weiter, die Hand auf dem Handlauf des Geländers, der mit den Jahren ganz glatt geworden war. Auf der Abschlusssäule hatte Minerva eine Vase mit frischen Rosen arrangiert.

Anscheinend war der heutige Dinnergast ihrer Mutter wichtig, dachte Alex. Lautlos huschte sie auf ihren niedrigen Absätzen über den dicken Treppenläufer. Als Kind hatte sie hier immer mehrere Stufen auf einmal übersprungen, um sich in die Arme ihres Vaters zu werfen, wenn er aus London oder sonst einem exotischen Ort zurückkehrte. Er hatte immer Berge von Geschenken mitgebracht, vielleicht um sie für den Verlust zu entschädigen. Sie verdrängte den Gedanken, als ihre Absätze jetzt über die Fliesen der großen Eingangshalle klapperten. Ein Blick auf die große Standuhr ließ Alex zusammenzucken. Sie war viel zu spät.

Gerade wollte sie die Tür aufmachen, als sie sich von innen öffnete. Alex wurde förmlich ins Zimmer gezogen. »Da bist du ja endlich, Liebling.« Ihre Mutter keuchte leise. »Du liebe Güte, Alexandra, dein Kleid ist aber sehr Avantgarde.« Doch sie schien es nicht komplett zu missbilligen, sie wirkte eher beeindruckt. Offensichtlich standen Probleme bevor.

»Es ist von *Lucile's* am Hanover Square«, murmelte Alex so leise, dass nur ihre Mutter sie verstehen konnte. »Entschuldige meine Verspätung.« Sie beugte sich vor, um ihrer Mutter einen Kuss zu geben. »Mein Ritt hat ein wenig länger gedauert, als ich beabsichtigt hatte. Guten Abend, Lambton.«

Die Haushälterin nickte und lächelte sie liebevoll an. »Miss Alex.«

Alex blickte durchs Zimmer. Sie standen im Hauptsalon, dessen Einrichtung die Liebe ihrer Mutter zu Arts and Crafts deutlich widerspiegelte. »Guten Abend, Dad … äh, guten Abend …?«, sagte sie zu dem blonden Fremden. Er trug einen schwarzen Abendanzug mit steifem weißem Kragen und Fliege. Alex verstand genug von der Schneiderkunst, um zu sehen, dass sein hochwertiger Dreiteiler in der Savile Row gefertigt worden war. Die tief ausgeschnittene schwarze Weste spannte ganz leicht, als er sein Glas abstellte, um sich zu erheben; offensichtlich war er jemand, der ein angenehmes Leben führte … und ein wohlhabendes.

»Alex, das ist Matthew Britten-Jones«, stellte ihr Vater ihn vor, »äh, aus Bristol.«

Britten-Jones war nicht ganz so groß wie ihr Vater, aber sein Lächeln deutete an, dass ihm das nichts ausmachte. »Guten Abend, Alexandra.« Sie bemühte sich, nicht allzu auffällig auf sein Monokel zu starren, das er ein wenig arrogant in sein rechtes Auge geklemmt hatte.

Alex trat an den Sofas vorbei zum Kamin, wo er stand, und gestattete ihm, kurz ihre Hand zu ergreifen. Sein Handschlag war trocken und im Gegensatz zu dem anderer Männer nicht übermäßig fest. Es kam selten vor, dass der Ring, den sie am Mittelfinger trug, nicht an den Knochen gepresst wurde. »Willkommen auf *Tilsden*, Mr Britten-Jones.«

»Nennen Sie mich bitte Matthew, sonst komme ich mir vor wie mein Vater«, sagte er liebenswürdig mit einer rauchigen, nicht unattraktiven Stimme, und ihre Mutter kicherte. »Sie wohnen prachtvoll hier. Das Gebäude ist riesig, und vor allem der Turm gefällt mir sehr gut.«

»Das ist Alexandras Turm«, warf ihre Mutter ein, und Alex sah entsetzt, dass sie Matthew zuzwinkerte.

Doch sie verlor ihr Lächeln nicht. »Wir können uns glücklich schätzen, hier auf The Mount zu wohnen.«

»Die Herrenhäuser hier oben blicken wie königliche Herrscher über die Stadt«, sagte er.

Alex war sich nicht sicher, ob das eine versteckte Kritik oder nur eine Beobachtung war.

Ihr Vater schien es als Letzteres zu verstehen. »Ja, in der Tat. York ist recht flach, und uns ist es gelungen, uns auf der einzigen kleinen Erhebung weit und breit anzusiedeln.«

»Wie gefällt Ihnen das Innere des Hauses, Matthew? Die meisten Leute sind überrascht davon«, sagte Alex.

»Es ist ungewöhnlich«, gab er zu. »Auf eine gute Art natürlich. So viel Farbe und Freude.«

»Nicht zu viel für Ihren Geschmack?«, fragte Alex nach. Sie wies auf die Wandbemalungen, die jeden Zentimeter der weißen Wände bedeckten. Auffällig waren auch die dunklen Böden und Holzpaneele. Während sie das sagte, trat sie zu ihrem Vater, der ihr einen sanften Kuss auf die Stirn gab.

»Du siehst hinreißend aus heute Abend, Liebes«, flüsterte er.

»Danke, Dad«, murmelte sie. Es machte sie ein wenig verlegen, wie Britten-Jones sie mit seinen Blicken verschlang, und sie fragte sich, ob es so eine gute Idee gewesen war, heute Abend so viel nackte Haut zu zeigen. »Diese Innenausstattung ist der letzte Schrei, müssen Sie wissen, aber meiner Mutter schien sie besser zu gefallen als alles andere.« Sie hielt ihre Worte für angemessen vorsichtig.

»Ja, ich bin äußerst fasziniert davon, dies hier sozusagen in Fleisch und Blut zu sehen«, fuhr Matthew fort, wobei er seine Worte so betonte, dass Alex unwillkürlich errötete. Minerva beugte sich mit fragender Miene vor. »Meine Mutter zeigte mir im Magazin *The Studio* eine Fotografie, die, wenn mich mein Gedächtnis nicht trügt, vor etwa vierzehn Jahren aufgenommen worden sein muss.«

»Ach du liebe Güte, das ist das Jahr, in dem wir das Haus eingerichtet haben«, sagte Minerva erstaunt.

»Soweit ich weiß, ging es in der gesamten Arts-and-Crafts-Bewegung darum, der Industrialisierung etwas entgegenzusetzen.«

Alex spürte sofort, dass Matthew der geborene Charmeur war; er spielte wunderbar mit den Vorlieben ihrer Mutter.

»Das ist richtig«, sagte Minerva, sichtlich beeindruckt von seinem Wissen. »Charles ist kein so großer Anhänger der Bewegung, und Sie hören ja, dass meine Tochter seine Ansichten teilt. Auch unsere Nachbarn haben höchstens ein paar Elemente dieser Stilrichtung übernommen und sie nicht so angewendet wie ich, aber das ist mir egal. Ich habe nämlich William Morris, der so großen Einfluss auf diese Bewegung gehabt hat, kennengelernt, und er hat mich sehr inspiriert. Ich liebe ehrlich gesagt seine Kreativität und die künstlerische Gestaltung seiner Stoffe.«

»Er wäre sicher stolz darauf«, versicherte Matthew ihr und wies auf das mit Marmor eingerahmte blumige Mosaik einer in Schleier gehüllten Nymphe, um die Tauben herumflatterten. Dann wechselte er das Thema. »Und hier sind Sie natürlich auch weit entfernt von den Problemen in Europa.« Matthew nahm seinen zweiten Sherry entgegen, den Lambton ihm aus der Kristallkaraffe einschenkte. Ihre Mutter lehnte ab, ihr Vater ließ sein Glas auffüllen, und Alex nahm ebenfalls ein kleines Glas mit dem Aperitif.

»Lassen Sie uns darauf trinken«, sagte ihr Vater. »Und auf alle tapferen Seelen dort.«

Sie hoben ihre Gläser auf die Soldaten, und Alex nutzte die leicht verlegene Stille, die wie üblich darauf folgte, um sich neben ihre Mutter zu setzen. »Und, Matthew, was führt Sie in den Norden?«

»Geschäfte«, sagte er sachlich und wandte sich an ihren Vater. »Meine Eltern haben bei verschiedenen Gelegenheiten erwähnt, dass Sie in Gesellschaft so ein angenehmes Paar seien, Lord und Lady Frobisher, und ich hielt es nur für höflich, Ihnen einen Besuch abzustatten.«

»Es freut uns sehr, junger Mann, dass Sie das getan haben, vielen Dank«, sagte Minerva, und Alex hörte an ihrem Tonfall, dass ihre Mutter *formell interessiert* an ihm war.

Schon wieder, dachte sie. *Und wieder sollst du verkuppelt werden*. Ihr cremiger Sherry verlor seine Süße und schmeckte auf einmal schal. Sie musterte Matthew; er sah nicht unangenehm aus, wenn sie mal von seinen schmalen Schultern und dem jungenhaften Ausdruck absah. Als sie sich das erste Mal verliebt hatte, war es ein Mann gewesen, der doppelt so alt war wie sie, und seitdem fand sie ältere Männer wesentlich interessanter als Gleichaltrige. Er hatte ein offenes, strahlendes Lächeln, mit dem er in regelmäßigen Abständen ihre Mutter bedachte, ohne jedoch Alex dabei aus den Augen zu lassen – eine richtige Meisterleistung. »Wie lange bleiben Sie hier?«, fuhr sie fort, aber nur, weil er sie beobachtete.

»Oh, das hängt von meinen Geschäften hier mit Rowntree ab.«

Sie nickte. »Es ist eine schöne Jahreszeit«, fügte sie ein wenig lahm hinzu.

»Ich habe Matthew eingeladen, bei uns zu wohnen«, sagte Minerva und lächelte gütig.

Alex' Laune wurde immer schlechter.

»Ja, das ist wirklich sehr großzügig«, bemerkte Matthew. Er trug eine Spur zu dick auf, fand Alex. »Nochmals vielen Dank; ich hatte gar nicht damit gerechnet, aber ich konnte Ihrer Mutter nicht widerstehen. Sie hat mich förmlich überredet.«

Alex stellte ihr Sherryglas ab. Sie würde seinem Geschmack heute Abend nichts mehr abgewinnen können. »Ja, sie liebt es, ihren Willen zu bekommen«, sagte sie.

»Nach heute Nacht werde ich mir jedoch selbst eine Unterkunft suchen. Vielleicht im Club, Sir? Wie sind die Zimmer?«

»Exzellent. Sie werden nicht enttäuscht sein.«

Erleichtert vernahm Alex, dass er seinen Aufenthalt nicht unnötig verlängern wollte. »Und werden Sie sich auch zur Truppe melden, Matthew?«

Sie entschuldigte sich hastig, als er bei ihrer Frage niedergeschlagen das Gesicht verzog. »Verzeihen Sie, das ist kein Thema für …«

»Nein, nein … das ist es nicht, liebe Alexandra.«

Jetzt schon »liebe Alexandra«? Ich kenne dich doch kaum, dachte sie.

»Ich habe bereits versucht, mich freiwillig zu melden«, erklärte er.

»Sie sind sehr eifrig, junger Mann«, sagte Charles. Er trank sein Glas aus, und Alex sah, wie er Lambton zunickte, die vermutlich von der Tür her ein Zeichen gegeben hatte.

»Ach, tatsächlich?«, sagte Alex, die ihre Überraschung nicht verbergen konnte. Ein Schatten umgab Matthew, aber sie konnte ihn nicht recht greifen. Auf jeden Fall erschien es ihr unwahrscheinlich, dass er zu jenen Männern gehörte, die so früh wie möglich an die Front wollten.

»Ja.« Er zuckte mit den Schultern. »Ich bin der dritte von fünf Söhnen. Diese schreckliche Position in der Mitte. Meine älteren Brüder werden zu Hause gebraucht. Sie arbeiten beide im Familienunternehmen, und mein Vater kann sie gerade jetzt nicht entbehren. Meine Mutter weigert sich, ihre Nesthäkchen, meine jüngeren Brüder, herzugeben. Außerdem sind sie doch eigentlich der Grund, warum wir in den Krieg ziehen, oder? Wir stehen alle in der Verantwortung, unsere Jugend zu beschützen und in Freiheit heranwachsen zu lassen.« Alex kam es vor wie der Beginn einer Rede, die er hielt, aber sie sah, wie der Busen ihrer Mutter bei seinen bewegenden Worten wogte. »Und Sie glaubten, Sie seien entbehrlich?«, beendete sie den Satz für ihn. Leises Mitgefühl stieg in ihr auf.

»Wir können nicht alle hinter den Kulissen warten. Ich hob meine Hand und war darauf vorbereitet, zu den Waffen gerufen zu werden.«

»Äußerst lobenswert, Matthew, obwohl ich fürchte, dass es eine Wehrpflicht geben wird, der sich Ihre älteren Brüder nicht entziehen können«, murmelte Charles.

Minerva legte ihre Hand aufs Herz. »Wahrhaft tapfer, dass Sie sich freiwillig gemeldet haben«, sagte sie zu ihrem Gast.

Sie waren beide so beeindruckt, warum also hatte Alex das Gefühl, dass seine Worte einstudiert klangen? Lag es daran, dass er genau an diesem Punkt so eine theatralische Pause machte, um das Lob ihrer Eltern entgegenzunehmen? Es kam ihr vor, als habe er seine Erzählung inszeniert wie ein Theaterstück.

»Aber man hat Sie vermutlich abgelehnt, oder?«, warf sie ein, um diesen Bühnenmoment aufzulösen und ihn zum Weiterreden zu bewegen.

Er zuckte nicht mit der Wimper über die Unterbrechung. Stattdessen nickte er traurig, als ob er ihr dankbar sei. »Ja. Sehr zu meiner Enttäuschung. Ich bin leider nicht tauglich.«

Alex erwiderte den ständig amüsierten Blick aus seinen blauen Augen. Verblüfft sagte sie: »Warum das denn nicht?«

»Es ist ziemlich lächerlich«, sagte er und fuhr sich mit der Hand durch die blonden Haare, die im Schein des Kaminfeuers rötlich schimmerten. Alex stellte sich vor, wie ihre Mutter sie wegen einer Entscheidung bedrängte, und sie das jämmerliche Argument anführen würde, dass sie um alles in der Welt keinen Rothaarigen heiraten könnte. »Ich bin kurzsichtig«, gestand Matthew und wies auf das Monokel. »Und vielleicht bin ich auch zu klein«, fügte er verlegen hinzu.

»Nun, ich bin auch nicht besonders groß«, unterbrach Charles Alex' Gedanken.

»Nein, aber Sie sind groß genug, Sir. Wenn Sie sechsundzwanzig wären, hätte man Sie sofort genommen. Leider jedoch achtet man bei der Armee mehr auf meine kleine Statur als auf mein großes Herz«, sagte er. Er klang dabei so resigniert, dass ihre Mutter leise seufzte.

Alex war entschlossen, sich ihre Verachtung nicht anmerken zu lassen. »Wie schade für Sie, Matthew. Äh, hat Lambton nicht angekündigt, es gebe Abendessen, Dad?«

»Ja, in der Tat. Gut gemacht, Liebling. Lambton hasst

es, wenn wir zu spät kommen, weil sie immer die Teller vorwärmt«, erklärte Charles in die Runde. »Sollen wir?« Er bot Alex den Arm.

»Lady Frobisher, gestatten Sie?«

Alex lächelte schmallippig, als sie sah, wie entzückt ihre Mutter darüber war, am Arm eines gut aussehenden jungen Mannes zu Tisch geführt zu werden. Ihre Gedanken überschlugen sich, als sie fieberhaft nach Ausreden suchte, um sich von Matthew Britten-Jones nicht den Hof machen lassen zu müssen.

»Ach übrigens, stören Sie sich bitte nicht daran, dass wir keine Lakaien haben«, sagte Minerva zu ihrer Begleitung. »Sie sind alle im Krieg, und wir versuchen, so gut wie möglich allein zurechtzukommen.«

»Sehen Sie, Lady Frobisher, selbst Sie leisten Ihren Beitrag zu den Kriegsmühen.«

Alex warf ihrem Vater einen Blick zu. Er zwinkerte ihr zu.

Matthew ließ seinen Charme spielen, mühelos machte er Komplimente. Er zeigte ein tiefes Interesse an der Führung des Besitzes und den täglichen Herausforderungen, denen ihr Vater sich im Vorstand der *North Eastern Railway* und seinen Beteiligungen an Diamanten- und Goldminen im Kongo und in Ghana stellen musste, und spendete gleichzeitig der Köchin, Mrs Morrison, großzügiges Lob für das Essen.

»Wir lieben die einfache Kost hier im Norden, Sir«, antwortete Lambton für das Küchenpersonal, obwohl Alex feststellte, dass sie den Tisch mit dem Silberbesteck gedeckt hatte; ein weiteres Warnsignal für die Absichten ihrer Mutter.

»Nun«, sagte Matthew und klopfte sich mit beiden Händen auf den Bauch. »Allein die Suppe war herzhaft und köstlich.«

»Blumenkohl und Stilton. Ein altes Familienrezept«, warf Minerva ein und warf ihrer Tochter einen Blick zu.

Alex lächelte süß über den Rand ihres Weinglases. »Und gibt es keine Möglichkeit für Sie, doch noch in die Armee eintreten und in den Krieg ziehen zu können?«, fragte sie. »Ich halte es für äußerst lobenswert, und Sie würden den anderen Männern mit so großartigem Beispiel vorangehen.«

Wieder zuckte Matthew nicht die Spur. »Ich habe alles versucht. Wenn ich nicht das Gesetz breche, steht mir kein Weg offen.«

»Noch nicht einmal, sich mit Einlagen in den Stiefeln ein bisschen größer zu machen?«, schlug sie vor.

Ihre Eltern und Matthew schmunzelten.

»Ich bezweifle, dass sie darauf hereinfallen würden«, erwiderte er.

»Zumindest nicht in diesem Stadium«, sagte sie so leichthin, wie sie es wagte.

Er richtete seinen Blick von der zunehmend schwärmerischen Miene ihrer Mutter auf sie. »Ja, ganz richtig. Wer weiß, was passieren wird oder welchen Anforderungen sich England einmal gegenübersieht. Wenn das Land mich braucht, werde ich da sein.«

»Gut gesprochen, Sir«, sagte Charles und hob sein Glas. Seine Frau folgte seinem Beispiel, während Alex ihr Glas nur zögernd erhob. Sie konnte nur hoffen, dass niemand es bemerkt hatte. Sie tranken einen Schluck Wein und gaben leise zustimmende Laute von sich, während sie tranken.

»Und was ist mit Ihnen, Alex? Wie wollen Sie zu den Kriegsbemühungen beitragen?«, fragte Matthew und setzte sein Glas ab. »Das ist ein guter Claret, Sir«, sagte er, aber sein Blick wanderte sofort wieder zu ihr zurück.

Das war ihre Chance. »Äh, nun, ich bin sehr froh, dass Sie es erwähnen, Matthew, weil ich beschlossen habe, mich als freiwillige Schwesternhilfe zu melden.« Sie hatte ihre Worte in der Badewanne geübt und jetzt das Gefühl, genau den richtigen Tonfall zu treffen.

Schweigen senkte sich über den Raum, während sich ihre Eltern verstohlen schockierte Blicke zuwarfen. Die Blicke schossen an ihr vorbei wie Gewehrkugeln, aber sie schaute weder ihre Mutter noch ihren Vater an. Es war eine vernünftige Idee, die gewiss keiner von beiden ablehnen konnte.

»Nun, das ist wunderbar.« Matthew strahlte. »Ich höre nur Heldenhaftes über die tapferen Krankenschwestern an der Front, die unermüdlich Männer zusammenflicken und völlig Fremde auf mütterliche Weise pflegen. Ich bin sicher, dass hier in der Heimat die gleiche Pflege benötigt wird.«

»Genau«, sagte Alex leise.

»Ja, in der Tat«, murmelte Charles, der sich langsam für die Vorstellung erwärmte. Er nickte Lambton zu, damit sie ihm Claret nachschenkte. »Ich habe gehört, dass immer mehr Soldaten hier zu Hause intensive Pflege brauchen.«

»Rowntree hat die brandneue Kantine zu einem Krankenhaus umbauen lassen«, warf Alex ein. »Dort können zweieinhalbtausend Arbeiter zur gleichen Zeit essen. Stellt euch das mal vor!«

Matthew wirkte angemessen beeindruckt.

»Ich kann mich dort als Freiwillige sehr nützlich machen.« Sie lächelte. Als Lambton auch ihr nachschenken wollte, schüttelte sie den Kopf.

»Ich bin tief beeindruckt von Rowntree und auch von Ihrem Vorhaben, Alex«, sagte ihr Gast.

»Tatsächlich, Matthew?«, sagte Minerva verwundert.

»Ja, mich beeindrucken alle Engländerinnen, die so selbstlos jede freie Stunde nutzen, um die Kriegsanstrengungen zu unterstützen. Alex' Dienst im Krankenhaus verdient nur Beifall.«

»Nun, es freut mich, dass meine Tochter Sie beeindruckt, Matthew«, erwiderte Minerva und ignorierte Alex' Blick, der sie zum Schweigen bringen wollte.

Matthew hatte das Monokel herausgenommen. Seine Augen schimmerten im Kerzenschein, als ob eine geheime Flamme darin lodern würde, und sein Blick wirkte leicht amüsiert. »Wann wollten Sie Ihren Freiwilligendienst denn leisten?«

Alex tupfte sich den Mund ab. Sie konnte es kaum glauben, dass er das Thema verfolgte und ihr damit so offensichtlich half. »Ich dachte, ich gehe morgen mal zu Rowntree und frage nach. Sie mussten auf ihre Art den Krieg unterstützen, da sie als Quäker ja den Dienst an der Waffe verweigern.« Sie ignorierte den ächzenden Laut, den ihr Vater von sich gab.

»Wie wäre es denn mit dem Krankenhaus in Swinegate in der ehemaligen Methodistenkirche? Wäre das nicht geeigneter, Liebling?«, überlegte ihre Mutter. »Ich glaube, Jennifer Houghtons Tochter hat dort auch ihren Freiwilligendienst geleistet, und möglicherweise arbeitet Alice Trubshaw ebenfalls dort.«

Verdammt! Das Militärhospital hatte sie ganz vergessen.

Als sie mit der Antwort zögerte, sagte Matthew: »Äh, ich habe zufällig auf dem Weg hierher einen Freund besucht. Er hat gerade sein Examen als Arzt gemacht und arbeitet im Militärhospital.«

»Ach ja?«, sagte Alex. Jetzt wurde ihr Plan wohl zunichtegemacht. Matthew hatte zwar zweifellos die richtigen Beziehungen, allerdings zum falschen Hospital.

»Ja«, erwiderte er. »Leider, Lady Frobisher, erwähnte er, dass sie Freiwillige in Swinegate abweisen und jeden, der dazu bereit ist, zum Krankenhaus von Rowntree schicken, wo dringend Hilfe gebraucht wird.«

Alex, die gerade ein Stück Brot essen wollte, blieb vor Überraschung fast der Mund offen stehen.

»Das haben Sie sicher auch gehört, Alex, oder?«, fügte er hinzu. Sein Tonfall war unschuldig, aber sie hatte das Gefühl, er zwinkerte ihr zu.

»Äh, ja, das ist – deshalb bin ich auf Rowntree gekommen. Letztes Jahr wurde im Hochsommer ein Lazarett in der Schule von The Mount eingerichtet, aber aus irgendeinem seltsamen Grund verwandelte die Stadtverwaltung alle Krankenstationen, die eingerichtet worden waren, wieder in Klassenzimmer, bevor das neue Schuljahr begann. Daher übergab Rowntree seine riesige Kantine als Quäkerlazarett der *Sanitätseinheit der Freunde*. Sie brauchen wahrscheinlich deshalb möglichst viele Freiwillige, weil in so kurzer Zeit so viele Soldaten dort aufgenommen wurden.«

»Ich finde es bewundernswert, dass du ihnen deine Dienste anbieten möchtest, Liebling«, sagte ihr Vater. »Es macht mich stolz.«

Alex blickte zu ihrer Mutter, die mit den Schultern zuckte. »Natürlich, Liebes, alles ist besser als Kisten in einer Fabrik zu packen. Bist du sicher, dass ich nicht mit den Houghtons oder Trubshaws sprechen soll? Sie könnten sich bestimmt dafür einsetzen, dass du im Militärkrankenhaus unterkommst.«

»Das ist lieb von dir, aber wie Matthew bereits sagte, brauchen sie im Quäkerlazarett einfach mehr Leute. Ich kann mit dem Fahrrad oder mit der Tram dorthin fahren.«

»Die pazifistische Sache hat aber so einen Hauch von Feigheit, Liebling, oder?«, murmelte Minerva. Sie versuchte, nicht zu aufgeblasen zu klingen, wirkte aber gerade dadurch voller Vorurteile.

»Die Verwundeten, die dort ankommen, sind alles andere als Feiglinge, Lady Frobisher«, warf Matthew ein und schenkte ihr ein strahlendes Lächeln. »Stellen Sie sich nur vor, wenn sie nach einer langen Fahrt im Krankenwagen Ihre schöne Tochter sehen! Sie werden glauben, sie seien im Himmel angekommen.« Er schmunzelte über seine eigene Bemerkung. »Mir würde es jedenfalls so gehen.«

Ihre Mutter setzte sich aufrechter hin. »Wenn Sie das sagen.«

»Außerdem«, fuhr Matthew fort und warf Alex einen kurzen Blick zu, »glaube ich, dass einer der Neffen – auf jeden Fall jemand, der Arnold Rowntree nahestand – kürzlich bei der Sanitätseinheit gestorben ist. Es ist nichts Feiges an einem unbewaffneten Arzt oder Sanitäter, der an die Front geht und stirbt, während er versucht, andere zu retten.« Er lächelte in die Runde.

Alex traute ihren Ohren kaum. Sie blickte ihren Vater an. Die wirklich wichtige Bestätigung konnte nur er ihr geben. »Dann ist das also in Ordnung, Dad? Kann ich morgen meinen Freiwilligendienst im *Freunde*-Krankenhaus antreten?«

»Wenn sie dich nehmen, stimme ich mit Matthew überein; solange unsere Soldaten gut gepflegt werden, ist mir das Krankenhaus gleichgültig.«

Alex blickte wieder zu Matthew. Sie bemühte sich, sich ihren Triumph nicht zu deutlich anmerken zu lassen. Unmerklich dankte sie ihm, und Matthew nahm ihren Dank an.

Mit leicht selbstgefälliger Miene trank er einen Schluck Claret. »Ich muss morgen zufällig auch in die Fabrik.«

Sie blinzelte. »Was genau haben Sie denn mit Rowntree zu tun?«

»Unser Unternehmen hilft ihnen mit der Eisenbahn.«

»Und daher kennen sich unsere Familien?«

Er nickte zu Charles, der gerade Lambton etwas zumurmelte. »Ihr Vater hat vor vierzig Jahren schon in die Eisenbahn investiert.« Er tippte sich an die Nase. »Es war klug von Ihnen, Sir, dass Sie mit Lord Coleville so früh in den Aufsichtsrat gegangen sind. Wir wurden später erst Aktionäre, deshalb haben wir in der Mitte der 1870er-Jahre schwere Zeiten erlebt. Jetzt jedoch blüht und gedeiht das Geschäft, und unsere Eisenbahn expandiert rasch.«

»Und *Rowntree's*? Wie passt das in Ihr Leben?«, fragte Alex.

Er grinste. »Wie Sie wahrscheinlich wissen, hat das Unternehmen einen eigenen Bahnsteig.«

»Ich wusste nicht, ob es tatsächlich ein Bahnhof ist oder nur zu Dekorationszwecken dient«, gab Alex zu. Die Bediensteten waren leise eingetreten, säuberten das gestärkte Tischtuch von Brotkrümeln und legten neue Teller auf. Alex blickte zu ihrer Mutter, die mit den Schultern zuckte.

»Du brauchst mich nicht anzusehen, Liebling. Ich finde diese Eisenbahngespräche langweilig.«

Matthew lachte. »Waren Sie noch nie in diesem Bahnhof, Alex?«

Verlegen schüttelte sie den Kopf. »Ich habe keinen Grund, mich in diesen Teil der Stadt zu begeben.« Was sie nicht sagte, war, dass ihre Mutter es vorzog, dass sie nicht in der Nähe der Haupteinkunftsquelle der Stadt gesehen wurde.

»Nun, das müssen wir ändern. Dort wird die Schokolade verladen und nach Süden zu den hungrigen Konsumenten gebracht. *Rowntree's* kann nicht nur auf die Straße angewiesen sein, deshalb hat das Unternehmen ein eigenes Gleis, einen Bahnsteig, sogar eigene Waggons. Damit kommen die Arbeiter an, und die Produkte werden hinaus in die Welt gebracht – alles bestens geführt, kann ich hinzufügen.«

»Nun«, sagte ihre Mutter plötzlich, da sie nicht völlig von der Unterhaltung ausgeschlossen sein wollte, »ein bisschen wusste ich davon, aber mir war nicht klar, dass es so fortschrittlich ist.«

»O ja«, fuhr Matthew wichtig fort. »Die Filey-Eisenbahnlinie führt durch die Fabrik nach Norden, um New Earwick herum, und dann in östliche Richtung bis an die Küste. Ursprünglich kommt sie aus Selby.«

»Deshalb heißt es auch Selby Halt«, sagte Charles und nickte. Alex warf ihm einen vorwurfsvollen Blick zu. *Warum hast du das noch nie erwähnt*, dachte sie, beantwortete sich die Frage jedoch gleich selbst. *Warum sollte er?*

»Die Arbeitskräfte kommen von überallher und steigen in Selby Halt aus, um in der Fabrik zu arbeiten«, erklärte Matthew.

»Und was haben Sie damit zu tun?«, fragte sie.

Seine Stimme war geduldig und angenehm. »Unsere Firma ist an der Erweiterung beteiligt und liefert die zusätzliche Ausstattung für die Kriegserfordernisse.«

Alex runzelte die Stirn. »Was heißt das?«

»Nun, *Rowntree's* produziert zurzeit nicht nur Schokolade; abgesehen davon, dass sie ein Lazarett zur Verfügung stellen, organisieren sie auch den Transport von Hilfsgütern über den Selby Halt.«

»Wahrscheinlich aus einem Schuldgefühl heraus«, warf ihre Mutter ein und trank einen Schluck Wasser. Dabei verzog sie das Gesicht, als habe sie puren Zitronensaft getrunken.

»Das ist nicht fair«, wies Alex sie zurecht. »Es klingt, als ob die Quäker ihr Möglichstes tun, ihren Beitrag zum Krieg zu leisten, ohne töten zu müssen.«

»Das ist wahr«, stimmte Matthew ihr zu. »Und wenn Sie sich nur auf die Schokolade konzentrieren, die die Fabrik für Soldaten herstellt. Tonnen davon sind an die Front transportiert worden, aber das bedeutet, dass sie schnell von Nordengland an die Häfen im Süden gebracht werden muss.«

»Ich finde es aufregend, dass unsere Stadt so viel Unterstützung bietet«, sagte Minerva, entschlossen, sich am Gespräch zu beteiligen.

Lambton war wieder im Zimmer und dirigierte ihr Personal mit fast unmerklichen Handbewegungen und sprechenden Blicken. »Rinderpastete, Mrs Morrisons berühmter Kartoffelauflauf und von mir selbst gezogenes Wintergemüse«, verkündete sie, während die Mädchen vorgewärmte Teller mit Pastete in goldbrauner Kruste und dunkler, nach Zwiebeln und Pfeffer duftender Bratensoße auftrugen. Alex schmeckte den vertrauten, tröstlichen Geschmack, der sie an ihre Kindheit erinnerte, bereits auf der Zunge. Sofort waren alle mit der Mahlzeit beschäftigt, bedienten sich an den Schüsseln mit Gemüse, auf dem Butterflöckchen schmolzen, und als sich die Bediensteten schließlich entfernten, dampften alle Teller verführerisch.

»Guten Appetit, Ladys und Gentlemen«, wünschte Lambton und verließ mit den beiden Mädchen das Zimmer, sodass sie ihre Unterhaltung wieder aufnehmen konnten. Die Haushälterin, der die Rolle als Butler offensichtlich gut gefiel, schloss die Tür hinter dem Personal, blieb jedoch selbst im dunklen Teil des Esszimmers stehen. Ihr entging nichts, das wusste Alex, und sie warf ihr ein leises Lächeln zu.

»Für Schokolade«, fuhr Matthew fort, »spielen die nächsten Monate eine entscheidende Rolle, deshalb muss das Produkt so schnell wie möglich nach Süden gebracht werden.« Er steckte ein Stück Pastete in den Mund und kaute.

»Oh, ich muss sagen, das ist wirklich hervorragend«, rief er aus und warf Minerva einen Blick zu.

»Ja, absolut köstlich, Liebling«, fügte Charles hinzu, als habe Minerva den ganzen Tag damit zugebracht, Pastete zu machen.

»Das eigentliche Geheimnis ist die Soße«, erwiderte Minerva mit einem verschwörerischen Kichern. »Ein kleiner Schuss Stout bewirkt Wunder.«

»Ach, daran liegt es?«, schmeichelte Matthew. »Ich muss dieses Rezept unbedingt Mutter mitbringen.«

»Nun, dann müssen Sie Ihren Charme bei Morrison spielen lassen. Sie trennt sich nicht gerne von ihren Rezepten«, sagte Minerva.

Alex runzelte die Stirn; Matthew hatte ihr Interesse geweckt durch seine Bemerkung über den Zeitplan für Schokolade. »Warum sind gerade die nächsten Monate so kritisch?«

»Du bist aber ziemlich neugierig, oder?« Ihr Vater wunderte sich.

Matthew ließ sein Besteck sinken und trank einen Schluck Claret. Ihm gefiel es sichtlich, im Rampenlicht zu stehen. Er tupfte seinen Mund leicht mit der Serviette ab, ohne jedoch einen Fleck darauf zu hinterlassen, und wartete grinsend, bis alle ihn gespannt ansahen. »Das ist vollkommen in Ordnung, Sir«, versicherte er. »An diesem Detail ist nichts Vertrauliches.« Er bedachte Alex mit einem langen Blick, als müsse er sich ihre besondere Aufmerksamkeit sichern, um ihr zu zeigen, dass er sie und ihre Frage sehr ernst nahm. »Ich weiß nicht, ob Sie Kenntnis davon haben, dass Prinzessin Mary letztes Jahr an Weihnachten einen Sturm des Entzückens ausgelöst hat, als sie einen öffentlichen Aufruf verbreiten ließ, um jedem Matrosen auf See und jedem Soldaten an der Front ein Geschenk zu schicken.«

Alex nickte. »Ich habe gehört, der Aufruf hat mehr als hundertsechzigtausend Pfund eingebracht.« Sie war entschlossen zu zeigen, dass sie auf diese Themen sehr wohl achtete und sich nicht nur mit oberflächlichen Dingen beschäftigte.

»Eine stattliche Summe«, sagte er, »und das bedeutete, dass jeder, der die Uniform des Königs trug, ein Geschenk bekommen konnte.« Er machte eine dramatische Pause, und in das Schweigen hinein seufzte Minerva lächelnd.

Alex nutzte die Gelegenheit, um rasch einen Bissen zu essen und den Blick von Matthew, der sich immer mehr für sein Thema erwärmte, abzuwenden. Mrs Morrisons dickflüssige Bratensoße schmeckte leicht süßlich, was daher kam, dass sie die Zwiebeln geduldig so lange geschmort hatte, bis sie wie Karamellbonbons schmeckten. Dieser köstliche Geschmack beruhigte sie. Aber dann stellte sie fest, dass er gerne wollte, dass sie ihn ansah.

»… selbst Gewürze und Bleistifte«, hörte sie ihn noch sagen, dann hüstelte er.

»Und wie ist die Eisenbahn damit verbunden?«, fuhr sie fort, um ihm zu zeigen, dass sie ihm zuhörte, obwohl er das Gespräch völlig an sich gerissen hatte. Obwohl das eigentlich keine Rolle spielte. Ihr Vater widmete sich zufrieden seiner Pastete, und ihre Mutter hatte nur Interesse an dieser Unterhaltung, wenn sich ihre Tochter und ihr Gast dabei anschauten.

»Ah, ja nun, die erforderlichen Produktmengen stellten sich als zu großes Problem heraus. Die Lieferung des Geschenks kam ins Stocken. Die Empfänger wurden in drei Gruppen aufgeteilt, A, B und C. Ich glaube, die Gruppe C hat ihr Geschenk erst eine ganze Weile nach Weihnachten erhalten.«

»Ah, ich verstehe das Dilemma. Das ist schade«, erwiderte Alex.

»Ja, in der Tat. Weihnachten im Schützengraben war bestimmt sehr hart.« Sie ahnte schon, was jetzt kam, gestattete ihm aber höflich seinen Moment. »*Rowntree's* produziert erneut die Schokoladendose des Königs zur Aufrechterhaltung der Moral, aber dieses Mal sollen die

Schokolade und die anderen Waren so schnell wie möglich an die Front ausgeliefert werden, um die Stimmung der Männer, die schon seit einem Jahr in den Schützengräben liegen, zu heben.«

»Ja, sehr gut!«, jubelte ihre Mutter.

Ihr Vater war damit beschäftigt, das letzte Restchen Bratensoße mit einem Teigstück aufzusaugen, das er sich extra für diesen Zweck aufgehoben hatte. Alex lächelte leise, als ihr klar wurde, dass sie diesen Charakterzug entweder geerbt oder von ihrem Vater, den sie seit Jahren aufmerksam beobachtete, übernommen hatte.

»Das ist aufregend«, sagte sie. Sie steckte sich einen Bissen Pastete in den Mund und kaute sorgfältig.

»Es freut mich, dass Sie das auch so sehen. Deshalb unterstützt dieses Jahr meine Firma das Unternehmen, um die Dose des Königs so schnell wie möglich von York zu den Quartiermeistern überall in Europa zu liefern.«

»Bewundernswert, Matthew«, gurrte ihre Mutter.

»Und wann geschieht das?«, fragte ihr Vater. Sein Teller war leer, und er legte sein Besteck ab.

Alex saß gegenüber den Erkerfenstern mit dem wunderschönen Buntglas. Der Vorhang war nicht zugezogen, und mittlerweile war es dunkel geworden, sodass sie sich alle in den Scheiben spiegelten. Es wirkte wie eine gemütliche Familienszene, und sie seufzte innerlich, da sie wusste, dass ihre Mutter sich genau das sehnlich herbeiwünschte. Ganz abgesehen von den Interessen ihrer Mutter, gefiel Matthew offensichtlich beiden Eltern. Alex sah deutlich, dass auch ihr Vater von ihm beeindruckt war, und warum auch nicht … An Matthew war nichts auszusetzen, soweit sie sehen konnte. Und doch stellte sie seine Aufrichtigkeit infrage, ohne ihren Verdacht so recht zu verstehen. Sie schob es auf die Tatsache, dass sie sich gerade erst kennengelernt hatten und ihr Zögern deshalb nur natürlich war. Abgesehen davon konnte man sich gut mit ihm unterhalten, er war ein lebhafter Gesprächspartner, hatte ausgezeichnete Manieren, war nett anzusehen, schien keine schlechten Angewohnheiten zu haben, und vor allem hatte er ihr sehr geholfen. Entschlossen richtete sie ihre Aufmerksamkeit wieder auf die Unterhaltung.

»… begonnen«, sagte Matthew gerade. »Die Schokolade ist bereits produziert und in spezielles Wachspapier verpackt, das zum Schutz der Schokolade gerippt ist. Die Dosen wurden schon früher im Jahr gefertigt und bereitgestellt. Soviel ich weiß, sollen auch Ansichtskarten von York gedruckt worden sein, die dem Geschenk beigelegt werden.« Er schüttelte den Kopf. »Möglicherweise gibt es noch andere Dinge, die hinzukommen.«

»Wann gehen die Dosen heraus?«, fragte Alex, und alle Blicke wandten sich ihr zu, vermutlich wegen der Dringlichkeit ihres Tonfalls. »Ich meine … sie sollen doch sicher die Dose des Königs zu Weihnachten erhalten, oder?«, fügte sie hinzu, um nur ja keinen Hinweis darauf zu geben, dass sie vorhatte, zu den Leuten zu gehören, die das besondere Dankeschön für die Truppen verpackten. Zumindest empfand sie ein starkes Verlangen danach. Sie hatte plötzlich das Gefühl, sowohl die Männer an der Front zu verraten als auch ihren Traum nicht erfüllen zu können, wenn sie sich nicht daran beteiligte.

»Ich vermute, es beginnt nächste Woche, und die ersten Dosen sollen Mitte des Monats verladen werden.«

Die Mädchen waren wieder ins Zimmer getreten, um die leeren Teller und Gläser abzuräumen, während

Lambton die Pastetenkrümel mit ihrem speziellen Silberwerkzeug, das aussah wie ein Laborspatel, von der Tischdecke schabte. »Nur Käse und Obst sowie süßes Gebäck, Mylady«, hörte Alex sie leise zu ihrer Mutter sagen, die daraufhin zustimmend nickte.

»Matthew?« Ihre Mutter blickte ihren Gast an. »Sie sagten, Sie wollten morgen *Rowntree's* einen Besuch abstatten?«

»Ja, Lady Frobisher, das werde ich.«

»Ausgezeichnet. Vielleicht könnten Sie Alex ins Lazarett begleiten?«

Entweder verfolgte ihre Mutter geheime Pläne oder, was noch schlimmer war, sie war schon wieder dabei, Alex zu verkuppeln. Dabei wäre das bei diesem verfügbaren, äußerst passenden Mann an ihrem Tisch gar nicht mal verwunderlich. Alex wagte es nicht, ihr einen bösen Blick zuzuwerfen, spürte jedoch, wie ihre Mutter unter ihrer lächelnden Miene vor Erregung bebte, als Matthews Augen sich vor Freude weiteten.

»Selbstverständlich, Lady Frobisher. Sollen wir sagen, nach dem Frühstück?«

»Ja«, stimmte Alex zu. Viel mehr konnte sie nicht sagen, weil gerade Platten mit Käse, Waffeln, Rosinen und anderen Trockenfrüchten aufgetragen wurden.

»Die Birnen sind aus unserem Obstgarten«, versicherte Lambton, »und der Wensleydale ist im Moment besonders cremig.«

»Sie müssen uns verzeihen, dass wir Ihnen keinen Somerset oder Gloucestershire servieren.« Charles nahm sich schmunzelnd ein großes Stück von dem Blauschimmelkäse.

»Es wäre beinahe ein Sakrileg für jemanden aus dem

Westen, zu Hause eine andere Sorte zu essen, deshalb kann ich Ihnen versichern, dass ich es sehr genieße, einmal einen anderen Käse und dazu noch einen, der aus dieser Region kommt, zu probieren«, erwiderte Matthew charmant.

Alex fragte sich staunend, ob Matthew wohl auf jede Bemerkung die passende Erwiderung fand … Anscheinend ja, denn an Minervas Lächeln und den Blicken, die sie ihrem Gatten zuwarf, erkannte Alex sofort, dass ihre Mutter etwas ausbrütete. Wahrscheinlich überlegte sie sich bereits, welchen Modeschöpfer sie für das Brautkleid nehmen sollten und dass ihre Tochter und Matthew wohl eher im Münster als in einer einfachen alten Kirche heiraten sollten. Alex kam ihrer Mutter jedoch zuvor, bevor sie ihn nach seinen Plänen für die Zukunft befragen konnte.

»Wussten Sie, dass dieser Käse durch Sporen entstanden ist, weil er in der gleichen Scheune aufbewahrt wurde wie das lederne Zaumzeug der Pferde?«

Matthew wollte sich gerade einen Bissen Käse in den Mund schieben.

»Sporen?«

»Ja, nun, jeder Blauschimmelkäse enthält Schimmel, oder?«, sagte sie sachlich, wobei sie feststellte, dass sie sich jetzt so benahm, wie er vorhin. Sofort änderte sie ihren Tonfall. »Daran ist nichts Schlimmes, Matthew. Ich hielt es nur für interessant zu erwähnen, wie die Geschichte vieler berühmter Rezepte sozusagen aus Zufall entstanden ist.«

Er lächelte, aber sie sah ihm an, dass er immer noch leicht beunruhigt wegen des Schimmels war.

»Was halten Sie von acht Uhr morgen früh?«, fragte

Alex, um ihn wieder auf ein Thema zu bringen, bei dem er sich wohler fühlte.

Er legte den Käse beiseite und knabberte stattdessen an einer Mandelmakrone. »Das klingt hervorragend.«

»Nun, junger Mann, wie wäre es mit einem Nachttrunk und einer Pfeife?«

»Natürlich, Sir Charles; allerdings sollte ich vielleicht erwähnen, dass ich kein Pfeifenraucher bin.«

»Oh, nun, Sie sind ja noch eine Weile da, nicht wahr?«

»Ein paar Wochen, Sir, ja.«

»Dann werden Sie Ihre Pfeife stopfen, bevor Sie wissen, wie Ihnen geschieht«, versicherte ihm Charles Frobisher.

»Sollen wir uns zurückziehen, Mutter?«, schlug Alex vor, und Minerva nickte.

Charles zog seiner Frau den Stuhl zurück. »Ich muss diesem jungen Kerl doch beibringen, wie echter Tabak schmeckt, nicht diese grauslichen Zigaretten.« Er küsste seine Frau auf die Wange. »Gute Nacht, Min, meine Liebste«, murmelte er. »Warte nicht auf mich.«

»Oh, ich bin nicht müde«, erwiderte ihre Mutter, und für Alex' Ohren klang das deutlich nach: *Ich will mit dir über die Eignung von Matthew Britten-Jones für Alex reden!*

»Nun, ich werde früh zu Bett gehen«, sagte Alex, um zu entkommen. »Es sieht so aus, als wäre morgen ein großer Tag für mich. Gute Nacht, Matthew, ich habe mich sehr gefreut, Sie kennenzulernen.«

Er ergriff ihre behandschuhte Hand und hauchte einen Kuss auf den Handrücken. »Ich bin entzückt«, sagte er. Rasch wandte er sich ihrer Mutter zu. »Guten Abend, Lady Frobisher. Danke für Ihre Gastfreundschaft.« Er küsste auch ihr die Hand.

»Mein lieber Junge. Wir sehen uns morgen«, erwiderte ihre Mutter und lächelte nachsichtig. »Schlafen Sie wohl.«

»Gute Nacht, Mutter.« Alex küsste Minerva auf die Wange.

»Wolltest du nicht auf mich warten, Liebling?«

»Ich dachte, du wolltest Speisefolgen und Speckvorräte mit Mrs Morrison besprechen, da morgen Markttag ist«, sagte Alcx. »Aber ich kann …«

»Nein, nein, du hast recht. Dann rasch zu Bett, Liebling, und hol dir deinen Schönheitsschlaf.«

In Alex' Ohren klangen die letzten Worte doppeldeutig. Und als sie sah, dass Minervas Blick kurz zu Matthew huschte, der leise mit ihrem Vater sprach, war sie sich sicher, dass der Unterton beabsichtigt war. Doch sie tat so, als habe sie es nicht gemerkt. »Danke, Lambton. Bitte sagen Sie Mrs Morrison, dass ihre Rindfleischpastete mich immer wieder an die Köstlichkeiten meiner Kindheit erinnert.«

Die Haushälterin lächelte. »Das sage ich ihr, sobald sie aus dem Kirchensaal wiederkommt, Miss Alex. Holly hat Ihnen Ihr Nachtgewand bereitgelegt. Schlafen Sie gut.«

Alex rannte die Treppe hinauf, dieses Mal blind für die Fenster und die prächtige Halle. Die Angst über die entschlossenen Pläne ihrer Mutter, einen geeigneten Verlobten für sie zu finden, mischte sich mit der Erregung darüber, möglicherweise viel früher in die *Rowntree's*-Schokoladenfabrik zu gelangen, als sie gehofft hatte. Sie setzte sich an ihren Schminktisch, nahm ihren Schmuck ab und hängte ihn sorgfältig auf den Baum aus Glas, den Holly ihr für ihre Perlen hingestellt hatte. Sie zog die hellgrauen Seidenhandschuhe aus, die ihr bis zum Ellbogen reichten, und steckte den dekorativen Ring mit dem in türkisblauer Emaille eingebetteten Diamanten, den ihre Eltern ihr vor ein paar Jahren von einer ihrer Auslandsreisen mitgebracht hatten, ebenfalls an einen Ast des Baumes.

»Ich hoffe, er gefällt dir so gut, wie er uns gefallen hat. Er erinnerte mich an deine wunderschönen Augen, Liebling«, hatte ihre Mutter gesagt, als sie das kleine Kästchen geöffnet hatte, in dem der Ring auf schwarzer Seide gebettet lag.

Er war im etruskischen Stil gearbeitet, und Alex gefiel vor allem, dass die Farbe der Emaille an das Mittelmeer erinnerte, von dem sie gelesen hatte.

»Und jetzt fließt Blut in dieses türkisblaue Wasser«, dachte sie. Trübe schaute sie auf ihr Spiegelbild, während sie an die Nachrichten über das schreckliche Gemetzel in den Dardanellen dachte, wo ganze Regimenter tapferer Soldaten, die für ihren König kämpften, niedergemacht worden waren. Es war nicht angebracht, sich auch um den Feind zu sorgen, aber insgeheim tat Alex es regelmäßig. Schließlich waren auch sie nur Männer, wie ihre Cousins, die ihre Pflicht taten und im Dienst für das Vaterland ihr Leben ließen. Ihre Gedanken an die Soldaten führten unweigerlich zu ihrem Gast. Sie wollte ihn nicht unbedingt der Feigheit bezichtigen, aber sie hatte ein unbehagliches Gefühl gehabt bei seiner nur schlecht verhüllten Erleichterung darüber, nicht an die Front zu müssen. Er hatte zwar die richtigen Worte gefunden und sich angemessen zerknirscht darüber geäußert, dass er nicht knietief in Schlamm und Blut watete, aber ihre innere Antenne hatte etwas Hinterlistiges erspürt. Alex seufzte leise frustriert. Sie stützte ihr Kinn auf die Hände, betrachtete ihr Spiegelbild und fragte sich, warum die Eltern in ihm nur einen feinen jungen Mann sahen, während sie einen Schuft sah. Das war zudem noch besonders unbarmherzig von ihr, da er doch in der Farce heute Abend die Hauptrolle gespielt hatte; Matthew hatte sie offensichtlich in ihrem Verlangen, ins Krankenhaus der Schokoladenfabrik zu kommen, unterstützt, aber er konnte doch nicht wirklich ahnen, warum, oder?

Wenn er ihr nur aus einem unangenehmen Moment herausgeholfen hatte, dann war er schnell, das musste sie ihm lassen. Er hatte ihr den Weg aus dem Dilemma geschickt geebnet.

Alex lehnte sich zurück und begann, die Nadeln aus ihren Haaren zu ziehen. Klimpernd fielen sie in die flache Glasschale auf ihrem Schminktisch. Geistesabwesend fragte sie sich, wie viele Nadeln Holly wohl gebraucht hatte, um ihre Haare zu dieser Frisur zu bändigen, aber sie verfolgte den Gedanken nicht weiter, weil ihr auf einmal klar wurde, dass sie und Matthew jetzt Verschwörer waren.

3

Sie hatte eine unruhige Nacht verbracht. In ihren Träumen hatten Männer Blechdosen mit Schokolade geöffnet, die explodierten und sie verwundeten, sodass sie ins Krankenhaus neben der Fabrik der Rowntrees gebracht werden mussten, um dort gesund gepflegt zu werden. Sie war die Schwesternhilfe, die sie erwartete; alle fragten nach ihr. Es waren beunruhigende Träume, und als sie in der Ferne einen Hahn krähen hörte, stand sie auf und trat ans Fenster, um den Morgen zu begrüßen.

Sie schob das Fenster hoch, und die Winterkälte vertrieb die Wärme im Zimmer. Die Scheite im Kamin hatten sie die Nacht über gewärmt, aber jetzt war sie mit einem Schlag wach. Blinzelnd blickte sie zum Himmel und stellte erfreut fest, dass es ein klarer Tag war; die Temperaturen lagen wahrscheinlich unter dem Gefrierpunkt. In der Luft lag der vertraute Duft nach Zucker und geröstetem Kakao, der fast so intensiv roch wie Lakritz. Die duftende Luft kam von einer weiteren Schokoladenfabrik, die der Familie Terry gehörte.

Trotz der Kälte sog sie den Geruch tief ein. Die Terrys waren Freimaurer, aber Alex' Gedanken glitten zu den Quäkerfamilien, die hier als Lebensmittelhändler begonnen und sich dann auf die Herstellung von Schokolade verlegt hatten, weil es potenziell das lohnendere Geschäft war.

Wenn diese Familien klein anfangen konnten, warum sie nicht auch? Ihr Vater hatte ein beachtliches Vermögen geerbt, als er zwanzig war, aber er ging auch Risiken ein, wo ältere, erfahrenere Geschäftsleute konservativer agierten. Wenn er nicht so früh ins Eisenbahngeschäft eingestiegen wäre, hätte er in den 1870er-Jahren große Verluste gehabt, und wenn er nicht sein Vermögen riskiert hätte, um in die Diamantminen im Kongo oder die Goldminen in Südindien zu investieren, könnte sie wohl kaum dieses luxuriöse Leben führen.

»So will ich auch sein«, flüsterte sie in den Wind, damit er ihren Wunsch jemandem zutrug, der sie erhörte. »Ich will Risiken auf mich nehmen und meinem Herzen, meinen Instinkten folgen.« Sie seufzte. »Schließlich bin ich die Tochter meines Vaters, da ist es nur natürlich«, sagte sie zu einer grauen Taube, die sich auf einem der Fensterbretter niedergelassen hatte. In der Luft lag jetzt ein Hauch von Orangenöl, und sie dachte an die Familiengeschichte der Terrys, die sie gut kannte. Sie hatten einen kleinen Laden in Bootham Bar in York übernommen. Er hatte einem Mr Berry gehört, der dort Hustenpastillen und andere einfache Süßigkeiten verkaufte. Dann kam Joseph Terry, ein Apotheker, der in Swinegate in der Nähe des Krankenhauses arbeitete. Joseph verliebte sich in Berrys Nichte, stieg in das Familiengeschäft ein und sorgte mithilfe seiner pharmazeutischen Kenntnisse für große Verbesserungen im Sortiment. Sie boten jetzt auch gezuckerte Süßigkeiten, kandierte Orangenschalen und sogar Marmelade an. Alex nahm an, dass ihr Vater wahrscheinlich mit Terrys Sohn zu tun hatte, der das von Sir Charles mitgegründete Eisenbahnnetz nutzte, um sowohl Rohmaterialien in die Fabrik zu holen als auch Waren quer durchs gesamte Land zu transportieren.

»Ich kenne die Terrys recht gut, Liebling«, hatte ihr Vater ihr gestern zugeflüstert. »Vielleicht könnte ich dir Kochunterricht bei einem ihrer Köche ermöglichen, damit das Lernen dir mehr Spaß macht … Es wäre doch nichts anderes als der Kochunterricht im Lyzeum, oder?«

Sie hatte kläglich gelächelt. Ihr armer Vater tat sein Bestes.

Alex seufzte, als sie daran dachte, dass in der Fabrik der Terrys schon früh an diesem kalten Morgen die Schokolade conchiert wurde, damit sie ihren wundervollen Geschmack erhielt. Sie hatte als kleines Mädchen den Conchierraum ein einziges Mal von Weitem gesehen, als sie ihren Vater zu irgendeinem offiziellen Termin begleitet hatte. Schon damals war sie von den riesigen Maschinen fasziniert gewesen, die unermüdlich und langsam die flüssige Schokolade bei perfekter Temperatur hin und her rollten. Alex konnte den Geruch förmlich schmecken: erdig, mit fruchtigen Untertönen, fast wie Likör. Sie hatte früher nie darüber nachgedacht, aber soweit sie wusste, war sie die Einzige in ihrer Familie, die am berühmten Exportartikel ihres Heimatortes interessiert war.

In einem Moment der Ironie ging ihr durch den Kopf, dass sie in eine der großen Süßwarenfamilien des Nordens einheiraten könnte, aber anders als ihre Familie wären sie auch nicht. Sie würde trotzdem auf Distanz zum Geschäft gehalten werden. Sie konnte, wenn sie nur wollte, Rowntree oder Cadbury als Nachnamen haben, aber ihr Status wäre trotzdem der einer Dame von Stand, deren Rolle es war, Ehefrau, Mutter, Gastgeberin, Wohltäterin und Haushaltsvorstand zu sein.

Nein, ihre einzige Chance auf eine Karriere bestand darin, nicht auf ihren Stand zu pochen und sich mit einer List in das Geschäft einzuschmuggeln. Und anscheinend war Matthew Britten-Jones mehr als bereit, ihr zu helfen.

Sie schloss das Fenster und wählte ihre Kleidung für den Tag. »Was hast du vor, Matthew?«, sagte sie und musterte ihren Kleiderschrank. Alle Sommerkleider waren sorgfältig verpackt und eingelagert worden, deshalb hatte sie jetzt nur die Wahl zwischen Kleidern aus Wolle und Tweed, Samt oder dickem Satin; die Farben waren dunkel und neutral, nur gelegentlich aufgefrischt durch Burgunderrot, Smaragdgrün oder Olivgrün. Der Krieg war in die Psyche der Nation gedrungen, und niemandem war danach, die leuchtenden Pink- oder Violetttöne, das Saphirblau und Gold des vergangenen Winters zu tragen. Das Leben war düster. Sie hatte Verständnis dafür, aber es brauchte ja nicht auch ohne Geschmack zu sein, und vielleicht war Schokolade ein Luxus, den sich jeder leisten konnte. Sie verfolgte diesen Gedanken: Schokolade war möglicherweise der Geschäftsbereich, an dem auch eine Frau beteiligt sein konnte, ohne dass sich andere dadurch bedroht fühlten. Konnte sie ihr aufrichtiges, doch in keiner Hinsicht erforschtes Interesse möglicherweise in eine Chance verwandeln? Sie sollte darüber nachdenken.

Aber zunächst einmal musste sie sich mit Matthew gut stellen und vor allem herausfinden, welche Absichten er verfolgte.

Beim Frühstück war die Atmosphäre höflich, weil ihre Eltern mit am Tisch saßen, allerdings, was frustrierend war, zu unterschiedlichen Zeiten, sodass sich keine Gelegenheit ergab, mit Matthew allein zu sprechen. Und so drehte sich die Unterhaltung um den nahenden Winter, das Pachtland, das ihnen gehörte, den herrlichen 12. August, der gestrichen worden war, weil es nicht mehr genug Männer gab, die eine Fuchsjagd organisieren und sich daran erfreuen konnten, und natürlich um die unvermeidliche Diskussion über Eisenbahnen, aus denen der Reichtum beider Familien in erster Linie stammte.

»... oh, in der Tat. Tatsächlich arbeiten im ganzen Land Frauen bei der Eisenbahn«, erwiderte Matthew auf eine Bemerkung ihrer Mutter, die Alex nicht gehört hatte, weil sie gerade einen Brief von Duncan überflogen hatte. Er war voller nüchterner Tatsachen, wenig Zuneigung und gab ihr das verhängnisvolle Gefühl, dass er bei seinem nächsten Urlaub fest damit rechnete, sich mit ihr zu verloben.

»*Rowntree's* ist in dieser Hinsicht keine Ausnahme«, hörte sie Matthew murmeln.

Alex legte den Brief beiseite. »Ich bewundere sie.«

»Komm nicht auf dumme Gedanken, Alex, Liebes«, warnte Minerva sie und blickte von den Briefen auf, die sie während des Frühstücks sortierte. »Ruß und Seide passen nicht zusammen«, scherzte sie und griff nach einem Brieföffner, um einen Umschlag aufzuschlitzen. Sie überflog den Brief und stieß dann einen Laut aus, der in Alex' Ohren so klang wie der einer Henne, die ein Ei legen will.

»Du liebe Güte, die kleine Aldwyn – die jüngste – heiratet einen Penshaw. Ist das zu fassen?«

Alex warf Matthew einen Hilfe suchenden Blick zu. Er grinste.

»Äh, Alex, ich treffe mich heute mit jemandem aus der Leitung der Schokoladenfabrik, und sie haben mir angeboten, mich herumzuführen. Hätten Sie nicht Lust, mich zu begleiten? Ich werde nur zu gerne darauf hinweisen, dass Sie eine enge Freundin meiner Familie sind … wenn das nicht zu anmaßend ist?«

Sie stellte die Tasse Tee, die sie gerade an die Lippen führen wollte, unbenutzt wieder ab, obwohl sie auf einmal einen ganz trockenen Mund hatte. »Das würde ich sehr gerne tun, danke, Matthew. Sind Sie sicher?«

Er zuckte mit den Schultern. »Ich kann mir nicht vorstellen, dass Mr Rowntree etwas dagegen hat. Wer könnte etwas dagegen haben, von einer so schönen Frau begleitet zu werden?«

Minerva war zwar anscheinend in die Lektüre ihres Briefes vertieft, aber ihr entging kaum etwas. Sie blickte auf und sah Matthew entzückt an.

Alex lächelte dünn.

»Natürlich müsste ich erst überprüfen, um wie viel Uhr sie das Krankenhaus verlassen kann«, sagte Matthew an Minerva gewandt.

Jetzt war Alex' Lächeln aufrichtig dankbar. »Natürlich.« Heute Morgen war er offensichtlich weniger spitzfindig.

»Das ist ein hübsches Kostüm, Liebling. Das habe ich noch gar nicht an dir gesehen, oder?«

Alex schüttelte den Kopf.

»Es betont deine großartige Figur. Diese elfenbeinfarbene Kante ist entzückend.«

»Wirklich, Mutter«, tadelte Alex sie leise. Sie stand auf und gab Minerva einen Kuss auf die Wange. »Bis heute Nachmittag. Matthew, wir treffen uns in zwei Minuten unten.«

Ein paar Minuten lang gingen sie in einvernehmlichem Schweigen nebeneinander her, vorbei an der *St. Peter's*

School, wo Jungen in dunklen Blazern auf dem Schulhof herumliefen, nachdem die Schulglocke ertönte.

»Mein Vater sagt, das sei angeblich die viertälteste Schule auf der Welt, noch älter als das *House of Lords*«, sagte Alex, die das Gefühl hatte, ihm die Gebäude erläutern zu müssen, an denen sie vorbeikamen. »Ihre Geschichte kann sogar noch viel weiter zurückverfolgt werden, bis ins siebte Jahrhundert, als es hier am Ufer des Ouse kaum mehr als ein paar Holzhäuser gegeben haben kann.«

»Und jetzt ist es so ein prächtiges Gewirr steinerner Gebäude.«

»Ich glaube, da haben Sie recht. Dad sagt, hinter diesem Eingang«, sie zeigte auf das Portal, »liegen zahllose Korridore und Räume, die über Jahrhunderte hinweg immer wieder hinzugebaut worden sind.«

»Ich habe eine ähnliche Schule besucht – natürlich nicht so alt, aber bei dem Anblick steigen viele Erinnerungen auf.«

»Gute oder schlechte?«

»Beides. Wir waren Internatsschüler; das kann für manche die Hölle sein und für andere eine sichere Zuflucht. Bei mir war es irgendwo dazwischen, aber wenn ich einen Sohn oder eine Tochter hätte, würde ich ihnen die Wahl lassen.«

»Das ist beruhigend«, sagte sie und lächelte ihn an. »Joseph Terry, der Gründer von *Terry's Chocolate of York*, ist hier zur Schule gegangen, aber der berüchtigtste Schüler war wahrscheinlich Guy Fawkes.«

»Wirklich?« Seine Augen funkelten vor Vergnügen, und Alex fiel auf, dass er das Monokel heute nicht trug.

Sie nickte lächelnd. »Ich kann Ihnen auch zeigen, wo

er getauft worden ist. Auch einer seiner Mitverschwörer in der Pulververschwörung war Schüler in *St. Peter's*. Kindheitsfreunde, die als Erwachsene dunkle Taten begingen. Äh, ich hätte früher fragen sollen, aber es macht Ihnen doch nichts aus, mit der Tram zu fahren, oder? Ich hielt es für unnötig, Mr Potter zu bitten, uns zum Krankenhaus zu chauffieren.«

»Nein, es macht mir überhaupt nichts aus«, erwiderte er. »Ich finde Ihre Stadtführung durch The Mount reizend.«

»Ich ziehe ehrlich gesagt die andere Richtung vor, da ich abends meistens auf dem Knavesmire ausreite, aber heute brauchte ich ein bisschen frische Luft. Sie müssen meiner Mutter verzeihen, Matthew. Sie glaubt, ihre unverheiratete Tochter braucht einen Gefährten.«

Er lächelte, blickte sie aber dabei nicht an. »Und wie denken Sie darüber, Alex? Brauchen Sie einen?«

Auf so eine unverblümte Frage war sie nicht gefasst gewesen; sie hatte eher etwas Witziges als Antwort erwartet. »So weit im Voraus habe ich noch gar nicht gedacht.«

»Nein? Doch, gewiss. Eine schöne Frau wie Sie und dazu im heiratsfähigen Alter.« Einen leichten Anflug von Sarkasmus konnte er nicht verbergen. Anscheinend blieb Matthew auch sonst nichts verborgen.

»Was hat Schönheit damit zu tun?«

»Seien Sie nicht naiv.«

»Jetzt klingen Sie wie meine Mutter.«

Sie näherten sich dem Kloster, aber sie merkte, dass er das Interesse an der Stadtführung verloren hatte. Er blieb stehen und zwang sie dadurch, ihren Schritt zu verlangsamen und ihn anzusehen. »Verzeihen Sie mir. Habe ich Sie verärgert?«

Sie runzelte die Stirn, schüttelte aber den Kopf. »Nein. Ich bin nur verwirrt.«

»Warum?«

»Weil ich nicht verstehe, warum Sie mir helfen.«

»Was zu tun?«

»Ach, jetzt hören Sie auf, Matthew. Es mag verlockend sein, Ihnen mangelnden Scharfsinn vorzuwerfen, doch ich weiß, dass es Ihnen daran bestimmt nicht mangelt.«

Sie starrten einander an. Alex fiel auf, wie intensiv sein Blick war.

»Na gut; es ist offensichtlich, dass Sie in Rowntrees Schokoladenfabrik wollen, und obwohl ich nicht ganz verstehe, warum, möchte ich Ihnen gerne helfen.«

»Hat Ihnen mein Vater gestern Abend nicht alles darüber erzählt? Es kam mir so, als ob Sie beide sich sehr gut verstehen.«

»Er hat es kaum erwähnt. Aber ich würde es sowieso lieber von Ihnen hören. Es hat mich fasziniert.«

Alex erklärte ihm ihr Verlangen, einen Beruf auszuüben. »Seltsamerweise ist mir jedoch erst gestern Abend, als Sie über *Rowntree's* sprachen, klar geworden, dass das Potenzial genau in dem Produkt liegt, für das die Gegend hier berühmt ist. Noch wichtiger ist allerdings, dass ich in diesem Moment das Gefühl hatte, die Männer an der Front zu betrügen, wenn ich nicht in der Fabrik arbeiten würde. Und genau deshalb möchte ich es.«

»Was für eine berufliche Laufbahn streben Sie denn an?«

Alex zuckte mit den Schultern. »Das ist die Schwachstelle. Ich stelle mir gar nichts Konkretes vor. Meine Mutter hat recht, ich weiß über nichts genug Bescheid, um solche hochfliegenden Ideen zu hegen.«

»Nun, ich wusste auch nichts über Eisenbahnnetze, bevor ich es lernte. Sie mögen Schokolade, sagen Sie; haben Sie auch Interesse daran?«

»Ja.« Sie grinste. »Was riechen Sie?«

Er blinzelte. »Ähm, Kohle«, sagte er, was auf der Hand lag, da sie sich dem Bahnhof näherten. Alex nickte. »Pferdeäpfel.« Er lachte und wies auf die Straße, wo eben noch eine Kutsche gehalten hatte.

Alex kicherte. »Auch Gerbereien, ich weiß. Sonst noch etwas?«

Mathew schnupperte, schloss die Augen und schnupperte noch einmal. »Da ist noch irgendetwas Saures, oder?« Fragend blickte er sie an.

»Gut!« Ihre Augen blitzten vor Freude. »Was Sie riechen, ist die Essignote im ersten Stadium des Conchierens in der Fabrik der Rowntrees. Wenn der Tag so klar ist wie heute und kaum Wind geht, können wir den Duft riechen. An bewölkten Tagen, vor Regen und wenn der Wind aus östlicher Richtung auffrischt, würden Sie eher einen malzigen, süßlicheren Geruch wahrnehmen … aus der *Clementhorpe*-Fabrik der Terrys.«

»Und Sie wollen mir erzählen, dass Sie aufgrund von Düften, die der Wind mit sich bringt, genau sagen können, was in jeder Fabrik gerade vor sich geht?« Er blickte sie staunend an.

Sie lachte. »Ehrlich gesagt habe ich darüber noch nie nachgedacht. Das können vermutlich die meisten Leute in dieser Stadt.«

»Da verkaufen Sie sich aber unter Wert, Alex. Vielleicht sollten Sie Chocolatière werden.« Sie warf ihm einen überraschten Blick zu. »Das wissen Sie aber selbst, oder?«

Sie errötete, antwortete jedoch nicht, weil ihr der Gedanke erst an diesem Morgen gekommen war und sie ihn noch nicht wirklich zugelassen hatte; erst Matthew hatte ihre vage Idee in Worte gefasst, die vielversprechend klangen. »Wissen Sie, wenn Europa sich nicht gerade selbst in die Luft jagen und in ein gewaltiges Schlachtfeld verwandeln würde, würde ich Ihnen vorschlagen, auf den Kontinent zu reisen und bei einer der großen Schokoladenfirmen in der Schweiz oder in Frankreich in die Lehre zu gehen.«

Sie blickte ihn erfreut an. »Sie sind eine richtige Überraschung.«

»Wieso?« Er grinste.

»Sie haben überhaupt keine Vorurteile. Sie lehnen die Vorstellung von einer Frau im Geschäftsleben überhaupt nicht ab.« Alex fand das seltsam, vor allem im Hinblick auf seinen Reichtum und seine gesellschaftliche Stellung.

»Und wie ist es bei Ihnen, Alexandra? Haben Sie Vorurteile?«

Sie schnaubte. »Ich hoffe nicht.«

»Wieso überrasche ich Sie dann?«

»Sind Sie auf Komplimente aus?«, fragte sie amüsiert.

»Immer«, erwiderte er.

»Nun, es beeindruckt mich, dass Sie die traditionellen Ansichten über Frauen nicht teilen, und vor allem bin ich fasziniert davon, dass Sie mir heute helfen. Sie schienen sofort zu wissen, wie Sie mir helfen konnten, ohne meine Eltern zu beleidigen. Das war der perfekte Drahtseilakt.«

Er blickte auf seine Füße.

»Ich trete leise auf und habe eine kleine Schuhgröße.«

Sie lachte aufrichtig amüsiert. »Wir warten hier auf die

Straßenbahn.« Sie zeigte auf die Haltestelle. »Oder machen Sie sich über mich lustig?«

»Das würde ich nie wagen! Nein, Miss Frobisher, ich bin absolut fasziniert von Ihnen. Ich lache, weil Sie ein Mädchen sind, das alles hat und sich doch nur wünscht, ganz normal zu sein. Sie gehen sogar zu Fuß und nehmen die Tram, statt sich vom Chauffeur Ihrer Familie fahren zu lassen. Unglaublich!«

»Ich möchte mich so frei wie jedes normale Mädchen bewegen können; Ballkleider und dieses ganze Tamtam interessieren mich nicht. Aber woher wussten Sie … Ich meine, woher wussten Sie, dass ich eigentlich in die Schokoladenfabrik wollte? Sie schienen ja förmlich zu spüren, was ich will – vielleicht sogar brauche –, noch bevor ich es tat!«

»Ich habe gemerkt, dass Sie sich in eine Notlüge verstrickt hatten und ihre Eltern lieber nicht anlügen wollten.«

»Aber wie haben Sie das gemerkt? Meine Eltern haben nichts geahnt.«

Statt sich in die Warteschlange an der Haltestelle einzureihen, zogen sie sich dichter an die Wand des nahen Gebäudes zurück. »Jemand, der in Notlügen geübt ist, erkennt sie bei anderen.«

»Ich verstehe.« Statt beleidigt zu sein, konnte sie ein Lächeln der Bewunderung für seine Offenheit nicht unterdrücken. »Und worin besteht Ihre Notlüge?«

»Dass ich nur zufällig in *Tilsden* bin.«

Sie hoffte, ihn mit ihrem Blick einschüchtern zu können, aber er zuckte nur mit den Schultern.

»Ich brauche eine Frau, Alex. Ihnen könnte Schlimmeres passieren, als mich zum Ehemann zu nehmen.«

Sie wandten die Blicke voneinander ab, als die Tram zur Haxby Road unter Bimmeln anhielt, damit die Leute einsteigen konnten. Der Morgen war trocken und milder als erwartet, sodass zahlreiche Fahrgäste sofort nach oben gingen, um zu rauchen oder die frische Luft zu genießen, bevor sie den Tag in der Fabrik zubrachten. Alex und Matthew setzten sich unten hin. Die Unterbrechung gab ihr Zeit, seine Direktheit zu verdauen. Die Tram fuhr los, in einem weiten Bogen nach links, vorbei am Bahnhof.

Alex wusste, er wartete darauf, dass sie etwas sagte. »Sie erwähnen diese erstaunliche Tatsache, so wie ich vielleicht von neuen Reitstiefeln reden würde«, sagte sie leicht entsetzt.

»Nun, wenn wir beide aufrichtig sind, dann müssen wir zugeben, dass die Gattenwahl in der Gesellschaftsschicht, aus der wir beide kommen, sich davon auch kaum unterscheidet. Wie haltbar sind sie? Sind sie solide? Sind sie fest genäht? Ist der Glanz tief ins Leder gedrungen?«

Alex lächelte nicht über seinen scharfsinnigen Vergleich; sie blickte ihn stirnrunzelnd an. »Wissen meine Eltern davon?«

Er schüttelte den Kopf. »Nein, sie haben damit nichts zu tun, aber ihre Mutter ahnt sicherlich etwas.«

Alex wechselte einfach das Thema. Sie wollte nicht schon wieder über Hochzeitstermine reden müssen. »Sie sind wahrscheinlich am Yorker Bahnhof angekommen?« Sie wies mit dem Kinn auf das weitläufige, elegante Bahnhofsgebäude, an dem sie gerade vorbeifuhren.

»Ich muss gestehen, dass ich das nur von eisernen Säulen getragene Fassgewölbe des Daches mit offenem Mund angestaunt habe.«

»Ja, es ist tatsächlich außergewöhnlich schön gewölbt.«

»Mir hat jemand erzählt, dass es in seiner Extravaganz damals eines der größten Bauwerke in England war. Warum meiden wir das eigentliche Thema, über das ich sprechen möchte?«

Alex starrte aus dem Fenster, als sie an dem schönen Hauptgebäude der *North Eastern Railway* vorbeifuhren, in dem wahrscheinlich in diesem Augenblick ihr Vater saß. Matthew ergriff ihren Ellbogen, und sie richtete den Blick auf seine Hand, die ihren Arm umfasste. Es war eine gepflegte Hand, mit kurz geschnittenen, glatt gefeilten Fingernägeln. Er verwandte offenbar mehr Sorgfalt auf seine Maniküre als sie. Seine Nägel waren so poliert, dass sie glänzten. Sofort ließ Matthew ihren Arm los. »Verzeihen Sie. Lassen Sie mich noch einmal neu beginnen. Meine Eltern schätzen Ihre sehr. Auf das Risiko hin, vulgär zu wirken, möchte ich darauf hinweisen, dass unsere Familie den Frobishers in Bezug auf Wohlstand in nichts nachsteht, und auch für mich als Dritten in der Erbfolge ist reichlich Vermögen vorhanden. Wenn Sie meine Frau wären, bräuchten Sie weder zu hungern noch abgelegte Kleidung zu tragen, das kann ich Ihnen versprechen. Des Weiteren würde ich keine Forderungen an Sie stellen, noch nicht einmal die, mir Erben zu schenken, falls Ihnen dieser Gedanke nicht zusagen würde.«

Alex wollte aufbrausen, aber er hob besänftigend die Hände.

»Ich habe Ihnen gesagt, ich möchte eine Frau – eine Gefährtin, mit der ich gerne zusammen bin und der ich vor allem vertrauen kann.«

Vertrauen? Das war wichtig in einer Ehe, aber im Kontext dieses Gesprächs klang es eher seltsam, dachte Alex. Er redete jedoch bereits weiter, und es wäre unhöflich gewesen, ihn zu unterbrechen.

»Ich erwarte auf keinen Fall von Ihnen, dass Sie ein Kind nach dem anderen bekommen, wie das manche Männer, einfach nur um ihre Linie zu erhalten, von Ihnen verlangen würden.«

Alex musste an Duncan Cameron denken. »Ich würde so oder so nicht verhungern, Matthew«, erwiderte sie verwirrt. »Es ist mir zwar peinlich, Sie darauf hinzuweisen, aber in finanzieller Hinsicht bin ich Ihnen zumindest ebenbürtig. Nicht dass ich Sie nicht mögen würde, aber ich kenne Sie ja kaum.«

Er nickte rasch, um ihr zu zeigen, wie gut er ihre Vorbehalte verstand. »Sehen Sie, Sie sind das einzige Kind. Es versteht sich von selbst, dass jeder, mit dem Sie Ihren Reichtum teilen werden, gut situiert sein wird. Aber solange Sie in der gleichen sozialen Schicht heiraten, brauchen Sie sich keine Gedanken darüber zu machen, ob der Glückliche Sie vielleicht nur wegen Ihrer Erbschaft geheiratet hat. Ich kann Ihnen versichern, dass ich der Richtige bin, und ich würde Sie nicht des Geldes wegen heiraten.«

»Aber auch nicht aus Liebe.« Die Worte waren heraus, bevor sie kaschieren konnte, wie anklagend sie klangen, und ein Gefühl der Traurigkeit durchfuhr sie. Sie fühlte sich wohl mit Matthew, sie bewunderte seine Offenheit, dachte jedoch zugleich selbstmitleidig darüber nach, schon wieder von einem Verehrer in eine lieblose Situation gedrängt zu werden.

Warum konnte sie sich nicht einfach darauf freuen, einmal einen Mann zu haben, den sie lieben konnte, jemanden, den sie tatsächlich begehrte oder wirklich heiraten wollte? »Warum empfinden es alle als solche Last, wenn man einfach auf den Richtigen warten will?« Sie merkte zu spät, dass sie ihre Gedanken laut und heftig ausgesprochen hatte.

»Weil Sie nicht mehr die Jüngste sind, auch wenn Sie noch keineswegs zu alt zum Heiraten sind. Ich kann verstehen, dass Ihre Eltern Sie mit einem soliden Mann verbunden sehen möchten, der aus einer guten Familie kommt und in der Lage ist, eine Familie gründen zu können.«

»Was Sie offensichtlich nicht wollen«, warf sie ein, wünschte sich aber sofort, sie hätte nicht so spitz geklungen.

»Das habe ich nicht gesagt. Ich sagte nur, ich würde Sie nicht zwingen, Kinder mit mir zu haben. Ich hätte gerne Kinder, und ich würde das Drittgeborene sicher genauso verwöhnen wie das Erste.«

»Drei also?«

Ihr Kommentar nahm der Situation die Peinlichkeit, und sie mussten beide grinsen.

In diesem unverhüllten Moment der Aufrichtigkeit empfand sie plötzlich Zuneigung zu ihm; und sie musste sich eingestehen, dass er objektiv tatsächlich gut zu ihr passen würde. Er war klug und besaß einen Witz, den sie schätzte. Außerdem war er großzügig und schien sie, obwohl er sie erst seit wenigen Stunden kannte, bereits ziemlich gut zu verstehen.

»Was denken Sie hinter Ihrer hübschen gerunzelten Stirn?«, fragte er.

»Nun.« Sie seufzte. »Ich kann nicht leugnen, dass ich tatsächlich von meiner Familie gedrängt werde. Ich hatte eine Art Waffenstillstand ausgehandelt, bis wieder Frieden ist, aber Sie haben recht, der Krieg könnte nächste Woche zu Ende sein, und plötzlich stünden einige Herren vor der Tür, um die Anträge, die sie bereits meinen Eltern und mir gemacht haben, einzulösen.«

»Wäre ich dann die beste aller schlechten Lösungen?«, fragte er. Er klang nicht im Geringsten beleidigt, wofür sie ihn widerwillig bewunderte.

»Matthew, ich möchte herausfinden, wie es ist, wirklich zu lieben.«

Er warf ihr einen ironischen Blick zu. »Das verstehe ich, aber ehrlich, Alex, für wie groß halten Sie Ihre Chancen, zwischen heute und dem Ende des Krieges Ihren Traumprinzen zu finden?«

»Ich muss einfach glauben, dass er irgendwo da draußen ist«, sagte sie.

»Nun gut, dann lassen Sie es mich einmal so ausdrücken. Für wie groß halten Sie die Chance, dass der Traumprinz heil und unversehrt und vor allem lebendig aus dem Krieg zurückkehrt? Könnten Sie einen Einarmigen heiraten? Oder einen gut aussehenden, reichen Mann ohne Beine? Einen Mann, der nicht sehen kann, weil er durch Giftgas blind geworden ist, oder jemanden, der sein Gehör vollständig verloren hat? Ich habe Berichte gehört von Männern, die den Verstand verloren haben angesichts der Geräusche und Anblicke auf dem Schlachtfeld. Möglicherweise kommt er auch in einem Stück und äußerlich heil nach Hause, aber was ist, wenn er sich jede Nacht in ein zitterndes Wrack verwandelt oder Sie bedroht? Oder wenn sich seine Probleme erst Jahre später zeigen, und er vielleicht zur Flasche greift? Er könnte sich selbst oder auch die Kinder verletzen.«

»Hören Sie auf! Was für grauenvolle Bilder Sie da malen!«

»Und doch wissen Sie tief im Innern, dass ich recht habe, nicht wahr?«

Sie zuckte mit den Schultern, entschlossen, nichts zuzugeben, aber das Entsetzen fuhr ihr in den Magen wie Eistee, den sie zu hastig heruntergeschüttet hatte. »Ich verstehe Ihr Argument nicht so ganz, Matthew.«

»Wenn Sie sowieso zu einer Ehe ohne Liebe gedrängt werden, warum zögern Sie dann? Ich bin mit Sicherheit der bestaussehende, bestgepflegte, charmanteste Mann der Auswahl. Ich habe noch alle Zähne, mein Atem ist rein, ich bin ausgeglichen, und ich mag Sie vor allem genau so, wie Sie sind. Ich brauche weder Ihr Geld, Ihre Familie noch Ihren Schoß. Ich komme ohne jeden Hintergedanken zu Ihnen, weil ich einfach nur eine Frau brauche, damit meine Eltern mich in Ruhe lassen. Und Sie wissen ja selber, was das für eine schwere Bürde ist. Ich brauche eine Frau, die fernab von Bristol lebt, damit ich einen unanfechtbaren Grund habe, neu anzufangen und meinen eigenen Weg zu gehen. Wählen Sie mich statt einen Ihrer ebenso wenig idealen, aber verabscheuungswürdigeren Verehrer, denn mit mir können Sie sich wenigstens auf amüsante und hervorragende Unterhaltung freuen. Und sich an der Gesellschaft des Gatten zu freuen, ist wesentlich wertvoller als Liebe, denn Liebe kann vergehen, liebe Alex, aber Lachen … nun ja, es hallt nach.«

»Ach du lieber Himmel, auch noch ein Philosoph«, stöhnte sie.

Die Lachfältchen um seine Augen zogen sich zusammen, und sie sah, wie seine graublauen Augen vergnügt aufblitzten. »Da sehen Sie. Sie können sich über mich lustig machen, ohne dass ich beleidigt bin. Wir wären wie füreinander geschaffen. Aufrichtigkeit kommt in Beziehungen so selten vor.«

Er fand genau die richtigen Worte, doch warum klangen sie in ihren Ohren so hohl? Warum blieb ihr beim Blick aus diesen Augen nicht die Luft weg, warum begann ihr Herz nicht schneller zu schlagen? Musste sich so nicht Begehren anfühlen? Doch zwischen ihnen herrschte kein Sehnen. Es war ein rein geschäftsmäßiger Antrag. Konnte sie leben ohne romantische Liebe, ohne die Liebe, die einem in einem Moment den Atem raubte, und einen im nächsten Moment zum Gipfelstürmer machte? Waren Freundschaft und Partnerschaft genug? Sie wusste, dass er auf ihre Antwort wartete, und sie nutzte ihr Schweigen, um die Fahrkarten zu lösen, als der Schaffner pfeifend zu ihnen kam.

»Danke, Miss«, sagte er und zwinkerte ihr zu.

Sie lächelte Matthew an, als sie die Tickets entgegennahm, wandte aber sofort wieder den Blick ab. »Wir fahren jetzt über die berühmte *Lendal Bridge*. Sie ist im Übrigen recht interessant, weil …«

»Weichen Sie meiner Frage aus?«

Alex blickte ihn wieder an. »Matthew, es ist Krieg«, sagte sie nahezu flehend. »Dieses Gespräch scheint mir zwecklos.«

»Warum?«, fragte er in leisem, drängendem Ton.

»Weil Sie mir im Moment gar nichts versprechen können.« Auch sie flüsterte so leise, dass es über dem Rattern des Zuges und der Glocke, die an den Haltestellen ertönte, für die anderen Fahrgäste kaum zu vernehmen war. »Die Welt ist verrückt geworden; die allgemeine Wehrpflicht steht bevor, und Kurzsichtigkeit ist auf einmal vielleicht gar kein Ausschlussgrund mehr. Wo ist übrigens Ihr Monokel?«

»Ich brauche es gar nicht. Es ist lediglich eine Affektiertheit. Ich habe es einfach nicht in die Armee geschafft, weil ich zu klein bin, aber das ist schwer zu vermitteln, deshalb habe ich Kurzsichtigkeit als Ausrede gewählt.«

»Sie haben keine Augenprobleme?«

Geduldig schüttelte er den Kopf. »Nein, alles bestens. Das Monokel ist aus klarem Glas«, sagte er. Er zog es aus der Westentasche und hielt es hoch, damit sie hindurchsehen konnte.

Sie spähte hindurch, dann blickte sie ihn an. Halb war sie entsetzt, aber die andere Hälfte war beeindruckt von seiner Schlauheit. »Danke, dass Sie mir die Wahrheit sagen. Ich vermute, Sie haben auch nicht zufällig einen alten Freund im Militärhospital besucht, oder?«

Er schüttelte den Kopf. »Reine Erfindung, aber ich hatte das Gefühl, dass sie in diesem Moment dringend benötigt wurde.«

Sie musste unwillkürlich lachen.

Die Bahn war in die Haxby Road eingefahren, und Alex konnte schon die Fabrik sehen, mit dem hohen Turm, der »Mandelblock« genannt wurde. Hier wurden Marzipan und andere Süßigkeiten aus Nüssen hergestellt. Matthew schob das Monokel wieder in die kleine Tasche zurück. »Ich brauche es heute vielleicht noch. Aber denken Sie daran, es ist unser Geheimnis, Alex. Wir werden immer aufrichtig miteinander sein. Die wenigsten Paare verstehen sich so gut, wie wir es bereits jetzt tun. Wir kennen beide die Geheimnisse des anderen.«

»Tatsächlich?« Sie schüttelte den Kopf.

Er zuckte mit den Schultern. »Natürlich. Wir wissen,

dass wir beide lügen, wenn wir unseren Eltern erzählen, dass wir uns wahnsinnig lieben und heiraten wollen.«

Sie seufzte leise, als sei er ein ungezogenes Kind. »Sie meinen das wirklich, nicht wahr?«

»Warum nicht? Wir haben beide nichts zu verlieren. Sie werden alles bekommen, was Ihr Herz begehrt – einschließlich der Unabhängigkeit, nach der Sie sich sehnen, um Ihre beruflichen Pläne zu verfolgen. Ich gelobe Ihnen, die Welt gehört Ihnen, und ich verlange nichts anderes von Ihnen, als dass Sie meine Frau werden und meinen Namen tragen.«

Alex starrte ihn schockiert an. »Wir sind da«, sagte sie und wandte den Kopf, um die *Rowntree's*-Fabrik zu bewundern.

Als sie ausstiegen, reichte Matthew ihr die Hand.

»Ein paar Worte zum Schluss, wenn ich darf?«

Alex nickte.

»Im Gegensatz zu Ihnen war ich nie ein geliebtes Kind.«

Sie runzelte die Stirn. »Was soll das heißen?«

Er wandte den Blick ab, aber sie sah, wie ein Schatten über sein Gesicht huschte. Der amüsierte Zug verschwand ganz. »Ach wissen Sie, ich stehe einfach am falschen Platz in der Reihenfolge, habe die falsche Größe, bin nutzlos im Sport, kann nicht geradeaus schießen, interessiere mich für Reisen und Literatur, und fragen Sie mich um Himmels willen nicht, ob ich reiten kann – ich versage auch darin kläglich.«

Vermutlich offenbarte er damit noch nicht einmal die ganze Wahrheit seines Schmerzes, aber sie beließ es dabei. Sein heftiger Ausbruch machte sie traurig. »Ich bringe es Ihnen bei.«

»Ja?«

»Warum nicht? Ein Gefallen für einen anderen.«

»Ehrlich gesagt bin ich im Vergleich zu meinen älteren Brüdern zu gar nichts nütze; ich glaube eigentlich nicht, dass meine schnelle Auffassungsgabe als lobenswertes Talent erkannt wird.«

»Sagen Sie, haben Ihre Eltern Sie hierhergeschickt, damit Sie sich eine reiche Frau angeln?«

Er seufzte. »Nein. Aber mein Vater meinte, wenn ich die kleine Frobisher überreden könne, in unsere Familie einzuheiraten, würde er mich in einem ganz neuen Licht sehen. Es ist nicht nur eine Sache, Alex, es ist alles; ich konnte mich noch nicht einmal freiwillig melden, um getötet zu werden, selbst das habe ich nicht hinbekommen.«

»Bringen Sie mich nicht zum Weinen, Matthew«, sagte sie.

Seine schönen Lippen verzogen sich zu einem Grinsen. »Es ist leicht, Sie zu mögen und mit Ihnen zusammen zu sein. Kommen Sie, vielleicht sind wir füreinander bestimmt und wären als Paar einfach großartig. Warum sind Sie überhaupt das einzige Kind? Warum muss ich mich nicht gegen zahlreiche kräftige Brüder zur Wehr setzen?«

Alex seufzte. »Haben meine Eltern Ihnen das nicht erzählt? Wir sollten weitergehen«, sagte sie und wandte sich zum Gehen. Sie hatten auf der kleinen Brücke über der Haltestelle Selby Road gestanden. Arbeiter strömten um sie herum, wie ein Fluss, der einen Felsen umfließt. Sie schnappte Gesprächsfetzen auf und beneidete die Mädchen um die Freiheit, arbeiten zu dürfen. Umgekehrt würden sie sicher auf der Stelle mit ihr tauschen wollen.

Verwirrt zupfte er an ihrem Ärmel. »Was haben Ihre Eltern nicht erzählt?«

»Von meinem Bruder Peter.«

Er blieb abrupt stehen, und sie wehrte sich nicht, als er sie erneut an die Mauer zog. »Tot?«

Sie nickte. »Es ist schon lange her. Es war ein Unfall. Er ist ertrunken. Er war sechs, und ich wurde acht. Es passierte in Schottland … in Argyllshire. Wir haben dort ein Haus, und mein Vater ist früher im Sommer mit uns immer dorthin gefahren, zum Fischen und Jagen in den Highlands. Wir spielten am See. Ich kann mich kaum noch daran erinnern, auch wenn die wenigen Erinnerungen, die ich an meine Kindheit habe, lebhaft sind und bis zu diesem schrecklichen Tag sehr, sehr glücklich. Diese Tage voller Freude kann ich nicht vergessen, aber ich durfte nie wieder in diese Gegend fahren. Dabei ist sie nach allem, was ich gehört habe, genauso schön wie in meiner Erinnerung. Aber Dad weigert sich, dorthin zurückzukehren.«

»Er glaubt, er sei schuld daran, oder?«

»Er hält sich, das Haus, jeden See für verantwortlich – er gibt dem Meer, eigentlich sogar ganz Schottland die Schuld daran. Und deshalb hat er es ganz aus der Welt verbannt und tut so, als habe es diese Zeit nie gegeben.« Sie schwieg. »Er hat mich früher immer Kätzchen genannt, und da Peter das nicht richtig aussprechen konnte, wurde Kitty daraus, und dieser Name blieb. Aber nach dem Unfall hat mich mein Vater nie wieder so genannt. Wenn Sie ihn lange genug kennen, werden Sie fühlen, wie gebrochen er ist.«

»Er verbirgt es gut.«

»Das tun wir alle. Meine Mutter ist stärker als wir alle zusammen. Ich kann Ihnen ihren Kummer nicht beschreiben – ich denke, sie hat ihn aus Selbstschutz so tief vergraben, dass noch nicht einmal ich an sie herankomme. Aber trotz ihrer Trauer über den Verlust des geliebten Sohnes ist sie diejenige, die meinen Vater aufheitert, wenn er zu niedergeschlagen ist. Sie hat nichts übrig für Weinerlichkeit, und sie zeigt es nicht, auch wenn sie trauert. Mein Vater hingegen zeigt seine Trauer offen … Nun, ich denke, ein Außenstehender kann das im Gegensatz zu mir aber nicht erkennen.«

»Also hat Minerva all ihren Schmerz und ihre Liebe auf Sie konzentriert.«

Alex nickte. Sie ging wieder weiter, und Matthew schloss sich ihr an.

»Ich weiß, ich habe keinen Grund zum Jammern, aber manchmal ist es eine schwer Bürde, das einzige Kind zu sein. Ich muss für sie Tochter und Sohn zugleich sein. Und jetzt will vor allem meine Mutter unbedingt, dass ich heirate und eine eigene Familie gründe, damit sie glauben kann, dass Peter durch mich lebt, und das Blut der Frobishers in neuen Adern fließt.«

»Das können Sie ihr nicht zum Vorwurf machen.«

»Das tue ich auch nicht. Aber sie erdrückt mich manchmal mit ihrer Liebe.«

»Ich würde alles dafür geben, so geliebt zu werden«, murmelte er. Sie hörte es, achtete aber nicht darauf, weil sie es für eine allzu vorhersagbare Antwort hielt. »Kommen Sie, gehen wir weiter«, fuhr er fort. »Hier entlang?«

Sie erreichten die Fabriktore, wo eine Uhr oben auf einer Säule anzeigte, dass es neunundzwanzig Minuten nach acht war. Alex spürte, wie die Menschen um sie herum ihre Schritte beschleunigten, weil sie offenbar nicht zu spät zu ihrer Schicht kommen wollten.

»Hören Sie«, sagte sie, »Sie halten mich wahrscheinlich für undankbar.«

»Nicht *wahrscheinlich.*«

Sie grollte leise. »Ich will nur in Angelegenheiten, die mich angehen, meine eigenen Entscheidungen treffen.«

Um sie herum war es auf einmal still geworden, da anscheinend alle ankommenden Arbeiter in der Fabrik verschwunden und die, die Feierabend hatten, bereits gegangen waren. Außer Vogelgezwitscher waren nur noch das Pfeifen des Zugs und das Puffen der Dampflok zu hören. Auf der anderen Straßenseite rumpelte ein Oberleitungsbus vorbei. Und dann war es wieder still.

»Wenn Sie mich heiraten würden, könnten Sie … Sie würden Ihre eigenen Entscheidungen treffen.«

»Und wie soll das gehen?«

»Ich gebe Ihnen in dieser Minute mein Wort, dass ich jeden Vertrag, den Sie wollen, unterzeichnen und keinerlei Zwang auf Sie ausüben würde, außer dass wir verheiratet bleiben.«

Alex schwieg, aber es war ihr anzusehen, dass sie ihm nicht glaubte.

Matthew zuckte mit den Schultern. »Nehmen Sie meinen Namen an, werden Sie meine Frau, aber alle Entscheidungen, die Ihnen wichtig sind, treffen Sie selbst – wo wir leben, wohin wir gehen, wie Sie lieben, welche Arbeit Sie tun, welche Freunde Sie haben …«

Alex blieb der Mund offen stehen. »Machen Sie sich über mich lustig?«

Er schüttelte den Kopf. »Nein, keineswegs. Ich versuche einfach nur, Ihnen klarzumachen, dass ich Sie niemals bedrängen werde, nie misstrauisch sein und keine Forderungen stellen werde. Das gilt natürlich umgekehrt auch für Sie. Und es bedeutet, dass wir allerbeste Freunde sein werden.«

»Das ist mit Sicherheit der erstaunlichste Heiratsantrag, den eine Frau jemals bekommen hat.«

»Na ja, das ist naiv. Wenn Sie sich nicht vorstellen können, dass es solche Arrangements gibt, dann sind Sie sehr behütet aufgewachsen. Ich gebe ja zu, dass so etwas selten zwischen den beiden Beteiligten ausgehandelt wird, aber …« Er lächelte sie an. »Wir leben im zwanzigsten Jahrhundert, und außerdem werden unsere Eltern vermutlich entzückt sein.«

Alex hob abwehrend die Hände. »Das geht mir alles zu schnell.« Sie schüttelte den Kopf. »Es ist nicht mehr amüsant und auch nicht hypothetisch. Und da Sie offensichtlich mit der Absicht hierhergekommen sind, weiß ich, dass es noch nicht einmal spielerisch ist.«

»Sie kennen mich doch kaum, und ich Sie auch nicht.«

»Genau!«

»Warten Sie«, drängte er. »Dass wir uns kaum kennen, ist irrelevant. Es ist sogar nützlich. Unsere Väter allerdings kennen einander ganz gut, und sie würden vermutlich beide ihre Zustimmung geben.«

Peinlich berührt runzelte sie die Stirn.

»Lassen Sie mich ausreden. Dass wir einander nicht kennen, ist nützlich, weil es uns erlaubt, objektiv zu sein, und das Thema ohne jede Verpflichtung zu betrachten.«

»Darf ich fragen, was Sie von diesem Arrangement haben?«

Sie bemerkte sein Zögern und auch, dass er glaubte, es unter seinem Lächeln verbergen zu können.

»Abgesehen davon, dass ich eine schöne Frau hätte, gibt es mir den perfekten Vorwand, im Norden zu bleiben und ein ganz neues Leben führen zu können. Es ist eine Chance, neu anzufangen, nicht als der dritte Sohn von Chetwin Britten-Jones aus Somerset, sondern als Matthew Britten-Jones aus York.«

»Und wir leben wie Fremde miteinander?«

»Keineswegs! Wir werden lernen, einander zu lieben. Ich finde Sie großartig, und dabei kenne ich Sie erst seit wenigen Stunden. Wir können die perfekten Gefährten sein, und ich werde immer, immer für Sie da sein. Ich werde Sie nicht verurteilen, und ich werde Sie nie im Stich lassen.«

»Außergewöhnlich«, murmelte sie. »Matthew, ich komme noch einmal auf meine ursprüngliche Frage zurück. Und was ist, wenn ich mich verlieben möchte? Was ist, wenn ich diesen ganzen prachtvollen romantischen Zirkus der Liebe zu einem Mann erleben möchte, ohne den ich nie wieder leben will?«

»Niemand hält Sie auf.« Er grinste und breitete leicht die Arme aus, als ob er Sie einladen wolle, das mit ihm zu erleben, aber irgendwie wirkte diese Geste aufgesetzt. Doch dann war das seltsame Gefühl verflogen, und er schenkte ihr sein strahlendes Lächeln, das offen und aufrichtig war.

»Sie brauchen mir nicht sofort eine Antwort zu geben«, versicherte er ihr. »Sie sollten natürlich über den Antrag nachdenken, aber ich denke, die Uhr tickt für Sie.«

Alex verzog unglücklich das Gesicht. »Mir gefällt es auch nicht, dass alles so vage ist, aber es war der einzige Handel, auf den wir uns einigen konnten.«

»Nun, jetzt haben Sie einen weiteren Kandidaten, und ich wette, mein Antrag ist wesentlich sicherer als der der anderen auf Minervas Liste. Kommen Sie, ich stelle Ihnen Arnold Rowntree vor. Danach können Sie im Krankenhaus Ihren Dienst anfangen.« Er bot ihr seinen Arm, und Alex blieb nichts anderes übrig, als ihn zu nehmen. Ihre Gedanken tanzten wie die Mücken im schottischen Sommer.

4

Arnold Rowntree, Parlamentsabgeordneter für York, war tatsächlich so freundlich, wie Alex gehört hatte. Sie wusste wenig von ihm, eigentlich nur, dass er Quäker war, wie sein Vater Lebensmittelhändler gelernt hatte und dass er seine Mutter bei einem Kutschenunfall verloren hatte, als er noch ein Säugling war. Allein diese Information hatte Alex ihm gegenüber eingenommen. Mit Kindheitsverlusten kannte sie sich aus.

Der groß gewachsene Mann ergriff sanft ihre Hand und verbeugte sich. »Ich freue mich sehr, Sie kennenzulernen, Miss Frobisher. Ich empfange gerne neue Gäste, um ihnen unsere Fabrik zu zeigen. Es freut mich, dass Matthew Sie mitgebracht hat.«

»Die Freude ist ganz auf meiner Seite, Mr Rowntree. Allerdings sind wir einander schon häufig auf unseren Pferden auf dem Knavesmire begegnet.«

»Gütiger Himmel! Hoffentlich habe ich Sie nicht ignoriert?«

»Nein, unsere Wege haben sich nicht wirklich gekreuzt, aber ich bewundere Ihren edlen Hengst.«

»Nun ja, er muss schon ziemlich groß sein«, sagte er und klopfte auf seinen ausladenden Leibesumfang. »Ich kenne natürlich Ihren Vater sehr gut. Wie geht es Ihren Eltern?«

»Sie sind beide wohlauf, Sir, trotz der schlimmen Zeiten.«

»Ja.« Er blinzelte, und sofort stieg Verlegenheit in ihr auf, weil sie den Krieg erwähnt hatte. »Eine Tragödie für die Welt.«

Um ihren Fehler wiedergutzumachen, ging sie sofort zu dem Thema über, das sie interessierte. »In der Tat. Aber ich habe über Mr Britten-Jones die wundervolle Neuigkeit erfahren, dass das Unternehmen wieder eine Schokoladendose produziert … Das ist so eine schöne Geste von Ihrer Firma.«

Er lächelte freundlich, seine hellen Augen glitzerten wie Aquamarine, und seine Stimme klang so warm und sanft wie die Schokolade, die er herstellte. Rowntree bedeutete ihr und Matthew, ihn und eine Führerin, die er als Helen vorstellte, zu begleiten. Sie folgten ihm in einen Korridor, in dem das Sonnenlicht durch die deckenhohen Fenster strömte.

»Wir wollen unser Bestes tun, um einen Beitrag zu leisten. Die Verpackung haben wir ›Königsdose‹ genannt, um unsere Soldaten daran zu erinnern, wofür sie kämpfen. Es wird etwas ganz Besonderes werden. Wir bitten die englische Bevölkerung, Rabattmarken von den Kakaopäckchen zu sammeln und uns diese Marken mit dem Namen und der Adresse des Soldaten zuzusenden, dem sie eine Schokoladendose schicken wollen. Unser Unternehmen arrangiert dann die Zustellung an diesen Mann.«

Alex blickte ihn erstaunt an. »Wie wundervoll!«

Er grinste. »Das finden wir auch. Es ist vielleicht nicht ganz so großzügig wie das ursprüngliche Geschenk von der Königsfamilie, weil es hauptsächlich von den Familien der Angestellten und von Frauen getragen wird, aber wir decken doch beträchtliche Kosten ab. Kommen Sie, ich zeige Ihnen, wie unser Unternehmen funktioniert.«

»Großartig!«, sagte sie. Sie warf Matthew einen Blick zu und wusste instinktiv, dass er ihre Begeisterung verstand. Es war, als teilte sie ein besonderes Geheimnis mit ihm, ein glitzerndes Band der Freude, das sie miteinander verband … und das nur sie beide kannten. Sie fühlte sich ihm auf einmal näher, und ihr wurde klar, dass ihr erster Eindruck von ihm vielleicht zu hart ausgefallen war. Zunehmend wurde ihr bewusst, wie liebenswert Matthew war, nicht zuletzt, weil er ihre Pläne unterstützte. War sie einfach nur lächerlich misstrauisch einem Mann gegenüber gewesen, der die Wahrheit zutage gefördert hatte?

»Miss Frobisher ist auch an dem neuen Quäkerkrankenhaus interessiert, Arnold«, warf Matthew ein.

»Exzellent! Exzellent! Nun, ich werde dafür sorgen, dass Helen sie auch durch dieses Gebäude, das direkt auf der anderen Straßenseite liegt, führt. Ich denke, Sie werden den Speisesaal und den Gemeinschaftsraum faszinierend finden, vor allem, weil sie täglich so viele Leute aufnehmen. Manchmal kratze ich mich verwundert am Kopf, dass wir so viele Angestellte haben.«

Alex riss bei jeder neuen Abteilung, durch die sie gingen, die Augen weiter auf. Jede Minute in Gesellschaft von Schokoladen-Jumbo schien ihr Verlangen zu verstärken, so erfolgreich, aber auch so großzügig wie er im Geschäftsleben zu stehen. Die sozialistischen Ideale der Quäker widersprachen völlig der konservativen Art ihrer Familie, und doch begeisterte sich Alex für die Fürsorge und die guten Arbeitsbedingungen, die er seinem Personal zuteilwerden ließ. Je mehr sie über das Geschäft der Rowntrees erfuhr, desto klarer wurde ihr, dass sie sich in diesem Teil Englands, in dem man so viel über das Produkt wusste, vielleicht auch mit der Herstellung von Schokolade befassen konnte. Es gab keine Anzeichen dafür, dass die Briten ihre Freude an Schokolade verloren hätten – im Gegenteil, sie wuchs sogar. Salons wie *Betty's* und selbst die Grandhotels in London boten zum Nachmittagstee köstliche Kuchen und andere Leckereien an, und ihrer Erfahrung nach waren es für gewöhnlich die Törtchen auf Schokoladenbasis, die den Gästen Seufzer der Bewunderung und Freude entlockten. Und sie hatte festgestellt, dass die wohlhabenden Leute gerne viel Geld für eine edle Schachtel Schokolade ausgaben, um sie denen zu schenken, die sie liebten; oder von denen sie hoffen, geliebt zu werden. Alex lächelte. Schokolade passt perfekt zu Liebespaaren, dachte sie, und vielleicht war das die Lücke, die auf sie wartete. Lernen konnte sie von den Familien Rowntree und Terry und deren engen Beziehungen zur Familie Cadbury in den Midlands.

Ihr Rundgang hatte in der Papiermühle begonnen, wo die Pappschachteln hergestellt wurden, aber sie hatte sich länger bei den Hauptbüros aufgehalten und die Teeservice im Karton eingehend betrachtet, das Geschenk für die Arbeiterinnen, die nach siebenjähriger Tätigkeit die Firma verließen.

»Warum gehen sie?«, hatte sie Helen gefragt, die trotz ihres schwachen schottischen Einschlags eine perfekte Aussprache hatte.

»Für gewöhnlich, weil sie heiraten, Miss Frobisher. Die Mädchen lieben das Teegeschirr – für die meisten ist es ein Teil der Hochzeitsgeschenke des Unternehmens.«

»Oh, wirklich?« Sie konnte ihre Überraschung nicht verbergen, und Matthew grinste sie an, als ob er ihr Entsetzen spürte. »Darf man hier nicht verheiratet sein?«

»Nein, Miss. Verheiratete Arbeiterinnen in der Fabrik sind nicht gestattet.«

»Aber das ist doch unfair!«

Helen zuckte mit den Schultern. »So ist es eben, Miss Frobisher.«

»Aber warum?«

»Aus vielen Gründen.« Arnold Rowntree hatte offenbar ihre Frage gehört und drehte sich um, um es ihr zu erklären. »Die meisten beginnen sofort mit der Familiengründung, also fallen sie für ein Jahr, manchmal auch für achtzehn Monate aus. Wenn sie zurückkommen, bewältigen sie ihre Arbeit wesentlich langsamer; sie scheinen die Fingerfertigkeit verloren zu haben, auf die wir angewiesen sind. Und wir finden, dass eine verheiratete Frau sich zu Hause um ihren Mann, um ihre Familie kümmern sollte, und nicht erschöpft von Fabrikarbeit sein darf. Außerdem ist so der Lebenszyklus, Miss Frobisher; die Verheirateten machen Platz für die neuen Mädchen.«

Alex hoffte, dass man ihr ihre Empörung nicht zu deutlich ansah. Sie spürte, dass Matthew verstand, dass sie von Rowntrees Erklärung nicht überzeugt war. Wenn sie jedoch weitere Fragen stellte, riskierte sie, vom Thema abzukommen oder Mr Rowntree zu beleidigen. Als sie weitergingen, blieb Matthew mit Arnold Rowntree zurück und redete leise mit ihm. In der Zwischenzeit überschüttete sie Helen mit Fragen. Anfangs war ihr die Frau mürrisch vorgekommen, aber sie war sichtlich aufgetaut, seit sie gemerkt hatte, dass Alex nicht nur neben dem männlichen Gast herlief, sondern tatsächlich daran interessiert war, wie die Arbeitsabläufe in der Fabrik vor sich gingen.

»… der spanische Abenteurer Cortés brachte die Kakaobohne im Mittelalter von Westindien nach Spanien mit«, fuhr Helen fort. Alex merkte, dass die Führerin ihre Stimme gesenkt hatte und ausschließlich nur noch für sie da war; die Männer, die hinterhertrotteten, waren vergessen. »Der Kakao wurde nach Italien verschifft, fand seinen Weg nach Frankreich und erreichte schließlich um 1660 London. Damals kostete ein Pfund zwischen zehn und fünfzehn Schilling.«

»Ich glaube, ich weiß noch nicht einmal, wie eine Kakaobohne aussieht«, gab Alex zu.

Helen zeichnete den Umriss in die Luft. »Die Bohnen befinden sich in großen, bunten Schoten, ungefähr so groß. Pro Schote können es bis zu vierzig Bohnen sein. Ich kann Ihnen später eine zeigen – reife Schoten zeigen ein herrliches Farbspiel; wie ein Sonnenuntergang von golden bis dunkelrot. Sie wären jedoch erstaunt über das Fruchtfleisch im Inneren, das weiß und schleimig ist«, sagte sie angewidert. »Allerdings nur in der Gärungsphase, beim Trocknen unterliegt die Bohne einer bemerkenswerten Veränderung.«

»Wie wundervoll.« Alex lächelte. Sie konnte sich nicht erinnern, in der letzten Zeit so viel Spaß gehabt zu haben.

Sie gingen durch verschiedene Abteilungen und gelangten schließlich zu einem vertrauten Geruch.

»Sie rösten gerade«, stellte Alex fest.

Helen nickte. »Das machen wir im Moment rund um die Uhr. Hier werden die Bohnen gereinigt und sortiert, geröstet, aussortiert und gemahlen.«

»Wie lange dauert die Röstung?«, fragte Matthew, als die Männer dazustießen.

»Wir rösten am liebsten eine halbe Stunde lang«, antwortete Arnold Rowntree. »Dadurch werden die Bohnen brüchig, was wir anstreben, aber auch der Geschmack kommt perfekt heraus. Qualität, Geschmack und Stärke unseres Auswahlkakaos sind in England konkurrenzlos.«

Je näher sie der Schokolade als Endprodukt kamen, desto mehr hob sich Alex' Laune. Konnte sie tatsächlich Chocolatière werden, wie Matthew gesagt hatte? Die Erregung pulsierte durch ihre Adern wie elektrischer Strom und machte sie so lebendig, wie sie sich lange nicht mehr gefühlt hatte. Sie freute sich wie ein Kind, wie damals in Schottland, als die Sommertage endlos lang und sorglos waren. Endlich fühlte sie sich einbezogen; sie war sich sicher, dass sich ihr Entzücken nicht nur in ihrem Gesicht, sondern auch in ihrem Gang zeigte. Sie hatte das Gefühl, auf Wolken zu gehen.

Arnold sprach gerade von den Coupons in den Kakaodosen. »Wenn man achtundvierzig davon zusammenhat, gibt es eine gratis«, erklärte er Matthew.

Alex trat zu den Männern, während Helen hinter ihnen die Tür schloss. »Wie wird denn aus dem bitteren, trockenen Haufen brüchiger Bohnen der seidig-süße Geschmack, den ich kenne?«, fragte sie.

»Oh, jetzt ist es an der Zeit, dass wir uns zum Melangeurgeschoss begeben, Helen.« Arnold Rowntree schmunzelte. »Unser Gast ist der trockenen Fakten müde. Ich glaube, Miss Frobisher spürt, wo der Spaß zu finden ist«, fügte er hinzu.

Alex entdeckte bald, was ihr Gastgeber meinte, als sie sah, wie der Kakaomasse säckeweise Zucker und Dosen mit Kakaobutter hinzugefügt wurden, bevor sie weiter zermahlen wurde.

»Und das hier«, sagte Helen und zeigte auf die Maschine, »bezeichnen wir als Conche.«

Alex verschlug es die Sprache, als sie die moderne Version der hohen Maschinen mit den Rührstäben sah, die die flüssige Schokolade in stetiger Vor- und Rückwärtsbewegung rührten. Die dicke Masse floss an dem Paddel des Rührstabs vorbei und war so glänzend, dass Alex sich darin spiegeln konnte.

Arnold trat neben sie. »Können Sie erraten, wie lange wir conchieren?«

»Nein, das kann ich nicht«, hauchte sie und atmete tief den Duft der gesüßten Schokolade ein. Er war warm und fruchtig, aber irgendwie auch scharf, und sie konnte sie bereits auf der Zunge schmecken. Beim Anblick der üppigen braunen Masse, die unentwegt vor und zurück floss und mit jeder Minute seidiger wurde, lief ihr das Wasser im Mund zusammen.

Rowntree verzog das freundliche Gesicht zu einem verschwörerischen Grinsen. »Bis zu zwanzig Stunden.«

Alex starrte wie gebannt auf die Maschinen. »Das ist unglaublich.«

Er nickte. »Um im Mund unserer Kunden eine Textur wie Samt zu erreichen, die langsam schmilzt, muss zuerst diese Prozedur durchlaufen werden.«

Alex dachte an ihre Überzeugung, dass Schokolade und Liebesbeziehung miteinander verbunden waren. Es hatte einen sexuellen Anklang, wenn etwas auf der Zunge zerschmolz. Ja, das konnte funktionieren. Sie konnte Schokolade für die Liebespaare in York herstellen … Alles war darin enthalten, von Liebesbekundungen über Entschuldigungen für schlechtes Benehmen bis hin zu Verlobungen, Hochzeiten, Jahrestagen … Jeder neue Kunde konnte langjährig gebunden werden, wenn sie es richtig machte, wenn sie Buch führte über die jeweiligen besonderen Daten und die Kunden daran erinnerte, damit sie sich wertgeschätzt fühlten …

»Sollen wir weitergehen?«, fragte Helen und durchbrach Alex' aufgeregte Gedankengänge. Helen war hier bestimmt schon oft entlanggegangen und hatte diese Abläufe so oft gesehen, dass ihre Faszination schon lange nachgelassen hatte. Auf jeden Fall klang sie ganz anders, als Alex sich in diesem Moment fühlte.

»Ich glaube, Miss Frobisher möchte noch ein wenig verweilen«, sagte Matthew, der ihre Aufregung spürte.

Ihr Herz flog ihm entgegen. Er hatte so feine Antennen für ihre Stimmung.

»Das scheint sie alles sehr zu faszinieren, Miss Frobisher«, sagte Rowntree. In seinem Tonfall schwang eine leise Frage mit.

War dies der richtige Moment, ihm ihr Verlangen zu offenbaren, dass sie am liebsten ein eigenes Geschäft aufbauen würde? Matthews Bemerkung, sie solle Schokolade machen, war nicht länger nur ein Vorschlag, sondern schien auf einmal möglich und hallte laut in ihr wider. Schicksal, Bestimmung, Schutzengel – sie wusste nicht, was es war – öffneten Türen und führten sie diesen Weg entlang, und jetzt stand sie anscheinend vor der letzten Tür. Sie musste nur noch anklopfen. Sie warf Matthew einen Blick zu, und er nickte ermutigend; es war, als könne er ihre Gedanken hören. *Sprich es aus!*, sagte sein Gesichtsausdruck.

»Ja, in der Tat, Sir«, sagte sie, ohne auch nur noch einen Herzschlag lang zu zögern. »In Wahrheit, Mr Rowntree, glaube ich, ich möchte lernen, wie man Schokolade herstellt.«

Sie erwartete Überraschung, vielleicht sogar Abwehr,

aber in Mr Rowntrees rundem Gesicht zeichnete sich nur Freude ab. »Nun, nun, Miss Frobisher, wie außerordentlich erfreulich!«

»Wirklich?« Sie schluckte erleichtert, beinahe schockiert über sich selbst, weil sie so eine unerhörte Enthüllung preisgegeben hatte. Anscheinend jedoch war Arnold Rowntree die Vorstellung von Frauen im Geschäftsleben nicht zuwider. »Ich dachte schon, sie würden meine Anwesenheit unpassend finden.«

»Du lieber Himmel, nein! Wir gehen nicht selbstsüchtig mit unserer Schokolade um, Miss Frobisher, wir möchten, dass man sie weltweit genießt. Je mehr, desto besser, sage ich immer. Wir sind mit den Familien Terry und Cadbury befreundet. Und ich glaube, unsere Schokoladen unterscheiden sich voneinander. Noch ein Schokoladenhersteller mehr wäre ein Segen, kein Schaden.«

Helen kicherte höflich über seine Bemerkung.

»Aber Sie sind doch alle Konkurrenten«, erwiderte Alex und runzelte die Stirn.

»Konkurrenten ja, aber keine Feinde«, sagte er. »Und wo es Konkurrenz gibt, gibt es auch Innovationen. Das macht uns achtsam, könnte man sagen. Nein, ich bin absolut dafür.«

»Ja, das merke ich«, hauchte sie atemlos voller Bewunderung.

»Gehen wir weiter, Helen«, sagte er und bedeutete Matthew und Alex, ihm zu folgen. »Ich stelle mir gerne vor, dass wir alle in einem gesunden Wettbewerb stehen, was bedeutet, dass sich die Industrie weiterentwickelt und dadurch die Standards für Personal, die Qualität der Schokolade, neue Produktbereiche, neue Ideen zur Verbesserung der Mechanisierung … Also, Miss Frobisher, wie kann ich Ihnen helfen, Ihren Traum zu verfolgen?«

»Sie wollen mir helfen?«, stieß Alex hervor.

»Auf mein Wort! Vermutlich möchten Sie sich auf kleine Schokoladen spezialisieren?«

Sie nickte hilflos, voller Freude darüber, wohin diese Unterhaltung führte.

»Dann sind Sie als Fabrikant kaum auf unserem Niveau, und es ist meine Pflicht, Ihnen dabei zu helfen, zu dieser neuen Generation von Chocolatiers zu gehören, die, zur Freude des Verbrauchers, zur Vielfalt des Produkts beitragen. Ohne gesunden Wettbewerb, Miss Frobisher, würde die Industrie stagnieren. Ich glaube wirklich daran, dass für uns alle Platz ist und wir Nordengland zum Dreh- und Angelpunkt feiner Schokolade in ganz Europa machen können. Ich bin der festen Überzeugung, dass auch die Massen Schokolade essen werden; in nicht allzu ferner Zukunft wird sich jeder täglich ein Stückchen Schokolade leisten können. Wir kümmern uns um die großen Märkte, Miss Frobisher, und Sie können exquisite, handgeschöpfte Schokolade als ganz besonderen Leckerbissen herstellen.« Er lächelte sie nachsichtig an. »Ich nehme an, Ihre Eltern billigen diesen Weg? Ich muss es leider sagen, aber es erscheint mir ungewöhnlich, dass eine Familie Ihres Standes ihrer einzigen Tochter erlaubt …«

»Mein Vater billigt meinen Ehrgeiz«, sagte Alex munter, wobei sie sich wie auch ihren Zuhörern einredete, nicht direkt zu lügen.

»Nun, wahrscheinlich werden Sie das Unternehmen führen, die Schokoladenproduktion überwachen und die Angestellten anleiten. Ihr Vater würde sicher investieren und in hohem Maße beteiligt sein.« Er blinzelte, und

Alex musste lächeln, weil er sie so vorsichtig daran erinnerte, dass Frauen ihres Standes nicht arbeiteten, um Geld zu verdienen. Sie zuckte leicht mit den Schultern, als freute sie sich über sein Interesse. Sie hatte das Gefühl, als ob Arnold Rowntree mit seinen Worten ein Feuer in ihr entzündet hätte. »Ich habe noch so viel zu lernen. Ich möchte für Sie arbeiten«, sprudelte sie hervor. Matthew hatte sich Helen zugewandt und lenkte ihre Führerin offensichtlich absichtlich ab, damit sie nichts von dem Gespräch mitbekam. »Aber meine Eltern erlauben es leider nicht. Das hört sich schrecklich an, nicht wahr? Aber sie gestatten mir einfach nicht, in einer Fabrik zu arbeiten.«

»Oh, meine Liebe, seien Sie versichert, dass ich das voll und ganz verstehe. Und Ihr Vater ist ein Kollege von mir, ich würde nie etwas gegen seinen Willen tun. Nein, ich könnte es auch nicht zulassen, dass Sie mit den Fabrikarbeitern zusammenarbeiten. Es wäre nicht passend, aber wir finden andere Wege, damit Sie etwas lernen können. Ich muss darüber nachdenken, weil es wenigstens zwei Jahre dauern wird, bis Sie die notwendigen Fertigkeiten zum Schokolademachen erworben haben, vor allem, wenn Sie sie an andere weitergeben wollen.«

»In der Zwischenzeit könnte ich als Freiwillige bei der Versendung der Königsdose an die Truppen mithelfen«, warf sie ein. Sie konnte ihre Erregung kaum verbergen. »Dagegen kann niemand etwas haben, noch nicht einmal meine Eltern.«

Er blickte sie unsicher an. »Es ist anstrengend, diese Dosen so schnell wie möglich an die Front zu bringen. Zwar ist es eine saubere, unkomplizierte Arbeit, die lediglich Fingerfertigkeit und Geschwindigkeit erfordert und Ihnen auch beibringen würde, wie Sie mit Schokolade umgehen müssen.« Arnold biss sich auf die Lippe und machte dann all ihre Hoffnung zunichte, indem er den Kopf schüttelte. »Aber es tut mir leid, meine Liebe. Ich kann in der Fabrik einfach keine Dame von Stand beschäftigen. Außerdem gibt es eine Warteliste von hervorragenden jungen, berufstätigen Frauen, die mich teeren und federn würden, wenn ich Sie einstellen würde.«

»Sie brauchen mich nicht einzustellen«, erwiderte sie. »Ich möchte Freiwilligendienst leisten. Bitte, lassen Sie mich helfen. Ich fühle mich so hilflos, wenn es um den Krieg geht. Ich werde gleich auch noch meine Dienste im Krankenhaus der Freunde anbieten, Mr Rowntree, und ich fände es so ermutigend, wenn ich den Männern in den Schützengräben direkt Zeit widmen könnte.«

Sein Gesichtsausdruck sagte ihr, dass er ihr Dilemma verstand. »Es gibt möglicherweise noch einen anderen Weg. Sprechen Sie Fremdsprachen?«

»Französisch, und ich kann Latein lesen. Natürlich verfüge ich auch über gute deutsche Sprachkenntnisse.« Sie errötete.

»Und wie steht es mit Ihren Geografiekenntnissen?«

Sie blickte ihn verwirrt an. »Ausgezeichnet … glaube ich. Äh, ich kenne alle großen Kontinente … und natürlich alle Länder in Europa.«

»Perfekt.« Er lächelte nachsichtig. »Dann könnten wir es vermeiden, unsere Mädchen in der Fabrik zu beleidigen, und Sie unsere geografische Beraterin nennen.«

Alex lachte. »Was bedeutet das denn?«

»Nun, vorausgesetzt, Familien sammeln fleißig Coupons mit ihrem Auswahlkakao, um ihren Angehörigen eine Königsdose zu schicken, müssen wir natürlich dafür sorgen, dass die korrekt bestellten Dosen die richtigen Schützengräben erreichen. Deshalb sind Ihre guten Lese- und Sprachkenntnisse ein Segen. Sie werden dafür Sorge tragen, dass alle Dosen für ein Regiment zusammengepackt und an die verschiedenen Abschnitte der Frontlinie geschickt werden.«

»Ich verstehe«, hauchte Alex. »Nun, ich freue mich sehr, wenn ich helfen kann. Aber auf die Gefahr hin, zu viele Fragen zu stellen, Sir, erlauben Sie auch, dass ich an einem Tag mit der Schokolade umgehe?«

»Betrachten Sie es als abgemacht. Wir können einfach sagen, dass Sie die Verarbeitung verstehen müssen.« Er hob warnend den Finger. »Aber nur an einem einzigen Tag und unter der Voraussetzung, dass Ihre Eltern kein Problem damit haben.«

»Danke, danke. Ich werde heute Abend mit ihnen reden. Erlauben Sie mir, morgen anzufangen?«

»Natürlich. Wir brauchen jede verfügbare Hand. Ich sage unserem Vorarbeiter Bescheid, dass Sie kommen. Ich könnte mir vorstellen, dass Sie Ihre lieben Eltern heute Abend überzeugen werden.«

Sie wäre ihm am liebsten vor Dankbarkeit um den Hals gefallen.

»Ich verstehe Sie, Miss Frobisher. Die Frauen in unseren Familien durften immer im Unternehmen mitarbeiten, wenn sie wollten.« Alex blickte ihn überrascht an. »Ich freue mich aufrichtig, Ihnen helfen zu können. Kommen Sie, wir wollen wieder zu den anderen beiden gehen. Sie müssen sich noch die Versandabteilung anschauen, meine Lieblingsabteilung, weil die Eisenbahn, bei der Ihr lieber Matthew uns hilft, dazugehört.«

Als sie bei der Feuerwache der Fabrik angekommen

waren, hatte sich Alex in Gedanken bereits zurechtgelegt, wie sie das Thema des Freiwilligendienstes bei *Rowntree's* zur Sprache bringen wollte. Sie würde Matthews Hilfe brauchen, um es ihren Eltern, vor allem ihrer Mutter, klarzumachen.

Helen sagte gerade: »... achtzehn Festangestellte, vierundzwanzig freiwillige Feuerwehrleute, die nach Stunden bezahlt werden ... fünfundfünfzig Pferdestärken mit einer Kapazität von vierhundertfünfzig Gallonen.« Alex fand, dass sie ihren Vortrag herunterleierte. Es wäre schöner gewesen, sie hätte ihn mit mehr Herz und Begeisterung vorgebracht. Aber sie konnte der Frau keinen Vorwurf machen; Alex hatte bereits herausgefunden, dass Helen mit ihrem Lohn ihre zahlreichen Geschwister ebenso wie ihre Eltern und Großeltern, die alle in der gleichen Wohnung lebten, unterstützte. Sie wohnte in der Nähe von Strensall Village, wo Kasernen errichtet worden waren. Helen trug die Verantwortung für ein gutes Dutzend anderer Personen, und vermutlich empfand sie ihre Arbeit nur als Mittel zum Zweck; doch Alex neidete ihr ihre Rolle ein wenig. Insgeheim malte sie sich aus, wie viel besser sie darin wäre.

Die Idee setzte sich in ihrem Kopf fest. Wenn Sie Führungen machen würde, dann hätte sie bestimmt Zutritt zu allen Bereichen des Unternehmens ... Sie könnte in jede Abteilung hinein, mit allen Angestellten sprechen und sich vor allem in den Bereichen, in denen die Schokoladenproduktion stattfand, aufhalten, sodass sie alle nötigen Fertigkeiten lernen könnte. In dieser günstigen Ausgangsposition könnte sie mit Leichtigkeit zwei Jahre hier verbringen.

»... unsere Fabrik hat das größte Feueralarmsystem auf

der Welt«, leierte Helen ohne große Begeisterung herunter.

»Mr Rowntree?«, murmelte Alex und legte ihre Hand auf den Arm des Schokoladen-Jumbos, damit er mit ihr zurückblieb.

»Ja, meine Liebe? Haben wir Sie mit unserer Feuerwache unendlich gelangweilt?«

»Ganz im Gegenteil, Sir, aber wenn Sie mir einen Moment Ihrer Zeit widmen könnten? Ich glaube, ich habe eine Rolle gefunden, die ich sehr gerne übernehmen würde. Sie würde wahrscheinlich auch für meine Eltern kein Hindernis darstellen. Und es wäre ein guter Weg für mich, um alles zu lernen.«

»Ach, wirklich? Sagen Sie.«

»Wie stehen meine Chancen, Werksführungen bei *Rowntree's* zu machen? Und bevor Sie mein Ansinnen ablehnen, hören Sie mich bitte an.«

Er lächelte.

»Sehen Sie, ich glaube, meine Begeisterung für Schokolade würde sich auf jeden Fall bemerkbar machen. Es würde bedeuten, dass ich nicht formell in der Fabrik angestellt werden müsste, und ich glaube, ich könnte meine Eltern davon überzeugen, dass die Position auch für jemanden vom Stand ihrer Tochter geeignet ist. Und schließlich würde es mir freien Zutritt zu allen Bereichen der Fabrik verschaffen, sodass ich in der Lage wäre, sozusagen im Vorbeigehen viel Wichtiges zu lernen. Ich könnte jeden Abend ein paar Stunden lang üben. Und aus der Position als Führerin heraus kann ich für mich festlegen, in welchen Bereichen ich mehr Zeit verbringen muss. Wahrscheinlich sind das die Abteilungen, in denen die Schokolade hergestellt wird.«

»Allein das Temperieren der Schokolade erfordert Können und Übung. Ich lasse Sie nur zu gerne selbst aussuchen, von wem Sie lernen können. Berufen Sie sich nur auf mich, und jeder wird Ihnen helfen. Und mein Wort, wer könnte Ihrem Angebot widerstehen? Ihre Stimme ist klar wie Glas. Ich finde, es ist eine wundervolle Idee … Solange Ihr Vater zustimmt.«

Alex riss die Augen auf. »Ist das ein formelles Ja?«

Rowntree nickte. »Ich finde den Yorkshire-Akzent im Allgemeinen sehr charmant, Miss Frobisher, und wir sind auch stolz auf unsere Führungen. Ich möchte jedoch unbedingt auch eine kleine Gruppe von Führerinnen haben, die akzentfrei sprechen, damit sie unsere ausländischen Besucher, die sich mit dem Yorkshire-Akzent schwertun, begleiten können. Wie gut ist Ihr Französisch?«

»Ich spreche es fließend.«

»Nun, da haben wir es doch schon; wir haben französische und belgische Besucher, die wenig oder gar kein Englisch sprechen. Wir stellen für die Führungen auch gebildete Personen ein. Helen zum Beispiel war früher Gouvernante, hat jedoch harte Zeiten hinter sich. Einige Frauen sind Pastorentöchter aus armen Gemeinden, deshalb ist diese Aufgabe ideal für sie, da sie gebildet sind und eine gute Aussprache haben … Aber sie sind auf das Einkommen angewiesen. Es wäre nur von Vorteil, wenn eine französisch sprechende Dame von Stand zu unseren Leuten gehören würde. Und für Sie sehe ich den Vorteil, dass Sie Zutritt in jede Abteilung haben.«

Alex grinste. »Finden Sie das zu zynisch von mir, Sir?«

»Nein, keineswegs. Wir Quäker teilen gerne, Miss Frobisher. Wir sorgen füreinander und kümmern uns, so gut wir können, um die größere Gemeinschaft. Ob jemand reich oder arm ist, spielt keine Rolle.«

»Natürlich würde ich auf Bezahlung verzichten.«

»Ich kann Sie nicht ohne Lohn einstellen.«

»Dann werde ich meine Bezüge für einen guten Zweck spenden.« So trotzig wollte sie eigentlich gar nicht klingen.

Er nickte. »Wir machen schon noch eine Quäkerin aus Ihnen, Miss Frobisher.«

Matthew griff nach der Zuckerdose, die an dem Milchkännchen klapperte, und trennte die beiden. Er zwinkerte ihr zu. »Arnold hat das Problem, Sie als Führerin einzustellen, ohne seine Mädels aus Yorkshire zu beleidigen, sehr schön gelöst.«

»Ja«, stimmte Alex ihm zu. »Äußerst diplomatisch.«

»Ist das Ihr Bein, das den Tisch zum Wackeln bringt?«, fragte er verwirrt.

Alex grinste verlegen. »Eine schreckliche Angewohnheit, wenn ich nervös bin. Zum Kartenspielen bin ich absolut ungeeignet.«

Er lachte. »Ah, nun, ich setze bei solchen Spielen immer eine völlig undurchdringliche Miene auf.«

»Das glaube ich Ihnen.«

»Sie werden sich das auch angewöhnen müssen, wenn Sie nicht wollen, dass man in Ihnen wie in der Zeitung lesen kann.«

Alex seufzte. »Sie wird mich sofort durchschauen.«

»Also, ich habe mir gedacht – wie wäre es denn, wenn Sie ihr die Wahrheit erzählen?«

Alex blinzelte irritiert. »Sie haben doch meine Mutter erlebt, Matthew.«

»Ja, aber alle Lügen fallen eines Tages auf Sie zurück, beißen Sie, verfolgen Sie. Wenn Sie die Lüge vermeiden könnten, wäre das besser.«

»Sprechen Sie aus eigener Erfahrung?«

Er schenkte ihr ein breites Grinsen, bei dem sie das Gefühl hatte, er würde über sie lachen statt mit ihr, auch wenn er ihr eigentlich nicht boshaft vorkam. Eher war es so, als amüsierte er sich über sie wie über eine kleine Schwester.

»Natürlich spreche ich aus eigener Erfahrung«, sagte er. »Doch Lügen sollten eher eine Ausweichposition als die vorderste Front sein, wenn Sie mir die Anspielung auf den Krieg verzeihen.«

Lächelnd, aber auch stirnrunzelnd blickte sie ihn an. »Sie haben anscheinend schon vor mir gewusst, was ich tun sollte.«

»Das ist der Pragmatiker in mir; und auch der Unternehmer, der in mir steckt! Aber mein Vater kann trotzdem nicht anerkennen, dass ich ein machiavellistisches Talent zum Entdecken von Chancen habe.«

»Nun, ich bin hingerissen von Ihrem Scharfsinn und dankbar für Ihre Unterstützung. Ich wäre niemals von selbst darauf gekommen, und ich bebe vor Freude bei der Aussicht, Führungen machen zu dürfen«, gestand sie.

Sie saßen im Tearoom des eleganten *Harker's Hotel* am St. Helen's Square und warteten auf Minerva Frobisher, die sie angerufen und zum Tee eingeladen hatten. Gerade war frischer Tee serviert worden.

»Da kommt sie …«, murmelte Alex, als sie die vertraute schwarze Straußenfeder am Hut ihrer Mutter über den Köpfen der Leute, die sich am Eingang zum Tearoom drängten, wippen sah.

Matthew ergriff ihre Hand, und Alex stellte überrascht fest, wie tröstlich sich diese Geste anfühlte. »Ich bin ja da. Ich lasse nicht zu, dass sie angreift, das verspreche ich Ihnen«, sagte er. »Sprudeln Sie es nur nicht gleich heraus und erzählen ihr alles. Stattdessen, liebe Alex, sollten Sie ihr die Idee *verkaufen*. Wenden Sie all Ihre Überredungskünste an, um zu bekommen, was Sie haben wollen.«

»Machen Sie das auch so bei mir?«

Er antwortete nicht, und sie bereute ihre Anschuldigung sofort. »Mutter würde es in Ihrer Gegenwart sowieso nicht wagen, mich anzugreifen; sie ist absolut in Sie verliebt, Matthew.«

»Und Sie?«, fragte er. »Wir könnten sie mit anderen Neuigkeiten überraschen, die Ihren Plan beiläufig erscheinen ließen«, lockte er sie.

»Führen Sie mich nicht in Versuchung!«

»Warum nicht? Wir könnten zufrieden zusammenleben. Und wir würden beide in unserer Ehe geistig gesund bleiben. Ich verspreche Ihnen, ich würde mich immer um Sie kümmern.«

»Und mich lieben?«

»Auf meine Art ganz bestimmt. Ich bin sicher, dass ich Sie jetzt schon liebe.«

Da war es wieder, dieses merkwürdige Verhalten und die seltsame Formulierung, die ihr zu denken gab. Und doch fand sie es zunehmend schwer, seinen Antrag abzulehnen. Immerhin würde er eine Menge Probleme für sie lösen. Sie winkte ihrer näher kommenden Mutter zu und stellte sich vor, was für eine große Freude sie Minerva machen würde, wenn sie Matthews Antrag annähme. Wenn sie alle Vorzüge der anderen Bewerber zusammennehmen würde, sähen sie gegen Matthew Britten-Jones immer noch schlecht aus. Die Chance, sich zwischen dem jetzigen Zeitpunkt und dem Heimaturlaub von Duncan Cameron oder sogar dem Kriegsende wahnsinnig in einen anderen Mann zu verlieben, schien nicht besonders groß. Matthew würde sich wenigstens zu ihren Bedingungen mit ihr verloben, da er ganz aufrichtig von einem fast platonischen Arrangement gesprochen hatte. Sollte sich dieses Arrangement in eine Liebesbeziehung entwickeln – und sie sah keinen Grund, das nicht zuzulassen –, dann würde das ein zusätzlicher Segen sein.

Der Morgenbesuch bei Rowntree hatte nur Glück in ihr Leben gebracht, und er hatte diesen Besuch möglich und darüber hinaus so leicht gemacht. Er war entschlossen und positiv und machte ihr Mut. Sie bemerkte, dass Matthew sie stirnrunzelnd anblickte, weil sie so tief in Gedanken versunken war, aber sie konnte nichts Beruhigendes mehr zu ihm sagen, da die schwarze Straußenfeder angekommen war und gefährlich nahe vor ihrer Nase tanzte.

»Guten Tag, ihr Lieben. Danke für diese nette Einladung.«

»Ich bin so froh, dass Sie zugesagt haben«, sagte Matthew charmant. Er rückte einen Stuhl für Lady Frobisher zurecht, die sich gerade vorbeugte, um ihre Tochter zu küssen.

Alex lächelte. »Hoffentlich bist du nicht böse, dass wir ohne dich angefangen haben, aber wir waren völlig durchgefroren.«

Minerva machte eine wegwerfende Geste. Als die Kellnerin an den Tisch trat, sagte sie: »Haben Sie Congou, meine Liebe?«

Alex widerstand dem Drang, bei der gezierten Frage die Augen zu verdrehen. Das Mädchen blinzelte unsicher.

»Ich glaube, hier heißt es English Breakfast«, warf Alex ein.

»Ja, das haben wir, Mylady.«

»Eine Kanne für mich, extra heiß, und dazu eine Kanne Wasser. Ich trinke meinen Tee gerne schwach.«

»Sehr wohl.« Die Kellnerin blickte Alex an. »Kann ich Ihnen noch etwas bringen?«

»Ja, bitte, wir trinken …«

»Darjeeling«, ergänzte das Mädchen lächelnd.

»Hervorragendes Gedächtnis«, sagte Alex.

»Ich übe sehr viel«, gestand die Kellnerin. »Ich weiß jede Bestellung auf dieser Seite des Tearooms auswendig.«

»Das ist äußerst beeindruckend, äh …«, sagte Matthew. Er kniff die Augen zusammen, um ihr Namensschild zu lesen. »Ellen.«

»Danke, Sir. Kann ich Ihnen noch Schnittchen bringen?«

»Definitiv«, sagte er und lächelte sie strahlend an.

Alex lachte, als die Kellnerin gegangen war.

»Was ist so amüsant?«, fragte Matthew.

»Ist eigentlich überhaupt eine Frau vor Ihnen sicher?«

»Sind Sie eifersüchtig?«

»Oh, das hoffe ich doch«, warf Minerva ein, blickte dabei jedoch ihre Tochter schuldbewusst von der Seite an.

Aber Alex hatte beste Laune, und statt beleidigt zu sein, seufzte sie amüsiert. »Mutter, wirklich!«

Ellen kam mit einem Silbertablett, auf dem eine Porzellantasse mit Untertasse stand. Eine weitere Kellnerin folgte mit zwei Etageren voller kleiner Kuchen und Sandwiches.

»Ich habe Ihnen gleich zwei gebracht, falls Sie Hunger haben«, sagte Ellen.

Alex hatte auf einmal das Gefühl, ihre Besitzrechte an Matthew verteidigen zu müssen, und so war der Blick, den sie Ellen zuwarf, zwar freundlich, enthielt jedoch auch eine deutliche Warnung. Ellen errötete und wandte sich sofort den anderen Tischen zu.

»Ihr beiden seht glücklich aus. Hattet ihr einen schönen Tag?«, fragte Minerva und zog sich die Handschuhe aus.

»Er war großartig, Lady Frobisher. Ihre schöne Tochter hat sich mutig im Krankenhaus zum Freiwilligendienst gemeldet, und sie haben sie natürlich sofort genommen. Aber das wussten wir natürlich von Anfang an. Jetzt ist sie Schwesternhelferin, wechselt Verbände und teilt Medikamente aus.«

Das mit den Medikamenten stimmte nicht so ganz, aber Alex korrigierte ihn nicht, sondern warf nur ein: »Ich muss bestimmt auch Betten machen.«

»Oh, Liebling, nein. Wirklich?«

»Das gehört alles dazu, Mutter. Der Krieg ist nicht angenehm. Aber es wird mir das Gefühl geben, dass ich meinen Beitrag leiste, deshalb wende dich bitte nicht an eine deiner einflussreichen Freundinnen, um mir eine bequemere Aufgabe zu verschaffen«, sagte sie und legte ihre Hand auf die ihrer Mutter. »Ich möchte mich nützlich machen.«

Ihre Mutter lächelte sie voller Zuneigung an. »Du bist ein prachtvolles Kind. Ich bin sehr stolz auf dich.«

»Es gibt noch weitere wundervolle Neuigkeiten, Lady Frobisher. Aufregend, in der Tat«, sagte Matthew, ohne Alex auch nur anzusehen. »Sie war – oh, warten Sie, das steht mir nicht zu. Lassen Sie sich von Alex ihre wundervollen Neuigkeiten von Arnold Rowntree erzählen.«

»Hast du Arnold Rowntree kennengelernt?« Minerva

wandte sich Alex zu, wobei ihr der finstere Blick, mit dem ihre Tochter Matthew bedachte, entging.

»Ja. Er ist überaus herzlich.«

»Dein Vater mag ihn sehr, trotz allem, was die anderen sagen.«

»Warum? Was sagen denn die anderen?«

»Ach nun, sie sind eben Quäker, Liebling. Ich weiß, dass du dich um die Politik nicht kümmerst, aber in York gibt es viele Ressentiments gegen die Quäkergemeinde, und für die Rowntrees und die Terrys sind diese Zeiten nicht einfach. Wahrscheinlich auch nicht für die Cadburys in Birmingham.«

»Weil sie gegen den Krieg sind? Ich bin auch gegen den Krieg!« Sie schenkte ihrer Mutter Tee ein.

»Still, Liebes, nicht so heftig. Wir sind alle gegen den Krieg, aber wir stecken nun einmal darin, mein Liebling, ob es uns gefällt oder nicht. Alle unsere Männer tun ihr Bestes, um für das Land und die gerechte Sache zu kämpfen.«

»Die Deutschen denken wahrscheinlich genauso«, murmelte Alex. Sie hörte selbst, wie mürrisch sie klang. »Es tut mir leid. Du weißt, was ich meine. Ich bin sicher, die normale deutsche Mutter will ebenso wenig, dass ihr Sohn im Krieg ist, und die deutsche Ehefrau sorgt sich um ihren Mann und ihre Söhne genauso, wie wir uns um unsere sorgen.«

Die Miene ihrer Mutter entspannte sich. Zumindest in diesem Punkt stimmte sie ihr wohl zu. »Das mag stimmen, aber es entschuldigt nicht die Tatsache, dass Yorks prominenteste Familie sich weigert, England zu verteidigen. Es ist keine angenehme Situation.« Minerva trank einen Schluck Tee. »Oh, der ist köstlich.«

Matthew warf ein. »Arnold ist Abgeordneter für York. Sein Glaube verbietet ihm, andere mit Waffen zu bekämpfen. Aber das Rowntree-Krankenhaus und vor allem dieses besondere Geschenk für die Männer an der Front, die Benutzung ihrer Eisenbahnwaggons, um Kriegsgüter zu transportieren, sind wichtige und auch hochgeschätzte Beiträge zu den Schlachten Englands.«

»Gut gesagt«, dankte Alex Matthew. Er bedeutete ihr mit seinem Blick weiterzureden; sie wussten beide, dass es nie mehr einen besser geeigneten Moment geben würde. Seine Ermutigung machte Alex stark. »Und deshalb, Mutter, habe ich auch Mr Rowntrees Vorschlag angenommen, Führungen durch sein Unternehmen zu machen.« Bevor ihre Mutter ihre Teetasse absetzen konnte, um ihr zu antworten, fuhr Alex fort: »Weißt du, es gibt zahlreiche bedeutende Besucher, die aus London und aus der ganzen Welt anreisen. Und die Firma hat zwar Fremdenführerinnen, aber die Familie Rowntree sucht eine besonders geeignete Person, der sie eine … nun, sagen wir mal, bedeutendere Führung durch das Unternehmen anvertrauen können. Diese Person muss zum Beispiel in der Lage sein, auch schwierige Fragen auf Französisch so zu beantworten, dass die Informationen richtig verstanden werden, und sie sollte sich mit Menschen höheren sozialen Standes wohlfühlen und auskennen.«

Matthew beugte sich vor und sagte in verschwörerischem Tonfall: »Lady Frobisher, ich habe aus wohlinformierten Kreisen gehört, dass möglicherweise sogar ein königlicher Besuch ansteht.«

»In York?«, sagte Minerva beeindruckt.

Er tippte sich an die Nase, und Alex hätte beinahe laut aufgelacht. Minerva fasste sich aufgeregt an den Hals. »In die *Rowntree's*-Fabrik mit allem, was dazugehört, dem Ort, der Schule, ja sogar in die Unterkünfte.«

»Du liebe Güte, wann?«, hauchte ihre Mutter.

Matthew zuckte wissend mit den Schultern. »Das Datum steht noch nicht fest, aber …« Er machte eine dramatische Pause. »Es werden Gespräche auf höchster Ebene geführt. Und ich vermute, dass das einer der Gründe ist, warum Arnold Rowntree jemanden haben möchte, der wie Alex eine gewisse gesellschaftliche Stellung hat, ihre Bildung und ihre Haltung besitzt und, wenn ich das sagen darf, so attraktiv ist wie sie, um eine königliche Führung zu leiten, falls es gewünscht wird.«

Jetzt presste Minerva die Hand auf ihr Herz. »Ach du lieber Himmel! Ja, Liebling. Natürlich musst du das machen. Du bist absolut die Richtige, um jemanden aus dem Königshaus durch York zu führen.«

Alex blinzelte. Log Matthew oder wusste er tatsächlich etwas? »Ich freue mich, dass dich das glücklich macht, Mutter, weil ich diese Rolle so aufregend finde.«

»Sehr schön, Liebling, sehr schön. Und du wirst das Gefühl haben, nützlich zu sein, denn ich spüre, dass dich das bekümmert hat.« Sie warf Matthew einen Blick zu. »Sie hat Schokolade immer schon geliebt; ständig hat sie versucht zu erraten, was in den Fabriken gerade gemacht wird … Sie hat alles darüber gelesen, aber ihr Vater und ich haben ihr verboten, wie eine gewöhnliche Arbeiterin in der Fabrik zu arbeiten.« Erschreckt blickte Alex auf. Ihre Mutter meinte es gut, aber ihre hochmütige Art und ihre Wortwahl machten Alex manchmal sprachlos.

Nicht so Matthew. Er zeigte keinerlei Überraschung. Seine Augen funkelten amüsiert wie immer. »Oh, das kann ich absolut verstehen. Sie wollten sicher nicht, dass sie sich etwas Schlimmes einfängt, nicht wahr?« Erneut musste Alex erleichtert lachen, und ihre Mutter, die an diese Art von trockenem Humor nicht gewöhnt war, fiel leicht verunsichert ein. »Alex wird wunderbare Führungen machen und den Besuchern alles Wissenswerte über die inneren Zusammenhänge in einem Schokoladenimperium erklären.« Er verkaufte es großartig; Alex' Bewunderung für ihn wuchs mit jeder Minute. Mit seinen strahlend weißen Zähnen biss er in ein Käse-Kresse-Sandwich und gab einen leisen Laut des Wohlbehagens von sich. Mit seinem schläfrigen Blick und seinem trägen Grinsen hielt er Minerva in seinem Bann. »Und während sie sich um all den Papierkram, gestickte Namensschilder und so gekümmert haben, habe ich Mr Rowntree vorgeschlagen – ich hoffe, Sie haben nichts dagegen, Lady Frobisher, äh, und Sie natürlich auch nicht, Alex –, dass Sie vielleicht bei der besonderen Königsdose aushelfen könnten, die an die Männer an der Front geschickt wird.« Er wandte sich Alex zu. »Das war natürlich sehr vorlaut von mir, aber sie brauchen dringend Leute mit exzellenten analytischen und geografischen Kenntnissen. Ich habe mir die Freiheit genommen vorzuschlagen, dass Sie Ihren Freiwilligendienst sowohl als geografische Beraterin wie auch als Schwesternhilfe leisten könnten.«

Alex brauchte ihre Mutter nicht anzusehen, um zu wissen, dass sie vor Stolz beinahe platzte. Matthew, stellte sie fest, war nicht annähernd so schüchtern.

»Verzeihen Sie mir, dass ich Ihre Tochter so angepriesen habe, Lady Frobisher, aber sie suchen nach Leuten mit Alex' außergewöhnlicher Bildung und nach Frauen mit kühlen Händen. Können Sie sich das vorstellen?«

Beide Frauen schüttelten verwundert den Kopf.

»Ich weiß noch, dass ich, als ich Ihnen das erste Mal die Hand geschüttelt habe, gedacht habe, wie kühl und trocken Ihre Haut ist.« Seine Worte stießen auf Schweigen, und hastig setzte er zu einem brillanten letzten Schlag an: »Und ich dachte, dass es auch etwas Besonderes für Ihre Familie sein müsste, an der besonderen *königlichen* Dose, einem wertvollen Geschenk des *Königs*, mitzuarbeiten.«

Alex musste ihre Erheiterung unterdrücken. Matthew spielte ihrer Mutter genau die Musik vor, die sie so gerne hörte, und obwohl sie ein schlechtes Gewissen hatte, genoss sie die verschwörerische Verbindung zu ihm, als ob sie sich an der Hand hielten, ohne dass es jemand sah.

»Nun, alles für den König«, sagte Minerva leise, als sei es ihr letztes Wort.

»Also sind Sie einverstanden. Zuerst als geografische Beraterin und dann als spezielle Führerin für prominente Persönlichkeiten. Soll ich Arnold Bescheid sagen, Alex, dass Sie die Erlaubnis haben, bei der Königsdose zu helfen?«

»Ja, natürlich. Es wäre ein Privileg. Wenn er will, kann ich morgen früh schon anfangen.«

»Ich glaube, wenn es ginge, nähmen die Sie sogar noch eher.« Matthew grinste. »Nun, Lady Frobisher, kann ich Sie mit diesem verführerischen Törtchen in Versuchung führen? Die hellgrüne Zuckerglasur passt, glaube ich, zu Ihrer Kleidung.«

Ihre Mutter griff schmunzelnd nach dem Törtchen. »Sie sind ein ganz Schlimmer, Matthew.«

»Oh, ich weiß.« Er verzog reumütig das Gesicht. »Wollen Sie morgen Abend mit mir ausgehen, Alex? Wir könnten Ihre neue Rolle bei einem Abendessen feiern.«

Minerva reagierte, als habe er sie eingeladen. »O ja,

mach das, Liebling. Wir haben morgen Abend nichts Besonderes vor. Wenn dein Vater endlich aus seinem Club kommt, wollte ich ihm vorschlagen, dass wir die Thorntons drüben in Blythe Park besuchen. Wir sind zum Abendessen eingeladen und sollen dort übernachten.«

Alex nickte zustimmend. Dem Druck konnte sie nichts entgegensetzen, aber sie hätte gelogen, wenn sie nicht zugegeben hätte, dass sie sich freute. »Das wäre wunderbar, Matthew, vielen Dank.«

»Exzellent.« Matthew strahlte. »Nun, dann bestelle ich jetzt eine Kutsche und lasse Sie beide an diesem kalten Nachmittag nach Hause bringen, wenn Sie bereit sind. Ich gehe zu Fuß zum Club und treffe mich mit Ihrem Vater auf ein Glas; er ist entschlossen, mir das Pfeiferauchen beizubringen, bevor ich York verlasse.«

Als er seine Abreise erwähnte, stellte Alex überrascht fest, wie ihre Stimmung auf einmal düster wurde. Sie konnte nicht leugnen, dass Matthew mit seiner fröhlichen Natur ihre Familie beträchtlich aufgeheitert hatte.

Sie erlaubte ihm, ihren Arm zu ergreifen, und er geleitete ihre Mutter und sie in die Empfangshalle des Hotels. Dann ging er nach draußen, um ihnen eine Kutsche für die Heimfahrt zu rufen.

»Ist er nicht wie ein frischer Wind?« Die Frage war nicht direkt an Alex gerichtet, Minerva schien eher mit sich selbst zu reden.

»Ich muss zugeben, dass er ein angenehmer Begleiter ist. Er bringt mich ständig zum Lächeln.«

»Oh, Liebling, das freut mich. Du weißt, dass dein Vater und ich nur dein Glück wollen; du bist alles, was wir haben.« Minervas Blick ruhte voller Zuneigung auf ihr, und Alex hatte das Gefühl, conchiert und geschmolzen zu werden. Minerva konnte so zärtlich sein, und wenn sie sie mit ihren Gefühlen erstickte, dann geschah dies immer nur aus beängstigend großer Liebe. Alex wollte ihren Eltern gefallen, aber nicht auf Kosten ihres eigenen Strebens. Vielleicht bot Matthew ihr ja eine Brücke zwischen beidem an?

Mit diesem Gedanken ließ Alex sich von ihm auf die Wange küssen und in die Droschke helfen. Die gleiche Aufmerksamkeit widmete er Minerva, und als sie sich auf den knarrenden Ledersitzen niedergelassen hatten, strahlte er in die Kutsche.

»Guten Tag, meine Damen.« Höflich zog Matthew seinen Bowler. »Ich übernachte im Club, Lady Frobisher.« Er wandte sich an Alex. »Für morgen Abend werde ich uns einen schönen Tisch reservieren.« Dann sagte er zu dem Kutscher: »Fahren Sie los, danke.« Er warf ihm eine Münze zu, die dieser geschickt auffing und in die Tasche steckte.

Minerva seufzte zufrieden. »Ach, Liebling, ich habe ganz vergessen zu erwähnen, dass Daddy heute Nachmittag die Nachricht erhalten hat, dass Duncan bald Heimaturlaub bekommt.«

»Duncan? Wann?« Panik raste durch ihren Körper, und sie hatte das Gefühl, ihre Mutter müsse es ihr ansehen können, so als ob Blitze aus ihren Fingern zuckten, auch wenn sie sich in ihrem Tonfall nichts anmerken ließ.

Ihre Mutter zuckte mit den Schultern, während die Kutsche an dem alten Wasserturm vorbei über die Lendal Bridge holperte. »Ich weiß nicht genau. Dein Vater sagte etwas von nächstem Monat. Ich mag Duncan Cameron sehr.«

Da war sie wieder, die sanfte, unausgesprochene, unsichtbare und äußerst reale Bedrohung. Alex zweifelte nicht daran, dass ihre Mutter das absichtlich gesagt hatte, aber es klang auch wie eine Ermutigung in Matthews Richtung. Die Fahrt zu The Mount verlief schweigend, aber ihr war klar, dass sie in den nächsten Tagen eine Entscheidung treffen musste.

Im Club, der oberhalb der Lendal Bridge mit einer großartigen Aussicht auf die Ouse thronte, tranken Matthew und Charles einen Aperitif.

Charles war nur zögernd auf den Vorschlag des anderen Mannes eingegangen, hatte aber eingewilligt, als auch der Kellner erklärte, dass es sich um ein überraschend köstliches Getränk handle. »Nun, mein lieber Matthew, ich kann zwar nicht behaupten, früher gerne Gin getrunken zu haben, aber dies ist wirklich eine neue Art, mir die Kehle vor dem Essen anzufeuchten.«

»Gin, Zitrone, Wasser und Zucker, Sir. Könnte nicht einfacher sein. Ich gestehe, dass es besser in die Tropen passt, vielleicht auch zu einem feuchten englischen Sommerabend, aber mir war heute Abend nach etwas Schwungvollem.«

»Ach ja? Nun, das ist schon in Ordnung«, sagte Charles. Er hob sein Glas und starrte durch die klare Flüssigkeit auf die hohe Fensterreihe, durch die das Sonnenlicht in das komfortable Zimmer fiel, in dem sie in bequemen Sesseln saßen. »Aber ich trinke doch lieber Whisky, Matthew. Nichts taugt besser als die Honigsüße eines reifen Malts, um an einem kalten Abend mein Blut zu wärmen.«

Der Kellner, der sie bediente, trat zu ihnen. »Darf ich Ihr Glas auffüllen, Mr Britten-Jones?«

Statt Matthew antwortete Charles. »Wer sind Sie eigentlich? Ich sehe Sie heute zum ersten Mal.«

»Ich bin James, Sir Charles. Ich habe erst diese Woche hier im Club angefangen.«

»Und trotzdem kennen Sie bereits meinen Namen und auch den dieses Jungspunds hier«, sagte Charles und wies mit dem Kinn auf Matthew. »Beeindruckend. Woher kommen Sie denn?«

»Aus Bristol, Sir«, erwiderte James.

Charles gab einen überraschten Laut von sich, und James wich ein wenig zurück. »Mein Begleiter hier ist aus Bristol.«

James lächelte. »Ich glaube nicht, dass wir uns in denselben Kreisen aufgehalten haben, Sir.«

Die Bemerkung des Mannes klang ein wenig zweideutig, aber Charles, dem das sehr wohl auffiel, dachte nicht weiter darüber nach. Er fühlte sich absolut behaglich. Er hatte keine Eile, das Abendessen war noch einige Stunden entfernt, was ihm ganz recht war, da er noch vom Mittagessen mit seinen Eisenbahnkollegen einen vollen Bauch hatte.

»... aus Clifton Down«, hörte er Matthew zu dem Kellner sagen. »Und Sie?«

»Hotwells«, erwiderte James. Er ergriff Matthews Glas und blickte ihn fragend an. Matthew nickte, und James fuhr fort: »Mein Vater war Seemann, deshalb haben wir am Hafen gewohnt.«

»Bringen Sie mir einen Malt«, verlangte Charles. Nach diesem würde er aufhören zu trinken, damit er zu Hause nicht wie ein ganzes Fass stank. James streckte seinen langen Arm aus und griff vorsichtig nach dem Glas mit dem noch nicht ganz ausgetrunkenen Gin Sling.

»Soll ich das abräumen, Sir?«

»Ja, ganz nett, aber nichts für mich. Und was führt Sie nach York?«

James setzte zu einem Achselzucken an, fing sich jedoch noch im letzten Moment, wie Charles bemerkte. »Die Arbeit, Sir Charles. Ich bin kein Seemann, aber das, was ich tue, beherrsche ich sehr gut, und ich finde es hier aussichtsreicher.«

»Nun, Ihrer Statur nach würden Sie einen guten Seemann abgeben, wenn Sie erlauben, dass ich Ihre stramme Erscheinung erwähne.«

James grinste, und seine perlweißen Zähne schimmerten im Dämmerlicht. »Ich habe jahrelang im Hafen gearbeitet, aber dann hat man mir eine Stelle in einem sehr guten Hotel angeboten, und ich wurde … nun ja, verführt, könnte man sagen.« Er schenkte Matthew ein rasches Lächeln. »Auf jeden Fall habe ich das Gefühl, ich werde mein neues Leben in York genießen, Sir, und ich freue mich darauf, Sie bedienen zu dürfen … Wenn ich nicht zu den Waffen gerufen werde und auf andere Weise dienen muss.«

»Sehr gut, mein Junge. Äh, kein Eis«, warnte Charles ihn. Der neue Kellner schenkte ihm ein serviles Lächeln, das darauf hindeutete, dass er im Traum nicht daran denken würde, einen guten Malt mit Eis zu verwässern, auch wenn er aus einer anderen Schicht kam … Jedenfalls interpretierte Charles den Blick so. Aber vielleicht hatten sie auch nur keins im Keller in Heu gelagert. Er wandte sich zu Matthew, der ebenfalls dem Kellner nachblickte. »So ein junger Kerl wie dieser sollte ringen oder boxen. Damit könnte er zehnmal mehr verdienen als hier.«

»Das bezweifle ich nicht, Sir Charles«, stimmte Matthew ihm zu, »aber vielleicht sollte er eher versuchen, Hauptrollen auf der Bühne zu bekommen? Dann wäre dieses gut aussehende Gesicht vor Boxhieben geschützt.«

Charles grunzte zustimmend. »Du liebe Güte, ich hätte jetzt gerne eine Pfeife.« Auf Matthews fragenden Blick hin fügte er hinzu: »Ich habe Minerva versprochen, das Rauchen etwas einzuschränken. Sie sagt, mein harter Husten wecke sie nachts, obwohl ich im Zimmer gegenüber schlafe.«

Matthew zwinkerte. »Man muss sein Vergnügen im Leben haben, Sir.«

»In der Tat. Also, was gibt es? Sie haben sich bestimmt nicht mit mir hier verabredet, um über meine Gesundheit zu sprechen.«

»Nein, Sir. Es geht um Alex.«

»Sie kommen direkt zum Punkt. Braver Junge. Ich hasse das Gefühl, manipuliert zu werden.« James trat wieder an den Tisch. Für jemanden von seiner Größe und seinen beeindruckend breiten Schultern bewegte er sich erstaunlich geräuschlos. Er stellte das niedrige Kristallglas vor Charles. »Das ist Aberfeldy Single Malt, Sir.«

»Einer meiner Lieblingswhiskys«, erklärte Charles. Er blickte zu Matthew. »Die Familie Dewar stellt ihn her, am Ufer des Tay. Für die Dauer des Krieges haben sie wohl geschlossen.«

»Warum?«, fragte Matthew. James schenkte ihm Gin nach.

Charles stieg der säuerliche Duft des Zitronenschnitzes in der Ginmischung in die Nase, und er lehnte sich zurück, um ihm zu entgehen. Der Geruch war nicht unangenehm, aber er wollte den weichen Honigduft seines kostbaren Malts nicht verderben. Obwohl er das Land persönlich nicht mehr bereisen wollte, liebte er den schottischen Geschmack, und in diesem Moment wollte er die zerklüfteten Highlands von Schottland genießen und nicht die Obsthaine des Mittelmeers. Er lächelte leise bei dem Gedanken. James zog sich zurück.

»Oh, sie brauchen die Gerste als Nahrungsmittel, deshalb wird die Brennerei wahrscheinlich für die Dauer des Krieges geschlossen bleiben. Das macht das Zeug noch kostbarer. Prosit, mein Junge!«

Matthew hob sein Glas und nickte ihm zu. »Zum Wohlsein, Sir.«

»Alex«, kehrte Charles zum Thema zurück. Auch er zog es vor, keine Umwege zu machen. »Ich bin sicher, ich kann es erraten. Sie hat diese Wirkung auf die meisten Männer. Das Problem ist nur, sie weiß es nicht.«

Matthew kniff amüsiert die Augen zusammen und blickte ihn über dem Rand seines Glases an. »Meiner Meinung nach macht sie das umso anziehender, Sir. Ihre sachliche, unaffektierte Art ist zutiefst beruhigend. Ich halte mich von zu anhänglichen oder besonders koketten Frauen fern.«

Charles schmunzelte. »Auch kokette Frauen haben ihren Reiz.«

»In meinem Leben nicht. Ich mag starke, unabhängige Frauen.«

»Du liebe Güte, Britten-Jones, wozu das denn?«

Matthew seufzte. »Damit wir ein abwechslungsreiches Leben führen können. Ich könnte es nicht ertragen, wenn jemand sich für jeden meiner Schritte interessiert oder die Minuten bis zu meiner Rückkehr zählt, meine Taschen durchwühlt und sich während meiner Abwesenheit nach mir verzehrt. Ich mag Frauen, die ihre eigenen Interessen haben und ihr Leben absolut in die eigene Hand nehmen.«

»Und Sie glauben, Sie haben sie gefunden?«

»Ja, das habe ich. Ich wusste vom ersten Moment unserer Begegnung an, dass ich das Zusammensein mit ihr genießen würde. Und ich glaube, dass Ihre Tochter und ich heute eine gemeinsame Basis gefunden haben. Zumindest muss ich Sie fragen, Sir, wie meine Chancen stehen.«

Jetzt seufzte Frobisher. Seine Gedanken gingen zu Peter. Er wünschte sich so sehr, sein Sohn säße jetzt neben ihm und könnte ihm seine Ansicht über das potenzielle neue Familienmitglied mitteilen. Peter … Nein, er wäre nicht hier, selbst wenn er noch lebte. Er hätte sich mit Sicherheit als einer der Ersten freiwillig gemeldet und läge jetzt irgendwo in einem Schützengraben. Zögernd riss er sich von der Erinnerung an seinen Sohn los und richtete seine Gedanken auf die Zukunft seiner Tochter. Insgeheim wusste er, dass es nicht seine Entscheidung war; letztlich würde er lediglich Minervas Wahl zustimmen. Sie hatte für ihre Tochter schon drei geeignete Bewerber ausgesucht, aber andererseits ließ ihn ihre Unterhaltung gestern Abend auch glauben, dass Minerva einen vierten Namen begeistert aufnehmen würde. Als er ihr gute Nacht gewünscht hatte, hatte sie zu ihm gesagt, dass sie beide Ja sagen würden, wenn Matthew Britten-Jones die Frage stellte. »Haben Sie meine Tochter schon gefragt?«

»Auf vielerlei Weisen. Vielleicht habe ich ihr Angst eingejagt, aber ich habe keine Zeit, Sir. Wie Sie wissen, muss ich nach Bristol zurückkehren.«

Charles nickte. »Eine zusätzliche Komplikation ist die Tatsache, dass einer der aussichtsreicheren Bewerber,

Duncan Cameron, in Kürze auf Heimaturlaub zurückkehrt. Er wird eine Antwort von Alex erwarten, da er ihr schon vor zwei Jahren den Antrag gemacht hat. Ich vermute, er würde sie am liebsten auf der Stelle heiraten.«

»Sie will ihn nicht heiraten, Sir, und auch keinen der anderen Erwählten«, erklärte Matthew.

»Und hat sie angedeutet, dass sie Sie heiraten will?«, fragte Charles und zog dramatisch seine buschigen grauen Augenbrauen hoch.

»Alex hat mich nicht abgelehnt, und heute Vormittag scheint sie sich für den Gedanken erwärmt zu haben. Ich habe große Hoffnung, Sir Charles.«

»Dann nur zu, mein Junge. Ich kann Ihnen versichern, dass Cameron nur zu diesem Zweck nach England kommt.«

5

Sie saßen unter den Kolonnaden von Yorks elegantem Versammlungssaal unter der doppelten Reihe von Kronleuchtern, die das glitzernde Wahrzeichen des Gebäudes waren. Die Kristalltropfen blinkten sie an, als fingen sie nicht das Licht, sondern eher ihre Aufmerksamkeit ein, und warfen ein funkelndes Scheinwerferlicht auf sie. Matthew hätte kaum einen öffentlicheren Ort wählen können. Hier konnten alle aus der Oberschicht sich die Mäuler darüber zerreißen, dass Alex Frobisher mit einem begehrten, reichen Neuankömmling in der Stadt dinierte. Kellner huschten geräuschlos um die dorischen Säulen aus rot geädertem Marmor mit dunkelgrünen Kapitellen und leichter Vergoldung. Am Tag flutete das Sonnenlicht durch die beeindruckenden Reihen hoher Sprossenfenster im oberen Raum des Saales. Jetzt schimmerten sie wie dunkle Spiegel, die das Funkeln der Kronleuchter reflektierten.

»Wussten Sie, dass es mittlerweile gesetzlich verboten ist, in einem Restaurant mehr als drei Gänge zu essen?«

Matthew schüttelte amüsiert den Kopf. »Ich bin sicher, Mrs Trubshaw, die Freundin Ihrer Mutter, schafft noch nicht einmal einen. Sie lässt uns nicht aus den Augen«, beschwerte er sich.

Alex blickte nach unten, wo zwei Freundinnen ihrer Mutter aßen. Sie machten kein Hehl daraus, dass sie ihr Treffen mit einem Herrn überwachten. »Haben Sie wirklich geglaubt, ich dürfte ohne Anstandsdame ausgehen ... auch wenn sie mich nur aus der Ferne beobachtet? Wirklich, Männer können sich glücklich schätzen, so viele Freiheiten zu haben.«

»Ich würde Ihnen alle Freiheit geben, die Sie wollen«, erwiderte Matthew. Sie blickte ihn an. Er machte eine Pause, um seiner Äußerung mehr Nachdruck zu verleihen. Dann fuhr er im Plauderton fort. »Ich fand das Lamm köstlich«, sagte er und trank einen Schluck Portwein. »Mmm, diese pikante Anchovis-Kapern-Soße war vorzüglich.«

»Ja, eine sehr gute Wahl«, sagte sie, »obwohl ich es im Allgemeinen vorziehe, meine eigene Wahl zu treffen.« Sie sagte es leichthin und zog dabei eine Augenbraue hoch, eine Angewohnheit, die sie von ihrem Vater übernommen hatte. »Ich habe ein schlechtes Gewissen bei einem so guten Essen ... Sie wissen schon, die Rationierungen und so.«

Er nickte. »Wir tun es nicht wieder, wenn Sie sich dabei nicht wohlfühlen.«

Alex seufzte. »Ich will ja kein Spielverderber sein, aber hier bei Austern-Croutons und gefülltem Lamm zu sitzen, während unsere Soldaten Dosenfleisch essen, fühlt sich so schrecklich unfair an.« Sie trank ihren Kaffee, wobei sie sich fragte, wie lange sie von diesem leckeren Essen wohl zehren würde. Um die Gedanken an den Krieg zu verbannen, blickte sie zu den Kronleuchtern hinauf. Auf jedem waren etwa zwanzig elektrische Kerzen entzündet. »So wie sie schimmern, sind sie wahrscheinlich gerade erst sauber gemacht worden«, sagte sie. Matthew folgte ihrem Blick.

Er nickte. »Ich komme mir vor wie in einem Roman von Jane Austen«, gestand er.

»Oh, haben Sie ihre Bücher gelesen? Ich habe sie alle verschlungen.«

»Ja, in der Tat. Am liebsten mag ich *Stolz und Vorurteil* … All diese Missverständnisse und Ausreden.«

Alex lächelte. »Dieser Saal hier wurde ursprünglich für diese Kontratänze gebaut, die Mr Darcy wahrscheinlich missbilligt hätte.«

»Nein, er ist viel zu elegant, um sein Missfallen zu erregen«, entgegnete Matthew und schnalzte leise mit der Zunge. »Ich fühle mich eigentlich sehr wie Darcy«, bemerkte er und warf ihr einen eindringlichen Blick zu.

»Warum das denn?«, fragte sie und griff nach dem kleinen mit Kakao bestäubten Plätzchen, das anstelle eines Desserts serviert worden war. Sie hatten sich beide gegen einen Nachtisch entschieden. Sie konnte seine krümelige Konsistenz schon auf der Zunge spüren, bevor sie einen Bissen von dem nach Schokolade duftenden Gebäck genommen hatte.

»Ich fürchte, mein Heiratsantrag ist auf taube Ohren gestoßen.«

Sie hielt inne, ohne das Plätzchen gekostet zu haben. »Nun, das stimmt nicht«, sagte sie und legte das Gebäckstück wieder auf die Untertasse. Der Kakao hinterließ einen Fleck wie eine kleine Wunde auf ihren Fingern.

»Wie lange brauchen Sie zum Überlegen?«, fragte er.

»Ein bisschen länger vielleicht. Warum die Eile?«

»Weil mir Ihr Vater gestern Abend erzählt hat, dass jemand namens Duncan bald auf Heimaturlaub kommt und zweifellos eine ähnliche Entscheidung von Ihnen verlangt. Ich würde ihm lieber mit meinem Antrag zuvorkommen.«

Alex biss sich in die Innenseite ihrer Wange. War es wirklich schon an der Zeit, eine Entscheidung zu treffen? Bis jetzt kam ihr alles sehr spontan vor.

Matthew schlug die Augen nieder. »Es tut mir leid. Bei diesem Abendessen sollte es eigentlich nur um Sie und um Ihr neues Abenteuer gehen.«

»Das war ja auch so. Sie haben mich sehr verwöhnt, lieber Matthew.«

Musik erklang, und Alex spähte durch den Saal zu der gegenüberliegenden spiegelgleichen Kolonnade. Sie lächelte. »Oh, wie schön. Es ist ein kleines Kammer-Ensemble. Ich wusste gar nicht, dass abends hier Musik gespielt wird.«

»Ich glaube, da haben Sie recht. Das tun sie normalerweise auch nicht«, sagte er. »Die Sache ist, Alex, ich habe heute erfahren, dass ich früher als geplant nach Bristol zurückkehren muss.«

Sie wandte ihm wieder ihre Aufmerksamkeit zu. »Wie bald?«

Er zuckte mit den Schultern. »In vierzehn Tagen vielleicht.«

»Wie schade.«

»Ja?«

Sie seufzte leise empört. »Tun Sie das nicht.«

»Was?«, fragte er gespielt unschuldig.

»Spielen Sie nicht dieses Spielchen mit mir. Wenn wir es tun wollen, dann müssen wir uns auf der Stelle einigen, dass es keine Arglist geben wird.«

»Wenn wir was tun wollen?«, fragte er.

»Jetzt machen Sie es schon wieder. Sie wissen sehr gut, wovon ich spreche.«

»Ich möchte aber, dass Sie es sagen.«

»Wir reden doch über Heirat, oder nicht?«

»Ja«, stimmte er ihr zu, »aber mir wäre lieber, wenn Sie es nicht so nüchtern klingen ließen.«

»Ich finde uns eigentlich ganz besonders, weil wir mit klarem Kopf darüber sprechen können.«

»Ist es für Sie nur eine geschäftliche Vereinbarung, damit Sie nicht mehr von Männern bedrängt werden, die Sie nicht wollen? Empfinden Sie denn gar nichts für mich?«

Alex schüttelte den Kopf. »Ganz im Gegenteil, wenn ich aufrichtig bin.« Matthew kniff die Augen zusammen. »In Wahrheit, Matthew, haben Sie nicht lange gebraucht, um meinen Schutzpanzer zu durchdringen. Ich mag Sie mit jeder Minute mehr.«

Jetzt weiteten sich seine Augen vor Überraschung. Die Musik schien näher zu kommen, aber Alex konnte den Blick nicht von ihm abwenden; einen Moment lang ließ er sie auf den Grund seiner Seele blicken, und sie wäre überrascht gewesen, wenn sie gewusst hätte, wie offen ihre Gedanken sich auf ihrem Gesicht widerspiegelten. Sie schüttelte den Kopf. »Keine witzige Bemerkung?«

»Nein.«

Sie grinste. »Gut. Es gefällt mir, dass ich Sie überraschen kann.«

»Sie mögen mich?«, wiederholte er, nach Bestätigung suchend, als ob er nicht glauben konnte, was sie gesagt hatte.

»Wir kennen uns zwar noch nicht so schrecklich gut, aber ich kenne Duncan *sehr* gut, und ich will nicht seine Frau werden. Wenn ich ehrlich bin, will ich im Moment niemanden heiraten, aber meine Eltern drängen mich, und wenn Duncan nach Hause kommt, wird er mich mit Sicherheit zur Rede stellen. Ich habe Sie zwar erst vor ein paar Tagen kennengelernt, aber in dieser kurzen Zeit habe ich entdeckt, dass ich Sie mehr mag als alle anderen Männer, die sich für den richtigen Ehemann für mich halten.«

Er errötete, und sie genoss sein Unbehagen. »Das schafft kaum einer bei mir«, gestand er, und einen kurzen Moment lang sah sie den echten Matthew. Aber dann schlug er die Tür seiner Seele wieder zu und grinste. »Sagen Sie heute Abend Ja?«

»Ich ziehe es in Erwägung«, sagte sie. Sie musste ihre Stimme erheben, weil das Violinquartett mittlerweile durch den Saal an den Tischen vorbeiging.

»In diesem Fall habe ich mein Geld nicht verschwendet«, sagte Matthew. Zufrieden lächelnd, wies er auf die Musiker, die an ihren Tisch traten und die Ouvertüre aus *Peer Gynt* spielten. »Für dich, geliebte Alex – bitte werde meine Frau.«

Staunend schaute sie auf, als der Oboist vom Flötisten übernahm und mit der prachtvollen Eröffnung eines ihrer Lieblingsmusikstücke begann. Woher wusste Matthew das? Freudenschauer durchrannen sie, weil er sich die Mühe gemacht hatte, es herauszufinden, und dann auch noch dieses private Konzert organisiert hatte. Vielleicht nicht ganz so privat, weil auch die anderen Gäste von ihrem Essen aufblickten, um das Paar anzustarren.

»Peer Gynt war auch ein Filou«, stieß sie bezaubert hervor.

»Ein Mann mit vielen Gesichtern, könnte man sagen.«

Seine Bemerkung verwirrte sie ein wenig, aber die Musik war wundervoll, und der Augenblick war unbestreitbar romantisch, als Matthew aufstand, ihre Hand ergriff und sie küsste. Alle Gäste applaudierten. Offensichtlich war ihnen klar, was hier vor sich ging, und Alex wagte es nicht, irgendjemanden anzusehen, weil sie sicher ihre Mutter kannten.

Hilflos sah sie zu, wie er sich über ihre Hand beugte und sie mit seinen Lippen leicht berührte. Sie spürte die Wärme seines Mundes auf ihrer Haut, ebenso wie die durchdringenden Blicke von Mrs Trubshaw. Matthew sah sie eindringlich an. »Sag Ja, Alex.« Es war ein Befehl, aber so sanft ausgesprochen, dass sie seinem Zwang erlag.

»Ja«, stieß sie völlig bezaubert hervor.

Sein Gesicht verzog sich zu einem strahlenden Lächeln. Sanft zog er sie hoch und beugte sich vor, um ihr einen flüchtigen Kuss, wie die Berührung eines Schmetterlingsflügels, auf die Lippen zu drücken. »Danke«, flüsterte er, und erneut brandete Applaus auf. Die Musik wechselte von *Peer Gynt* zu einer feierlichen Weise, in der immer wieder Motive aus Wagners *Brautchor* auftauchten, was die Gäste zu noch stärkerem Beifall animierte.

»Habe ich gerade eingewilligt, dich zu heiraten?«, flüsterte sie, schockiert und aufgeregt zugleich.

»Das habe ich jedenfalls gehört, und ich bin sicher, die Musiker auch«, sagte er und wies mit dem Kinn auf die Musiker. »Das kannst du jetzt nicht mehr rückgängig machen«, warnte er sie amüsiert.

»Lass uns nach Hause gehen und meine Eltern bei den Thorntons anrufen.« Am liebsten wäre ihr gewesen, er hätte sie in die Arme gerissen und geküsst, ohne Rücksicht darauf, wer sie beobachtete oder was morgen früh getuschelt werden würde.

Matthew jedoch bewahrte Haltung, auch wenn ihm seine Ungläubigkeit deutlich im Gesicht geschrieben stand. »Die Rechnung bitte und schnell eine Kutsche«, sagte er zum Oberkellner.

»Sofort, Mr Britten-Jones«, sagte der Mann und zog sich diskret zurück.

Die Musiker begleiteten sie bis zur Kutsche, wo Alex auf den kühlen Ledersitz sank und sich in der leicht schaukelnden Droschke nach Hause kutschieren ließ. Sie ergriff Matthews Hand und zog sie auf ihren Schoß. »Ich bin sehr glücklich.«

Er warf ihr einen Blick von der Seite zu. »Nicht nur, weil dir eine Last von den Schultern genommen wurde?«

Sie legte ihre Hand über seine. »Ich fühle Erleichterung, aber auch Erregung. Ich glaube, ich kann dir eine gute Ehefrau sein. Du verstehst mich, und ich mag deine Geduld und deine Art, deine Großzügigkeit und deinen Witz, aber vor allem deinen Wunsch, mich nicht einzusperren oder zu bedrängen.«

Im Dämmerlicht in der Kutsche wirkten seine Augen sehr dunkel und tief. »Du bist mir kostbarer, als du dir vorstellen kannst, Alex. Du wirst mein Leben für immer ändern, und ich kann dir nicht genug danken.«

Es war eine seltsame Antwort. Sie klang nicht nur unaufrichtig, sondern Alex hörte auch einen zweideutigen Unterton, als ob die Worte für ihn eine andere Bedeutung hatten als für sie. Die seltsame Empfindung nagte an ihren Gedanken, aber seine Hand zu halten, die Freude in seiner Stimme zu hören und die Wärme seines Kusses an ihrem Hals zu spüren erregte sie so sehr, dass sie diese Bedenken verdrängte.

Sie dachte daran, wie sie die Nachrichten ihren Eltern überbringen würde. Es würde sie unsagbar glücklich machen. Und das Wichtigste war, dass sie ihr Leben jetzt selbst in die Hand nehmen konnte. Sie würde Schokolade machen.

»Ich glaube, ich habe mich noch nie so erleichtert und glücklich zur selben Zeit gefühlt«, murmelte sie.

Er nickte lächelnd. »Ich schicke meinen Leuten besser ein Telegramm. Sie werden außer sich sein vor Begeisterung. Bist du bereit, mit mir nach Bristol zu fahren, um sie kennenzulernen?«

»Natürlich, Matthew. Ich möchte deine Familie schrecklich gerne kennenlernen.«

»Sie werden sich auf der Stelle in dich verlieben.«

»So wie du, was?«

Seine Zähne schimmerten weiß im Schein der Laterne, als er sie anlächelte, und erneut meldete sich eine kleine zweifelnde Stimme in ihr, weil in seinem Blick Unsicherheit lag.

In *Tilsden Hall* herrschte eine erwartungsvolle Atmosphäre. Alex spürte es sofort, als sie eintrat und die Haushälterin ihnen entgegenkam, um ihre Mäntel abzunehmen.

»Ich bleibe nicht lange, Mrs Lambton.«

»Nein, Sir? Übernachten Sie im Club?«

Alex blickte ihn fragend an. »Warum, Matthew?«

Er zuckte verlegen mit den Schultern.

»Ich finde es passender angesichts der, äh … neuen Entwicklung.«

Lambton blickte Alex an, wandte sich dann aber mit schiefem Lächeln wieder ab. Wusste hier schon jeder Bescheid, noch bevor sie selbst die Entscheidung getroffen hatte?

»Ja, natürlich. Kann ich einen Kakao haben, Mrs

Lambton? Es ist eiskalt draußen.« Sie stampfte mit den Füßen, um es zu demonstrieren.

»Natürlich, Miss Alex«, sagte die Haushälterin mit einem Lächeln, bei dem Alex an die Feenpatin von Schneewittchen denken musste. »Gehen Sie in den Salon. Dort prasselt ein warmes Feuer.«

»Ach?«

»Ihre Eltern sind zu Hause, Miss Alex«, sagte Mrs Lambton und wandte sich zum Gehen. Alex fragte nicht nach. Sie würde es gleich erfahren, und außerdem konnten sie ihnen so besser die Neuigkeiten mitteilen.

Alex ging durch die Tür, die Matthew ihr aufhielt, in den silbergrünen Salon, das Lieblingszimmer ihrer Mutter. Zwei von Minervas Tischlampen waren an. Sie tauchten die Sessel und das Sofa am Kamin in ihr warmes Licht. Die dunkle Holztäfelung und der Fußboden hielten den Rest des großen Raums im Schatten, sodass Minervas Wandgemälde nicht so eine überwältigende Wirkung hatten wie bei Tageslicht.

»Oh, da seid ihr ja, ihr prachtvollen jungen Leute!«, sagte Minerva, und Alex spürte förmlich, dass ihre Mutter vor Vorfreude vibrierte.

»Ich dachte, ihr wolltet bei Freunden übernachten?«, sagte sie, um Zeit zu gewinnen. Mit unschuldiger Miene blickte sie ihre Mutter an.

»Liebling, verzeih uns, dass wir deine Zeit mit dem lieben Matthew verderben, aber ich habe Kopfschmerzen bekommen, deshalb haben wir beschlossen, den Termin mit den Thorntons zu verschieben. Deinem Vater hat es nichts ausgemacht. Er ist sowieso erst spät aus dem Club zurückgekehrt, und er hatte eine anstrengende Woche.«

Alex vermutete eher, dass ihre Mutter gespannt auf

Heiratsneuigkeiten gewartet hatte und ihr gerade eine Notlüge auftischte, aber sie verzieh ihr. »Ach? Was ist denn passiert?«, fragte sie und runzelte besorgt die Stirn.

Charles Frobisher seufzte. »Nur das übliche Gezänk unter Anteilseignern. Irgendjemand findet anscheinend immer etwas, worüber er sich beklagen kann, und jetzt steht die Kriegsdienstverweigerung von Arnold Rowntree unseren Erweiterungsplänen im Wege. Die Leute wollen einfach nichts über feiges Verhalten hören.« Müde hob er die Hand. »Ich weiß, Liebling, ich weiß. Ich bin lange genug mit Arnold befreundet und weiß, dass er kein Feigling ist, und es ist verdammt anständig von ihm, mit seiner Produktion die Kriegsbemühungen zu unterstützen, aber die Leute sehen und hören nur das, was sie wollen.«

»Oh, Charles, jetzt hör endlich auf mit dieser elenden Geschichte. Ich will glückliche Nachrichten hören.« Minerva erhob sich, trat über den dicken roten Orientteppich zu ihrem Mann und setzte sich neben ihn auf das Sofa. Erwartungsvoll blickte sie ihre Tochter an.

Ein Holzscheit prallte gegen den Messingschutz und leuchtend orangefarbene Funken sprühten genau im richtigen Moment auf, als ob sie die Ankündigung untermalen wollten.

Alex zog die Qual ihrer Mutter noch ein wenig in die Länge und blickte sie fragend an. »Wirklich? Was willst du denn hören, Mutter?«

Minerva blinzelte ertappt. Matthew rettete sie.

»Ich bin schuld, Alex. Ich bin der Tradition gefolgt und habe bei deinem Vater um deine Hand angehalten. Dich hätte ich am liebsten schon in dem Moment gefragt, als ich dich kennenlernte«, fügte er ohne die geringste Verlegenheit hinzu.

Minerva seufzte vor Freude.

»Aber immerhin habe ich dich ja im ersten Moment, als wir allein waren, gefragt.«

»Das stimmt«, erwiderte Alex.

»Gestern Morgen hast du mich noch nicht ernst genommen, aber nachmittags hatte ich schon das Gefühl, du könntest den Antrag in Erwägung ziehen. Und am Abend war ich überzeugt, dass du Ja sagst.«

»Und, hast du Ja gesagt, Liebling? Oh, jetzt mach es doch nicht so spannend, ich bitte dich!«, sagte Minerva in so dramatischem Tonfall, dass Alex beinahe die Augen verdreht hätte.

Sie lächelte verschämt, weil ihr auf einmal klar wurde, wie bedeutungsvoll dieser Augenblick war. »Ja. Ich werde Matthew heiraten.«

Minerva sprang auf, zog Alex in die Arme und überschüttete sie mit Küssen. Alex spürte, wie sich die Arme ihres Vaters um sie beide schlangen, und sie warf Matthew ein leicht verlegenes Grinsen zu, weil ihre Eltern ihre Zuneigung so offen zeigten. Matthew zwinkerte ihr zu, und erneut merkte sie, wie sehr sie ihn mochte. Sie glaubte nicht, dass es Liebe war. Allerdings hatte sie natürlich auch keine Erfahrung darin, wie sich romantische Liebe anfühlte, aber auf jeden Fall empfand sie ein starkes Zusammengehörigkeitsgefühl. Sie gehörte zu Matthew, und er gehörte jetzt zu ihr. Es fehlte zwar dieses schwindelerregende, atemberaubende Gefühl, von dem ihre Freundinnen gesprochen hatten, aber Alex fühlte sich wie gerade erwacht, anders konnte sie es nicht beschreiben. Ihr war, als habe sie mit ihrer Übereinkunft der dunklen Vergangenheit den Rücken gekehrt. Sie konnte den Kummer wegen Peter jetzt hinter sich lassen und brauchte keine

Angst mehr zu haben, an jemanden verheiratet zu werden, den sie nicht mochte. Matthew gab ihr ein Gefühl der Sicherheit und zeigte ihr einen Weg ins Leben, den sie sich selbst ausgemalt hatte.

Ihr Vater ließ sie los, wandte sich zu Matthew und schüttelte ihm kräftig die Hand. »Guter Mann! Großartige Neuigkeiten. Minerva, ruf Mrs Lambton, ich glaube, diese Nachricht hat einen richtigen Toast verdient!«

»Oh, Dad, hältst du das für klug … im Krieg und so?«

»Ja, das stimmt. Ich gehe selber in den Keller. Komm, Matthew … Jetzt, wo du zur Familie gehörst, solltest du auch erfahren, wo wir die guten Flaschen aufbewahren.«

Die Männer gingen lachend davon, und Alex wandte sich wieder zu ihrer Mutter. »Es ist schön, dich und Dad so glücklich zu sehen.«

»Es fühlt sich an, als ob der jahrelange Schmerz ein wenig leichter geworden ist. Als Mutter werde ich ihn immer fühlen, aber diese Nachricht macht mich froh!«

Erneut umarmte Alex ihre Mutter. »Ich weiß. Es kommt zwar plötzlich, aber ich glaube, dass Matthew mich sehr glücklich machen kann. Schon in den paar Tagen empfinde ich mehr für ihn, als ich jemals für Duncan oder die anderen empfunden habe.«

Ihre Mutter trat einen Schritt zurück. Sie hielt Alex an den Händen und strahlte sie stolz an. »Was hältst du von einer Hochzeit im Frühling?«, fragte sie, während ihr Tränen des Glücks in die Augen traten.

»Es hat keine Eile, Mutter. Ich bin jetzt verlobt«, sagte Alex liebevoll, aber mit fester Stimme. Sie milderte ihre Worte mit einem Lächeln ab. Die Chance, bei *Rowntree's* zu arbeiten, wollte sie nicht ins Wanken bringen, noch bevor sie überhaupt einen Tag dort gearbeitet hatte.

6

Alex hätte sich am liebsten gekniffen, weil sie endlich hier auf dem hellen Dielenboden im »Schokoladendosen-Saal« stand, wie der Produktionsraum liebevoll genannt wurde. Um sie herum strömten ihre Kollegen herein, alles Frauen, die meisten von ihnen sehr jung und natürlich keine verheiratet. Das Holzdach wölbte sich über ihnen, aber durch eine verglaste Öffnung in der Mitte flutete das Tageslicht herein. Die weißen Wände machten den Raum noch heller. Er war kaum geheizt, aber das hatte vermutlich nichts damit zu tun, dass die Rowntrees am Komfort für ihre Angestellten sparten, sondern eher etwas damit, dass es hier um Schokolade ging. Die Wintersonne wärmte ein wenig, aber Alex war es sowieso so heiß vor Freude, endlich hier zu sein, dass sie die Kälte gar nicht spürte, obwohl es heute bitterkalt war. An den Seiten des Saals standen Tische, auf denen sich all die Dinge stapelten, die letztlich ihren Weg in die Dosen finden würden, die in den Sortierfächern über den Bänken lagerten. Im Mittelgang stand ein mindestens ein Meter fünfzig breiter Tisch, auf dem die Schokoladentafeln in Silberpapier eingepackt wurden.

Von den Balken, die sich quer durch den gesamten Saal zogen, hingen Gaslampen mit Porzellanschirmen tief über den Arbeitstischen, und Alex war beeindruckt von der Sorgfalt, mit der darauf geachtet wurde, dass jeder in einem hellen, luftigen Raum arbeiten konnte.

Flache Kartons, bunt bedruckt mit dem Markenzeichen von *Rowntree's*, waren an eine Wand gestapelt – Alex schätzte, dass in jeden etwa vierzig Schokoladendosen passten. Auf einzelnen Borden über den Arbeitstischen standen Vasen mit Blumen, die zusätzlich Farbe in das Ambiente brachten. Der Duft nach Seidelbast, Jasmin, Schneeball und Geißblatt, die mit Iris und Narzissen zu Sträußen arrangiert waren, vermischte sich mit dem warmen, fruchtigen, berauschenden Aroma von dunkler, glänzender Schokolade.

Die junge Frau neben ihr, die ihr als Nel vorgestellt worden war, blickte sie unsicher an. »Habe ich Ihnen alles richtig erklärt, Miss Frobisher?«

Alex riss sich blinzelnd aus ihren Gedanken und lächelte. Sie waren etwa im gleichen Alter, und sie hatte schon damit gerechnet, dass sich die anderen Arbeiterinnen in ihrer Gegenwart vielleicht unwohl fühlen würden. »Ja, perfekt. Und bitte nennen Sie mich Alex. Ich möchte unbedingt wie jede andere Angestellte behandelt werden, solange ich hier bin.«

Sie warf einen Blick auf die anderen Frauen; alle trugen weiße Schürzen, die jedoch alle unterschiedlich aussahen. Gerade wollte sie fragen, ob die Schürzen nicht für alle gleich waren, als sie feststellte, dass ihre Begleiterin errötete. »Stimmt etwas nicht?«

»Entschuldigung, Miss, aber ich glaube nicht, dass Sie so sind wie alle hier. Sie leben auf The Mount.«

Alex fühlte sich sofort wie eine Außenseiterin.

»Wir sind alle sehr beeindruckt, dass Sie hier sind«, fügte Nel hastig hinzu. »Ich muss sagen, ich konnte es nicht glauben, als der Fabrikleiter uns gestern sagte, dass Sie heute erwartet werden.«

»Es ist ja nur für einen Tag, und dann gehe ich weiter in die Registratur«, spielte Alex ihre Rolle herunter. »Aber ich bin sehr gerne hier mit Ihnen. Im Moment könnte ich mir nichts Schöneres vorstellen.«

Ihre neue Freundin sah so aus, als ob sie ihr nicht glaubte.

»Ich wollte unbedingt einen nützlichen Beitrag zu den Kriegsanstrengungen leisten«, versuchte Alex es erneut. »Ein paar Stunden am Nachmittag darf ich im *Freunde*-Krankenhaus helfen, aber eigentlich möchte ich am liebsten meinen Teil zur Auslieferung dieser besonderen Schokoladendose an die Front beitragen. Ich finde, es ist eine wundervolle Geste von *Rowntree's* für unsere Truppen.« Sie beschloss, nicht zu erwähnen, dass sie sich auf eine berufliche Karriere im Schokoladenmachen freute. »Und dann werde ich lernen, wie man Führungen durch die Fabrik macht.«

Nel grinste, und ihre hübschen Sommersprossen verteilten sich dadurch noch großzügiger über ihrer Nase. »Ich bin seit sechs Jahren hier, Miss, und gerade diese Arbeit macht mich besonders glücklich, weil mein Schatz dort drüben ist. Ich weiß also, was Sie meinen. Bei der letzten Dose, von der Prinzessin, war ich auch dabei. Wir sind alle so stolz, bei dieser hier mitarbeiten zu können.«

»Das kann ich mir vorstellen. Ist Ihr Beau auf der anderen Seite des Kanals?«

Nel blickte sie verständnislos an.

»Äh, Ihr Schatz, ist er in Frankreich?«

»In Flandern. Ich glaube, es heißt Wipers«, sagte sie, und Alex korrigierte das Wort im Stillen zu Ypres im belgischen Westflandern. »Er heißt Stan, äh, Stanley Bloom. Wir wollen heiraten, sobald er auf Heimaturlaub kommt.« Sie drehte den schmalen Ring mit dem winzigen Rubin in der Mitte an ihrem Finger. »Den hier hat er mir an dem Tag gekauft, bevor er gefahren ist, und er hat mir versprochen, dass wir unsere Flitterwochen in Blackpool verbringen.«

»Das ist wundervoll, Nel. Herzlichen Glückwunsch. Ich hoffe, er kommt bald nach Hause.« Alex hätte am liebsten auch von ihrer Verlobung erzählt, aber es kam ihr nicht richtig vor, und mit ihrer bevorstehenden Hochzeit anzugeben war absolut unangebracht. Sie musste es sowieso erst noch den Männern mitteilen, die sich ebenfalls für geeignete Ehemänner für sie hielten, und außerdem musste sie sich auch noch einen Ring aussuchen. Sie blickte auf ihre linke Hand; sie hatte gar nicht gemerkt, dass sie sich geistesabwesend den Ringfinger gerieben hatte. Matthew wollte unbedingt mit ihr zu einem Juwelier in London fahren, damit sie sich dort den Ring aussuchte, den sie für den Rest ihres Lebens tragen wollte. Deshalb wollten sie am nächsten Wochenende zu *Skinner & Co* in Mayfair fahren, die im letzten Jahrhundert Hoflieferanten von Queen Victoria gewesen waren. Matthew sagte, dass seine Mutter in ihrer Begeisterung über die Verlobung darauf bestanden hätte, dass er mit seiner Braut dorthin ginge. Für Alex war dies ein weiterer Grund, von Matthew beeindruckt zu sein; sie war sicher, dass die meisten anderen Männer ein Familienerbstück nehmen oder vor dem Antrag einen Ring kaufen würden. Es gefiel ihr, dass sie die Gelegenheit hatte, sich einen Ring auszusuchen, den sie beide schön fanden. Sie fand es so viel pragmatischer, und es machte sie beide gleichwertig. Mehr als alles andere würde der Ring das sichtbare Zeichen für alle sein, die ihre Fähigkeit zur Ehe oder ihre Begehrtheit infrage gestellt hatten. Der Ring würde davon künden, dass sie versprochen war und sich nun nur noch um ihr Leben kümmern konnte.

»Wann fangen wir an?«, fragte Alex und folgte Nels Blick zu der großen Uhr, die in diesem speziellen Packsaal hing.

»In knapp zwei Minuten«, sagte Nel. »Ich stehe direkt neben Ihnen, aber wir müssen zuerst noch zur Handinspektion.«

»Wie bitte?«

Nel kicherte. »Sie werden schon sehen. Da kommt sie.«

Eine dicke Frau, so groß wie ein Mann, trat in ihr Blickfeld. Zum Zeichen, dass es acht Uhr war, ertönte eine Glocke, und im Packsaal wurde es still.

»Danke, meine Damen. Strecken Sie die Hände aus.«

Alex folgte dem Beispiel der anderen und streckte ebenfalls ihre Hände zur Inspektion aus. Die Frau berührte die Hände jeder einzelnen Arbeiterin und sagte etwas zu ihr; ab und zu tauschten die Mädchen ihre Plätze. Als sie schließlich bei dem Mädchen neben Nel angekommen war, konnte Alex endlich hören, was gesagt wurde.

»Zu warm heute, Nancy. Du tauschst besser mit jemandem«, sagte die Aufseherin.

Jetzt war Nel an der Reihe. »Gut, Nel. Du bist hier am richtigen Platz. Ah, guten Morgen. Sie müssen Miss Frobisher sein.«

»Alex, bitte«, sagte Alex.

»Mr Rowntree hat mir gesagt, dass Sie heute hier sein werden. Die meisten Frauen hier arbeiten bis fünf Uhr nachmittags, aber ich habe gehört, sie machen nur die Morgenschicht bis Mittag, ist das richtig?«

»Ja, so wurde es vereinbart, vielen Dank.« Sie hätte besser doch auf dem ganzen Tag bestanden, aber das hätten ihre Eltern sicher nicht geduldet.

»Das ist wundervoll. Sie sind zwar ein besonderes neues Mitglied in unserer Mannschaft, aber wenn es um Schokolade geht, kann ich leider keine Ausnahme machen, falls ihre Hände zu warm sind.«

Alex lachte. »Ich verstehe.« Sie hob ihre Hände, damit die Frau sie überprüfen konnte.

»Hervorragend, Miss Frobisher. Schön kühl. Sie können an den Schokoladentafeln arbeiten, wenn es nötig ist.«

»Das wäre wundervoll«, erwiderte Alex. Sie konnte ihre Freude kaum zügeln. Aber mit »Alex« würde die Frau sie wohl nicht mehr anreden.

»Ich bin übrigens Peggy, ihre Aufseherin. Es ist eine einfache Arbeit, aber sie muss präzise und schnell ausgeführt werden. Hat Nel Ihnen alles erklärt?«

»Ja.«

»Gut. Sie können jederzeit Fragen stellen. Zu Anfang werden Sie sich vielleicht so fühlen, als hätten Sie zwei linke Hände, aber Sie werden den Dreh bald heraushaben. Wir legen Wert auf einen soliden, stetigen Rhythmus, damit Sie die Leute in der Reihe nicht aufhalten.«

Alex nickte, um ihren Eifer zu zeigen. »Danke, Peggy.«

»Meine Damen, wir müssen uns beim Packen anstrengen. Es ist sehr wichtig, dass diese Dosen unsere Jungs in den Schützengräben noch vor Weihnachten erreichen. Ihr wisst alle, was letztes Jahr passiert ist. Dieses Jahr wollen wir nicht wieder zu spät sein. Unsere Männer in der Auslieferung stehen bereit, um die Zugwaggons zu beladen, die unsere Dosen nach Dover bringen, wo sie auf die Schiffe nach Calais geladen werden. Aber auf uns ruht die Hauptlast. Deshalb hängt alles von unserer Geschwindigkeit und unserer Sorgfalt ab. Ihr wisst, dass ich nichts dagegen habe, wenn ihr euch unterhaltet, aber ihr müsst euch auf die Arbeit konzentrieren – wir müssen viel in diese Dosen hineinpacken, und ihr wollt doch sicher nicht, dass auch nur einem unserer Soldaten etwas fehlt, oder?«

»Nein, Peggy«, sagten alle, auch Alex. »Also für alle, die letzte Woche nicht da waren oder für die Neuzugänge wie Miss Frobisher, die sich freundlicherweise erboten hat, uns heute zu helfen, gibt es jetzt noch einmal eine schnelle Einführung von Joan. Bitte seid so nett und begrüßt Miss Frobisher, wenn ihr einen Moment Zeit habt, damit sie sich bei uns willkommen fühlt; nächste Woche werdet ihr mehr mit ihr zu tun haben, da sie als Freiwillige die neue Beraterin für sprachliche und geografische Fragen sein wird, damit wir die Dosen auch an die richtigen Regimenter schicken. In Ordnung, meine Damen, vielen Dank. Wir wollen schnell noch einmal durchgehen, was jede Dose enthalten *muss*. Danke, Joan.«

Eine Frau im mittleren Alter mit grauem, geflochtenem Knoten trat neben die Aufseherin. Neben Peggy sah sie aus wie ein Zwerg, und Alex musste den Hals recken, um die winzige Frau sehen zu können.

»Guten Morgen, alle zusammen.«

»Guten Morgen, Joan«, erschallte es im Chor, und Alex musste innerlich lächeln über die herzerwärmende Kameradschaft im Saal.

»Jede Dose muss das Folgende enthalten, deshalb achtet auf eure Vorräte, und wenn es zu wenig ist, sagt Peggy, was ihr braucht. Sally und Emma, ihr habt die wichtige Aufgabe, jede Dose auf ihren korrekten Inhalt hin zu überprüfen. Jedes einzelne Teil wird begutachtet und zurückgeschickt, wenn auch nur eine Postkarte fehlt. Denkt daran, wie unsere Jungs sich fühlen. Sie sind weit weg von zu Hause, vermissen ihre Familie und ihre Freunde, das Essen, das sie gern mögen; und natürlich das Leben, um das sie kämpfen, damit wir in Sicherheit leben können. Diese Dosen *sind* die Heimat, deshalb müssen wir dafür sorgen, dass sie nicht enttäuscht sind, wenn eines der Dinge fehlt.« Alex sah, wie zwei junge Mädchen, offensichtlich Schwestern, mit großen Augen ernst nickten. »Die einzelnen Bestandteile sind: eine Tafel Schokolade; vier Ansichtskarten – die Fabrik, Stonegate, das neue Elect-Gebäude und Yorks berühmte *Merchant Hall.*« Alex blinzelte verwundert, als die Liste der Gegenstände immer länger wurde. Sie hörte »Streichhölzer« und »Bleistift«, diverse kleine Dinge, bis schließlich Peggy auf sie zeigte. »… natürlich darf auch der Unternehmensbrief, der zwischen Schokolade und Deckel gesteckt wird, nicht fehlen. Nel und Miss Frobisher, das ist heute Ihre Aufgabe, vielen Dank.«

Sie nickte und lächelte Nel zu.

»Sally, Emma, ihr braucht den Deckel der Schokolade nicht mehr zu öffnen. Ihr merkt ja am Gewicht, dass sie darin ist, und da Nel und Miss Frobisher nur den Unternehmensgruß hineinschieben müssen, können wir sicher sein, dass der Inhalt der Dose größtenteils komplett ist. Versteht ihr?«

»Ja, Peggy, wir überprüfen einfach, ob die anderen Dinge hinten in der Dose liegen«, bestätigte Sally.

»Gut.« Peggy blickte auf die Uhr, und alle folgten ihrem Blick. »Dann an die Arbeit, meine Damen.«

Eine Glocke ertönte, und in dem leisen Stimmengewirr setzte Alex sich auf den einfachen Holzhocker vor ihrem Arbeitstisch. Sie glättete ihre schlecht sitzende Schürze, aber sie war froh, dass sie ihre Kleider verbarg. Sie hatte sich heute früh absichtlich für ein schmuckloses hellgraues Morgenkleid entschieden, aber dass es aus feiner Wolle und modern geschnitten war, sah man natürlich sofort. Ihren maßgeschneiderten Mantel hatte sie schon zu Anfang abgelegt, und sie war froh, dass sie unauffällige Schnürstiefel trug, die fast so alt waren wie sie selbst, aber äußerst bequem und gut geputzt. Zum Glück hatte ihre Mutter sie nicht gesehen, als sie heute früh das Haus verlassen hatte; sie wäre entsetzt gewesen über den schlichten Zopf, zu dem Alex ihre Haare geflochten hatte. Auch auf Make-up hatte sie verzichtet; noch nicht einmal ein Hauch ihres schicken Lippenstifts, um dem trüben Wintertag ein wenig Farbe zu verleihen. Ihre Schürze war sauber, gestärkt, und sie fühlte sich darin den anderen zugehörig. Jetzt begann ihr erster Arbeitstag. Hilfe suchend blickte sie Nel an.

»Bevor die neue Ladung uns erreicht, müssen wir selbst ein paar Dosen füllen«, sagte Nel und zeigte auf einen niedrigen Stapel glänzender Dosen.

Alex blickte die Reihe entlang. Die anderen waren schon eifrig bei der Arbeit. »Dann wollen wir mal loslegen!«

Sie folgte jeder Bewegung Nels. Sie öffnete den Deckel und atmete tief den schweren Duft des Schokoladenblocks ein, der in der messingglänzenden Dose lag. Sie spähte unter die dicke, schützende Wellpappe, unter der noch dünnes Wachspapier lag. Darunter befand sich die Köstlichkeit: ein glänzender Block Schokolade, aufgeteilt in Teile, die so dick und fast so lang wie ein Finger waren, sodass man sie leicht abbrechen oder abbeißen konnte. Auf jedem Schokoladenfinger stand abwechselnd »Rowntree« oder »York«, und der Duft, der beinahe ein wenig an gegorene Beeren erinnerte, war so schwer, dass er fast so berauschend wie Alkohol war. Lächelnd sog Alex den Duft tief ein. Das war das Parfüm ihrer Zukunft.

Auf der Innenseite des Deckels befand sich die königliche Vollmacht für Rowntree, und genau wie Nel feuchtete sie einen Finger an, damit sie einen der Unternehmensgrüße, die beigefügt werden sollten, ergreifen konnte. Auf dickem, durchscheinendem Wachspapier war die Schrift deutlich zu lesen. Alex schob das Blatt vorsichtig auf die Schokoladenverpackung, klappte den Deckel zu und legte die Dose in einen Korb.

Und so ging es weiter. Alex gewann immer mehr Selbstvertrauen, achtete nicht mehr so sehr auf Nel oder die Leute um sie herum. Ihre Hände bewegten sich immer schneller, während sie ihrer Aufgabe nachging. Sie war so tief in Gedanken versunken, dass sie noch nicht einmal mehr Geräusche wahrnahm, und nur der Duft der Schokolade drang noch zu ihr durch. Alex lächelte beim Arbeiten; endlich tat sie etwas für die Soldaten, was ihr ein Gefühl der Nützlichkeit, ja sogar Notwendigkeit vermittelte, auch wenn es die Männer vielleicht nur für wenige Minuten aus der Hässlichkeit des Krieges riss. War es falsch, diese Arbeit zu lieben? Es gab Momente, in denen sie sich wünschte, ihrer Mutter alles recht machen zu können, indem sie sich auf ein Leben voller Müßiggang freute, ein Leben als liebende Ehefrau, als liebevolle und gute Mutter, als Freundin, die bei dem neuesten Klatsch und der neuesten Mode mithalten konnte. Aber schon nach einer Stunde an ihrem Tisch in der Fabrik spürte Alex eine Veränderung. Sie würde sich niemals mit einem Leben begnügen können, das ihrer Meinung nach schon an Trägheit grenzte. Vielleicht war dieser Gedanke nicht fair. Ihre Mutter war nicht faul, noch nicht einmal untätig, aber die Aufgaben, die sie wahrnahm, schienen Alex hohl und manchmal sogar sinnlos.

Und das machte ihr Angst. Sie wollte nicht im Alter auf ihr Leben zurückblicken und bedauern, dass sie es nicht zu ihren Bedingungen gelebt hatte. Minerva Frobisher fühlte sich wohl mit ihren täglichen Pflichten; Alex war klar, dass ihre Mutter jetzt, nachdem so viele Jahre seit dem Tod ihres Sohnes vergangen waren und ihre Tochter bald heiraten würde, aufrichtig glücklich war.

Leise seufzte Alex. Sie musste erwachsen werden, um zu akzeptieren, wie unterschiedlich sie und ihre Mutter waren, und um zu erkennen, dass das Leben gerade wegen der Unterschiede weniger berechenbar und sicherlich wesentlich interessanter war. Auf diesen Gedanken hatte Matthew sie erst gestern Abend gebracht, als sie ihm zu verstehen gegeben hatte, dass sie ihm nie eine Ehefrau sein könnte, wie ihre Mutter es für ihren Vater war. Es hatte sich seltsam angehört, aber Matthew schien wie gewöhnlich ihren Gedankengängen klar und deutlich folgen zu können.

»Du wirst die Frau für mich sein, die du sein kannst, und ich werde für dich der beste Ehemann sein, der ich sein kann. Wir gehen dieses Arrangement – und letztlich ist eine Ehe nichts anderes – jedenfalls aufrichtig ein.«

Wieder klangen seine Worte seltsam kryptisch, aber im Geiste umarmte sie ihn trotzdem für seine Antwort, und es gab Momente, da fragte sie sich, ob er mit seiner Großzügigkeit und seinem Verständnis wohl so eine Art Engel sei.

»Wie ist es eigentlich, wenn man verliebt ist, Nel?«, murmelte sie.

Nel schnaubte leise. »Ich weiß nicht. Das ist eine komische Frage, Miss.«

»Alex«, erinnerte sie ihre Kollegin. »Ja? Warum?«

»Es ist wie …« Nel blickte stirnrunzelnd und nachdenklich zu den weiß gekalkten Wänden empor, arbeitete dabei aber trotzdem weiter. »Nun, Miss, es ist so, als ob alle anderen ihren alltäglichen Geschäften nachgehen und nicht merken, dass man aus ihrer Welt herausgetreten ist. Und diese neue Welt besteht nur aus Stan und mir. Sonst spielt nichts eine Rolle. Ich meine, ich liebe meine Mum und unsere Familie, aber ich kann nur noch an Stan denken. Ich stelle mir vor, wie seine Hände aussehen. Sogar seine Fingernägel, die er trotz der ölverschmierten Arbeit bei der Eisenbahn immer sauber hält.«

Alex nickte.

»Sind Sie auch verliebt, Miss?«

Alex seufzte. »Ich weiß nicht. Deshalb frage ich ja jemanden, der es wissen muss, wie es sich anfühlt.«

Nel kicherte. »Nun, wenn Sie ihn sehen, schlägt dann ihr Herz ein bisschen schneller?«

Alex zog die Nase kraus und überlegte. »Ich lache viel mit ihm, und ich fände es nicht schön, wenn er auf einmal nicht mehr da wäre. Zählt das auch?«

»Natürlich. Raubt er Ihnen manchmal den Atem?«

»Nein.« Alex lachte. »Aber wenn ich ihn sehe oder vor allem wenn ich mit ihm zusammen bin, bin ich sofort glücklicher.« Sie schüttelte den Kopf. »Vielleicht ist es ja bei mir das Gegenteil, Nel. Ich glaube, ich habe meine Zeit so verbracht, wie du es beschreibst. Ich war immer in meiner Welt, während alle sonst in einer anderen waren. Und seit Matthew da ist, habe ich das Gefühl zurückzukehren.« Sie zuckte mit den Schultern. »Na ja, es ist so, als würde ich wieder dazugehören, weil er da ist.« Sie sah Nel an, dass sie kein Wort verstand. »Vermutlich schlägt mein Herz tatsächlich schneller, wie du sagst.«

Beide kicherten. Peggy trat zu ihnen.

»Nun, ich freue mich zu sehen, dass das Lachen dich nicht langsamer arbeiten lässt, Nel«, bemerkte sie.

»Es ist meine Schuld«, gestand Alex, die merkte, dass die Aufseherin die Freiwillige nicht direkt ermahnen wollte.

»Wie gefällt Ihnen diese monotone Arbeit, Miss Frobisher?«

»Ich habe großes Vergnügen daran.«

Die ältere Frau blinzelte, und Alex sah ihr an, wie verwirrt sie war. »Für uns ist es ein Vergnügen, Sie hierzuhaben. Danke für Ihre Hilfe.«

»Nein, ich danke Ihnen, dass ich hier sein darf. Oh, hier kommt eine neue Ladung«, sagte sie, als zwei Frauen mit einem Tablett voller Blechdosen ankamen.

»Ich will Sie nicht aufhalten«, sagte Peggy und ging.

Alex warf Nel einen Blick zu und sagte lautlos *Tut mir leid.*

Nel grinste und wies mit dem Kinn auf den frischen Turm von Dosen, die vor ihnen standen. Schweigend und in Gedanken versunken, arbeitete Alex weiter. Sie dachte über Nels Beschreibung von Liebe nach und fragte sich, ob sie sich wohl auch eines Tages neben Matthew so fern von den anderen fühlen würde, dass sie nur noch an ihn denken konnte, wie er seinen Kopf neigte, wie er lächelte, wie die Linie seiner Schultern war. Nein, das konnte sie sich nicht vorstellen. Hätte sie das alles nicht schon von Anfang an fühlen müssen? Oder konnte es sich einschleichen, wenn die Liebe wuchs? Energisch drängte sie diese Fragen zurück. Ihr gefiel die Vorstellung, seine Frau zu werden. Und ihre Beziehung war aufrichtig. Es würde schon ausreichen.

Die Frühstückspause kam und ging vorüber, und zwei Minuten vor zwölf Uhr mittags flüsterte Nel, dass sie jetzt Platz machen mussten für die nächste Schicht. »Ich nehme die hier mit zur nächsten Station«, sagte sie und stellte ihre letzte Dose auf ein Tablett, das sie auf ein weiteres Tablett setzte.

»Ich bin fast fertig«, sagte Alex und griff nach der letzten Dose, die sie für heute packen würde. Sie blickte zur Uhr.

»Noch eine Minute, meine Damen«, rief Peggy.

Alex würde nie erfahren, warum sich dieser Satz so prophetisch anfühlte und auch nicht, warum er sie zu ihrer seltsamen Geste veranlasste. In diesem Moment handelte sie aus einem Impuls heraus, ohne zu wissen, woher er kam; später würde sie in sich hineinlächeln und mit leiser Verlegenheit verwundert den Kopf schütteln, weil sie es bestimmt aus einer Laune heraus, berührt von ihrer Zuneigung für Matthew getan hatte. Was auch immer der Grund war, eine Minute vor zwölf an ihrem ersten Tag in der Fabrik, ihrem einzigen Tag als Packerin und ihrem ersten Tag in eine glücklichere Zukunft, griff sie nach einem der überzähligen Bleistifte und einem länglichen Stück Papier, das zwischen den Grußkarten des Unternehmens gelegen hatte. Sie blickte sich vorsichtig um, stellte fest, dass niemand in der Nähe war, schon gar nicht Peggy; es würde ihre einzige Chance sein, und so kritzelte sie rasch eine Nachricht, wobei sie kaum glauben konnte, was sie tat.

Komm gesund nach Hause. In Liebe …

Alex blinzelte. Sie konnte nicht ihren richtigen Namen verwenden, aber sie wollte auch nicht lügen. Sie liebte und wurde geliebt, und sie wollte diesen Moment ihres Lebens teilen. Sie wollte, dass der Mann im Schützengraben, der diese Dose öffnete, wusste, dass jemand – eine Fremde – an ihn dachte und sich Gedanken über sein Überleben und sein Leben im Allgemeinen machte … Und dass er sich geliebt fühlte, obwohl er die Frau nicht kannte. Sie wollte für ihn echt sein, und so fügte sie in einem Moment des Übermuts den Namen hinzu, den ihr Bruder ihr in ihrer Kindheit gegeben hatte. *Kitty*.

Sie faltete das Papier zusammen und schob es unter die Grußkarte des Unternehmens. Kurz spielte sie mit dem Gedanken, es zwischen die Postkarten in den »doppelten Boden« der Dose zu stecken, aber die Zwillinge überprüften alle diese Elemente sorgfältig und sie hätten ihn entdeckt. Bei der Schokolade brauchten sie ja nicht mehr nachzuschauen. Ohne weiteres Nachdenken schloss sie den Deckel, und Nel nahm die Dose in Empfang. Es gab keinen Grund, den Deckel noch einmal zu öffnen, da war sie sich sicher. Trotzdem hielt sie den Atem an, in der Hoffnung, sich nicht getäuscht zu haben; wenn die Nachricht entdeckt würde, würde ihr Verstoß gegen die Regeln sicher schreckliche Probleme verursachen.

»Ich nehme diese Dosen mit, Miss. Sie haben heute sehr hart gearbeitet.«

Alex blickte der Dose nach, die zu den anderen gelegt und quer durch den Saal getragen wurde. Sie unterschied sich in nichts von den anderen Dosen. Sie sahen alle gleich aus. Als sie vom Tablett genommen wurden, konnte sie ihre spezielle Dose schon nicht mehr erkennen. Es war alles gut gegangen.

Ein zufälliger Satz, zu einer zufälligen Zeit, in den Händen eines zufälligen Soldaten. Alex lächelte. Sie hatte das Gefühl, dass ihr Leben jetzt vom Schicksal gelenkt wurde. Sie würde Alex Britten-Jones werden, während ein Soldat in einem Schützengraben sich den Kopf über eine Nachricht von jemandem namens Kitty zerbrechen würde, und sie hoffte, er würde lächeln und wie sie die Zuneigung und das romantische Gefühl spüren. Sie stand auf und streckte sich.

»Vielen Dank, meine Damen, für Ihre gute Arbeit.«

Alle verabschiedeten sich, und Alex ließ glücklich die Hände sinken.

»Kommen Sie mit, Miss«, bot Nel ihr an. »Wenn Sie wollen, bringe ich Sie zum Tor. Gehen Sie hinüber in die Kantine?«

Alex schüttelte den Kopf. »Nein, das hatte ich nicht vor. Ich bin mit jemandem verabredet«, sagte sie. »Morgen vielleicht? Aber zum Tor gehen wir auf jeden Fall zusammen, danke.«

Die Pfeife ertönte schrill, und Peggy rief, die Morgenschicht sei jetzt beendet. »Genießt euer Mittagessen, meine Damen!«

Peggy trat erneut zu ihnen, als Nel und Alex sich von den anderen Mädchen verabschiedeten.

»Danke für Ihre Hilfe heute, Miss Frobisher. Ich nehme an, morgen beginnen Sie mit Ihrer neuen Aufgabe?«

»Ja, und nächsten Monat fängt die Ausbildung für die Führungen an.«

»Ah ja, gut. Es wird Ihnen gefallen, alle Winkel der Fabrik kennenzulernen«, sagte Peggy. »Guten Tag, Miss Frobisher. Es war uns ein Vergnügen.«

Alex schüttelte der Frau höflich die Hand. Sie musste sich zwingen, nicht dauernd zu dem Stapel von Dosen zu blicken, von denen eine ihre persönliche Botschaft enthielt. Sie bedauerte ihre Spontaneität bereits. Wenn es nun entdeckt wurde, bevor die Dose England verließ? Schlimmer noch, wenn ein ranghöherer Soldat oder ein Offizier die Dose bekam?

»Ich würde zu gerne wissen, was Sie denken, Miss«, murmelte Nel.

»Sollten wir Ihnen nicht einen Luftkuss schicken?« Der Gedanke kam ihr als Erstes in den Sinn.

»Verzeihung, Miss, wirklich?«

»Ja, warum nicht?« Kichernd hob Alex ihre Fingerspitzen an die Lippen und küsste sie. Dann öffnete sie ihre Hände zu den Kartons hin. »Wir schicken ihnen doch all unsere Liebe, oder nicht?«

Nel lachte entzückt und folgte ihrem Beispiel. Die anderen taten es ihnen nach.

Als Alex aus ihrer strahlend weißen Schürze schlüpfte, plagte sie ihr schlechtes Gewissen wegen der Nachricht immer noch. Sie würde niemandem davon erzählen … Noch nicht einmal Matthew, obwohl er ihr sicher für ihre unbedachte Handlung Beifall zollen würde.

Vielleicht sollten sie im Winter heiraten, wenn sie ihre Mutter nicht überreden konnte, sie ein ganzes Jahr lang verlobt zu lassen. Es würde vorhersehbare Verzweiflung schaffen, aber wenn Matthew nun eingezogen würde?

Wenn es schon dieses Jahr sein musste, würde eine Winterhochzeit zumindest die unendlich langen kalten Monate, die vor ihnen lagen, erhellen und Weihnachten und Silvester, was wahrscheinlich eine eher trübselige, farblose Angelegenheit sein würde, aufmuntern. Nichtsdestotrotz bedeutete eine Kriegshochzeit, dass Minerva es mit dem Empfang nicht übertreiben konnte, weil es einfach nicht angebracht war. Eine kleine Hochzeit auf dem Land in der Dorfkirche, wenn das Münster nicht zur Verfügung stand, und ein ruhiges Hochzeitsfrühstück in *Tilsden Hall*. Perfekt. Plötzlich klang alles richtig. Jetzt musste sie nur noch Matthew überzeugen, denn um fair gegenüber Minerva zu sein, es schien so, dass er es besonders eilig hatte, sie zu heiraten.

7

Neuve Chapelle, Artois, Frankreich – 18. November 1915

Sergeant Tom Fletcher blickte zum grau verhangenen Himmel hinauf und stellte sich vor, es wäre die Seide eines riesigen Fallschirms, der sich über ihm bauschte. Er hatte schon Tests mit diesen neuen Sicherheitsvorrichtungen für Piloten gesehen, obwohl er sich nicht vorstellen konnte, wie ihm so etwas das Leben retten sollte. Trotzdem fühlte er sich in diesem Moment gewichtslos, als ob das Leben aufgeschoben wäre und nicht von dem Wahnsinn des Krieges verzehrt würde.

Tom und seine Männer gehörten zum West Yorkshire Regiment und bezeichneten sich selbst stolz als »Soldaten des 2. Bataillons des Prinzen von Wales«. Heute, am späten Nachmittag kurz vor der Abenddämmerung, lagen Tom und seine Kameraden im Schützengraben auf der Anhöhe von Aubers, der Minenstraße, wie sie auf den Landkarten verzeichnet war, nahe dem Westwall. Die Frontlinie und das breite Netz der deutschen Schützengräben waren nur wenige Meter entfernt. Sein Bataillon hatte vor drei Tagen die Scottish Rifles abgelöst, damit die Jungs sich hinter die Reservelinie zurückziehen konnten. Für Tom und seine Leute waren nach ihren Maßstäben relativ ruhige achtundvierzig Stunden gefolgt, die sie größtenteils mit Reparaturarbeiten an den Wänden des Schützengrabens verbracht hatten.

Zu diesen Vorposten zu gehören bedeutete, dass nichts an ihrer Position besonders verlässlich war. Weder Boden noch Wände ihres Schützengrabens waren stabil; sie waren hastig gegraben und ebenso hastig vorbereitet worden, um so schnell wie möglich in die vorderste Front zu kommen. Als Tom herunterblickte, stellte er fest, dass das schlammige Wasser jetzt schon seine Knie umspülte. *Wer braucht schon Gewehrkugeln*, dachte er, denn dieser graue Matsch, in dem sie lebten, saugte ihnen die Lebenskraft so zuverlässig aus den Adern wie jede tödliche Wunde.

Tom blinzelte, als Don Turpin sich geräuschvoll räusperte und ausspuckte. In dieser Sekunde akzeptierte er, umgeben von den Lauten der Männer – ihrem Husten, Niesen, Stöhnen, Schnarchen und oft auch ihren Schreien –, dass die ganze Welt nur noch aus Grautönen bestand, so wie der Himmel über Nordfrankreich. Von der fast schwarzen Erde, die sie umpflügten und in der sie lebten, bis hin zu den grauen Gesichtern seiner Kameraden, war Grau die alles beherrschende Farbe. Rauchwolken, Gewehrläufe, das schmutzige Grau der Sandsäcke, seine Kappe, selbst die Verbände, der unablässige Regen, den sie ertrugen, und Don Turpins Spucke; sie wurden von Grau beherrscht.

Tom vergeudete seine Tage untätig während der Tagesstunden, in denen sich in diesen Wochen nichts bewegte … Vielleicht höchstens Satans Augen, während er darauf wartete, dass sich ein Kopf zeigte. »Satan« war der Spitzname, den sie dem deutschen Scharfschützen im Schützengraben gegenüber gegeben hatten. Der Krieg war in Fromelles zu einem erstarrten Stillstand gekommen, und Langeweile war eine der größten Bedrohungen.

»Ich hoffe auf eine Tapferkeitsmedaille, Sergeant, wenn ich diesen Schweinehund mit einer meiner Kugeln treffe«, knurrte ein Soldat vom Rand des Schützengrabens und zertrat mit seinem Stiefel eine vorwitzige Ratte, die von der Stille angelockt worden war.

Sie vermuteten, dass sie gegen das 16. Bayerische Reserve-Infanterie-Regiment in Stellung lagen, jedenfalls deutete der Informationsaustausch zwischen den Gräben darauf hin. Es war abstoßend, sich in gebrochenem Englisch mit Männern zu unterhalten, die man töten musste. Tom weigerte sich schon aus Selbstschutz, an diesen Unterhaltungen teilzunehmen; er wollte nie aus dem Auge verlieren, dass das hier der Feind war, der ihn und seine Männer vernichten wollte. Er musste sich ein gewisses Maß an Hass erhalten.

Die Ratten hasste Tom sogar noch mehr als die Deutschen. Die Deutschen konnten wenigstens singen. Die Ratten – auch sie natürlich grau – huschten in der Dunkelheit in Scharen herbei, um an den Toten zu knabbern, um die Essenskrümel, die heruntergefallen waren, zu fressen und freiliegende Haut anzunagen – Frostbeulen, Wundbrand … alles, was auch nur im Entferntesten noch nach Fleisch aussah.

Entkommen konnte man dem Ganzen nur im Erinnern. Er hüllte sich in seine Erinnerungen ein, als seine Füße auf einmal schmerzhaft zu jucken begannen. Das waren wahrscheinlich Erfrierungen. Morgen früh würde er nachschauen, ob seine Zehen verfärbt waren, auch wenn er ohnehin nicht viel mehr dagegen tun konnte, als sich in betäubende Starre zu flüchten. Vielleicht wäre es ganz gut, dachte er, wenn man auch im Kopf Erfrierungen bekommen könnte und nicht mehr zu denken bräuchte.

So tröstlich die Erinnerung sein konnte, sie war auch gefährlich; insgeheim ermahnte er sich, einfach nur danach zu streben, von Minute zu Minute zu überleben, und wenn er lange genug überlebte, konnte er vielleicht eines Tages nach York zurückkehren und die Stadt in ihrer ganzen Schönheit wiedersehen. Er konnte seine Mutter, Rose, umarmen, die jetzt nur noch ihn hatte, um den sie sich sorgen musste. In ihrem letzten Brief hatte sie schon wieder so traurig geklungen, weil sie sich in Erinnerungen an seinen Bruder verloren hatte, der im Burenkrieg gefallen war. Um sie zu trösten, sagte er schon lange nicht mehr, dass Robert dazu beigetragen hatte, die Schlacht im Februar 1900 zu gewinnen, denn es lag auf der Hand, dass seine Mutter weder Helden noch Orden wollte. Sie wollte ihre Söhne.

Innerlich musste er lächeln, wenn er an seine kleine Mutter dachte, mit ihren welligen Haaren, deren Farbe ihn an Walnüsse erinnerte, und ihrem dunkelgrauen Lieblingshut. Am Tag, als er sich aus dem Haus geschlichen hatte, um seinem Bruder in die Armee zu folgen, hatte sie ihn am Ärmel gepackt und quer über die Straße wieder ins Haus gezogen.

Er war brav weiter in die Schule gegangen, aber 1904 wurde der Drang übermächtig, Abenteuer zu erleben und etwas von der Welt zu sehen. Er wurde Soldat. Damals war es auf der Welt noch ruhiger, und seine Entscheidung schien seiner Mutter nicht allzu viel Angst zu machen. Sie war beeindruckt, als er nach zehn Jahren zum Sergeant befördert wurde und ihr pflichtschuldig jeden Monat einen Anteil seines Solds schickte. Zuletzt war er auf Malta stationiert gewesen.

Die Sonnenbräune war jedoch schon lange verblichen, und sein einst muskulöser Körper war ausgemergelt, seine Haut fahl. Er kratzte sich im Nacken, wo sich vermutlich Läuse tummelten und verzog das Gesicht bei dem Gedanken, wie sehr sie belagert wurden … Von anderen Männern, Ratten, Insekten, Kugeln, Artillerie, Infektionen und diesem neuen mörderischen Giftgas – dem stummen Tod: Wenn man es roch, war es bereits zu spät. Tom stellte sich vor, wie dieses stechende Gas in einer giftgrünen Wolke über das Niemandsland zog. Wenigstens würde das dem Ganzen ein wenig Farbe verleihen, dachte er.

»Sir!«

Seufzend faltete Tom den Brief und steckte ihn in die Tasche. Fragend blickte er Bert Forest an, der grinsend vor ihm stand. »Wir haben Geschenke bekommen.«

»Geschenke?«

Bert wies mit dem Kinn den Schützengraben entlang, und Tom sah, wie den Männern Dosen ausgehändigt wurden.

»Mann, das ist eine Dose voller Leckereien«, rief jemand.

»Kommt sie von Seiner Majestät, Sir?«, fragte ein anderer und stieß vor Freude einen leisen Pfiff aus.

Auch Tom erhielt eine Dose, und plötzlich waren Zuhause und Familie im Schützengraben angekommen. Es war kein Geschenk der Königsfamilie; es war ein Geschenk von ihren Familien – in seinem Fall von seiner Mutter. Und es war in York produziert worden. Die Dose war glatt unter seinen Fingerspitzen, die aus den Wollhandschuhen ragten, die seine Mutter ihm gestrickt hatte. Nur um das Bild des Königs auf dem Deckel war der Rand erhaben. Dort prangte König George in stolzer royaler Pose, mit entschlossen zusammengepressten Lippen und in Galauniform.

Erst als ein Tropfen auf das Gesicht des Königs fiel, merkte Tom erschrocken, dass ihm Tränen in die Augen getreten waren. Er wischte sie weg, aber es kamen immer wieder neue; die salzigen Tropfen bahnten sich einen Weg durch den Schmutz und den grauen Staub auf seinem Gesicht. Verlegen blickte er sich um, stellte jedoch mit Erleichterung fest, dass er nicht der einzige Soldat war, den seine Gefühle übermannt hatten. Alles von zu Hause rief heftige Emotionen hervor, aber zu wissen, dass der König persönlich ihr Opfer anerkannte und seine Dankbarkeit zeigte, war überwältigend.

Tom betrachtete das Bild seines Königs. Augen wie türkisfarbenes Glas blickten ihn voller Hoffnung an, hell und humorvoll, wie Tom fand. Die Farbe der Galauniform mit fünf Orden, Goldriemen und dicken Epauletten, die er trug, passte zu der Augenfarbe. Tom musste als Soldat glatt rasiert sein, aber da er sowieso keinen dichten Bartwuchs hatte, beneidete er den König um seinen perfekt frisierten, v-förmigen Bart, der von einem ausladenden Schnurrbart gekrönt wurde. Er hätte der Zwillingsbruder seines Cousins ersten Grades, Zar Nikolaus von Russland, sein können. Der andere Cousin ersten Grades, der deutsche Kaiser Wilhelm II., war jetzt Englands schlimmster Feind. *Mein Feind*, dachte Tom und verzog höhnisch das Gesicht bei dem Gedanken an den lächerlichen w-förmigen Schnurrbart des arroganten Kaisers, der seine Cousins in jeder Beziehung übertreffen wollte. Erneut berührte Tom den Deckel. Er zögerte immer noch, die Dose zu öffnen. Zuerst wollte er es genießen, dass wieder Farbe in seiner direkten Umgebung eingekehrt war. Das lebhafte Rot und Blau des Union Jacke erregte seine Aufmerksamkeit. Es stach aus den fünf anderen Fahnen hinter dem Abbild des Königs hervor.

Er hielt die Metalldose dicht an sein Gesicht und atmete tief ein. Dabei bemerkte er das hübsche florale Muster an der Seite. Das unverkennbare Aroma von York zwang ihn beinahe in die Knie. Der Duft nach Schokolade, verführerisch und tröstlich, erfüllte die Luft um ihn herum. Wie lange hatte er schon kein Stück Schokolade mehr gegessen? Fast ein Jahr? Er war sich nicht sicher. Tom blickte auf und sah, dass einige Männer bereits ihre Süßigkeit aufaßen.

»Machen Sie sie auf, Sir«, ermunterte ihn Corporal Ferguson, der ihm gegenüberhockte. Er wirkte von dem unerwarteten Geschenk genauso beeindruckt wie Tom.

»Hey, Sergeant, Sie wollen doch nicht, dass jemand anders Ihre Schokolade aufisst, oder?«, sagte sein Nachbar und stieß ihn freundschaftlich in die Rippen.

Tom schüttelte grinsend den Kopf.

»Sie könnten heute Nacht erschossen werden, Sir«, schrie ein Witzbold, »und dann hätten Sie Ihre Chance vertan.« Der Soldat lachte, die Zähne verschmiert von der klebrigen Schokolade. »Unsere Familien haben anscheinend Kakaocoupons gesammelt, um uns das hier zu schicken.«

»Ja, das glaube ich auch. Aber im Gegensatz zu euch Gierschlunden will ich das Gefühl auskosten«, sagte Tom. Er wusste, dass er sich anhörte wie ein Trottel, aber er hatte das Gefühl, dass sein Leben wieder von Emotionen erfüllt war. Plötzlich gab es wieder strahlende Farben und süßen Duft, ihm lief das Wasser im Mund zusammen in

Erwartung der Schokolade, und die Dose fühlte sich unter seinen Händen glatt und vielversprechend an. Er drehte sie um und fuhr mit dem Daumen über die Seite, wo ein kleines Gitter angebracht war. Wahrscheinlich diente es zum Anzünden von Streichhölzern. Seine Laune wurde immer besser: Die Dose war offensichtlich für die Soldaten an der Front sorgfältig entworfen worden. Als sich der Deckel mit einem leisen Klicken öffnete, grinste Tom wie ein Kind am Weihnachtsmorgen, das wie gebannt die Geschenke anschaut, die auf wundersame Weise ihren Weg unter den Baum gefunden haben.

Ein berauschendes Parfüm, das er in der Erinnerung mit sich getragen hatte, überschwemmte Tom mit einer Woge der Lust und der Vorfreude. Seltsamerweise konnte er den Alkohol aus der Speisekammer seiner Mutter schmecken … den Brandy, den Rose dort für den Pudding aufbewahrte, damit sie ihn anzünden konnte. Ja, dickflüssiger Brandy und Rosinen kamen ihm in den Sinn, als der schwere Schokoladenduft ihm in die Nase stieg.

Ein gewelltes Blatt Papier in der Farbe ungefärbter Wolle knisterte unter einem viel dünneren bedruckten Papier, das beinahe aus der Dose geflattert wäre. Er ergriff es vorsichtig, froh darüber, dass es nicht in den feuchten Schlamm gefallen war, und las es, wobei er jedes einzelne Wort genoss.

YORK.

In den letzten Monaten ist der Nährwert unserer einfachen Essschokoladen allgemein anerkannt worden.

Die Sorten »ELECT«, »QUEEN«, »MILK« und »BRITISH« erfüllen zweifellos das Bedürfnis nach einer »Notration« von hohem Nährwert. Sie sind alle sehr beliebt, und jede ihrer unterschiedlichen Geschmacksrichtungen hat ihre Liebhaber.

Gegen Müdigkeit schützen Sie sich am besten, wenn Sie immer unsere einfache Schokolade zur Hand haben.

Tom seufzte erfreut auf. In der linken oberen Ecke informierte die königliche Ermächtigung darüber, dass *Rowntree & Co* von der Krone unterstützt wurde. Und obwohl er das Blatt am liebsten umgedreht hätte, um mehr über ein Produkt zu lesen, das Rowntree als »etwas Neues« bezeichnete, hielt ihn für einen Moment die bloße Sensation darüber, das Papier mit dem kurzen Werbetext in der Hand zu halten, gefangen. Er vermittelte den Eindruck, dass in der Welt alles normal war. Seine Gedanken flogen zu der Schokoladenfabrik im Norden Englands. York … die Heimat, die er liebte. Abgesehen von ein paar leitenden Angestellten würde die Fabrik in diesen Tagen wahrscheinlich von den Frauen der Stadt geführt werden.

Tom schloss den Deckel wieder, damit der Schokoladenduft nicht verflog, während er die Augen schloss und sich die Mädchen in der Stadt vorstellte, wie sie geschäftig diese Dosen für die Männer in den Schützengräben packten.

Er richtete seine Gedanken auf ein imaginäres Mädchen. Sie würde eine gestärkte Schürze tragen, und sie hätte dunkle Haare, mit Haarnadeln zurückgesteckt … Vielleicht trug sie auch eine Haube, weil sie ja mit Lebensmitteln umging. Tom lächelte bei dem Gedanken, dass eine einzelne Strähne sich immer wieder löste. Er konnte sie sich bei der Arbeit vorstellen, wie sie die Tafel Schokolade in die Dose legte und dann das Schreiben des Unternehmens dazutat. Er konnte sehen, wie ihre Mundwinkel verärgert zuckten, als eines der Schreiben am anderen kleben blieb. In seinem Tagtraum musste sie schnell arbeiten, weil Tausende dieser Dosen für die Männer an der Front gepackt werden mussten. Sie legt das Schreiben auf die abgedeckte Schokoladentafel, die wahrscheinlich in Folie abgepackt war, aber das würde er später nachschauen. Beinahe konnte Tom das leise Klicken des Blechs hören, als sie den Deckel schließt und ihm einen Abschiedskuss zuschickt. O ja, das Mädchen in seiner Fantasie schickt jeder Dose einen Luftkuss hinterher, an jeden der tapferen Soldaten, die für ihre Freiheit kämpfen.

Tom lehnte sich an die Rückwand des Schützengrabens und lächelte innerlich über seine geheimen Bilder. Weder Explosionen noch Gas konnten sein Mädchen in der Schokoladenfabrik verletzen. Er liebte sie. Dieses Mädchen war sein Ideal. Er war hier, damit sie in Sicherheit leben konnte, und er würde sein Leben geben, um ihr Lächeln zu sehen. Im Kopf streckte er die Hände nach der dunkelhaarigen Schönheit aus.

»Zeit, Sir«, murmelte der Corporal und durchbrach Toms Gedanken. Tom richtete sich auf, allerdings immer noch ein wenig in der Hocke, um geschützt zu sein.

War er der Einzige, der noch nicht von seiner Schokolade gegessen hatte?

»Gut, Jungs, auf eure Posten«, sagte er in einem festen, sachlichen Tonfall, der nichts von seiner Stimmung verriet.

Tom steckte seine Schokoladendose in die Uniformtasche über seinem Herzen. In der Kälte der Nacht würde sie sicher nicht schmelzen.

»Corporal?«

»Sir?«

»Heute Nacht überwachen Sie die Arbeitspflichten.«

Der Mann runzelte die Stirn. »Und Sie, Sir?«

»Anscheinend haben die Deutschen ein neues Wuchtgeschoss. Die Division möchte gerne eine dieser Panzergranaten in die Hände bekommen. Ich dachte, ich mache mich heute Nacht mal mit der Patrouille auf den Weg.«

»Allein, Sir?«

»Wohl kaum allein, Corporal Ferguson. Ich gehe mit der Patrouille, aber diese Männer haben ihre festen Aufgaben, und ich weiß, wonach ich suchen muss.«

Sein Stellvertreter nickte. »In Ordnung, Sir, wenn Sie sicher sind.«

»Ja. Ich habe Major General Davies bei seinem letzten Besuch leichtsinnigerweise versprochen, für ihn eine dieser Granaten aufzutreiben, und ich möchte dieses Versprechen gerne halten.«

»Wenn es diese Geschosse überhaupt gibt«, warnte ihn Ferguson.

Tom zuckte mit den Schultern. »Dann kann ich zumindest ans Hauptquartier melden, dass wir es versucht haben.«

»Ja, das stimmt, Sir«, pflichtete Ferguson ihm bei, aber er klang nicht überzeugt, obwohl seiner Miene nichts anzumerken war.

Als Tom seufzend nach seinem Gewehr griff, ertönten bereits die verräterischen Geräusche der Artillerie.

»Klingt nahe, Jungs«, rief Ferguson. Das waren die letzten Worte, die Sergeant Tom Fletcher hörte, bevor er das Chaos nutzte, um mit der kleinen Patrouillentruppe über den Rand des Schützengrabens zu klettern und den Abhang herunterzulaufen. Er wartete kurz, bis die Explosionen den Himmel direkt über ihm erhellten, damit er sich nach diesen neuen Panzergeschossen umschauen konnte. Erst bei der dritten Explosion fand er zwei. Er griff nach einer, und genau in diesem Moment hatte der Feind sein Zielfernrohr auf ihn gerichtet. Es war, als ob Tom in den Sekunden vor dem nächsten Artilleriebeschuss und der tödlichen Explosion wusste, dass die Entscheidung, sein Versprechen gegenüber seinen Vorgesetzten zu halten, bedeutete, den Schwur seiner Mutter gegenüber zu brechen. Er hatte ihr geschworen, am Leben zu bleiben – keine Heldentaten.

Seine Welt explodierte, und er empfand es mit allen Sinnen: ein purpurroter, heller Regen, begleitet vom Knattern der Gewehre und dem gefürchteten Geruch nach Kordit, der sich mit menschlichen Exkrementen und allem anderen Fauligen vermischte. Betäubt und bewegungslos lag er da und spürte, wie der zähe Schlamm Nordfrankreichs ihn in sein schmutzig graues Grab zog. Tom schmeckte den süßen und salzigen Hauch des Abschieds, und dann füllte sich seine Kehle mit seinem Blut.

Europa verschluckte ihn, er versank in seinen Tiefen. Auch der Boden unter ihm war nicht fest, als ob sich ein alter Schützengraben auftat und ihn herunterzog.

Er fühlte keine Schmerzen, sondern eher das Verlangen loszulassen, auch wenn sich sein Körper noch dagegen wehrte. Als Erstes verlor er den Gehörsinn, und es war ihm ganz recht, als die Gewehrschüsse, die Schreie der Männer und das grausige Brüllen des Krieges sich entfernten und schließlich ganz verstummten. So konnte Toms innerer Kampf still toben, während sein Herz, dieser unermüdliche Muskel, noch schlug und mit jedem Schlag gegen den Tod ankämpfte. Der Tod aber kam näher, raubte ihm heimlich und leise den Geruchssinn, und dann konnte er seine Beine, seine Arme und noch nicht einmal mehr den Schlamm spüren, der ihn verzehrte … Und es machte ihm gar nichts aus, weil es sich seltsamerweise so anfühlte, als entkäme er dem Krieg, indem alle seine Sinne verschwanden.

Als jedoch Toms Puls schwächer wurde und er sich bemühte, das Blubbern in seiner Kehle loszuwerden, plagten ihn zwei Gedanken, die wie große graue Ratten über ihm lauerten: »Dich sparen wir uns für später auf, aber in der Zwischenzeit nagen wir schon einmal an deinen Gedanken, Tom, während du stirbst.«

Die erste Ratte höhnte, dass seine Mutter jetzt um zwei Söhne trauern müsse und dass keiner von ihnen ihr den ersehnten Enkelsohn geschenkt hatte, damit der Familienname weiter bestehen konnte. Und während er mit hohlen, rot geränderten Augen dem Tod entgegensank, verspottete die zweite Ratte seine Dummheit, weil er die Schokolade in der Dose des Königs nicht angetastet hatte. Mit einer letzten Kraftanstrengung verbannte er die grauen Dämonen aus seinem Kopf und richtete seinen letzten Gedanken auf die Schönheit. Er beschwor das Bild des Mädchens herauf, das die Dose des Königs für ihn packte. Sie schickte ihm einen Luftkuss.

Und doch blieb die letzte Emotion, die Tom Fletcher mit sich nahm, als der Schlamm von Nordfrankreich ihn aufsaugte und der Regen immer heftiger fiel, ein tiefes Bedauern, dass ein anderer Glücklicher den Kuss abbekommen würde, den das Mädchen in der Fabrik ihm zugedacht hatte.

8

3. Oktober 1918

Als Harry Blake im März 1918 verwundet wurde, hatte er eigentlich geglaubt, nie wieder einen Fuß auf ein Schlachtfeld setzen zu müssen, aber jetzt wanderte er doch im Artois herum, wo einige der heftigsten Schlachten stattgefunden hatten. Er war im 20th Battalion London Regiment, einem Teil der 141. Brigade und 47. Division in Calais, von wo aus sie Städte und Dörfer in der Region befreiten. Die Großstadt war Lille. Dass sie diese wichtige Stadt für die Franzosen zurückgeholt hatten, war doch sicherlich eine Parade wert, oder? Der Begriff »Weltkrieg« hatte sich in den Köpfen festgesetzt, und die meisten Briten bezeichneten ihn auch so, wenn sie von den unzähligen Schlachten und dem Blutvergießen in ganz Europa bis weit im Osten zu den Dardanellen sprachen.

In diesem Augenblick jedoch stand Harry auf einem verlassenen Schlachtfeld in der Nähe von Fromelles, dachte daran, dass der Krieg zu Ende ging und dass er selbst zu dem Besen gehörte, mit dem die Deutschen aus Frankreich herausgekehrt und in ihr Heimatland zurückgeschickt wurden, wo sie der Zorn von ganz Europa erwartete.

Harry fragte sich, ob sie wohl immer noch kämpfen würden, wenn nicht letztes Jahr die Amerikaner in diesen scheinbar nie enden wollenden Krieg eingegriffen hätten. Unverbraucht und entschlossen hatten sie entscheidend dazu beigetragen, dass es jetzt nur noch sporadische Kämpfe gab. Die Deutschen waren auf dem Rückzug, und in ihrem Land breitete sich wegen der britischen Schiffsblockade deutscher Häfen eine Hungersnot aus. Die Niederlage war nicht mehr zu vermeiden, und Harry glaubte nicht, dass irgendjemand, noch nicht einmal die neu belebten Alliierten, einen weiteren Kriegswinter durchstehen würden. Es herrschte große Hoffnung, dass der endgültige Sieg in den nächsten Wochen erreicht würde.

Harrys Gedanken wandten sich der Säuberungsaktion seines Regiments in der nordfranzösischen Region zu; zu ihrer Aufgabe gehörte es, jeden gefallenen Soldaten zu identifizieren und abzutransportieren, die Familien zu benachrichtigen und letztendlich auch für eine ordentliche Beerdigung zu sorgen. Er hatte diese Aufgabe unbedingt übernehmen wollen, aber glaubte er wirklich, auf diese Weise seinen geliebten Bruder finden zu können, der seit Mitte 1915 in diesem Gebiet vermisst wurde und wahrscheinlich tot war? Er musste es auf jeden Fall versuchen … Zumindest wollte er daran glauben, dass er ihn finden konnte. In Zukunft wollte er sich vor dem Einschlafen, wenn die Dämonen ihn überfielen, wenigstens sagen können, dass er alles Menschenmögliche getan hatte, um Ed zu finden.

Harry versuchte, das vertraute saugende Geräusch des Schlamms zu ignorieren, der sich um seine Stiefel legte und ihn tiefer hineinzog. Mit der Zeit würde diese Gegend nicht mehr wie verbrannte Erde aussehen, aber noch war die Landschaft öde, von Leichen übersät. Er stemmte die

Hände in die Hüften und blickte traurig über das nackte, zerstörte Land.

So muss es auf dem Mond aussehen, dachte er, bevor er seine Aufmerksamkeit wieder dem großen Blatt Papier zuwandte, dass er in den Händen hielt. Nach den Landkarten war die Landschaft hier hügelig, und doch wirkte sie zusammen mit dem Schlamm in der Farbe von nassem Zement vollkommen flach.

Er war als Kind hier in der Gegend gewesen und wusste aus dem Geschichtsunterricht, dass über die Jahrhunderte zahlreiche Armeen hier durchmarschiert waren, von den Kelten bis hin zu den Deutschen, die diesen Teil Frankreichs auch gern besessen hätten. Im Laufe der Zeit war die Region wiederholt aufgeteilt worden, und erst vor hundert Jahren war die ursprüngliche Grenze Frankreichs auf dem Wiener Kongress wiederhergestellt worden.

In dem gemäßigten Klima ließ es sich gut leben, und die englische Küste war so nah, dass man an einem klaren Tag vom Hafen in Calais aus die weißen Klippen von Dover sehen konnte. Wo er jetzt stand, war allerdings früher Wald gewesen, erinnerte er sich. Als Junge war er hier ein paarmal in den Ferien gewesen, wenn seine Eltern nach Paris gefahren waren. Er hatte bei einer französischen Familie gewohnt, vermutlich Freunde von irgendwelchen Freunden seiner Eltern. Ihm hatte es nichts ausgemacht; seine Eltern machten in Paris nur Dinge, die Erwachsene taten, und er genoss es, Fahrrad zu fahren und Brombeeren zu sammeln. Außerdem mochte er die anderen Kinder, und sein Französisch wurde in ihrer Gesellschaft zunehmend besser. Als seine Eltern ihn nach einem Monat abholen kamen, war er braun wie eine Nuss und sprach die Sprache seiner neuen Spielgefährten. Als Achtjährige hatten sie Verstecken gespielt; mit zehn wurde ihre Fantasie angeregt von Dumas' Roman *Die drei Musketiere*, der in dieser Gegend spielte. Er hatte sich vorgestellt, er sei D'Artagnan, wenn er und seine Freunde aus dem Ort Duelle nachspielten oder Wild bis zum Lys verfolgten, den Harry erst gestern überquert hatte. Und wenn er sich recht erinnerte, hatte auch die letzte Jagd der wütenden Musketiere auf Milady in und um Fromelles herum stattgefunden.

Als er mit zwölf wieder nach Frankreich in die Ferien kam, hatten seine französischen Freunde Kusinen aus dem Süden zu Besuch – hübsche Mädchen mit gebräunter Haut und dem Wunsch, ein Spiel zu spielen, das in England unter dem Namen »Kussjagd« bekannt war. Harry ging auf eine reine Jungenschule, deshalb war er an dieses Spiel nicht gewöhnt. Er hatte es nur einmal auf einem Geburtstagsfest gespielt und ziemlich blöd gefunden. Die Erwachsenen überwachten schmunzelnd und mit stolzen Blicken, wenn ihr Sprössling gefangen wurde und einen klebrigen Kuss auf die runde Wange eines ebenfalls mit Zuckerguss verschmierten anderen Kindes drücken musste. In Frankreich jedoch, mit den Mädchen aus dem Süden, war das Spiel amourös, und dem ernsthaften, fast zwölf Jahre alten Jungen aus Sussex kam es äußerst erotisch vor. Als er die dunkelhaarige Antoinette gefangen hatte, deren Augen so blau waren wie das Meer vor Nizza, wo sie herkam, zögerte er. Das Blut stieg ihm in den Kopf, und auf einmal wollte er nicht nur einen Kuss auf ihre Wange drücken, die sich rosig und samtig wie ein Pfirsich an seine Lippen schmiegte. Und offensichtlich wusste sie das. Antoinette war fast vierzehn, erfuhr er später, was erklärte, warum sich der Kuss auf ihre halb geöffneten

Lippen so wenig keusch angefühlt hatte. Als sie sich von ihm löste, lachte sie, aber Harry hätte sie am liebsten nie mehr losgelassen. Verlangen hatte ihn gepackt und drohte ihn zu demütigen. Rasch hatte er sich hinter den Bäumen versteckt und gewartet, bis seine schuldbewusste Verlegenheit sich aufgelöst hatte. Sie hatte laut gelacht.

Wenn sie ihm angeboten hätte, ihm mehr beizubringen, hätte er sicherlich nicht Nein gesagt …

»Sir?«

Harry räusperte sich und blickte auf seine Uhr, verlegen, weil er bei Tagträumen erwischt worden war. Es war kurz nach halb zehn, und die dünne Herbstsonne an diesem Morgen wärmte angenehm seinen Rücken.

»Entschuldigung, Corporal, ich war gerade ganz weit weg. Man braucht nicht viel Fantasie, um zu sehen, wie heftig hier gekämpft wurde.«

»Ja, Sir. Dieses Gebiet wurde besonders heftig umkämpft, da wir es wiederholt gewonnen und verloren haben.«

»Ich meine, die Deutschen haben uns hier erst Anfang des Jahres geschlagen.«

Der Mann nickte und machte eine weit ausholende Handbewegung. »Sie haben uns einige Meilen zurückgedrängt.«

Harry schüttelte den Kopf. Im Moment fiel es ihm schwer zu begreifen, dass dieses relativ schmale Stück Land so hart umkämpft worden war und dass so viele Männer hier auf so unbarmherzige und sinnlose Art ihr Leben gelassen hatten, um es zu halten.

»Noch vor drei Jahren war das hier Niemandsland … genau hier, wo wir stehen«, murmelte er und blickte stirnrunzelnd auf die Karte. Der Mann neben ihm nickte traurig, sagte aber nichts. »Hier liegen bestimmt Männer unter der Erde, Corporal, weil hier so viele Schützengräben waren …«, er machte eine Handbewegung, »die nicht verzeichnet sind. Wir wissen, dass die Bayern etwa zweihundertfünfzig alliierte Soldaten dort drüben begraben haben.« Er zeigte nach Süden. »Das ist der Fasanenwald, obwohl er im Moment nicht danach aussieht. 1915 war ein besonders harter Winter, und die Schützengräben in diesem Gebiet waren nicht stabil. Sie brachen ständig ein. Hier, wo wir stehen, könnten, soweit wir wissen, Männer gestorben sein, ohne dass man sie geborgen hat.«

»Die Truppen, die die Nachhut bilden, werden sie bestimmt finden, Sir.«

Harry atmete langsam und hörbar ein. Aus seinem Feriengelände war zweifellos ein Friedhof geworden, und vielleicht führte ihn das Schicksal, als er sich jetzt von seinem Begleiter entfernte und auf etwas zuging, das aussah wie ein frischer Granattrichter. Das Loch war tief, und als ob der Himmel ihm diese Entdeckung zugedacht hätte, sah er an den menschlichen Überresten Uniformabzeichen, die er erkannte. Er schrie leise auf.

»Sir?« Sein Corporal eilte zu ihm und stöhnte, als er es auch sah.

»Holen Sie eine Markierung«, befahl Harry. »Die Mannschaften, die hinter uns kommen, sollen die Leiche bergen.«

»Jawohl, Captain!«, erwiderte der Mann und rannte los.

Harry stand über den Überresten eines Soldaten. Er hatte ihn gefunden, deshalb sollte er ihn auch nach Hinweisen auf seine Identität untersuchen. Sie hatten sich bereits um die zusammengesunkene Leiche versammelt, was umso schrecklicher und trauriger war, als sie nicht wirklich verwest war. Die gefrorene Erde hatte den toten Soldaten ein wenig geschützt, sodass er seine Uniform immer noch ausfüllte, obwohl die Haut, die der Luft ausgesetzt war, sich bereits zu zersetzen begann. Während die Männer ein Gebet für diesen bis jetzt noch unbekannten englischen Soldaten sprachen – ein Sergeant, seiner Uniform nach zu urteilen –, fiel Harry auf, dass er eine Tuchmütze trug. Anfangs hatte Harry gedacht, er hätte einen seiner eigenen Männer gefunden, aber dann war ihm klar geworden, dass das weiße Pferd auf der Mütze nicht das aufsteigende Pferd von Kent war, sondern ein rennendes Pferd. Das wies auf das West Yorkshire Regiment hin, und das Abzeichen war an einer Mütze und nicht am harten Helm der jetzigen Armee befestigt. Dieser Mann war also definitiv ein Soldat aus den Schützengräben von 1915, als Stahlhelme noch nicht Teil der Uniform waren.

»In Ordnung, Männer. Seht euch weiter um. Um diesen hier kümmere ich mich.« Seine Männer schwärmten in verschiedene Richtungen aus, um weiterzusuchen. »Ich komme gleich zu Ihnen«, versicherte Harry seinem Corporal und beugte sich tief über den Soldaten, um in seinen Taschen nachzuschauen. »Du hast dich ein bisschen verirrt, Kamerad, nicht wahr? Nun, wir werden dich nicht noch einmal verlieren«, sagte er.

Der erste Gegenstand, den er fand, war eine Pfeife, bereits gestopft und bereit zum Rauchen. Bei dieser Entdeckung spürte Harry zu seiner Überraschung, wie ihm die Kehle eng wurde. Dieser Sergeant aus West Yorkshire hatte seine Leute wahrscheinlich allein schon durch die Ruhe, die sich vermittelte, wenn sie ihn seine Pfeife paffen sahen, beruhigt. Wieder einmal wurde Harry klar, warum er sich gerade für diese freiwillige neue Aufgabe gemeldet hatte. Und während er diesen gefallenen Soldaten mit großer Sorgfalt und Respekt behandelte, hoffte er, dass sein Bruder, wenn er von jemand anderem als ihm gefunden würde, mit ebenso viel Sorgfalt und Respekt behandelt würde.

Er fand, wonach er suchte – eine einzelne rote Fibermarke um den Hals des Sergeants. Manche in der Armee bezeichneten sie als »Kalter-Braten-Ticket«, aber Harry sagte lieber »Identitätsscheibe«. Diese Scheibe wies darauf hin, dass der Mann vor der Schlacht an der Somme gestorben war. Sie war gut erhalten, und er konnte sie gut lesen.

»Hallo, Sergeant Tom Fletcher«, murmelte er leise. Er notierte sich den Namen und die Regimentsnummer sowie die Konfession, römisch-katholisch. Harry schätzte Toms Alter auf etwa vierundzwanzig. Er überprüfte das Geburtsdatum. Nein, Fletcher war siebenundzwanzig gewesen, als die Artillerie ihn traf, also war er älter als Harry; er war in Eds Alter, wodurch er den Verlust seines Bruders nur noch stärker spürte. Er begann sich vorzustellen, Tom wäre Ed – eigentlich war Tom alle Edwards, alle vermissten Soldaten … alle Gefallenen. Rührung überwältigte ihn.

Harry packte Toms Pfeife, seinen Füller und einen unvollendeten Brief an seine Mutter – sie hieß Rose, wie er an der Adresse auf dem unversiegelten Briefumschlag sah, der bemerkenswert gut erhalten war – in einen kleinen Sack. Tom Fletcher kam aus York. Harry hatte sich noch nie dort aufgehalten, erinnerte sich jedoch, auf seinen Reisen nach Schottland ein- oder zweimal durchgefahren zu sein. Aber Harry wusste, dass Rose Fletcher in der Eldon Street bestimmt immer noch hoffte, dass ihr Sohn am Leben war und nächsten Monat einunddreißig werden würde. Ed hatte einen Monat später Geburtstag. »In unseren Gedanken bleibt ihr beiden für immer siebenundzwanzig«, sagte er liebevoll zu Tom.

Der Corporal stieß einen Pfiff aus, um seine Aufmerksamkeit zu erregen, aber Harry hob den Finger, um anzudeuten, dass er noch eine Minute länger brauchte.

Harry betrachtete Tom. Er fühlte sich ihm sehr nahe. »Waffenbrüder«, murmelte er zu sich, aber dann sprach er Tom direkt an. »So, ich werde dann jetzt dafür sorgen, dass deine Familie – vor allem deine Mutter – erfährt, dass wir dich gefunden haben. Sie wird sicher nachts wach liegen und sich fragen, was aus dir geworden ist. Du und ich, wir können ihr helfen, Ruhe zu finden.« Auf einmal konnte er es nicht mehr ertragen, in Tom Fletchers halb geöffnete Augen zu schauen und schloss sie sanft. »Ruhe sanft, Sergeant. Wir verdanken dir viel«, sagte er leise. »Verzeih mir, wenn ich deine Taschen durchwühle, aber ich möchte sicherstellen, dass deine Lieben alles Wichtige zurückbekommen, in Ordnung?« Natürlich war es seltsam, so mit Toten zu reden, aber es tröstete ihn und machte in seiner Vorstellung den Umgang mit den Gefallenen respektvoller. Er fand noch ein paar Gegenstände in den Taschen des Mannes und packte sie ebenfalls in den kleinen Sack, den er bald mit einer Adresse versehen würde. Er blickte auf, als sein Corporal näher trat.

»Wir haben noch ein paar mehr da drüben gefunden, Sir.« Er wies über die Schulter auf eine Gruppe von Soldaten, die an einer Grube standen und hinunterstarrten.

Harry nickte. »Markieren Sie die Stelle, wie wir angewiesen worden sind; sagen Sie unseren Leuten, dass wir ein kurzes Gebet für die Gefallenen sprechen, bevor wir weiterziehen, aber erinnern Sie sie auch daran, Corporal, dass unser Befehl lautet weiterzusuchen.« Er blickte wieder auf den Sergeant und runzelte die Stirn. »Finden Sie es nicht auch seltsam, Corporal, dass Sergeant Fletcher hier so weit von der Gruppe, die Sie gerade gefunden haben, entfernt liegt?«

»Wir werden nie erfahren, warum, Sir«, erwiderte der Corporal und ging wieder zu den anderen Soldaten.

»Was hattest du vor, Tom?«, murmelte Harry. Vorsichtig zog er an den schon halb verwesten Fingern, die zur Faust geballt waren. Sie öffneten sich, und er sah Munition, die er sofort als deutsch erkannte. »Was ist das denn? Hast du danach gesucht, Sergeant?« Vorsichtig legte er die Patronenhülsen in den kleinen Sack. Dann drehte er die Leiche ein wenig auf die Seite, damit er an die Brusttasche kam. Sie wölbte sich deutlich nach außen, und er wollte alle persönlichen Dinge des Sergeants zusammenhaben. Er öffnete die Tasche und zog das vertraute A.B.64 heraus, das ach so wichtige Soldbuch. Darunter fühlte er eine harte Dose, und er wusste, was das war, noch bevor er sie herausgezogen hatte. Es zerriss ihm fast das Herz, als er sah, dass die Blechdose noch nicht einmal geöffnet worden war, oder wenn doch, so war ihr Inhalt nicht durcheinandergebracht worden.

Es war die Schokoladendose des Königs von Weihnachten 1915; er hatte genau das gleiche Geschenk von *Rowntree's* erhalten. Seine Schokolade allerdings hatte er schon seit Langem verzehrt, und jetzt diente die Dose ihm zur Aufbewahrung kleiner Andenken. Er wusste genau, was sie enthielt, von der Schokolade über die Postkarten, den Bleistift und die Streichhölzer in dem Schubfach dahinter. Er war sich sicher, dass alles noch intakt und noch genauso in der Dose lag, wie Tom sie erhalten hatte.

Er öffnete den Deckel, und die Schokolade duftete erstaunlich frisch. Er spähte unter das Papier und stellte fest, dass sie immer noch glänzte. Entweder hatte Sergeant Tom Fletcher keine Schokolade gemocht, oder er hatte seine Dose erst kurz vor seinem Ableben erhalten. Harry fand, es war ein wichtiges Erinnerungsstück für Mrs Fletcher, da sie ja eingezahlt hatte, damit ihr Sohn eine Dose geschickt bekam. Gerade wollte er den Deckel wieder schließen, als ein Zettel aus der Dose flatterte und zu Boden fiel. Harry runzelte die Stirn. Es gelang ihm nicht, ihn aufzufangen, bevor er im Matsch landete, aber er erkannte auch nicht das Unternehmensschreiben, das dabei gewesen war. Er war sich sicher, etwas Handschriftliches gesehen zu haben, eine geschwungene Schrift. Eine Windböe drückte den Zettel mit der Schrift nach unten in den Schlamm.

Er hockte sich hin, hob ihn auf und drehte ihn um. Verärgert schnalzte er mit der Zunge, als er einen Fleck nasse Erde wegwischte. Es war ein Zettel, der offensichtlich von einem größeren Blatt Papier abgerissen worden war.

»*Komm gesund nach Hause*«, las er leise murmelnd. »*In Liebe … Kitty.*« Hinter ihrem Namen befand sich ein kleines *x*, das einen Kuss andeutete. Sein Herz krampfte sich zusammen. Anscheinend hatte Tom einen Schatz in York gehabt. Kitty hatte vielleicht in der Fabrik gearbeitet, weil der Zettel von genau dem gleichen Papier war wie das gedruckte Schreiben von *Rowntree's*. War Tom gestorben, bevor er ihr zurückgeschrieben hatte? Wusste Kitty überhaupt, dass ihr geliebter Tom tot war, oder hoffte sie wider alle Hoffnung, dass er irgendwo verletzt in einem Krankenhaus lag und niemanden zu Hause benachrichtigen konnte?

Seufzend legte er den kleinen Beutel mit den Habseligkeiten in Toms Jacke und überprüfte noch einmal, dass die Stelle mit zwei Stacheldrahtstangen und einem roten Band markiert war. Hoffentlich würde die Leiche nicht geplündert werden.

Harry richtete sich auf und blickte auf die sterblichen Überreste von Tom Fletcher. Er sah zwar aus, als ob er schliefe, aber mitten in einem Albtraum, denn sein Körper war unnatürlich verrenkt und seine Züge wirkten schmerzverzerrt.

In diesem Moment verkörperte Tom für Harry alle Toten des Weltkriegs. So viele Männer auf beiden Seiten waren geendet wie dieser Sergeant: zerfetzt, vermisst; und sie alle hinterließen Frauen, die sie liebten, von denen sie geliebt worden waren.

Er dachte an Rose Fletcher und an Kitty, die auf Nachrichten warteten … die beteten, dass ihr Tom plötzlich wieder wohlbehalten in ihren Armen lag. Er mochte humpeln, er mochte Gliedmaßen verloren haben, aber er lebte und umarmte und küsste sie und versprach ihnen, sie nie wieder zu verlassen.

Harry wusste nicht, warum ihm gerade Tom Fletcher so naheging und was ihn dazu drängte, stehen zu bleiben und sich das Bild des verrenkten Leichnams einzuprägen. Vielleicht schmerzte ihn ja gerade die Tatsache so tief, dass die Schokolade unangetastet war und Tom sein Geschenk nie mehr genießen können würde. Die Männer hatten so wenige Geschenke von zu Hause erhalten, dass ihnen diese Schokoladendose alles bedeutet und ihre Stimmung beträchtlich aufgehellt hatte.

Er fragte sich, ob wohl Ed lange genug gelebt hatte, um die Dose des Königs zu erhalten und ihren Inhalt zu genießen.

»Ich nehme dich mit mir nach Hause, Tom«, versprach er dem toten Sergeant. »Ich verspreche dir, dass ich deine Mum persönlich besuchen werde.« Wieder beugte er sich, gegen die Vorschriften, über die Leiche und nahm den kleinen Beutel an sich. »Ich werde deine Mum trösten, ihr deine Sache zurückbringen, und dann werde ich Kitty finden und ihr in die Augen sehen, wenn ich ihr sage, dass ich dich gesehen habe und du jetzt wieder in der Obhut Englands bist. In Ordnung, Kamerad? Ruhe in Frieden – ich bin froh, dass ich dich gefunden habe.«

Er wandte sich ab, wütend über die Tränen, die ihm in die Augen getreten waren, während er den Beutel mit Toms Habseligkeiten unter seine Jacke schob und das Grab verließ.

9

27. Januar 1919

Henry Blakeney, der es leichter gefunden hatte, seine familiären Verbindungen zu verbergen, indem er sich während der Kriegsjahre in Harry Blake umbenannte, trug wieder Zivilkleidung und trank an der *King's Cross Station* eine Tasse Tee, während er auf den Zug in den Norden wartete. Er war seit vielen Jahren nicht mehr in diesem Bahnhof gewesen – zuletzt war er als Jugendlicher mit der *Great Northern Railway* nach Yorkshire und weiter nach Schottland gereist. Ein nostalgisches Gefühl überkam ihn in dem prächtigen Londoner Bahnhof, von dem aus die Züge, auch so romantische wie der *Flying Scotsman*, in nördlicher und südlicher Richtung fuhren.

Er hatte auf einer Plakette gelesen, dass der Grundstein zu diesem Bahnhof Anfang 1850 gelegt worden war, und mit den zwei riesigen gewölbten Kuppeln, die bis zur halben Höhe verglast waren, damit genügend Licht auf die Bahnsteige fiel, war es wirklich ein prachtvoller Bau. Von daher war es keine Überraschung, dass der Architekt William Cubitt war, der als leitender Ingenieur auch für den Kristallpalast verantwortlich gewesen war.

Er hatte sich eine Fahrkarte gekauft, die aus irgendeinem seltsamen Grund als »Edmonson« bezeichnet wurde. Eigentlich hatte er fragen wollen, warum das so war, hatte aber dann die Lust verloren, weil der Mann am Fahrkartenschalter sich bereits dem nächsten Kunden zugewandt hatte. Also hatte er seine Neugier heruntergeschluckt, sich vom Schalter entfernt und seine Fahrkarte sorgfältig in die oberste Tasche seines Jacketts gesteckt. Da er noch genügend Zeit hatte, suchte er den Waschraum auf.

Harry hatte darüber nachgedacht, in Uniform zu Rose zu fahren, damit sein Besuch für sie formeller war. Aber hier ging es nicht um Förmlichkeiten; an dem, was er tat, war nichts Offizielles. In der Armee würde es wahrscheinlich niemand verstehen, dass ein Captain sich auf den Weg zu einer trauernden Mutter machte, die von einem Fremden in Zivil erfahren würde, dass die Überreste ihres geliebten Sohnes entdeckt worden waren. Und bei dieser Gelegenheit würde er ihr die Dinge, die er bei sich gehabt hatte, überreichen.

War es grausam von ihm, diese Mission unbedingt übernehmen zu wollen? Die Armee verfügte für solche Fälle über festgelegte Prozeduren, aber Harry glaubte nicht, dass das Militär die persönliche Note bieten konnte, die er in den Besuch legen wollte, auch wenn er sicher erklären musste, warum er gerade Tom Fletcher gegenüber solche Zärtlichkeit hegte. Der wahre Grund für den Besuch bei der Mutter war ihm noch nicht ganz klar. Eine spöttische innere Stimme sagte ihm, er würde schon wieder davonlaufen … vor seinem Leben, seiner Verantwortung, vor denen, die ihn liebten.

Harry merkte, dass er schon die ganze Zeit auf den gleichen Satz auf Seite drei der Zeitung starrte. Deutschland würde wahrscheinlich Friedrich Ebert von der SPD zu seinem neuen Kanzler wählen. Und auf Seite zwei wurde über die Kämpfe berichtet, die sich zwischen Polen und

Russland zusammenbrauten. Das heiterte ihn nicht gerade auf. Harry konnte den Gedanken nicht ertragen, dass schon wieder ein Krieg ausbrechen würde. Er blickte auf und wandte seine Gedanken wieder dem Thema zu, wie viele Regeln er als ehemaliger Offizier der britischen Armee gerade brach.

»Und doch fühle ich mich verbunden. Ich bin der Richtige, um das für Rose zu tun«, murmelte er.

»Entschuldigung, Schätzchen, das habe ich gerade nicht verstanden«, sagte eine Kellnerin, die vorbeigegangen war und kam zu ihm zurück. Sie hielt ein Tablett mit gebrauchtem Geschirr und den Überresten von Kekskrümeln und Kuchen in der Hand.

Harry zuckte mit den Schultern. »Äh … ich habe nur ein Gespräch geübt«, sagte er, überrascht davon, wie leicht ihm die Lüge fiel.

»Ooh.« Sie kicherte. »Sie wollen wohl Ihrer Liebsten einen Antrag machen, was? Das brauchen Sie nicht zu üben, Schätzchen. So wie Sie aussehen, sagt sie sogar Ja, wenn Sie sie auf Lateinisch fragen. Ich würde zu allem Ja sagen«, fügte sie hinzu und zwinkerte ihm zu, lachend über ihren eigenen Scherz, weil sie alt genug war, um seine Mutter zu sein.

Harry grinste, um ihr eine Freude zu machen, dann blickte er wieder auf seine Zeitung und las den gleichen Satz noch einmal.

Bei seinem kurzen Aufblicken war ihm aufgefallen, dass so viele Männer im Bahnhof noch Uniform trugen, und vielleicht wäre es ja auch einfacher, mit Rose zu sprechen, wenn er seinem Rang entsprechend gekleidet wäre. Für jemanden in Führungsposition war er heute ganz schön unentschlossen.

Es gab eine unausweichliche Tatsache. Insgeheim war er froh, dass er mittlerweile aus der Einheit, zu der er sich 1915 gemeldet hatte, ausgeschieden war. Bei Kriegsausbruch wurden die Londoner Hauptquartiere von Freiwilligen geradezu belagert, und es war ihm gegen den Willen seiner Familie gelungen, einen der Freunde der Familie zu überreden, für ihn zu bürgen. Zum Entsetzen seiner Eltern kam er in eine Einheit, die als eine der ersten nach Frankreich geschickt wurde, sodass er zahlreiche große Schlachten miterlebt hatte. Es überraschte ihn selbst, dass er nicht nur dem Tod entkommen war, sondern den Krieg auch ohne ernsthafte Verletzungen überlebt hatte.

Er sah Männer, die die flachen Ärmel ihrer Jacken sorgfältig an der Seite festgesteckt hatten, andere gingen an Krücken oder saßen nach Beinamputationen im Rollstuhl. Heute früh hatte er einen armen Kerl gesehen, der beide Beine verloren hatte. Die meisten von ihnen hatten einen gequälten Ausdruck in den Augen, und wenn sie sich unbeobachtet glaubten, sah man es auch ihren Gesichtern an. Harry war sich sicher, die gleiche Maske vor sich herzutragen. Darunter lag die Dunkelheit des Krieges und der Dinge, die er gesehen und erlebt hatte. Seine Sinne würden eher in der Lage sein, Schießpulver und Blut zu schmecken, als das unangetastete Haferplätzchen vor ihm, aber er vermied es, solche Gedanken aufkommen zu lassen. Stattdessen hatte er sich angewöhnt, sich ständig zu beschäftigen. Wenn er nicht gerade durch einen der wundervollen Londoner Parks spazierte, las er oder kümmerte sich um die Firma, aus der er geflüchtet war, um sich als Freiwilliger zu melden. 1915 konnte er unter dem Vorwand, seinen Teil zur Verteidigung Englands beizutragen, seiner Verantwortung entkommen; jetzt gab es keine Entschuldigungen mehr, und doch fühlte er sich immer unruhiger. Sein Wunsch, vor dem Leben, das sich ihm eröffnete, zu fliehen, war stärker geworden, und im Gegensatz zu den meisten anderen Männern wollte er sich nicht in seinem Zuhause aufhalten. Er verbrachte so viel Zeit wie möglich in seinem privaten Club, wo er immer auf jemanden traf, mit dem er sich unterhalten oder eine Partie Schach spielen konnte.

Die Firma würde jedoch nicht mehr lange von allein laufen, vor allem jetzt nicht, wo der Vertrag von Versailles abgeschlossen war und die Welt sich darauf einstellte, wieder Handel zu treiben, die Rationierungen eingestellt wurden und das Leben sich langsam wieder normalisierte.

Aber nachdem er in den vergangenen drei Jahren Truppen auf den Schlachtfeldern befehligt hatte, erschienen ihm der Teepreis und die Versandlisten ziemlich lächerlich und langweilig. Und so dachte er im Stillen oft, wenn er abends noch ein letztes Glas mit irgendjemandem aus dem Club trank, dass er mit dem Krieg endgültig abschließen und ihn als Vergangenheit ansehen müsse, um sich endlich seiner Zukunft zuwenden zu können. Harry Blake hatte sich eingeredet, dass sein Weg zurück ins Leben darin bestand, Rose Fletcher zu besuchen, von Tom zu sprechen, ihr von Angesicht zu Angesicht gegenüberzustehen, ihre Trauer zu teilen und ihr etwas von ihrem Sohn zurückzugeben. Warum das so sein sollte, wusste er nicht so genau.

Zog er damit auch einen Schlussstrich unter Edwards Namen? Akzeptierte er damit endlich den Entschluss, seine Verantwortung als Familienoberhaupt wahrzunehmen und von London zurück nach Sussex zu ziehen?

Tom war ihm sowohl eine Last, als auch eine Stütze geworden, als ob er durch ihn den Verlust seines Bruders aus der Dunkelheit des Krieges in das Licht des Friedens und des Lebens, das er sich vier Jahre nach Kriegsbeginn aufbauen musste, übertragen konnte.

Ein älterer Mann trat in sein Blickfeld und fragte, ob er sich zu ihm an den Tisch setzen könne. »Es ist ziemlich voll«, sagte er mit einer weit ausholenden Armbewegung.

»Ja, natürlich, bitte sehr.«

»John Fanshaw«, stellte der Mann sich vor. Er setzte seinen Hut ab und streckte die Hand aus.

Eigentlich hatte Harry keine Gesellschaft gewollt, aber er konnte ja schlecht ablehnen. »Harry Blake«, stellte er sich mit dem Namen vor, an den er sich mittlerweile gewöhnt hatte. Er schüttelte dem Mann die Hand.

»Ich wüsste zu gern, was Sie denken, Harry Blake«, sagte John.

Der Mann sah aus wie eine freundliche Figur aus einem Märchen, dachte Harry – der alte Mann, der zum richtigen Zeitpunkt seine Weisheit anbietet. Ein Büschel weißer Haare kämpfte gegen die kahle Stelle in der Mitte seines Schädels an. Harry seufzte. »Es ist nicht leicht darüber zu sprechen«, gestand er.

Der Mann nickte verständnisvoll. »Welches Regiment?«, fragte er, ohne sich auf höfliches Geplänkel zwischen Fremden einzulassen.

Harry sagte es ihm.

»Gerade demobilisiert?«

»Entleibt, heißt es bei den Gebietseinheiten. Es ist ein schreckliches Wort, aber ich muss sagen, genauso fühle ich mich gerade. Ich bin vom 20. Londoner Regiment.«

»Es ist ganz normal, dass Sie sich so fühlen. Wir kommen alle aus einem Krieg. Ich war während der Burenkriege in Afrika. Sie sehen unversehrt aus.«

»Ja, das bin ich auch.«

»Dann haben die Engel Ihnen zugelächelt. Wie ist es hier drinnen?« Fanshaw tippte sich mit dem Finger an den Kopf. »Fühlen Sie sich auch hier stark?«

»Ich bemühe mich darum«, erwiderte Harry bewusst vage.

»Und diese verfluchte Spanische Grippe hat Sie auch nicht erwischt.«

Harry nickte.

»Wir haben unseren einzigen Sohn in der Somme-Schlacht verloren. Beinahe hätte er es geschafft.«

»Das tut mir sehr leid, Mr Fanshaw.«

Eine junge Kellnerin trat an ihren Tisch. »Einen Tee und ein Rosinenbrötchen wären wundervoll, meine Liebe, danke«, bat Fanshaw, bevor sie etwas sagen konnte. Sie lächelte und verschwand so schnell wieder, wie sie gekommen war.

Harry fiel ein, dass er mal einen Schluck Tee trinken sollte.

»Es tut immer noch schrecklich weh«, fuhr Fanshaw fort. Er klang beinahe von sich selbst überrascht. »Seine liebe Mutter wird wahnsinnig vor Trauer. Seine Frau und die zwei Kinder, die er zurücklässt …« Ihm versagte die Stimme, und er schüttelte den Kopf. »Sind Sie verheiratet, Junge?«

Harry zuckte erschreckt zurück. »Nein.«

»Wahrscheinlich gut, bis Sie wieder ins Gleichgewicht gekommen sind. Johnny war zerrissen. Er fühlte sich schuldig, weil er sich freiwillig gemeldet hatte.«

»Er wäre wahrscheinlich so oder so eingezogen worden. Es war mutig von ihm, schon vorher die Hand zu heben.«

»Ich rufe mir immer ins Gedächtnis, dass es nichts Persönliches war. Die Deutschen sind nicht ausgezogen, um gerade unseren Sohn zu töten. Johnny war mutig, aber er hatte Pech, das ist alles. Er hat es bis zum Obergefreiten gebracht, deshalb sind wir stolz auf ihn. Ich sage mir das jeden Tag, wenn ich mich morgens zum Aufstehen zwinge, Gwen ihr Frühstück mache, mich anziehe. Ich bin pensioniert – es ist nicht so, als ob ich mich anziehen müsste, aber es scheint mir wichtig.«

»Sie haben Enkel. Sie sind ein wichtiger Grund«, sagte Harry. Die Falten auf Fanshaws arbeiteten, als er gegen seine Gefühle ankämpfte.

»Ja, in der Tat. Wir haben sogar schon daran gedacht, nach Devon zu ziehen, um bei ihnen in der Nähe zu sein. Ich glaube, Alice – das ist Johns Frau – könnte Hilfe brauchen.«

»Eine Veränderung ist immer gut«, sagte Harry. In diesem Klischee lag ein seltsamer Trost. Nichts brauchte erklärt zu werden, es waren einfach nur beruhigende Worte, die keine Herausforderung oder Störung darstellten.

Fanshaw bekam sein Rosinenbrötchen und den Tee. »Bitte sehr, Mr Fanshaw«, sagte die Kellnerin, die Harrys Tischnachbarn anscheinend kannte.

Er räusperte sich. »Danke, Shirley«, sagte er zu der Kellnerin, die sich lächelnd zum Gehen wandte. »Ich komme an den meisten Tagen hierher zum Bahnhof, um Tee zu trinken, Fremde wie Sie zu belästigen, die Männer in ihren abgetragenen Uniformen zu beobachten.« Harry sagte nichts. »Ich bin ein Feigling. Ich kann Gwens

Trauer nicht ertragen – mehrmals in der Woche flüchte ich für ein paar Stunden hierher. Tut mir leid – heute haben Sie das Pech, mir zu begegnen.«

»Mir macht das nichts aus«, sagte Harry aufrichtig.

»Es gibt so viele Ungewissheiten um Johnnys Tod; wir haben keinen Beweis dafür, dass er wirklich tot ist. Vielleicht ist dies nur ein Albtraum, aus dem wir wieder erwachen. Darauf hofft meine Frau vermutlich.«

»Eine Mutter muss einfach Gewissheit haben«, bestätigte Harry. »Vermutlich würde es Mrs Fanshaw helfen, wenn sie wüsste, dass es ein Grab gibt, in dem ihr Sohn liegt.« Er fragte sich, ob er wohl zu weit gegangen war, denn in den Augen des älteren Mannes schimmerten Tränen.

»Ja, ich glaube, genau das braucht sie – brauchen wir beide«, stimmte Fanshaw ihm zu. »Dann hätten wir keine andere Wahl, als so gut wie möglich weiterzuleben.«

Diese Aussage bestärkte Harry. Es war die richtige Entscheidung, zu Rose Fletcher zu fahren. Die Armee hätte Monate gebraucht, um ihr mitzuteilen, dass sie Tom gefunden hatten.

»Und warum sind Sie so früh aus Ihren Pflichten entlassen worden?«, fragte Fanshaw. Er brach das Rosinenbrötchen in der Mitte auseinander und tunkte es in den Tee. Zucker gab es nicht – er wurde immer noch rationiert.

»Meine Einheit hat als eine der ersten in Europa gegen den Feind gekämpft, aber da sie nicht zur Besatzungsarmee nach dem Friedensvertrag gehörte, wurde sie auch als eine der ersten entlassen.«

»Was für einen Rang haben Sie, mein Junge?«

»Captain«, gestand Harry.

»Dass Sie Männer in die Schlacht geführt und überlebt haben, zeugt von Ihrem Mut.« Fanshaw nahm einen großen Schluck Tee.

Harry zog eine Schulter hoch. Er hatte täglich damit zu kämpfen, dass er überlebt hatte.

»Ich wette, Sie haben auch Orden bekommen.«

Harry trank erneut von seinem mittlerweile nur noch lauwarmen Tee, um nicht antworten zu müssen.

»Ich weiß, was Sie denken, aber das sollten Sie nicht.«

»Was denke ich denn?«

»Sie fragen sich, warum Hunderttausende gestorben sind, warum so viele aus Ihrer eigenen Einheit sterben mussten und gerade Sie verschont wurden.« Fanshaw trank erneut einen Schluck. Offensichtlich hatte er Durst und trank seinen Tee gerne heiß. Er bemerkte Harrys amüsierten Blick. »Gwen sagt immer, ich hätte eine Kehle wie ein Ofenrohr, weil mir das Heiße nichts ausmacht.«

Harry nickte und ließ den älteren Mann reden.

»Es gibt keinen Grund, denn die Guten und die Bösen sind gleichermaßen gestorben. Ich kenne Ihre Situation nicht, junger Mann, aber der Schnitt Ihres Anzugs sagt mir … nun, Sie hatten sicher viele Möglichkeiten, also, leben Sie jetzt für all die anderen, die es nicht geschafft haben. Genießen Sie Ihr Leben nach Ihren eigenen Vorstellungen, auch wenn andere darüber die Stirn runzeln mögen.« Fanshaw trank den letzten Schluck Tee und wickelte das übrig gebliebene halbe Rosinenbrötchen in die Papierserviette ein. Dann legte er vier Pence auf den Tisch. »Damit kann ich Gwen bestimmt ein Lächeln entlocken«, sagte er und schwenkte das eingepackte süße Brötchen. Er setzte seinen Hut wieder auf und lüpfte ihn leicht, als er sich langsam erhob. »Danke für die Gesellschaft, Captain Blake. Bestrafen Sie sich nicht, weil Sie am Leben sind. Genießen Sie das Leben!« Er nickte, drehte sich auf dem Absatz um und ging leicht humpelnd weg.

Harry hatte kurz das Gefühl, John Fanshaw sei ein Wesen aus einer anderen Welt, das zu ihm gekommen war, um ihm genau den richtigen Rat zu geben. Endlich glaubte er auch selbst daran, dass es nicht falsch war, noch länger von zu Hause wegzubleiben, und dass es richtig war, in den Zug nach York zu steigen, um den Krieg für sich zu beenden und sein Leben in Frieden, mit klarem Verstand und einem klaren Weg vor Augen neu zu beginnen.

Er ließ zwei Frauen zurück. Er würde an beide aus York schreiben, damit sie sich keine Sorgen mehr machten, sich nicht die Schuld an seinem Fernbleiben gaben oder glaubten, er habe irgendwo in Frankreich den Verstand verloren.

Er hatte sich selbst nur Tage zugestanden, lange genug, um neue Kleidung zu kaufen, sich die Haare schneiden und sich rasieren zu lassen und an seine Familie zu schreiben, dass er bald zu Besuch käme. Sie wussten, dass er heil und gesund war; um ihnen das mitzuteilen, hatte er in London schon gleich nach seiner Ankunft ein Telegramm geschickt. Der Brief würde hoffentlich erklären, warum er sich mit seiner Rückkehr so viel Zeit ließ.

Er blickte erneut auf die Uhr – sein Zug würde in Kürze ausgerufen – und ging an die Theke, um seinen Tee und das Plätzchen zu bezahlen und auf dem Teller für das Trinkgeld ein wenig Kleingeld zu hinterlassen.

»Danke, Sir!«, sagte die Frau an der Kasse und blickte

auf den Trinkgeldteller. »Kein Wunder, dass die Engel Sie auf dem Schlachtfeld beschützt haben.«

Harry grinste und ging zum Bahnsteig, wo die Lokomotive der *Great Northern Railway* bereit zur Abfahrt unter Dampf stand. In seinem Erster-Klasse-Abteil war er ganz allein. Die Gaslampe flackerte und warf Schatten über die Holzvertäfelung des Waggons. Freude stieg in ihm auf, als der Pfiff zur Abfahrt ertönte. Der Lärm der Maschine wurde größer, überall im Zug wurden die Türen zugeknallt. Er wartete auf den unvermeidlichen Satz, mit dem sich die Lokomotive dampfend aus dem Bahnhof bewegte.

Der Schaffner kam und entwertete seine Fahrkarte. »Danke, Sir. Wir halten auf unserem Weg nach York in Peterborough, Grantham und Doncaster. In Doncaster haben wir so lange Aufenthalt, dass Sie sich die Beine vertreten können, da wir dort Wasser aufnehmen.«

»Danke.«

Der Mann zog die Abteiltür hinter sich zu, und Harry war endlich allein. Am Fenster glitt die Landschaft vorbei, während der Nachmittag langsam in den frühen Abend überging. Eine Zeit lang starrte Harry in die Gärten der Häuser, die vorbeizogen, aber bald lösten kleinere Ansiedlungen die Reihenhäuser ab, und schließlich waren es nur noch einzelne Höfe, bis dann das offene Land erreicht war und er nur noch auf Felder und Weideland blickte. Die Felder lagen brach und warteten auf den Frühling, aber die unterschiedlichen Grüntöne um sie herum wirkten wie eine zusammengestoppelte Steppdecke, unter der die Erde warm und geschützt durch den Winter kam. Harry lächelte. Er genoss das sorglose, beruhigende Umherwandern seiner Gedanken. Auf diesen

Feldern hatten keine Explosionen stattgefunden, keine todbringenden Geschütze waren hier aufgebaut worden, und es hatte kein ausgedehntes Netz von Schützengräben um diese Städte und Dörfer gegeben. Unschuldig, makellos und selbstbewusst lagen sie da in friedlicher Schönheit.

Zahllose Männer waren um ihn herum gestorben, aber um ihn hatte der Tod einen Bogen gemacht und ihm nur kleinere Verletzungen beigebracht. Er kramte in seinem Lederrucksack, um Toms Besitz hervorzuholen, den er in ein Seidentuch gewickelt hatte. Es waren nur so wenige Dinge – nichts im Vergleich zum Leben eines Mannes –, aber er hoffte, dass er dadurch Rose helfen konnte, ihren Sohn bei sich zu Hause zu wissen. Es waren die letzten Gegenstände, die Tom gehalten hatte. Seine Lippen hatten die Pfeife berührt; seine Finger hatten den letzten Brief mit dem Füller geschrieben, der immer noch dreiviertel voll mit Tinte war. Und dann natürlich die Schokoladendose. Er öffnete sie, und wieder duftete die Luft um ihn herum nach dem tröstlichen Versprechen der süßen Delikatesse. Es war ein schwerer Duft; Rosinen und Vanille überdeckten beinahe die subtileren Aromen von Kaffee, einer Spur Pfeffer, Beeren. Die Vanille war vorherrschend. Er hatte die frischen Schoten, die aus exotischen Ländern in London eintrafen, schon früher gerochen, und er bekam von dem süßen Parfüm nicht genug. Seine Wärme rief Erinnerungen an die Kindheit und glücklichere Zeiten mit Jahrmärkten und Eiscreme, Pralinen und Vanillesoße auf dampfenden Puddings wach. Als er das erste Mal eine dieser schwarzbraunen Schoten gesehen hatte, war er ganz erstaunt gewesen – so seltsam schmal und runzelig, wie die Haut auf den Fingerspitzen, wenn man zu lange im warmen Badewasser gelegen hatte. Doch was für eine Überraschung dann das Innere der Schote; unzählige winzige Samen, die man wie eine Miniaturpyramide aus schwarzer Erde zusammenschaben konnte, und die mit ihrem Geschmack jeden Kuchenteig veredelten, aus jedem Kakao etwas berauschend Besonderes machten. Vanilleduft wirkte sicher auch stimmungsaufhellend, dachte Harry. Er war zwar flüchtig, aber trotzdem stark.

Vielleicht hätten sie die kriegführenden Parteien mit Vanille statt mit Senfgas besprühen sollen – dann hätte es sicher früher Frieden gegeben.

Er nahm den Zettel von Toms Schatz heraus und fuhr mit den Fingerspitzen die Worte nach. Es war nur ein kurzer Text und doch so berührend. Süße Kitty; ihr wird bestimmt das Herz brechen, dachte er, und erneut stiegen Schuldgefühle in ihm auf, weil er an eine andere Frau denken musste, ein anderes Herz, das brach.

Er blickte aus dem Fenster. Die Sonnenstrahlen bahnten sich ihren Weg durch eine Wolkenschicht, die aussah, als sei sie auf den Himmel gemalt worden. Unten waren die Wolken dunkelgrau, doch oben, wo sie von der Sonne beschienen wurden, bauschten sich traumweiße Federbetten.

Und während der Zug langsam in den Bahnhof von Peterborough einfuhr, begann Harry sich zu fragen, wie es dem Mädchen wohl gelungen sein mochte, ihren kleinen Liebesbrief in die Dose zu schmuggeln. Als der Zug ruckartig zum Halten kam und der Dampf der Lokomotive die wartenden Fahrgäste einhüllte, wurde Harry klar, dass es logistisch unmöglich war, eine bestimmte Dose, die nicht nur ein paar Meilen, sondern in genau den einen Schützengraben in Frankreich gelangen musste, an einen bestimmten Mann zu schicken. Diese Frau musste außergewöhnlich erfindungsreich sein, um nicht nur Einfluss auf der Verpackung, sondern auch noch auf die Verteilung und Lieferung gehabt zu haben.

Harry musste lächeln, als er daran dachte, wie hoffnungslos romantisch seine Mission war, aber es gefiel ihm, denn Kitty liebte Tom sicher mit solcher Innigkeit, dass ihre Liebe alle Grenzen überwand, um ihm eine Nachricht zu schicken. Er überlegte, wie es wohl sein mochte, eine so erwachsene Liebe zu erfahren, aber er wusste, dass ihm das nie geschehen würde … jedenfalls jetzt nicht. Stattdessen musste er Kittys und Toms Liebe heimlich bewundern und diesen Eindruck in seinem Herzen bewahren, so wie Tom die Schokoladendose an seinem Herzen gehabt hatte, als er starb. Es war auch eine traurige Mission, aber vielleicht linderte es ja den Schmerz, wenn er Tom seiner Mutter und auch seinem Schatz in gewisser Weise zurückbrachte. Er hoffte es jedenfalls.

Der Zug fuhr wieder an, nachdem er unter der üblichen Geräuschkulisse von durchdringenden Pfiffen, Quietschen, Fehlstarts und schreienden Männern neue Fahrgäste aufgenommen hatte. Türen wurden geöffnet und wieder geschlossen, und Harry hoffte, noch ein wenig allein bleiben zu können. Er hatte Glück, denn nach Peterborough kam niemand in sein Abteil, aber das würde sicher nicht für die gesamte Strecke bis nach York gelten. Besser würde er jetzt die Stille im Abteil ausnutzen, wo es noch hell genug war, um die friedliche Landschaft zu genießen, etwas, was seinem Leben in den letzten fünf Jahren gefehlt hatte.

Er legte Toms Habseligkeiten beiseite. Bis er sie Mrs Fletcher überreichte, würde er sie nicht mehr anschauen. Aber das Rätsel, das Kittys Nachricht umgab, hielt seine Gedanken beschäftigt, während der Zug ihn nach Norden brachte.

10

Am nächsten Morgen waren seine Schritte so leicht, dass es Harry selbst auffiel. Als ob er dadurch, dass er in York übernachtet hatte, die Last seines schweren Herzens im Süden zurückgelassen hätte. Er wusste zwar, dass ihm das *Harker's Hotel* in der Stadt offenstand, aber er bevorzugte einfachere Unterkünfte und wählte eine Pension mit Blick auf den gewölbten Eingang der *St. Olave's Church* aus düsterem, grauem Stein und einem seltsam hübschen, gepflasterten Weg, der in einen Park führte.

Das herzhafte Frühstück bestand aus Eiern mit Speck und einem Stapel Toastbrotscheiben, auf denen klebrige, bittersüße Marmelade glänzte. »Essen Sie alles auf, Captain Blake«, drängte die Matrone, die ihn bediente und sich als Mary vorgestellt hatte. »So reichliches Essen haben Sie bestimmt seit Langem nicht mehr gehabt.«

Er stieß einen leisen Pfiff aus. »Das kann ich nicht alles aufessen! So ein Berg – danke! Ach, und ich bin jetzt Zivilist, Mary. Nur noch einfach Harry Blake«, sagte er, während er Salz auf seine Spiegeleier gab.

Die Frau, die ihn in der Pension begrüßt hatte, hatte ihn in ein langes Gespräch verwickelt, während sie ihm seinen Schlüssel überreicht hatte. Sein Gepäck wurde von einem großen, schlaksigen Jungen, den sie Jimmy nannte, auf sein Zimmer gebracht. Als er die Anmeldung unterschrieben hatte, hatte sie ihn direkt nach seinem

Regiment und seinem Rang gefragt. Zuerst hatte er das nur ihrer peniblen Art zugeschrieben, aber jetzt stellte er fest, dass sie mit den privaten Daten nicht so vorsichtig umging.

Mary schwatzte immer weiter und schenkte ihm dampfenden karamellbraunen Tee aus einer großen Kanne ein, die sie liebevoll wie ein Haustier bei sich trug. »Ich bin richtig stolz auf unsere heimkehrenden Soldaten, Cap…, äh, Mr Blake. Sie haben es alle verdient, verwöhnt zu werden. Es sind natürlich viel zu viele gefallen.«

Er nickte. »Deshalb bin ich hier im Norden. Ich komme direkt von den Schlachtfeldern in Frankreich.« Er lächelte freundlich.

Der Schluck Tee, den er trank, bestätigte ihm endgültig, dass der Krieg vorüber war. Im Schützengraben hatte der Tee nie so gut geschmeckt. Er seufzte vor Vergnügen und spürte, wie er sich entspannte. Langsam begann er zu frühstücken und kaute jeden Bissen mit Bedacht. Wie die anderen entlassenen Soldaten hatte man ihn gewarnt, nicht übermäßig gierig zu essen.

In den nächsten fünf Minuten widmete er sich in stillem Vergnügen seinem Frühstück, aber dann war Mary zurück. »Soll ich Ihnen Tee nachschenken, Mr Blake?«

»Bitte«, sagte er und schob ihr Tasse und Untertasse hin. Er sah, dass sie stirnrunzelnd auf sein erst halb verzehrtes Frühstück schaute. »Äh, verzeihen Sie, Mary. Ich bin nicht an so reichhaltiges, gutes Essen gewöhnt. Im Schützengraben haben wir höchstens mal etwas Obst oder Schokolade von zu Hause bekommen.«

Das schien sie auf einen Gedanken zu bringen. »Oh, dann müssen Sie unbedingt die Fabrik der Rowntrees besichtigen, solange Sie hier sind. Fast jeder in York arbeitet in einer der Schokoladen- oder Süßwarenfabriken. York und unsere Schokoladenfabriken waren für die Truppen sehr wichtig, müssen Sie wissen. Wir haben zwei spezielle Weihnachtsdosen an die Front geschickt, soweit ich weiß – ich hoffe, Sie haben Ihre erhalten?«

»Ja, das habe ich«, versicherte er ihr, »und die Fabrik sehe ich mir ganz bestimmt an.« Vielleicht konnte er ja auf diese Art und Weise Kitty finden.

Obwohl er ein schlechtes Gewissen hatte, weil sein Teller noch halb voll war, obwohl es doch wahrscheinlich Menschen auf der Welt gab, die Hunger litten, ergriff er seine Chance und flüchtete. Auf der Treppe nahm er zwei Stufen auf einmal, um schnell in sein Zimmer im dritten Stock zu kommen. Er nahm Toms Habe und ging wieder hinunter zum Empfangstresen der Pension.

»Guten Morgen, Captain Blake«, begrüßte ihn die Eigentümerin, Mrs Potter. »Ich hoffe, Sie haben gut geschlafen?«

»Ich glaube, ich habe seit vielen Jahren keine friedlichere Nacht erlebt. Äh, Mrs Potter, ich bin jetzt Zivilist und wäre froh, nur mit meinem Namen angeredet zu werden, wenn es Ihnen nichts ausmacht.« Er bemerkte ihre Überraschung. »Es geht mir nur darum, nicht unnötig an den Krieg erinnert zu werden«, erklärte er.

»Ich verstehe, Sir, natürlich.«

Harry sah ihr an, dass sie ihn keineswegs verstand. Vielleicht war sie ja einfach an ältere Männer gewöhnt, die darauf bestanden, mit ihrem Rang angeredet zu werden.

Er wechselte das Thema. »Ich muss jemanden in York besuchen. Die Adresse ist Eldon Street. Kann ich dorthin zu Fuß gehen?«

»Eldon Street?« Sie überlegte und wandte sich an

Jimmy, der gerade Koffer hinauftragen wollte. »Jimmy, hast du schon einmal von der Eldon Street gehört?«

»Sie ist am Institut. Sie wissen schon, in Paynleys, in der Nähe von St. Thomas.«

Ihre Nase zuckte. »Ah ja. Danke.« Dann wandte sie sich wieder an Harry. »Keine besonders gesunde Luft da, Mr Blake. Es gibt ein Sprichwort«, sagte sie und schürzte die Lippen, als ob ihr etwas Unangenehmes einfiele, »der reiche Mann in seinem Schloss möchte lieber den armen Mann nicht vor der Tür haben.« In ihrem Blick stand eine Frage, und Harry musste kurz überlegen, wie er am besten darauf antworten sollte.

»Dann sollte ich also besser eine Droschke nehmen? Obwohl ich mir ja gerne die Beine vertreten hätte.«

»Es ist zu weit zum Laufen, Sir. Es gehört immer noch zum … äh, Armenviertel, obwohl zugegebenermaßen heutzutage eher die Arbeiterschicht dort wohnt. Es ist im Gespräch, den Namen in The Groves zu ändern. Ähm, ist das …«

Harry tat so, als habe er den fragenden Ton in ihrer Stimme nicht gehört und unterbrach sie. »Kann Jimmy mir bitte eine Droschke rufen?«

»Natürlich. Jimmy!« Der Junge erschien, eifrig und mit roten Wangen. Er war kaum älter als vierzehn. »Eine Droschke für Mr Blake, bitte.« Jimmy rannte aus der Tür. »Er ist ein guter Junge.« Sie lächelte. »Er kommt aus Irland – seine Familie stammt ursprünglich aus Dublin, glaube ich, aber die Hungersnot hat sie alle nach Nordengland getrieben. Er kommt aus den Elendsvierteln in Walmgate. Er und seine zahlreichen Geschwister sind schon lange Waisenkinder. Sein Vater ist früh im Krieg gefallen, und obwohl Jimmy ein falsches Alter angegeben hat, damit er auch Soldat werden und seinen Sold nach Hause schicken konnte, hat die Armee zum Glück die Lüge durchschaut. Dann ist kurz vor Weihnachten auch noch seine Mutter gestorben.«

Harry blinzelte, verstört darüber, wie leichthin sie ihm diese Informationen mitteilte.

»Sie leben jetzt alle bei ihrer Tante, aber sie hat wohl selbst eine große Familie, wie ich gehört habe. Ich habe Jimmy aus Herzensgüte bei mir angestellt.« Sie seufzte, als fiele ihr das alles ungeheuer schwer.

Er lenkte sie ab, indem er erneut das Thema wechselte. »Mrs Potter, Ihre Kellnerin hat mir vorgeschlagen, die Schokoladenfabrik zu besichtigen. Wie mache ich das denn am besten?«

»Ah, nun, Mr Blake, Sie können eine richtige Besichtigungstour machen. Es muss famos sein, mit vielen besonderen Maschinen. Sie bekommen sogar hinterher eine Tasche mit Proben, die Sie mitnehmen können.«

»Das klingt wirklich vielversprechend«, sagte er. »Dann brauche ich einfach nur in die Fabrik zu gehen?«

»Ich glaube, zu jeder vollen Stunde findet eine Führung statt … so ungefähr.«

»Vielen Dank, Mrs Potter. Bis heute Abend dann.«

»Einen schönen Tag, Sir.«

Die Droschke, die Jimmy gerufen hatte, kam gerade an. Er zog seine Kappe vor Harry, der dem Jungen zehn Schilling in die Hand drückte. »Jimmy«, sagte er, bevor er in die Droschke stieg, und blickte dem Jungen fest ins geschockte Gesicht, »wenn du auch nur einen Ton darüber verlierst, was ich dir gerade gegeben habe, dann nehme ich es dir wieder ab. Ist das klar?«

Jimmy nickte. Sein Mund stand offen, und er betrachtete fassungslos das kleine Vermögen in seiner Hand. »Beim Grab meiner Mutter, Sir.« Er starrte Harry aus hungrigen Augen an.

»Wir werden nie wieder darüber sprechen«, fügte Harry hinzu. »Fahrer, bitte in die Eldon Street, Paynleys.«

Die Straßen in Paynleys waren zu schmal, als dass die Droschke hindurchgepasst hätte, aber der Kutscher zeigte Harry, in welche Richtung er gehen musste, als er sein Geld einsteckte.

»Danke, Sir. Folgen Sie immer Ihrer Nase, aber halten Sie sich links; dann können Sie es nicht verfehlen.«

Harry nickte.

»Es heißt, dieses ganze Gebiet ist auf dem römischen Praetorium errichtet worden, wissen Sie«, fügte der Mann voller Ehrfurcht hinzu. »Vor vielen Jahrhunderten waren die Stadttore mit dieser Straße verbunden.«

Dem wenigen nach zu urteilen, was er gesehen hatte, als sie aus der von einer Stadtmauer umgebenen Stadt herausgefahren waren, hatte York eine interessante Geschichte. Der Mann, der ihn in seine Pension gefahren hatte, hatte von der Wikinger-Invasion im Jahr 866 erzählt, die absichtlich an Allerheiligen stattgefunden hatte; York war ein lebendes Museum, und die Einwohner waren stolz darauf, dass ihre Stadt so geschichtsträchtig war.

Er hob grüßend die Hand und wandte sich dann dieser neuen Enklave der Arbeiterschicht zu. Sie lag vor den Stadtmauern, aber nicht weit vom Münster entfernt, in einem eng angelegten Netz von roten Backsteinhäusern. Er hatte keine Eile und machte einen kleinen Spaziergang. Ein paar Kinder rannten an ihm vorbei, gefolgt von einem kläffenden Hund, und er fragte sie nach dem Weg. Das älteste Mädchen zeigte über ihre Schulter. Harry ging weiter, sicher, dass er früher oder später auf das Haus stoßen würde. Er hatte sich nicht überlegt, was er zu Rose sagen wollte. Er wollte einfach nur vor sie treten und ihr aufrichtig von seiner Mission erzählen. Erst angesichts der langen Reihen gleich aussehender Häuser mit rauchenden Kaminen und Vorhängen an den Fenstern, hinter denen er vorsichtig gemustert wurde, kam ihm in den Sinn, dass Rose ihn vielleicht wegschicken würde. Und was dann? Er kramte in seinen Taschen, um sich zu vergewissern, dass er etwas zu schreiben dabeihatte.

Ein paarmal musste er umkehren und erneut nach dem Weg fragen, aber schließlich stand er vor einem kleinen Haus ohne Vorgarten, ohne Eingangsweg. Die Tür öffnete sich direkt zur Straße hin, aber die Treppe war frisch gewischt und geschwärzt.

Er klopfte an und wartete.

»Wer ist da?« Es war die Stimme einer Frau. Sie klang nicht gebrechlich, eher misstrauisch.

»Sind Sie Mrs Fletcher?«

»Ich habe gefragt, wer Sie sind. Ich brauche Ihre Fragen nicht zu beantworten.«

Er unterdrückte ein Lächeln. »Ich bin Harry Blake. Ich bin hier wegen Ihres Sohnes, Tom.«

Die Tür öffnete sich einen Spalt, und Harry sah eine Frau mit Lockenwicklern und einem Haarnetz darüber. Soweit er erkennen konnte, trug sie eine Schürze. Er trat einen Schritt zurück, damit Rose erkannte, dass von ihm keine Bedrohung ausging. »Ich weiß schon, dass er tot ist. Das Telegramm ist schon vor Jahren gekommen«, fuhr sie ihn an. »Sie sind beide tot – er und sein Bruder. Sie haben keinen von ihnen gefunden.«

Er nickte. »Ich bin der Soldat, der Ihren Tom gefunden hat, Mrs Fletcher.«

»Ihn gefunden? Lebt mein Junge?« Ihre Stimme bebte, aber als sie seinen ernsten Gesichtsausdruck sah, kniff sie die Augen zusammen.

»Wir haben seine sterblichen Überreste gefunden«, sagte er. Schonender konnte er die Nachricht nicht verpacken.

Ihr Ton wurde anklagend. »Was wollen Sie dann bei mir? Mittlerweile ist doch bestimmt nichts mehr von meinem Jungen übrig.«

Harry bewunderte ihre Logik ebenso sehr wie ihre stoische Haltung. Offensichtlich hatte sie sich schon lange damit abgefunden, ihr Leben allein zu verbringen. »Mir ist klar, dass dies ungewöhnlich ist, aber ich dachte, es gibt Ihnen vielleicht ein wenig Trost.«

»Warum?«, fragte sie mürrisch.

Sie machte es ihm wahrhaftig nicht leicht, und er begann sich zu fragen, ob seine Entscheidung so klug gewesen war. »Nun, ich dachte, es hilft Ihnen, wenn ich Ihnen Toms Sachen bringe … äh, die Dinge, die er bei sich getragen hat«, sagte er und hielt den lächerlich kleinen Beutel hoch, der Toms Habseligkeiten enthielt. Die Frau blinzelte und musterte ihn genauer. Harry zuckte mit den Schultern. »Ich will nichts von Ihnen, Mrs Fletcher. Ich kann Ihnen die Sachen durch die Tür reichen, und dann bin ich wieder weg. Es war nicht meine Absicht, Sie aufzuregen. Ich habe gedacht, ich könnte Ihnen eine Freude machen.«

»Schlechtes Gewissen?«

Er blickte sie erstaunt an. »Nein, eigentlich nicht.« Er

räusperte sich. »Ich fühle mich nicht schuldig«, log er, »aber es ist mir peinlich, weil es wohl keine so gute Idee war. Es tut mir leid, dass ich Sie gestört habe.«

»Sie klingen wie jemand aus dem Süden. Und aus der Oberschicht.«

»Ich bin aus London.«

Die Tür ging einen Spalt weiter auf, und sie musterte ihn erstaunt. »Sie sind extra aus London gekommen, um mich zu sehen?«

Er nickte. »Und anschließend fahre ich wieder zurück«, erwiderte er.

»Waren Sie in Toms Regiment?«

Er schüttelte den Kopf und kam sich völlig lächerlich vor. »Captain bei den London 20th.«

»Bei welchem Regiment war Tom übrigens?«, fügte sie misstrauisch hinzu.

Er sagte es ihr, einschließlich Toms Rang als Sergeant und wo er stationiert gewesen war. Geduldig wartete er, während sie ihn von oben bis unten musterte.

»Nun, ich wollte mir gerade einen Tee kochen. Sie können gerne hereinkommen und mir die Sachen drinnen geben.« Sie öffnete die Tür ganz, und der Geruch nach gekochtem Kohl schlug Harry entgegen, als er über die Schwelle in den dunklen Flur trat.

Er streckte die Hand aus. »Schön, Sie kennenzulernen, Mrs Fletcher.«

»Sie können Rose zu mir sagen.« Kurz ergriff sie seine Hand, dann wies sie auf eine Zimmertür.

Der Wohnraum war winzig. Im Ofen glühten Kohlen. Mrs Fletcher scheuchte eine Katze von einem der drei Sessel und bot ihm den Platz an. In der Küche begann der Wasserkessel durchdringend zu pfeifen.

»Ich bin gleich wieder da«, sagte Rose. »Timmy wird sich auf Ihren Schoß setzen wollen, aber sagen Sie einfach Nein!«, warnte sie Harry. Sie warf einen Blick auf die Katze, die auf dem Teppich saß und rhythmisch mit dem Schwanz zuckte, als wolle sie die Situation ausloten.

Unter ihrem Blick rollte sich die Katze vor dem Feuer zusammen und schien zu schlafen, aber sie wirkte keineswegs entspannt. Ihr Schwanz zuckte weiter.

Rose kam wieder ins Zimmer, mit einem kleinen Tablett. »Ich kann Ihnen leider kein Stück Kuchen anbieten, Captain Blake.«

»Ein Tee ist wundervoll, vielen Dank. Und bitte nennen Sie mich Harry. Wir sind jetzt alle Zivilisten.«

»Sie haben ja hervorragende Manieren«, bemerkte sie. »An so elegante Herren in meinem Haus bin ich nicht gewöhnt.«

Harry blinzelte. Er wusste nicht recht, was er antworten sollte.

»Ich habe Mieter aufgenommen, seit die Jungen …« Rose beendete den Satz nicht. »Oben wohnen zwei Herren. Sie besuchen das Lehrer-College der Kirche von England und sind beide im zweiten Jahr«, sagte sie stolz. »Und als Dauermieter habe ich einen Dozenten. Er ist einer der Lehrer. Er hat meinem Tom Lesen und Schreiben beigebracht. Deshalb war er gut genug, um bei der Stadt im Büro zu arbeiten. Als Vierzehnjähriger ist er dort als Bürolehrling eingetreten. Eine Zeit lang hat er in der Stadtbücherei gearbeitet und gehofft, die Lehrerausbildung machen zu können, vielleicht als Missionar ins Ausland zu gehen, aber als sein Bruder tot war, musste er ja unbedingt Soldat werden.«

Beim Zuhören hatte Harry überschlagen, dass es in diesem kleinen Haus gar nicht mehr als drei Schlafzimmer geben konnte. »Wo ist Ihr Zimmer?« Er runzelte die Stirn, weil ihm diese neugierige Frage entschlüpft war.

»Ich komme zurecht, Mr Blake. Ich schlafe hinten in der Stube auf einem Klappbett. Es reicht mir, seit Mr Fletcher nicht mehr ist. Wir alle müssen in diesen Tagen irgendwie über die Runden kommen.« Sie klang defensiv, und Harry fragte sich, ob sie vielleicht kritisiert worden war, weil sie Mieter aufnahm.

Amüsiert beobachtete er, wie sie die Teekanne gegen den Uhrzeigersinn drehte. Vielleicht war es ein Ritual des Nordens, denn zu Hause hatte er es nie gesehen. »Dreimal gegen den Uhrzeigersinn, wie meine Mutter immer zu sagen pflegte«, murmelte sie, als sie sein Interesse bemerkte. »Jetzt ist er durchgezogen. Nehmen Sie Milch und Zucker?«

Erneut dieser defensive Tonfall; sie litt sicher unter der Rationierung. »Äh, ein kleiner Schuss Milch reicht, danke.« Zucker war im Schützengraben ein Luxus gewesen, und sosehr er den Geschmack mochte, er hatte sich daran gewöhnt, seinen Tee ohne Zucker zu trinken.

Stolz sagte sie, als sie ihm einschenkte: »Meine Mieter bekommen bei mir Frühstück und Abendessen, und ich gebe ihnen Brote für die Mittagspause mit. Ich wasche, bügele, flicke Kleidung, wende Hemdkragen und Manschetten, wenn es nötig ist. Ich berechne nicht viel, damit ich regelmäßig zu tun habe. Wenn Sie etwas brauchen, Sir, kann ich es für Sie auch gerne machen.«

Harry lächelte. »Ich habe gar nicht genug Kleidung dabei.«

»Nein, und was Sie anhaben, sieht nicht so aus, als müsse es geflickt werden«, sagte sie und wies mit dem Kinn auf seine Kleidung. »Ich war früher Näherin, und dieser Anzug sieht neu aus – vermutlich direkt aus der Savile Row.«

Harry spürte, wie er rot wurde. Darauf antwortete er lieber nicht. »Rose, ich habe Ihnen das hier von einem Schlachtfeld nicht weit von Fromelles mitgebracht.« Er reichte ihr den Beutel mit Toms Sachen und nahm Tasse und Untertasse zur Hand.

»Ich weiß, das ist in Nordfrankreich. Mein Tom hat mir von da geschrieben. Dann ist mein Sohn also ausgegraben worden, was? Ich nehme an, er war unter all dem Matsch begraben, von dem wir so viel gelesen und gehört haben?«

Ihre direkte Art verunsicherte Harry. Er erklärte ihr, wie sie das Gebiet durchsucht hatten und Städte und Dörfer von zurückgebliebenen deutschen Truppen befreit hatten. »Da war ein Loch im Boden, einen besseren Ausdruck finde ich dafür nicht. Ich glaube, Tom wurde von einer Panzergranate getötet; er war genau in dieser Gegend, als sie heftig umkämpft wurde. Ich nehme an, sie konnten die Gefallenen damals nicht wegschaffen, und die Toten wurden tatsächlich unter Schützengräben, die zusammenbrachen, begraben. Ich vermute – das wird die Armee aber noch bestätigen müssen –, dass Tom vielleicht bei einer Art Spähtrupp war. Sie wurden nachts ins Niemandsland geschickt, um Barrikaden auszukundschaften oder auch Verwundete zurückzuholen.« Harry beobachtete, wie sie die losen Enden des Tuchs, das ihm als Beutel gedient hatte, verknotete und wieder löste. »Ich habe in Toms linker Hand ein paar leere Munitionshülsen gefunden. Von den Deutschen. Ich kann Ihnen nicht sagen, warum, aber vielleicht wollte er sie zur Untersuchung ins Hauptquartier bringen.« Er zuckte mit den Schultern. »Leider sind das in diesem Stadium alles nur Vermutungen. Aber wir haben Ihren Sohn etwas abseits von den anderen Gefallenen gefunden. Ich glaube, dass Tom auf einer besonderen Mission war.«

»Wie sah er aus?«

»Friedlich«, sagte Harry. Die Lüge ging ihm glatt über die Lippen.

»Das ist gut. Dann hat er wohl nicht gelitten.« Sie musterte ihn erneut. »Sagen Sie mir noch einmal, warum Sie hier sind, in einem Anzug, ohne Ihren offiziellen Titel?«

Sie war scharfsinnig, das musste er ihr lassen. Er erzählte ihr von seinem Bruder.

»Ich hoffe immer noch, dass sie ihn finden und jemand zu mir kommt mit etwas von ihm … Ich habe das Gefühl, es könnte dabei helfen, ihn endgültig gehen zu lassen.«

Rose nickte. »Dann erinnert mein Tom Sie also an Ihren Bruder?«

»Auf eine allgemeine und spirituelle Art, ja.« Er trank seinen Tee und verstand auf einmal, warum es hieß, die Frauen in York machten den besten Tee im ganzen Land. Rose betrachtete ihn, als wisse sie immer noch nicht genau, was sie von dem seltsamen Fremden halten sollte, der im Hinblick auf ihren Sohn von spirituellen Verbindungen und toten Brüdern erzählte. Er spürte, dass sie viel zu pragmatisch war, um seine romantischen Vorstellungen nachzuvollziehen.

»Und was ist das hier?«, fragte Rose und ergriff die Schokoladendose. Ihre rosa Lockenwickler passten zu ihrer Schürze, stellte Harry fest, und auf einmal tat ihm diese tapfere Frau leid.

Er erklärte, was er wusste, und fügte hinzu: »Die Schokolade wurde nicht angetastet.«

Ihre Augen wurden feucht. »Mein Tom liebte Schokolade. Er aß so gerne Süßigkeiten, und ich sagte immer zu ihm, wenn er einmal so alt wäre wie ich, hätte er keine Zähne mehr. Er war ein guter Junge; ihm gefiel zwar die Vorstellung, Lehrer zu werden, aber er redete immer davon, wie gerne er Schriftsteller wäre. Andererseits wusste er, dass er mit Schreiben kein Geld verdienen konnte.«

Harry runzelte die Stirn. »Ein Tagebuch oder ein Notizbuch habe ich leider nicht gefunden, tut mir leid.«

Sie zuckte mit den Schultern. »Er hat es immer nur heimlich gemacht. Und mir hätte es sowieso nichts genützt. Ich kann nicht besonders gut lesen, und sein Vater konnte kaum seinen eigenen Namen richtig schreiben.« Missbilligend presste sie die Lippen zusammen. »Seine Söhne haben wenigstens ihr Leben für England gegeben. Ihr nichtsnutziger Vater ist in einem Ladeneingang mit der Whiskyflasche in der Hand gestorben.«

»Das tut mir leid«, sagte er.

»Ja, nun, wir drei waren ohne ihn und seine kaputte Leber besser dran. Er hat mir das Haushaltsgeld gestohlen, und die Jungs und ich mussten oft Hunger leiden. Deshalb haben sie auch beide die Soldatenlaufbahn eingeschlagen; es hat sich gelohnt, bis …«

Er nickte, für ihn brauchte sie das Ende des Satzes nicht auszusprechen. »Der Tee ist köstlich, vielen Dank«, sagte er und trank seine Tasse aus.

»Noch einen?«

»Nein, danke, Rose. Ich bin sehr froh, Sie kennengelernt und Ihnen diese Sachen gegeben zu haben. Wahrscheinlich werde ich Schwierigkeiten deswegen bekommen, aber das braucht Sie nicht zu kümmern.«

»Machen Sie dies denn auch für andere Familien?«

»Nein.« Er lächelte traurig und kam sich irgendwie

jämmerlich vor. »Es ist schwer zu erklären. Ich habe seltsame Gedanken gehabt, als ich Tom gefunden habe. Die Deutschen waren auf der Flucht, wir wussten, dass ihre Niederlage unvermeidlich war, und doch fühlte ich mich so besiegt, als ich Ihren Sohn entdeckte.«

Alles Misstrauen schwand aus ihrem Blick, und ihre Gesichtszüge wurden weich. »Harry, Sie sind am Leben. Ich werfe Ihnen das nicht vor. Ich habe getrauert, und ich werde auch noch weiter trauern, jetzt, wo ich die Sachen meines Sohnes habe. Sie haben etwas sehr Freundliches für einen Fremden getan. Wie lange bleiben Sie im Norden?«, fragte Rose, als sie aufstand und ihn aus dem Zimmer geleitete.

»Nicht mehr so lange. Ich will nur noch die *Rowntree's*-Fabrik besichtigen. Das wollte ich sowieso, wegen Toms Schokoladendose – ich habe einfach das Gefühl, dass meine Reise erst dann vollendet ist. Ach so, Rose, ich wollte auch versuchen, Kitty zu treffen, ihr zu erzählen, dass ich Tom gefunden habe, und vielleicht ihre Fragen zu beantworten, aber ich verstehe schon, dass meine Anwesenheit sie möglicherweise verwirren würde. Vielleicht könnten Sie …« Er brach ab, als sie verständnislos die Stirn runzelte.

»Wer ist Kitty?«

»Kitty«, wiederholte er. »Äh, Toms Schatz?«

»Sie meinen, hier in York?« Er nickte, und sie schüttelte den Kopf. »Nun, wenn es ein Mädchen aus der Stadt gab, das er gernhatte, so habe ich ihn nie davon reden hören. Ich habe Tom so nahegestanden, dass er mir sicher von ihr erzählt hätte. Nein, Toms große Liebe war Annie, und sie kam aus Burnley. Er hat geschworen, sie zu heiraten, wenn er den Krieg überlebt.«

»Aber in dieser Dose ist ein liebevoller Zettel. Äh, warten Sie.« Er ging zurück in den kleinen Wohnraum, in dem der Geruch nach Kohl auf einmal überwältigend geworden war. Er kam mit Toms Beutel zurück, holte die Dose heraus und zeigte ihr den Zettel. »Hier, lesen Sie.«

Rose überflog die Worte und zuckte mit den Schultern. »Ich habe keine Ahnung, tut mir leid. Ich kenne keine Kitty, die in Toms Leben eine Rolle gespielt hat. Vielleicht hat er sie ja im Ausland kennengelernt?« Stirnrunzelnd blickte sie erneut auf den Zettel. »Ich kann Ihnen nicht helfen, Harry. Diese Nachricht bedeutet mir nichts, und ich kann nicht jemanden aufsuchen, den ich nicht kenne. Außerdem will ich auch nicht, dass Annie etwas von dieser Kitty erfährt. Toms Tod hat sie schwer getroffen. Sie darf sich nicht noch mehr aufregen. Behalten Sie diesen Zettel.«

»Wie bitte?«

Sie zuckte mit den Schultern. »Vielleicht können Sie ja in der Fabrik herumfragen. Die meisten Mädchen aus der Stadt arbeiten dort. Aber ich will nichts von einem anderen Schatz wissen.«

»Ich verstehe.« Harry runzelte die Stirn.

»Zerreißen Sie den Zettel, ob Sie sie nun finden oder nicht. Ich möchte mich lieber daran erinnern, dass mein Tom Annie liebte.«

Harry war wie von einer unsichtbaren Hand geleitet in der Fabrik angekommen. Er rang noch mit sich, ob er weiter nach Kitty suchen sollte oder nicht. Heute Nachmittag fuhr ein Zug zurück nach London; wenn er jetzt losging, konnte er ihn ohne Probleme erreichen und hätte sogar noch Zeit für ein leichtes Mittagessen in der Nähe des Bahnhofs, ohne sich besonders beeilen zu müssen. Aber er konnte sich auch, wo er nun schon einmal hier war, die Fabrik anschauen, die er sowieso interessant fand, und dabei vielleicht herausfinden, ob jemand 1915 ein Mädchen namens Kitty gekannt hatte.

Unschlüssig stand er auf der Brücke nicht weit von der Stelle, wo er aus dem Zug gestiegen war, und überlegte. Er beobachtete eine Gruppe von Leuten, vermutlich Schichtarbeiter aus der Fabrik, die an der Haltestelle Selby aus dem Zug strömten. Er musste sich jetzt entscheiden, dachte er blinzelnd. Sollte er nach Hause fahren, zufrieden mit sich, weil er Toms Habseligkeiten an Rose übergeben hatte, oder sollte er erst mit dem letzten Zug heute Abend fahren und vielleicht das Geheimnis des Zettels in der Dose lüften, auch wenn es nur für ihn selbst war?

Harry blickte nach Süden zur Stadt und dem Hauptbahnhof, dann wieder nach Osten zum Besucherzentrum von *Rowntree's*.

Entschlossen eilte er darauf zu. Er musste einfach seine Neugier befriedigen, und außerdem bot ihm die Fabrik noch ein paar Stunden Zerstreuung, bevor er sich wieder seinen Verantwortungen stellen musste.

11

Harry saß allein im Warteraum für Besucher. Er hatte schon mehrmals alle gedruckten Broschüren gelesen, die im Zimmer auslagen, und bekam langsam Hunger trotz seines üppigen Frühstücks. Wahrscheinlich lag das an all den Bildern von Schokolade um ihn herum. Das farbig gedruckte Werbematerial für Schokoladenbohnen, *Rowntree's* Pastillen und durchscheinende Gummibonbons – als Jugendlicher hatte er sie geliebt – weckte seine Aufmerksamkeit. Es gab auch ein Plakat von der Königsdose, auf dem der Lieferweg des Weihnachtsgeschenks bis zu den Schützengräben beschrieben war, und es kam Harry so vor, als spüre er Toms Geist immer noch.

Gereizt, weil er immer noch warten musste, blickte Harry auf die Uhr. Ja sicher, er war acht Minuten zu früh gewesen, also war *Rowntree's* eigentlich nur zwei Minuten über die Zeit, aber in zwei Minuten konnte man auch tot umfallen, dachte er grimmig. Er stand auf und trat zu einer körnigen Fotografie. Sie zeigte Dutzende weiß gekleideter Frauen, die auf dem Rasen vor der Fabrik saßen. Auf einem kleinen Schild stand, dass es sich um das Sommerpicknick für die hart arbeitenden Fabrikmädchen im Jahr 1900 handelte.

»Sie müssen Mr Blake sein«, sagte eine rauchige Stimme hinter ihm. Er drehte sich um und erwartete, eine bebrillte, dickliche alte Jungfer mit Klemmbrett zu sehen. Stattdessen stand eine hochgewachsene Frau vor ihm, die wahrscheinlich noch nicht einmal dreißig war. Sie lächelte ihn herzlich an. »Verzeihen Sie mir, dass ich ein wenig zu spät bin; an dieser Besichtigung sollten vier Personen teilnehmen, aber die anderen drei waren nicht an der Haltestelle Selby.« Sie schlüpfte aus einem dunkelblauen Mantel mit violettem Seidenfutter, der sie wie ein Mitglied des Königshauses aussehen ließ. Ihre aufrechte Haltung und ihre gepflegte Aussprache waren mit Sicherheit königlich. Harry stockte ein wenig der Atem, als sie sich ihm ganz zuwandte und ihn in ihr warmes Lächeln geradezu einhüllte. Ihre Züge passten zu ihrer schlanken, eleganten Erscheinung; ein ovales Gesicht mit schön geschwungenen Brauen und einer kleinen Nase. Die Kälte draußen hatte ihre Wangen rosig gefärbt, und sie betupfte ihre Nase mit einem bestickten Taschentuch, das sie aus dem Ärmel zog. »Und ich muss mich gleich noch einmal entschuldigen.« Sie schniefte, und ihre Stimme klang ein wenig heiser, was sie umso verführerischer machte. »Ich habe plötzlich so ein Kratzen im Hals.« Sie legte ihren Mantel über eine Stuhllehne.

Harry grinste, als er sah, dass sich eine Locke aus ihren dunklen Haaren gelöst hatte. Sie fiel ihr über die Schulter und verlieh ihr ein übermütiges Aussehen. Sie bemerkte es ebenfalls und versuchte, ihre Haare wieder zu bändigen.

»Himmel, ich sehe ja ziemlich derangiert aus«, sagte sie lachend. Ja, ihr Mund war großzügig, wenn sie lächelte. Ihre Augen waren braun wie die Kakaoproben in den Vitrinen im Besucherzentrum. Im Sonnenlicht schimmerten sie bestimmt warm und tief, dachte er.

Bezaubert sagte er einfach, was ihm als Erstes in den Sinn kam. »Dieses Wort würde ich nicht wählen, um Sie zu beschreiben.« Die Frau warf ihm einen amüsierten Blick zu, offensichtlich überrascht von seiner Direktheit. Harry räusperte sich. »Sie kennen meinen Namen, aber ich Ihren nicht.«

Sie streckte die Hand aus. »Ja, wie unhöflich von mir«, sagte sie lächelnd. »Ich bin Alexandra Britten-Jones. Ich führe Sie heute Nachmittag herum.«

»Ich starre Sie an, nicht wahr?«, sagte Harry verlegen.

»Nun, ich hätte es nicht erwähnt.« Sie schmunzelte. Im Gegensatz zu ihm war sie völlig locker.

»Verzeihen Sie, aber Sie erinnern mich an jemanden«, log er. Er kam sich vor wie ein Idiot, weil er bei ihrem Anblick gierig schlucken musste und sich innerlich beglückwünschte, dass er ein paar Stunden länger in York blieb.

»Hatte sie auch so zerzauste Haare?«, scherzte sie. Sie schnalzte mit der Zunge, als sie merkte, dass sich schon wieder eine Haarsträhne löste.

Der Anblick ihres Eherings erfüllte Harry mit einer tiefen Enttäuschung, die ihn selbst überraschte.

»Na ja, wir sind ja nur zu zweit auf der VIP-Führung. Ich hoffe, es macht Ihnen nichts aus?«, fragte sie.

»Was soll es mir ausmachen? Die Frage muss doch eher lauten, ob es Ihnen zuzumuten ist, nur eine Person herumzuführen.«

»Das ist meine Aufgabe, Mr Blake, und sie macht mir großes Vergnügen, ob es nun eine Person oder ein ganzes Dutzend ist. Sollen wir?« Sie wies in die Richtung und ergriff ihren Mantel. »Sie haben vermutlich Ihre persönlichen Dinge in einem der Schließfächer verwahrt?«

»Ja, danke.«

»Nun, dann lassen Sie uns hier beginnen«, sagte sie und führte ihn in einen Korridor mit Vitrinen, in denen Exponate ausgestellt waren. Sie sprach von Quäkeridealen und wie diese Ideale das Leben der Fabrikarbeiter beeinflussten, und er betrachtete sie fasziniert. Sie gingen durch weitere Flure und Türen, aber für Harry spielte es keine Rolle, ob sie ihm vorlas, was hinten auf einer Kakaodose stand, oder ob sie von den Arbeitsbedingungen in der Fabrik redete, er ließ sich von ihrer Stimme und ihrer fröhlichen Art einlullen.

»... Licht und große Räume mit Blick auf die Landschaft in unserer Mehrzweckkantine. Sie wurde erst 1913 erbaut, und in den verschiedenen Speisesälen finden gleichzeitig zweitausend Mädchen und fünfhundert Männer Platz.«

»Ich kann mir gar nicht vorstellen, dass so viele Menschen gleichzeitig essen«, gestand er.

Sie grinste. »Im Moment ist es ruhig, aber in einer Stunde wären Sie überrascht, mit welcher Geschwindigkeit das Essen serviert wird. *Rowntree's* legt Wert darauf, dass für Arbeiter und Angestellte immer frisch zubereitetes, qualitativ gutes Essen zur Verfügung steht. Und es wird auch darauf geachtet, dass die Arbeiter in den Pausen frische Luft bekommen.«

»Ich bin beeindruckt«, sagte Harry. Während er neben ihr herging, stellte er fest, dass sie nur ein paar Zentimeter kleiner war als er, obwohl sie Schuhe mit flachen Absätzen trug.

»Das Unternehmen stellt auch Schulräume zur Verfügung, damit die jüngeren Mädchen die Möglichkeit haben, etwas zu lernen, von Rechnen bis hin zu Kochen. Es gibt eine Turnhalle, Vortragssäle, Treibhäuser, Schwimmbäder, sogar eine Obstplantage gehört zu diesem Komplex.«

Harry stieß einen leisen Pfiff aus. »Wie lange sind Sie schon hier?«

»Als Führerin?«

Er nickte. Ihm fiel auf, dass ihr Blick auf einmal traurig wurde.

»Es ist mein viertes Jahr, allerdings ist dies meine letzte Woche, Mr Blake.«

»Sie hören auf?«

Sie seufzte. »Ja, leider. Dieser Bereich hier war ein Behelfslazarett für Soldaten, und da drüben waren die Krankenstationen. Ich habe Freiwilligendienst im *Freunde*-Krankenhaus geleistet, und darüber bin ich zu dieser Aufgabe gekommen.«

»Sie hören auf?«, wiederholte er.

Sie nickte. Kurz schlug sie die Augen nieder, aber dann blickte sie ihn wieder an. »Verheiratete Frauen dürfen leider nicht hier arbeiten.« Sie zuckte mit den Schultern. »Unternehmensregeln. Sie können gelegentlich wiederkommen, dürfen aber nur neben anderen verheirateten Frauen arbeiten; mit den alleinstehenden Mädchen zusammenzuarbeiten verstößt gegen die Regeln.«

»Was soll denn da passieren?«, fragte Harry entsetzt. »Ich meine, wenn sie aufeinandertreffen? Vielleicht könnten die jungen Mädchen erfahren, wie man schwanger wird? Oder vielmehr, wie man es nicht wird?«

Sie lächelte bei seinem spöttischen Tonfall. »Ja, in der Tat. Ich stimme Ihnen zu. Dieses Gedankengut stammt noch aus der frühviktorianischen Zeit, aber so sind eben die Regeln, und die Rowntrees sind in jeder Hinsicht so großzügig, dass ich sie wirklich nicht kritisieren möchte.« Sie schlüpfte mit einem Arm in ihren Mantel.

»Gestatten Sie«, sagte er und ergriff das Kleidungsstück an den Schultern, damit sie den Mantel anziehen konnte. Er war aus dicker Kaschmirwolle, gefüttert mit glattem Satin, der sich teuer anfühlte. Das Label war von einem der elegantesten Couturiers in London, in Mayfair. Insgeheim fragte er sich, warum diese Frau einer so niederen Beschäftigung nachging.

Sie standen so nahe beieinander, dass er die Seife ihres morgendlichen Bades riechen konnte. Ihr Nacken war von einem zarten Flaum bedeckt, und er musste sich zusammenreißen, um nicht darüberzupusten. Konsterniert blinzelte er, als er feststellte, dass er am liebsten einen Kuss auf den schlanken Hals gedrückt hätte.

»Danke«, murmelte sie. Ihr Blick unter den langen Wimpern erinnerte ihn an den ähnlich kapriziösen Blick eines französischen Mädchens, der ihn damals nicht losgelassen hatte. Ah ja, nun wusste er, an wen ihn Mrs Britten-Jones erinnerte. An Antoinette. Ihm stockte der Atem.

»Entschuldigung, ich war einen Moment lang in Gedanken weit weg.«

»Langweile ich Sie bereits?«, fragte sie neckend.

»Nein … keineswegs. Mir ist nur gerade eingefallen, an wen Sie mich erinnern.«

»Ich hoffe, sie ist atemberaubend.« Flirtete sie etwa mit ihm, weil sie sich durch ihren Ehering geschützt fühlte?

»Ja, absolut«, erwiderte er und trat neben sie.

»Gut. Irgendwann müssen Sie mir alles über sie erzählen«, sagte sie. Sie konnte doch unmöglich angedeutet haben, dass sie sich noch einmal begegnen würden? Entweder hatte sie ihren Irrtum bemerkt, oder sie spürte die plötzliche Verlegenheit zwischen ihnen, denn sie fuhr fort: »Ich sagte gerade, dass verheiratete Frauen häufig für einige Jahre ausfallen, wenn sie Kinder bekommen. Und bis sie wieder mit der Arbeit anfangen möchten, sind sie völlig aus der Übung und haben ihre Fingerfertigkeit verloren. Die jungen Mädchen sind viel schneller, und in Fabriken geht es natürlich vor allem um Schnelligkeit in der Produktion.«

Harry nickte interessiert. »Und wurden die Regeln für Sie anders ausgelegt?«

»In gewisser Weise ja. Wegen des Kriegs hatten wir eine lange Verlobungszeit. Das hat meine Mutter sehr frustriert.« Sie grinste, wahrscheinlich dachte sie daran, wie viele Fragen sie hatte beantworten müssen. »Aber wir hatten beide keine Eile. Als wir dann schließlich heirateten, war ich bereits Fremdenführerin, und deshalb beugten sie die Regeln ein wenig, indem einfach niemand meinen neuen Status erwähnte, aber mittlerweile geht das nicht mehr. Ich bin jetzt schon seit zwei Jahren Mrs Britten-Jones.« Sie lächelte, und Harry fragte sich, ob er sich wohl nur einbildete, dass sie einen traurigen Eindruck machte.

»Wie schön.« Er wusste nicht, was er sonst sagen sollte, und selbst dieses nichtssagende Wort brannte ihm schmerzhaft in der Kehle. »Ich meine, wie schön, das zu hören.«

»Danke. Ich habe meinen Gatten erst letzte Woche daran erinnert, dass wir, ebenfalls wegen des Krieges, keine Flitterwochen hatten. Er verspricht schon die ganze Zeit, es wiedergutzumachen. Sollen wir hier durchgehen?« Sie zeigte in die Richtung, und er nickte.

»Ihr Gatte muss sehr früh aus der Armee entlassen worden sein … Ich meine, wenn Sie letzte Woche mit ihm gesprochen haben.«

»Er war nicht im Krieg, Mr Blake«, sagte sie. Ihre Stimme klang einstudiert munter, als ob ihr diese Frage häufig gestellt würde. »Er wollte es, aber sie haben ihn aus gesundheitlichen Gründen nicht genommen … Er kann nicht gut sehen. Außerdem war er wegen seiner Geschäfte unabkömmlich. Matthew arbeitet bei der Eisenbahn.« Harry gab einen verständnisvollen Laut von sich, stempelte ihn aber insgeheim als Feigling ab. Es war unfair, aber er gönnte es diesem Kerl mit Brille, der wahrscheinlich Zugnummern und Souvenirs sammelte, nicht, dass er so eine Frau hatte. »Und er hat viel hinter den Kulissen bewirkt, vor allem in Bezug auf Soldatentransporte an die Front und Verwundetentransporte von der Front sowie auf die Versendung von Waren und Ausrüstung. Ich frage mich, ob vielleicht noch mehr unserer tapferen Soldaten gefallen wären, wenn Matthew sich nicht persönlich dafür eingesetzt hätte, zusätzliche Züge einzusetzen.« Harry schwieg, und das schien sie nervös zu machen. »Ich halte seine Arbeit für unschätzbar wertvoll, und wahrscheinlich war er hier von größerem Nutzen, als wenn er in Frankreich oder Belgien totgeschossen worden wäre.«

Harry glaubte ihr nicht eine Sekunde lang. »Da bin ich sicher.«

Sie gingen jetzt auf ein weiteres rotes Backsteingebäude zu. Die Kälte legte sich wie Eiskristalle auf seine Brust, und sein Atem wurde rau. Er wünschte sich, er hätte angemessene Kleidung eingepackt, schließlich war er doch an kalte Winter gewöhnt. Die Winter 1916 und 1917 galten bei den meisten Soldaten, auch in seiner Erinnerung, als die unbestritten kältesten, die sie je erlebt hatten.

Sie wies auf das Gebäude. »Hinter unserem Speisesaal befindet sich eine Turnhalle, und hier sind Schwimmbad und Bäder der Fabrik: sehr wichtig für unsere Arbeiter und Angestellten. Äh, können Sie schwimmen, Mr Blake?« Ihr Atem stand in einer Wolke vor seinem Gesicht, und er verspürte die alberne Versuchung, ihn einzuatmen.

»Ja. Ich schwimme sogar sehr gerne, auch wenn ich es aus Gründen, die auf der Hand liegen, seit Längerem nicht mehr getan habe.«

»Wo sind Sie zu Hause, Mr Blake?«

Er blickte kurz auf seine Schuhe, durch deren feines Leder die eisige Kälte drang. Auch dieses Gefühl kannte er aus den Schützengräben und hatte davor keine Angst. Er grinste. »Nennen Sie mich Harry, ja?«

»In Ordnung, aber dann müssen Sie auch Alex zu mir sagen.«

In diesem Moment fiel ihm auf, wie sehr ihm in den letzten Jahren weibliche Gesellschaft gefehlt hatte. Ihr Lächeln schmolz alle Schutzschilde, die er um seine Gefühle aufgebaut hatte, um die endlosen Kriegstage zu überstehen. Allein die Nähe zu dieser glatten weichen Haut und ihre gepflegte Aussprache, die nur einen ganz leichten nordenglischen Akzent ahnen ließ, bedrohten seine meisterliche Fähigkeit, dem Leben gegenüber distanziert zu bleiben.

»Im Moment bin ich in London zu Hause.« Es hatte keinen Zweck zu lügen; seine Erscheinung, sein Auftreten, die Tatsache, dass er im Buchungsbüro der Prominentenführung zugeordnet worden war, waren deutliche Hinweise. »Äh, aus Greenwich.«

»Ich liebe Greenwich«, gestand sie. Sie klang nicht im Geringsten überrascht, sondern eher erfreut. »Das Königliche Observatorium fasziniert mich … Ich finde es so beeindruckend, wie es die Zeit misst, und dazu all diese astronomischen Instrumente.«

»Ich bin kein Seemann – wenn ich während des Krieges über den Kanal musste, war ich immer seekrank –, aber ich finde diese ganzen maritimen Utensilien beruhigend«, erwiderte er. »Die königlichen Museen sind wirklich großartig, da stimme ich Ihnen zu.«

Sie hatten inzwischen das Bäderhaus erreicht. Hier war die Luft feucht und warm. »Es gibt acht Duschen mit heißem und kaltem fließendem Wasser. Die Männer aus dem Stärkeraum benutzen sie täglich. Außerdem gibt es noch zwei Badezimmer mit Sitzbadewannen für die Frauen.«

Im Schwimmbad zogen nur zwei einsame Schwimmer ihre Bahnen. Eine einzelne kräftige Frau saß auf einem leiterartigen Hochstuhl und beobachtete sie. Offensichtlich war sie die Bademeisterin. Harry warf Alex einen Blick zu.

»Während des Krieges haben die Frauen hier alle Jobs gemacht, Harry. Sie haben sogar auf dem Gelände als Lokomotivführer gearbeitet. Aber jetzt übernehmen die Männer wieder.«

»Ich wette, sie will diese Arbeit nicht aufgeben«, sagte Harry und wies mit dem Kinn auf die Frau.

Alex nickte. »Sheila ist auch eine hervorragende Schwimmerin. Dieses Schwimmbad wurde 1908 gebaut, weil zu viele Leute beim Schwimmen im Fluss ertrunken sind. Die Familie Rowntree wollte einen Ort schaffen, an dem jeder schwimmen kann, weil es so ein gesunder Zeitvertreib ist, aber sie wollten auch, dass ihren Arbeitern und deren Familien nichts passiert. Und ja, sie wird sehr traurig sein, ihre Arbeit aufgeben zu müssen, aber so ist es eben. Die Männer haben es verdient, ihre Arbeit wiederzubekommen.«

»Hoffentlich finden Ihre fortschrittlichen Quäkerarbeitgeber weiter wichtige Arbeitsstellen für Frauen, damit sie nicht nur als Dienstboten arbeiten oder zu Hause bleiben müssen, wenn sie Kinder haben.«

»Das sind aber gefährliche Sätze.«

»Eigentlich nicht. Ich glaube, Frauen haben sich im Arbeitsleben als weitgehend ebenso wertvoll wie Männer erwiesen.«

»Sagen Sie das mal den Politikern.«

Harry zog eine Schulter hoch. »Das brauche ich gar nicht. Die Macht des Volkes wird letztlich siegen. Ich kann mir gut vorstellen, dass Frauen wie Ihre Sheila nicht in ihre alten Rollen zurückgehen wollen.«

Sie hielt ihm die Tür auf. »Mir gefällt es, dass Sie so denken.«

»Sieht Ihr Mann das Leben genauso?«

Seine Frage traf sie unvorbereitet. Er sah an ihren geschürzten Lippen, wie sie nach der besten Formulierung für die Antwort rang. Insgeheim versuchte er sich vorzustellen, wie diese Lippen sich an seine drückten. »Äh, ja, mein Mann gehört tatsächlich zu der seltenen aufgeklärten Spezies, die daran glaubt, dass eine Frau genau dieselben Freiheiten wie ein Mann haben sollte. Es ist einer der Hauptgründe, warum ich ihn geheiratet habe.«

»Exzellent. Dann lässt er Ihnen also viel Raum, um Ihr Leben auf Ihre Art zu führen?«

Sie zögerte. »Ich darf hier keine persönlichen Themen erörtern, Harry. Ich könnte Schwierigkeiten bekommen.«

Er tat so, als schaue er sich um. »Hier hört uns doch keiner zu.«

»Sie sind ziemlich neugierig, was mein Leben betrifft.«

»Ich war zu lange vom wirklichen Leben weg. Ich bin auf alles und jeden neugierig, vor allem auf diejenigen, die von der Brutalität des Krieges verschont geblieben sind. Leute wie Sie und Ihr Mann haben den Luxus einer Perspektive.«

»Soll das eine Kritik sein?«

»Keineswegs. Verzeihen Sie mir, wenn ich neidisch klinge.«

Sie kniff die Augen zusammen und musterte ihn. »Es gibt nichts zu verzeihen. Diejenigen von uns, die zurückgeblieben sind, verdanken allen, die in Europa gekämpft haben, ungeheuer viel.« Sie lächelte ihn an. »Sollen wir zur Fabrik gehen? Sie wollen doch sicher die Schokolade probieren, jetzt, wo Sie sie riechen können?«

Er atmete tief ein. »Was rieche ich denn?«

»Das sind Kakaobohnen, die geröstet werden.« Sie zählte alle Länder auf, aus denen sie zurzeit beliefert wurden. »Als Nächstes werden sie gesichtet, aber ich zeige Ihnen alle Arbeitsgänge. Sie sagen einfach, wenn Sie genug von meinem Geplappere haben …«

Sie blickte ihn an, und sie schwiegen beide, aber wenn er sich nicht völlig irrte, lag eine Art von Botschaft in ihrem Blick, etwas Warmes, Herzliches, das für Harry die Kälte der letzten fünf Jahre vertrieb. Trotz der eisigen Temperaturen hätte er schwören können, dass es ein sonniger Tag im Juni war und nicht mitten im Winter. Aber trotzdem strahlte Alex Frobisher auch etwas Herbstliches aus. Sie war weder übermäßig warm noch frostig; in ihrer Zurückhaltung lag trotz ihres Humors eine gewisse

Melancholie, die sie nicht verbergen konnte. Sie war der Herbst zwischen dem fröhlichen Sommer und dem trüben Winter, dachte Harry. Irgendwo spürte er einen Kummer, den sie sorgfältig verbarg … Als ob sie für immer auf den Sommer zurückblickte, dabei aber wusste, dass der Winter ihre Zukunft war.

Dass sie ein Mensch war, merkte er daran, dass sie fror; erneut half er ihr in den Mantel, und sie zog ihre teuren Lederhandschuhe an und legte sich einen Schal um. »Morgen soll es schneien. Sie fahren besser wieder in den Süden zurück«, sagte sie, als er neben ihr die Haxby Road überquerte.

»Ich habe keine Eile«, sagte er.

12

Alex entschuldigte sich für einen Moment. »Verzeihen Sie, ich muss uns noch Fabrikpässe besorgen«, log sie.

»Ja, sicher«, erwiderte er. »Soll ich hier warten?«

»Ja, bitte. Ich bin sofort wieder da.« Sie ging durch die schwere Tür in ein leeres Büro, lehnte sich an die Wand und stieß hörbar die Luft aus. Mit jemandem wie Harry Blake hatte sie nicht gerechnet, und sie konnte nicht leugnen, dass sie tatsächlich mit ihm geflirtet hatte. Doch sie war nicht eine der alleinstehenden Fabrikarbeiterinnen, die sich allein schon wegen der großen Gruppe, in der sie sich bewegten, ein kokettes, riskantes Benehmen leisten konnten. Sie kam aus einer der führenden Familien Yorks – im Geiste hörte sie diesen Satz, als ob ihre Mutter ihn tadelnd ausspräche. Wenn sie ehrlich war, genoss sie Harry Blakes Gesellschaft. Es kam nicht häufig vor, dass ein so attraktiver Mann auftauchte, vor allem nicht angesichts der Männerknappheit so kurz nach Krieg. Der Zufall hatte ihn in die Fabrik gebracht, und in ein paar Stunden würde er wieder weg sein. Ihr Geplänkel war harmlos, versicherte sie sich selbst.

Trotzdem legte sie die Hände, die ohne Handschuhe kühl von den Fliesen geworden waren, an die Wangen. Sie musste sich gesittet benehmen, um keinen Anstoß zu erregen und vor allem bei ihm keinen falschen Eindruck zu erwecken; sie hatte dem gut aussehenden Mann schon viel zu viel von sich preisgegeben. Rasch ließ sie eiskaltes Wasser über die Hände laufen und schüttelte die letzten Tropfen ab, als sie wieder in den Flur kam. »Entschuldigung, dass Sie warten mussten«, hauchte sie, ohne in seine beunruhigend intensiven graugrünen Augen zu blicken.

»Keine Ursache. Ich bin ein wenig fertig von dem Geruch. Nach den Erfahrungen der letzten Jahre ist der Gedanke, in dieser Umgebung zu arbeiten, verführerisch, und ich kann mir gut vorstellen, dass Sie Ihre Stelle nur zögernd aufgeben.«

»Wirke ich zögerlich?« Sie grinste, wobei sie feststellte, dass sie schon wieder mit ihm flirtete.

»Sie sind stolz darauf, das merkt man. Und das Unternehmen kann sich glücklich schätzen, so eine versierte Fremdenführerin zu haben.«

»Danke. Lassen Sie sich jetzt zeigen, wo das wirklich Schöne stattfindet.«

»Muss ich meinen Pass in der Hand halten?«, fragte er.

Sie tippte auf ihre leere Manteltasche, als ob sie die Pässe darin sicher verwahrte. »Nein, nur wenn danach gefragt wird«, schwindelte sie.

Sie gingen nebeneinanderher, und in der Fabrik, die sie liebte, konzentrierte Alex sich voll und ganz auf ihre Führung. Sie machte sich schon lange keine Gedanken mehr wegen des Handbuchs, das sie am Anfang hatte auswendig lernen müssen. Führungen zu machen war einfach, wenn man das, was man den Menschen erklärte, liebte.

»... die beste Qualität und der stärkste Schokoladengeschmack der Welt. Und natürlich befindet sich ein Coupon darin«, sagte sie und reichte ihm eine Dose des berühmten Auswahlkakaos von *Rowntree's*.

»Großartig, dann brauche ich ja nur noch siebenundvierzig weitere für eine kostenlose Dose«, sagte er.

»Sie passen gut auf«, lobte sie ihn. Sie gingen durch eine Tür und standen vor einer Treppe, die nach unten führte.

»Ich finde es faszinierend«, gestand er.

»Nun, dann werden Ihnen unsere Conchiermaschinen gefallen. Ich könnte ewig davorstehen und zuschauen, wie aus harten, trockenen Bohnen, die geröstet und sortiert werden, plötzlich eine wundervolle, samtig glänzende Flüssigkeit wird, wenn sie aus dem Melangeur kommen, in dem sie mit Milchpulver und Zucker gemischt werden. Hier sind wir. Sehen Sie«, sagte sie und zog ihn in einen Raum, in dem eine Granitwalze in offenen, sargähnlichen Maschinen die flüssige Schokolade unermüdlich hin und her rührte. »Das kann bis zu zwanzig Stunden dauern, jedoch nie weniger als zwölf. Ich sollte hinzufügen, dass die Masse nicht so aussieht, wenn sie hier ankommt, sondern eher wie grober Sand. Erst durch das Conchieren wird sie zu der flüssigen Masse, die Sie hier als köstliche Schokolade erkennen.«

Harry stieß einen leisen bewundernden Pfiff aus.

»Ehrlich gesagt findet die wahre Magie hier statt. Ohne diesen Prozess hätten Sie nicht diesen seidigen Schmelz im Mund, die Schokolade würde nicht schmelzen, sondern sich eher körnig anfühlen. Auch der Geschmack wird durch diesen Prozess entwickelt, und die Kakaobutter vermischt sich mit dem Zucker und der Vanille.«

»Und dann wird daraus die Schokolade, die man kaufen kann?«

»Danach wird sie in unsere Kuchenabteilung, wie wir sie nennen, geschickt, wo die Schokolade zu großen

Blöcken verarbeitet wird, die gelagert werden. Diese Blöcke werden geschmolzen und in die Formen für die Schokoladentafeln gegossen.«

»Was sind das für Tanks?« Harry wies mit dem Kinn auf riesige Fässer.

»Sie sind noch recht neu. Wir sind alle stolz darauf. In diesen Behältern lagern fast tausendfünfhundert Pfund oder fünfundsiebzig Tonnen flüssige Schokolade.«

»Du liebe Güte!«

»Ich weiß, das kann man sich kaum vorstellen. Und sie wird ständig bewegt.«

»Dann wird sie also noch weiter veredelt?«

Alex klatschte in die Hände. »Sehr gut, Harry. Genau das geschieht. Mit jeder zusätzlichen Stunde, die gerührt wird, wird der Geschmack milder und besser. Dabei wird die Temperatur gleichmäßig gehalten, damit wir immer fertige Schokolade an jede Abteilung für die endgültige Produktvielfalt schicken können, von Tafeln bis hin zu einzelnen Auswahlprodukten.«

»Sie stellen den Prozess für Ihre Besucher sicher vereinfacht dar.«

»Ja, aber wenn ich anfinge, über das Temperieren der Schokolade zu reden, darüber, wie Kakaobutter herausgezogen wird, und was unterschiedliche Schokoladen bedeuten, dann würde ich wahrscheinlich Gefahr laufen, Sie zu langweilen.«

»Ich glaube nicht, dass Sie mich jemals langweilen könnten, Alex.«

Sie fühlte sich regelrecht von seinem Blick aufgespießt und versuchte, sich abzulenken, indem sie überlegte, an was seine ungewöhnliche Augenfarbe sie erinnerte. Artischocke, war alles, was ihr einfiel. »Ich glaube, jetzt ist es langsam Zeit, um zu probieren«, sagte sie. Sie hielt ihm die Tür auf, als sie ein einstöckiges Gebäude mit spitzem Glasdach betraten. »Hier ist einer der Verpackungsräume, aber wie Sie sehen, ist er heute nicht in Gebrauch.« Sie erklärte ihm alle Bänke und Geräte und zeigte ihm, wie sich das Produkt durch den Raum bewegte. »Und von hier aus geht es in die Lagerhallen, wo es per Bahn in unsere Lager überall im Land gebracht wird, von Glasgow bis London. Und aus diesen Lagern werden die Waren mit Automobilen zu unseren Kunden gebracht – den Lebensmittel- und Süßwarenläden in ganz England.«

»Fantastisch«, hauchte er voller Ehrfurcht vor der Größe des Unternehmens.

»In diesem Raum habe ich gearbeitet«, sagte sie. Ihre Stimme klang sehnsüchtig. »Zwar nur ein paar Wochen lang, aber ich erinnere mich gerne an den ersten Job im Unternehmen.«

»Sie haben als Packerin gearbeitet?« Er klang eher beeindruckt als schockiert, und sie musste unwillkürlich lächeln.

»Nur kurz.« Alex trat an den Tisch, an dem sie ihre ersten Stunden als Packerin verbracht hatte. Hier hatte sie mit Nel gelacht, hier hatte sie jene alberne Nachricht an einen unbekannten Soldaten geschrieben. Sie fragte sich, wer sie wohl erhalten hatte … Wo mochte er jetzt sein? Zerbrach er sich immer noch den Kopf über Kitty? Oder lag ihr Zettel tief unter dem Matsch in Frankreich oder Belgien vergraben? Sie fuhr mit den Fingern über den vertrauten Packtisch. »Ich habe Freiwilligendienst im *Freunde*-Krankenhaus geleistet und habe, gegen den Willen meiner Eltern, ein paar Stunden hier gearbeitet.« Alex seufzte. »Ich habe ihnen nie erzählt, wie oft ich für

Rowntree's gearbeitet habe, bis ich schließlich die Stelle als Fremdenführerin im Besucherzentrum bekommen habe.« Sie warf Harry einen Blick zu. »Und ich habe absolut keine Ahnung, warum ich Ihnen mein kleines Geheimnis erzählt habe. Kann ich auf Ihre Diskretion rechnen, Mr Blake?«

»Unter zwei Bedingungen.«

Sie schaute ihn spöttisch an. »Und welche?«

»Dass Sie mir helfen, ein Geheimnis zu lüften. Es geht mir nicht aus dem Kopf und ist ein weiterer Grund, warum ich hier im Norden bin.«

Alex runzelte die Stirn. Das überraschte sie. »Hat es etwas mit Schokolade zu tun?«

Er fuhr sich mit der Hand durch die dunklen, fast schwarzen Haare, und sie sah, wie sein Blick sich verdüsterte. Auf einmal fühlte sie sich absurd zu ihm hingezogen. Bis jetzt hatte sie sein gutes Aussehen und sogar seine charmante Art ignoriert, aber dieser kurze Moment, in dem er seine Verletzlichkeit zeigte, durchdrang die Mauern, die sie um ihr Herz errichtet hatte.

Er stieß leise die Luft aus. »Ja, es hat etwas mit Schokolade zu tun und mit jemandem, der in den Kriegsjahren hier gearbeitet hat, vielleicht sogar in diesem Verpackungsraum.«

»Nun, ich versuche es gerne.«

Der düstere Moment von vorhin schwand, und das Lächeln – dieses Lächeln, mit dem er sicherlich Herzen brechen konnte, wenn er das nicht bereits getan hatte, dachte sie – breitete sich wieder auf seinem Gesicht aus. »Hervorragend. Sie können sich meiner Diskretion sicher sein.«

»Und die zweite Bedingung?«

Sein Lächeln wurde breiter. »Dass ich Ihnen von meinem Geheimnis bei einer Kanne Tee ... oder Kakao erzählen darf.«

Sie sollte es nicht tun. Aber es schadete doch auch nicht, oder? Matthew war noch unterwegs – und außerdem hätte es ihm sowieso nichts ausgemacht, da war sie sicher. Und weitere Führungen hatte sie heute nicht mehr. »Nun, ich melde uns gegenüber im Besucherzentrum ab, gebe unsere Ausweise zurück und schließe hier ab ...« Sie nahm ihren Schlüsselbund zur Hand. »Müssen Sie nicht Ihren Zug kriegen?«

»Ich bin nicht in Eile. Ich kann auch einen späteren nehmen.«

»Nun, danach werde ich wohl gleich nach Hause gehen ...«

Er hob unschuldig eine Schulter. »Dann lade ich Sie zu einem Tee auf dem Heimweg ein.«

Sie starrten einander an. »Ich fraternisiere normalerweise nicht mit den Besuchern der Fabrik.«

»Ja, aber es gibt für alles ein erstes Mal, und außerdem sind Sie schon nächste Woche keine Angestellte mehr von *Rowntree's* – was sollte das Unternehmen also dagegen haben?«

»Eigentlich sind Sie meine letzte offizielle Führung«, gestand sie. »Morgen bin ich nur noch zur Übergabe hier.«

»Dann haben Sie ja nichts zu befürchten. Und wenn es für Sie einfacher ist, können wir uns auch gerne Ihren Chefs gegenüber als alte Freunde ausgeben.«

Stumm musterte sie ihn, aber er erwiderte ihren Blick freimütig. »In Ordnung. Eine Kanne Tee zur Feier meiner letzten Führung mit meinem letzten Besucher.«

Sie saßen im Erfrischungsraum des Yorker Bahnhofs.

»Ich hatte eigentlich an elegantere Räumlichkeiten gedacht«, erklärte er. Verwirrt und nachdenklich blickte er sich um.

»Fühlen Sie sich in einer schlichteren Umgebung nicht wohl, Harry?« Es sollte nicht spöttisch klingen, aber seine Anwesenheit machte sie plötzlich nervös, zumal sie jetzt ihre offizielle Rolle nicht mehr innehatte und sie so dicht neben ihm saß, dass ihre Beine sich unter dem Tisch berührten. »Ich fand es einfacher, weil wir beide in Kürze von hier aufbrechen müssen.«

»Oder ist es einfach weniger wahrscheinlich, dass uns einer unserer Bekannten hier sehen könnte?«

Alex schluckte. Was hatte sie zu der wahnsinnigen Entscheidung getrieben, sich allein in der Gesellschaft eines Fremden aufzuhalten? »Das ist auch ein Grund.«

Sie sah ihm an, dass ihre Aufrichtigkeit ihn amüsierte.

»Ich schätze Ihre Offenheit und möchte Sie ganz gewiss nicht kompromittieren«, versicherte er ihr. Sein Blick wirkte unergründlich dunkel im Dämmerlicht, und sie war sich nicht ganz klar darüber, ob er sie verspottete.

»Normalerweise wäre es mir egal …«, begann sie. Wie es vorauszusehen gewesen war, gab er einen leisen Laut von sich, als wolle er sie zum Schweigen bringen. Er tat so, als spiele es wirklich keine Rolle, dabei spürte sie, wie wichtig es ihm war.

»Für heimkehrende Soldaten ist dies hier ein Palast«, sagte er und machte eine weit ausholende Handbewegung über ihren zugigen kleinen Tisch, der auf dem unebenen Boden leicht wackelte.

»Ich habe Sie beleidigt«, stieß sie hervor.

»Sagen Sie nicht so etwas Absurdes.«

»Das ist eine der Lieblingsredensarten meines Mannes«, erwiderte sie, ohne recht zu wissen, warum sie das preisgab.

Die Kellnerin brachte ihre Bestellungen.

»Soll ich?«, bot Alex an.

»Bitte. Wir tun so, als würden wir aus Porzellantassen trinken, ja?«

»Hören Sie auf«, bat sie ihn. »Es tut mir leid.«

»Das braucht es nicht. Ich necke Sie nur, weil es mir gefällt, wie Sie erröten, wenn Sie unsicher sind. Ich vermute, Sie sind nicht oft unsicher.«

Sie lächelte, insgeheim entsetzt darüber, wie leicht er sie durchschaute. Sie war froh, dass sie sich einen Moment lang damit beschäftigen konnte, Tee einzugießen. »Wenn Sie das nächste Mal zu Besuch kommen, gehen wir in *Betty's Tea Rooms*, die in Kürze in York aufmachen werden.«

»Das nächste Mal?«

Sie ignorierte seine Frage. »Es gibt auch ein *Betty's* in Harrogate, aber meine Mutter hat aus berufener Quelle erfahren, dass der Inhaber gerne einen großen Teesalon in York eröffnen möchte. Ein Schweizer Patissier hat ihn gegründet und …«

»Alex, machen Sie etwa Small Talk mit mir?«

Fast wäre ihr die Teekanne entglitten, als sie sie wieder auf den gehäkelten Untersetzer abstellte. »Äh … ich bin nur höflich.«

»Lassen Sie es. Mir ist Ihre Freimütigkeit lieber. Lassen Sie uns Freunde sein und ein aufrichtiges Gespräch führen. Warum sind Sie unglücklich?«

Alex blieb vor Schock der Mund offen stehen. »Das, das bin ich gar nicht«, stammelte sie. Verärgert spürte sie, wie ihr die Röte heiß in die Wangen stieg. »Sehe ich denn unglücklich aus?« Sie spürte, dass er nicht mit ihr spielte.

»Ich kann Ihren Kummer sehen, weil ich weiß, wie Traurigkeit aussieht und sich anfühlt. Trotzig zeigt sie sich vor allem dann, wenn jemand sie verzweifelt verstecken will.«

Sein chirurgischer Blick beleidigte sie. »Sie kennen mich nicht gut genug, um so eine persönliche Frage zu stellen oder mir ungefragt Ihre Beobachtungen mitzuteilen«, erwiderte sie gereizt.

»Nein, das ist wahr. Ich kenne Sie nicht gut genug, aber manchmal hilft es, mit einem Fremden zu reden.«

Der Tee stand dampfend und unberührt vor ihr. In dem unbehaglichen Schweigen, das auf seinen Satz folgte, kam sie sich auf einmal vor, als stünde sie vor dem Bild eines Paares, das in diesem Moment gemalt worden war. Sie schien alle Nuancen in sich aufnehmen zu können – wie das letzte Tageslicht durch eine Luke im Bahnhofsdach schimmerte, sich über die Bahnsteige ergoss und in den Raum drang, in dem sie saßen. Nur eine Hälfte seines Gesichts wurde erhellt, als ob er in diesem Augenblick zwei Personen zugleich wäre. Licht und Schatten umgaben diesen Mann, als ob er etwas verbergen würde. Sein Blick jedoch ruhte unverwandt auf ihr, und so wie sie es sah, hatte sie zwei Möglichkeiten: Sie konnte einfach über seine Frage lachen oder ihm zeigen, wie sehr sie sie beleidigt hatte. Sie traf ihre Entscheidung und stand auf.

»Ich gehe jetzt besser. Guten Tag, Harry. Ich hoffe, es hat Ihnen in York gefallen und Sie kommen gesund zu Hause in London an.« Kurz überlegte sie, ob sie ihm die Hand reichen sollte, wollte ihn aber nicht berühren aus Angst, er könne sie dann überreden zu bleiben, deshalb drehte sie sich langsam um und tat so, als blicke sie auf ihre Armbanduhr, um ihn nicht ansehen zu müssen. Aus den Augenwinkeln sah sie, dass er hastig in seiner Tasche nach Münzen kramte.

Bitte, hoffentlich fährt jetzt gerade eine Straßenbahn, dachte sie.

Aber die Götter erhörten sie nicht. Innerhalb weniger Momente hatte Harry sie eingeholt, und sie sah schon von Weitem, dass eine lange Schlange an der Straßenbahnhaltestelle anstand. In der Kälte stampften die Leute mit den Füßen, und ihr Atem stieg weiß in den dunklen, verblassenden Nachmittagshimmel auf.

Er fasste sie am Arm. »Alex.« Sie schüttelte ihn ab, und sie blickten sich beide um, erschreckt über den Anblick, den sie möglicherweise boten. Er trat einen Schritt zurück. »Darf ich mit Ihnen sprechen?«

»Es wäre mir lieber, wenn Sie das nicht täten.«

Er nickte. »Meine Frage war völlig unangemessen. Der Krieg mag mir ja neue Einsichten geschenkt haben, aber er hat leider auch meine Manieren zerstört. Ich muss feststellen, dass ich viel zu direkt bin, um noch als höflich gelten zu können.«

»Sie haben nicht das Recht, mir solche Fragen zu stellen«, murmelte sie. Sie hörte selbst, wie zickig sie sich anhörte, was äußerst untypisch für sie war.

»Nein, das hatte ich nicht. Aber Sie haben mich auch in eine gefährliche Stimmung gebracht.«

»Ich?«, fuhr sie ihn an. Hastig blickte sie sich um, ob ihnen auch niemand zuhörte. »Was soll das denn heißen?«

Sanft zog er sie in einen Hauseingang, und sie wehrte sich nicht, aus Angst, es könne jemand auf sie aufmerksam werden. Allerdings achtete offensichtlich niemand auf sie. »Ich habe nicht erwartet, einen Freund in York zu finden. Ich kam nur aus einem einzigen Grund hierher.« Er erzählte ihr von Tom und dass er ihn an seinen Bruder erinnert hatte, und während sie ihm zuhörte, schwand ihr Ärger, und sie fand zu ihrer üblichen Gelassenheit zurück. Als sie ihm antwortete, klang ihre Stimme nicht mehr spröde.

»Das ist eine sehr traurige Geschichte«, sagte sie.

Er schüttelte den Kopf. »Es ist so, als hätte ich mich selbst aus den Fängen des Krieges lösen können, indem ich seinen Besitz seiner Mutter, die um ihn trauerte, direkt übergab.«

»Warum nur der Mutter?«, fragte sie. Sein Geständnis bezauberte sie. Es war wie ein Blick in die leidenschaftliche Seele dieses Mannes, und was sie sah, gefiel ihr.

»Ich will damit nicht sagen, dass Ehefrauen und Geliebte den Schmerz der Trauer nicht fühlen, aber ich habe genügend Todeskämpfe erlebt, um zu wissen, dass Männer in dem Moment des Dahinscheidens häufig von ihren Müttern sprechen, und es sind vor allem die Mütter der Soldaten, die Pakete mit willkommenen Leckereien schicken. Vielleicht irre ich mich, aber ich glaube, es sind hauptsächlich die Mütter, die den Verlust nie überwinden. Ehefrauen haben Kinder, die sie ablenken, die sie lieben können, oder wenn das nicht der Fall ist, dann haben sie doch die Möglichkeit, eine neue Liebe zu finden. Aber Rose Fletcher hat beide Söhne in unterschiedlichen Kriegen verloren, und ich bereue es nicht, dass ich ihr Tom durch seinen unvollendeten Brief und seine wenigen Habseligkeiten zurückgebracht habe. Er hatte allerdings wohl einen geheimen Schatz, glaube ich. Das ist ein weiterer Grund, warum ich hier gebliebenbin – ich dachte, ich finde sie vielleicht.«

»Und bisher hatten Sie kein Glück?«

»Ich habe noch gar nicht nach ihr gesucht. Sie ist das Mädchen, von dem ich annehme, dass sie bei *Rowntree's* gearbeitet hat.«

»Ah, ich verstehe. Sie haben das für einen Fremden getan? Ich meine, für einen Soldaten, der Ihnen fremd war, noch nicht einmal aus Ihrem Regiment?«

Er nickte.

»Das ist seltsam romantisch.«

Ein verlegenes Lächeln huschte kurz über sein Gesicht, dann seufzte er. »Ich muss meinen Krieg beenden und zu meinem Leben zurückkehren.«

»Warum haben Sie es bisher noch nicht getan?« Sie blickte auf ihre Uhr.

»Wegen Ihnen.« Er zuckte mit den Schultern. »Ich habe Sie beleidigt, und jetzt muss ich es wiedergutmachen. Ich möchte, dass wir Freunde sind, bevor ich abreise. Ich habe das Gefühl, das ist genauso wichtig wie die Übergabe von Toms Besitz an seine Mutter.«

»Gleich kommt Ihr Zug«, sagte sie. Etwas Besseres fiel ihr nicht ein, so sehr erstaunte sie seine Erklärung.

»Und Ihre Tram ist gekommen.« Er wies mit dem Kinn über ihre Schulter zu der Warteschlange, die sich langsam vorwärtsbewegte.

Alex blickte sich um. Es erschreckte sie, dass sie ebenso wenig davon mitbekommen hatte wie von dem Geschehen um sie herum. Irgendetwas an Harry Blake zog sie in seinen Bann. Und jetzt stand sie hier, sah zu, wie die letzten Leute in die Straßenbahn stiegen, und machte keine Anstalten, sich von ihm wegzubewegen.

»Gleich kommt die nächste«, sagte sie gleichmütig und überließ sich ganz ihrem Instinkt. »Ihre Entschuldigung zu hören war es mir wert, die Bahn zu verpassen.«

»Dann werde ich meinen Zug verpassen, um mich richtig zu entschuldigen«, sagte er. »Vielleicht möchten Sie und Ihr Mann heute Abend mit mir essen?«

»Bleiben Sie noch eine Nacht in York?«, sagte sie, um Zeit zu gewinnen, da sie in Gedanken fieberhaft nach einem Grund suchte, um seine Einladung abzulehnen.

»Nun, es stimmt ja, dass ich hier noch etwas zu tun habe, und vielleicht könnten Sie mir ja dabei helfen.«

»Mr Blake …«

»Harry«, verbesserte er sie.

»Harry, mein Gatte Matthew ist gegenwärtig nicht in York, und es könnte – nein, es würde – als unschicklich für mich angesehen werden, wenn ich mit einem Herrn zu Abend esse, der nicht zu unserem unmittelbaren Kreis gehört.«

»Es wäre genauso unschicklich, *wenn* ich dazugehören würde, oder? Aber wovor haben Sie denn eigentlich Angst?«

»Ich habe keine Angst, aber Leute wie meine Mutter halten Augen und Ohren offen für genau diese Art von Situationen, um darüber zu klatschen. Und dann bekommen alle möglichen fantastischen Geschichten Beine und verbreiten sich in einer Stadt wie dieser wie der Wind.«

»Dann lassen Sie uns Ihre Mutter – beide Eltern, wenn Sie möchten – ebenfalls einladen. Ich kann einen Tisch für ein Dutzend Personen oder mehr reservieren, und wir können auch noch Ihre engsten Freunde einladen.«

Sie lachte, und ihre Erheiterung durchbrach die Spannung. Harrys Gesichtszüge entspannten sich, und seine dunklen Augenbrauen sanken herunter, als sich seine Stirn glättete.

»Sie haben ein sehr ansteckendes Lachen«, sagte er.

Alex seufzte. »Es geht nicht, Harry. Das hier ist eine Kleinstadt mit einem Hang zum Kleingeistigen, ob Sie es nun glauben oder nicht.« Es überraschte sie selber, wie traurig sie ihre Absage machte, weil sie eigentlich gerne den Abend, der einsam würde, in der Gesellschaft dieses gut aussehenden Mannes mit seiner direkten Art und den angenehmen Gesprächen mit ihm verbracht hätte. Und trotz seiner selbstbewussten Art spürte sie in ihm eine Zerrissenheit, die ihr ans Herz ging.

»Ich kann mich zwar nicht mit Ihnen zum Dinner treffen, aber möchten Sie nicht zu mir nach Hause zum Essen kommen? Ich würde mich freuen, mit Ihnen ... zu Abend zu essen, und vielleicht gelingt es mir ja auch, Ihre Reise noch glücklicher zu gestalten. Bei Ihrer Suche würde ich Ihnen gerne helfen.«

»Würde Ihr Mann das nicht seltsam finden? Ich meine, wenn ich zu Ihnen nach Hause komme?«

»Vermutlich wesentlich weniger seltsam, als wenn ihm erzählt würde, dass ich gesehen wurde, wie ich mit einem gut aussehenden Fremden außerhäuslich essen war.« Ihn so zu beschreiben war ein Fehler; sie merkte es in dem Moment, in dem sie es aussprach.

Ihr Begleiter hatte zwar den Anstand, kein Wort darüber zu verlieren, aber der amüsierte Blick in seinen Augen, die im Lampenschein des Ladeneingangs schimmerten, hinterließ keinen Zweifel bei ihr, dass er es sehr wohl gehört hatte. »Nun, das wäre wirklich großartig.«

Sie schluckte ihre Verlegenheit herunter und richtete sich auf. »Sehr gut. Sollen wir sagen, um acht? Abendanzug ist nicht nötig. Ich bitte Norma, uns etwas Einfaches herzurichten. Sie hat heute Abend nur mich erwartet, und ich habe ernstlich über ein belegtes Brot und eine Tasse Kakao am Kamin nachgedacht.«

»Klingt gemütlich«, sagte er und bedachte sie mit einem Blick, der gefährlich wirkte.

»Ich glaube, wir finden etwas Besseres als belegte Brote und Kakao, aber es wird nichts Aufwendiges sein.«

»Um acht also. Ich habe allerdings keine Ahnung, wo ich hinkommen muss.«

»Verzeihen Sie. Vielleicht habe ich ja eine Karte dabei.« Verlegen begann sie, in ihrer Handtasche zu kramen. »Ah ja, da ist eine.«

Er blickte auf die Visitenkarte, aber sie wusste, dass ihm die Adresse nichts sagte.

»Es ist auf der Ecke, gegenüber dem Park – die Eibe in unserem Garten ist nicht zu übersehen. Matthew wollte sie fällen, weil sie giftig ist, aber ich habe ihm versichert, dass man sich nur vergiftet, wenn man die Blätter oder Beeren isst. Sie ist alt und prachtvoll und …« Alex merkte, dass sie dummes Zeug plapperte und schwieg abrupt.

»Ich finde Sie schon.« Er grinste. »Danke. Soll ich warten, bis Sie …«

»Nein, bitte, gehen Sie.« Sie blinzelte, weil sie selbst hörte, wie unhöflich das klang. »Ich meine nur, dass in zwei Minuten die nächste Tram kommt. Wir sehen uns dann heute Abend. Sie tauschen jetzt besser Ihr Zugticket um, falls Sie Hin- und Rückfahrt haben. Wo wohnen Sie?«

»In einer Pension nicht weit vom Münster entfernt.«

Sie zeigte ihm die Richtung. »Gehen Sie einfach immer geradeaus. Es ist nur ein kurzer Spaziergang bis in die Stadt – vielleicht zehn oder zwölf Minuten.«

Er merkte sicher, dass sie ihn loswerden wollte, und zog seinen Hut. »Bis heute Abend, Mrs Britten-Jones.«

»Guten Tag, Mr Blake.«

Alex blickte ihm nach, als er mit langen, mühelosen Schritten losmarschierte. Bei diesem Tempo würde er wahrscheinlich höchstens sieben bis acht Minuten brauchen. Sie hatte gelogen; die nächste Tram kam erst in zehn Minuten. Es war einfacher, die Blossom Street zu The Mount hinaufzulaufen und bei ihren Eltern vorbeizuschauen. Von dort konnte sie zu Hause anrufen und ihrer Haushälterin Bescheid sagen, dass sie heute Abend einen Gast hatte. Vielleicht holte ihr Vater sogar das Automobil aus der Garage und fuhr sie nach Hause.

13

Alex' Köchin, eine Frau mittleren Alters mit großen, leicht verkrümmten Händen, die köstliche, fluffige Backwaren zaubern konnten, warf ihr einen Blick von der Seite zu. Ihr Schweigen sprach Bände. Alex zuckte mit den Schultern, allerdings mehr, um sich selbst von der Unschuld ihrer Abendeinladung zu überzeugen. »Es ist doch nur ein Abendessen.«

Norma, ihre Haushälterin, schlug eine Tischdecke aus, die sie falten wollte. »Ist es nicht vielleicht ein bisschen zu spät, Madam, um einen männlichen Gast zu bewirten?«

Alex nahm keinen Anstoß an den Einwänden. Vor allem Norma, die eine dieser Yorker Frauen war, die kein Blatt vor den Mund nahmen, hatte eigentlich ein sonniges Gemüt und fühlte sich ihrer Familie zutiefst verpflichtet. »Na, jetzt klingen Sie wie meine Mutter.«

»Das könnte ich auch sein, Madam. Alt genug bin ich«, versetzte Norma und warf ihr erneut einen missbilligenden Blick zu. »Das macht wirklich keinen guten Eindruck.«

Alex verkniff sich eine scharfe Erwiderung. »Nur auf Menschen, die in allem etwas Schlechtes sehen wollen. Ich habe Ihnen erklärt, wie wir uns kennengelernt haben, und ich habe Mr Blake zugesagt, ihm bei seinen Nachforschungen zu helfen. Er ist gerade aus dem Krieg zurückgekehrt, Norma, Joyce. Ich habe das Gefühl, wir sind unseren Soldaten etwas schuldig.«

Joyce kniff die Lippen zusammen bei dem leisen Tadel.

Norma aber wich keinen Millimeter zurück. »Mr Britten-Jones kommt morgen nach Hause. Sollen wir etwas Besonderes zum Abendessen vorbereiten?«

Alex hätte beinahe laut aufgelacht, weil Norma sie rechtzeitig daran erinnerte, dass sie eine verheiratete Frau war. Offensichtlich wollte sie sicherstellen, dass ihre Herrin diese Tatsache nicht vergessen hatte.

Fröhlich sagte sie: »Ja, lassen Sie uns ein Brathuhn für ihn machen. Das ist sein Leibgericht. Ist das für Sie in Ordnung, Joyce?«

»Sehr gut. Sind Sie sicher, dass Fischröllchen für einen Gast das Richtige sind, Madam?«

»Sie waren doch absolut richtig für mein Abendessen, also werden sie Mr Blake bestimmt auch schmecken. Sie können heute früh nach Hause gehen, Joyce. Sie brauchen uns nicht zu bedienen. Norma ist ja hier, falls ich Hilfe brauche … Aber das wird nicht der Fall sein. Wir essen am kleinen Tisch in meinem Salon.«

Norma riss die Augen auf. »Vermutlich, um Brennholz zu sparen.«

Alex lachte. »Sie klingen ungeheuer missbilligend, Norma. Sehen Sie nicht, wie wenig Aufwand ich treibe?«, sagte sie und wies auf ihre einfache Kleidung, die aus einer geblümten Seidenbluse und einem langen Rock mit Gürtel bestand. »Erleichtert es Sie vielleicht zu hören, dass ich für später meine Eltern eingeladen habe, um Mr Blake kennenzulernen? Sie wollen zum Kaffee nach dem Essen kommen.«

Noras bekümmerte Miene glättete sich. »Lady Frobisher wird sich bestimmt über den Früchtekuchen freuen, den Joyce heute gebacken hat. Ich werde ihn auftragen, denn Pudding ist ja nicht vorgesehen. Vielleicht schmeckt er Ihrem Gast ja auch.«

»Wie Sie wollen. Zu einem Stück unseres hochgelobten Früchtekuchens wird meine Mutter sicher nicht Nein sagen … und mein Vater auch nicht.« Liebevoll lächelnd, legte sie beiden Frauen die Arme um die Schultern. »Danke. Mr Blake kommt um acht, Abendessen dann eine halbe Stunde später.«

Sie zog sich in den Salon zurück, wo ein prasselndes Feuer die Februarkälte vertrieb, und tat so, als wolle sie ein wenig lesen. In der Stille hörte sie ihr eigenes Magenknurren und merkte auf einmal, wie hungrig sie war. Sie hatte zum Frühstück lediglich zwei Bissen Toast gehabt, und das Mittagessen hatte sie ausfallen lassen, um die prominenten Persönlichkeiten zu empfangen, die dann nicht erschienen waren. Danach dann die lange Fabrikführung, und an ihrem Tee im Bahnhof hatte sie nur genippt. Als sie aufblickte, hatte sich der Zeiger auf der Kaminuhr kaum bewegt. Es dauerte noch über eine halbe Stunde, bis ihr Gast eintraf. Sie überlegte gerade, ob sie eine Scheibe Brot mit Butter essen sollte, als das Telefon klingelte. Rasch sprang sie auf, um den Hörer abzunehmen.

»Abend, Alex, Liebling.«

»Matthew! Ich habe mich schon gefragt, warum ich nichts von dir gehört habe. Bist du immer noch in Bristol?«

»Nein … nein, ich, äh … ich bin in London«, sagte er und lachte leise. Sie fand, es klang ein wenig schuldbewusst.

»In London?« Sie räusperte sich und schluckte ihre Enttäuschung herunter. »Du liebe Güte, Matthew«, fuhr sie fort und bemühte sich, nicht zu vorwurfsvoll zu klingen. »Das war aber nicht geplant, oder? Warum musstest du in die Hauptstadt?«

Er seufzte, und sie sah ihn vor sich, wie er entschuldigend das Gesicht verzog. Und sie hasste sich selbst, weil sie sich vorstellte, wie seine Gedanken sich auf der Suche nach einem plausiblen Vorwand überschlugen. »Mein Vater hat mich gebeten, mich um ein paar Dinge zu kümmern. Es war einfacher, direkt hierherzufahren und alles zu regeln, statt aus der Ferne herumzuprobieren oder sogar mehrere Reisen zu übernehmen. Du bist doch nicht böse, oder?«

»Matthew, du bist jetzt fast vierzehn Tage weg. Kommst du denn trotzdem morgen nach Hause?«

»Nein, Liebes. Es wird wahrscheinlich Donnerstag werden.«

Ihr beredtes Schweigen vermittelte ihm, wie entsetzt sie war.

»Hmm, du bist aufgebracht, Alex. Aber ich muss hier arbeiten, so ist das eben«, lamentierte er. »Ich hasse diesen enttäuschten Tonfall. Er erinnert mich an meine Mutter.«

Sie blickte zur Uhr. Der große Zeiger hatte sich bewegt. *Die Zeit verfliegt, wenn du Spaß hast*, spottete eine leise Stimme in ihrem Kopf. »Ich weiß, ich weiß«, sagte sie. Sie atmete aus und fügte hinzu: »Ich sehe dich nur so selten. Deine Arbeit scheint sich verdreifacht zu haben, seit wir verheiratet sind.«

»Liebling, ich habe dich gewarnt …«

»Weißt du«, unterbrach sie ihn mit gleichmütiger

Stimme, »ich habe letzte Woche einmal im Kalender nachgezählt, wie viele Tage wir in den letzten sechs Monaten gemeinsam verbracht haben, und ich bin auf weniger als einen Monat gekommen … knapp über drei Wochen – dreiundzwanzig Tage, um genau zu sein.« Sie hatte sogar ein ganzes Jahr nachgerechnet, aber das schien ihr zu kleinlich.

»Wirklich?« Er klang nicht besonders schuldbewusst, eher gelangweilt, wenn sie seinen Tonfall korrekt interpretierte. »Das ist wirklich schrecklich, da stimme ich dir zu. Ich werde es wiedergutmachen, Liebling, ganz bestimmt. Ich werde heute Abend mit meinem Vater sprechen und ihm erklären, welchen Tribut diese ganze Arbeit für die Firma fordert. Ein großes Haus, ein schönes Leben und all das ist ja schön und gut, Liebling, aber ist es das alles wert?«

Sie schürzte die Lippen angesichts seiner passiven Erpressung.

»Ich glaube, wir sollten mal einen schönen Urlaub machen, was meinst du? Irgendwo, wo es warm ist, auch wenn es so kurz nach dem Krieg eher schwierig ist zu verreisen, wenn man nicht gerade nach Nizza oder Capri fährt. Auf jeden Fall reden wir bald darüber und suchen uns etwas aus.«

Sie konnte dieses Thema jetzt nicht mehr vertiefen. Und er redete auch nicht mehr weiter. »Matthew, ich habe heute Abend Gesellschaft, einen Mr Harry Blake aus London.« Sie erzählte ihm, was sie von ihm wusste, so wie sie es vorhin ihren Eltern berichtet hatte. Erneut fügte sie hinzu, sie habe das Gefühl, einem heimgekehrten Soldaten jede Unterstützung anbieten zu müssen. Sie glaubte mittlerweile selbst an diese Begründung und konnte es beiseiteschieben, dass sie sich so sehr zu ihm hingezogen fühlte.

»Ich hoffe, er ist furchtbar alt und hässlich«, erwiderte Matthew.

»Eigentlich eher das Gegenteil.« Überrascht stellte sie fest, wie gut es sich anfühlte, ihm so gelassen zu antworten.

»Muss ich eifersüchtig sein, Liebling?«

Es war offensichtlich, dass ihr Mann von Eifersucht weit entfernt war. »Dazu habe ich dir noch nie Anlass gegeben, oder?« Sie wusste, dass sie damit seine Frage nicht beantwortete, aber es war genau die Antwort, die Matthew ihr auch gegeben hätte.

»Ich glaube nicht! Ich bete dich an«, erwiderte er, »und es könnte sein, dass ich heute etwas ganz Entzückendes für dich in London gefunden habe.«

Sie zwang sich zu lächeln, aber so gerne sie sich auch gefreut hätte, so spürte sie doch, wie seine ständige Abwesenheit ihr das Gefühl gab, hohl und, schlimmer noch, betrogen zu sein. »Mir wäre es lieber, du kämest nach Hause.«

»Ich weiß, Liebling, aber was sein muss, muss sein. Oh, ich muss gehen. Ich komme, Hugh, ich komme.«

»Bist du im Club?«

»Ja, ich will gerade mit einem von den alten Kerlen hier Schach spielen. Er sagt, er kennt deinen Vater – da fühle ich mich natürlich ein bisschen *verpflichtet*, weißt du.«

Er log, das gestand sie sich nun ein, und sie wollte die Lüge gar nicht weiter hören, aber sie wusste auch nicht, was genau sie ihm eigentlich vorwarf. Er arbeitete doch sicher wirklich, oder? Und doch erfand er immer neue

Ausflüchte; ihr Instinkt war davon überzeugt. »Ja, sicher, geh nur. Ich hoffe, bei der Arbeit gibt es keine Probleme.«

»Gut. Kopf hoch, Liebling. Bis Donnerstag dann.«

Mit einem leeren Klicken und einem dumpfen Klingelton, der ihre Ehe zusammenzufassen schien, war die Verbindung beendet. Seufzend legte sie den Hörer auf und ging, tief in Gedanken versunken, auf und ab. *Eifersüchtig, in der Tat.* Vielleicht sollte sie ihm tatsächlich einmal Anlass zur Eifersucht geben. Es läutete an der Tür. Froh über die Unterbrechung, eilte sie aus dem Zimmer, wobei sie noch nicht einmal überprüfte, ob ihre Haare, die sich immer aus den Haarklammern lösten, gut saßen.

»Es ist schon gut, Norma, ich mache selbst auf«, sagte sie.

Sie sah Harrys willkommene Silhouette durch die Glasscheiben neben dem Haupteingang, holte tief Luft und öffnete die Tür mit einem strahlenden Lächeln. »Mr Blake«, sagte sie förmlich, falls die Haushälterin lauschen sollte. Sie freute sich aufrichtig, ihn erneut zu sehen, und war gleichzeitig erschrocken, wie schnell bei seinem Anblick ihre trübe Stimmung verflogen war. »Willkommen in *The Grange*.«

Es hatte leicht angefangen zu schneien, und Harry schüttelte sich den Schnee von den Schultern und der Hutkrempe. »Es fing erst an, als ich das Haus verließ«, sagte er, ein wenig atemlos von der Kälte, und erwiderte ihr perlendes Lachen mit einem Grinsen.

»Sie sehen aus wie mit Zuckerkristallen bestäubt«, sagte sie.

Eine Frau mit strengem Gesicht trat näher, und Harry

begriff sofort, warum Alex ihn so förmlich anredete. »Mr Blake, das ist Mrs Claybourn, unsere Haushälterin.«

»Herzlichen Glückwunsch, Sir.«

Er runzelte die Stirn. »Äh, danke, Mrs Claybourn. Wozu gratulieren Sie mir?«, fragte er und legte Hut und Handschuhe ab.

»Das sage ich zu jedem heimkehrenden Soldaten, dem ich begegne, Sir. Sie haben nicht nur für unsere Sicherheit gesorgt, sondern auch auf sich selbst geachtet – das war sicher keine leichte Aufgabe«, sagte sie mit hochgezogener Augenbraue. Harry hatte keine Ahnung, was diese Miene bedeuten sollte. »Lassen Sie mich Ihren Mantel nehmen, Sir. Sie beide sollten jetzt ins warme Wohnzimmer gehen. Das Abendessen serviere ich in …«, sie blickte auf ihre Armbanduhr, »… achtundzwanzig Minuten.«

»Militärische Präzision, das liebe ich«, bemerkte Harry.

»Nun, ich danke Ihnen dafür, dass Sie pünktlich waren, Mr Blake«, erwiderte sie. Sie drehte sich auf dem Absatz um und marschierte zur Garderobe. Harry warf Alex hinter dem Rücken der Frau einen erschreckten Blick zu, den seine Gastgeberin gespielt finster erwiderte.

»Kommen Sie herein, Mr Blake«, sagte Alex und führte ihn in ein Zimmer, das überraschenderweise viel kleiner war, als er im Hinblick auf das Haus, in dem sie sich befanden, gedacht hatte. Doch es war äußerst elegant, obwohl es so klein war. »Kann ich Ihnen etwas Wärmendes zu trinken anbieten?« Sie schloss die Tür hinter ihnen und fing an zu kichern. »Sie müssen ihr verzeihen. Sie ist zu allen so, auch zu mir. Aber ich liebe Norma sehr. Ihr Herz ist größer als dieses Haus, und sie sorgt so gut für uns.«

»Nein, wirklich, ich mag diese ablehnende Haltung; sie erinnert mich an meine Kindheit.« Er grinste.

»Ich hoffe, es macht Ihnen nichts aus, dass wir in meinem Salon essen? Hier wird es schneller warm, und ich finde es hier gemütlicher als in den offiziellen Räumen. Außerdem bin ich, wie Sie sehen können, auch nur für ein zwangloses Abendessen angezogen.« Er merkte sofort, dass sie sich darum sorgte, ob er sich wohlfühlte.

Betont blickte er sich im Zimmer um. »Ehrlich gesagt ziehe ich weniger Förmlichkeit vor, vor allem nach den Jahren beim Militär. Das ist ein entzückender Raum, und ich fühle mich privilegiert, mich in einem Ihrer Privaträume aufhalten zu dürfen.«

Ihre Schultern sanken entspannt herunter. »Ich halte mich in letzter Zeit häufig hier auf.«

Harry wusste nicht genau, wie er auf diese Bemerkung reagieren sollte. Eingehend betrachtete er zwei Gemälde an der Wand.

»Etwas zu trinken?«, bot sie ihm erneut an, und er drehte sich um, als sie gerade auf den Barschrank zutrat. Sie wirkte beim Gehen eher, als würde sie schweben. Er fragte sich, ob sie wohl Fußspuren im Schnee hinterließ, behielt den Gedanken aber für sich und trat näher an den Kamin heran. »Was hätten Sie denn heute Abend gerne?«, fragte sie und warf ihm einen Blick über die Schulter zu.

»Na, das ist mal eine reizvolle Frage«, erwiderte er spöttisch. Sie warf ihm einen leise empörten Blick zu. »Äh, ich hätte gerne einen Whisky, bitte, aber nur, wenn wir die Förmlichkeiten endlich lassen und Sie mich beim Vornamen nennen.«

»Einverstanden«, versprach sie. »Whisky also? Ein Mann nach dem Herzen meines Vaters.« Sie schenkte ihm den Whisky aus einer schweren Kristallkaraffe in ein dazu passendes gedrungenes Glas ein. Die bronzefarbene Flüssigkeit floss in das Glas, und Harry sah, dass sie tief das Aroma einatmete. »Mmm«, murmelte sie und bestätigte seinen Verdacht. »Wenn ich nicht Kopfschmerzen davon bekäme, würde ich gerne einen Schluck mit Ihnen trinken. Matthew fasst das Zeug nicht an, aber es ist das bevorzugte Getränk meines Vaters; sobald ich den Stöpsel aus der Karaffe nehme und die Honigsüße rieche, kommt es mir vor, als sei er im Zimmer. Sie werden ihn heute Abend übrigens kennenlernen.« Sie reichte das Glas mit der schweren Flüssigkeit und wandte sich erneut zu den Getränken im Barschrank. »Ich habe meine Eltern dazugebeten, ist das in Ordnung?«

»Um den Schein zu wahren?«

Sie schenkte sich einen Sherry ein, drehte sich wieder zu ihm um und blickte ihn an. »So in der Art.«

Er stieß mit ihr an. »Auf was sollen wir trinken?«

Sie runzelte die Stirn, dann lächelte sie. »Wie wäre es mit Ihrem Soldaten? Tom Fletcher, oder?«

Er mochte sie immer mehr. »Auf Tom«, sagte er. Er versuchte, sie nicht anzustarren, während sie tranken. »Ah«, sagte er, als die Flüssigkeit warm seine Kehle herunterrann. »Wunderbar mild.« Er folgte ihrer auffordernden Geste und setzte sich in den Sessel ihr gegenüber.

»Ein Single Malt von der Isle of Islay, vor der Westküste von Schottland. Dort wird schon seit dem Mittelalter Whisky gebrannt. Es heißt, irische Mönche haben damit angefangen. Als im siebzehnten Jahrhundert die Verbrauchssteuer eingeführt wurde, wurde es ein illegaler Zeitvertreib in den verborgenen Tälern der Region, und der Whisky wurde immer besser.« Ihre Augen leuchteten, während sie voller Begeisterung ihr Wissen weitergab.

»Es klingt so, als würden Sie sich mit der Geschichte auskennen.«

»Oh, nur ein bisschen. Unsere Familie hat immer den Sommer in Schottland verbracht. Es war mein liebster Ort auf der ganzen Welt.«

»Und jetzt nicht mehr?«, fragte er, weil ihm ihr wehmütiger Tonfall auffiel.

»Nein. Nicht mehr, seit mein Bruder dort bei einem Unfall ums Leben gekommen ist. Wir sind verwandte Seelen, Harry – beide bruderlos.«

Ihre entwaffnende Direktheit machte ihm klar, dass er das Thema besser nicht vertiefen sollte. Er nickte nur und schwieg eine Weile, ohne sich dafür zu entschuldigen, dass er keine Konversation machte. Er hasste leere Phrasen, und etwas Besseres als *Es tut mir leid* fiel ihm nicht ein. Alex schien erleichtert zu sein, dass er nicht weiter nachfragte. »Sie haben ein wunderschönes Haus«, sagte er schließlich.

»Es ist sehr groß. Matthew hätte gerne auch entsprechend viel Personal, aber ich habe mich anders entschieden.«

»Wer hilft Ihnen bei der Haushaltsführung?«

»Norma ist die Haushälterin, und dann haben wir noch Joyce, unsere Köchin. Meine Kammerzofe ist aus meinem Elternhaus mitgekommen, als ich geheiratet habe, aber letzte Woche ist ihr Verlobter aus der Armee entlassen worden, und natürlich will sie ihn jetzt so schnell wie möglich heiraten und Kinder kriegen. Sie ist nach Cleethorpes an der Küste gezogen, weil sie gerne eines Tages eine eigene Pension haben möchte. Ich glaube, seine Familie stammt aus Grimsby, und er hat ein bisschen Geld geerbt. Holly wird sicher eine großartige Pensionswirtin, aber ich werde sie dann vermutlich nur noch selten sehen. Und sie hat ja auch noch Familie in Burnley.«

Harry fiel ein, dass dort Toms Verlobte, Annie, herkam. Gerade wollte er Kitty erwähnen, aber Alex hatte auf einmal so einen wehmütigen Ausdruck im Gesicht, dass er innehielt. Eigentlich wollte er sowieso heute Abend am liebsten nur über sie reden, also schwieg er.

»Jedenfalls möchte ich keine neue Zofe engagieren.« Verlegen zuckte sie die Schultern. »Wir waren Freundinnen. Ich kann sie nicht ersetzen … Deshalb werde ich es erst gar nicht versuchen. Und ehrlich gesagt kann ich mich allein anziehen.« Er lächelte, obwohl ihre Worte melancholisch klangen. »Äh, und dann haben wir noch ein Küchenmädchen, das alles Mögliche macht, aber sie ist nach Brighton gefahren, weil ihr Bruder dort im Krankenhaus liegt und sich von seinen Verletzungen erholt. Wir haben einen Gärtner, der alle vierzehn Tage kommt, und für spezielle Arbeiten holen wir uns Aushilfen.« Wieder zuckte sie mit den Schultern. »Das Haus läuft von allein. Die meisten Zimmer sind sowieso zugesperrt.«

Der Lichtschein von den Flammen tanzte auf ihrem blassen Gesicht. Mit Lampen auf verschiedenen Beistelltischen hatte sie im Zimmer eine behagliche Atmosphäre geschaffen, in der Harry sich sehr wohlfühlte. Ihre Möbel waren modern und beinahe schlicht, ganz im Gegensatz zu der traditionell überladenen Einrichtung seines Hauses.

»Ich bewundere Ihren Geschmack bei der Einrichtung, Alex.«

»Ich bin in einem Haus aufgewachsen, das von der Vorliebe meiner Mutter für den Arts-and-Crafts-Stil geprägt war. Sie dachte, sie entkommt damit den schweren viktorianischen Möbeln ihrer Mutter, aber ich glaube, ich ziehe Großmamas Samt und Brokat der Dekoration meiner Mutter, die weder vor Fensterbänken noch vor Tapeten haltmachte, vor. Ich hatte immer das Gefühl, wenn ich zu lange still auf einem Fleck stehe, dann holt sie jemanden, der auch mich dekoriert!«

Harry schmunzelte. »Die Arts-and-Crafts-Anhänger sind der Meinung, jedes Zimmer sollte als Stillleben betrachtet werden«, bemerkte er und warf ihr über den Rand seines Glases einen Blick zu. Verdammt, sie sah bezaubernd aus in ihrer geblümten Seidenbluse und dem blass olivfarbenen Rock. Hatte sie sich absichtlich so einfach gekleidet, um ihre Schönheit in Szene zu setzen? Wusste sie, wie die seidenen Rüschen an ihrem V-Ausschnitt die Rundung ihrer Brüste betonte? Es war eine züchtige Bluse, und man sah den Brustansatz nicht, und doch war es erotisch, die makellose Haut unter ihrem Hals und das leichte Spannen der Bluse über ihren Brüsten zu betrachten, wenn sie nach ihrem Glas griff. Nein, er glaubte nicht, dass sie sich dessen bewusst war; sie hatte diese einfache, elegante Kleidung, die zu ihrer Persönlichkeit passte, gewählt, weil sie wusste, dass er keinen formellen Abendanzug im Gepäck hatte. Und wichtiger noch, er spürte, dass Alex sich weniger auf ihre attraktive Erscheinung als auf ihren Verstand, vielleicht sogar auf ihren Ehrgeiz, verließ.

»Ah, Harry, jetzt haben Sie mir Einblick in Ihre Herkunft gegeben.«

»Wie meinen Sie das?« Er hatte seine Bemerkung über Stillleben beinahe schon wieder vergessen.

»Ich glaube, Sie verkleiden sich nur als einfacher Soldat, denn diese klassische Art zu denken kann nur aus Bildung und Herkunft entstehen.« Sie lächelte und trank einen kleinen Schluck Sherry. »In welcher Branche haben Sie vor dem Krieg gearbeitet, wenn ich fragen darf?«

»In der gleichen wie jetzt. Im Import.« Er versuchte, nicht allzu ausweichend zu klingen.

»Import«, wiederholte sie, als ob sie das Wort erst verstehen müsse. »Was für eine Art Import?«

»Alles Mögliche.« Jetzt klang er doch ausweichend, dachte er. Ob sie es wohl auch merkte?

»Ein Familienunternehmen?«

»Ja, aber nichts, womit ich prahlen könnte.«

»Das merke ich. Sie sind sehr verschlossen, Harry, oder?«

»Nun ja, nicht besonders«, log er. »Ich finde nur meinen Hintergrund nicht so interessant, dass ich darüber viel reden möchte. Andere sind meiner Meinung nach wesentlich interessanter.«

»Sind Sie verheiratet?«, fragte sie plötzlich. Sie wirkte selbst erstaunt über ihre Frage.

Er hustete, als ob er sich an seinem Whisky verschluckt hätte, um sich nicht anmerken zu lassen, wie sehr ihn die Frage schockte. »Nein. Und bevor Sie weiterfragen, ich war auch noch nie verheiratet.«

»Seltsam, für jemanden wie Sie …«

»Seltsam? Warum? Und warum ›für jemanden wie mich‹? Was soll das heißen?«

»Ach kommen Sie. Bei Ihnen müssen die Frauen doch Schlange stehen.«

Er sah an ihrem Blick, dass sein lautes Lachen sie verlegen machte. »Verzeihen Sie. Ich habe mir das gerade vorgestellt.«

»Es tut mir leid«, sagte sie und fuhr sich mit der Hand an die Wange. »Ich weiß wirklich nicht, was über mich gekommen ist, dass ich so unverblümt und penetrant gefragt habe. Verzeihen Sie, ich benehme mich wie meine Mutter, aber das ist ein gutes Training für Sie, wenn sie nachher kommt. Dann können Sie zumindest nicht sagen, dass ich Sie nicht gewarnt habe«, scherzte sie. »Lassen Sie uns über etwas anderes sprechen.«

»Ja«, sagte er, erleichtert darüber, dass er ihren bohrenden Fragen entkommen war. »Ihr Gatte ist also unterwegs, sagten Sie?«

»Ja«, erwiderte sie und blickte aufs Feuer. »Das ist er häufig.«

Da war es wieder. Er hatte auf einmal das Gefühl, die Quelle für Alex' mangelndes Gleichgewicht gefunden zu haben. Das war wahrscheinlich der Grund, warum sie manchmal so kratzbürstig und zu anderen Zeiten so anschmiegsam war. Ihre Frage nach seinem Beziehungsstatus war bezeichnend gewesen; er bildete sich nicht nur ein, dass zwischen ihnen etwas entstand. »Sie klingen traurig«, sagte er und hoffte, ihr damit die Möglichkeit gegeben zu haben, sich ihm zu öffnen und mehr zu erzählen.

»Welche Frau wäre das nicht, wenn ihr Mann so selten zu Hause ist?« Sie seufzte. »Und schon wieder spreche ich einfach aus, was ich denke. Ich habe keine Ahnung, was Norma in diesen Sherry getan hat, Harry, aber Sie werden mich zwingen müssen, ihn nicht mehr zu trinken. Ich fühle mich bei Weitem zu wohl in Ihrer Gegenwart.«

»Ich finde es entzückend, dass Sie sich so wohlfühlen. Und ich bewundere Ihre Aufrichtigkeit«, sagte er.

»Aufrichtigkeit? Nein, die gibt es hier heute Abend nicht.«

»Was soll das heißen?« Er musste sich zwingen, nicht nervös zu schlucken.

»Manchmal denke ich, wir alle erzählen dem anderen kleine Lügen, um den Status quo aufrechtzuerhalten und der Wahrheit nicht ins Gesicht sehen zu müssen.«

»Welcher Wahrheit können Sie nicht ins Gesicht sehen?«

»Oh, zum Beispiel dass es keine schöne Frau gibt, die sich zu Hause nach Ihnen sehnt.«

Er hatte nicht damit gerechnet, dass sie den Scheinwerfer erneut auf ihn richtete. Sie zielte mitten ins Herz. »Das habe ich nicht gesagt«, entgegnete er und trank vorsichtig einen Schluck.

»Dann wartet also zu Hause jemand auf Sie?«

»Das habe ich auch nicht gesagt«, sagte er bemüht spielerisch, aber es gelang ihm nicht ganz. Er hörte deutlich, wie er auswich. »Jetzt, wo Sie es erwähnen, glaube ich allerdings, meine Mutter hätte mich gerne zu Hause.«

Sie kaufte es ihm nicht ab, das sah er ihr an, aber ihm gefiel, dass sie weiter mitspielte. Es gab ihm Zeit, seine Verteidigung besser aufzubauen.

»Wo lebt sie?«

»In East Sussex. Mein Vater ist tot, falls Sie das wissen möchten.«

»Keine weiteren Geschwister.«

»Keine«, sagte er. Hoffentlich fragte sie jetzt nicht weiter.

»Es tut mir leid, wenn ich neugierig klinge; ich stelle lediglich allgemeine, höfliche Fragen, aber irgendwie geben Sie mir das Gefühl, ich würde in einer Wunde stochern.«

Das tust du auch. »Sie brauchen sich nicht zu entschuldigen. Äh, wie ist es mit Ihnen? Freuen Sie sich schon auf Nachwuchs?«

Alex antwortete nicht sofort, und dann wurden sie unterbrochen, weil die Haushälterin pünktlich um zwanzig Uhr dreißig mit dem Glockenschlag der Kaminuhr eintrat.

»Hier drüben, Norma«, sagte Alex und stand auf, um an den runden Tisch zu treten. »Wir können eine Art Picknick am Kamin daraus machen.«

Norma bedachte ihre Herrin mit einem missbilligenden Blick. »Wie Sie wünschen. Wir haben nur Fischauflauf mit Petersiliensoße und für später den Früchtekuchen. Außerdem natürlich noch ein bisschen Käse.«

»Den Kuchen essen wir erst mit meinen Eltern, wenn der Kaffee serviert wird.«

»Dann kann ich den Käse also wieder mitnehmen?«

Alex nickte beinahe unmerklich.

»Äh, ist Mr Britten-Jones definitiv morgen wieder zu Hause? Joyce geht nämlich jetzt und sagte, sie wolle morgen auf dem Weg hierhin das Huhn kaufen.«

Harry bemerkte, wie Alex die Stirn runzelte. »Nein. Er hat angerufen, um Bescheid zu sagen, dass er erst am Donnerstag kommt.« Sie blinzelte, als wolle sie die Haushälterin tadeln.

»Ich verstehe«, erwiderte Norma. »Rufen Sie mich, wenn Sie etwas brauchen, Madam.«

»Danke«, murmelte Alex. Als die Tür sich hinter der Haushälterin geschlossen hatte, grollte sie leise. »Ich liebe diese Frau, aber manchmal nimmt sie sich zu viel heraus. Bitte, kommen Sie und bedienen Sie sich.«

Selbst diese höfliche Aufforderung schien ein wenig anzüglich zu sein, denn sie sah, wie seine Augen amüsiert funkelten.

Harry trat an den Tisch. »Diese Frage nach Ihrem Mann

war wohl für mich bestimmt«, sagte er und berührte leicht Alex' Hand, was sowohl ihn als auch seine Gastgeberin überraschte. »Sie will wohl dafür sorgen, dass ich meinen Platz kenne.«

Alex blickte auf ihre Finger, die sich zwar nicht umschlossen, aber trotzdem konnte bestimmt auch sie die Wärme und Zuneigung in dieser leichten Berührung spüren, denn sie schien einen Moment lang sprachlos zu sein. »Äh …« Sie zögerte und räusperte sich, als er seine Hand zurückzog. Die Berührung war nur kurz gewesen. Er hatte sie damit beruhigen wollen, aber auch Harry spürte, dass die Verbindung ihrer Hände keineswegs so unschuldig gewesen war, wie er es beabsichtigt hatte.

»Verzeihen Sie mir. Das war unpassend. Soll ich gehen?«

»Seien Sie nicht albern. Norma würde Sie umbringen.«

Der Duft nach Fisch und Rahmspinat stieg ihm in die Nase, und er merkte plötzlich, wie hungrig er war. Gleichzeitig war ihm aber auch ein wenig übel. »Nichtsdestotrotz«, sagte er, »ich hätte nicht …«

»Harry, Sie brauchen sich nicht zu entschuldigen. Sehen Sie …« Spontan beugte sie sich vor und küsste ihn auf die Wange. »So geht das. Freunde berühren sich eben«, sagte sie und zuckte mit den Schultern. »Daran ist nichts Seltsames.«

Aber Harry sah ihr an, dass sie log. Sie waren beide gefangen in wachsendem Verlangen. Er fühlte ihre Lippen an seiner frisch rasierten Wange, und obwohl er wusste, dass es falsch war, hätte er sie am liebsten gleich noch einmal gespürt, nur dieses Mal auf seinem Mund.

14

Seine plötzliche, unerwartete Berührung hatte ihr Herz schneller schlagen lassen, und da Matthew sowieso nicht da war, wuchs auf einmal ihre Lust zu flirten. Ohne Harrys Anwesenheit hätte sie ihre Enttäuschung über das lange Wegbleiben ihres Mannes wahrscheinlich in einem heißen Bad ertränkt, damit sie ihren Kummer vergessen, ruhig schlafen und von Schokolade träumen konnte. Aber Haut auf Haut zu spüren war erotisch und zutiefst beunruhigend gewesen.

Unabhängig davon, wie sie in der Öffentlichkeit dastand, konnte sie sich selbst gegenüber nicht leugnen, dass sie sich zu Harry hingezogen fühlte. Seine süßholzfarbenen Haare, die er heute Abend sorgfältig mit Pomade nach hinten gekämmt hatte, drohten ihm ständig in die Stirn zu fallen, weil sie so dick waren. Allein der Anblick dieses Kampfes war bezaubernd, und sie ließ sich nicht ausreden, dass bestimmt jede Frau ihm am liebsten in die Haare gegriffen und sie wieder an Ort und Stelle gelegt hätte. Sein Blick glitt wie Samt über sie und liebkoste sie voller Sinnlichkeit und Glut. Was hatte sie nur dazu getrieben, ihre Lippen mit so sorgloser Zuneigung auf seine Wange zu drücken? In diesem Moment hatte sie geglaubt, seine besorgte Entschuldigung damit anzunehmen, aber sie konnte sich nicht einreden, dass er die Geste als ebenso unschuldig empfunden hatte wie sie.

Und wenn sie aufrichtig war, dann war sie auch genauso gemeint gewesen, wie er sie empfand … Sie fühlte sich stark zu ihm hingezogen, hatte das Verlangen, ihm nahe zu sein, ihn erneut zu berühren und sich in einen Abgrund der Lust zu stürzen. Und am liebsten hätte sie sich in seinem Blick verloren. Doch sie hasste sich gleichzeitig für diese Schwäche.

Alex war sich bewusst, wie verlegen sie einander gegenüberstanden; er beobachtete sie, während sie so tat, als betrachte sie das Essen. Sie musste etwas tun, dachte sie, und griff nach einem Teller. Er hatte offenbar den gleichen Gedanken gehabt, und so berührten sich ihre Hände erneut, und sie zuckten beide zurück, als hätten sie in ein Wespennest gegriffen.

Seufzend trat er einen Schritt zurück. »Kann ich aufrichtig sein?«

Sie atmete aus. »Bitte.« Ihr Ton klang gezwungen, auch wenn sie sich noch so sehr bemühte, gelassen zu erscheinen – sie hörte selbst, wie gepresst ihre Stimme klang. »Nur zu«, versuchte sie es erneut.

»Alex, ich glaube, ich tue uns beiden einen großen Gefallen, wenn ich Ihnen danke, mich von Ihnen verabschiede und Sie bitte, mich bei Norma zu entschuldigen. Sagen Sie einfach, was Ihnen einfällt. Ich kann zum Beispiel den Hörer Ihres Telefons abnehmen, wenn Sie erlauben, und so tun, als ob ich einen wichtigen Anruf mache, der mich leider zwingt, sofort aufzubrechen.«

Während er sprach, hatte sie die Stirn gerunzelt. Ihre Reaktion erfolgte weniger aus gesundem Menschenverstand als aus Instinkt. »Warum denn?« Und dabei wussten sie ja beide, warum.

»Wir wissen doch beide, warum«, sagte er, als ob er ihre

Gedanken lesen könnte. »Noch ein paar Minuten mehr, und Sie werden bedauern, dass wir uns begegnet sind.«

Sie wollte nicht, dass er ging. In diesem Moment war sie geradezu süchtig nach ihm. Sie brauchte nur noch ein bisschen mehr Zuneigung, um die Enttäuschung ihrer Ehe zu betäuben, die zwar nicht verzweifelt unglücklich war, aber doch so weit von seligem Glück entfernt, dass sie sie nur als neutral bezeichnen konnte. Und eine schlimmere Beschreibung für etwas, mit dem sie zu tun hatte, konnte sie sich nicht vorstellen. Neutral war Verdammnis. Keine Höhen, keine Tiefen, kein Streit, keine wirkliche Freude, nur wenig Intimität oder Leidenschaft. Es gab Amüsement, Gespräche, gegenseitigen Respekt. Aber all das hätte sie sofort für eine Nacht in den Armen eines Mannes wie Harry Blake eingetauscht. Die Erkenntnis überfiel sie so plötzlich, dass sie aufkeuchte. »Ich … das will ich nicht«, stammelte sie und machte gar nicht mehr den Versuch, ihre Gefühle zu verbergen; dabei hätte sie einfach nur sein Angebot annehmen, ihm eine gute Nacht und ein glückliches Leben wünschen sollen.

Doch jetzt sah sie, wie ein Muskel an seinem Kinn zuckte, und wäre am liebsten mit dem Finger darübergefahren, um ihn zu beruhigen. Seine Stimme war heiser, als er ihr Dilemma direkt auf den Punkt brachte. »Als alleinstehender Mann habe ich nichts zu verlieren. Bei Ihnen jedoch steht alles auf dem Spiel, und ich könnte es nicht ertragen, Sie zu verletzen.«

Und in diesem Moment, in dem sie sowohl der Schmerz über ihr glanzloses Privatleben und eine hilflose, plötzliche Sehnsucht nach diesem Mann überfielen, war ihr auf einmal alles egal. Wenn Matthew nicht den Schein wahrte, warum sollte sie es dann tun?

»Harry?«

»Ja?«

»Ignorieren Sie Ihre und meine Herkunft. Nehmen Sie mich in die Arme und tun Sie all das, was Sie zu vermeiden versuchen.«

Seine silbergrünen Augen wurden dunkel und schmal. Er bewegte sich nicht so schnell, wie sie es nach ihrer schamlosen Aufforderung angenommen hatte. Er trat lediglich einen Schritt näher, und dann drückte sich sein Körper so fest an ihren, dass die Rüschen ihrer Bluse platt gedrückt wurden.

Und dann wartete er, blickte sie an, als müsse er sich ihre Gesichtszüge und die Farbe ihrer Augen einprägen; sie war es nicht gewohnt, zu einem Mann aufzublicken, und sie fragte sich, warum sich dieses Gefühl starker, fester Männlichkeit so gut anfühlte. Wollte sie nicht eher eine unabhängige Frau sein, die keinen Mann, noch nicht einmal ihren abwesenden Ehemann, brauchte, um ihr Leben zu erfüllen? Alex erinnerte sich, dass Matthew einmal zu ihr gesagt hatte: *Niemand weiß, was Wollust mit den Gefühlen machen kann*. Sie wusste, dass er damit nicht sie gemeint hatte. Wollust hatte sie noch nie bei einem Mann empfunden. Leidenschaft empfand sie nur für Schokolade. Ihr Verlangen galt ihrem Ehrgeiz. Für Matthew empfand sie Zuneigung, für ihre Familie Liebe, die sich wahrscheinlich auch auf ihre Kinder erstrecken würde, wenn sie denn kamen, obwohl dazu ja auch Verlangen und Intimität nötig waren …

Die Vorstellung einer plötzlichen Aufwallung fleischlicher Lust war in jeder Hinsicht verstörend. Sie konzentrierte sich ganz auf seinen muskulösen, harten Körper; Matthew war schmaler und im Vergleich zu Harry korpulenter. Zögernd legte sie ihre Handfläche auf Harrys Rippenbogen, und die Erregung schoss so schnell durch ihren Körper, dass sie vor Lust seufzte. Sie spürte, wie sein Herz schneller schlug, und wusste, auch er fühlte wie sie die Sinnlichkeit dieses Augenblicks.

»Woran denkst du?«, flüsterte er rau. Sein Atem glitt durch ihre Haare, aber sie blickte nicht auf.

Sei aufrichtig! »An Matthew«, antwortete sie.

Er erstarrte, und beinahe hatte sie das Gefühl, auch sein Herz habe aufgehört zu schlagen. »Ich verstehe«, sagte er, und Alex spürte, wie er sich zurückzog.

»Nein, du verstehst nicht«, sagte sie und zog ihn noch dichter an sich heran. Sie packte ihn bei den Rockaufschlägen, um ihn so nahe an sich heranzuziehen, dass sie ihn am ganzen Körper spürte. »An all den Stellen, an denen du dich hart anfühlst, fühlt Matthew sich weich an.«

»An *allen?*«, fragte er. Zögernd legte er den Arm um sie und drückte sie mit seiner Hand auf ihrem Rücken an sich, sodass sie genau spüren konnte, was er damit meinte.

Sie konnte sich nicht vorstellen, sich jemals in ihrem Leben lüsterner gefühlt zu haben. Und sie genoss es, sich so zu fühlen. »Wenn Norma jetzt hereinkäme«, begann sie, »dann …«

»Wenn Norma jetzt hereinkäme, müssten wir tanzen und in Bewegung bleiben, damit sie den Beweis für meine sündigen Gedanken nicht zu sehen bekommt.«

Alex konnte sich nicht erinnern, wann sie jemals so herzhaft gelacht hatte. Dass Harry sie mahnte, leise zu sein, machte es nur noch schlimmer.

»Das meine ich ernst. Wir müssten uns zur Wand drehen, einen Military Twostep tanzen und uns erst wieder umdrehen, wenn sie gegangen ist.«

Sie schlug sich die Hand vor den Mund, um ihr entzücktes Lachen zu unterdrücken, und als sie das tat, küsste er ihren Handrücken. Und damit fiel für sie die letzte Barriere, sich damenhaft zu verhalten, und endlich wurde wahr, was sie sich den ganzen Tag über nicht eingestanden hatte. Harry beugte sich vor und küsste sie; wie lächerlich, dachte sie geistesabwesend, als sie sich seinem Kuss, der nach Schottland schmeckte, hingab, dass es immer hieß, die Realität könne dem Traum nie standhalten.

Harrys Kuss zerstörte diesen Mythos, und sie wurde ganz schwach, so intensiv war er. Sie merkte, wie verzweifelt sie sich nach dieser Art von Zuneigung gesehnt hatte. Und gerade als sie sich Harrys Kuss weiter öffnen wollte, läutete das Telefon, und sie hielten beide inne.

»Geh nicht dran«, murmelte er.

»Dann nimmt Norma das Gespräch in der Halle an. Sie wird ins Zimmer kommen und sehen, was wir hier tun.«

»Sollen wir sie schockieren?« Aber sie sah ihm an, dass das nur ein Scherz war. »Du gehst besser ran. Ich muss mich erst einmal … äh … sammeln«, sagte er und räusperte sich.

Alex warf ihm einen Blick voller Mitgefühl zu und trat rasch ans Telefon, um das Gespräch anzunehmen und Norma zuvorzukommen.

Aber sie kam zu spät. Die Haushälterin redete bereits mit ihrer Mutter. »Ah, danke, Norma. Ich bin schon da. Hallo, Mutter.«

»Liebling, wir sind es«, sagte Minerva, ohne auf Alex'

Begrüßung zu achten. »Ich habe gerade zu Norma gesagt, dass dein Vater und ich früher kommen.«

»Ich gehe wieder in die Küche, Mrs Britten-Jones«, sagte Norma von der Halle aus ins Telefon. »Vielleicht sollte ich gleich den Kaffee servieren?«

»Ja, Norma. Tun Sie das. Es klingt, als seien meine Eltern in Kürze hier.«

»Wir sind in zehn bis fünfzehn Minuten bei dir, Liebling. Es macht dir doch hoffentlich nichts aus?«

»Nein. Warum sollte es?«, erwiderte Alex, obwohl sie merkte, wie ihr die Schamröte in die Wangen stieg.

»Nun, weil du dann weniger Zeit allein mit deinem Gast hast.«

»Da ist nichts, was wir nicht alle teilen könnten, Mutter«, log sie. »Kommt vorbei, sobald ihr fertig seid. Wir sitzen nur am Kamin und trinken Sherry.«

15

Sie legte den Hörer auf und versuchte, ihre brennenden Wangen mit den Händen zu kühlen, aber auch ihre Finger waren heiß und die Fingerspitzen prickelten. Sie spürte immer noch die glatte Wolle seines Jacketts, das sie berührt hatte, als sie ihn am Hals dichter an sich herangezogen hatte, und sie dachte daran, wie seine Haare liebkosend über ihre Haut geglitten waren.

»Ist alles in Ordnung?«, fragte er schuldbewusst.

»Ja … bei dir auch?« Sie blickte auf seinen Schoß, vor dem er seine Hände schützend gefaltet hatte.

»Ich werde an Normas Missbilligung denken. Das hilft bestimmt.«

Alex grinste. Am liebsten hätte sie sich auf seinen Schoß gesetzt, ihm ihre Arme um den Hals gelegt und sich an seine Brust gekuschelt wie ein Kind.

»Wir müssen etwas essen. Meine Eltern werden gleich hier sein.«

»Ist das schwierig für dich? Soll ich besser verschwinden?«

»Wenn du einfach so verschwinden würdest, wäre das ehrlich gesagt schwieriger.« Sie blickte auf das Essen und dann wieder zu ihm. Er kaute gedankenverloren an seiner Unterlippe. »Weil ich an dich denken würde, während ich mit ihnen rede.« Ein kleines Lächeln zuckte um seine Lippen, als sie das sagte.

»Gefährliche Worte.«

»Über gefährliche Worte sind wir doch hinaus, Harry, oder?«

Er hob einen Finger. »Noch nicht allzu sehr. Noch kann ich dieses Haus verlassen, und du brauchst mich nie wieder zu sehen. Noch können wir das Ganze als … nun ja, als geistige Verwirrung abtun. Du warst niedergeschlagen, weil es deine letzte Woche bei *Rowntree's* ist, und hinzu kam noch dein Kummer darüber, dass dein Mann nicht da ist. Ich habe diese Situation schamlos ausgenutzt und mich benommen wie ein verwirrter Soldat, der sich in Gegenwart einer großzügigen Frau, die freundlich zu mir war, nicht an gesellschaftliche Grenzen gehalten hat.«

»Nur dass leider gar nichts davon wahr ist.«

Er blickte an sich herunter. »Nein. Und ich bin auch keineswegs verwirrt in meinen Gefühlen für dich.«

»Du kennst mich doch kaum«, flüsterte sie.

Er seufzte resigniert. »Und wenn schon? Was soll das ändern? Nichts, kann ich dir versichern, und ich kann auch eindeutig erklären, dass ich Herr meiner Sinne bin und mir niemand zu sagen braucht, wie ich sie einsetzen soll. Sie tun genau das, was sie wollen.«

»Ganz schön ungehorsam, oder?«

Er nickte. »Deine auch, stelle ich fest.«

Alex schlug die Augen nieder. Sie blickte auf den Sherry im Glas und stellte fest, dass er die gleiche Farbe hatte wie die Rose, die Matthew für sie an ihrem Hochzeitstag gepflanzt hatte. Sie hieß *Prachtvolle Toskana*, und er hatte ihr erklärt, sie sei genauso schlank und dunkel wie sie und fast ebenso dornenlos wie er; sie war von kräftigem Wuchs, und seiner Meinung nach war das ein Sinnbild dafür, wie aus ihrer Freundschaft letztendlich Liebe werden würde. »Und die prächtige Farbe ist ein Zeichen unseres gemeinsamen Vermögens«, hatte er hinzugefügt, als der Gärtner sie in ihren Garten gepflanzt hatte. Alex erinnerte sich jetzt, dass sie diese Erläuterungen eher abgeschmackt als romantisch empfunden hatte, sie kamen ihr etwas weit hergeholt vor. Es war ihr ein wenig peinlich gewesen, aber zugleich hatte sie sich auch geschämt und sich innerlich wegen ihrer Herzlosigkeit gescholten. Mittlerweile jedoch war sie klüger – heute hatte sich alles geändert, vor allem hatte sie die Bestätigung bekommen, dass sie nicht kalt war. Auch ihr Herz war zu Verlangen und Lust fähig.

»Woran denkst du?«

»Das willst du lieber nicht wissen«, warnte sie ihn.

»Fordere mich nie heraus. Ich bin jeder Herausforderung gewachsen.« Er räusperte sich und warf einen raschen Blick auf seinen Schoß.

Alex versuchte zu lächeln, aber es gelang ihr nicht ganz. Lag es an der Hitze, dem Sherry, seiner Glut oder einfach nur an seiner Freundschaft, dass plötzlich ihre traditionellen Barrikaden ganz niedergerissen wurden? »Er liebt mich nicht«, sagte sie zu den Flammen, nicht in der Lage, Harrys Blick zu erwidern. Sie hatte so etwas noch nie laut geäußert, sich nie auch nur den Gedanken erlaubt, und doch gestand sie ihn jetzt einem Fremden. Ganz offensichtlich sah Harry ihr bis auf den Grund ihrer Seele; es fühlte sich absolut richtig an, ihm in diesem spannungsreichen Moment zwischen der Ahnung von Liebe und der Akzeptanz, dass sie sich ernsthaft in jemanden verliebt hatte, ihr Herz zu offenbaren. Sie war bereit, ihren Mann mit ihm zu betrügen.

»Warum sagst du das?«

Sie zuckte mit den Schultern. »Intuition, und er ist natürlich auch regelmäßig abwesend.« Traurig schüttelte sie den Kopf. »Vielleicht gibt es ja eine andere Frau … oder sogar zwei. Was Matthew an Statur fehlt, macht er durch seinen Charme wett. Er könnte jede bekommen.«

»Aber du bist diejenige, die ihn liebt«, sagte er, als wolle er sie davon überzeugen.

»Ich liebe ihn nicht«, stieß sie hervor, vielleicht eine Spur zu hastig. Sie drehte sich zu dem Mann um, den sie lieben konnte, den sie vielleicht sogar schon liebte. »Ich meine, natürlich liebe ich ihn, aber nicht so, wie ich …« Sie holte tief Luft. »Ich mag Matthew sehr, so wie ich vielleicht meine beste Freundin mag. In diesem Moment beängstigender Offenheit muss ich jedoch akzeptieren, dass ich ihn wahrscheinlich nie so geliebt habe wie eine Ehefrau es sollte, und zugleich stelle ich fest, dass ich ihn gar nicht so lieben kann, wie ich sollte. Wir haben unsere Heirat aus einer glücklichen, platonischen Freundschaft heraus arrangiert. Es kam uns beiden entgegen.«

»Musst du mir das wirklich erzählen?«, fragte er und blickte sie besorgt an.

»Harry, ich kann mit niemandem darüber reden. Ich glaube, ich habe es einfach jahrelang verdrängt, und erst seit ich dir begegnet bin, kann ich das Geheimnis preisgeben. Du hast mir das Gefühl gegeben, begehrenswert zu sein. Ich flirte und benehme mich geradezu schamlos.«

»Du bist also die Schuldige?«

Sie nickte traurig. »Ich wusste nicht, wie sehr, bis wir uns geküsst haben.«

»Das klingt schmeichelhaft, aber ich nehme doch an, du hast auch vorher schon geküsst.«

Alex zog bedauernd die Schultern hoch. »Ja, aber ich habe es nicht gehört, nicht gesehen und nicht gespürt. Ich glaubte wirklich, ich könnte lernen, ihn zu lieben.« Sie unterstrich ihre Worte mit der geballten Faust. »Und er hat mich darin bestärkt. Ich habe ihn aus Verzweiflung geheiratet, weil ich die anderen Männer, die meine Eltern für mich vorgesehen hatten, nicht heiraten wollte.« Sie sah, wie er sich irritiert aufrichtete, und erklärte hastig. »Verurteile mich nicht. Für mich hieß es, entweder Matthew zu heiraten – den ich sehr mochte –, mit seiner Kameradschaft, seinem Witz, seinen geistreichen Gesprächen und seinem Charme, oder zu einer Heirat mit jemandem gezwungen zu werden, den ich nicht ertragen konnte. Meine Mutter hatte drei passende Kandidaten für mich ausgesucht – alles nette Männer, aber ich wäre jedem von ihnen eine schlechte Frau gewesen. Jeder hätte mich anders vernichtet, ohne es zu wollen. Ich wäre unglücklich gewesen und hätte sicher auch ihr Leben unglücklich gemacht.« Sie wusste, sie redete zu viel, aber das musste jetzt endlich alles heraus. Harry musste ihre Lage kennen. »Und dann trat Matthew Britten-Jones in unser Leben. Er war nett, großzügig und offenbarte mir aufrichtig, dass seine Eltern genau dasselbe von ihm verlangten. Wir mussten beide heiraten, verstehst du?«

Harry sagte nichts; er blickte sie nur an und wartete darauf, dass sie fortfuhr.

»Mir gefiel sein Pragmatismus. Wir würden beide nicht blauäugig in die Ehe gehen, sondern in einen Vertrag eintreten, der gut für beide Familien war und uns unsere private Unabhängigkeit sicherte. Matthew hat mich ermutigt, meine Freiheit und meinen Ehrgeiz zu leben. Eigentlich ist mir erst auf sein Drängen hin klar geworden, dass ich meine Vorliebe für Schokolade als Einstieg in Unabhängigkeit und Geschäftsleben nutzen kann. Beide sind wir davon ausgegangen, dass unsere Verbindung auf Aufrichtigkeit und Freundschaft beruht.«

»Und jetzt?«

»Wir müssen essen, während wir reden, sonst wird es unangenehm für uns beide. Du darfst das Essen nicht nur auf deinem Teller hin und her schieben.« Er reichte ihr einen Teller mit ein wenig Fischauflauf und einem bisschen Spinat. »Danke.« Er trat an den Tisch zurück, und sie sah, dass er sich eine ebenso kleine Portion auftat. Dann setzte er sich und wandte sich wieder ihr zu. »Iss«, ermunterte sie ihn, und zögernd zwangen sie ein paar Bissen herunter. Offensichtlich wartete er darauf, dass sie fortfuhr und seine Frage beantwortete. »Mittlerweile mache ich mir Gedanken, weil Matthew nicht so aufrichtig ist, wie er es versprochen hat. Und …« Sie brach ab, weil sie beinahe in Tränen ausgebrochen wäre, was sie in Gegenwart eines neuen Freundes unverzeihlich fand. »Entschuldigung.« Sie schluckte und holte tief Luft. »Ich muss mich sammeln, weil jeden Moment meine Eltern da sein werden.« Sie stand auf und gab die Reste auf ihrem Teller ins Feuer. »Da draußen verhungern Menschen, und ich verbrenne mein Essen.« Das leise Klirren des Bestecks auf Porzellan zeigte ihr, dass Harry sein Bestes tat, um aufzuessen.

»So«, sagte er. »Es ist zwar unhöflich, so schnell zu essen, aber jetzt kann sich Norma nicht mehr beschweren. Sag mir, warum du glaubst, dass Matthew andere Frauen hat.«

Erneut kamen ihr die Tränen, aber dieses Mal aus Nervosität. Das, was sie ihm sagen würde, hatte sie sich ja selbst kaum eingestanden. War sie bereit, darüber zu sprechen?

»Sag es mir, Alex. Wenn ich kann, will ich wenigstens versuchen, dir zu helfen.«

»Wie hilft man einem Ehepaar, das nicht das Bett miteinander teilt?« Da! Sie hatte das Geheimnis ausgesprochen, das sie mit Schuld erfüllte und demütigte … hatte es einem Fremden enthüllt, der jedoch zu ihrer Überraschung nicht im Geringsten schockiert zu sein schien.

»Ich nehme an, deine Eltern tun es auch nicht«, sagte er. »Das bedeutet noch lange nicht …«

Sie fuhr herum, ihre Wangen waren heiß, aber das hatte nichts mit dem Feuer im Kamin zu tun. »Harry«, grollte sie, »wir sind seit fast zwei Jahren verheiratet, und mein Bett wird … wie soll ich sagen … nur selten von meinem Mann gewärmt. Das letzte Mal war Matthew so betrunken, dass ich bezweifle, dass er sich überhaupt an etwas erinnert.« Sie schlug sich die Hand vor den Mund, und auf einmal flossen die Tränen. Harry sprang auf und trat zu ihr. »Lass mich – das macht es nur noch schlimmer«, schluchzte sie. »Er hat geweint beim letzten Mal und ständig gesagt, es tue ihm leid, weil er wusste, es war nicht …«

Harry wartete einfach ab, ob sie noch mehr sagen wollte.

»Ich glaube, er wusste, es war nicht so … wie es sein sollte.« Die Tränen strömten ihr übers Gesicht. Harry sagte immer noch nichts. Aber er hielt sie sanft im Arm, und seine Finger, die leicht über ihre Arme glitten, beruhigten sie. Sie war froh, dass er schwieg, und mittlerweile hatte sie sich auch schon an seine grüblerische Art gewöhnt. Sie schätzte es, wie er trotz seines Schweigens mit ihr kommunizierte. Er wollte sie trösten, das merkte sie an seinem ganzen Verhalten. Er sagte nichts, bis sie sich wieder einigermaßen gefasst hatte.

»Es geht schon wieder, wirklich.« Sie schniefte. »Ich habe nicht das Recht, mich zu beklagen.«

»Warum nicht?«

Sie tupfte sich die Augen mit den Fingerspitzen ab und schniefte noch einmal. »Weil wir eine Übereinkunft hatten; wir haben einander nicht Liebe versprochen. Wir schlossen einen Pakt, die beste Partnerschaft zwischen zwei Freunden daraus zu machen. Es war von Anfang an eine Maskerade. Ich habe den Fehler gemacht, von ihm zu erwarten, dass er sich in jeder Hinsicht wie ein liebender, pflichtbewusster Ehemann erweist. Er sagte, er würde mich auf seine Art lieben. Es klang damals seltsam, aber ich achtete nicht darauf. Ich dachte, Matthew versuche eben sein Bestes, aufrichtig mit mir zu sein, und nahm an, er wolle mir nur mitteilen, dass seine Art von Liebe nicht traditionell war, obwohl ich keine Ahnung habe, was ich damit eigentlich meine.«

Stirnrunzelnd trat er an den Tisch und schenkte ihr ein Glas Wasser ein. »Trink«, sagte er und reichte ihr das Glas. Dann zog er sein gestärktes Taschentuch heraus. »Trockne deine Tränen.«

»Danke. Es ist alles wieder gut. Ich habe dir viel zu viel erzählt, aber ich kann sonst mit niemandem darüber reden. Und da du mich geküsst hast, ist das eben deine Strafe.«

»Die nehme ich gerne an«, versicherte er ihr. »Darf ich fragen, ob du irgendeinen Beweis für seine Untreue hast?«

Sie schüttelte den Kopf. »Nein. Das ist einfach nur Instinkt. Ich weiß, dass sein Reichtum und seine heitere Natur es ihm sehr leicht machen, Freunde zu gewinnen. Du würdest ihn auch mögen, Harry.«

»Mir ist meine Zeit für Dummköpfe zu schade.«

»Er ist kein Dummkopf.«

»Nun, da bin ich anderer Meinung.«

Sie beugte sich vor und hauchte ihm einen federleichten Kuss auf den Mund, bevor sie ihm sein Taschentuch wiedergab. »Danke.« Entschlossen entfernte sie sich ein paar Schritte von ihm, weil sie es nicht wagte, dicht bei ihm zu stehen. Sie brachte die Fischplatte ein wenig durcheinander, damit sie benutzt aussah, und räumte die Teller zusammen. »Man sagt mir regelmäßig, ich sei eine der glücklichsten Frauen in Großbritannien. Und doch habe ich das Gefühl, die Einzige zu sein, die das nicht so sieht.«

»Was sehen die anderen?«, fragte er.

»Sie sehen einen attraktiven Mann – wenn auch ein wenig klein geraten –, eloquent und mit dazu passendem Bankkonto. Sie sehen jemanden, der in kürzester Zeit in York populär geworden ist, weil er eine der am wenigsten heiratswilligen Töchter Englands aus einer der vermögendsten Familien der Stadt zur Frau genommen hat. Sie erleben Charme und Intelligenz, Witz und Eleganz. Er hat gute Verbindungen, ist hier wie auch in London und überall, nehme ich an, ein gern gesehener Gast in den Clubs. Man muss ihn einfach mögen, zumal er auch nie absichtlich unfreundlich ist. Das musst du wissen. Wenn er hier ist, ist er aufmerksam, lustig, schafft eine Atmosphäre voller Lebendigkeit und Fröhlichkeit; meine Eltern beten ihn an.«

»Aber nur du siehst den echten Matthew. Was siehst du?«

Alex schüttelte leise den Kopf und runzelte die Stirn.

»Ich glaube, ich muss immer an meinen ersten Eindruck von ihm denken. Ich habe etwas Arglistiges gespürt, wollte es aber ignorieren, weil er so gut zu mir war …« Sie zuckte mit den Schultern. »Er hat mich zu Rowntree gebracht. Er hat mir geholfen, mein Netzwerk aufzubauen, an mich und an meine Fähigkeit als Geschäftsfrau zu glauben. Ich mochte ihn, seinen Witz und seinen Charme, seinen mühelos scharfen Verstand.«

»Und jetzt bist du einsam?«

»Es ist nicht nur Einsamkeit. Ich bin verwirrt, und ich fühle mich irgendwie gedemütigt. Matthew macht irgendetwas, und ich müsste eigentlich sehen, was er tut, kann es aber nicht. Ich habe keinen Beweis; ich finde keinen Lippenstift auf seinem Kragen, und seine Kleidung riecht nicht nach Parfüm. Er bekommt auch keine duftenden Briefe oder heimliche Telefonanrufe …«

»Bist du sicher, dass er lügt?«

»Nein. Ich kann mir nicht sicher sein, aber ich bin auch nicht blöde. Heute Abend hat er mir erzählt, er sei in einem Club in London und wolle gerade mit einem Freund meines Vaters Schach spielen. Ich habe lautes Lachen im Hintergrund gehört; Musik wurde gespielt. Ich glaube, mein lieber Gatte war in einer anderen Art von Club und nicht zum Schachspielen.« Tief enttäuscht schüttelte sie den Kopf. »Er behandelt mich, als sei ich minderbemittelt.«

Sie hörten, wie es an der Tür läutete, und dann Normas eilige Schritte.

»Oh, rasch, Harry. Wie sehe ich aus?« Hastig trat sie an einen kleinen Spiegel an der Wand.

Er stellte sich hinter sie, legte ihr die Hände auf die Schultern und küsste sie leicht auf den Nacken. Der Kuss entzündete ein Verlangen in ihr, das sie noch nie zuvor empfunden hatte. Matthew hatte eine solche Reaktion noch nie bei ihr hervorgelockt. »Du siehst wunderschön aus«, hauchte Harry und saß blitzschnell wieder in seinem Sessel, gerade, als die Tür aufging.

»Mutter, kommt herein, kommt herein. Hier ist es schön warm«, rief Alex. »Danke, Norma. Jetzt vielleicht den Kaffee. Hallo, Dad«, begrüßte sie ihren Vater, der hinter der Haushälterin auftauchte.

Ihre Eltern traten ins Zimmer, brachten den Geruch nach Tabak, Veilchen-Toilettenwasser und den leicht muffigen Duft, der aus dem Pelzmantel ihrer Mutter aufstieg, mit. Von draußen drang ein kalter Luftzug hinein, noch bevor Norma die Tür wieder schließen konnte.

»Brr.« Ihre Mutter schauderte. »Draußen ist es bitterkalt. Oh, guten Abend. Ich bin Minerva Frobisher, Alex' Mutter«, sagte sie und musterte Harry, der sich erhoben hatte und in seiner ganzen, imposanten Größe dastand.

»Mutter, das ist Captain Harry Blake; er ist aus London, wie ich ja bereits erwähnt habe.«

»Guten Abend, Lady Frobisher.« Harry ergriff die Hand ihrer Mutter, und Alex sah, wie er Minerva anlächelte, bevor er sich an ihren Vater wandte. »Hallo, Sir.«

»Guten Abend, Captain Blake.«

»Harry bitte, Sir … Das ist mir lieber.«

»Ihre Familie ist nicht etwa mit den Blakes aus Dorset verwandt? Riesige Flächen Acker- und Weideland?«

»Nein, Sir.«

»Kommt, setzt euch«, drängte Alex. »Wärmt euch auf. Harry gehörte zu der VIP-Gruppe, die ich herumführen musste, und er kann mir bei der Schokoladenherstellung helfen. Er kann zu wirklich guten Preisen Vanille beschaffen. Nicht wahr, Harry?«

Er zeigte sein Erstaunen nicht, nur ein leichtes Zögern deutete an, dass ihre einfallsreiche Notlüge ihn beeindruckte.

»Ich kann Ihnen bestimmt helfen, alle Produkte aufzutreiben, die Sie brauchen«, erwiderte er. »Die Führung war exzellent. Haben Sie sich auch schon einmal von Ihrer Tochter herumführen lassen, Lady Frobisher?«

»Ich wollte es schon die ganze Zeit, und jetzt sollte ich mich wohl besser beeilen. Sie hört diese Woche auf, wissen Sie. Oh, schon morgen, Liebling, nicht wahr? Sie beschäftigen keine verheirateten Frauen, müssen Sie wissen.«

»Das hat Harry alles bereits während der Führung erfahren, Mutter.«

»Kennen Sie Matthew?« Minerva warf Harry einen forschenden Blick zu, den dieser unschuldig erwiderte.

»Nein, aber ich würde ihn sehr gerne kennenlernen. Alex hat mir viel von ihm erzählt.«

»So ein wundervoller Mann. Wir sind so glücklich, ihn in unserer Familie zu haben. Er ist ein großartiger Ehemann für unsere geliebte Tochter. Jetzt warten wir alle nur noch auf das Trappeln von kleinen Füßchen.«

»Sicher«, erwiderte Harry.

Wenn Norma nicht mit dem Kaffee ins Zimmer gekommen wäre, hätte Alex bestimmt etwas zu ihrer Mutter gesagt, das sie später bereut hätte. Stattdessen jedoch warf sie Harry einen gequälten, entschuldigenden Blick zu.

»Und, was macht ein schneidiger Captain aus London hier oben im Norden?«, fragte Charles und wechselte das Thema, als Norma einen Teller mit Kuchen auf den Tisch stellte.

Alex schloss die Tür hinter Norma und wartete, bis ihr Vater sich ein Stück genommen hatte. Dann reichte sie den Kuchenteller ihrer Mutter.

»Sagen Sie, Captain Blake, wie sind Sie zu *Rowntree's* gekommen?«, fragte Minerva.

»Die Pension, in der ich wohne, hat mir einen Besuch empfohlen«, erwiderte er. »Und ich wollte sowieso Kontakt zur Fabrik aufnehmen.«

»Und ich habe gedacht, Sie wollten lediglich die VIP-Dienste genießen«, warf Alex ein.

Harry grinste sie an. »Ich hatte gehofft, Informationen über eine spezielle Arbeiterin zu bekommen, die eine Verbindung zu Tom Fletcher hatte; leider hat sich aber nicht die richtige Gelegenheit dazu ergeben.«

»Oh, nun, aber jetzt sind Sie ja bei der richtigen Person«, sagte Charles, der gerade dabei war, sich ein weiteres Stück Kuchen einzuverleiben. »Alex kennt jeden Millimeter der Fabrik, und ich kann Ihnen versichern, dass sie alle Mitarbeiter beim Vornamen kennt.«

Alex lächelte. »Ich habe ein gutes Gedächtnis«, sagte sie. »Aber da ich Führungen durch die Fabrik mache, muss ich natürlich auch über alles und jeden Bescheid wissen.«

»Zweifellos war es auch eine gute Gelegenheit, um sich die entsprechenden Fähigkeiten anzueignen«, bemerkte Harry.

»Ja, sicher«, erwiderte Alex. »Ich habe viele Stunden lang gelernt, wie man Schokolade temperiert. Ein erfahrener Chocolatier erkennt zum Beispiel, wann Schokolade die richtige Temperatur hat, indem er einen Tropfen der Schokoladenflüssigkeit an die Lippen bringt. Konsistenz und Temperatur sind ganz wichtig, wissen Sie, und die Lippen reagieren unglaublich empfindlich auf Berührung und Hitze.«

»Das klingt sehr sinnlich«, bemerkte Harry und warf ihr einen so eindringlichen Blick zu, dass Alex das Gefühl hatte, er wolle am liebsten aufspringen, sie in die Arme reißen und sie davontragen. Unwillkürlich lächelte sie entzückt, als sie sich vorstellte, wie der große, starke Harry sie vor den Augen ihrer Eltern entführte. Das wäre so romantisch, und sie hatte jahrelang geglaubt, sie würde so etwas nie erleben und auch nie erfahren, was es bedeutete. Und jetzt war der Gedanke auf einmal zum Greifen nahe. Er hatte Gestalt angenommen und hatte einen Namen. Er besaß heißes Blut und fordernde Lippen.

Harry Blake verkörperte die Romantik, die in ihrem Leben gefehlt hatte.

Darüber hatte Nel also an jenem Tag in der Fabrik geredet, als sie die Schokoladendosen gepackt hatten. Wenn man sich verliebt, ist es, als sei man in einer anderen Welt, hatte sie gesagt. Wie recht sie hatte, dachte Alex. Sie sah zwar ihre Eltern, beobachtete diese vertraute Szene, wie sie in ihrem Wohnzimmer saßen, hörte ihre Stimmen … Aber ihr war, als sei alles leicht unscharf, während nur Harry vollkommen klar war. Sie war sich seiner Anwesenheit so intensiv bewusst, dass sie hätte schwören können, den Geruch der Seife riechen zu können, mit der er sich heute Abend rasiert hatte. Sie konnte seine Lippen auf ihren schmecken, spüren, wie sein Mund zu der empfindlichen Stelle hinter ihrem Ohrläppchen glitt. Und während er jetzt gerade mit ihren Eltern über Toms Schokoladendose sprach, hätte sie schwören können, dass er im Stillen auch mit ihr sprach und ihr sagte, sie hätte auf ihn warten sollen, er hätte sich immer schon in sie verlieben wollen, sie heiraten und ihr Leben glücklich machen wollen …

Wir verlieben uns. *Passiert das jetzt gerade, Harry? Bist du deshalb nach York gekommen?*

Alex blinzelte. Alle drei sahen sie an. Sie schluckte. Hatte sie die Worte gerade laut gesagt? Sie blickten sie fragend an, und in ihrem Kopf schrillten sämtliche Alarmglocken. Was hatte sie gesagt? Was hatte sie enthüllt?

»Ja«, antwortete Harry, und Alex wusste nicht, ob sie blass oder rot wurde. »Ich versuche sie zu finden.«

Alex runzelte die Stirn. Sie schickte ein kurzes Dankgebet an ihre Schutzengel, als ihr klar wurde, dass sie anscheinend nur die letzte Frage laut ausgesprochen hatte. Das Schicksal hatte dafür gesorgt, dass diese Frage zu Harrys Suche nach irgendeiner Frau passte, stellte sie fest.

»Entschuldigung, Harry. Ich war gerade in Gedanken versunken. Verzeihen Sie mir.«

»Hast du an deine Zeit als Fremdenführerin gedacht? War dieser junge Mann dein Letzter?«, fragte ihr Vater und zwinkerte Harry zu.

Sie war versucht zu sagen: *Nein, er ist der Erste, den ich jemals geliebt habe*, aber stattdessen lächelte sie. »Ein seltsamer Gedanke, dass ich niemanden mehr herumführe.«

Ihre Mutter drückte ihr die Hand. »Liebling, ich vermute eher, du hast gerade an die Liebe und an deinen geliebten Matthew gedacht. Er sollte eigentlich hier sein. Charles, sprich doch einmal mit Matthew, ja, mein Lieber? Er ist viel zu oft weg von Alex. Entschuldigen Sie, Harry. Ich hoffe, das klingt nicht unhöflich, aber ich bin heute Abend nur hier, damit keine Gerüchte entstehen.«

Dass ich an die Liebe gedacht habe, war richtig, dachte Alex, aber Minerva hatte den falschen Mann im Visier. »Mutter, hör auf!«

»Nun, Liebling, wenn mir schon seine häufige Abwesenheit auffällt, dann merken andere das auch, und die Leute lieben Klatsch.«

»Ich bin hier in meinem eigenen Haus.«

»Nichtsdestotrotz könnte es als unschicklich betrachtet werden. Captain Blake sieht sehr gut aus, wenn ich das bemerken darf.«

»Nein, das darfst du nicht«, entgegnete Alex. »Es ist peinlich.« Sie warf Harry einen Blick zu. Unbehaglich stand er am Kamin neben ihrem Vater, der in seine halb geleerte Kaffeetasse starrte.

»Dad, was sagst du zu diesem viktorianischen Geschwätz?«

»Es ist kein Geschwätz, Liebling«, antwortete Minerva. »Es ist die Realität. Die Gerüchteküche braucht nur den winzigsten Anlass, und plötzlich wird aus einem unschuldigen Abendessen ein …«

»Was? Eine Orgie, unter Normas wachsamen Blicken?«

»Liebling, sei nicht so empfindlich«, sagte Minerva und schenkte Harry ein mitfühlendes Lächeln, als wolle sie ihn in die Diskussion mit hineinziehen.

»Ihre Mutter hat recht. Es war vielleicht ein wenig unsensibel von mir, Ihre freundliche Einladung anzunehmen, obwohl ich zu meiner Verteidigung anmerken muss, dass ich glaubte, Ihr Gatte sei zu Hause und ich würde ihn kennenlernen.«

»Entschuldigen Sie sich nicht. Ich brauche keine Rechenschaft darüber abzulegen, wen ich in mein Heim einlade. Wirklich, Mutter, glaubst du, ich hätte euch beide gebeten hierherzukommen, wenn ich einen frivolen Abend im Sinn gehabt hätte?«

Harry verzog das Gesicht, als müsse er ein mitfühlendes Grinsen unterdrücken. Das machte Alex nur noch wütender.

»Du hast mich missverstanden, Alex. Ich habe nicht einen Augenblick lang geglaubt, dass du und Captain Blake dergleichen im Sinn habt. Ihr habt euch ja gerade erst kennengelernt. Und ich weiß, dass du und Matthew verrückt nacheinander seid. Ich rede lediglich von den Gerüchten, mit denen sich andere Menschen die Zeit vertreiben.«

»Nun, du und Dad, ihr seid ja hier, um alle Gerüchte im Keim zu ersticken.«

»In der Tat«, sagte ihr Vater. Er setzte dem Gespräch ein Ende, indem er betont aus dem Fenster starrte. »Nun, Minerva, ich glaube, wir sollten nach Hause fahren, bevor es anfängt zu schneien – draußen sieht es bedrohlich danach aus! Blake?«

»Ja, Sir?«

»Können wir Sie zu Ihrer Unterkunft bringen? Wir sind mit dem Automobil da, es ist also keine Mühe.«

»Danke. Das ist sehr freundlich von Ihnen.«

»Oh, es ist überhaupt kein Problem«, sagte Minerva, ohne auf die finsteren Blicke ihrer Tochter zu achten. »Wir bringen Sie sicher zurück in Ihre gemütliche Pension und überlassen Alex ihrem Schönheitsschlaf. Morgen ist dein letzter Tag, Liebling – ich weiß, er wird ganz besonders für dich!«

»Ja. Harry, was sagten Sie noch einmal über die Frau, die Sie suchen? Die in der Fabrik gearbeitet hat?«

Er machte eine abwehrende Geste. »Bitte, denken Sie nicht mehr daran.«

»Ich möchte Ihnen helfen.«

»Ein andermal vielleicht?«, sagte er in leise warnendem Tonfall.

Und plötzlich gingen sie alle zur Tür, und Norma brachte Hüte und Mäntel.

16

Harry bemühte sich sehr, die Atmosphäre auf der langsamen Heimfahrt zu entkrampfen.

»Großartiger Motor, Sir!«, schwärmte er. »Danke, dass Sie mich mitnehmen.«

»Gerne! Ich fahre das Ding sehr gerne, allerdings nicht, wenn die Straßen vereist sind. Wir haben Glück, dass es noch nicht angefangen hat zu schneien.«

»Und wann reisen Sie wieder ab, Harry?«, fragte Minerva. Ihr Ton war so scharf wie die spitze Frage.

»Äh, erst in ein paar Tagen«, sagte er und zuckte lässig mit den Schultern … Sie konnte ihn zwar vom Beifahrersitz aus nicht sehen, aber sie spürte es sicher.

»Oh, dann sollten Sie unbedingt auf einen Drink in den Club kommen. Was ist Ihr präferiertes Getränk, junger Mann?«

»Ich mag Single Malt«, sagte er. Es war nicht gelogen, aber er spielte ein bisschen mit ihnen.

»Exzellent, exzellent! Kommen Sie doch morgen Abend vorbei. Ich treffe die Arrangements. Ich habe eine großartige Flasche mit kostbarem Inhalt hinter der Bar, die Sie unbedingt probieren müssen.«

Charles ignorierte den Seitenblick, mit dem seine Frau ihn bedachte, und Harry grinste in der Dunkelheit des Fonds. »Sehr gerne, Sir.«

»Ich hinterlasse Ihren Namen an der Tür. Kommen Sie

jederzeit. Ich werde wahrscheinlich sowieso dort übernachten.«

»Ich dachte, wir wollten zu den Thorntons«, beklagte sich Minerva. »Wir haben schon einmal eine Verabredung abgesagt.«

»Morgen wird es schneien, Liebling. Ich habe nicht vor, im Schnee herumzufahren, und ich werde auch Potter nicht bitten, uns dorthin zu fahren. Außerdem habe ich auch Vorstandssitzung, deshalb ist es besser, ich bleibe gleich im Club.«

Und damit war alles gesagt. Danach folgte nur noch banales Geplauder über die Eisenbahn, bis sie schließlich in die Straße von Harrys Pension einbogen.

»Das war sehr freundlich von Ihnen. Noch einmal vielen Dank.«

»Bis morgen dann, Blake«, sagte Charles und schüttelte ihm die Hand durch das Fenster.

Harry berührte die Krempe seines Huts und deutete eine Verbeugung an. »Guten Abend, Lady Frobisher. Danke für heute Abend.«

Sie murmelte, dass der Dank ihrer Tochter gebührte.

»Ja, sie ist eine großzügige Gastgeberin«, sagte Harry. »Gute Fahrt.«

Der große Bentley glitt wie ein geschmeidiges Raubtier in die Dunkelheit, und man sah nur noch seine roten Rücklichter, die wie Kohlen in der Nacht glühten, und bei Harry den Eindruck erweckten, Minerva habe ihn fest im Auge.

Am nächsten Morgen stand Harry früh auf und saß unruhig beim Frühstück. Charles Frobisher hatte recht gehabt. In den frühen Morgenstunden war Schnee gefallen und hatte York mit seinen weißen Kristallen in ein schimmerndes Märchenland verwandelt. Selbst der Geruch nach Schokolade wurde von der klaren Kälte des frisch gefallenen Schnees überdeckt, und alles war still. Als er sein Fenster hochgeschoben hatte, um die Morgenluft einzuatmen, hatte er nicht einmal einen Vogel zwitschern hören.

Jetzt fühlte er sich wie im Gefängnis. Und er musste an Kitty denken. Er ging hinaus in den Empfangsbereich und überlegte, wie er heute am besten vorgehen sollte. Er musste sich abreagieren, um nicht ständig daran denken zu müssen, dass er am liebsten Alex Britten-Jones in den Armen halten würde.

»Sie laufen herum wie ein Löwe im Käfig des Londoner Zoos«, sagte die Pensionswirtin schmunzelnd, als sie von ihrem Register aufblickte.

»Was kann man an einem Tag wie heute tun?«, überlegte er laut, und noch während er sprach, wurde der Schneefall dichter, die Flocken dicker. Aber eigentlich fand er die Stille faszinierend.

»Nicht viel, ehrlich gesagt. Man bleibt besser drinnen.«

»Ich muss wenigstens ein bisschen von Ihrem guten Frühstück abarbeiten«, sagte Harry und grinste gutmütig. »Ich bin es einfach nicht gewöhnt, nichts zu tun.«

»Nun, dann lassen Sie mich einmal nachdenken.«

Ihr Mann mischte sich ins Gespräch. »Auf dem Knavesmire kann man gut spazieren gehen.«

»Sei nicht dumm, Bernard. Sieh doch mal hinaus!«, sagte seine Frau empört.

»Nun, vielleicht können Sie schwimmen, Captain?«, fragte Bernard.

»Ja, natürlich, aber schwimmen bei dem Wetter?«, fragte Harry ungläubig und blickte zur Pensionswirtin.

»Im Rowntree-Komplex gibt es ein öffentliches Schwimmbad«, sagte Bernard. »Ich gehe selbst einmal die Woche dorthin wegen meines Schnaufens. Gut für die Lunge«, sagte er und tippte sich auf die Brust.

Seine Frau reagierte ganz begeistert. »O ja. Das ist eine gute Idee, und das Schwimmbad ist geheizt, Captain Blake. Schwimmen Sie ein paar Bahnen, und danach können Sie am Kamin ein Nickerchen machen.«

»Perfekt«, murmelte Harry. Er erinnerte sich daran, das Schwimmbad bei Alex' Führung gesehen zu haben.

»In der High Street ist ein Herrenausstatter. Es gibt dort sicher Badebekleidung. Sonst kann Bernard Ihnen seinen Badeanzug leihen«, bot die Wirtin an.

»Danke. Wenn Sie mir den Namen des Ladens aufschreiben, werde ich ihm einen Besuch abstatten.«

Innerhalb einer Stunde befand sich Harry wieder in dem roten Backsteingebäude, das er noch von der Führung gestern kannte. Mit dem Handtuch, das ihm für den Eintrittspreis gegeben wurde, und dem Paket vom Herrenausstatter in der Hand, bezahlte er einen Penny, um durch das Drehkreuz zu gehen. Er hatte noch nie einen so eng anliegenden Badeanzug getragen, aber der Verkäufer hatte ihm versichert, das sei das neueste Modell in der Badebekleidung.

»Einhundert Prozent Wolle, Sir. Erfüllt alle Regeln für züchtiges Baden von 1917 und verliert nicht die Form.« Der Mann klang so begeistert, dass Harry ihm aufs Wort glaubte. »Im nächsten Jahr, Sir, so heißt es, wird sogar Gummi in die Badeanzüge hineingewoben.«

Harry lächelte in sich hinein. Der Mann war bei diesem Gedanken außer sich vor Freude gewesen.

»Die Herren-Umkleideräume sind dort drüben, Sir«, durchbrach der Bademeister seine Gedanken. Harry ging um das Becken herum, froh über die schwere, feuchte Luft im Schwimmbad nach der eisigen Kälte draußen. Das war genau das, was er brauchte: anstrengendes, gleichmäßiges Training, um nicht nachdenken zu müssen und der Erinnerung daran zu entkommen, wie er Alex geküsst hatte.

Er hatte nicht geschlafen. Den größten Teil der Nacht hatte er mit der Daunendecke um die Schultern im Sessel am Fenster gesessen und gebannt in den wirbelnden Schnee hinausgeschaut. Die Flocken wurden von einer einzelnen Laterne in der Ferne angestrahlt, die nicht an der Straße, sondern auf dem Pfad auf der anderen Seite, hinter den Eisentoren von St. Olave, stand. Sie verlieh der Szene etwas Heimliches, was zum Dilemma der verbotenen Liebe und Duplizität passte. Gerade die Stille der Schneeflocken, die geräuschlos auf alles herabfielen, schien den Widerstreit seiner Gefühle für Alex zu verstärken. Seine Leidenschaft für sie war falsch in jeder Beziehung. Er hasste sich selbst, weil er ihre Verletzlichkeit aufgrund des traurigen Zustands ihrer Ehe ausgenutzt hatte. Liebe! Sie war ohne Vorwarnung gekommen, ohne ein erklärendes Wort. Es gab keinen Grund, warum gerade sie beide sich hätten begegnen sollen, und doch waren sie sich begegnet, weil eine Reihe von Ereignissen sich in eine Richtung bewegt und sie aufeinander zugetrieben hatte.

Harry hängte seine Kleider auf und schlüpfte in seinen neuen Einteiler. Er saß so passgenau, wie der Verkäufer es ihm versprochen hatte. Harry trat aus der Kabine und musterte sich in dem hohen Spiegel. Das gestrickte Material war fein und schmiegte sich so an, dass ihm erst jetzt auffiel, wie hart und muskulös ihn die Jahre im Schützengraben gemacht hatten. Er hatte jetzt Muskeln, wo früher weiche Haut gewesen war, und an seinem Körper gab es kaum überflüssiges Fett. Als er nach Hause gekommen war, war er noch ungesund hager gewesen, aber jetzt hatten sich seine hohlen Wangen wieder gefüllt, und wenn im nächsten Sommer seine Haut wieder gebräunt war, würde man ihm die Entbehrungen des Krieges nicht mehr ansehen.

Er ergriff sein Handtuch und lief ein wenig unglücklich über die nassen Fliesen. Er hatte jahrelang viel Mühe darauf verwendet, seine Zehen trocken zu halten, und jetzt verursachten ihm die kalten Wasserlachen auf dem Boden, die Fremde hinterlassen hatten, Unbehagen. Um rasch ins Wasser zu kommen und sich nicht mehr so entblößt zu fühlen, warf er sein Handtuch auf eine Bank und ging am flachen Ende ins Becken, wo ihm das Wasser nur bis zur Taille reichte. Schon wieder wanderten seine Gedanken zu Alex … und zu ihrem letzten Tag.

Er akzeptierte mittlerweile voll und ganz, dass er und Alex sich hatten begegnen müssen. Es war Bestimmung, dass sie sich so unmittelbar voneinander angezogen fühlten. Offensichtlich hatten die Götter Spaß daran, ihre Leben miteinander zu vermischen und ihre Gefühle durcheinanderzubringen. Ja, in der Tat, er sollte davon erfahren, wie katastrophal ihre Ehe war. Er sollte Alex Hoffnung auf Liebe geben. Als der Morgen graute und Harry aus seiner Erstarrung erwachte, war er überzeugt, dass er von dem Moment an, wo er Sergeant Tom Fletcher gefunden hatte, dazu bestimmt gewesen war, Alex Britten-Jones aus dem Elend zu befreien.

Aber sollte er es wirklich tun? Er hoffte darauf, diese

schmerzliche Frage in der Zeit im Schwimmbad beantworten zu können. Außer ihm war nur noch ein weiterer Schwimmer im Becken, da an diesem Morgen »Herren-Donnerstag« war. Als er seine Schultern mit Wasser benetzte, sah Harry an den grauen Haaren, dass der andere Schwimmer ein älterer Mann war. Er glitt ins Wasser. Die feuchtwarme Luft in der Schwimmhalle roch stark nach Chlor. Vermutlich würde er heute Nachmittag rote Augen haben, dachte Harry. Nichtsdestotrotz brauchte er körperliche Ertüchtigung, um nachdenken zu können. Er tauchte unter, um seinen Körper an das kühle Wasser zu gewöhnen, und beschloss, mindestens fünfzig Bahnen zu schwimmen. Am besten würde er nicht so schnell schwimmen wie sonst, sondern sich an das gleichmäßige, langsamere Tempo des älteren Mannes zwei Bahnen weiter anpassen. Dann konnte er womöglich sogar hundert Bahnen schaffen. Harry stieß sich von den Fliesen ab und begann mit langsamen, langen Schlägen zu schwimmen. Im Stillen staunte er darüber, wie gut es sich anfühlte, sich zu strecken und seinen Rhythmus zu finden. Alle Geräusche außerhalb des Wassers wurden körperlos und hohl, drangen nur noch von ferne an sein Ohr. Wegen des Chlors hielt er die Augen fest geschlossen, wenn er den Kopf drehte, um zu atmen. Er vergaß, wie er wohl in seinem neuen Schwimmanzug aus Wolle aussehen mochte. Allerdings hatte auch der Bademeister mit keiner Wimper gezuckt, als er aus der Kabine getreten war und sich ein wenig lächerlich gefühlt hatte. Er hatte den »sportlichen« Badeanzug in Hellblau und Gelb abgelehnt – schlichtes Schwarz war sportlich genug, wenn er sich Fremden gegenüber fast nackt präsentierte.

Er stellte fest, dass er bereits zehn Bahnen geschwommen war; es war erstaunlich, wie schnell die Zeit verging, wenn er seine Gedanken wandern ließ. Selbst wenn sie sich nie mehr wiedersehen würden, so würde der Kuss, den er Alex gegeben hatte, immer seiner Vorstellung von Vollkommenheit entsprechen, er würde das Maß sein, mit dem er alle Frauen vor und nach ihr messen würde. Alex hatte köstlich geschmeckt, nach warmen Beeren von dem öligen Sherry, an dem sie kurz zuvor genippt hatte, und Harry konnte einen Veilchenduft ausmachen, der durch die Wärme des Feuers verstärkt von ihr ausging. Ihre Haut war wie Samt unter ihrem Ohr und seidig an ihrem Hals, wo er ihren Puls an seinen Lippen fühlte, und er wusste genau, unter anderen Voraussetzungen wären sie miteinander im Bett gelandet und hätten sich geliebt. Er wusste einfach, dass er sich das nicht nur einbildete. Nicht er hatte sie geküsst, nicht sie hatte ihn geküsst – sie hatten einander geküsst, mit einer Leidenschaft, die er seit seinen sorglosen Jugendtagen mit seiner jungen französischen Geliebten nicht mehr empfunden hatte. Mit Alex fühlte sich alles richtig an, auch wenn er wusste, dass es in Wirklichkeit ganz falsch war. Wenn das Leben anders wäre, würde er ihr noch heute einen Antrag machen und sie morgen schon heiraten, wenn sie es zuließe. Wie schwach und liebeskrank er klang; er erkannte sich selbst kaum wieder. Aber Alex trug schon den Ring eines anderen, und es gab auch schon eine andere, die auf einen Ring wartete von … Er verdrängte diesen Gedanken, konnte ihn nicht ertragen.

Wenn Alex streitsüchtig, schwierig, beherrschend, fordernd wäre, so könnte er verstehen, dass ein Mann Ausflüchte fand, um nicht nach Hause zu müssen. Aber er hatte an ihr nichts feststellen können, was einen Ehemann so häufig wie Matthew dazu trieb, das Bett mit ihr zu meiden. Im Geiste schüttelte er den Kopf, während er durch das Wasser pflügte, und fragte sich, was er bereit wäre zu opfern, wenn er eine Nacht mit Alex verbringen könnte … Wenn er ihre Leidenschaft wecken, auf ihren Atem lauschen könnte, während sie in seinen Armen schlief, sehen könnte, wie sie ihre schokoladenbraunen Augen bei den ersten Geräuschen des Morgens öffnete, spüren könnte, wie sie sich an ihn schmiegte … Haut auf Haut.

Matthew! Was zum Teufel ist mit dir los, Mann?

Am flachen Ende ließ Harry die Füße auf den Boden sinken. Er atmete schwer, nicht nur von der körperlichen Anstrengung, sondern eher aus Frustration. Er hatte mehr als achtzig Bahnen geschwommen, vielleicht keine hundert, aber bei den letzten zwanzig Bahnen hatte er sein Tempo beträchtlich erhöht und war so schnell durchs Wasser geschossen, wie er es am liebsten hatte. Kein Wunder, dass er jetzt erschöpft war. Er lehnte sich an die Fliesen, wischte sich das Wasser aus den brennenden Augen und fuhr sich mit beiden Händen durch die Haare, um sie zu glätten.

Erst als er die Augen richtig aufmachte, fiel sein Blick auf eine Gruppe von drei Personen, die ihn anstarrten. Eine von ihnen war Alex. Er spürte, wie ihr Blick über seinen halb nackten Körper glitt. Ihm fiel nicht eine einzige witzige Bemerkung ein, mit der er diese unerwartete und peinliche Begegnung entschärfen konnte.

»Captain Blake!« Sie war sichtlich überrascht und ließ sogar den kleinen Umschlag fallen, den sie in der Hand hielt. Die zwei Männer neben ihr bückten sich gleichzeitig, um ihn aufzuheben.

»Äh, guten Morgen, Mrs Britten-Jones«, erwiderte er und versuchte verzweifelt, sein Entsetzen darüber zu verbergen, dass er fast nackt vor ihr stand. Er konnte froh sein, dass wenigstens seine Hüften unter Wasser waren. »Das ist ja eine Überraschung«, fügte er lahm hinzu.

»Äh … in der Tat. Entschuldigung, meine Herren. Das ist Captain Harry Blake. Er hat gestern die Führung mit mir gemacht.«

Ihre Gäste murmelten Begrüßungsworte, und Harry schwieg. Er atmete immer noch schwer und konnte so zum Glück seinen Schock verbergen.

»Wie nett, dass Ihnen von der Führung das Schwimmbecken im Gedächtnis geblieben ist«, sagte sie und wischte ein paar Wassertropfen vom Umschlag.

»Ja, ich … nun, ich wusste nicht so recht, was ich heute mit mir anfangen sollte … bei all dem Schnee.« Er klang wie ein Idiot. »Verzeihen Sie, aber war das gestern nicht Ihre letzte Führung?«

»Vielleicht möchten Sie schon nach nebenan gehen, Mr Jackson, Mr Bowyers?« Alex wies auf die Tür. »Der Chlorgeruch hier ist sehr stark. Ich komme sofort nach.« Gehorsam gingen ihre Gäste zum Haupteingang. Sie wandte sich Harry wieder zu. Ihr Blick war immer noch hungrig. »Die Person, die heute die Führung machen sollte, ist krank geworden. Die Gäste sind bei diesem grauenhaften Wetter extra aus Birmingham angereist, und ich konnte sie ja nicht im Stich lassen.«

»Natürlich. Du brauchst mir nichts zu erklären. Wie geht es dir?«

Sie schüttelte den Kopf. »Völlig durcheinander. Und dir?«

Harry blickte sich um, um zu überprüfen, ob sie auch

niemand beobachtete. Der alte Mann kletterte gerade auf der anderen Seite aus dem Wasser; der Bademeister brachte die Besucher hinaus. Aber sie hatten nur wenig Zeit.

»Ich muss dich sehen.«

»Das geht nicht. Harry … Matthew ist …«

»Ich treffe mich heute Abend mit deinem Vater in seinem Club. Du musst einen Weg finden. Eigentlich habe ich doch die perfekte Ausrede. Du hast mir angeboten, die Frau zu finden, nach der ich in Verbindung mit meinem toten Sergeant suche.«

Sie lächelte. »Ja, natürlich.«

»Darf ich dich heute Abend anrufen?«

Ihm gefiel, wie sie auf ihrer Unterlippe kaute, wenn sie nachdachte. Am liebsten hätte er die Stelle geküsst. »Ja, das geht. Mein Vater kann dir die Nummer geben. Aber bitte ruf mich vom Club aus an. Dann sieht alles korrekt aus.«

Er nickte. Sie starrten einander an, wussten anscheinend beide nicht, was sie sagen sollten. Schließlich löste Alex die Spannung mit einem Lächeln.

»Ich muss sagen, du siehst außergewöhnlich attraktiv aus in diesem Schwimmanzug, Harry. Bei den gemeinsamen Schwimmtagen hättest du sicher großen Erfolg!«, fügte sie hinzu. Ihr Grinsen wurde breiter. »Ich wünsche dir einen schönen Nachmittag!«

Und dann war sie weg, und er lehnte immer noch an den glatten Fliesen des Schwimmbeckens.

17

Harry saß Charles Frobisher gegenüber. Sie hatten es sich in zweien der drei Lehnsessel gemütlich gemacht, die in einer Ecke des Rauchsalons zu einer Sitzgruppe arrangiert waren. Das prasselnde Feuer im schwarzen Marmorkamin verbreitete angenehme Wärme, obwohl beim Kommen und Gehen der Kellner immer wieder Zugluft ins Zimmer drang. Das leise Murmeln der in gedämpftem Ton geführten Gespräche wurde ab und zu vom Klirren eines Glases, dem Rascheln einer Abendzeitung oder einem leisen Husten unterbrochen.

Harry trank einen Schluck von seinem Single Malt, während Charles beim Sprechen dicke blaue Rauchwolken aufsteigen ließ. »Mmm, heute Abend scheint es Roastbeef zu geben. Sie machen hier einen hervorragenden Yorkshire Pudding, wie Sie sich sicher denken können.«

»Ich kenne diesen Tabakgeruch«, bemerkte Harry und atmete den Duft genießerisch ein. »Ich bin sicher, dass unser Brigadier eine ähnliche Marke geraucht hat. Irgendwie machte er immer einen zufriedenen Eindruck, selbst im Schützengraben.«

Charles schmunzelte. Mit Daumen und Mittelfinger entfernte er einen winzigen Tabakkrümel von seiner Zunge. »Es ist ein englischer Cavendish, ein über dem Feuer gerösteter Tabak, der dadurch sehr dunkel wird. Danach wird er gedämpft und manchmal wochenlang fermentiert.«

Harry nickte. Es lauschte gerne Charles' Stimme, die angenehm heiser klang. Ihm war egal, ob Charles über Kricket, den Kaffeepreis, den Zustand der britischen Politik oder eben über seinen köstlichen Tabak redete. Er genoss es, hier zu sitzen und zuzuhören. Es war einfach angenehm, sich von der warmen Atmosphäre des Clubs, der wie alle Clubs war, die er je besucht hatte, einschließlich seines eigenen in Mayfair in London, einlullen zu lassen.

»… er hat einen milden, süßlichen Geschmack, obwohl ich zugeben muss, dass ich nach dem Essen einen Pfeifentabak mit deutlicherer Rumnote vorziehe.« Charles schloss die Augen und paffte zufrieden weiter. Offensichtlich waren seine Erläuterungen über Tabak beendet. »Sie bleiben doch zum Abendessen, oder?«

»Äh, nein, Sir. Das kann ich wahrscheinlich nicht, aber vielen Dank. Würden Sie mir erlauben, vom Clubtelefon aus Ihre Tochter anzurufen?«

Frobisher zog seine buschigen Augenbrauen zusammen, bis sie wie zwei haarige Raupen einander gegenüberstanden.

»Sie hat mir angeboten, mir bei der Suche nach jemandem von *Rowntree's* zu helfen.«

Die Raupen sanken herab. »Ah, genau.«

Harry lächelte erleichtert.

»Nun, sie hat ein gutes Gedächtnis. Wenn jemand Ihnen helfen kann, dann Alex, zumal sie während des Krieges die meiste Zeit mit den Arbeiterinnen zusammen war. Sie hat ihren Lohn gespendet, müssen Sie wissen.«

»Ach ja?«

Frobisher nickte. »Ja, es kam für sie nicht infrage, Geld anzunehmen, aber Arnold Rowntree bestand darauf, sie zu bezahlen. Sie einigten sich darauf, dass sie das Geld für das neue Sanatorium spendete, das die Quäker gebaut haben.«

Harry wartete. Er war froh, dass er nichts sagen musste.

»Es gibt natürlich eine Bezirksirrenanstalt hier, aber die Familie Rowntree war anscheinend äußerst verzweifelt, als eine Frau aus ihrer Gemeinschaft, die dort in Pflege war, verstarb. Sie gelobten, einen ›freundlicheren‹ Ort zu bauen, sodass man sich besser um die geistig Umnachteten kümmern konnte. Dabei dachten sie vor allem an Quäker, aber es sind auch alle anderen willkommen.«

»Diese Quäker sind wirklich erstaunlich, nicht wahr?«, bemerkte Harry und griff nach seinem Whiskyglas.

»Ja. Ich bewundere ihr Mitgefühl und ihren Wunsch, der Gemeinschaft etwas zurückzugeben. Und auch wenn es hart war mitzuerleben, dass sie ihre Männer nicht in den Krieg geschickt haben, so respektiere ich doch ihren Entschluss, zumal alle reichen Quäkerfamilien aus der Gegend in die Kriegsanstrengungen so viel investiert haben, wie sie konnten.«

»Alex' Ehemann war auch nicht im Krieg, oder?« Harry konnte sich die Frage nicht verkneifen.

Frobisher schüttelte den Kopf, und Harry spürte, dass er einen wunden Punkt berührt hatte. »Ah, sie haben ihn abgelehnt. Ich glaube, er hat sich gleich zu Anfang freiwillig gemeldet.«

»Alex sagte, es habe etwas mit seiner Kurzsichtigkeit zu tun?«

»Ja, er sieht nicht besonders gut, und das nützt auf einem Schlachtfeld niemandem.«

Harry lächelte. Charles hob leicht den Finger und winkte einem Kellner. »Ah, James ...«

Ein Mann, der aussah wie ein Filmstar, beugte sich zu Frobisher herunter. »Guten Abend, Sir Charles. Was kann ich für Sie tun?«

»Ich habe meinen Begleiter, Captain Blake, gebeten, das Clubtelefon zu benutzen, um meine Tochter, Mrs Britten-Jones, anzurufen. Er muss einen Termin mit ihr machen. Könnten Sie bitte für eine private Zelle sorgen?«

»Selbstverständlich. Ich habe gehört, Mr Britten-Jones kommt heute Abend nach York zurück, Sir.«

»Tatsächlich? Das ist das Erste, was ich höre. Wie zum Teufel können Sie das wissen, James, wenn seine Familie keine Ahnung hat?«

Es lag etwas seltsam Schmieriges in dem Lächeln des Mannes, als er antwortete. »Ich habe vor etwa einer Stunde eine Nachricht bekommen, Sir, dass er auf dem Weg von London hierher sei, aber er würde so spät kommen, dass er wahrscheinlich im Club übernachtet.«

»Ich verstehe. Oh, nun, das ist seine Sache.«

»Seltsam, dass er nicht auf direktem Wege zu seiner Frau zurückkehrt«, sagte Harry, ärgerte sich dann jedoch über sich selbst, weil er diesen Gedanken laut ausgesprochen hatte.

»Das geht mich nichts an, Sir«, erwiderte James und warf ihm einen merkwürdigen Blick zu. Harry erwiderte den Blick. Irgendwie wirkte er herausfordernd, aber Harry hätte nicht genau sagen können, warum.

»Mr Britten-Jones ist ein sehr beschäftigter Mann, Sir«, fügte er hinzu, aber hinter den höflichen Worten hörte Harry versteckten Trotz. Und damit hatte er eine Antwort auf seine Frage, die jedoch sofort wieder eine weitere Frage entstehen ließ. James, der Kellner, verteidigte Matthew Britten-Jones. Warum?

»Dann kennen Sie ihn wohl recht gut?«, fragte Harry.

Charles mischte sich ins Gespräch. Er blickte zu James, dann wieder zu Harry und gestikulierte mit seiner Pfeife. »Oh, dieser junge Mann kommt ursprünglich aus Bristol. Ich dachte schon, dass Matthew ihn kennt, aber sie versicherten beide, dass sie sich nie begegnet sind.«

»Unterschiedliche Seiten der Stadt«, sagte James, und Harry kam sein Lächeln auf einmal vor wie eine Maske. Jahre in den Schützengräben hatten ihn viel darüber gelehrt, wie Männer ihre wahren Gefühle verbergen. James log zwar nicht, dachte er, ging aber auch nicht allzu verschwenderisch mit der Wahrheit um.

»Captain Blake, möchten Sie jetzt Ihren Anruf machen?«

Das Lächeln war ebenso gezwungen wie der höfliche Ton; Harry vermutete, dass der Mann seine Arbeit nicht gern tat, und es war offensichtlich, dass James vor allem ihn nicht gerne bediente.

»Ja, das wäre schön. Äh, Sir Charles, darf ich Sie um die Nummer bitten?«, sagte er, um Alex den Schutz zu geben, um den sie gebeten hatte.

»O ja, natürlich. James, sagen Sie bitte der Vermittlung, dass sie den Anruf direkt zum Haushalt von Britten-Jones durchstellen soll.«

»Ja, Sir. Folgen Sie mir bitte, Captain Blake.«

Harry trank den letzten Schluck von seinem Single Malt. »Das ist ein ganz köstlicher Scotch, Sir.«

Frobisher tippte sich auf die Nase. »Ich habe Sie gewarnt.« Erfreut über das Kompliment, wandte er sich wieder seiner Pfeife zu.

Harry ging mit dem Kellner hinaus. »Wie lange sind Sie schon hier, James?«, fragte er beiläufig.

»Äh, warten Sie, ich habe im Sommer 1915 hier angefangen, Sir.«

»Sind Sie nicht einberufen worden?« Harry runzelte die Stirn.

Der Mann schüttelte den Kopf. »Ich habe eine Herzschwäche. Sie wollten mich nicht.«

»Da haben Sie Glück gehabt.«

James lächelte schief. »Ich habe meinen Anteil beigetragen und bei der Eisenbahn gearbeitet, die Waren von Norden nach Süden und über den Kanal transportiert hat.«

»Ja, sicher. Und es hört sich so an, als würden Sie Mr Britten-Jones recht gut kennen.«

»Ist das eine Frage, Sir?«

»Ja, ich denke schon.«

»Aber eine neugierige Frage, Sir.«

»Warum?«

»So persönlich.« James wirkte misstrauisch, verbarg das aber geschickt hinter einer verwirrten Miene.

»Das lag nicht in meiner Absicht«, sagte Harry. »Ich kenne ihn überhaupt nicht, wissen Sie, aber ich bin ein Gast seiner Familie und esse in seinem Haus zu Abend. Ich habe mich einfach nur gefragt, was er wohl gerne mag.«

»Sie meinen, welchen Alkohol oder Tabak er bevorzugt?«

»Genau.«

»Nun, Mr Britten-Jones raucht nicht. Er leidet an Asthma, was ihn im Winter sehr quält. Äh, warten Sie. Er mag gerne sehr guten Armagnac, Pisco aus Peru, aber nicht aus Chile, und er trinkt ab und zu einen spanischen Trester, der *orujo* heißt.«

»Er hat also einen ganz besonderen Geschmack«, bemerkte Harry.

»Ja, sehr«, erwiderte James, und Harry war unangenehm berührt, so als ob eine kleine Spinne, die er zwar nicht sehen, aber spüren konnte, über seine Haut krabbelte.

Was entging ihm hier?

»Danke«, sagte er, als James sich mit einer widerwilligen Verbeugung von ihm verabschiedete und auf die kleine Glaskabine zeigte. Harry schloss die Tür hinter sich und nahm den Hörer ab.

»Ich verbinde Sie jetzt, Captain Blake«, drang eine blecherne Stimme durch die Leitung.

»Danke.« Gespannt wartete er darauf, Alex' leicht rauchige Stimme zu vernehmen. Dass sie von The Mount aus mit ihm sprechen konnte, verdankten sie nur der klugen Technik des Telefons. Wie war die Welt nur all die Jahre ohne ausgekommen, fragte er sich gedankenverloren. Dann wurde am anderen Ende abgenommen.

»Alex Britten-Jones?«

Erfreut hörte er, dass Alex und nicht die missbilligende Norma den Anruf angenommen hatte, obwohl er sich natürlich nicht sicher sein konnte, ob die Haushälterin den Anruf nicht möglicherweise belauschte.

»Mrs Britten-Jones, ich habe Captain Blake für Sie«, sagte die Frau an der Vermittlung.

»Oh, vielen Dank«, sagte Alex.

Sie warteten beide, bis die Telefonistin aufgelegt hatte. Harry lauschte angestrengt, ob er jemand Dritten atmen hörte, ob seltsame Geräusche aus der Halle oder der Küche verrieten, dass jemand mithörte. Er lächelte, als er merkte, dass sie ungestört waren.

»Guten Abend, Mrs Britten-Jones.«

»Hallo. Es tut mir leid, dass Sie warten mussten, Captain Blake, aber meine Haushälterin macht gerade eine Besorgung. Ich bin leider ganz allein zu Hause, und ich musste vom Salon aus ans Telefon laufen.«

Damit wollte sie ihm sagen, dass sie nicht belauscht wurden. Sofort änderte sich sein Tonfall. »Kann ich dich sehen?« Harry hörte, wie sie den Atem anhielt. »Ich muss dich sehen. Selbst wenn ich dich nur noch ein einziges Mal sehen kann, muss ich … Ich muss dich einfach noch einmal im Arm halten, und wenn es zum Abschied ist.«

»Sag das nicht.«

»Dein Mann kommt heute Abend nach Hause.«

»Woher willst du denn das wissen?«

»Einer der Kellner hier im Club hat gerade deinen Vater und mich darüber informiert.«

»Ein Kellner?«, wiederholte sie.

»Ich habe gerade mit ihm gesprochen.«

»Typisch. Ich bin mal wieder die Letzte, die es erfährt. Dann fährt er also in den Club und nicht nach Hause?«

»Laut diesem Kellner, ja.«

»Ah, es macht mich wütend.« Sie seufzte.

»Es war schön, dich heute zu sehen, auch wenn ich vielleicht ganz entsetzt dreingeschaut und geklungen habe.«

Sie kicherte. »Ich fand, du sahst sehr gut aus. Zu gut.«

»Lass mich dich sehen … bitte.«

»Es ist gefährlich Harry … für uns beide.«

»Das Risiko ist größer für dich, und ich sollte dich zwar nicht darum bitten, aber ich tue es doch.«

»Ich kann dich nicht sehen. Wir wissen beide, dass wir es nicht dürfen.«

Seine Enttäuschung war so groß, dass Angst in ihm aufstieg. Sie verweigerte ihm sogar, sie noch einmal ansehen zu dürfen …

»Aber es gibt keinen Grund, warum wir uns nicht treffen sollten, um über diese Frau zu reden, nach der du suchst. Ich würde dir gerne helfen, Tom Fletcher endgültig in Frieden ruhen zu lassen.«

Harrys Laune stieg in ungeahnte Höhen wie die Tauben, die in einem kleinen Ort in Frankreich bei Kriegsende aufgeflogen waren – eine für jeden Mann aus dem Ort, der gefallen war. Er erinnerte sich daran, wie zwei Dutzend Ringeltauben oder sogar mehr in den wolkenlosen, strahlend blauen Himmel aufgestiegen waren. Und jetzt hatte auch er das Gefühl, schwerelos in den klaren blauen Himmel zu schweben.

»Ich wäre dir für deine Hilfe sehr dankbar. Sollen wir uns in der Fabrik treffen?«

»Das wäre möglich. Du könntest aber auch morgen früh den Zug nach Harrogate nehmen, und dort könnte ich dich mit meinem Automobil und einem gepackten Picknickkoffer abholen.«

Er lächelte in den Hörer. »Perfekt.«

»Punkt zehn Uhr dreißig.«

»Ich werde da sein.«

»Guten Abend, Harry.« Sie legte auf, und dann piepste und rauschte es kurz in der Leitung, bis es schließlich wieder ganz still war. Er war voller Vorfreude.

»Haben Sie sie erreicht?«, fragte Charles, als Harry zurückkehrte.

»Ja, Sir, danke. Wir treffen uns morgen, und sie nimmt

sich, wenn ich sie richtig verstanden habe, den ganzen Tag frei, um mir bei meiner Suche nach der betreffenden Person zu helfen.«

»Sehr gut.« Charles strahlte. »Sind Sie sicher, dass Sie nicht doch mit uns zu Abend essen möchten, Harry?«

»Nein, vielen Dank. Ich glaube, ich gehe heute früh zu Bett. Morgen ist ein großer Tag. Und ich finde schon allein hinaus, Sir. Danke für Ihre Zeit heute Abend. Es war mir ein Vergnügen.«

Der Dinnergong ertönte.

»Keine Ursache. Sie sind hier während Ihres Aufenthaltes jederzeit willkommen. Sie können sich immer auf mich berufen.«

Ein Kellner trat an den Tisch. »Ihr Tisch ist bereit, Sir Charles.«

»Ah, sehr gut. Wo ist James? Ich wollte ihm noch etwas wegen des Whiskys heute Abend sagen.«

»Ich glaube, er hat heute Abend frei, Sir.«

»Nun gut.« Er wandte sich zu Harry. »Gute Nacht also, mein Freund. Vielleicht sehen wir uns noch einmal?«

Harry schüttelte dem älteren Mann die Hand. »Ich weiß nicht genau, Sir, aber bitte richten Sie Lady Frobisher meine besten Grüße aus.«

Alex' Vater salutierte kurz, und Harry eilte durch die Halle, in der es schwer nach Bratensaft und ein wenig delikater nach Fisch roch, nach draußen. Auf die Speisekarte des *Yorkshire Gentlemen's Clubs* hatte sich die Rationierung offensichtlich nicht ausgewirkt. Während er in der Garderobe kurz auf seinen Mantel und seinen Hut wartete, hörte er entfernt das Klirren von Besteck auf Porzellan. Beim Hinausgehen nickte er dem Portier zu.

Die schweren Eingangstüren wurden hinter ihm geschlossen, und Harry blieb in dem Säulengang vor dem Gebäude stehen. Er spähte in die Dunkelheit hinaus, um das Wetter abschätzen zu können. Er spürte, dass es gleich anfangen würde zu regnen, denn es war zwar kalt, aber doch zu mild für Schnee. Er trug keinen Regenmantel, aber das störte ihn nicht; während des Krieges hatte es fast ständig geregnet, und da hatte er auch keinen Regenschirm dabeigehabt. Als Harry die drei flachen, breiten Stufen hinunterging, blieb er unter dem letzten Steinbogen noch einmal stehen. In den Schlussstein war zu beiden Seiten ein filigranes Muster eingeritzt. Diese Dekoration wiederholte sich in den acht Marmorsäulen, vier auf jeder Seite, die den klassischen Bau stützten. Abwesend warf er noch einen letzten Blick auf den prachtvollen Eingang. Dann zog er seinen Schal über den Mund und steckte die Enden im Mantelkragen fest. Mit hochgezogenen Schultern trat er auf den Gehweg und wandte sich nach rechts, um die Lendal Bridge zu überqueren. Die Nacht hatte sich über York gelegt, und die wenigen Menschen auf der Straße gingen zielgerichtet, um so schnell wie möglich aus der Kälte zu kommen.

Harry dagegen hatte es nicht so eilig, in seinem Zimmer in der Pension anzukommen; vielleicht fand er ja einen Pub, in dem er noch ein Sandwich und ein Ale zu sich nehmen konnte, bevor er endgültig nach Hause ging. Während er das dachte, spürte er die Kälte und das milde Prickeln des Single Malts. Er war nicht betrunken, aber plötzlich beschloss er, dass es vielleicht eine bessere Idee war, heute Abend in der Pension zu essen, auch wenn sie vielleicht nur ein Tablett aufs Zimmer schickten. Außerdem hatte es angefangen zu nieseln. Er blickte zum Himmel und sah im Schein der Straßenlaterne die feinen Regenschleier. Aus einer Straße hinter dem Club kam ein Mann und eilte vor ihm quer über die Straße. Er war groß, in Hut und Mantel gekleidet. Harry schlug den Kragen seines Mantels auf, beschleunigte seinen Schritt und überquerte ebenfalls die Straße. Vielleicht konnte er seinen Heimweg ja durch den Park abkürzen, aber als er ankam, wurden gerade die Tore geschlossen. Achselzuckend nickte er dem Torwärter zu und ging ohne Eile weiter; seine Schritte waren sogar ein wenig beschwingt bei dem Gedanken, dass er Alex morgen sehen würde … Allein … In einem Auto, in dem sie von York und allzu neugierigen Blicken davonfahren konnten.

Während er darüber nachdachte, fiel sein Blick auf den Mann, der vor ihm ging, und dem er bereits seit geraumer Zeit unbeabsichtigt folgte.

Erst als der Regen stärker wurde, und Harry sich hoffnungsvoll nach einer Tram oder einem Taxi umschaute, wurde ihm klar, dass er den Mann kannte. Er hatte einen unverwechselbaren Gang, weshalb Harry sich ganz sicher war. Es war der devote James. Verwirrt runzelte Harry die Stirn und fragte sich, warum er den Kellner vom ersten Moment an nicht hatte leiden können. Es war ihm vorgekommen, als ob James sich auf seine Kosten amüsierte. Nein, nicht auf seine, auf die von Charles Frobisher. Sir Charles hatte möglicherweise gar nichts davon mitbekommen, aber Harry hatte die überhebliche Verachtung, die der Kellner ausstrahlte, sofort gespürt, und seine kriecherische Art hatte sie noch auffälliger gemacht. Und dann war da noch das fast besitzergreifende Verhalten gewesen, als die Rede auf Matthew Britten-Jones kam. Das vor allem hatte Harry noch neugieriger gemacht, als er eigentlich gewesen wäre.

Er sah, dass James um eine Ecke bog, und da seine Neugier erneut erwacht war, verfiel er, ohne zu zögern, in einen Laufschritt, bis er ihn wieder sah. Es sah sowieso so aus, als hätten sie beide die gleiche Richtung. Er folgte James, neugierig auf das Zuhause des Mannes in York, der eine so seltsam beschützende Art gegenüber Alex' Ehemann an den Tag gelegt hatte.

Gleich würde er ja sowieso abbiegen und zu seiner Pension gehen müssen, sagte er sich. Er hielt den Kopf gegen den Regen gesenkt und folgte der dunklen Gestalt vor ihm, die ihm jetzt vorkam wie eine Figur aus einem Aquarell. Der Umriss gehörte zwar zu einer Person, hatte aber keine festen Linien und vor allem keine Farbe mehr, da die Nacht und die Nässe sie zu einem dunklen Fleck verschmolzen hatten.

Harry sah, wie die Gestalt in eine Seitenstraße nicht weit von der Stadtmauer entfernt einbog. Seine Pension war von hier gerade fünf Minuten entfernt. Er blieb an der Ecke stehen und beobachtete James. Die Erregung, die er eben noch gespürt hatte, ebbte ab und versickerte wie das Regenwasser im Gully. Er begann, seine Gedanken auf eine warme Mahlzeit, ein Ale und vielleicht ein Bad zu richten, um sich aufzuwärmen: ein Luxus, von dem er letztes Jahr um die Zeit noch nicht zu träumen gewagt hatte. Während er darüber nachdachte, sah er, dass James es jetzt eilig zu haben schien: Er begann zu laufen und sprang eine kleine Treppe hinauf, die zum Eingang eines der eleganten Reihenhäuser führte. Die Lampe in der Veranda war an, und Harry sah eine weitere Gestalt – offensichtlich ein Mann – aus der Tür treten. Er hörte nicht, was die beiden sagten, aber die Körperhaltung des Mannes, die Art, in der er die Arme zum Himmel hob, sagte ihm, dass es offensichtlich Vorwürfe waren, weil er hatte warten müssen. Unwillkürlich wich Harry zwei Schritte tiefer in die Schatten zurück, und jetzt konnte er die Männer auch hören, obschon er die Worte nicht verstand. Es klang so, als würde James erklären, warum er so spät kam.

Harry beschloss, dass es jetzt an der Zeit war, etwas zu essen, und wandte sich zum Gehen, um über die Hauptstraße zu seiner Pension zu kommen. Aber genau in diesem Moment drehten die beiden Männer sich um, und da Harry nicht entdeckt werden wollte, zog er sich in einen Hauseingang zurück. James kramte in seiner Manteltasche, wahrscheinlich nach den Hausschlüsseln, und zu Harrys Erstaunen lachten die beiden Männer und umarmten sich. Es war zwar nur eine flüchtige Umarmung, aber sie wirkte nicht so wie bei Freunden oder Brüdern, sondern eher … nun ja, wie bei einem Liebespaar. Vor allem als der Fremde liebevoll an James' Ohrläppchen zupfte, als sie sich voneinander lösten.

Und dann verschluckte sie die Dunkelheit des Hauses, aber Harry hörte trotzdem noch, wie sie sich lebhaft unterhielten. Die Tür ging zu, und das Licht über der Veranda wurde von drinnen ausgeschaltet. Die Straße lag mit einem Mal so dunkel da, als sei sie in ein Tintenfass gefallen. Erneut wandte sich Harry zum Gehen, immer noch leicht verblüfft, als oben im Haus das Licht anging. Der Umriss eines Mannes – es war James schlaksige Gestalt – trat ans Fenster und griff nach den Vorhängen. Wieder blieb Harry wie gebannt stehen und wartete darauf, dass der Kellner vom Fenster verschwand, und er endlich gehen konnte, ohne gesehen zu werden. Aber bevor James den Vorhang zuzog, sah Harry, wie sich Arme um seine Taille schlangen und wie James sich in diese

Umarmung umdrehte und seinen Freund und Liebhaber leidenschaftlich küsste.

Harry war schockiert, aber die Szene stieß ihn nicht ab; er war der Meinung, in seinem reifen Alter schon genügend Seltsames gesehen zu haben, aber eigentlich wusste er, dass es eher die langen Kriegsjahre gewesen waren, die ihn die großen Lektionen des Lebens gelehrt hatten. Er hatte schon vor langer Zeit akzeptiert, dass es ihn nichts anging, wenn die Handlungen einer Person ihn nicht direkt betrafen. Der Krieg hatte ihm beigebracht, andere ohne Vorurteile zu sehen; er hatte akzeptiert, dass der Mann im Schützengraben gegenüber keinen privaten Streit mit ihm hatte und dass das Bedürfnis, den anderen zu töten, nicht persönlich war. Dass James homosexuell war, war allein James' Angelegenheit, und Harry hatte nicht vor, sich da einzumischen; wenn James entdeckt würde, erwartete ihn eine harte Strafe. Männer wurden wegen ihrer Homosexualität gehängt, das Gefängnis war ihnen auf jeden Fall sicher, und hinzu kamen noch die grausamen Behandlungsmethoden, die bei manchen angewandt wurden, um eine »Heilung« herbeizuführen. Harry konnte sich vorstellen, dass der Kellner schon oft genug in seinem Leben seine Neigung geleugnet hatte und sein wahres Ich aus Angst vor Entdeckung verborgen hielt. Er lebte sicher in der ständigen Angst, von weniger toleranten Mitgliedern der Öffentlichkeit, die mit Abscheu auf seine Neigung reagierten, entdeckt zu werden.

Harry war nicht einmal annähernd so schockiert, wie er es vielleicht gewesen wäre, wenn er nicht jahrelang mit anderen Männern auf viel zu engem Raum in den Schützengräben zusammen gewesen wäre. Im Schützengraben konnte man sich nirgendwo verstecken … weder vor dem

Tod, der einen suchte, und mit Sicherheit nicht vor den anderen Soldaten, die Schulter an Schulter neben einem standen. Harry hatte nicht häufig Homosexualität erlebt, aber bei einigen Gelegenheiten hatte er heimliche Beziehungen entdeckt und verstanden, dass die Liebe zwischen Männern ebenso tief sein konnte wie die Liebe zwischen einem Mann und einer Frau.

Harry dachte an ein Paar, zwei loyale, tapfere Männer, die auf seinen Befehl hin ohne Zögern aus dem Schützengraben gesprungen waren. Der ältere Mann, Bernard, hatte einen äußerst trockenen Humor. Harry hatte oft über seine sarkastischen Bemerkungen gelacht. Traurig erinnerte er sich, wie Bernard, selbst verwundet und stark blutend, seinen tödlich getroffenen Geliebten über eine Strecke getragen hatte, die ihm unendlich lang vorgekommen sein musste, nur weil er ihn nicht im Niemandsland zurücklassen wollte. Der arme, lustige, loyale Bernard war schließlich zusammengebrochen und hatte sich tränenüberströmt geweigert, sich von Ernest, einem sommersprossigen, großzügigen jungen Mann, den Bernard mehr liebte als sein Leben, trennen zu lassen, weil er lieber neben seinem Geliebten sterben wollte. Sein Sterben hatte zwei Tage gedauert, aber sein Stöhnen galt nur seinem toten Freund, nicht seinem eigenen Leiden. Harry hatte daraus viel über die Treue zwischen zwei Menschen – unabhängig vom Geschlecht – und die Tiefe der Gefühle gelernt, die nicht mit einer abfälligen Geste weggewischt werden konnten.

Er blickte noch einmal zum Fenster, wo James sich gerade aus der Umarmung löste, um den Vorhang zu schließen. Kurz sah Harry seinen Liebhaber, als er angestrahlt von der Beleuchtung im Zimmer aus dem Fenster blickte.

Er hatte sandfarbene Haare und ein gut aussehendes Gesicht mit symmetrischen Zügen und einem entwaffnenden Lächeln. Er war bedeutend kleiner als James. In diesen wenigen Sekunden sah Harry, wie der Liebhaber, der einen teuren dreiteiligen Anzug trug, eine Pfeife herauszog und den unbenutzten Tabak in die Handfläche klopfte. Und dann zog James die Vorhänge zu, und sein geheimes Leben war vor Harry verborgen.

Harry blinzelte in die Nacht. Er beschloss, James zu vergessen und sich auf seine eigene Liebesaffäre zu konzentrieren, die dringend seiner Aufmerksamkeit bedurfte … Und doch hatte er, als er sich von dem Haus entfernte, das seltsame Gefühl, dass die Entdeckung wie ein Gespenst hinter ihm herschlich und ihm auf die Schulter klopfte.

18

Alex war klar, dass sie sich nicht so freuen sollte, sich mit einem anderen Mann zu treffen, aber bei Harry kam es ihr so vor, als zuckten ständig Blitze zwischen ihnen. Mit Matthew hatte sie so etwas nie erlebt; diese gefährliche Freude hatte sie nicht mehr empfunden, seit sie sich als Backfisch in einen Kollegen ihres Vaters verliebt hatte.

Sie beobachtete die Fahrgäste, die aus dem Backsteingebäude des Bahnhofs herauskamen, und spürte, wie ihre Anspannung wuchs. Wen hatte sie mit dem Vorschlag, ein Picknick zu machen, täuschen wollen? Es war eiskalt, und es mochte ja ganz lustig sein, sich im Auto aneinanderzukuscheln und belegte Brote zu essen, aber an Essen dachten sie wahrscheinlich im Moment eher beide nicht.

»Wo bist du, Harry?«, murmelte sie in der Stille des Automobils, und als ob er ihre Frage gehört hätte, trat er aus dem Bahnhof heraus. Alex hatte in Romanen gelesen, wie das Herz einer Frau einen »Satz machte«, wenn sie ihren Liebsten sah. Dieses Gefühl hatte sie bisher noch nicht gekannt, und sie hatte es eher amüsant gefunden, wenn andere Frauen diese Worte wählten, aber jetzt passierte es ihr auch. Wäre ihr Herz nicht vom Rippenbogen umschlossen gewesen, wäre es bestimmt aus ihrem Brustkorb herausgesprungen, so sehr freute sie sich, ihn wiederzusehen. Die geheime Natur ihres Treffens machte alles nur noch erregender.

Sie kurbelte das Fenster herunter, um zu winken und zu rufen, falls es nötig wäre, aber er hatte sie schon gesehen, hob eine Hand, und ihr Herz schlug schneller. Bis jetzt hatte sie dieses Klischee für reine Fantasie gehalten, von Dichtern erfunden, aber es stimmte ... Ebenso wie die schmerzliche Erkenntnis, dass sie bei Matthew diese Gefühle nicht empfand. Sie betrachtete Harry, das ovale Gesicht mit der breiten Stirn und der perfekten, geraden Nase, die weder zu breit noch zu schmal war. Die Lippen waren definiert, er hatte einen schönen Mund und dichte Augenbrauen, die ihm im Gegensatz zu ihrem Mann ein ernstes Aussehen verliehen. Aber während Matthew ständig einen amüsierten Zug im Gesicht hatte, lachte Harry einfach gerne. Er war offen und großzügig mit seinem Vergnügen, wohingegen Matthew immer auf der Hut zu sein schien. Vor allem jedoch fesselte Harrys direkter Blick Alex' Aufmerksamkeit. Er sah sie immer direkt an, auch wenn er verlegen war, und sein Blick war eindringlich – seine Augen weder grau noch grün, sondern irgendwo dazwischen, kühl und abwägend. Als er am Automobil stand, zog er den Hut, und der Wind blies seine dunkelbraunen Haare in seine Stirn. Der Armeeschnitt war herausgewachsen; die Haare mussten jetzt eigentlich wieder geschnitten werden, aber sie wäre am liebsten mit den Fingern hindurchgefahren. Sie räusperte sich, als er sich neben sie auf den Beifahrersitz setzte, sich vorbeugte und sie auf die Wange küsste. »Guten Morgen«, murmelte sie, und eine unsichtbare Welle des Verlangens stieg in ihr auf.

»Es ist ein bisschen kalt für ein Picknick«, sagte sie und schmiegte sich eng an ihn, um seinen Kuss zu erwidern, aber dann zog sie sich wieder zurück.

»Ein Teesalon?«, schlug er vor, aber als sie nur das Gesicht verzog, runzelte er die Stirn und zog eine Augenbraue hoch. »Ein Hotel?« Er klang unsicher.

Alex grinste; ja, offensichtlich dachten sie beide das Gleiche. Eigentlich sollte sie sich schämen, aber die Erregung war stärker als ihr Schuldgefühl. »Hör zu, ich habe eine sehr gute Freundin, die hier in der Nähe lebt.«

Besorgt zog er die Augenbrauen zusammen. »Und?«

»Ich habe sie gestern Abend angerufen, nachdem ich mit dir gesprochen hatte. Sie hat nichts dagegen, wenn wir uns eine Weile in ihrem Haus aufhalten. Charlotte ist diskret, sie hat keine Fragen gestellt. Es ist ein Cottage; sie … ja, nun, sie lebt allein.«

Harry blinzelte und musste ihre Worte sichtlich erst einmal verarbeiten.

»Charlotte war sehr verliebt in einen großartigen Mann. Er ist leider nicht aus Flandern zurückgekommen. Sie will mit niemand anderem mehr zusammen sein, deshalb lassen ihre Eltern sie das Cottage bewohnen – es gehört zu ihrem Besitz. Ab und zu verbringt sie dort Zeit, um ihren Verlust zu überwinden. Sie und William sollten eigentlich nicht weit von Nidderdale entfernt wohnen – in einem wunderschönen Haus.« Sie plapperte dummes Zeug und war sich dessen bewusst. Da half es gar nichts, dass er einfach nickte und sich jeden Kommentars enthielt. »Auf jeden Fall«, schloss sie fröhlich, »besucht sie heute ihre Eltern in Middlesmoor.« Sie erzählte ihm viel zu viele Details. »Sie hat das Feuer im Kamin brennen lassen«, fügte sie als Letztes hinzu.

»Glaubt sie, du bist mit Matthew hier?«

»Ich weiß nicht, was sie glaubt. Und ehrlich gesagt ist es mir auch egal. Wir sehen uns nicht allzu häufig, sind aber schon sehr lange befreundet. Sie weiß, dass ich nicht glücklich bin, und besitzt so viel Taktgefühl, dass sie nicht mehr fragt, als ich zu erzählen bereit bin.« Alex zuckte mit den Schultern. »Eine wahre Freundin eben. Ich würde das Gleiche für Charlotte tun.«

»Nun … wir sollten das Feuer nicht unbewacht lassen«, sagte er.

Sie grinste ihn an und lenkte das Automobil aus dem Ort.

Harrys Gesicht jagte ihr Schauer der Vorfreude über den Rücken, und sie revidierte ihren Gedanken, dass die Erregung zwischen ihnen wie Blitze war. Nein, sie war eher wie das Nordlicht, das sie einmal mit ihrem Vater zusammen beim jährlichen Sommerurlaub in Schottland gesehen hatte, als sie sieben war. Sie hatten das Familienhaus in Argyll verlassen, die Fähre zu den Inseln genommen und ein kleines Cottage auf einem Hügel gemietet. Den größten Teil der Nacht hatten sie unter einer dicken Decke zusammengekuschelt dagesessen und heißen, süßen Kakao aus einer Thermoskanne getrunken – natürlich *Rowntree's Elect* –, weil die Einheimischen ihnen versichert hatten, dass sie in dieser Woche wahrscheinlich die Aurora borealis sehen würden. Und als ob die Engel zugehört und nachgeholfen hätten, war der Himmel auf einmal dramatisch beleuchtet gewesen.

Sie waren aufgesprungen und hatten Freudenschreie ausgestoßen. Die Kälte, die immer größer wurde, je stärker das leuchtend grüne Licht am Himmel wogte, spürten sie gar nicht mehr. Sie staunten nur noch das pulsierende Licht an, das über ihren Köpfen tanzte und lebendig zu sein schien.

»Wie fröhliche Tänzer, Daddy«, hatte Alex ehrfürchtig geflüstert.

Und auch die Stimme ihres Vaters war voller Ehrfurcht gewesen. »Es heißt, Kätzchen, dass dies die Walküren sind, die über den Himmel reiten.«

»Walküren?«, hatte sie gefragt, weil sie das Wort nicht kannte.

»Reiterinnen, übernatürliche Wesen, die den Himmel überqueren, um zu entscheiden, welche Männer sterben und welche Männer die Schlachten überleben.«

»Welche Schlachten, Daddy?«

»Den Burenkrieg, Liebling. Er wird jetzt in Afrika gekämpft, wo ich mir diese Verletzung zugezogen habe«, sagte er und zeigte mit einem Laut des Abscheus auf sein Bein, das er damals noch nachzog.

Sie hatte wenig vom Krieg gewusst, aber als er davon gesprochen hatte, war zwischen all dem Grün ein einzelner roter Streifen über den Himmel gezuckt. Er hatte ausgesehen wie eine Ader, die sich plötzlich mit Blut füllt. Trotz dieses düsteren Augenblicks waren die »fröhlichen Tänzer«, wie man sie manchmal in Schottland nannte, eine lebendige, strahlende Erinnerung voll unvergesslicher Freude für sie geblieben. Und diese Freude empfand sie auch jetzt, in diesem Moment, neben Harry – sie war voller Erwartung und Begeisterung, mit ihm zusammen zu sein. Der Preis für diese Erregung war Scham, aber während ihr Verstand diese Last fühlte, war ihr Herz leicht, als sie auf die Schneeflecken blickte, die noch unter den Hecken am Straßenrand lagen.

»Hat es dir im *Yorkshire Gentlemen's Club* gefallen?«

»Ja. Dein Vater ist eine angenehme Gesellschaft.«

»Er ist wirklich ein Schatz. Mum tyrannisiert ihn, aber nur wegen Dingen, die er nicht für wichtig hält.«

Er nickte. »Ja, das habe ich gemerkt. Er ist ein weiser

Mann. Man sollte den Frauen weitestgehend ihren Willen lassen, und dann führt man eine glückliche Ehe.«

Alex grinste, als sei sie beeindruckt. »Das klingt so, als sprächest du aus Erfahrung.«

»Das weiß jeder Mann von Geburt an, glaube ich.«

Sie lachte. »Wir sind da«, sagte sie und bog von der einsamen Landstraße in einen schmalen Privatweg ein.

Am Ende des Wegs stand ein Steinhaus, das aussah, als sei es einem Kinderbuch entsprungen. Es war vollkommen von Efeu überwuchert, als trüge es einen grünen Mantel gegen die Kälte. Aus einem der Kamine stieg Rauch zum Himmel, der heute so blass war wie das Wasser in einem flachen Teich.

»Ich glaube, es fängt an zu regnen«, bemerkte Harry.

»Komm, lass uns laufen«, drängte Alex, aber dann schafften sie es doch nicht mehr vor dem Regen. Noch nasser wurden sie, weil Alex so lange nach dem Schlüssel suchte, der unter einem Terrakottatopf versteckt sein sollte.

Schließlich fand Harry ihn unter dem Fußabtreter.

»So war sie immer schon«, gestand Alex. »Aber seit das mit Willie passiert ist, ist Charlotte noch schlimmer geworden.«

Harry beobachtete sie mitfühlend, als sie sich mit dem Türschloss abmühte, aber mit jeder Sekunde, die verging, kam er sich mehr wie ein Verbrecher vor. Er legte seine Hand auf ihre.

»Alex?«

Sie lächelte. »Das war schon immer ein bisschen hakelig. Ich habe schon erlebt, dass Charlotte gegen die Tür getreten hat.«

»Sieh mich an.«

Sie wandte sich zu ihm. Der Regen war stärker geworden und rauschte hörbar durch die Baumkronen.

»Lass uns irgendwo eine Tasse Tee trinken. Wir müssen doch nicht … Ich meine, du musst dich nicht verpflichtet fühlen …«

»Was ist los, Harry?«

Er stieß die Luft aus. »Du bist verheiratet. Es ist unfair dir gegenüber.«

»Dafür ist es jetzt ein bisschen zu spät. Du hättest mich nicht küssen dürfen.«

»Hast du nicht eigentlich mich geküsst?«, fragte er.

Sie richtete sich auf. »Ich kann mich ganz genau erinnern, dass du den ersten Schritt gemacht hast.« Ihr Ton war trocken: nicht wirklich witzig, aber auch nicht ganz ernst.

»Du hast mich zu dir nach Hause eingeladen.«

»Aber nicht, damit du mich küsst«, erwiderte sie, ein wenig schärfer.

»Warum denn dann?«

»Bedauerst du es?«

»Dass ich mich in dich verliebt habe?« Er sah ihr an, dass seine Antwort sie überraschte, auf jeden Fall fiel ihr keine schlagfertige Erwiderung ein. »Merkst du das denn nicht?«

Alex schüttelte den Kopf.

»Ich habe das Gefühl, ich bin dabei, dein Leben zu ruinieren.«

»Es war bereits ruiniert, Harry, bevor du gekommen bist, und trotz allem, was ich gerade gesagt habe, habe ich deine Zärtlichkeiten ermuntert. Meine Granny pflegte immer zu sagen, dass man nur mit zwei Händen applaudieren kann. Du hättest mich nicht küssen können, wenn ich es nicht gewollt hätte – das kann ich dir versprechen; glaub mir, mein rechter Haken ist nicht zu verachten.« Sie ballte die Faust; dann blickte sie zum Himmel.

Harry lachte erleichtert. »Aber ich respektiere dich viel zu sehr, um mich völlig danebenzubenehmen.«

»Und deshalb gehst du?« Sie rüttelte an der Tür.

Er zuckte mit den Schultern. »Weil wir nicht zusammen sein können.«

Endlich ging die Tür auf. »Komm herein und lass uns richtig miteinander reden.« Sie trat ein und winkte ihm, ihr zu folgen.

Die Tür schloss die nasse Welt aus, und er war in einem Cottage, das ihn sofort an seine Kindheit erinnerte … Ferien in Frankreich, Ferien zu Hause mit Freunden in Sussex und Hampshire. Das tröstliche dumpfe Ticken einer Uhr zählte auf dem Kaminsims die Sekunden des Lebens, dunkle Dielenbretter knarrten unter ihren Schritten und der Regen schlug leise gegen die unebenen Fensterscheiben, die den Blick auf den Garten und die Felder dahinter leicht verzerrt freigaben. Hier drinnen war es sicher. Die Möbel und die Dekoration waren eine Mischung aus viktorianischem Leben im Übergang zum moderneren edwardianischen Stil, aber alles wirkte so, als habe das Cottage keine Eile, die Vergangenheit loszulassen. Charlotte hatte hier und dort ein paar pastellfarbene und florale Elemente hinzugefügt, aber ihm gefielen vor allem die farbenfrohen Orientteppiche, die wahrscheinlich noch von den Vorbewohnern stammten, und die dunkelgrünen Samtvorhänge an den Fenstern.

»Warte, ich nehme ihn dir ab«, sagte er, als Alex ihren Mantel aufknöpfte. Es war auf jeden Fall eine Gelegenheit, ihr nahe zu sein, sie zu berühren, ohne schlechtes Gewissen, ohne um Erlaubnis bitten zu müssen. Er hatte ihr frisches Parfüm schon bei der Fahrt gerochen, aber jetzt atmete er es tief ein, als er hinter ihr stand, um ihr aus ihrem dunklen Gabardinemantel zu helfen. Er schlüpfte ebenfalls aus seinem Mantel und legte die Mäntel absichtlich über eine Sofalehne, statt sie aufzuhängen, um damit klarzumachen, dass er nicht von einem langen Aufenthalt ausging.

Mit wachsendem Verlangen sah er zu, wie sie ihren Hut, eine Cloche aus Samt, abzog. Ihre Haare waren hochgesteckt, und er stellte sich unwillkürlich vor, wie sie sie lösen würde. Sie fasste sich an die Haare, weil sie merkte, dass er sie anstarrte.

»Stimmt etwas nicht?«

»Nicht im Geringsten. Ich bewundere deine Haare; wie die Farbe deiner Augen erinnern sie mich an die Schokolade, die du so liebst.«

»Ich habe vor, sie abzuschneiden, weißt du.«

»Nein … bitte nicht.«

»Es ist aber modischer, wir leben im modernen Zeitalter.« Sie deutete mit dem Finger eine Linie knapp unter ihrem Ohr an.

»Du weißt, dass wir Männer lange Haare lieben.«

»Dann musst du sie dir selber wachsen lassen«, scherzte sie und brach in Lachen aus. Seine Laune hob sich angesichts ihrer Fröhlichkeit.

»Ich kann mir nicht jeden Tag die Mühe machen, sie hochzustecken, wenn ich meine eigene Schokolade produziere. Außerdem finde ich die modernen Frisuren von heute großartig und sexy.«

»Sexy?«

»Mein neues Lieblingswort; ich habe es irgendwo gelesen.«

»Sexy«, wiederholte er amüsiert.

»Willst du nicht das Feuer schüren, und ich mache uns eine Kanne Tee?«, schlug Alex vor.

»Guter Plan.« Er nickte. »Eine sexy Tasse Tee?«

Sie lachte. »So etwas in der Art.« Sie verschwand in einem der hinteren Zimmer; er hörte, wie ihre Absätze auf dem Fliesenboden in der Küche klapperte, während er in dem nur schwach brennenden Feuer stocherte und frische Holzscheite auf die Glut legte. Gedankenverloren sah er zu, wie die Flammen an dem trockenen Holz leckten, und er spürte die willkommene Wärme, als das Feuer aufloderte und gierig über die neue Nahrung tanzte.

»So«, sagte Alex und kam mit einem Tablett ins Zimmer.

Harry drehte sich um und blickte ihr vergnügt entgegen. »Du scheinst dich hier zu Hause zu fühlen.«

»Ja, das tue ich«, sagte sie und stellte das Tablett auf einen Tisch in der Nähe des Kamins. »Ich beneide Charlotte nicht um ihre Trauer, aber ich bin oft neidisch auf ihre Unabhängigkeit hier. Sie lebt allein, nach ihren eigenen Regeln – sie kocht sogar für sich selbst.«

»Das musst du dir einmal vorstellen!«, sagte er leicht sarkastisch.

Sie warf ihm einen warnenden Blick zu. »Ich habe keine große Wahl. Ich tanze nach der Pfeife eines Mannes, meiner Eltern – sogar nach Normas Pfeife.«

Er warf ihr einen leise empörten Blick zu. »Alex, du überraschst mich. Ich hätte nicht gedacht, dass du dich von der Meinung der Leute über deine Entscheidungen beeinflussen lässt.«

Sie grinste. »Ich nehme eben Rücksicht auf meine Liebsten. Aber ich achte immer weniger auf den äußeren Anschein, fürchte ich.«

»Das klingt gefährlich.«

»Deshalb bin ich hier, ich lebe gefährlich.«

»Ich weiß nicht, was ich dazu sagen soll.«

Sie lächelte. »Milch und ein Stück Zucker?«

»Nur Milch, danke. Ich habe mich daran gewöhnt, auf Zucker zu verzichten, als wir …« Er zog eine Schulter hoch. »Keinen Zucker, bitte.«

Sie rührte die Milch in beiden Porzellantassen um. »Du redest nicht gerne über den Krieg, Harry, oder?«

»Das geht vielen Männern so. Vielleicht ändert es sich im Laufe der Zeit, aber jetzt, nein. Ich glaube, wir wollen das Thema alle vermeiden.«

»Und so tun, als wäre es nie passiert?« Stirnrunzelnd reichte sie ihm Tasse und Untertasse.

Er ergriff sie und stellte sie auf den Tisch. »Das ist unmöglich und wäre naiv. Nein, wir wollen das Thema nur beiseiteschieben, damit wir uns erholen können. Diejenigen, die überlebt haben, sind trotzdem in so vieler Hinsicht verwundet; manche Soldaten werden auf Dauer psychisch angegriffen bleiben. Aber wir müssen weiterleben und dürfen nicht ständig darüber nachdenken oder reden, wie der Krieg war. Wir müssen uns ein neues Leben aufbauen und eine gewisse Distanz zu den Schützengräben schaffen, in denen wir unsere Freunde zurückgelassen haben.«

»Harry, du klingst so traurig.«

Er zuckte mit den Schultern. Sie hielt inne, als ob sie eine wichtige, aber schwierige Entscheidung treffen müsste.

»Willst du mir einen Gefallen tun?«

»Alles.«

Sie zögerte einen Moment lang, beschloss dann aber wohl, ihre Bitte zu äußern. »Willst du mit mir nach oben gehen und dort mit meiner Erlaubnis das mit mir teilen, was wir beide möchten? Wir wissen doch beide, dass wir nur deshalb heute hier sind, und ich kann dir versichern, dass ich es dir nicht schwer machen werde.«

Harry rührte sich nicht, hin- und hergerissen zwischen Schicklichkeit und aufschießendem Verlangen. Sein soldatisches Gefühl für Disziplin und sein Sinn für Anstand ließen ihn zögern. Richtig wäre es, wenn er jetzt sofort aufstehen und das Cottage verlassen würde. Das spürte auch Alex. Sie erhob sich.

»Ich gehe nach oben. Ich hoffe, du kommst mir nach«, sagte sie und ging die Treppe hinauf. Es waren vierzehn Stufen, er zählte jeden einzelnen Schritt, lauschte ihren Schritten auf dem Boden über ihm. Kurz darauf hörte er ein Bettgestell leise knarren, und dann war es wieder still.

Harry holte tief Luft, und dann ließ auch er die dampfenden Teetassen unberührt zurück und ging die Treppe hinauf. Er musste sich bücken, um sich nicht den Kopf anzustoßen, als er an der obersten Stufe angekommen war. Oben waren alle Türen geschlossen, bis auf eine, die in ein Zimmer führte, dessen Wandfarbe mit Alex' taupefarbener Bluse und ihrem dunkelblauen Rock kontrastierte. Sie hatte ihm den Rücken zugewandt, und Harry entging kein noch so winziges Detail in diesem angespannten Augenblick … Das sanfte Schimmern der Perlknöpfe an ihrer Bluse aus schwerer Seide, die in sanften Falten um ihren Körper fiel. Sie saß am Kopfende des Bettes mit einem Himmel aus himbeerrotem Brokat und blickte durch das Fenster mit den Voilestores und den altrosa Chintzvorhängen, die mit dicken Kordeln zur Seite gehalten wurden. Er sah Lampen aus buntem Tiffanyglas und an der Wand gegenüber Landschaften mondbeschienener Szenen in vergoldeten Rahmen.

Bist du dir sicher, Harry?, fragte sein Gewissen. *Es wird einen Preis haben.*

Nach diesem Tag, versprach er sich selbst, würde er immer nur noch »das Richtige« tun.

Schwörst du es?, wollte sein Gewissen von ihm wissen.

Ja, murmelte er leise.

Alex hörte ihn und drehte sich um. Sie lächelte ihn an. »Ich hatte gehofft, dass du bleibst, und geglaubt, dass du es tun würdest.«

»So gut durchschaust du mich?«

Sie stand auf, trat vor ihn und schüttelte traurig den Kopf. »In Wahrheit durchschaue ich dich keineswegs. Du bist so verschlossen. Doch ich weiß, was ich fühlen kann, Harry. Und was ich für dich empfinde ist wie kein anderes Gefühl in meinem Leben, und ich spüre, dass auch du es für mich empfindest ...« Erneut schüttelte sie den Kopf. »Ich muss einfach meinem Instinkt vertrauen.«

»Was ist mit deinem ...«

»Schscht!«, warnte sie ihn. »Sprich es nicht aus. Sprich seinen Namen nicht aus.«

»Aber er ist hier bei uns.«

»Das sind auch all die toten Männer in deinen Träumen, all diese Erinnerungen, die du so unbedingt verdrängen willst. Wir wollen sie alle für ein paar Stunden vergessen. Heute soll es nur um zwei Menschen gehen, die sich nie hätten begegnen sollen, über die aber das Schicksal beschlossen hat, sie zusammenzuführen.« Sie drehte die Handflächen nach oben. »Das Universum wollte, dass dies passiert.«

»Das klingt ziemlich mystisch.«

Sie nickte ernst. »Ich glaube daran. Niemand kann erklären, warum unsere Wege sich kreuzen mussten. Deshalb vertraue ich darauf, mehr als auf meine Ängste oder meine Scham. Ich weiß, dass es nicht richtig ist, Harry, aber ich weiß auch, dass es nicht *falsch* ist. Wir sollten uns begegnen, wurden von Mächten, die wir nicht begreifen, zusammengebracht, und jetzt stehen wir hier, voneinander angezogen wie zwei Magnete. Ich bin hilflos. Ich will nicht dagegen ankämpfen und ein Leben lang bedauern, dass ich etwas so Seltenes hätte erleben können.«

»Alex, wir können anderen Menschen damit wehtun.«

»Hast du letzte Nacht auch daran gedacht, als du diese unsichtbare Grenze überschritten und mich geküsst hast?«

»Ich denke lieber daran, dass du meinen Kuss erwidert hast.«

»Ja, Harry, das habe ich getan, von ganzem Herzen und aufrichtig. Und wie du siehst, laufe ich nicht vor meinem Schuldgefühl davon. Ich stehe dazu. Ich bin schamlos. Ich bin egoistisch. Ich benehme mich schändlich. Und das Schreckliche ist, es ist mir völlig egal.«

»Ich denke an deine gesellschaftliche Stellung.«

»Darüber brauchst du dir keine Gedanken zu machen; das ist meine Sache.«

Insgeheim fragte Harry sich, ob er hoffte, sie würde ihre Meinung ändern und ihm das unvermeidliche Schuldgefühl ersparen. Obwohl er auf dem Schlachtfeld schnelle Entscheidungen getroffen hatte, musste er sich jetzt eingestehen, dass er abhängig von ihrer Entscheidung war. »Ich habe nichts zu verlieren. Bei dir steht alles auf dem

Spiel. Willst du wirklich dieses Geheimnis in deinem Herzen bewahren?«

Ihr Blick verriet ihm, dass sie sich darüber keine Gedanken machte. Das überraschte ihn. »Die ganze Welt besteht aus Geheimnissen. Du hast bestimmt auch welche. Und ich auch. Was bedeutet da schon eines mehr? Wir tun niemandem weh außer uns selber, wenn wir das Geheimnis beide bewahren. Und bevor du mich warnst, Harry, ich bin auf Liebeskummer gut vorbereitet. Davon habe ich jetzt schon genug. Mein Gatte ist kein schlechter Mensch, aber er lässt mich in allen Belangen, in denen ich ihn verzweifelt brauche, im Stich. Ich bitte dich gar nicht, für immer mein zu sein … Ich will nur, dass du jetzt mein bist. Ich habe mich dafür entschieden, obwohl mir die möglichen Erschütterungen voll bewusst sind.« Jetzt lächelte sie wieder.

Er schluckte; ihre Aufrichtigkeit machte ihm zu schaffen.

»Zwing mich nicht zu betteln«, bat Alex.

Jetzt konnte sein Gewissen endlich akzeptieren, dass er der Schwächere von ihnen beiden war. Und als sein Verlangen stärker wurde als seine Entschlusskraft, stöhnte er hilflos auf und riss sie in die Arme. Eine ganze Minute lang hielten sie sich eng umschlungen, ohne sich zu bewegen.

»Wie lange ist es bei dir schon her?«, flüsterte sie an seiner Schulter. »O nein, antworte nicht auf meine Frage.«

»Bist du eifersüchtig?« Er blickte ihr in die Augen.

»Auf einmal ja. Ich hasse deine französische Geliebte.«

»Sie … nur Antoinette? Oder alle?«

»Schuft!«, sagte sie und wehrte sich leicht, als er sie erneut in die Arme ziehen wollte.

»Ich möchte dich küssen. Und damit meine ich alles von dir. Jeden Zentimeter.«

Sie schloss halb die Augen und stöhnte. »Ich wünschte, du würdest es tun.«

Aus ihrer Verspieltheit wurde Glut, als Harry sie umdrehte und die Knöpfe ihrer Bluse aufknöpfte, ohne noch weiter um Erlaubnis zu bitten. Bei jedem Knopf, der aus dem seidigen Stoff schlüpfte, beugte er sich vor und küsste die Haut darunter. Und mit jeder Berührung seiner Lippen seufzte Alex erneut vor Lust auf. Die beiden letzten Knöpfe ließ er ungeöffnet. Er schob seine Hände in die Bluse, die von ihren Schultern rutschte, um ihre Brüste zu umfassen. Sie schmiegte sich mit dem Rücken an ihn.

Alex griff nach der Spange in ihren Haaren und zog sie heraus, sodass ihre schokoladenbraunen Locken ungebändigt herunterfielen. Sein Verlangen war so stark, dass seine Schultern herabsanken. Ihre schlichte Geste machte ihm klar, wie sehr er und die anderen Soldaten es vermisst hatten, eine Frau im Arm zu halten. Wieder murmelte er: »Schneid es nicht ab.«

Sein Atem wurde flacher, als er entdeckte, dass Alex kein Korsett trug und er sich nicht mit einer Vielzahl von Häkchen und Ösen befassen musste. Er spürte ihre Nippel unter dem dünnen Baumwollstoff über ihren Brüsten, der anscheinend nur von schmalen seidenen Trägern gehalten wurde. »Was ist das?«, fragte er fasziniert und drehte sie sanft zu sich herum. Sein Blick fiel auf die Vorrichtung aus Spitze und Baumwolle.

»Man nennt es eine Brassière. Es ist französisch; ich bin überrascht, dass du so etwas noch nie aus der Nähe gesehen hast«, neckte sie ihn und zog eine Augenbraue hoch.

Aber er achtete schon nicht mehr auf das Kleidungsstück. Die sanfte Rundung von Alex' Brüsten, die hoch und stolz auf ihrem Brustkorb saßen, lenkte ihn ab. Er fuhr mit dem Finger an ihrem Schlüsselbein entlang und musste daran denken, wie weh es getan hatte, als er sich Anfang 1915 das Schlüsselbein gebrochen hatte.

Er schüttelte den Kopf. »Ganz offensichtlich entworfen, um Männer schwach zu machen«, sagte er. »Ich habe mich immer schon gefragt, wie Frauen in Korsetts überhaupt atmen können.«

»Gar nicht. Meine Mutter fiel regelmäßig in Ohnmacht; das tut sie auch heute, weil sie immer noch ein Korsett trägt. Meines habe ich weggeworfen. Mir kommt es vor, als sei ich aus dem Gefängnis entkommen … Einem Männergefängnis, denn dieses Kleidungsstück wurde bestimmt von einem Mann erfunden!«

Er blickte nach unten. »Und was ist …?« Er wagte es nicht, seine Frage zu beenden, aber ihr schien seine plötzliche Scheu zu gefallen.

»Dann haben Antoinette und ihre Freundinnen dir also nicht alles beigebracht«, sagte sie. »Ich wollte ja eigentlich sagen, wir brauchen uns nicht zu beeilen«, hauchte sie, »aber …« Sie zog sich die Bluse über den Kopf und öffnete ihren Rock mit überraschender Geschwindigkeit. Dabei enthüllte sie ein dünnes Spitzenhöschen, das sie einfach herunterzog und geschickt entfernte. Sein Mund blieb vor Überraschung offen stehen über ihren Mangel an Scham, als sie ihm ihr milchweißes Hinterteil zuwandte und leise kreischend unter die Bettdecke sprang. »Beeil dich! Hier drinnen ist es eiskalt!«

Er hob das Höschen auf. »Das hier ist also, wie sagst du, sexy?«

»Leg es weg.« Lachend zog sie die Decke bis zur Nase hoch, jetzt anscheinend doch verlegen.

»Du hast es doch hoffentlich noch keinem anderen Mann gezeigt?«, fragte er und schürzte die Lippen.

»Noch nicht einmal meinem Ehemann … Aber er hat auch gar kein Interesse daran. Diese Höschen, Captain Blake, nennt man ›French Knickers‹, und sie sind einfach göttlich zu tragen.«

Er nickte und betastete beeindruckt die Seide und den Spitzenbesatz. Das Höschen hatte so gut wie gar kein Gewicht. »Ich wünsche mir beinahe, selbst so etwas zu haben.«

Sie kicherte fröhlich, und all seine Sorgen und Verantwortlichkeiten fielen von ihm ab.

»Jetzt bist du dran«, drängte sie.

Er grinste. Die sorglose Haltung, die Alex eingenommen hatte, seitdem sie sich im Cottage befanden, gefiel ihm. »Wie lange haben wir Zeit?«, fragte er und schälte sich so schnell er konnte aus seinen Sachen.

»Charlotte ist das ganze Wochenende über weg.«

»Dann können wir hier auch übernachten?«

Sie schüttelte den Kopf. »Nur in deinen Träumen. Nein, mein liebster Harry, wir können ein paar Stunden bleiben, aber dann muss ich zurück.« Schweigend sah sie ihm zu, wie er sich seines Unterhemds entledigte. »Oh«, murmelte sie traurig. »Du warst verwundet?«

Er warf sein Unterhemd beiseite. Seine Haare waren ganz zerzaust und durcheinander. Er legte sein letztes Kleidungsstück ab. »Nur wenige haben den Krieg ohne Verletzungen überlebt.«

»Lass mich deine Wunden küssen«, sagte sie. Er stand nackt vor ihr und genoss es, sie erröten zu sehen, als sie ihn ohne Scham musterte. Ihre Stimme klang rau. »Du siehst so unglaublich gut aus, Harry. Ich glaube, ich muss darauf bestehen, dass du von jetzt an deinen Badeanzug weglässt und in deinem Geburtskostüm schwimmen gehst.«

»Nur, wenn du dabei bist«, sagte er und beugte sich über sie. Sie zog die Decke weg, um ihn zu empfangen. Er spürte ihre Haut auf seiner Haut, eine unvergleichliche Wärme und eine Erfahrung, die er schon länger entbehrt hatte, als er Alex je gestehen würde. »Ich glaube nicht, dass wir es so langsam angehen können, wie ich es gerne hätte«, stieß er atemlos hervor.

Sie kicherte wieder, und er legte sich auf sie und fühlte ihren langen, schlanken Körper unter seinem. Kurz hielt er inne und stützte sich auf die Ellbogen, um sie mit hungrigen Blicken zu betrachten. Er strich ihr die dunklen Haarsträhnen aus der Stirn. »Wie auch immer unser Leben nach dem heutigen Tag verläuft, du sollst wissen, dass dieser Mann dich in diesem Moment mehr liebt, als er jemals geliebt hat oder lieben wird. Wenn ich mit dir zusammen bin, verliere ich mich in deiner ... deiner ... Sexiness.« Tränen traten ihr in die Augen, und er küsste ihr die salzige Gefühlsregung weg. »Weine nicht. Du musstest das einmal hören. Du musst wissen, dass du ungeheuer liebenswert und begehrenswert bist, eine rundum erfreuliche Gesellschaft. Dein Mann mag intelligent, begabt und reich sein, aber er ist ein Narr, weil er nicht jeden Abend nach Hause eilt, um das Bett mit dir zu teilen.«

Sie küsste ihn so zärtlich, als nähmen sie schon Abschied voneinander. Dabei wünschte er sich, sie müssten dieses Cottage, dieses Zimmer nie mehr verlassen.

»Ja, ich musste das hören«, flüsterte sie.

»Und jetzt werde ich ein Versprechen einlösen.«

»Welches?« Sie klang verwirrt.

»Jeden einzelnen Zentimeter von dir mit Küssen zu bedecken. Und ich glaube, ich fange genau hier an«, sagte er und glitt unter die Decke. Ihr Kichern klang so köstlich in seinen Ohren, dass er wünschte, er könnte es sein ganzes Leben lang hören, bis zu seinem Tod.

19

In behaglichem Schweigen lagen sie nebeneinander, warm und eng umschlungen: Beine und Finger ineinander verschränkt, ihre Haare lagen über seinem Hals, und ihre Köpfe berührten sich leicht.

Alex wünschte sich, dass das schläfrige Schweigen nie endete, aber die Uhr tickte unablässig weiter und erinnerte sie daran, wie kurzlebig diese romantische Flucht sein musste. Sie wollte nicht, dass er sich von ihr löste; am liebsten hätte sie seine Haut täglich gespürt und darüber gestaunt, wie anders sie sich im Gegensatz zu Matthews anfühlte, dessen Körper blass, haarlos, runder, glatter, weicher war …

Hätte sie die Wahl gehabt, hätte sie Harrys härteren, eckigen, schlankeren Körper vorgezogen. Sie liebte die Härchen auf seinen Armen und seinen festen Bauch. Sie konnte mit dem Finger an seinen Muskeln entlanggleiten, die sich deutlich an seinem viel zu mageren Körper, der Nahrung und Liebe brauchte, abzeichneten. Matthew roch nach Seife, Haarpomade und Toilettenwasser. Sie konnte Harrys Geruch nicht benennen, aber sie wusste instinktiv, dass es der Geruch von Männlichkeit war. Zum ersten Mal in ihrem Leben wusste sie, wie es war, von starken Armen gehalten zu werden, von einem Mann geliebt und begehrt zu werden, der sie eindringlich anschaute, bevor er sie küsste und all seine Gefühle in diese Küsse legte. Sie brauchten keine Worte, weil seine Handlungen ihr sagten, wie sehr er sie liebte und wie er sich in ihrer Gegenwart fühlte. Harry hatte eine fast wilde Gier an den Tag gelegt, die sie erregte. Eine solche Erfahrung hatte sie in all der Zeit mit Matthew nicht ein einziges Mal gemacht.

Und jetzt, nachdem diese aufgestaute Leidenschaft und das Begehren nachgelassen hatten, lagen sie still und zufrieden da.

»Wir sind wie Schokolade, die ineinander verschmilzt«, murmelte er, und Alex lächelte über das Bild. »Temperiert, natürlich«, fügte er hinzu.

»Es freut mich, dass du mir aufmerksam zugehört hast.«

»Und, wann fängst du mit deinem eigenen Schokoladenimperium an?«

»In einem Monat oder so. Ich habe eine Lokalität in der Stadt gefunden und warte nur noch auf einige Geräte. Ich möchte bestimmte Maschinen aus der Schweiz, aber es ist wirklich schwierig, sie nach York zu bekommen.«

»Dabei kann ich dir sicher helfen.«

»Ja? Wie?«

Er schüttelte den Kopf, als wolle er jetzt nicht darüber reden. »Was wirst du als Erstes machen?«, fragte er stattdessen.

»Nun, wir wollen mal sehen«, sagte sie. Sie drehte sich in seiner Umarmung um und gab ihm einen Kuss auf die Brust. »Ich glaube, ich mache zuerst eine kleine Produktion von Pralinen mit weichem Kern«, sagte sie so nachdenklich, als ob sie ernsthaft auf seine Frage eingehen würde. Sie löste ihre Finger aus seinem Griff und fuhr mit dem Finger über seinen Bauch tiefer, unter die Decke. Dort spürte sie die Reaktion, auf die sie gehofft hatte.

»Und ja, in der Tat, vielleicht mache ich auch *wesentlich mehr* Pralinen mit *hartem* Kern«, fügte sie hinzu.

Er lachte leise. »Du bist ein kleiner Fuchs, Mrs Britten-Jones. Erzähl mir mehr. Ich möchte von deinen Träumen hören.«

»Hast du keine eigenen?« Alex stützte sich auf einen Ellbogen, um ihn zu betrachten.

Er erwiderte ihren Blick und schüttelte den Kopf. »Nein. Ich freue mich nicht auf morgen.«

»Wie öde … Du hast einen Krieg überlebt, Harry. Versuch es doch bitte mal.«

»Das mache ich. Nach unserem Telefongespräch gestern Abend habe ich zum ersten Mal seit Jahren die ganze Nacht durchgeschlafen, und heute war der erste Morgen seit Jahren, an dem ich wieder gepfiffen habe.« Alex kicherte. »Wirklich, ich habe gepfiffen!«

»Was ist bloß in dich gefahren?«, fragte sie neckend.

»Du. Du bist einfach in meinem Kopf; ich kann dich nicht abschütteln.«

»Ich will auch nicht abgeschüttelt werden, Harry. Ich will hier drin leben«, sagte sie und berührte seine Schläfe. »Für immer … Als deine geheime Geliebte, über die du nie hinwegkommst.«

»Abgemacht«, murmelte er, und als er sich ein wenig mehr zu ihr hindrehte, gab sie ihm einen Kuss, um die traurigen Gedanken, die sie plötzlich beide erfüllten, zu verbannen.

Harrys Kuss wurde leidenschaftlicher, von Schläfrigkeit war nichts mehr zu spüren, und insgeheim staunte sie darüber, mit welcher Leichtigkeit seine Glut sich von Neuem entzündete. Leise Schuldgefühle stiegen in ihr auf, als sie an Matthew dachte. Er fand immer einen Weg, ihre Avancen abzuwehren, für gewöhnlich lachte er einfach nur. Er erzählte ihr lange, komplizierte Geschichten und erklärte ihr dann, er habe den Faden verloren oder sei plötzlich schrecklich müde. »Spar es dir für morgen auf«, war sein Lieblingssatz. Dann drückte er ihr einen flüchtigen Kuss auf die Wange und verließ sie, um wie ein altmodischer Gentleman am anderen Ende des Flurs zu nächtigen.

»Ich will dich ansehen«, hörte sie, und dann wurde sie sanft, aber doch mit fester Hand auf ihn gesetzt – eine ganz neue, erregende Erfahrung für sie. Als Harrys Hände ihre Hinterbacken umfassten, wurden alle Gedanken an Matthews Kühle von der Hitze seines Verlangens versengt, und sie konzentrierte sich ganz auf dieses neue, zutiefst intime Gefühl, das ihr offenbar Kontrolle über ihn verlieh. Harry schloss die Augen und bäumte sich auf, und sein Stöhnen erregte sie so, dass in den nächsten Augenblicken niemand anderer Zutritt zu ihrem Reich hatte. Harry ergab sich ihr, und als auch sie ein immer drängenderes Verlangen empfand, kam es ihr vor, als lösten sich unsichtbare Fesseln.

Als sie beide in der Erlösung erschauerten, brach sich auf einmal alles Bahn, was sie bisher zurückgehalten hatte, und Alex erlebte einen Moment der Offenbarung … der Macht. Ja, genau das war es, stellte sie schwer atmend fest.

Es war so, als ob Harry ihre Gedanken hören könnte. »Da siehst du, was du mit mir machst«, beschuldigte er sie lächelnd. Die Augen hatte er immer noch geschlossen.

»Was mache ich denn?«

»Du machst mich ganz schwach«, sagte er.

Alex grinste. Sie genoss diese Enthüllung, diese Erkenntnis, dass sie Macht besaß. Und auf einmal wurde ihr die Kehle eng, weil ihr klar wurde, dass Matthew alle Fäden in der Hand hielt. Er bestimmte, wo sie lebten, wohin sie gingen, mit wem sie verkehrten, sogar, was sie anziehen sollte. Seine Kontrolle äußerte sich oft als Vorschlag oder Kompliment – »In Blau bist du schön wie ein Gemälde, mein Liebling. Du solltest die Farbe immer tragen« –, aber im Grunde führte sie ein gehorsames Leben, ohne es zu merken.

»Woran denkst du?«, fragte Harry plötzlich. »Du siehst so nachdenklich aus.«

»Daran, dass ich wünschte, dieses Cottage nie mehr verlassen zu müssen, dass es uns gehörte und wir hier ein einfaches Leben führen könnten.«

Er setzte sich auf und küsste sie. »Ein wunderbarer Gedanke.«

»Würdest du versuchen, mich zu kontrollieren, Harry ... wenn wir zusammen wären, meine ich?«

»Kontrolle? Das ist ein hartes Wort. Nein, ich glaube nicht, dass ich dich kontrollieren könnte, und ich würde es auch nicht wollen. Ich mag dich so, wie du bist: mit langen, offenen Haaren, eine Verführerin, bei der ich schwach bin, die mich mit Schokolade füttert, sexy Höschen trägt, mit mir Tee kocht und im Automobil herumfährt.«

»Und reitet«, fügte sie hinzu.

»Und auf so süße Art zu lieben versteht, dass ich hilflos bin.«

»Mmm«, sagte sie und legte sich wieder neben ihn. »Und warum bist du so, während andere Männer von uns erwarten, dass wir tun, was sie uns sagen?«

»Jeder Mann, der glaubt, Kontrolle über eine schöne, intelligente Frau zu haben, macht sich etwas vor. Sie besitzt ihn.«

»Auch wenn sie arm ist?«

»Nun, Armut hindert sie nicht daran, klug zu sein. Auch wenn sie arm ist, kann sie Entscheidungen für sich selbst treffen und ein Gefühl dafür haben, welchen Weg sie gehen will.«

»Ich finde es großartig, dass du das glaubst.«

Harry zuckte mit den Schultern. Offensichtlich war er nicht daran interessiert, im Bett politische Diskussionen zu führen, aber sie fühlte sich wie neu belebt, ob nun durch ihr sexuelles Erwachen oder die Entdeckung, dass die alte Alex Frobisher eine neue Frau von heute war.

Wie würde sich das von nun an auf ihr Leben auswirken? Es war ja schön und gut, dass sie sich jetzt, neben einem Mann, der sie liebte, stark fühlte. Aber wie würde es morgen aussehen, wenn er weg war?

Musste er überhaupt gehen? Mussten sie sich wirklich voneinander trennen? Gab es keine Möglichkeit für sie zusammenzubleiben?

Alex wollte noch nicht einmal auf ihre Uhr blicken, obwohl ihr klar war, dass die Zeit wahrscheinlich schneller vergangen war, als sie annahm. Sie würden sich bald schon voneinander lösen müssen.

»Harry, kann ich dich etwas Persönliches fragen?«

»Ich vermute, das tust du so oder so«, sagte er. Rasch warf er einen Blick auf die Uhr. Er war höflich genug, nicht zu erwähnen, wie spät es war, aber sie wusste doch, dass ihre wenigen innigen Stunden jetzt bereits in der Vergangenheit lagen. In Kürze würde sie sich wieder ankleiden müssen, sich mit dem Mantel der Achtbarkeit umgeben und erneut die brave Ehefrau spielen müssen.

»Ich habe das Gefühl, dich fragen zu müssen.« Sie hielt

kurz inne, dann fuhr sie fort: »Warum liebst du eigentlich noch keine andere Frau?«

»Das tue ich doch.« Er warf ihr einen Blick. »Aber es ist eine hoffnungslose Liebe.«

Sie schluckte. »In Ordnung, ich habe es nicht anders gewollt. Ich hätte fragen sollen, warum du nicht verheiratet bist.«

Er schwang seine Beine über die Bettkante, und sofort fehlte ihr seine Wärme. »Ich habe nie das richtige Mädchen gefunden.«

»Ach komm, Harry. Die Frauen haben sich dir doch bestimmt schon seit Jahren an den Hals geworfen.«

Er schnaubte leise.

»Lass uns noch einmal anders an das Thema herangehen.«

»Muss das sein?« Er stand auf und begann, seine Kleidungsstücke einzusammeln.

Alex stellte fest, dass er sich plötzlich zurückzog und sich vor ihr bedeckte. Zweifellos fühlte er sich von ihrer Frage entblößt.

»Ich bestehe darauf. Gibt es jemanden in deinem Leben?«

»Dich.«

»Ich zähle nicht.« Sie setzte sich auf, lehnte sich ans Kopfteil und sah ihm zu, wie er sich anzog.

»Warum?«

»Du weißt warum.« Er war schnell, zog sich bereits die Socken an und blickte sich suchend nach seinen Schuhen um. Höchstwahrscheinlich hatte er sich dieses Tempo im Krieg angewöhnt. »Wer sonst noch?«

»Meine Mutter.«

Alex lachte. »Sie zählt auch nicht. Jeder Junge liebt

seine Mama. Es muss noch jemand anderen geben … Und sag jetzt nicht, deine Tante oder dein Lieblingshund oder -pferd. Sag mir die Wahrheit. Ich habe sie verdient.«

Sie wartete. Harry machte den Eindruck, darüber nachzudenken, während er schweigend seine Schuhe zuschnürte. Das Bett schaukelte leicht, als er sich bewegte, und sie stellte fest, dass das Schweigen unbehaglich geworden war. In Sekundenschnelle war eine Spannung entstanden, die sie vorher in seiner Gegenwart nicht empfunden hatte. Sie hätte am liebsten die Frage zurückgezogen, sie nie wieder gestellt, aber jetzt war sie nun einmal heraus, und er überlegte offensichtlich, wie er am besten antworten sollte.

»Es gibt jemanden, Harry, nicht wahr? Jemanden, vor dem du wegläufst. Bist du deshalb hier in York, um einen Botengang zu machen, um den dich niemand gebeten hat?«

Die plötzliche Stille im Zimmer – Harry saß mit gesenktem Kopf starr wie eine Statue mit dem Rücken zu ihr – gab ihr die Antwort, die sie eigentlich gar nicht hatte wissen wollen, wie ihr auf einmal klar wurde, obwohl sie ihn mit allen Mitteln dazu gedrängt hatte.

»Ja, Bethany«, sagte er. Seine Stimme klang so schwer wie das Gewicht, das auf seinen Schultern zu lasten schien.

»Bethany?«, wiederholte Alex mit erstickter Stimme.

»Die Verlobte meines Bruders.«

Alex zögerte, aber als Harry nicht weiterredete, fragte sie drängend: »Was hat die Verlobte deines Bruders mit uns zu tun?«

Harry stand auf. Er sah sie immer noch nicht an, sondern schaute aus dem Fenster auf die Bäume und Felder.

Sie wusste genau, was er sah; sie schlief immer in diesem Zimmer, wenn sie Charlotte besuchte. Seit ihrer Jugend kamen sie schon in dieses Cottage, und wenn man sie gefragt hätte, hätte sie die Landschaft, in der es lag, genauestens beschreiben können. Deshalb folgte sie seinem Blick auch nicht, sondern schaute ihn an, sah den inneren Kampf, der sich auf seinem Gesicht widerspiegelte. Die Erinnerung, wie er gestern fast nackt im Schwimmbad vor ihr gestanden hatte, blitzte kurz vor ihrem inneren Auge auf. Sie hatte den Blick nicht von seinem entblößten, muskulösen Oberkörper voller silbriger Narben, die sie eben erst mit heilenden Küssen bedeckt hatte, abwenden können.

Bethany.

Sie hatte nichts gegen den Namen oder gegen die Frau, die ihn trug, aber im Geiste stolperte Alex darüber wie über einen Baumstamm, der sie auf ihrem Weg in die Zukunft behinderte.

In die Zukunft? Was sollte das denn heißen, schalt sie sich, während sie darauf wartete, dass er antwortete. Eine Zukunft mit Harry? Ohne Matthew? Scheidung? Unmöglich. Was dachte sie sich? Das würde sie ihren Eltern, dem Namen ihrer Familie, sich selbst nie antun. Was für eine Demütigung! Wenn es dazu käme, würde sie sich vielleicht nicht so sehr darum sorgen, was ihre unmittelbare Familie von ihr und ihrer Handlungsweise dachte, aber außerhalb von *Tilsden Hall* wären die Auswirkungen auf den Namen Frobisher schon gewaltig.

Harrys Räuspern riss sie aus ihren Gedanken.

»Es ist nicht so, dass ich unaufrichtig zu dir war, aber ich habe dir meine Situation nicht erklärt. Zuerst einmal musst du wissen, dass mein Name Henry Blakeney ist. Aber in meiner Familie wurde ich immer Harry gerufen, und um als Soldat nicht anders behandelt zu werden, habe ich mich in der Armee Harry Blake genannt.« Er zuckte mit den Schultern. »Der Name ist geblieben. Ich habe Angst davor, zurück nach Blakeney zu gehen.«

»Blakeney«, wiederholte Alex flüsternd. »Du meinst doch nicht etwa die Blakeneys aus Southampton, oder?« Sie blinzelte erschreckt. »Doch, natürlich ... Du hast ja gesagt, du bist im Import.«

Er zuckte verlegen mit den Schultern. »Na ja, streng genommen ...«

Sie ignorierte seine Bemerkung, sprang aus dem Bett und nahm ihren üblichen Morgenmantel vom Haken hinter der Tür. Die Chartreuseseide umfloss weich ihren Körper, den sie auf einmal unbedingt bedecken wollte. »Keine Spitzfindigkeiten, Harry. Deiner Familie gehört die Reederei, über die Rowntree Kakao, Vanille und andere Waren importiert.«

Er nickte und seufzte leise. »Ja, das sind wir. Southampton ist unser Geschäftsstandort; ich habe ein Haus in London, und der Stammsitz der Familie ist in West Sussex außerhalb einer Ortschaft namens Cuckfield. Mein Vater ist tot, aber meine Mutter lebt noch. Sie ist bei bester Gesundheit und tyrannisiert den Gemeindepfarrer wegen seiner Predigten.« Er lächelte leise, als er daran dachte.

»Oh, Harry«, murmelte sie, halb ehrfürchtig, halb entsetzt. »Warum hast du mir das nicht erzählt?«

»Was hätte es denn genützt?«, klagte er und kratzte sich verlegen den Kopf. »Ich kenne dich doch erst seit zwei Tagen, und am Anfang schien es keine Rolle zu spielen, wer ich war. Ich war eben ein entlassener Soldat auf einer Mitleidsmission. Details waren nicht vonnöten bis gestern Abend, und seitdem gab es einfach noch keine Gelegenheit. Außerdem hasse ich es ehrlich gesagt, nach meinem Familiennamen beurteilt zu werden. Stell dir nur vor, wie deine Mutter reagiert hätte … Sogar du hättest mich anders behandelt.«

»Glaubst du das wirklich?«, fragte sie ihn vorwurfsvoll.

Er hob die Hände. »Ich gebe zu, dass das jetzt unfair war, aber gerade du solltest wissen, wie es ist. Haben dich die Leute bei *Rowntree's* nicht auch ein wenig anders behandelt als eine normale Arbeiterin? Das kannst du nicht leugnen.«

Alex wurde rot, als sie daran dachte, dass sie gerade wegen ihrer geschliffenen Aussprache die Stelle als Fremdenführerin für Prominente bekommen hatte. Und ihr fiel ein, wie die Mädchen in der Fabrik an ihrem ersten Tag Abstand zu der neuen Mitarbeiterin gehalten hatten, die auf The Mount lebte und es sich leisten konnte, Freiwilligendienst zu machen, weil sie nicht auf das Gehalt angewiesen war. Aber sie sagte nichts. Harry fuhr fort: »Und außerdem hatte ich keine Lust, meinen richtigen Namen preiszugeben; mir gefiel es einfach, auf diesem Ausflug ein ›Niemand‹ zu sein. Ich wollte nur noch ein paar Tage Anonymität, und bevor du mir einen Vorwurf machst, ich habe nicht geplant, was zwischen uns geschehen ist. Wir sind uns zufällig als Fremde begegnet, und ich habe nicht damit gerechnet, dich nach diesem Tag in der Fabrik noch einmal zu sehen.«

»Aber du hast mich gesehen, Harry, und du warst wohl kaum besonders zurückhaltend. Du kannst zumindest aufrichtig sein.«

Er begann, im Zimmer auf und ab zu gehen, und sein normalerweise beherrschtes Verhalten bekam Risse. »Dies ist die erste Gelegenheit, dir alles zu sagen, was du wissen musst; lass die letzten Stunden Revue passieren, dann weißt du, dass ich aufrichtig war.«

»Du hättest es mir schon vorgestern Abend sagen können.«

»Ja, ich hätte hereinkommen, meinen Hut abnehmen und sagen können: ›Wissen Sie was, Mrs Britten-Jones, wir wollen jetzt lieber nicht ein wenig zusammen lachen, bis Ihre Eltern kommen, sondern ich erzähle Ihnen alles über meinen traurigen Hintergrund. Sie werden mich danach mit anderen Augen sehen und mich vielleicht sogar hassen.‹«

Sie schürzte die Lippen. »Du brauchst gar nicht sarkastisch zu werden.«

»Ich habe es einfach nicht für möglich gehalten, dass ich die Liebe finde, Alex. Aber, wie du es formulierst, das Schicksal hat eingegriffen … Als ob es sich ein paar Tage lang auf unsere Kosten amüsieren wollte. Ich versichere dir, es hilft dir gar nichts, meinen Hintergrund zu kennen. Es wird dich eher verletzen, und das will ich auf keinen Fall.«

Sie ließ sich jedoch von seinem Argument nicht abschrecken, obwohl es fair klang … sogar liebevoll, aber Alex litt jetzt, und ihre Schmerzen wurden von einer völlig fremden Frau namens Bethany verursacht.

»Nichtsdestotrotz gehst du ohne Skrupel mit mir ins Bett, und dann verabschiedest du dich einfach von mir, als sei ich nur eine Bekannte … mit Worten wie ›Ich hoffe, unsere Wege kreuzen sich noch einmal‹ … so in der Art? Wie nett. Wie umsichtig von dir«, bemerkte sie spitz. Sie hatte ihren Gesichtsausdruck nicht mehr unter Kontrolle, und sie wusste, dass sie aussah, als ob sie an einem Zitronenschnitz lutschte.

Er hob geschlagen die Arme. »Alex, ich kann nicht gewinnen.«

»Du meinst, wenn du mir von vornherein gesagt hättest, dass es eine romantische Verpflichtung in deinem Leben gibt, hätte ich wahrscheinlich nicht zugelassen, dass du mich liebst, deshalb lag es in deinem Interesse, dir dieses Juwel für nach der Verführung aufzuheben?« War das Eifersucht, fragte sie sich, insgeheim beschämt über ihre dramatische Reaktion.

»Nein«, stöhnte er.

»Hast du denn vor, deine Verpflichtung dieser Frau gegenüber aufzulösen?«

Er hatte bisher noch gar nichts von einer Verpflichtung gesagt, und doch zog sie bereits ihre eigenen Schlussfolgerungen. Die Worte waren heraus, bevor sie sie zurückhalten konnte, und jetzt standen sie in einsamem Elend zwischen ihnen. Erwartete sie wirklich von ihm, eine so wichtige Frage hier und jetzt zu beantworten? Und wozu überhaupt? Schließlich war sie ja auch nicht frei, um mit ihm durchzubrennen.

Alex sah, wie Harry blinzelte, vermutlich, weil sie sich so lieblos über Bethany äußerte, und zweifellos auch, weil sie so bitter klang. Ihr kam in den Sinn, dass Minerva Frobisher heute mit Recht stolz auf ihre Tochter gewesen wäre; sie legte all die zänkischen Eigenschaften ihrer Mutter an den Tag, die sie so hasste. Eigentlich hatte sie doch geglaubt, nicht so zu sein. Oder machte sie sich selbst so zum Narren, weil sie die andere so tief beneidete? Es tat mehr weh als jede körperliche Verletzung. Völlig unerwartet hatte sie ein Giftpfeil getroffen, und sie fühlte, wie das Gift ihren ganzen Körper durchströmte, mit jedem Herzschlag durch ihre Adern pulsierte. Da sie nicht mehr stillstehen konnte, zog sie sich an.

Als sie in ihre Kleidungsstücke schlüpfte und ihm den Rücken zuwandte, sagte er mit gebrochener Stimme: »Lass mich es dir bitte erklären. Bethany war mit meinem älteren Bruder verlobt. Edward war alles, was ich nicht bin.«

»Was soll das denn heißen?«, fragte sie und zog ihre Bluse an. Jetzt bedauerte sie, dass sie ein Kleidungsstück gewählt hatte, das auf dem Rücken zugeknöpft wurde. Sie griff hinter sich, aber Harry war da, bevor sie den ersten Knopf berührt hatte. Sie spürte, wie er die Bluse zuknöpfte. Sie hinderte ihn nicht daran, aber sie stand wie erstarrt da. Er war ihr so nahe, dass sie die Wärme seines Körpers fühlen konnte.

»Ich bin eher wie ein alter Rotwein, während er perlender Champagner war«, sagte Harry. Sie wartete, ließ den Kopf sinken und hielt ihre Haare auf der Seite. »Ed war witzig, glücklich, immer fröhlich, nie launisch, er liebte die Familie und unser Unternehmen. Er war der perfekte Sohn, der ideale Erbe, der beste Bruder.«

»Und Edward ist gestorben?«, sagte sie und trat einen Schritt nach vorn, als sie spürte, dass der letzte Knopf geschlossen war. Sie hatte Angst, ihn aus Mitgefühl in die Arme nehmen zu wollen, deshalb richtete sie ihre Kleidung und hielt Ausschau nach ihren Schuhen.

Erneut räusperte er sich leise. Offensichtlich konnte er seine Gefühle nur so im Zaum halten. »Ja. Er war ein ganz besonderer Mann, hat sich als einer der Ersten 1914 freiwillig zur Armee gemeldet, und Anfang 1915 ist er gefallen. Seine Leiche wurde nie gefunden, und bevor du fragst, ja, das ist wahrscheinlich einer der Gründe, warum ich mich zu der Truppe gemeldet habe, die die Gefallenen eingesammelt hat. Ich habe immer gehofft, eines Tages Ed zu finden, und gleichzeitig habe ich diesen Moment gefürchtet.«

»Oh, Harry«, murmelte sie voller Mitgefühl und drückte seinen Arm. Es hatte keinen Zweck; sie konnte nicht so tun, als würde sie ihn hassen, obwohl er ihr im Moment solche Qualen bereitete.

Er blickte sie an und legte seine Hand über ihre. Harry redete weiter; es war, als hätte sich ein Tor geöffnet, das jahrelang fest verschlossen gewesen war. »Wir waren nur eine der zahllosen Familien, die um Angehörige trauerten, aber Bethany war untröstlich, weil der Verlust ihres Verlobten ihr Leben, ihre Träume, ihre Zukunft zerstört hatte.«

Alex runzelte erschreckt die Stirn; damit hatte sie nicht gerechnet, und doch hatte sie es tief im Inneren sicherlich gewusst. Ein Mann wie Harry ging einfach nicht unbemerkt und ungeliebt durchs Leben. Sie trat ans Fenster und lehnte sich an den Rahmen, in der Hoffnung mit dem, was er ihr sagte, umgehen und fertigwerden zu können. Wie sie sich entschied, spielte jedoch keine Rolle. Alex war sicher, dass sie die Liebkosung seiner Lippen an ihrer Haut für den Rest des Tages spüren würde, und sie würde sich wahrscheinlich noch jahrelang nach diesen Küssen sehnen. Sie schluckte, und Scham stieg in ihr auf, als sie an ihre Eltern dachte und wie sehr sie sie enttäuschte, weil sie ihr Verlangen über ihre Zukunftspläne gestellt hatte.

Das würde also ihre Strafe sein: Sie würde es auf ewig bereuen, dass er sie berührt hatte, und doch würde sie sich für den Rest ihres Lebens danach sehnen.

»Und?«, fragte sie, um ihrer Schuld zu entkommen.

»Es schien mir das Richtige zu sein.«

»Was war richtig? Warte, Harry, soll das heißen, du bist verheiratet?«

»Ich bin nicht verheiratet«, sagte er fest.

»Was dann?« Ihre Stimme klang verärgert, um die Verletzung und, ja, auch die Wut zu überdecken, dass sie Harry niemals haben konnte. Ihr kleiner Traum war für ihn nur eine Affäre gewesen.

»Es wird von mir erwartet, dass ich sie heirate. Wir haben vereinbart, es nach meiner Rückkehr aus dem Krieg zu tun. Aber dann habe ich mich erst einmal für die zusätzliche Verpflichtung gemeldet. Doch sie ist geduldig geblieben.«

Alex merkte nicht, dass sie die Faust geballt hatte.

»Sei vorsichtig«, murmelte er und trat zu ihr, um ihre Faust mit seiner großen Hand zu umschließen. Offensichtlich hatte er gedacht, sie wollte die Fensterscheibe durchstoßen oder sich die Finger brechen, indem sie an die Wand schlug. Keines von beidem wäre ihr je in den Sinn gekommen, aber vorsichtig war sie trotzdem nicht, weil Eifersucht über den Verlust von jemandem, den sie nie besessen hatte, über ihr zusammenschlug.

Kann man überhaupt jemanden besitzen? Der nutzlose und wenig hilfreiche Gedanke hallte in ihrem Kopf.

Im Zimmer war es plötzlich kalt, und sie standen beide bewegungslos da und starrten auf einen Weg im Garten, der um die Ecke ging und sich ihren Blicken entzog. Fast wie ein Symbol für die Kreuzung, an der sie sich befand, dachte Alex.

»Wann wolltest du es mir sagen?«

»Nie«, gestand er. »Ich wollte mich heute mit einem

Kuss von dir verabschieden und dann nach Hause fahren, das Richtige tun und Bethany im Winter am Valentinstag heiraten. Unsere Wege hätten sich nie wieder gekreuzt.«

»Einfach so?«, fragte sie ungläubig. Sie fand, er klang gefühllos.

»Es kam mir am freundlichsten vor. Du bist verheiratet, und ich werde es sein. Was wir in den letzten Tagen miteinander erlebt haben, war so besonders – und so selten –, als gehörte es nicht in unser Leben, sondern nur in die unwirklichen Stunden, seit ich dir begegnet bin. Es ist zwar nicht zu erklären, dass wir uns begegnet sind, aber ich werde mir einreden, dass spirituelle Kräfte uns zusammengeführt haben, und jetzt stoßen sie uns wieder in unser wirkliches Leben.«

»Das klingt alles sehr subtil und unirdisch, Harry, aber du hast trotzdem zugelassen, dass ich mich in dich verliebt habe«, fuhr sie ihn an.

Harrys Blick wirkte verletzt und entzückt zugleich, und sie sehnte sich umso mehr danach, wieder in seinen Armen zu liegen. Und doch war es jetzt eine lächerliche Vorstellung.

»Empfindest du so?«

»Natürlich! Glaubst du, ich würde so viel riskieren für eine Affäre, einen albernen Flirt oder eine kurze Liaison?«

»Ehrlich gesagt habe ich es für dich so gesehen. Du bist verheiratet, gelangweilt, suchst verzweifelt nach Zuneigung! Und … wie siehst du es?«

»Harry, liebst du mich?«

»Von dem Moment an, als ich im Besucherzentrum gesehen habe, wie du diese widerspenstige Locke hinter dein Ohr geschoben hast«, sagte er. Er lächelte traurig und streckte die Hand aus, um die Haarsträhne um seinen Finger zu wickeln.

»Dann …«

»Aber ich kann dich nicht besitzen«, unterbrach er sie, damit sie ihren Gedanken nicht zu Ende führte. »Ich kann dich ihm nicht wegnehmen, und ich würde es auch nicht tun. Es wäre falsch.«

»Aber heimlich Liebe mit seiner Frau zu machen macht dir nichts aus?«

»Doch«, sagte er und ließ den Kopf hängen. »Natürlich. Aber mit dieser persönlichen Scham muss ich leben. Ich wusste ja nicht, dass wir hier eine private Zuflucht finden.« Er hob eine Schulter. »Ich habe geglaubt, wir könnten uns vielleicht ein paar Minuten stehlen, um uns irgendwo auf einem abgelegenen Weg einen Kuss zu geben.«

»Ich bin also schuld?« Ihr Ton war leichter als noch vor wenigen Minuten.

»Ja, keine Frage. In deiner Gesellschaft bin ich willenlos und leicht zu führen.« Er riskierte einen leicht humorvollen Ton, als er das sagte, und es wirkte. Sie musste unwillkürlich kichern. »In deiner Nähe war ich immer schon verletzlich, auch als ich dich noch gar nicht kannte.«

»Mein armer, tapferer Soldat. Du bist doch einer der Helden, die den Krieg überlebt haben.«

Er drückte ihre Arme. »Aber dich nicht. Ich werde nicht leicht über dich hinwegkommen. Ich werde von jetzt an mit der Wunde leben, dich zu lieben. Und dabei habe ich gedacht, verzweifelter könnte ich nicht sein. Und jetzt liegt ein ganzes Leben voller Kummer vor mir.«

Sein Tonfall war immer noch trocken, halb ernst, halb scherzhaft. Alex wusste, dass er damit die Spannung lockern wollte, doch darunter verbarg er seinen Schmerz, den auch sie empfand.

»Du liebst Bethany nicht, sag mir das bitte.«

»Natürlich nicht!« Flehend blickte er sie an. »Ich habe sie immer nur wie eine Schwester gern gehabt, Alex. Aber ich habe eingewilligt, sie vor dem traurigen Schicksal zu bewahren, kein Leben als eine Blakeney führen zu können. Sie ist ein sehr nettes Mädchen.« In seinen Augen stand so viel Kummer, dass Alex Schuldgefühle bekam, weil sie sich so benommen hatte. »Und meine Mutter liebt sie sehr.«

Alex blickte auf ihre Armbanduhr. Sie wusste nicht, was sie sagen sollte, deshalb straffte sie die Schultern und wechselte das Thema. »Wir sollten aufbrechen.« Und, gut erzogen, wie er war, antwortete er höflich: »Ja, natürlich.«

»Harry, lass uns nach Harrogate fahren. Vielleicht muntert uns das ein bisschen auf, bevor du abreist. Sollen wir?«

Er lächelte schief. »Wenn wir noch länger an diesem Ort der Leidenschaft bleiben, machen wir es uns nur noch schwerer. Selbst in den Schützengräben hat eine Tasse Tee immer irgendwie geholfen.« Er seufzte. »Wir müssen einfach nur unseren ganzen Mut zusammennehmen und uns Lebewohl sagen. Wenn wir erst einmal auseinandergegangen sind, wird es leichter werden.«

Alex glaubte ihm nicht, und sie wusste, dass auch er selbst sich keine Sekunde lang glaubte, aber sie lächelten beide und nickten.

20

Alex drehte den Zündschlüssel im Zündschloss, und der Motor sprang an. Sie fuhr an, und Harry war froh, dass sie nicht im Morast stecken geblieben oder auf einer vereisten Stelle ausgerutscht waren. Das schwere Automobil schnurrte vorwärts, und als sie sich der Kreuzung näherten, dachte Harry erneut, dass man nie wissen konnte, was vor einem lag.

Die Frau, die er liebte, schien seine Gedanken zu erraten.

»Wer weiß schon, was das Leben für uns bereithält, Harry«, sagte sie. »Du darfst nicht die Hoffnung verlieren. Wir haben Frieden auf der Welt. Das ist doch zumindest schon einmal ein Anfang, oder? Danach wird bestimmt alles leichter.« Sie warf ihm einen flehenden Blick zu, als wolle sie es selber glauben.

»Ja, in der Tat.« Harry seufzte. »Obwohl mich der Krieg von meinen Verantwortlichkeiten zu Hause ferngehalten hat, ohne dass ich ein schlechtes Gewissen zu haben brauchte. Doch jetzt habe ich keine Entschuldigungen mehr, und meine Pflichten ragen drohend vor mir auf. Ich habe es bisher vermieden, zurück nach Sussex zu gehen, aber meine Familie wird diese Mission für einen toten Soldaten nur noch wenige Tage tolerieren. Ich habe gelogen und gesagt, Tom sei ein Freund gewesen.«

Sie nickte. »Nun, es ist aber keine Lüge, was du für

Tom tun willst. Wir werden noch über ihn sprechen, aber zuerst einmal: Bethany. Erzähl mir die ganze Geschichte.«

Seufzend lehnte Harry seinen Kopf an das dicke Leder seines Sitzes. »Sie hat mich schon als Kind geliebt – die ganze Schulzeit über, obwohl ich in einem Internat in Hampshire war, und auch in unserer Jugend.«

»Wusste dein Bruder davon?«

»Ja. Alle wussten es. Und alle wussten auch, dass ich diese Gefühle nicht erwiderte. Es war schwer für sie zuzusehen, wie ich mit anderen Mädchen ausging, aber für mich war Beth wie eine kleine Schwester, eine gute Freundin. Ich war immer nett zu ihr, aber nicht so, wie sie es wollte. Schließlich begnügte sie sich mit Ed, der verrückt nach ihr war. Sie waren füreinander geschaffen. Beth sah das nur nicht.«

»Sie begnügte sich, hast du das wirklich gesagt?«

Er warf ihr einen zögerlichen Blick zu. »Beth wuchs bei uns in der Nähe auf; sie war das einzige Kind in einer glanzlosen Familie. Sie sehnte sich verzweifelt nach der Zuneigung, die wir ihr mit all den Ereignissen in unserem Leben boten.« Er schüttelte den Kopf. »Sie war einfach … nun ja, sie gehörte einfach zu meiner Kindheit dazu. Ich konnte sie nicht so sehen, wie sie es sich ersehnte.«

»Aber Ed konnte es.«

Harry lachte leise. »Ed war der liebste von uns allen. Ich kann einfach nicht verstehen, warum es so lange dauerte, bis sie ihn bemerkte.«

»Nein?«, fragte sie sarkastisch; er hatte wohl nie an sein gutes Aussehen gedacht.

»Er wäre ihr ein treuer Ehemann gewesen.«

»Weißt du, Harry, ich glaube fest daran, dass wir nicht

steuern können, wen wir lieben. Es geht nicht darum, Punkte auf einer Liste abzuhaken. Wir Frauen tun es vielleicht für unsere Eltern, vor allem in einer Familie wie meiner, aber seinen Partner tatsächlich zu lieben steht dabei so weit unten auf der Liste, dass wir schon die Seite umblättern müssten.«

Harry schmunzelte. »Ja, das stimmt wahrscheinlich.«

Alex blickte nach rechts und nach links, bevor sie an der Kreuzung abbog. »Ah, jetzt ist es nur noch eine gerade Strecke bis nach Harrogate.« Sie schwieg, dann sagte sie: »Es ist oft nicht leicht zu verstehen, warum ein Mensch den anderen liebt. Dass Beth dich ihr ganzes Leben lang liebte, ist real. Ihre Ehe mit Ed wäre immer nur so gewesen wie meine mit Matthew …«

»Du meinst, lächeln und es durchstehen?«

»Nun, das klingt hart, aber es ist die Wahrheit. Ich will gar nicht behaupten, dass sie sich insgeheim über Eds Tod freut, aber das Schicksal hat eingegriffen, um Beth ihren Lebenstraum zu erfüllen, nicht wahr? Sie hat nicht nachgeholfen, aber sie wird dich auch auf gar keinen Fall gehen lassen.«

Er nickte. »So sieht es aus. Jetzt muss ich lächeln und es durchstehen.«

»Tu es nicht, Harry. Ich bin der lebende Beweis dafür, was für eine Verschwendung von Leben es ist – auf beiden Seiten –, und wenn dann noch Kinder kommen, dann werden auch sie in etwas Falsches hineingezogen.«

»Ich habe Angst, dass Beth nie darüber hinwegkommen würde.«

Alex schnaubte. »Dass sie dich nicht mehr hat oder den Kontakt mit der Familie verliert?«

»Beides.«

»Sie braucht doch ihre Freundschaft zu der Familie nicht aufzugeben, nur weil du weggehst?«

»Bei dir klingt es so einfach.«

»Nein, du machst es zu kompliziert. Du liebst sie nicht, was bedeutet, dass du ein ziemlich schlechter Ehemann sein wirst; du wirst Affären haben, du wirst es zwar nicht mit Absicht machen, aber du wirst sie immer leicht verächtlich behandeln, weil sie dich in diese Lage gebracht hat, und sie wird sich in den Schlaf weinen. Oh, du wirst natürlich nett zu ihr sein, manchmal vielleicht sogar zärtlich, ganz bestimmt großzügig, aber du wirst ihr nie das geben können, was sie sich am meisten wünscht, Harry ... deine Liebe. Die Ehe wird vom ersten Tag an einen Makel haben – ich weiß das, weil ich so lebe. Du kannst zumindest den Irrtum vermeiden, den ich begangen habe.«

»Wenn du all das weißt, warum um alles in der Welt ...?«

»Lass. Ich kann dir mittlerweile Einsichten weitergeben, die ich 1915 noch nicht hatte. Damals war die Heirat ein Mittel zum Zweck, und um fair zu bleiben, muss ich sagen, dass Matthew seinen Teil des Abkommens eingehalten hat. Ich bin diejenige, die schwankt, weil mir klar wird, dass ich viel mehr vom Leben erwarte als materielle Annehmlichkeiten. Ehrlich gesagt würde ich auch in einem Cottage irgendwo auf dem Land leben, wo ich meine Schokolade machen und zu einem Mann nach Hause zurückkehren könnte, dessen Augen strahlen, wenn er mich sieht. Nicht irgendein Mann ... nein, du! Fast wünsche ich mir, du hättest dich nie auf die Suche nach Toms Liebster gemacht, denn bis ich dir begegnet bin und mich in dich verliebt habe, war das nur ein Mädchentraum, und ich brauchte mich nicht damit auseinanderzusetzen, dass es bei allem Schmerz, der daraus resultiert, eine ernsthafte Alternative sein könnte.«

»Liebe ist genug? Glaubst du das wirklich … ich meine, das mit dem Cottage und dem einfachen Leben?«

»Ja, das glaube ich. Mehr erwarte ich nicht von der Ehe – Vertrauen, Zuneigung, Lachen, ein oder zwei Kinder, die sich immer sicher fühlen würden, weil sie in eine Welt voller Liebe hineingeboren wurden. Geld ist unwichtig.«

»Es sei denn, du hast keines.«

Sie warf ihm einen unsicheren Blick zu. »Willst du damit sagen …«

»Ich sage nur, es ist einfacher, über die Ehe zu philosophieren, wenn Geld keine Rolle spielt. Du bist in einer privilegierten Position, aber andere können es sich nicht leisten, materiellem Reichtum so gleichgültig gegenüberzustehen. Ich frage mich, wie du wohl in deinem Cottage zurechtkämest ohne fließendes Wasser oder Strom, den du jetzt vielleicht für selbstverständlich hältst. Wenn du Kohlen oder Holz schleppen müsstest, damit du es warm hast, wenn du deine Kleidung in eiskaltem Wasser waschen müsstest, nur essen könntest, was du selber anbaust, statt der Dinge, auf die du Appetit hast. Wenn du nur zwei oder drei Kleider hättest – eines davon nur für den Sonntag –, dir Gedanken darüber machen müsstest, wie du in einem harten Winter Kleidung, Wärme und Essen für deine Kinder beschaffen sollst.«

Alex schluckte, überrascht von seinem Angriff. Aber er tadelte sie zu Recht, dachte sie. »Ich … es tut mir leid, ich …«

Harry seufzte. »Du musst dich nicht entschuldigen. Ich bin derjenige, dem es leidtut. Ich habe zu viel Hässliches gesehen, Alex. Und manchmal fehlt mir deshalb das Mitgefühl … wie eben. Ich habe kein Recht, dich zu kritisieren.«

»Doch, das hast du. Ich benehme mich wie die verwöhnte Tochter, die ich doch eigentlich gar nicht sein will.«

»Ich will ja nur sagen, dass es leicht ist, abschätzig von Bethany zu reden, aber keiner von uns weiß, wie es ist, jemanden so sehr zu lieben und doch unsichtbar für ihn zu sein. Tatsache ist, dass wir beide lügen würden, wenn wir behaupteten, dass wir uns jemals um die Aufmerksamkeit anderer bemühen mussten.« Er hob den Zeigefinger, um seine Worte zu unterstreichen. »Und damit meine ich sowohl die Aufmerksamkeit der Familie als auch die von Bewunderern.« Alex machte den Mund zu, damit die Worte, die ihr auf der Zunge lagen, nicht hervorsprudelten. Sie wusste, er hatte recht. »Bethany hat genau das getan, wovon du sprichst. Sie hat sich Hals über Kopf in den falschen Mann verliebt. Und jetzt ist sie entschlossen, diesem Mann ihr Leben zu widmen, weil er ungebunden ist und sich dummerweise wegen seines geliebten Bruders ihr gegenüber verpflichtet fühlt.«

»Du bist also darauf vorbereitet, für den Rest deines Lebens sehr unglücklich zu sein?«, fragte sie entsetzt.

»Nein, *sie* ist darauf vorbereitet, für den Rest *meines* Lebens unglücklich zu sein, weil sie sich damit abgefunden hat, mich unter allen Bedingungen zu nehmen. Sie glaubt, dass sie mich besitzen kann, wenn sie mich heiratet. Sie ist überzeugt, dass es für uns beide ausreicht, wenn sie rechtlich gesehen meine Frau ist, weil sie es schon so lange will. Und ich werde wahrscheinlich ihr Matthew sein. Pflichtbewusst, charmant, aber die meiste Zeit nicht zu Hause.«

Unerwartet traten Alex Tränen in die Augen. »Deine Aufrichtigkeit schmerzt.«

»Seit ich dir begegnet bin, ist mir klar geworden, dass ich noch nie jemanden so geliebt habe. Wenn man bedenkt, wie kurz wir uns erst kennen, so sind wir uns eigentlich noch fremd, aber ich weiß trotzdem, dass ich nie jemand anderen in meinem Leben haben wollte. Manchmal frage ich mich, warum ich im Krieg so um mein Leben gekämpft habe.« Er seufzte. »Das klingt jetzt sehr morbide. Alex, ich kann dich nicht haben, aber ich kann dir die Wahrheit sagen … Das ist ebenso gut, als wenn ich dir meine Liebe schenken würde.«

Sie drängte die verräterischen Tränen zurück. »Entschuldigung.«

Er schüttelte stumm den Kopf und reichte ihr sein Taschentuch. »Ich hasse es, dich zum Weinen zu bringen, aber es gibt keine Zukunft für uns, es sei denn, wir wollen hassenswerte Betrüger sein.«

»Das bin ich doch schon.«

»Und das ist meine Schuld, nicht deine. Weine nicht wegen mir, ich bin es nicht wert.«

Alex schniefte. »Doch, du bist es wert, Harry. Mach dich nicht kleiner, als du bist. Ich glaube, deine Worte sind nur ein Verteidigungsmechanismus.« Erneut schniefte sie. Dann zwang sie sich zu einem fröhlicheren Tonfall: »So, wir sind hier auf der Cambridge Street, einer der größeren Durchgangsstraßen. Dort drüben ist *Betty's*.« Sie zeigte hin.

»Ich werde dir jetzt davon erzählen, und du wirst zuhören, weil es uns davon abhält, darüber zu reden, dass wir uns lieben. Man nennt es *Confiserie* und Café. Ein Mann namens Fritz Belmont, der aus der Schweiz stammt, hat es nach England gebracht. Er hat eine interessante Geschichte – er war Waise, wurde an einen Bauern verkauft und lernte dann Bäcker, aber an Brot hatte er nur wenig Interesse. Er befasste sich weitaus mehr mit der edlen Kunst der Schokoladeherstellung.« Sie seufzte. »Mr Belmont nutzte seine Ausbildung als Bäcker, um die Gebäckherstellung mit der Schokoladenherstellung zu vermischen, und hat dann dieses Geschäft hier gegründet.« Sie zeigte noch einmal auf das Café. »Ich bewundere ihn sehr.«

»Er ist ein ideales Vorbild, Alex. Auch du kannst deine Ziele erreichen. Ich bin sicher, dass in weniger als einem Jahr alle von Frobisher-Schokolade reden werden.«

Sie lächelte unter Tränen. »Oh, das hoffe ich auch.«

»Was für ein hübscher Ort«, bemerkte Harry, bezaubert von der reich verzierten viktorianischen Architektur.

»Ich fand ihn früher eigentlich immer ziemlich steif«, erwiderte sie.

»Nein, ich würde ihn eher als elegant bezeichnen.«

»Früher haben die Leute hier gekurt«, sagte Alex. »Die Stadt ist als Kurort reich geworden.«

Er nickte. »Meine Mutter schwört auf das Wasser von Kent in Tunbridge Wells«, sagte er. Dann korrigierte er sich grinsend: »Das heißt, natürlich *Royal* Tunbridge Wells.«

»Wenn wir noch Zeit haben«, sagte Alex und blickte sich suchend nach einem Parkplatz um, »können wir einen Spaziergang durch den Stray machen – das ist der Park, der einen Teil der Stadt umgibt –, aber zuerst einmal gibt es Tee und Kuchen, um uns aufzuheitern. Ah, da ist ein guter Platz.« Alex fuhr das Automobil an den Straßenrand.

»Ich bin beeindruckt«, gestand er und brachte sie erneut zum Lächeln, obwohl ihnen eigentlich beiden nicht danach zumute war. »Warte, ich mache dir die Tür auf. Mit ein wenig Glück entgehen wir dem drohenden Regenguss«, sagte er. Er öffnete seine Tür, stieg aus und ging herum zur Fahrerseite, um Alex aus dem Wagen zu helfen. Gerade überlegte er, ob er ihr vorschlagen sollte, den Regenschirm mitzunehmen, den er im Kofferraum gesehen hatte, als neben ihnen eine quäkende Stimme ertönte.

»Bist du das, liebe Alexandra?«

Alex' Lächeln gefror, als sie auf den Bürgersteig trat. »Ja. Hallo, Wanda.« Sie küsste die ältere Frau, die den Arm einer Pflegerin umklammert hielt. »Was führt Sie nach Harrogate?«

»Ich habe ein paar alte Freunde besucht, meine Liebe, die überzeugt sind, dass sie eine neue Wintersaison für die Kur einführen können ... Entweder das oder zumindest zeitig im Frühjahr«, gluckste sie. Ihr Blick glitt mit unverhohlenem Interesse zu Harry. »Aber dieses Eis ist tückisch, nicht wahr? Ich musste meine Zofe Joyce mitnehmen, damit ich nicht ausrutsche. Wir wohnen drüben im *Ripon*.« Während sie das sagte, blickte sie Harry unverwandt an.

»Oh, wie schön für Sie. Wanda, das ist Harry Blakeney, ein Freund der Familie aus Sussex.« Ihre Eltern würden das bestimmt bestätigen, wenn Wanda danach fragte. »Er ist vor hektischen Hochzeitsvorbereitungen geflohen. Bethany erwartet dich heute noch zu Hause, nicht wahr, mein lieber Harry?«

Er blinzelte und räusperte sich. »Ja, das stimmt. Ich kann meinen Pflichten als Bräutigam nicht länger entgehen«, antwortete er.

»Harry, darf ich dir Mrs Wanda Barraclough vorstellen, eine sehr liebe Freundin meiner Mutter.«

Die Dame im dicken Pelzmantel streckte eine Hand aus, ließ dabei aber den Arm ihrer Zofe nicht los. »Wir sind zusammen zur Schule gegangen«, sagte sie neckisch. »Wie hat Ihnen York gefallen, Mr Blakeney?«

»Ausgezeichnet, danke. Ich werde die Erinnerung daran immer bei mir tragen.« Er blickte Alex dabei nicht an, bemerkte aber, wie gut sie ihre Irritation darüber verbarg, dass er in Gegenwart einer offensichtlich scharfzüngigen Klatschtante einen so subtilen Scherz riskierte.

»Oh, wie reizend. Minerva vertritt offenbar sehr moderne Ansichten, weil sie dir erlaubt, mit einem gut aussehenden Junggesellen unterwegs zu sein, meine Liebe.«

»Du liebe Güte, Wanda, ich bin jetzt eine verheiratete Frau. Ich frage meine Mutter nicht um Erlaubnis, mit wem ich meine Zeit verbringen darf.«

»Ich wollte dich nur ein wenig necken, mein liebes Mädchen. Natürlich ist mir klar, dass du und Mr Blakeney wahrscheinlich mit deinem lieben Matthew zum Tee verabredet seid.« Sie blinzelte hektisch, während sie im Trüben fischte.

»Matthew?«

»Ja, Liebes. Ich habe ihn gerade eben noch gesehen. Deshalb bin ich ja auch davon ausgegangen, dass ihr zusammen hier seid … oder stimmt das vielleicht nicht?« Wieder ruhte ihr Blick mit zunehmendem Interesse auf Harry.

»O nein, hoffentlich haben wir ihn nicht verpasst. Ich hatte nicht gedacht, dass er so früh schon hier ist«, sagte Alex, die sich blitzschnell erholt hatte. »Zu uns hat er drei Uhr gesagt, nicht wahr, Harry?«

Harrys Mundwinkel zuckten im Versuch, sich ein Lächeln abzuringen. »So habe ich ihn verstanden«, antwortete er gehorsam.

»Lieber Himmel, danke, Wanda. Ich mache mich jetzt besser auf die Suche nach meinem Mann. Wo haben Sie ihn denn gesehen?«

Wandas Doppelkinn bebte, und ihre Miene war verblüfft. Harry dachte bei sich, dass er Alex später unbedingt dazu beglückwünschen musste, wie mühelos sie log. »Er war mit einem Kollegen zusammen«, erklärte Wanda. »Anscheinend hatten sie eine Sitzung im *Crown Hotel* um die Ecke. Sie sind hier entlanggegangen, weil Matthews Kollege seinen Zug bekommen musste.«

»Sie haben mir sehr geholfen, Wanda. Vielen Dank.« Trotz ihres aufgesetzten Selbstbewusstseins hörte Harry an ihrer Stimme, wie nervös sie war. Vielleicht sollte er auch besser gehen.

»Auf Wiedersehen, Mrs Barraclough«, sagte er, um Alex außer Reichweite dieser Frau zu bringen. »Wir machen uns auf die Suche nach Matthew, Alex, ja?«

»Ja, das sollten wir«, pflichtete sie ihm bei. »Auf Wiedersehen, Wanda. Wir sehen uns wahrscheinlich am Wochenende in *Tilsden Hall*, nicht wahr?« Sie hob grüßend die Hand, und die Freundin ihrer Mutter erwiderte den Gruß, obwohl sie ein wenig perplex schien über den raschen Aufbruch.

Harry ergriff Alex leicht am Arm, und sie eilten beide über die Straße.

»Ich verlasse dich hier«, sagte er, um es ihr leicht zu machen. Er blickte Wanda hinterher, die weitergegangen war.

»In Ordnung«, stimmte sie ihm zu. »Das war wirklich

knapp – sie hat das loseste Mundwerk im ganzen Bezirk.«
Alex lächelte traurig. »Es tut mir so leid.«

»Entschuldige dich nicht. Es ist nicht zu ändern.«

»Ich entschuldige mich nicht. Es tut mir leid um *mich*, Harry. Ich wage es noch nicht einmal, dich zu umarmen.«

»Tu es auch besser nicht«, warnte er sie.

»Aber ich möchte es so gerne.«

Er holte tief Luft. Am besten würde er sich jetzt einfach umdrehen, weggehen und sich nicht mehr umschauen. Aber noch blieb er stehen und suchte nach den richtigen Worten, um ihr zu vermitteln, was er für sie empfand. »Alex … es war …«

»Zu spät«, murmelte sie. Mit erschreckter Miene blickte sie an ihm vorbei. »Da kommt Matthew. Mir ist ganz schlecht.«

Harry drehte sich nicht um. »Benimm dich einfach wie bei Mrs Barraclough. Du warst großartig.«

»Wirklich?« Sie wandte den Blick von ihrem näher kommenden Ehemann ab und blickte ihn an.

»Zeig hin und winke, damit ich mich umdrehe und du mich vorstellen kannst. Benimm dich genauso wie bei der Freundin deiner Mutter, und ich werde in null Komma nichts verschwunden sein«, sagte er, um ihr ein Lächeln zu entlocken. Sie gehorchte.

»Liebling!« Sie stellte sich auf die Zehenspitzen und winkte. »Da bist du ja!«

Harry drehte sich so beiläufig wie möglich um, bemüht seine Rolle nicht zu sehr zu dramatisieren. Erschreckt sah er, dass James, der Kellner aus dem Club von Alex' Vater in York auf sie zukam. Er unterhielt sich lachend mit dem elegant gekleideten Herrn, neben dem er ging. Der offensichtlich wohlhabende Begleiter hob seine Hand, sichtlich überrascht, seine Frau zu sehen, und Harry hätte schwören können, dass ein entsetzter Ausdruck über sein Gesicht huschte, bevor er von einem strahlenden Lächeln überdeckt wurde und er fröhlich zu lachen begann.

»Ich kann das«, hörte Harry Alex murmeln. Sie trat auf ihren Mann zu. »Du liebe Güte, Matthew, was tust du hier?«

»Mein Engel, ich könnte dich das Gleiche fragen, da du in so gut aussehender Begleitung bist«, wehrte er ihre Frage ab. Er musterte Harry, zog sich den Handschuh aus und reichte ihm die Hand. »Guten Tag, ich bin Matthew Britten-Jones, der Gatte dieses entzückenden Geschöpfs, das Sie gerade begleiten.«

Ein kalter Luftzug schien sich um Harry zu legen, als er ebenfalls seinen Handschuh auszog und Britten-Jones' Hand ergriff. Er bedachte James mit einem fragenden Blick, den dieser mit einem kurzen Kopfschütteln quittierte. Harry blinzelte verwirrt. Der Kellner wirkte wie erstarrt vor Angst.

Alex hatte von dieser stummen Kommunikation nichts mitbekommen. Sie war offensichtlich viel zu sehr mit ihren eigenen Ängsten beschäftigt und bemühte sich um die notwendige Vorstellung. »Matthew, das ist Henry Blakeney. Ich habe ihn dir am Telefon als Harry Blake vorgestellt – unter diesem Namen war er anscheinend in seiner Einheit bekannt.« Ihre Stimme klang höher als sonst. »Ihm ist allerdings Harry lieber, und er ist aus London gekommen, um *Rowntree's* zu besichtigen.«

»Blakeney«, wiederholte Matthew. »Wie die Blakeneys aus Southampton.«

»Leider ja«, gestand Harry.

»Ausgezeichnet! Sind Sie aus geschäftlichen Gründen hier?«

»Nein.« Er biss sich gerade noch rechtzeitig auf die Zunge. Beinahe hätte er geantwortet, dass er nur zum Vergnügen hier war. Alex steckte die Wagenschlüssel in ihre Tasche, zweifellos, um ihr Erröten zu verbergen. »Ich bin in den Norden gekommen, um einem gefallenen Soldaten einen Freundschaftsdienst zu erweisen. Er war … nun, ich gehörte zu einer Einheit, die nach dem Friedensvertrag in das Kampfgebiet geschickt wurde.«

Matthew verzog mitfühlend das Gesicht. »Ich fürchte, die Geister des Krieges werden uns noch lange folgen.«

Das war so eine banale Aussage. Da Harry wusste, dass Matthew keinen einzigen Schuss miterlebt hatte, reagierte er gar nicht auf diesen Satz. Aus Höflichkeit richtete Alex ihre Aufmerksamkeit jetzt auf James.

»Entschuldigung«, stieß sie hervor. »Wie unhöflich von mir. Ich bin Alex, Matthews Frau.«

»Das ist James Feeney«, stellte Matthew vor.

»Hallo, Mr Feeney«, sagte Alex und streckte ihre Hand aus. »Verzeihen Sie mir, müsste ich Sie kennen?«

Er zog seinen Hut und schien zu zögern, bevor auch er seinen Handschuh abstreifte und ihr die Hand schüttelte. Dabei schenkte er ihr ein kurzes, unterwürfiges Lächeln, das Harry aus dem Club kannte. »Nein, Mrs Britten-Jones, wir sind uns noch nie begegnet«, erwiderte James, und Harry spürte eher, als dass er ihn hörte, einen spöttischen Unterton. Das bildete er sich sicher nur ein, sagte er sich.

»Und Sie sind ein Kollege meines Mannes?«, fuhr Alex fort. »Wir sind gerade Wanda Barraclough begegnet«, erklärte sie Matthew, für den damit offenbar alles klar wurde. Er zwinkerte ihr zu.

James antwortete nicht sofort, sondern warf Matthew einen scharfen, flehenden Blick zu. »Äh, streng genommen nicht«, sagte er dann. »Wir kennen uns seit vielen Jahren. Ich habe für die Familie Ihres Mannes gearbeitet.«

Harry blickte ihn fragend an. Charles Frobisher hatte ausdrücklich erwähnt, dass James zwar aus Bristol kam – wie Matthew auch –, dass sich die beiden aber im Yorkshire Club zum ersten Mal begegnet waren. Irgendjemand log hier.

»Nun, Sie sind uns auch zu Hause willkommen, wenn …«

»Feeney lebt in Bristol, Liebling. Er ist nur zufällig hier in der Gegend, um eine alte Tante zu besuchen, nicht wahr, James? Und wir sind uns auch nur aus Zufall begegnet.«

Harry drehte den Kopf weg, damit niemand sah, wie er empört die Stirn runzelte. In der Tat, hier wurde ja gelogen, dass sich die Balken bogen! Er wusste ja, wo James wohnte, und das war nicht in Bristol.

»Ja, Sir. Ich … sie … sie ist sehr gebrechlich.«

»Das tut mir leid«, sagte Alex. »Wohnt sie in Harrogate?«

James nickte, und Harry beobachtete, dass er schluckte.

Matthew rettete ihn. »Sagtest du nicht, sie wohnt in Starbeck, Feeney?«

James warf Matthew einen dankbaren Blick zu; Harry war klar, dass er anscheinend noch nie in Harrogate gewesen war. »Äh, ja, das ist richtig.«

Matthew hatte gelogen, aber Harry wollte die Täuschung, der er hier beiwohnte, nicht auflösen. Alex nahm keinen Anstoß daran, und was James mit ihrem Ehemann zu schaffen hatte, ging ihn nichts an. Er dachte daran, wie er vor Feeneys Haus beobachtet hatte, wie James einen anderen Mann umarmte. Was für ein Spiel mochte er spielen? Er würde abwarten, bis sich die Lösung von selbst präsentierte. Irgendwann würde es herauskommen.

»Und was macht ihr zwei in Harrogate?«, fuhr Matthew fort.

Harry öffnete den Mund, um eine Erklärung abzugeben, aber Alex hatte bereits eine geschmeidige Antwort parat. »Mr Blakeney und ich befinden uns in einem faszinierenden Abenteuer, Matthew. Sollen wir uns nicht lieber aus dem Nieselregen und der Kälte entfernen, damit ich dir mehr davon erzählen kann? Wir wollten gerade zu *Betty's* – wollt ihr beiden nicht mitkommen?«

»Feeney wollte gerade gehen, Liebling. Ich war dabei, ihn zum Bahnhof zu begleiten.«

»Das wusste Wanda auch bereits«, sagte sie, um die peinliche Situation zu überspielen.

Feeney schüttelte den Kopf. »Gehen Sie ruhig mit, Mr Britten-Jones. Es war mir eine Freude, Sie wiedergesehen zu haben.«

»Na gut, Feeney. Ich, äh … nun, das nächste Mal sehen wir uns wahrscheinlich in Bristol, wenn ich meine Familie besuche.«

»Mr Blakeney, Mrs Britten-Jones.« James nickte ihnen mit einer leichten Verbeugung zu. »Bitte entschuldigen Sie mich.« Er warf Matthew einen Blick zu. »Auf Wiedersehen, Sir.«

Als Matthew den Hut zog, um sich höflich von seinem Begleiter zu verabschieden, stellte Harry fest, dass ihn die Kopfform und sogar die sandfarbenen Haare an den Mann am Fenster erinnerten … an den Geliebten. Erstaunt zog er die Luft ein, aber bevor er genauer hinsehen konnte, drehte sich das Ehepaar zu ihm um.

»Na, Blakeney«, begann Matthew, als seien sie alte Schulfreunde, »sollen wir uns eine Kanne Tee teilen, damit Sie und meine Frau mir alles über Ihr Yorkshire-Abenteuer erzählen können?«

Alex war überzeugt davon, dass Matthew mit seinem scharfen Verstand ihre Gedanken lesen und spüren konnte, wie heftig ihr Herz schlug und ihr Puls raste. Ihr war schwindlig, und sie war froh, dass sie sich nicht anstellen mussten. Rasch gingen sie, vorbei an den Vitrinen mit Leckereien, über den schwarz-weißen Marmorboden des Empfangs zu ihrem Tisch.

Im *Betty's* war es voll, und sie waren umgeben von lautem Gemurmel, ab und zu durchbrach Gelächter das Stimmengewirr, und über allem lag das Klirren von Silberbesteck auf Porzellan. Graublaue Porzellantassen wurden an die Lippen gehoben und auf den Untertassen wieder abgesetzt. Alle diese Geräusche verschmolzen zu einer lebendigen Geräuschkulisse, die jedoch nach der Stille im Cottage nur schwer zu ertragen war. Alex' Gedanken überschlugen sich. Was machte Matthew wirklich hier? Die Geschichte von der zufälligen Begegnung glaubte sie nicht eine Sekunde lang. Hatte James Feeney tatsächlich früher einmal zum Personal der Familie gehört? Als sie die beiden zuerst gesehen hatte, hatten sie wie gute Freunde gewirkt, aber während der Vorstellung waren sie steif miteinander umgegangen. Sie behielt ihre Fragen für sich, weil sie Harry nicht hineinziehen wollte; sie konnte sie später stellen, wenn sie allein waren. Im Moment war die Situation schon peinlich genug, mit ihrem Mann auf der einen Seite und ihrem Geliebten auf der anderen. Alex versuchte sich abzulenken und ließ ihre Blicke durch das Café gleiten, um die Innenausstattung zu bewundern, die hauptsächlich in Taubenblau gehalten war, mit rosafarbenen Holzpaneelen, deren silberne Einfassung sich in den schweren Kerzenhaltern mit elektrischen Kerzen an den Wänden wiederholte. Spiegel reflektierten den Schein der Kerzenleuchter und das Licht, das durch die hohen Bogenfenster fiel.

»Fühlt sich jeder wohl?«, fragte Matthew. »Es ist ein bisschen voll hier. Wir könnten auch in den ersten Stock, ins Raucherzimmer, wechseln«, bot er Harry an und wies mit dem Kinn auf die geschwungene Treppe nach oben.

Harry schüttelte höflich den Kopf. »Nein, hier ist es gut, vielen Dank«, lehnte er ab.

»Auch für dich, Liebling? Du siehst ein wenig blass aus«, bemerkte Matthew fürsorglich. So war er immer – aufmerksam ihr gegenüber, wenn sie zusammen waren, doch wie ein Fremder, wenn sie getrennt waren.

Auch Alex schüttelte den Kopf. Unter dem Vorwand, ihre Handschuhe abstreifen zu wollen, entzog sie Matthew ihre Hand. »Ich fühle mich absolut wohl. Höchstens ein wenig überwältigt von dem Lärm, der hier herrscht.«

»Ja, sie haben wirklich viel zu tun hier. Donnerwetter, das hat dieser Belmont wirklich gut gemacht! Er scheffelt das Geld. Ich wette, er eröffnet binnen Kurzem überall im Norden Filialen. Unsere Familie hätte gleich investieren sollen, als wir die ersten Gerüchte gehört haben, dass ein Schweizer nach Teilhabern sucht!« Er blickte sich um. Auf jedem Tisch standen Leckereien, und Gäste drängten sich darum. »Wir haben wahrscheinlich gerade noch die letzten freien Plätze ergattert.«

Alex blickte zu Harry, der distanziert wirkte. Er hatte sich in sich selbst zurückgezogen und redete nur, wenn er angesprochen wurde, so wie jetzt, als Matthew sich ihm zuwandte.

»So, Blakeney, ich kann aber nicht zulassen, dass sie mit meiner Frau am Arm durch Yorkshire fahren, ohne eine gute Erklärung zu haben.«

Alex stockte der Atem, aber dann sah sie, wie sich ein Grinsen auf Matthews Gesicht ausbreitete.

»Sollen wir zuerst bestellen?«, schlug Harry vor und nickte der Kellnerin zu, die geduldig neben ihrem Tisch gewartet hatte, während sie sich ihrer Mäntel, Schals und Handschuhe entledigt hatten.

»Ich bin Lucy«, sagte die junge Frau, eine förmliche Erscheinung in ihrem schwarzen Kleid mit der gestärkten weißen Schürze und der dazu passenden Haube. Der Blick aus ihren großen dunklen Augen fiel auf Harry und blieb dort hängen, wie Alex auffiel. »Darf ich Ihre Bestellung aufnehmen?«

»Warum nicht?« Matthew strahlte sie an. »Liebling – wonach ist dir heute?«

»Ich nehme eine Kanne Darjeeling, bitte«, erwiderte Alex und zwang Lucy, ihren Blick von Harry auf ihren kleinen Block zu richten, auf dem sie die Bestellung notierte.

»Sir?«, sagte Lucy und blickte wieder Harry an. »Was kann ich Ihnen bringen?«, fragte sie. Es klang geradezu großzügig.

Harry schenkte ihr ein Lächeln. Alex tat das Herz weh, als ihr klar wurde, dass er es ihr so wahrscheinlich nie wieder schenken würde. Das waren jetzt möglicherweise die letzten Momente in seiner Gesellschaft, und sie war gezwungen, sie mit Matthew und einer Kellnerin zu teilen, die offensichtlich mit dem Mann flirtete, den Alex liebte. Ja, sie liebte ihn, das war ihr heute klar geworden. Sie hatte es vermieden, dieser Wahrheit ins Auge zu sehen und sich eingeredet, es handele sich nur um eine Affäre. Ihre Freundschaft bestand doch erst seit wenigen Tagen, und intim waren sie erst vor ein paar Stunden geworden. Aber wem wollte sie etwas vormachen? Sie hatte sich schon beim Abendessen in ihrem Haus in Harry verliebt ... Er brachte sie so mühelos zum Lachen, er küsste sie so, dass sie seine Küsse nur leidenschaftlich erwidern konnte. Und jetzt hatte er jeden Zentimeter ihres Körpers geküsst und sie auf eine Art und Weise berührt, wie sie es noch nie erlebt hatte. Sie hatte geschrien, seinen Namen laut gerufen in einer seufzenden Mischung aus Ekstase und Überraschung. Sie wusste, dass ihr bei der Erinnerung an heute Morgen die Röte ins Gesicht stieg, und dahinter folgte die ruhelose Wut, dass sie von nun an dieser Erfahrung beraubt sein würde und all diese heißen, verzweifelt ersehnten Empfindungen nie wieder verspüren würde.

»Was würden Sie empfehlen?«, hörte sie ihren Geliebten wie von ferne fragen.

»Sie sind im Norden, Sir«, erwiderte Lucy, ohne zu zögern, und riskierte sogar ein freches Augenzwinkern. »Ich würde unsere eigene Mischung aus bestem Yorkshire-Tee empfehlen.«

»Perfekt«, sagte Harry und strahlte Lucy an.

Alex hätte ihm am liebsten verboten, mit der hübschen Kellnerin zu flirten, aber sie durfte nichts sagen. Sie beobachtete, wie Lucy zögernd ihre Aufmerksamkeit Matthew zuwandte, der, wie Alex feststellte, nicht im Geringsten an der Frau mit den kecken haselnussbraunen Locken und den großzügigen Lippen, die aussahen, als würden sie gerne geküsst werden, interessiert war. Harry dagegen sah sie immer noch an, stellte Alex missmutig fest. Sie tröstete sich damit, dass er das absichtlich machte, um sie nicht traurig anblicken zu müssen, weil ihnen die letzten gemeinsamen Stunden des Tages gestohlen worden waren.

»Äh, lassen Sie mal sehen.« Matthew musterte mit gerunzelter Stirn die Speisekarte. »Ich nehme einen Assam. Ich liebe starken Tee.«

Lucy setzte ihr freundlichstes Lächeln auf und bot Sandwiches und eine Etagere mit kleinen Kuchen an, die sie sich teilen konnten, was Matthew auch bestellte. Und dann war sie mit einem letzten verstohlenen Blick auf Harry weg und überließ das seltsame Trio sich selbst.

»Jetzt sind Sie an der Reihe, Blakeney. Ich bin ganz Ohr«, sagte Matthew mit aufgesetzter Fröhlichkeit.

Warum hatte sie nur den Eindruck, als ob sie seine Pläne ebenso durchkreuzt hätten wie er ihre?, dachte Alex.

Sie lauschte Harry, der seine traurige Geschichte noch einmal erzählte. In der Zwischenzeit servierten Lucy und eine Gehilfin ihren Tee. Die Teekannen waren aus schwerem Neusilber, und das Porzellan war fast durchscheinend. Alex war beeindruckt, dass das kühle graublaue Äußere sich im Inneren der Tasse zu weißem Porzellan wandelte.

»Ich verstehe. Und jetzt sind Sie also auf der Jagd nach diesem Mädchen, das vor vier oder fünf Jahren in der Fabrik gearbeitet hat.«

Harry zuckte mit den Schultern. »Ich weiß nicht. Sie hat vielleicht gar nicht dort gearbeitet, das ist ja nur eine Annahme von mir. Auf jeden Fall haben wir sie bisher noch nicht gefunden«, sagte er, ohne zu erwähnen, dass sie es ja noch gar nicht versucht hatten. »Aber ich habe Fletchers Besitztümer seiner Familie zurückgebracht.«

»Dann war die Reise ja nicht ganz umsonst«, sagte Matthew und warf seiner Frau einen Seitenblick zu. Als ob er durch all das Gerede direkt auf ihre Untreue sehen könnte, dachte Alex alarmiert.

»Nein«, erwiderte Harry leise. »Die Reise war keineswegs umsonst.« Alex wusste, dass er das zu ihr sagte. Wärme durchflutete sie, aber sie schaute ihn nicht an. Matthew war viel zu gerissen. Und sie war noch nicht bereit, mit ihm ein Gespräch über Untreue zu führen.

In der verlegenen Pause, die entstand, wurde ihr klar, dass sie Matthew davon abhalten musste, eingehender nach den letzten Tagen zu fragen. Auch Harry klang mit jedem Satz schuldbewusster, und sie fragte sich, ob er den heutigen Tag bereute. Am liebsten hätte sie seine Hand ergriffen und festgehalten, um ihm zu versichern, dass sie gar nichts bereute. Eigentlich überraschte es sie sogar, wie leicht sich ihr Herz trotz all ihrer Scham und der Verzweiflung darüber, dass sie Harry verlieren würde, anfühlte. Sie strahlte Matthew an und lenkte seine Aufmerksamkeit auf sich.

»Und, was habt ihr über diese Frau herausgefunden?«

Alex holte tief Luft, um irgendeine Lüge zu erfinden, aber Harry kam ihr zuvor. »Ich kenne nur ihren Vornamen. Sie hat einfach nur mit Kitty unterschrieben, es war …«

Beide Männer blickten erstaunt zu Alex, die unwillkürlich keuchte, als der Name Kitty fiel. Das Schicksal war also noch nicht mit ihr fertig.

21

»Ist alles in Ordnung, Liebling?«

»Äh … ja, ja, natürlich«, versicherte Alex. Ihre Gedanken überschlugen sich, und sie suchte krampfhaft nach einem Grund, mit dem sie ihren Gefühlsausbruch erklären konnte. »Ich habe gerade eine alte Freundin erblickt, die ich seit Jahren nicht gesehen habe.« Sie hob die Hand und lächelte in Richtung des Eingangs, durch den gerade zwei Frauen das Café betraten. Zum Glück waren sie in ihrem Alter. »Ich habe sie in den Kriegsjahren aus den Augen verloren, und dabei waren wir in der Schulzeit so eng befreundet. Wenn ihr mich bitte entschuldigen wollt, ich gehe auf dem Weg zum Waschraum schnell vorbei und sage Hallo.«

Beide Männer erhoben sich, ihr Ehemann wirkte nachdenklich, und Harry hatte die Stirn gerunzelt.

»Beeil dich, Liebling, sonst wird in der Zwischenzeit dein Tee kalt.«

Sie lächelte Matthew über die Schulter an, lief aber zielstrebig auf die beiden Frauen zu. Vor Entsetzen war ihr die Kehle wie zugeschnürt. Kitty! *Kitty!* Dann hatte also der arme Tom Fletcher ihre Nachricht erhalten! Sie hatte es lustig gefunden, eigentlich sogar nett und lieb gemeint, aber die Auswirkungen bestürzten sie. Sie trat zu den beiden Damen, die in der Schlange standen und auf einen Tisch warteten.

»Entschuldigung!«

Die größere der beiden drehte sich zu ihr um. Ihr Lippenstift war von dem gleichen dunklen Kirschrot wie ihr Mantel. Sie lächelte Alex an. »Ja?«

Wenn Alex jetzt zögerte, würde sie den Mut verlieren, aber die Situation war gefährlich. »Würden Sie mir vielleicht helfen? Ich möchte Sie um einen Gefallen bitten.«

Die Frau runzelte die Stirn. Sie zog an dem geblümten Seidenschal, den sie locker um den Hals geschlungen hatte. Seine Blautöne passten wundervoll zu dem Rot. »Einen Gefallen? Wie merkwürdig. Wir kennen uns doch gar nicht.« Sie blickte zu ihrer Begleiterin, die aber mehr daran interessiert schien, den Oberkellner auf sich aufmerksam zu machen.

»Darum geht es«, murmelte Alex nervös lächelnd. »Könnten Sie mich auf die Wange küssen, als ob Sie mich erkennen würden? Dort sitzt mein Mann, wissen Sie. Ich … nun, es ist etwas mit einem anderen Mann passiert und …«

Erstaunt stellte Alex fest, dass die Frau nicht eine Sekunde lang zögerte. »Oh, meine Liebe!«, rief sie aus. Sie schlang Alex die Arme um die Schultern und küsste sie liebevoll auf beide Wangen. Dann hielt sie sie ein wenig von sich weg, um sie zu bewundern. Die Freundschaft war nur gespielt, aber selbst Alex konnte sie glauben. »Wie schön, dich wiederzusehen«, sagte die Frau so laut, dass man es hören konnte. Und zumindest konnte man es an den kirschroten Lippen leicht aus der Entfernung ablesen. »Damit wir Freundinnen sein können«, fuhr sie wesentlich leiser fort, »müsste ich aber Ihren Namen kennen.«

»Alexandra Frobisher … äh, Alex für Sie.«

»O nein, ich glaube, besser Lexie«, erwiderte ihre neue Freundin lächelnd. »Ich liebe kleine … Täuschungsmanöver«, sagte sie und betonte das Wort mit offensichtlichem Entzücken. »Ich bin Eloise Ransome und das ist Jennifer Spalding.« Ihre Begleiterin schenkte ihr ein höfliches Lächeln, mischte sich aber in ihr Gespräch nicht ein. »Kennen wir uns seit der Kindheit?«, fragte Eloise. Ihre dunkelgrünen Augen funkelten vor spitzbübischem Vergnügen.

»Unsere Eltern waren miteinander befreundet … in Schottland, in Argyll.«

»Sie haben Glück, dass ich die Gegend kenne. Oban ist himmlisch, aber nur im Sommer. Ich habe schon hier in York um diese Jahreszeit genug zu kämpfen.«

»Sind Sie aus London?«

Eloise nickte. »Wir wollten hier eigentlich kuren, haben aber festgestellt, dass wir für die Saison ein bisschen zu spät gekommen sind. Aber ich habe heute früh mein Glas des wertvollen Wassers in diesem zauberhaften verglasten Anbau des Pumpenraums getrunken. Doch genug von meinen Beschwerden. Sagen Sie, haben Sie eine Affäre? Wie herrlich ungezogen«, sagte sie, ohne eine Antwort zu erwarten. Sie blickte zum Tisch. »Ach du liebe Güte, ich weiß gar nicht, welcher von den beiden Ihr Ehemann ist, Lexie, aber ich würde jeden nehmen, den sie ablegen. Es sind ja beides Schätzchen, obwohl, der Dunkelhaarige sieht unglaublich grüblerisch aus. Er küsst bestimmt sehr gut, denke ich.« Sie blickte wieder zu Alex. »Ach, Sie brauchen nicht zu sagen, welcher von beiden Ihr Liebhaber ist, meine Liebe. Ich hoffe, er gibt Ihnen das Gefühl, ungeheuer begehrenswert und geliebt zu sein.«

Alex schluckte. »Danke, dass Sie das tun.«

»Frauen müssen zusammenhalten. Wer weiß, eines Tages brauche ich vielleicht Sie!«

Alex musste lächeln. »In diesem Fall gebe ich Ihnen besser meine Karte; dann sieht es so aus, als ob wir Adressen austauschen. Ich habe meinem Mann gesagt, wir hätten uns aus den Augen verloren.«

»Absolut, dann können wir auch offiziell Freundinnen sein.« Eloise schmunzelte. Sie ergriff die Visitenkarte und steckte sie in ihre kleine Handtasche. Gleichzeitig zog sie ihre Karte heraus. »Wenn Sie und Ihr gut aussehender Liebhaber jemals eine Übernachtungsmöglichkeit in London brauchen, rufen Sie mich an. Wir sind viel auf Reisen.«

»Wir?«

»Mein Gatte, Dickie Drake.«

Alex runzelte die Stirn. »Aber ist er nicht …?« Sie war sich nicht sicher, wie sie es ausdrücken sollte.

»Ja, uralt, Darling, aber wenn ich Ihnen einen guten Rat geben kann: Sie sollten immer einen alten Mann heiraten. Er wird sie für den Rest Ihres Lebens anbeten und Sie mit allem überhäufen, was Sie sich wünschen, weil er durch Sie immer gut aussieht.« Sie kicherte ein wenig. Alex nahm ihren Rat nicht als Beleidigung, er war durchaus pragmatisch und vernünftig. »Oh, sehen Sie, liebe Lexie, die Kellnerin ist da. Ist unser Tisch bereit, Jen?« Ihre Freundin nickte. »Dann sollten wir uns besser beeilen.«

Sie umarmte Alex. »Ich hoffe, er ist es wert, Schätzchen. Stellen Sie nie Ihren Lebensstil wegen Sex infrage … Glauben Sie mir, Sex ist leicht zu haben und vor allem für jemanden, der so aussieht wie Sie. Besuchen Sie mich in London!« Sie tätschelte Alex die Hand und küsste sie erneut. »Ich freue mich, dass ich Ihnen helfen konnte.«

Alex winkte den beiden Frauen nach und eilte dann in den Waschraum. In der Kabine gönnte sie sich einen Moment der Verzweiflung. Was nun? Warum erfuhr sie erst jetzt, dass Kitty die Frau war, die Harry suchte? Wie sollte sie ihm erklären, dass *sie* es eigentlich war, wegen der er nach York gekommen war?

Am besten sagte sie es ihm einfach. Sei aufrichtig, mach reinen Tisch. Sei direkt. Aber wann? Vielleicht hatte sie gar keine Gelegenheit mehr dazu. Heute mussten sie Abschied nehmen. Sie musste ihn gehen lassen, damit er Bethany heiraten konnte. Vielleicht war es das Beste, wenn er nie erfuhr, wer Kitty war. Ja, warum sollte sie es ihm noch schwerer machen? Oh, was für ein Chaos! Sie hatte sich eingeredet, dass es harmlos war, wenn sie ein wenig Zuneigung und männliche Aufmerksamkeit bekam, vorausgesetzt, niemand erfuhr davon. Es war ihr gelungen, sich einzureden, dass sie nur ihr eigenes Gewissen belastete und mit der Zeit lernen würde, mit dieser Episode zu leben und sie als süßes, geheimes Intermezzo zu betrachten, das ihr ganz kurz das Gefühl gegeben hatte, besonders und begehrt zu sein.

Jetzt Matthew und Harry zusammen am Tisch zu sehen war, als ob sie Essig auf eine offene Wunde schüttete. Hätte das Schicksal sie nicht auseinanderhalten können? Hätte es ihr nicht die Zeit geben können, sich von Harry zu verabschieden, ohne dass Matthew dabei war? Jetzt musste ihr Abschied höflich und distanziert sein, und dabei war er der einzige Mann, der jemals den Weg zu ihrem Herzen gefunden hatte. Warum war Henry Blakeney nicht schon ein paar Jahre früher in ihr Leben getreten?

Nein. Sie lächelte traurig. Das Universum hatte Sinn für Humor und wollte sie mit kurzen Einblicken in das, was hätte sein können, necken. Alex wischte die verräterischen Tränen ab, schluckte den salzigen Nachgeschmack herunter und trat aus der Kabine, um sich im Spiegel im Waschraum zu mustern. Sie kniff sich in die Wangen, damit sie rot wurden, trug ein wenig Lippenstift auf und begab sich wieder in die lebhafte Atmosphäre von *Betty's*.

Es war ihr wie eine Ewigkeit vorgekommen, aber die Wanduhr sagte ihr, dass sie nur sechs Minuten lang weg gewesen war.

»Der Tee ist fertig«, sagte Matthew und schenkte sich ein.

»Darf ich?«, fragte Harry.

Ihre Blicke trafen sich in einem unsichtbaren Kuss. Sie blickten einander an. Alex war sich sicher, dass Harry auch an die echten Küsse im Cottage dachte. Sie waren zärtlich und forschend gewesen, ihre Zungen sprachen ohne Worte miteinander. Harry hielt ihren Blick ein wenig länger fest, als Alex für sicher hielt – er wollte, dass der innige Moment anhielt, und das gab ihr Kraft. Sie lächelte ein wenig schief.

»Bitte«, antwortete sie und blickte auf ihre kleine silberne Teekanne.

Er widmete sich seiner Aufgabe, und Alex konzentrierte sich auf seine gerunzelte Stirn und die dunklen Wimpern. Sie spürte immer noch die frisch rasierte Glätte seines Kinns, die doch rau wie Sandpapier über ihre Haut glitt …

»Blakeney hat mir gerade mehr von seiner Suche erzählt.«

»Ach ja?«, sagte sie.

»Du bist doch in deiner Zeit während des Kriegs oder vielleicht auch hinterher sicher irgendwann mal einer Kitty begegnet, oder?«

Alex tat so, als müsse sie überlegen, dann schüttelte sie den Kopf. »Nicht dass ich wüsste.«

»Haben Sie den Zettel dabei?«, fragte Matthew plötzlich und wandte sich zu Harry.

Alex hatte das Gefühl, alles um sie herum würde sich drehen, und sie bemühte sich krampfhaft, einen klaren Kopf zu behalten. Sie trank einen Schluck Tee, in der Hoffnung, dass er sie beruhigte, aber sie schmeckte nur das Salz der Angst. Harry hatte den Zettel sicher dabei; das war ja schließlich der offizielle Grund gewesen, warum sie sich getroffen hatten. Oder? Entsetzt beobachtete sie, wie Harry in seiner Jackentasche kramte. Matthew würde sofort ihre Schrift erkennen – sie war viel zu auffallend mit den zusätzlichen Bogen an den langen Buchstaben. Sie hielt den Atem an, als Harry lächelnd in seiner Tasche nach dem Zettel suchte.

Matthew beobachtete sie mit nachsichtigem Lächeln. »Liebling, du errötest ja.«

»Nein, keineswegs«, sagte sie so beiläufig, wie sie konnte. »Mir ist warm. Dieser Raum hier ist überfüllt, und der Tee ist kochend heiß, nicht wahr?«

»Deshalb lieben wir das *Betty's* ja«, sagte er und hob seine Teetasse, als wolle er ihr zuprosten.

»Es wäre schön, wenn du mir gesagt hättest, dass du wieder im Norden bist«, sagte Alex abrupt, um die Aufmerksamkeit wieder auf ihren Mann zu richten. »Warum hast du mir eigentlich nicht Bescheid gesagt?«

Ungerührt legte er seine Hand auf ihre. »Ich wollte dich überraschen.«

Sie hätte ihm gerne geglaubt, aber es gab mittlerweile zu viele Zweifel. Als Matthew sie mit seinem freundlichsten, aber doch distanzierten Lächeln bedachte, spürte sie, dass er von ihrer Untreue wusste oder die verbotene Intimität zwischen seiner Frau und ihrem Gast zumindest erriet. Er spielte einfach nur mit, warum sonst hätte er nach dem Zettel fragen sollen? Was hätte Matthew zu Harrys Suche beitragen können, wenn er sich den Zettel anschaute? Die blitzenden Kerzenleuchter reflektierten ihr Schuldgefühl in den Spiegeln, im Dampf ihres Tees.

Sie kämpfte ihre Angst nieder und blickte zu Harry, der einen entschieden grimmigen Eindruck machte.

»Ich fasse es nicht«, sagte er gerade. »Ich muss ihn in der Pension gelassen haben.«

»Oh«, sagte Matthew gespielt mitfühlend. »Wie schade.«

Harry zuckte mit den Schultern. »Es spielt keine Rolle. Er hilft uns sowieso nicht weiter, nicht wahr, Mrs Britten-Jones?«

»Sagen Sie doch bitte Alex zu ihr, alter Freund, ich bestehe darauf«, sagte Matthew, bevor Alex antworten konnte. »Ich bin mir sogar ziemlich sicher, dass es meiner Frau sehr viel lieber wäre, wenn Sie sie mit dem Vornamen anreden. Sie ermuntert alle ihre engen Freunde dazu, nicht wahr, Liebling?«

Sie machten Small Talk über York, Eisenbahnen, Geschäfte im Süden und schließlich über das Wetter, was für Alex ein Zeichen war, dieses abscheuliche Treffen zu beenden.

Sie lächelte schmallippig. »Nun«, sagte sie und ergriff ihre Handschuhe. »Es tut mir leid, meine Herren, aber ich möchte gerne dieser erstickenden Atmosphäre entkommen. Und meine aufrichtige Entschuldigung, Harry, dass wir keine besonderen Fortschritte bei Ihrer Suche nach der Verfasserin des Liebesbriefes gemacht haben.«

»Wann reisen Sie wieder in den Süden?«, fragte Matthew und schob seinen Stuhl zurück.

Harry zuckte mit den Achseln. »Morgen, denke ich. Es ist mir nicht gelungen, Kitty zu finden, und vielleicht ist das auch am besten so; vielleicht lockt mich dieses Geheimnis ja irgendwann wieder in den Norden.« Offensichtlich war ihm Matthews Doppeldeutigkeit aufgefallen.

»Was würden Sie denn zu Kitty sagen, wenn Sie sie finden würden?«, fragte Matthew.

»Ich wollte ihr sagen, dass ich Ihren Liebsten gefunden habe. Es ging ja immer um Tom Fletcher, den ich über seine Habseligkeiten nach Hause gebracht habe. Vielleicht aber sollte ich Kitty auch in Ruhe lassen, denn es geht mir durch den Sinn, dass sie sich vielleicht damit abgefunden hat, Tom verloren zu haben. Es wäre doch sinnlos, eine Wunde wieder zu öffnen, zumal sie ja auch jemand anderen kennengelernt haben kann. Möglicherweise ist sie sogar verheiratet.«

Sie blickten beide zu Alex, die einen erstickten Laut von sich gab. Sie wehrte ihre Aufmerksamkeit mit einer Geste ab und tat so, als habe sie sich geräuspert.

»Äh, nein, das geht auf mich, alter Junge«, sagte Matthew, als Harry nach seiner Brieftasche griff. »In meiner Stadt sind Sie mein Gast.«

»Kommen Sie oft nach London?«

»Ständig«, antwortete Alex für Matthew, um die Stimmung ein wenig zu lockern. Trotzdem klang ihre Stimme anklagend. »Er kann sich gar nicht fernhalten von der Hauptstadt. Dort gibt es zu viel Abwechslung.«

Harry lächelte, und sie kannte sein Lächeln mittlerweile so gut, dass sie wusste, wann es unaufrichtig war … und das war es jetzt. »Dann lassen Sie mich eine Einladung aussprechen. Sie sind als Gast in meinem Club sehr willkommen.«

»Wirklich? Wie großzügig«, erwiderte Matthew. Sein Tonfall klang nur ganz leicht spöttisch, und Alex merkte, dass er interessiert war. »In welchem Club sind Sie?«

»*White's*. In Westminster.«

»Oh, in der Tat. Ich weiß, wo *White's* ist«, versicherte Matthew ihm. Anscheinend hatte Harry ihn beeindruckt.

»Eine Einladung zieht die andere nach sich«, fuhr ihr Geliebter im Plauderton fort. Alex war überrascht, weil Harry eigentlich nicht der Typ für höflichen Austausch war. Und wenn sie ehrlich war, hatte Harry Matthew angestarrt, als ob er ihrem Mann am liebsten die Hände um den Hals legen und zudrücken wolle. »Ihr Schwiegervater hat mich vorgestern Abend freundlicherweise in seinen Club eingeladen. Wahrscheinlich hatte er vor, mich Ihnen vorzustellen, aber es stellte sich heraus, dass Sie an jenem Abend nicht da waren. Ich nahm an, Sie seien noch in London, da Ihre Frau das erwähnt hatte, aber ein Kellner im Club sagte zu Charles, Sie seien bereits wieder in York.«

Warum um alles in der Welt erzählte er das?, wunderte sich Alex und warf Harry einen fragenden Blick zu. Er wollte auf etwas hinaus – sie kannte ihn mittlerweile gut genug, um zu merken, dass er aggressiv geworden war. Ihr ging durch den Kopf, dass er versuchte, Matthew bei einer Lüge zu ertappen, und noch überraschter war sie, als Harrys scheinbar beiläufige Bemerkung über den Besuch im Club ihres Vaters ihren Mann zu erschrecken schien. Und das kam bei Matthew selten vor; sie hatte noch nie erlebt, dass er sich benahm, als sei er in die Enge getrieben worden.

»Sie waren im Club? In York?«, fragte er mit gepresster Stimme.

Harry nickte, und Alex fiel auf, wie gespannt er Matthew ansah. Seine Augen glitzerten so … ja wie? Feindselig? Er kannte Matthew doch gar nicht, und es war sicher nicht angebracht, dass er wütend auf ihn reagierte. Enttäuschung, Traurigkeit, hoffentlich ein wenig Eifersucht … aber doch keine Konfrontation. Alex war verwirrt. Wenn sie gekonnt hätte, hätte sie Harry die Hand auf den Arm gelegt und ihn gebeten, dieses Gespräch zu beenden. Stattdessen versuchte sie ihn mit einer munteren Bemerkung zu unterbrechen, aber Harry ignorierte sie und machte einfach weiter.

»Ja. Hervorragendes Personal – sehr gut informierte Kellner.«

»Tatsächlich?« Matthew wirkte wie erstarrt.

Alex wandte sich zum Gehen. Sie war überzeugt, dass dieses Gespräch böse enden konnte.

»Mmm, ja«, sagte Harry. Er folgte ihrem Beispiel und erhob sich. »Ich war äußerst beeindruckt, dass einer von ihnen Ihren Schwiegervater darüber informieren konnte, wo Sie sich gerade befanden. Wir haben hinterher darüber geschmunzelt, dass er besser über Sie informiert zu sein schien als Ihre Familie.«

Alex keuchte innerlich. Was tat Harry da?

»Ich verstehe«, erwiderte Matthew, als zöge er Bilanz. »Nun, es tut mir leid, dass wir einander verpasst haben.«

»Wahrscheinlich war es eher falsch von mir, etwas zu erwarten«, sagte Harry beiläufig. »Gehe ich recht in der Annahme, dass Sie nicht in York waren?«

»Das ist korrekt.« Matthew räusperte sich. »Ich wurde in London aufgehalten, beendete aber meine Geschäfte schneller als erwartet. Dann kam diese Sache hier mit Harrogate, und es war einfacher, sie noch schnell zu erledigen, bevor ich nach Hause fuhr«, sagte er. Er wandte sich zu Alex und wechselte geschickt das Thema. »Ich könnte wetten, dass es der alten Norma gar nicht gefallen hat, dass ich nicht zum Abendessen gekommen bin.«

»Ja, nun, ich überlasse es dir, dich dafür zu entschuldigen«, erwiderte Alex. Die beiden Männer maßen sich mit Blicken, als stünden sie kurz vor einem Duell. »Matthew? Sollen wir?«

»Nach dir, mein Liebling.«

Alex beobachtete, wie ihr Mann ein paar Schillinge auf den Tisch warf, während Harry sich die Mühe machte, Blickkontakt mit der hübschen Kellnerin zu suchen und ihr zu danken. Erneut durchzuckte sie ein Stich der Eifersucht; sogar die Kellnerin bekam mehr Aufmerksamkeit, als sie sich erhoffen konnte. Sie hatte Matthews Arm ergriffen und wurde von ihm in die Kälte geführt. Der Schock nach der Wärme im Café war so heftig, dass ihre Wangen nicht nur vor Schuldgefühl brannten. Verwirrt dachte sie darüber nach, warum Harry es riskiert hatte, so viel Aufmerksamkeit auf sich zu ziehen.

»Liebling, mir wäre es lieber, du würdest nicht fahren. Die Straßen sind nass und rutschig, und es fängt an zu frieren.«

Sie hatte nicht die Kraft, ihm zu widersprechen.

»Ich kann fahren, Alex, wenn Sie erlauben?«, bot Harry an, und sie hätte ihn am liebsten umarmt, weil er ihr den Vorschlag gemacht hatte und nicht ihrem Mann.

»Ausgezeichnet, Blakeney«, antwortete Matthew, als

ob sie die Fähigkeit zu sprechen verloren hätte. »Gib ihm die Schlüssel, Liebling. Du kannst mit mir fahren.«

»Oh, ich dachte, ich …« Der Gesichtsausdruck ihres Mannes war offen und beherrscht, aber an seiner angespannten Haltung – so untypisch für Matthew, der normalerweise jede Situation mit seinem Charme entspannen konnte – spürte sie, dass sie sein Angebot besser nicht ablehnte.

»Ich komme schon zurecht«, versicherte Harry. »Sie möchten sicher ein wenig allein sein.« Er nahm die Schlüssel, die sie aus ihrer Handtasche zog.

»Die Gänge können ein wenig hakelig sein, und die Bremsen greifen nicht sofort.«

»Das kriege ich schon hin.« Harry lächelte. »Sie brauchen nicht auf mich zu warten – ich finde den Weg zurück.«

»Danke, Blakeney. In York lasse ich Sie von einem Fahrer zu Ihrer Unterkunft bringen.«

Matthew sagte das zu Harrys Rücken, denn Harry hatte sich bereits umgedreht, und Alex konnte seine Stimmung nicht mehr an seinem Gesichtsausdruck ablesen. Aber zwischen den beiden Männern lag definitiv etwas Unausgesprochenes, das nichts mit ihr zu tun hatte.

Im Auto mühte sich Matthew nervös mit dem Schlüssel und dem Zündschloss ab.

»Was ist mit dir los?«, fragte sie ihn.

»Wie meinst du das?«

»Du weißt genau, was ich meine. Warum hast du plötzlich so defensiv reagiert? Ich kenne dich gar nicht so besitzergreifend.«

»Sei nicht absurd, Alex, obwohl, jetzt wo du es erwähnst, vielleicht sollte ich mir tatsächlich Sorgen machen, weil meine Frau mit einem gut aussehenden Junggesellen, den die Familie nicht kennt, durch die Lande fährt.«

Mit einem Ruck fuhr Matthew los und gab Gas.

»Fahr nicht so schnell.«

»Er ist Soldat, sagst du?«

»Ein ehemaliger Captain, warum?«

»Dann hat er sicher einen hervorragenden Orientierungssinn.«

»Das ist ziemlich ungehobelt von dir, Matthew.«

»Ach ja? Ist es auch ungehobelt von mir, mich zu fragen, warum meine Frau sich in der Gesellschaft eines solchen Mannes aufhält?«

»Was soll das?«, fuhr sie ihn an. Sie wusste, dass sie ihm in die Falle ging.

»Ah, jetzt könnte ich dich beschuldigen, defensiv zu reagieren.«

Alex schürzte die Lippen und blickte aus dem Fenster, aber schließlich ertrug sie die Stille nicht mehr. »Ich werde diese verdeckte Spitze nicht würdigen, indem ich mich rechtfertige.«

»Ich kann auch direkter sein, wenn du es wünschst. Ich habe zwischen euch gesessen, ich habe es gesehen.«

»Was hast du gesehen, du liebe Güte?«, sagte sie. Angst stieg in ihr auf. »Ich habe Mr Blakeney kaum angeschaut.«

»Genau. Ihr wart beide so eifrig darauf bedacht, Blickkontakt zu vermeiden, dass es völlig offensichtlich war.«

»Ach, sei nicht lächerlich, Matthew. Du solltest mehr Zeit zu Hause verbringen, und dann hätten wir zwei auch mehr Augenkontakt!« Ihre Wut wurde von der Angst vor Entdeckung befeuert – er war so dicht an der Wahrheit –, und um ihm nicht alles zu erzählen, verwandelte sie ihre Angst in Empörung.

Es schien zu funktionieren. »Schon gut, es tut mir leid. Das ist unfair von mir.«

»Ach wirklich? Findest du?«

»Er ist schon weit vor uns. Komm, ich habe mich doch entschuldigt.«

»Das war auch nötig. Er ist ein sehr anständiger Mann und tut etwas Freundliches. Da musste ich ihm doch helfen.«

»Aber das hast du ja anscheinend gar nicht. Während du mit deiner alten Freundin geplaudert hast … Wie heißt sie übrigens?«

»Eloise«, fuhr sie ihn an. Sie hoffte, ihre gereizte Antwort hielt ihn davon ab weiterzufragen, aber zur Sicherheit fügte sie hinzu: »Du kennst sie nicht. Ich habe dir ja erklärt, dass ich sie aus Kindertagen kenne.«

»Auf jeden Fall hat er mir erzählt, dass er bei seiner Suche nach Kitty nicht weitergekommen ist. Und sag mir eines, Liebling, wer macht sich auf die Suche nach der Schreiberin einer Nachricht, ohne die verdammte Nachricht dabeizuhaben?«

»So ist es ja nicht. Wir hatten uns die Nachricht schon angeschaut«, log sie. »Außer ihrem Namen finden sich aber dort keine Hinweise. Überhaupt nichts.« Sie brauchte die Nachricht nicht vor sich zu sehen, um sich mit absoluter Klarheit daran zu erinnern.

»Nun, die Handschrift allein könnte schon helfen.«

»Du meinst also, er sollte wie der Prinz in Aschenputtel mit dem Glasschuh durch das Land fahren und die Handschrift jeder jungen Frau prüfen, um herauszufinden, ob sie die Kitty von der Nachricht ist?«

Er zuckte verlegen mit den Schultern und schien selbst zu merken, dass das ein alberner Gedanke war. »Zumindest sieht er aus wie der Prinz aus Aschenputtel. Sehr attraktiv, oder?«

»Matthew, es ist ganz gleich, was ich antworte, du versuchst mich in eine Falle zu locken. Wenn ich Ja sage, muss ich es erklären. Wenn ich sage, ich habe es nicht bemerkt, dann wirst du mich der Lüge bezichtigen. Was ist nur in dich gefahren?« Sein Schweigen machte sie noch wütender. »Ja, Mr Blakeney sieht ungewöhnlich gut aus, ein richtiger Fang – Eloise hat mich gebeten, ihn ihr vorzustellen. Ich bin sicher, er wäre ihr auch ohne meine Vorstellung aufgefallen, aber ich vergaß, ihr gegenüber seine Verlobte zu erwähnen. Ich nehme an, auch dir ist entgangen, dass Mr Blakeney verlobt ist, während du eifrig damit beschäftigt warst, falsche Schlussfolgerungen zu ziehen.«

»Verlobte?« Seine Stimme klang erstickt.

Sie blickte ihn nicht an. »Ja, er fährt jetzt nach Hause und wird die Frau heiraten, die ihn seit ihrer Kindheit liebt. Er musste einfach noch vorher diese Sache erledigen, damit er nachts ruhig schlafen kann.« Insgeheim gestand Alex sich ein, dass das der ehrlichste Satz war, den sie heute zu ihrem Mann gesagt hatte.

»Das ist romantisch.«

»Ja, das ist es«, stieß sie hervor, auch wenn sie es lieber nicht zugegeben hätte. »So häufig, wie du von zu Hause weg bist, könnte ich dich auch verdächtigen«, sagte Alex herausfordernd. Es war das erste Mal seit ihrem Hochzeitstag, dass sie seinen Mangel an emotionaler Beteiligung an ihrem Leben ansprach.

»Alex, Liebling«, sagte er, ohne zu zögern. Er blickte

sie noch nicht einmal an, legte aber seine Hand auf seine Brust. »Ich schwöre dir, bei allem, was mir heilig ist, dass du die einzige Frau bist, der mein Herz gehört. Seit wir verheiratet sind, habe ich dich nie mit einer anderen Frau betrogen. In dieser Hinsicht brauchst du dir keine Gedanken zu machen … nie.« Er wartete, aber sie schwieg. »Bitte versichere mir, dass du mir glaubst. Es gibt keine anderen Frauen. Warum sollte es sie geben, wo du doch zu Hause auf mich wartest.«

»Ich weiß nicht. Du bist immer nur so kurz zu Hause, dass ich das nur schwer sagen kann.«

»Warum führen wir eigentlich dieses Gespräch? Wir haben eine Vereinbarung getroffen, einander Unabhängigkeit und Freiheit zu geben. Ich habe dir nie Vorschriften gemacht, wohin du gehen, was du tun oder wen du einladen sollst.«

»Bis heute«, bemerkte sie sarkastisch.

»Noch nicht einmal heute, ehrlich gesagt. Aber angesichts der Spannung, die zwischen euch geherrscht hat, und der Tatsache, dass ich seinen Absichten nicht traue, ist es ja nur vernünftig, dass dein Ehemann dich beschützen will.« Alex unterdrückte ein Schnauben. »Und du hast mir versprochen, mir die gleiche Freiheit zuzubilligen. Vor allem waren wir doch Freunde, oder? Und ich habe meine Versprechen an dich doch gehalten, oder?«

»Das hast du. Das Problem ist, Matthew, ich will zwar Unabhängigkeit, aber ich will nicht einsam sein. Ich will Freiheit, aber ich wollte nie, dass es mir so vorkommt, als lebte ich auf einer Insel ohne einen Seelengefährten. Dass wir geheiratet haben, kam uns *beiden* damals gelegen – bitte, streite das nicht ab –, und ja, wir haben vereinbart, einander Raum für unsere Träume zu lassen, aber ich kann mich nicht erinnern, dass ich damit einverstanden war, in dieser Ehe als alte Jungfer zu leben.«

»Ich kann dir nicht folgen.« Er runzelte die Stirn, aber sie spürte, dass er nur Zeit schinden wollte, damit sich sein wacher Verstand eine neue Beschwichtigung ausdenken konnte.

»Na gut, ich will es mal deutlicher formulieren. Sex, Matthew. Möchtest du wissen, wann du das letzte Mal mit mir geschlafen hast? Das Datum hat sich mir eingebrannt, weil es in den vergangenen zwei Jahren so selten vorgekommen ist, dass ich mich an jedes einzelne Mal erinnern kann.« Er öffnete den Mund, um ihr zu widersprechen, aber sie redete weiter. Er hatte dieses Gespräch nicht vorausgesehen, und er saß am Steuer des Wagens, deshalb konnte er nicht einfach aufstehen und gehen. »Und auch wenn dir an meinen körperlichen Bedürfnissen nicht so viel liegt, Matthew, was ist mit meinen Gefühlen? Wie wäre es mit schlichter Zuneigung? So höflich, wie du mich auf die Wange küsst, könntest du auch die Luft küssen. Und wenn wir tatsächlich miteinander geschlafen haben, dann kam es mir vor wie eine Pflichtübung. Manchmal gibst du mir das Gefühl, mich zu verabscheuen.«

Er blickte sie an. Wut stand in seinen Zügen, und dahinter versteckte sich noch etwas anderes … Angst; so hatte sie ihn noch nie gesehen. Sein Ausruf klang zutiefst verletzt. »Aber ich liebe dich doch, Alex!«

»Du zeigst es aber nicht. Du liebst es, mich zu besitzen. Du liebst es, mich deine Frau zu nennen. Aber Matthew, du hast keine Ahnung davon, mich zu lieben und mir diese Liebe mit Worten, mit Zeit und Zuwendung zu zeigen. Vergiss all die Geschenke! Sie haben keine Bedeutung.«

Er gab einen spöttischen Laut von sich.

»Nein, wirklich. Wenn es mir wichtig wäre, könnte ich mir selber Geschenke kaufen. Aber es ist mir nicht wichtig. Du weißt sehr wohl, dass mir nie viel an Partys oder Schmuck gelegen hat. Ich brauche nicht mit anderen mitzuhalten. Ich brauche keine großen Gesellschaften. Und ich brauche auch nicht dieses große Haus, in dem ich doch nur allein bin. Ich brauche keine neuen Perlen oder Diamanten für gesellschaftliche Anlässe, an denen ich doch nicht teilnehme. Ich will keine Geschenke auspacken, mit denen du dich für deine Abwesenheit entschuldigst.«

»Dieser Streit ist absurd und entbehrt jeder Grundlage. Du hast mir erzählt, dass für dich nichts zählt als die Herstellung von Schokolade, und im neuen Jahr wirst du damit beginnen. Du wirst deinen eigenen Laden haben und deine eigene kleine Fabrik mit Warenlager. Ich habe versprochen, dir mit dem Vertrieb zu helfen, wenn die Zeit kommt. Ohne meinen Rückhalt vor deinen Eltern wäre es nie ...«

»Matthew ... Matthew ... hör auf. Hör auf, mir Dinge zu sagen, die ich bereits weiß. Lass meine Eltern aus dem Spiel. Wenn ich es darauf angelegt hätte, hätte ich immer genau das bekommen, was ich wollte. Ich wollte nur nicht meine Ziele auf Kosten ihres Glücks durchsetzen. Ja, meine Mutter liebt dich und hätte keinen passenderen Schwiegersohn aussuchen können, wenn sie die Wahl gehabt hätte. Aber du gehst von falschen Voraussetzungen aus, wenn du denkst, dass ich ohne dich den Laden nicht hätte eröffnen können. Du hast keineswegs meine Zukunft ermöglicht, indem du mich geheiratet hast. Und du kannst nicht von mir erwarten, dass ich in ständigem

Eheglück verharre, nur weil du mir meine berufliche Laufbahn ermöglicht hast. Du hast mir geholfen, ja. Du hast mich der Familie Rowntree vorgestellt, hast dafür gesorgt, dass ich einen Fuß in die Tür bekommen habe, aber seitdem ist es *mein* Streben, *mein* Hunger nach Wissen. Ich habe Jahre damit zugebracht zu lernen, aber ohne formelle Ausbildung … Die musste ich mir stehlen, indem ich den richtigen Personen über die Schulter geschaut habe, Stunden um Stunden nach Arbeitsschluss in der Fabrik zugebracht habe, um von den Leuten zu lernen, die großzügig ihr Wissen mit mir teilten. Daran hast du keinen Anteil. Und du warst ja sowieso nie da! Du hattest ja schon gleich damit begonnen, im Land herumzuscharwenzeln und mich mir selber zu überlassen.«

»Herumzuschar…!« Er wandte sich zu ihr, sein Gesicht rot vor Wut. So zornig hatte sie ihn noch nie erlebt. »Du weißt doch, dass ich arbeite; ich spiele schließlich nicht herum …«

»In der Tat. Auch das verstehe ich, Matthew. Vor ein paar Tagen hast du mich angerufen, um mir zu sagen, du wolltest Schach spielen, aber es war offensichtlich, dass du dich in einer Bar befunden hast. Ich konnte Stimmen hören, Gläserklirren, Musik. Niemand spielt Schach bei Musik. Ich habe nichts dagegen, dass du in Gesellschaft bist, wenn du dich fern von zu Hause aufhältst – ich kann nicht von dir erwarten, dass du wie ein Mönch lebst –, aber gegen deine Lügen habe ich etwas. Ich weiß nicht genau, was du vor mir verbirgst. Ich will aufrichtig sein, ich habe eine Zeit lang gedacht, dass du mich mit anderen Frauen betrügst, aber seltsamerweise vertraue ich auf dein Versprechen. Ich habe dich gut genug kennengelernt, um zu wissen, wann du aufrichtig bist oder wann dein Schwur nur dazu dient, mich zu täuschen. Wenn es also keine anderen Frauen sind, welches Geheimnis ist es dann, was dich davon abhält, eine Familie gründen zu wollen, bei mir sein zu wollen und an unserem Leben in York teilhaben zu wollen? Was ist es, Matthew?«

»Und deshalb suchst du also die Gesellschaft von Leuten wie Blakeney?«, fragte er, um den Fokus wieder auf sie und ihr Verhalten zu richten.

»Er ist nicht der Grund für unsere Probleme. Alle unsere Probleme sind hier im Automobil bei uns. Draußen steht uns nichts im Weg. Das Hindernis befindet sich nur zwischen uns. Wir kommen nicht miteinander aus.«

»Ich dachte doch.« Er klang plötzlich zerknirscht, so als hätte er Angst davor, wohin dieses Gespräch führen würde.

»Nein.« Sie seufzte. Zum ersten Mal seit Langem hatte sie das Gefühl, alles ganz klar zu sehen. »Wir existieren. Du bist immer charmant, und ich bin gnädig, weil ich keine Probleme machen möchte, wenn du einmal nach Hause kommst, aber ich bin es leid. Ich brauche mehr von dir.«

»Henry Blakeney wird mir einige Fragen beantworten müssen.«

»Lass Harry da heraus, Matthew. Du suchst nach einer Zielscheibe. Ihn trifft kein Vorwurf.«

Er blinzelte sie an. »Du hast mit ihm geschlafen, nicht wahr?«

Sie hielt seinem Blick einen Moment lang stand, und in diesem Augenblick fand sie den Mut, den sie brauchte. »Ja.«

Er verriss das Lenkrad, sodass der Wagen ins Schleudern geriet, als die Reifen auf dem weichen Untergrund keinen Halt fanden. Seltsamerweise fühlte sie sich auf einmal völlig schwerelos.

»Nur ein Mal«, fuhr sie fort, »aber einmal war genug, um die Schleusen für all die Gefühle zu öffnen, die seit dem Tag, an dem wir uns begegnet sind, hinter dieser beherrschten Fassade verschlossen waren.«

»Ich werde ihn umbringen«, grollte Matthew rasend vor Wut.

Alex war überrascht, wie ruhig, sogar distanziert sie klang, als sie sagte: »Ich bezweifle ehrlich gesagt, dass dir das gelingen würde. Aber ihm ist wirklich kein Vorwurf zu machen, das kann ich dir versichern. Ich habe mir die Affäre ausgesucht, wenn du ein paar Stunden der Untreue so bezeichnen kannst. Ich habe Ort und Zeitpunkt ausgesucht. Ich habe ihn auch verführt. Er wollte mir abraten.«

»Soll ich auch noch bewundern, wie ritterlich er sich verhalten hat?«

»Ich sage einfach nur, dass er alles getan hat, um meine Avancen zu vermeiden.«

»Anscheinend nicht genug«, spuckte Matthew. Er blickte in den Rückspiegel. »Hast du nicht gesagt, er steht kurz vor der Heirat?«

»Ja.«

»Dann hat er dich also benutzt!«

»Ganz im Gegenteil, und während ich in Harrys Armen Zuneigung gefunden habe, bin ich mir über uns klar geworden. Wir sind fertig miteinander, Matthew. Ich weiß jetzt, dass ich immer jemanden wie Harry in meinem Leben gebraucht habe; du kannst mir nicht annähernd dieses besondere Gefühl geben, was er mir gibt. Du hattest vier Jahre Zeit. Er hat mich in wenigen Tagen drei Mal gesehen, und bei all diesen Gelegenheiten waren andere um uns herum. Und doch hat uns sofort größere Zuneigung verbunden, als du mir in all unserer gemeinsamen Zeit vermitteln konntest. Und bevor du es sagst, ich weiß, dass du mich auf deine eigene Art und Weise liebst. Ich erinnere mich noch an deine vorsichtige Wortwahl, als du mir vorgeschlagen hast, wir sollten heiraten. Du hast zugegeben, es würde zuerst und vor allem Freundschaft sein. Ich habe nicht genug darauf geachtet. Du warst vollkommen aufrichtig, nicht wahr? Ich habe mich von deiner amüsanten Art, deinen galanten Manieren und der Möglichkeit blenden lassen, die sich auf eine höchst passende Heirat und die perfekte Flucht vor Männern, die ich definitiv nicht heiraten wollte, eröffnete.«

»Du hast gelobt ›Bis dass der Tod uns scheidet‹. Ich werde dich nie gehen lassen, Alex. Scheidung steht völlig außer Frage.«

Sie schluckte. »So weit voraus habe ich gar nicht gedacht. Diesen Vorwurf kannst du mir tatsächlich machen. Ich will mehr von meiner Ehe.«

»Wenn du Kinder willst, ich …«

»Darum geht es nicht. Es ist … es ist alles, Matthew.«

»Ich werde mich nicht, *auf gar keinen Fall* von dir scheiden lassen.«

»Dann liebst du mich nicht wirklich, noch nicht einmal als Freund.«

»Sieh es, wie du willst. Es wird nichts am Ergebnis ändern.«

»Dann bin ich jetzt deine Gefangene?«

»Nein, du bist meine Frau, und du solltest langsam anfangen, dich auch so zu benehmen.«

»Ach, und wenn nicht? Willst du es dann meinen Eltern sagen? Nur zu. Wenn sie mich fragen, werde ich Ihnen schon erzählen, wie du mich ignorierst.«

»Glaubst du, er wird für dich seine Hochzeit abblasen?«

»Ständig bringst du Harry ins Gespräch. Es ist wahrscheinlich einfacher für dich, jemand anderem als uns die Schuld zu geben. Lass uns das Gespräch nicht fortführen. Wir bewegen uns im Kreis. Ich brauche Zeit, um über deinen merkwürdigen Standpunkt nachzudenken.«

Er zuckte mit den Schultern. »Darüber brauchst du nicht weiter nachzudenken, Liebling. Mach einfach das Beste aus deiner Situation. Ich habe dir nie etwas anderes als meinen Namen und die Gewährung deiner Freiheiten versprochen. Du hast beides.«

Sie wusste, dass er recht hatte.

Die Heimfahrt war so eisig still wie die Winterlandschaft … Vor ihr breitete sich ein einsames Leben aus. Als sie zu Hause ankamen, stellte sie fest, dass ihr Wagen bereits in der Garage stand. Von Harry war nichts zu sehen.

»Er ist wahrscheinlich drinnen«, sagte Matthew, als ob sie ihm eine Frage gestellt hätte.

»Das bezweifle ich.« Es war der erste Wortwechsel seit einer halben Stunde.

»Ich brauche kein Abendessen«, sagte er. Sein Tonfall war eisiger als die Luft, die sie umgab, als sie aus dem Automobil stiegen.

»Das überrascht mich nicht«, versetzte sie. Sie gab sich keine Mühe mehr, ihre Bitterkeit zu verbergen. »Ich habe sowieso keinen Hunger. Ich sage Norma Bescheid. Kommst du mit hinein?«

»Nein, ich denke, ich wärme mich im Club ein bisschen auf. Es ist ein wenig frostig hier.«

»Wie du willst. Ich muss noch einen Anruf tätigen. Ich

sollte zumindest das Versprechen halten, dass ich der Sache mit Kitty weiter nachgehe.«

Er lächelte schief. »Ja, das solltest du sicher.«

»Übernachtest du heute im Club?«

»Nein, ich bleibe nur auf einen oder zwei Drinks – ich muss jemanden treffen. Später komme ich nach Hause. Vielleicht sollte ich an deiner Tür klopfen?« Sein Tonfall war sarkastisch.

»Heute Abend nicht, Matthew. Eigentlich an keinem Abend mehr.«

Er zuckte mit den Schultern und tat verwirrt. »Sag nicht, ich hätte es nicht angeboten«, sagte er über die Schulter und stieg wieder ins Auto. Sie war kaum an der Eingangstür, als er auch schon wegfuhr.

22

Das Telefon klingelte, als sie Hut und Handschuhe ablegte und ihren Schal entknotete. Die Haushälterin erschien.

»Ich nehme das Gespräch schon an, Mrs Britten-Jones. Gehen Sie hinein. Das Feuer im Kamin ist an.«

Alex formte ein »Danke« mit dem Mund, als Norma den Hörer abnahm. »Mr Britten-Jones ist noch nicht nach Hause zurückgekehrt.« Alex ging weiter, zur beruhigenden Stille im Salon, wo Harry sie vor zwei Abenden zum ersten Mal geküsst hatte. In den vergangenen achtundvierzig Stunden war so viel passiert … Sie hatte sich nicht nur verliebt, sondern ihr war auch klar geworden, dass sie den Mann, den sie geheiratet hatte, eigentlich nie mehr als bloß gemocht hatte. Jetzt allerdings verabscheute sie ihn geradezu. Und doch hatte sie ihn sich selber ausgesucht, und nun saß sie in der Falle.

Es klopfte, und Norma trat ein. »Es ist Mr Britten-Jones Senior. Er fragte, ob er Sie sprechen könne.«

»Natürlich.« Alex trat ans Telefon. »Mein Mann kommt erst später nach Hause. Machen Sie sich keine Gedanken wegen des Essens. Ich nehme nur Kakao und ein paar Kekse, wenn es recht ist.«

»Wie Sie wünschen«, erwiderte die Haushälterin. Nur ihre geschürzten Lippen verrieten, dass sie sich Sorgen machte.

»Danke.« Alex nahm den Hörer ab. »Chetwin, hallo, ich bin es, Alex.«

»Alexandra, meine Liebe, wir haben schon so lange nichts mehr voneinander gehört.«

»Ja, genau das habe ich heute noch zu Matthew gesagt«, log sie. Sie mochte seine Eltern, und obwohl sie ihn ständig dazu drängte, konnte sie Matthew nicht überreden, sie zu besuchen. »So weit im Voraus denke ich eigentlich noch nicht, aber wir können doch schon einmal planen, Weihnachten gemeinsam zu verbringen, was meinst du?«

»Großartige Idee. Ihr könntet alle zu uns kommen.«

»Ich rede mit meinen Eltern, aber das klingt wirklich gut.« Sie hatte die Worte noch nicht ganz ausgesprochen, als ihr klar wurde, dass ihr Leben von nun an immer so sein würde: höflich. Die Familie würde die einzige Quelle ihrer Zuneigung sein. Jetzt, wo sie wusste, was ihr fehlte, musste sie wieder neu lernen, mit Matthew und seiner ständigen Abwesenheit zu leben. »Wie geht es euch beiden?«

»Oh, gut, gut. Die üblichen Zipperlein im Alter.«

»Ja.« Alex lächelte. »Es tut mir leid, dass Matthew nicht hier ist. Er …«

»Du brauchst dich nicht für ihn zu entschuldigen, Liebes. Er sollte an einer Sitzung in London teilnehmen, ist aber nicht erschienen, und da ich im Moment in Leeds bin, kann ich auch nicht an seiner Stelle dabei sein. Deshalb versuche ich ihn zu erreichen.«

»Oh, aber er war doch in London. Ich meine, vorgestern Abend hat er mich von dort aus angerufen.«

»Ich verstehe.« Chetwin klang bekümmert.

»Oder zumindest …« Sie brach ab. Ungeachtet ihrer

Stimmung hielt sie es für unklug, ihm gegenüber nicht loyal zu sein.

»Es ist schon in Ordnung, Alexandra. Meine Frau würde mich auch in Schutz nehmen. Hör mal, meine Liebe, du sagtest, du hast mit ihm gesprochen, also ist er offensichtlich wieder in York?«

»Ja. Wir sind gerade erst vor ein paar Minuten aus Harrogate zurückgekommen.«

»Aus Harrogate?«

»Ehrlich gesagt bin ich ihm dort über den Weg gelaufen.« Sie hatte das eigentlich nicht verraten wollen, aber sie mochte Matthews Vater, und sein freundlicher Tonfall war ihr zum Verhängnis geworden. »Ich hatte keine Ahnung, dass er schon wieder im Norden war.«

»Harrogate, sagst du? Was zum Teufel macht er denn da?«

»Er hat dort gearbeitet, soweit ich weiß. Er war mit einem Kollegen da – sie hatten eine Sitzung im *Crown Hotel*. Er muss früher auch zu euren Angestellten gehört haben. Du kennst den Mann wahrscheinlich, weil er aus Bristol ist.«

»Wer war der Kollege, Liebes?« Chetwins Tonfall wurde schärfer.

»Ein Herr mit dem Namen … warte mal. Ah, genau, Mr James Feeney.«

Ihr Schwiegervater schwieg, und die Stille in der Leitung wirkte auf einmal bedrohlich. »Chetwin?«

»Äh, Entschuldigung. Ich habe nur gerade versucht, mich an den Mann zu erinnern. Doch, ich kenne ihn. Feeney, genau.«

»Er hat wohl für eure Familie gearbeitet, wurde mir gesagt.«

»Ja, das hat er, äh, Alexandra, äh, ich habe in York zu tun. Vielleicht komme ich vorbei.«

»Wirklich?«

»Ja, ich muss sowieso ein paar Dinge mit Charles besprechen … Und so kann ich dich doch wenigstens noch einmal in den Arm nehmen, meine Liebe.« Er lachte leise. »Und, Alexandra?«

»Ja?«

»Sag meinem Sohn bitte nichts von diesem Anruf oder dass ich bald kommen will.«

»Warum das denn nicht?« Bei Alex begannen Alarmglocken zu schrillen.

»Ich möchte ihn gerne überraschen. Äh, wir hatten eine kleine Auseinandersetzung, weißt du. Ich hatte gehofft, wir könnten uns in London von Mann zu Mann aussprechen, ohne dass seine Mutter in der Nähe ist. Ich denke, wenn er weiß, dass ich komme, sucht er vielleicht das Weite.«

»Ach du liebe Güte, Chetwin. Das tut mir aber leid. Hoffentlich nichts Ernstes?«

»Zerbrich du dir nicht deinen hübschen Kopf darüber, Liebes. Nur eine Meinungsverschiedenheit in geschäftlicher Hinsicht. Du weißt ja, der Löwe und das Löwenjunge stoßen sich die Hörner ab.«

Alex lachte gezwungen.

»Ja, ich bringe die Metaphern irgendwie immer durcheinander, meine Liebe, aber du weißt, was ich meine, oder? Ich habe seiner Mutter jedenfalls versprochen, alles zu klären.«

»Natürlich. Ich werde nichts sagen. Ich weiß noch nicht einmal, wann ich ihn das nächste Mal sehe, ehrlich gesagt.«

»Bis bald dann. Wir schicken dir unsere Küsse.«

Alex blinzelte, als ihr Schwiegervater aufgelegt hatte. Was für ein seltsames Gespräch das gewesen war. Ihre Gedanken wurden vom Schrillen der Türglocke unterbrochen. Na, das war ja schnell gegangen. Sie hatte Matthew erst in ein paar Stunden erwartet, und wahrscheinlich hatte er seine Schlüssel vergessen ... wieder einmal. Sie wartete, hörte, wie Norma die Tür öffnete, und dann kamen Schritte durch die Halle. Ihr Magen krampfte sich zusammen. Sie wollte sich auf keinen Fall mehr mit ihm streiten. Das Leben würde leichter für sie sein, wenn sie ihr Schicksal akzeptierte und das Beste aus einem Leben machte, das die meisten Leute sowieso als privilegiert ansahen.

Die Tür ging auf, und überrascht sah Alex, dass Norma auf der Schwelle stand. Sie hatte die Lippen missbilligend verzogen.

»Ja, Norma?«

»Es ist Ihr Herrenbesuch, Mr Blakeney.«

Alex spürte, wie ihr Herz einen Satz machte, als Norma seinen Namen sagte. Sie räusperte sich. »Äh, führen Sie ihn bitte herein«, erwiderte sie, wobei sie sich bemühte, ein wenig irritiert über die Unterbrechung zu wirken.

»Er sagt, er möchte lieber nicht hereinkommen, er muss seinen Zug erreichen – er hat seinen kleinen Koffer dabei. Er fragt, ob er Sie kurz sprechen könnte, um sich von Ihnen zu verabschieden und Ihnen für Ihre Hilfe zu danken.«

Alex stand rasch auf. »Ja, natürlich.« Jetzt hatte sie das Gefühl, ihr Herz würde in ewige Düsternis sinken. Wie hatte sie nur so ein Chaos in ihrem Leben anrichten können? Alex holte tief Luft und rang sich ein Lächeln ab.

»Ich komme sofort. Bitten Sie ihn wenigstens in die Eingangshalle.«

Ihr ganzer Körper wurde schwer, und sie hob und senkte die Schultern ein Mal und atmete tief durch. *Na, komm, Alex!*, ermunterte sie sich. *Sei stark!* Entschlossen trat sie an die Tür, sie würde nicht zögern, nicht weinen, sich zusammenreißen. Als sie die Tür öffnete, stand er mit dem Rücken zu ihr und bewunderte ein Gemälde in der Eingangshalle. Sehnsucht stieg in ihr auf und gleichzeitig leise Freude darüber, dass er gerade dieses besondere Kunstwerk interessant fand.

Als er ihre Schritte hörte, drehte er sich um. »Alex.«

Sie blickte nach rechts, wo sie Norma vermutete. Wahrscheinlich lauschte sie. Taten das nicht alle Haushälterinnen?

»Guten Abend«, sagte er, als spüre er ihre Warnung. »Danke, dass Sie mich noch empfangen. Ich wollte mich von Ihnen und Ihrem Gatten verabschieden. Ich habe mich gefreut, ihn heute kennengelernt zu haben.«

»Danke. Wollen Sie nicht hereinkommen? … Etwas Warmes trinken oder …?«

Er blickte auf seinen Koffer. »Nein, ich möchte Sie nicht aufhalten.« Wieder schaute er auf das Gemälde. »Das ist schön.«

»Mein Lieblingsbild hier im Haus, und nicht nur, weil mein Vater es gemalt hat.«

Er warf ihr einen überraschten Blick zu.

»Es ist der Blick von unserem Haus in Argyllshire, kurz hinter Inveraray. Er ist nicht schlecht, oder?«

»Ich würde es überall in meinem Haus aufhängen und mich jeden Tag aufs Neue daran freuen. Es gibt mir so ein Gefühl …« Er suchte nach den richtigen Worten.

»Sagen Sie es«, drängte sie ihn. Sie wollte zu gerne seine Ansicht erfahren.

»Von Sicherheit.« Er nickte. »Als ob ich nie mehr nach einem anderen Ort suchen müsste.«

Bei seinen Worten flatterte ein ganzer Korb voll Schmetterlingen in ihrer Brust, sie stoben zum Himmel, taumelnd vor Freude darüber, freigelassen zu sein. Wenn man sie gebeten hätte, das Gefühl, das das Aquarell ihres Vaters bei ihr auslöste, mit einem einzigen Wort zu beschreiben, dann wäre es dieses Wort gewesen: Sicherheit. Es war wundervoll, dass Harry gerade das sagte, dass er hinter dem leuchtenden Grün der Schlucht im Sonnenuntergang, der Heide, die bis in die felsigeren Höhen wuchs und dem dunklen Blaugrau des Loch das Gleiche sah wie sie. Sonnenstrahlen fielen durch dicke Wolken … Ihr Vater hatte den Ort eingefangen, in dem sie gerne zu Hause wäre. Ein ferner, friedlicher, sicherer Ort.

»Ist dort …?«

Alex lächelte. »Nein. Nein, das war ein anderer See. Ich bin froh, dass es Ihnen gefällt. Ich liebe das Bild.«

Er ließ seinen Blick über sie gleiten, und dann räusperte er sich leise. »Ich war auf dem Weg zum Bahnhof und habe mich gefragt, ob Sie wohl einen Kaffee am Kiosk mit mir trinken würden. Es ist zwar nicht gerade elegant, aber ich habe heute noch nichts gegessen, und ich musste Sie einfach sehen, bevor ich abreise … Um mich zu verabschieden und Ihnen für alles zu danken.«

»Ich habe ja gar nicht viel getan. Eigentlich …«

»Mehr, als Sie ahnen«, sagte er, als wolle er ihren Protest ersticken.

»Ich hole meinen Mantel. Haben wir noch so viel Zeit, dass wir zu Fuß gehen können?«

»Ja, natürlich. Aber sind Sie sicher? Ich könnte …«

»Ich möchte laufen.« Sie trat an die Garderobe, an der ihr Mantel noch hing. Norma hatte ihn noch nicht weggeräumt und aufgehängt. Alex rief der Haushälterin zu, dass sie noch ein wenig hinausgehen würde. »Komm, beeilen wir uns, sonst verhört sie mich noch«, flüsterte sie.

Rasch liefen sie zur Tür, wobei Harry Alex in den Mantel half. Sie schlang sich den Schal um den Hals und schlüpfte in ihre Handschuhe. »Harry, es tut mir so leid wegen heute.«

»Es ist nicht deine Schuld, du brauchst dich nicht zu entschuldigen. Ist alles in Ordnung?«

»Mir geht es gut, aber ich muss dir etwas erklären … wegen des Liebesbriefs. Es lastet auf meinem Gewissen.«

»Bevor du weitersprichst, Alex, ich bin auch hier, weil ich dir etwas sagen muss. Es ist wichtig, sonst wäre ich nicht gekommen. Ich glaube auch, dass dir dadurch vieles klar werden wird. Was du mit der Information, die ich dir geben werde, anfängst, ist schwierig. Ich möchte dich nicht aufregen, aber ich kann dich auch nicht hier zurücklassen, ohne dir zu sagen, was ich weiß, um dir zu helfen, etwas Wesentliches über deine Ehe zu verstehen.«

»Meine Ehe?« An Kitty dachte sie gar nicht mehr. »Du bist hierhergekommen, um über meine Ehe zu reden?« Der hohe, atemlose Tonfall ihrer Stimme gefiel ihr gar nicht – sie versuchte sich einzureden, es läge an der Kälte, aber sie wusste, dass es mehr nach großer Enttäuschung klang.

»Ein ›uns‹ kann es nicht geben; das wissen wir beide.«

Er wollte also für sie beide stark sein. Tief im Innern hasste sie seine Entschlusskraft, hasste es, dass er die beinahe magische Erfahrung, die sie heute Morgen miteinander geteilt hatten und die sie in schwindelerregende Euphorie versetzt und ihr den Blick auf ein Leben voller Liebe eröffnet hatte, das sie nie für möglich gehalten hätte, in einen so vernünftigen und vollkommen pragmatischen Satz packen konnte.

»Sag mir, was du denkst«, drängte er, sichtlich nervös wegen ihres Schweigens.

»Es hat ja keinen Zweck. Sag mir, was du mir sagen wolltest.«

»Warten wir, bis wir am Bahnhof sind.«

»Warum? Nichts, was du mir sagst, könnte mich noch mehr aufregen.«

Er blieb stehen und drehte sie zu sich; sie schüttelte den Kopf. Hoffnungslosigkeit erfüllte sie. »Ist schon in Ordnung, Harry. Mein Mann ist kein Narr. Er hat uns innerhalb weniger Augenblicke durchschaut.«

»Er weiß es?«, fragte er ungläubig.

»Er wusste es schon, als ich dich ihm vorgestellt habe.«

»Er ist nicht so, wie ich es von einem Mann erwartet habe, den du heiratest.«

»Ich weiß nicht, was ich dazu sagen soll. Aber ich will nicht leugnen, dass er äußerst charmant und klug ist. Er könnte *Rowntree's*-Schokoladentafeln verkaufen, glaub mir; meine Untreue zu erkennen ist ihm nicht besonders schwergefallen.«

»Und?«

»Ich habe ihn nicht angelogen.«

»Du hast es zugegeben?« Er runzelte die Stirn, und sie sah im Schein der Straßenlaternen die Besorgnis in seinem Gesicht.

Sie nickte. »Wir gehen jetzt besser weiter, sonst verpasst du noch deinen Zug nach London.« Zögernd machten sie ein paar Schritte. Alex sagte: »Wenn ich ehrlich bin, so war ich froh, aufrichtig damit umgehen zu können.«

»Er hat dir doch nichts getan, oder?«

Sie gab einen spöttischen Laut von sich. »Matthew ist nicht gewalttätig. Zumindest nicht mir gegenüber. Er ist auch noch nie wütend geworden, seit ich ihn kenne. Aber heute Abend war er richtig ausfallend. Es ging gar nicht so sehr darum, dass ich mit jemand anderem etwas gehabt habe, er schien sich vor allem darüber aufzuregen, dass du und ich so eine Verbindung haben.«

»Das ist verständlich.«

Alex schüttelte den Kopf. »Nein, ich verstehe das nicht. Wenn ich seiner Argumentation heute Abend richtig folge, dann meinte er, es mache ihm nichts aus, wenn ich mehrere Affären hätte, aber ich dürfte nicht zu sehr an einer bestimmten Person hängen.«

»Warum verstehst du das nicht? Es gibt wahrscheinlich unzählige Ehen, die unter den gleichen ungeschriebenen Regeln von Diskretion und einem gewissen Maß an Distanz funktionieren.«

»Meine nicht.«

Sie waren in der Bahnhofshalle angekommen und gingen zum Erfrischungsraum, wobei sie schwiegen, bis sie schließlich an einem Tisch saßen. Es war so kalt, dass Alex Hut und Handschuhe anbehielt.

»Und?«, sagte sie. »Jetzt sind wir wieder an unserem seltsamen kleinen Treffpunkt. Ich würde ja lieber über uns reden, aber erzähl du mir erst, was du auf dem Herzen hast. Wie viel Zeit haben wir?«

Er blickte auf seine Uhr. »Etwa fünfunddreißig Minuten.«

Eine Frau nahm ihre Bestellung auf.

»Zwei Tee bitte, mit Milch. Danke«, sagte Alex. Als die Kellnerin wieder gegangen war, zuckte Alex mit den Schultern. »In der Öffentlichkeit ist Kaffee immer noch rationiert.«

Harry holte tief Luft, als müsse er sich wappnen. Alex kannte ihn erst seit ein paar Tagen, und jetzt schon fühlte sie den Schmerz, ihn zu verlieren. In einer halben Stunde würde sie auf dem Bahnsteig stehen und jemandem hinterherwinken, mit dem sie den Rest ihres Lebens verbringen wollte; jetzt konnte sie ihn nur ein letztes Mal umarmen und ihm ein glückliches Leben mit einer anderen Frau wünschen. Der Gedanke daran tat weh, aber sie vermutete, der Schmerz würde noch schlimmer werden, wenn sie der Lokomotive nachblickte, deren Dampfwolken sich auflösten und verschwanden wie ihre Beziehung.

Harry runzelte konzentriert die Stirn. »Ich habe damit gekämpft, seit ich deinen Mann kennengelernt habe. Ich habe mich sogar bemüht, Matthew bei *Betty's* nicht anzublicken, um nicht etwas zu verraten, das ich in der Öffentlichkeit nicht äußern wollte. Alex, bitte versteh, dass ich das Recht der Menschen respektiere, ihr Leben so zu leben, wie sie es möchten, und ganz besonders respektiere ich die Privatsphäre. Deshalb habe ich den Mund gehalten, bis ich mir ganz sicher war.«

»In Ordnung.« Verwirrt zuckte sie mit den Schultern.

»Ich fange mal bei James Feeney an, den wir heute kennengelernt haben.«

»Was ist mit ihm?«

»Weder Matthew noch Mr Feeney waren aufrichtig. Hast du gemerkt, wie unwohl sich Matthews Begleiter gefühlt hat?«

»Mir ist aufgefallen, dass er *dich* so unbehaglich angeblickt hat«, sagte sie.

»Er hatte es sehr eilig wegzukommen, oder?«

»Er schien unbedingt seinen Zug bekommen zu wollen.«

»Ich wünschte, ich würde mich irren, aber sein Zug fuhr gar nicht nach Bristol, Alex. Er fuhr hierher zurück … nach York.«

Sie kniff die Augen zusammen. »Ja, und?«

»Matthew erklärte, dass Feeney für seine Familie gearbeitet habe, hat dir gegenüber extra darauf hingewiesen, dass er in Bristol wohnte und nicht zu euch zum Abendessen kommen könnte, und so weiter.«

»Das war doch nur aus Höflichkeit.«

Harry schüttelte den Kopf. »Feeney arbeitet als Kellner im Club deines Vaters. Ich habe ihn gesehen. Er hat uns gestern Abend bedient.«

Alex biss sich auf die Lippe. »Muss ich jetzt zutiefst misstrauisch sein?«

Der Tee wurde gebracht. Ein angespanntes Schweigen entstand, während die Kellnerin Untertassen, Tassen und ein kleines Kännchen Milch auf den Tisch stellte. »Zucker steht da«, sagte sie und zeigte auf die Zuckerdose.

»Danke«, erwiderte Harry für sie beide. Als sie gegangen war, fuhr er fort: »Matthew hat dich wegen Feeney angelogen. Feeney hingegen hätte dich mit seinen Blicken fast erdolcht, und mich hat er einmal flehend angeblickt, weil er Angst hatte, ich würde den Club erwähnen. Er war auch der Kellner, der wusste, wann Matthew nach Hause kommt.«

»Du meinst, ich soll Matthew auf seine Lüge ansprechen? Das war doch nichts, was mich besonders interessiert.«

Harry trank einen Schluck Tee. Sein Gesichtsausdruck war düster, als ob er einen inneren Kampf ausfocht.

»Was ist los, Harry? Um Himmels willen, so sag es doch einfach! Wenn es mit Mr Feeney zu tun hat, kann es mir doch nichts ausmachen!«

»Alex, ich sage das ohne jede Wertung. James Feeney ist der Geliebte deines Mannes.«

Er entschuldigte sich nicht, und er änderte auch seinen Tonfall nicht, als er diese Beschuldigung aussprach. Und er blickte sie dabei offen an. Er sah ihr in die Augen, als hinge ihr Leben davon ab, und sie erwiderte seinen Blick mit einem Schock, der sie wie ein Stromstoß durchfuhr und sich in einer geflüsterten, zugleich jedoch heftigen Antwort entlud.

»Bist du wahnsinnig? Was soll das, Harry? Du willst mich anscheinend nicht nur verzweifelt zurücklassen, weil ich jemanden liebe, den ich nicht haben kann, sondern auch noch jede Chance im Keim ersticken, dass ich mit meinem Ehemann freundschaftlich umgehe.«

Kummervoll schüttelte er den Kopf. »Wäre es dir lieber gewesen, wenn ich gegangen wäre und dir die Wahrheit, die ich erfahren habe, vorenthalten hätte?«

»Das ist eine abscheuliche Anschuldigung.«

»Ich weiß, dass er sich versteckt.«

»Wie kommst du darauf, ohne jeden Beweis, ohne …«

»Ich habe einen Beweis.« Er legte seine Hand auf ihre behandschuhte Hand.

Sie zog sie so schnell zurück, dass ihre Hand dabei fast aus dem karamellfarbenen Handschuh gerutscht wäre. »Was für einen Beweis?«

»Ich erzähle dir alles, wenn du aufhörst, mich anzuknurren.«

»Kannst du mir das verübeln?«

»Ich hasse es, der Überbringer der Botschaft zu sein, aber ich möchte dich auch nicht länger im Unklaren darüber lassen, dass dein Mann eine Neigung zu Männern hat.«

Alex schluckte. Sie wusste, dass er recht hatte. Irgendwie, tief an einem geheimen, dunklen Ort, wo sie alle ihre Ängste versteckte, wusste Alex, dass Harry recht hatte. Es ergab einfach alles Sinn.

»Meine Nase in die Angelegenheiten eines anderen Mannes zu stecken bringt mich in meiner Selbsterkenntnis kaum weiter. Wenn du nicht mittendrin stecken würdest, hätte ich keinen Gedanken mehr daran verschwendet. Mir sind Matthews Neigungen gleichgültig. Mir geht es um dich, und wie tief es dich treffen wird, wenn dieses Geheimnis ans Tageslicht kommt. Und das könnte gut sein. Wenn ich es schon in ein paar Stunden herausbekommen kann, dann können das auch andere, wenn Matthew oder sein Freund unvorsichtig werden.«

»Und heute waren sie unvorsichtig, nehme ich an?«, sagte Alex mit gepresster Stimme.

»Sagen wir mal, die Lüge hat sie eingeholt. Matthew hatte nicht erwartet, dass du in Harrogate warst. Und trotzdem hätte er damit durchkommen können, wenn ich Feeney nicht bereits begegnet wäre.«

»Erzähl mir alles«, sagte sie. Sie sah ihn nicht an, sondern blickte auf ihren Tee, den sie noch nicht angetastet hatte.

Harry sah, wie Alex' Gesichtsausdruck zuerst wachsam, dann feindselig wurde, aber als er erzählte, dass er von Harrogate aus zu dem Reihenhaus in York gefahren war, in dem James Feeney wohnte, war sie wie erstarrt. Ohne ihn zu unterbrechen, hörte sie ihm zu, bis er alles berichtet hatte.

»Er war also gar nicht in London?«

Fast schuldbewusst schüttelte Harry den Kopf. »Gestern Abend war er in York, weil ich jetzt sicher bin, dass ich ihn am Fenster von Feeneys Haus gesehen habe. Sie dachten offensichtlich, sie könnten Feeneys freien Tag in Harrogate verbringen, wo sie um diese Jahreszeit glaubten, niemanden zu treffen, den sie kennen. Allerdings vermute ich, dass Matthew sich eine Antwort für unerwartete Begegnungen zurechtgelegt hatte. Auf mich allerdings konnte er sich nicht vorbereiten.«

Alex' Augen, rund wie die dunklen Trüffel, die sie bestimmt in ihrem Salon zubereiten würde, glitzerten im Dämmerlicht des Erfrischungsraums. »Du hast es diesem Feeney direkt auf den Kopf zugesagt, und er hat es nicht geleugnet?«, fragte sie.

»So habe ich es nicht formuliert«, erwiderte er sanft. »Ich sagte, er hat es zugegeben.«

»Ich will den genauen Wortlaut hören, Harry. Du brauchst mich nicht zu schützen.«

»In Ordnung.« Sie hatte ihn in die Ecke gedrängt. »Ich fuhr, so schnell ich konnte, zurück nach York zu Feeneys Haus. Dort drohte ich ihm mit öffentlicher Bloßstellung, wenn er mir nicht die Wahrheit sagte, und ich glaubte ihm, als er wortwörtlich sagte: ›Matthew und ich sind seit unserem siebzehnten Lebensjahr ein Liebespaar. Damals wurde er wegen unserer Beziehung zum ersten Mal von der Schule verwiesen. Noch nicht einmal die Zeit, in der er auf eine ferne Universität geschickt wurde, konnte uns auseinanderbringen.‹« Harry räusperte sich. »Äh …

jetzt gebe ich es mit meinen eigenen Worten wieder … Er sagte, Matthews Familie hätte alles getan, was in ihrer Macht stand, um sie zu trennen. Laut Feeney wurde auch er weggeschickt – nach Cornwall, wie er sagte –, aber in all diesen Jahren waren sie brieflich miteinander in Kontakt. ›Wir verzehrten uns nacheinander‹, waren seine Worte.« Alex kniff schmerzerfüllt die Augen zusammen, aber sie wandte den Blick nicht ab. Sie dachte an Chetwin und sein seltsames Verhalten bei seinem Anruf, als sie Feeney erwähnt hatte. Dann hatte er also von dieser Beziehung gewusst … Wahrscheinlich hatte er Matthew nach York geschickt, um dem »Frobisher-Mädchen« einen Antrag zu machen. Matthews Distanziertheit und seine sorgfältig formulierten Worte, seine Versicherung, dass es keine andere Frau für ihn gab, waren seine Art, sie zu belügen; sie war sein Schutzschild.

»Er sagte, Matthew hätte ihm durch ein paar schwierige Jahre geholfen, ihn gebeten, geduldig zu sein, bis er einen Weg gefunden hätte, wie sie außer Reichweite seiner Familie zusammen sein könnten. Im Hinblick auf die Familie hat er häufig den Begriff ›Beeinflussung‹ gewählt.«

Alex blickte auf ihren Schoß. »Ich war also sein Fluchtweg.«

Er wartete, bis sie ihn wieder ansah, dann nickte er. »Durch die Heirat mit dir – eine perfekte Braut, die die Familie als Verbindung zwischen zwei ausgezeichneten Familien billigte –, war Matthew entlastet. Sein Vater hat gedacht, er sei ›zur Besinnung gekommen‹.«

Alex runzelte die Stirn, und Harry zuckte mit den Schultern.

»Über so einen lächerlichen Gedanken konnte Feeney nur lachen – wie er sagte. Er erklärte mir, dass man die Homosexualität nicht einfach so ablegen kann. Er gab sogar zu, dass sie beide lieber anders wären, wenn sie nur könnten, aber ebenso, wie man nichts daran ändern kann, ob jemand kurzsichtig, ein brillanter Künstler oder Sportler ist, sind manche Menschen von Geburt an dem eigenen Geschlecht zugeneigt.« Erneut griff er nach ihrer Hand. »Ehrlich gesagt, Alex, empfinde ich für ihn, für die beiden, aufrichtiges Mitgefühl.«

»Ich fühle gar nichts«, gestand sie. Stirnrunzelnd schüttelte sie langsam den Kopf, als müsse sie erst alles begreifen. »Ich muss beschränkt sein. Es war so offensichtlich, und doch konnte ich es nicht sehen. Ein solcher Verrat … Ich habe mich noch nie mehr verraten gefühlt.« Sie unterdrückte ein Schluchzen.

Er umfasste ihre Hand. »Du weißt, wie wir füreinander empfinden.«

Sie antwortete nicht, aber er wusste, dass sie zuhörte.

»So geht es ihnen auch. Ich bin sicher, du kannst akzeptieren, dass Matthew dich liebt – vermutlich wie ich Bethany liebe – und dass er dich niemals verletzen wollte, aber die Gefahr, entdeckt zu werden, macht ihm zu viel Angst, da die Liebe zu Feeney gleichermaßen überwältigend ist. Er sitzt ebenso in der Falle wie du.«

Alex stöhnte.

»Alex, bei dir hat er wahre Freundschaft gefunden. Feeney sagt, manchmal ist er eifersüchtig auf dich, nicht so sehr, weil du mit Matthew verheiratet bist, sondern weil er so gerne in deiner Gesellschaft ist.«

»Das ist ein schwacher Trost, Harry.«

»Natürlich, und du stehst auch unter Schock, deshalb kannst du das alles jetzt noch nicht begreifen. Du musst in

Ruhe darüber nachdenken. Vielleicht gehst du eine Zeit lang zu Charlotte oder mietest dir irgendwo ein Haus – fahr nach Schottland, nimm dir Zeit zum Nachdenken und finde dein Gleichgewicht wieder, damit du alles ein wenig objektiver betrachten kannst.«

»Es ist schwer, objektiv zu sein, wenn er mich zu einer Ehe überredet hat, um sein Doppelleben dahinter zu verstecken.«

»Daraus spricht nur deine Verletzung, Alex. Matthew kann nicht anders.«

»Ich kann nicht glauben, dass du ihn verteidigst«, flüsterte sie. Ihre Augen blitzten vor Zorn, obwohl es in der Bahnhofsgaststätte so dunkel war. »Ich kann nicht rational damit umgehen.«

»Nun, du musst es aber versuchen, wenn du es überleben und vermeiden willst, dass dein Familienname in den Schmutz gezogen wird. Vielleicht könntest du es ja so sehen. Du kannst nichts dafür, dass du schön bist, und auch nicht, dass du für dein Leben gern Schokolade herstellen möchtest, oder? Es ist keine Erkrankung, noch nicht einmal ein Geisteszustand … Du bist eben einfach so, habe ich recht?«

Alex stieß die Luft aus. »Ja. Ich kann mir nicht vorstellen, anders zu sein. Was die Schönheit angeht, das müssen andere beurteilen, darüber habe ich noch nie nachgedacht.«

»Ja, sicher, aber dein Aussehen, ob hübsch oder nicht so hübsch, gehört zu dir, oder? Du suchst dir die Farbe deiner Augen oder deiner Haare, die Form deiner Lippen oder deiner Ohren nicht aus, richtig?«

Sie nickte kläglich. »Und?«

Seine Stimme wurde noch sanfter.

»Ich glaube, wir suchen uns auch nicht aus, wen wir lieben. Wir wählen, mit wem wir unser Leben verbringen, wen wir heiraten oder mit wem wir befreundet sind, aber Liebe … das können wir nicht beeinflussen, sonst würde ich nicht so traurig sein, dass ich nach York gekommen bin.«

»Bist du das denn?«

»Ja.« Er seufzte. »Von jetzt an wird mein Leben einfach nur traurig sein.«

»Matthew wird nie in eine Scheidung einwilligen. Das hat er ganz deutlich gemacht.«

»Überstürze nichts. Du brauchst Zeit zum Nachdenken. Ich habe dir all das erzählt, damit du dich nicht ständig fragst, was du in deiner Ehe falsch gemacht hast. Es war von Anfang an eine Täuschung … von dem Moment an, als er dir den Hof gemacht und dich in die Falle gelockt hat.«

»Ich habe es ihm leicht gemacht. Ich habe nach einem Weg gesucht, eine Zwangsheirat zu umgehen.«

»Wenn ich gehe, weiß ich wenigstens, dass dein Mann dich niemals körperlich verletzen oder im Stich lassen wird …« Harry hob die Hand. »Ich weiß, dass das nicht reicht, aber es gibt schlimmere Ehen, Alex.«

»Wie die, die du führen wirst?«

Er zuckte mit den Schultern. »Das wird so ähnlich werden. Liebevolle, im Großen und Ganzen gut zueinander passende Gefährten.«

»Außer in den Bereichen, die wirklich wichtig sind.« Alex nickte traurig. »Musst du heute Abend fahren?«

»Nein, aber fahren muss ich, Alex.«

»Bleib noch einen Abend. Ich kann den Gedanken, dass du weg bist, nicht ertragen.«

»Wir können uns doch trotzdem noch sehen.«

»Ich finde einen Weg, ich verspreche es dir.«

»Matthew …«

»Mir ist egal, wie Matthew dir gegenüber eingestellt ist. Es ist mir gleichgültig. Ich bezweifle sehr, dass er es riskieren würde, mich als unmoralisch darzustellen, wenn man bedenkt, was ich ihm vorwerfen kann.«

»Sei bitte vorsichtig. Das Wissen allein ist gefährlich, und in der falschen Gesellschaft könnte es euch beiden sehr schaden. Ich habe in der Armee erlebt, wie bigott die Menschen sein können. Wirklich, Alex, sei vorsichtig … Es kann Gefängnis für Feeney und Matthew bedeuten – Schlimmeres sogar noch –, wenn ihre Beziehung ans Licht kommt.«

»Ich habe verstanden, Harry. Du bleibst also noch?«

Er lächelte schief, es wirkte jedoch eher traurig. »Ja.«

Alex stand auf. »Danke. Ich rufe dich in deiner Pension an.«

»Ich bringe dich nach Hause.«

»Nein, ich muss über all das nachdenken, und es ist das Beste, wenn wir heute Abend nicht mehr zusammen gesehen werden.«

Vor dem Bahnhof trennten sie sich zögernd. Harry zog höflich seinen Hut und küsste sie auf die Wange wie ein alter Freund. Alex fiel ein, dass sie ihm gar nichts von Kitty erzählt hatte, aber vielleicht war das im Moment auch am besten so. Sie blickte ihm nach, als er zur Lendal Bridge ging. Als sie sich in die entgegengesetzte Richtung wandte, wusste sie noch nicht, dass ihr Leben noch wesentlich dramatischer und komplizierter werden würde.

23

Nach dem Spaziergang nach Hause war der Schock über Harrys Enthüllungen schon ein wenig abgeklungen. Als Norma sie an der Haustür empfing, gab ihr Gesicht keines ihrer Gefühle preis. In der Stille ihres Schlafzimmers jedoch bröckelte ihre beherrschte Fassade, und sie ließ sich von allen Emotionen des Tages überwältigen. Sie dachte an den Liebesakt mit Harry, an ihre tiefe Enttäuschung darüber, dass Matthew ihnen die letzten gemeinsamen Stunden gestohlen hatte … Und jetzt das … Diese neue Krise vertiefte noch das Drama ihres Lebens.

Sie würde nun in Matthews Lügen hineingezogen werden, um ihn vor dem Gesetz zu schützen und sich selbst und den Namen ihrer Familie von seinen Indiskretionen freizuhalten. Wenn sie jetzt einen klaren Gedanken fassen könnte, müsste sie zugeben, dass Matthew in diesen letzten Jahren immer diskret gewesen war. Sie wäre nie auf diese dunkle Tatsache gekommen, aber tief im Inneren wusste sie auch, dass eine einzige Person ausreichen würde, um die Täuschung ans Licht zu bringen. Das konnte jeder sein – jemand, dem Matthew unrecht getan hatte, jemand, den er aus Versehen nicht zu einer Zusammenkunft eingeladen hatte, jemand, der einfach neidisch war auf ihren Reichtum oder ihre gesellschaftliche Stellung. Wenn irgendjemand mit irgendeinem Groll, real oder eingebildet, auch nur von Matthews

Neigung Wind bekam, dann würde ihr Leben ruiniert sein.

Alex weinte bei der Vorstellung, dass Matthew in Handschellen abgeführt würde. Minerva würde sich davon niemals erholen; sie würde krank werden und ihr Zimmer nie mehr verlassen, nie mehr ausgehen, aus Angst, dass hinter vorgehaltener Hand über sie getuschelt würde. Ihr armer Vater hingegen würde sich immer mehr von ihnen zurückziehen, die Enten füttern und sich fragen, was er getan hatte, um so einen Kummer zu verdienen.

Mit den Tränen kam die Akzeptanz der Tatsache, dass Harry recht hatte. Wenn er innerhalb weniger Tage in York die Beziehung zwischen Matthew und Feeney aufdecken konnte, dann war es plausibel, dass auch andere Leute, die sie gut kannten, die Wahrheit entdecken würden. Und dann lag es außerhalb ihrer Kontrolle; einmal aufgedeckt, würde sich die Nachricht wie ein Lauffeuer in der Gesellschaft verbreiten. Das konnte Alex nicht zulassen.

Sie setzte sich auf die Bettkante, und nach und nach versiegten ihre Tränen. Schließlich stand sie auf und trat ans Fenster, um den vorderen Garten und die große wundervolle Eibe zu betrachten. Sie wischte sich die letzten Tränen ab. Sie würde nicht mehr weinen. Sie würde die Kontrolle übernehmen. Und mit diesem Entschluss kam auch die Erkenntnis, die sie brauchte. Sie allein konnte das Dilemma lösen; sie musste die Kraft aufbringen, ihre Ehe zu schützen und zu verteidigen, wenn sie diese potenzielle Katastrophe überleben wollte.

Zuerst einmal würde sie Matthew mit dem konfrontieren, was sie erfahren hatte. Sie würde ihn zwingen, seine

Homosexualität zuzugeben, damit sie gemeinsam und auf der Grundlage von Wahrheit vorgehen konnten. Dann würde sie verlangen, dass Feeney York sofort verließ. Sie würde persönlich dafür sorgen, dass er den Bezirk verließ. Ob er sich nach Norden oder Süden wandte, war ihr egal, er musste nur so weit weg sein, dass Matthew ihn nicht mehr leicht erreichen konnte. Und von jetzt an würde sie sich mehr um Matthews Sitzungen und Reisepläne kümmern.

»Wenn ich den Mann aufgeben muss, den ich liebe, dann musst du dasselbe tun, Matthew«, murmelte sie. Das war der einzige Satz, der ihr im Moment sinnvoll erschien.

Und dann würde sie erst einmal mit Matthew in Urlaub fahren. Ihren Plan für den Schokoladensalon würde sie aufschieben, seine geschäftlichen Angelegenheiten mussten warten, während sie beide sich einige Monate in der Wärme aufhielten, um ihre Freundschaft aufs Neue zu festigen und Trost im anderen zu finden. Die Ehe musste Bestand haben, um Matthews und ihre Familie zu retten.

Pflicht. Sie schüttelte den Kopf. Es war schrecklich, dass sie nicht einfach Matthew seinem Chaos überlassen und in Harrys Arme flüchten konnte, um ihn davon abzuhalten, dass er Bethany heiratete, und mit ihm an einen Ort zu entkommen, wo man sie so leicht nicht finden konnte. *Hör auf zu träumen, Alex!* Sie konnte die missbilligende Stimme ihrer Mutter förmlich hören. Die Stimme hatte recht; auf ewig mit Harry glücklich zu sein war nur ein Märchen. Sie hatte jetzt eine Krise zu bewältigen.

Alex zuckte zusammen, als sie unten Türen knallen hörte; sie hörte, wie die Haushälterin etwas zu mehreren Männern sagte, und erkannte auch Matthews Stimme, bevor die beiden Männerstimmen leiser wurden. Offensichtlich waren sie in die Bibliothek gegangen, sie konnte sie immer noch hören: wütende, erhobene Stimmen. Erschreckt öffnete sie den Mund, als sie die beruhigende Stimme ihres Vaters erkannte.

Alex vergeudete keine Zeit. In zwei Schritten war sie im Flur und lief die Treppe herunter. Ganz kurz blieb sie stehen und warf einen Blick auf das Gemälde, das Harry bewundert hatte, dann eilte sie weiter in die Halle, wo die Haushälterin mit erschreckter, unsicherer Miene stand.

»Wer ist hier, Norma?«

Der armen Frau schien es die Sprache verschlagen zu haben.

»Geh und mach uns einen Kaffee. Ich kümmere mich darum. Geh jetzt bitte.«

Die Haushälterin floh erschreckt.

Alex klopfte nicht – schließlich befand sie sich in ihrem eigenen Haus. Sie öffnete die Tür und trat ein. Matthew stand seinem Vater gegenüber, während ihr Vater am Bücherregal lehnte und sich offensichtlich unwohl fühlte.

»Seid leise, alle zusammen!«, verlangte Alex. »Man kann euch bis auf die Straße hören!« Matthew und sein Vater wandten ihr ihre erregten roten Gesichter zu, während ihr Vater sichtlich erleichtert schien, sie zu sehen. Sofort waren alle still. »Was ist hier los? Matthew?«

»Spiel nicht die Unschuldige. Das hast doch sicherlich du verursacht.«

»Ich …«, begann sie, aber dann versagte ihr vor Entsetzen die Stimme.

»Mit Alexandra hat das nichts zu tun«, knurrte Chetwin. »Das ist einzig und allein dein Werk, Matthew. Du bist eine Schande. Ein halber Mann. Kein Wunder, dass die Armee dich nicht haben wollte. Ich hätte dich vor Jahren schon behandeln lassen sollen.« Er warf den Frobishers einen Blick zu. »Es gibt Heilverfahren für diesen … diesen … Wahnsinn, von dem er besessen ist: Medikamente, Operation, Rehabilitation.« Wütend blickte er wieder zu seinem Sohn. »Mir ist es gleichgültig, was sie mit dir anstellen, solange sie es dir austreiben und du als normaler Mann zurückkehrst.«

»Jetzt hör aber auf, Chetwin«, unterbrach Charles ihn.

»Frobisher, du weißt noch nicht einmal annähernd, wie pervers mein Sohn ist. Ich dachte, wir hätten uns darum gekümmert, aber anscheinend hat er ja einen Weg gefunden, uns von seiner schmutzigen Spur abzubringen.« Er warf Alex einen Blick zu, und wenn sie es nicht mit eigenen Augen gesehen hätte, so hätte sie nicht geglaubt, zu welch unverhüllter Wut Chetwin Britten-Jones fähig war. Seine Augen wirkten wie die eines Wahnsinnigen, und an seinen Lippen klebte Speichel. Er zog ein Taschentuch aus der Tasche und betupfte sich den Mund. »Es tut mir leid für dich, Alex, mein liebes Mädchen. Du hast diesen grauenhaften Mann sicher nicht als Ehemann verdient.«

»Trotzdem hast du, obwohl du sicherlich von seiner Veranlagung gewusst hast, unsere Heirat unterstützt«, sagte sie gleichmütig, aber nicht ohne Anklage.

Weder Vater noch Sohn schienen von ihrer Antwort überrascht zu sein.

»Ich dachte, er wäre zur Besinnung gekommen. Er hat uns alle in dem Glauben gelassen, dass er dich liebte.«

»Das war so und ist immer noch so. Mach dir bitte um Alex keine Sorgen, Vater. Sie hat Trost in den Armen eines anderen gefunden, der ihr all das bietet, an was es mir mangelt.«

Alex' Vater verzog peinlich berührt das Gesicht. »Ich würde sagen, Matthew, das ist sehr böse von dir und sicher auch unbegründet.« Er warf seiner Tochter einen Blick zu.

Alex brachte es nicht über sich, auf seinen Seitenhieb zu reagieren. Sie staunte über sich selbst, aber sie verzieh ihm seine Anschuldigung. Sicher fühlte er sich völlig in die Ecke gedrängt. »Chetwin, kann ich bitte mit Matthew allein sprechen?«

»Meine liebe Alex«, begann ihr Vater, »du hast sicherlich keine Ahnung, um was es hier geht oder …«

»Doch, das weiß ich. Bitte, Dad, Chetwin, ihr könnt mich sicherlich ein paar Minuten allein lassen. Immerhin ist das hier Matthews und mein Haus.«

Die beiden älteren Männer warfen ihr verlegene Blicke zu, und schließlich nickte Chetwin. »Es ist zu spät. Ich habe bereits die Maßnahmen eingeleitet, die ich vor Jahren schon hätte ergreifen sollen. Aber ich lasse euch für einen Moment allein. Matthew, versuche bloß nicht davonzulaufen – ich werde dich jagen wie einen räudigen Hund.« Er drehte seinem Sohn den Rücken zu und ging an Alex, die ihn entsetzt anschaute, vorbei, ohne sie anzusehen.

Charles Frobisher drückte seiner Tochter die Schulter, als er an ihr vorbeiging. »Sei sanft mit ihm, Liebling. Das geht Frauen eigentlich nichts an. Bist du sicher, dass du …«

»Ich bin sicher.«

Als er die Tür hinter sich zugezogen hatte, drehte sie sich zu Matthew um, der aussah wie ein geprügelter, in die Enge gedrängter Hund.

»Jetzt bist du an der Reihe, liebe Alex.« Seine Stimme

klang so höhnisch, wie Alex es bei ihm vor dem heutigen Tag noch nie erlebt hatte. »Weißt du wirklich, worum es in diesem ganzen Melodrama geht?«

»Ja.«

»Woher?«

»Harry hat es mir gesagt.«

»Harry«, wiederholte er, und irgendwic sprach er den Namen so aus, als sei er schmutzig. »Der nette, großzügige, reizende Harry … Er sorgt sich um dich, was, Liebling? Natürlich hat es gar nichts damit zu tun, dass er wieder in dein warmes Bettchen steigen will …«

»Halt den Mund, Matthew. Sei einfach einen Moment still.«

Er schwieg, und sie sah ihm an, dass er Angst hatte. Noch nie hatte sie erlebt, dass sein Charme ihn vor lauter Angst verlassen hatte. Alex' Miene wurde weicher.

»Matthew, es tut mir leid, dass …«

»Es braucht dir nicht leidzutun. Das ist alles meine Schuld.« Er seufzte. »Obwohl, eigentlich ist es auch nicht meine Schuld – ich kann nichts dafür, wie ich bin. Ich schwöre dir, ich habe es versucht. Und wahrscheinlich am meisten, seit ich dich kenne. Zum ersten Mal in meinem Leben hatte ich eine Frau gefunden, zu der ich wirklich eine Verbindung hatte. Weibliche Freunde hatte ich immer schon, aber du bist die Einzige, die ich aufrichtig liebe. Manchmal habe ich mir sogar beinahe eingeredet, ich fühlte mich auf eine romantische Weise zu dir hingezogen, und ich brauche dir sicher nicht zu sagen, wie überraschend das für jemanden wie mich ist, der schon seit frühester Jugend über sein Schicksal Bescheid weiß.«

»Nur beinahe?«

Er runzelte die Stirn, realisierte aber dann, was sie

meinte. Darin war er schnell. Er zuckte mit den Schultern. »Es tut mir leid, dass es nicht real war, Alex. Du hast es verdient, geliebt zu werden.«

»Wir alle haben es verdient.«

Er nickte. »Das stimmt. Und James und ich …«

Sie wollte nicht zusammenzucken und war froh, dass Matthew es nicht bemerkte, während er nach den richtigen Worten suchte, um ihr seine andere Beziehung zu erklären.

»Niemand weiß es zu schätzen, dass wir uns seit unserer Schulzeit lieben. Er versteht mich, er gibt mir durch seine Art, wenn wir zusammen sind, das Gefühl, größer zu sein, als ich bin …« Er lachte. »Er blickt zu mir auf – kannst du das glauben? Er ist bestimmt einer der größten Männer in England, und er blickt zu mir auf!« Er schüttelte den Kopf. »Er achtet in so vieler Hinsicht auf mich; wir sind im Grunde das perfekte Paar, liebste Alex, und unsagbar glücklich miteinander. Das Problem ist, dass die Gesellschaft uns für Monster hält.«

»Ich nicht.«

Er warf ihr einen überraschten Blick zu und schüttelte den Kopf. »Dann wärst du in der Minderheit.«

»Harry auch nicht. Er wollte mich einfach nur schützen.«

Matthew gab einen höhnischen Laut von sich und drehte sich zum Kamin.

»Matthew, sieh mich an.«

Zögernd drehte er sich wieder zu ihr um.

»Denk daran, wie du für James empfindest, und dann stell dir vor, dass mir diese Zuneigung in den letzten Jahren verwehrt wurde. Und dann schickte mir das Schicksal Henry Blakeney. Er hat nicht nach mir gesucht, und auch ich suchte nicht nach Liebe. Es ist einfach passiert … Und wie du kann ich sie nicht haben – ich muss damit leben, dass ich weiß, wie Liebe sich anfühlt, darf sie aber nie mehr genießen. Du und James, ihr hattet wenigstens viel Zeit miteinander.«

»Immer gestohlen. Immer nur heimlich. Immer hinter verschlossenen Türen. Immer am Rand des Abgrunds. Wir durften nicht zu oft miteinander gesehen werden. Du hast ja meinen Vater gehört. Er hält mich für einen Irrtum der Natur. Er hat nach Behandlungsmethoden gesucht. Dazu gehört unter anderem, meine liebe Alex – verzeih mir, dass ich das sage, aber du sollst mein Entsetzen teilen –, die chirurgische Transplantation der Testikel eines anderen Mannes, nachdem meine eigenen, gesunden Hoden entfernt worden sind.« Er lachte, fast mädchenhaft – es klang hysterisch. »Er glaubt, durch die Testikel eines toten Mannes werde ich wieder normal.« Matthew begann zu weinen. »Zu Beginn dachte er, er könne es aus mir herausprügeln, und als das nicht funktionierte, glaubte er, mich zu heilen, indem er mich von James trennte. Aber es gibt kein Heilmittel. Glaub mir, wenn es so wäre, ich würde den Trank morgen schlucken.«

»Ich habe erwähnt, dass ich James begegnet bin, aber wieso konnte dein Vater daraus schließen, dass ihr wieder zusammen seid?«

»Da konnte er nur sicher sein, wenn wir zusammen gesehen worden wären. Dein Geliebter hat zweifellos auf schlimmstmögliche Art Rache genommen. Er sah James im Yorkshire Club, und James war sich sicher, dass er jemanden vor dem Haus stehen sah, in dem er wohnt. Es war nur ein kurzer Moment, aber er erzählte mir in Harrogate, dass er glaube, es sei derselbe Mann gewesen, den er am Abend bedient hatte. Und mir wird jetzt klar, dass es dein geliebter Harry war.«

Alex blinzelte empört; ihr wäre nie in den Sinn gekommen, dass Harry Matthew absichtlich Probleme bereiten würde. »Du meinst, Harry steckt hinter dieser Angelegenheit?«

Matthew schniefte und wischte sich die Tränen ab. »Ach komm, Liebling. Sei doch nicht so begriffsstutzig. Er hat offensichtlich alles berichtet, was er mit seinem klugen Köpfchen gesehen hat, und dann hat er seine Schlussfolgerungen freundlicherweise unseren Vätern mitgeteilt. Dein Liebhaber hat James heute Abend am Club bedroht, als er sich dort mit Charles getroffen hat, und kurz nachdem ich eingetroffen war, ist er gegangen. Und mein Vater erscheint unangekündigt genau in dem Moment, in dem der hilfreiche Harry dir erklärt, dass dein Mann ein Sodomit ist.«

»Du sagst, Harry war heute Abend bei meinem Vater?«

»Ich sah ihn, wie er ernst mit Charles redete. Als er mich sah, ging er sofort, wahrscheinlich um mit dir zu sprechen. Ein wirklich cleverer Soldat – kein Wunder, dass er überlebt hat.«

In Alex erwachte Misstrauen. Harry hatte gar nicht erwähnt, dass er sich im Club mit ihrem Vater getroffen hatte. Sie konnte sich zwar nicht vorstellen, dass er rachsüchtig war, aber eigentlich kannte sie ihn ja auch nicht besonders gut. »Tatsache ist auf jeden Fall, dass es herausgekommen ist, Matthew. Und jetzt müssen wir entscheiden, was wir als Nächstes tun.«

»Du verstehst es nicht, oder?«

Sie blickte ihn verwirrt an.

»›Wir‹ entscheiden gar nichts. Mein Vater hat bereits

alles eingeleitet.« Er klang wütend, aber bei den letzten Worten versagte ihm die Stimme. Alex sah entsetzt, dass ihm Tränen in die Augen traten und über die Wangen liefen.

»Wovon redest du?«

»Die Polizei wurde eingeschaltet.«

»Was?«

Matthew rieb sich mit der Hand über die Augen. Alex wartete.

»Matthew? Was passiert denn jetzt?«

»Ich gehe wahrscheinlich ins Gefängnis, Alex.« Er klang plötzlich wie ein verlorenes Kind. »Leute wie ich werden gehängt.«

»Dein Vater würde doch nicht …«

»Als ich ihn gebeten habe, nach York fahren zu dürfen, hat er mir eine letzte Chance gegeben. Als er von dir erfuhr, ich … ich glaube, ich habe meinen Vater noch nie glücklicher erlebt. Dass ich nicht in die Armee aufgenommen wurde, war nur eine weitere Enttäuschung in einer Reihe niederschmetternder Enttäuschungen. Und in diesem Moment der Aufrichtigkeit sage ich dir, Alex, dass ich mich gar nicht gemeldet habe. Ich wollte auf gar keinen Fall an die Front. Bin ich ein Feigling? Ja! Aber nicht aus den Gründen, die du vielleicht annimmst, nicht weil ich Angst vor den deutschen Kugeln oder dem Tod gehabt hätte. Nein, Liebling, ich hatte furchtbare Angst, als anders entdeckt zu werden … als ›Schwuler‹, wie man mich und meinesgleichen gerne nennt. Kannst du dir vorstellen, was sie in der Armee mit Männern wie mir gemacht hätten?«

Sie biss sich auf die Lippen und dachte an Harrys Warnung. »Ich rede mit Chetwin.«

»Es wird nichts nützen. Er liebt dich, das ist klar. Du bist der einzige Aspekt meines Lebens, den ich richtig gemacht habe, der einzige strahlende Erfolg, den er mir vielleicht zubilligt … Und jetzt habe ich Schande über dich, deine Familie, meine Familie, unser Geschäft gebracht. Weißt du, was er am entsetzlichsten findet? Er kann den Gedanken nicht ertragen, dass andere Männer vielleicht keine Geschäfte mit ihm machen, weil sein Sohn eine Schwuchtel ist.«

»Das glaube ich nicht. Und ich glaube nicht, dass er die Polizei rufen wird.«

»Doch, das kannst du glauben, Alex. Er will eigentlich nicht bigott sein, aber er begreift nicht, dass er die Schuld trägt. Er hat mich gemacht. Mutter und er haben dieses Monster geschaffen«, sagte er und schlug sich anklagend auf die Brust. »Du suchst es dir nicht aus, als Mann Männer zu lieben, Alex … Du kannst dir nicht aussuchen, wen du liebst … Und ja, du kannst dich natürlich für ein unglückliches Leben entscheiden und so tun, als seist du ein anderer, als liebtest du jemanden, den du nicht liebst, aus vielen Gründen, wegen des Status, des Geldes oder sogar wegen des Aussehens …«

»Oder weil sie dir Schutz bietet … dir Glaubwürdigkeit verleiht.«

»Touché, Liebling«, gratulierte er traurig lächelnd. »Aber vielleicht weißt selbst du inzwischen, dass Liebe einen eher schwächt als stark macht. Sie wählt dich. Wenn sie echt und aus tiefstem Herzen ist, wirst du ihr Sklave.«

Sie hörte seine Worte nicht gerne, aber er hatte recht, und deshalb versuchte sie den Fokus zu verschieben, damit der Schmerz ihr nicht das Herz brach. »Und du bist also James Feeneys Sklave?«

Er sah sie mit festem Blick an. »Ich liebe ihn. Was gibt es sonst noch zu sagen? Und jetzt werde ich ins Gefängnis gehen, weil wir einander lieben.«

Gefängnis. Es schien undenkbar. »Was ist mit Feeney?«

»Sie werden ihn nicht finden. Er ist bereits meilenweit von hier entfernt. Darüber zumindest empfinde ich Freude, dass er frei sein wird.«

Die Tür ging auf, ohne dass angeklopft wurde, und Alex spürte, wie ihr die Herrschaft über ihr eigenes Haus von ihren besorgten Eltern genommen wurde. Sie hatte nicht gehört, dass Minerva gekommen war, aber jetzt sah sie sie in der Halle, mit blassem, erschrecktem Gesicht, bevor Chetwin Britten-Jones den Türrahmen ausfüllte; hinter ihm stand Charles Frobisher.

»Matthew, es ist so weit«, sagte er.

»Warte noch kurz!«, sagte Alex.

»Nein, liebe Alexandra, das liegt nicht in deiner Hand. Ich muss jetzt die Dinge in die Hand nehmen, die ich viel zu lange habe schleifen lassen. Ich war zu schwach, zu blind, um diesen Krebs wegzuschneiden, aber ich werde es jetzt zu unser aller Besten tun. Ich habe vor einem Amtsrichter die Petition geschrieben und unterzeichnet, in der ich die Umstände von Matthews Perversität anführe … diese Krankheit, mit der er lebt.«

»Krebs … Krankheit? Chetwin, hörst du dir selber zu? Das ist dein Sohn!«

»Er ist erst wieder mein Sohn, wenn er geheilt ist.«

Ein Fremder erschien. Er war von beeindruckender Größe und trug einen langen schwarzen Mantel. Seine Nase war von der Kälte gerötet.

»Guten Abend, Sir, meine Damen. Verzeihen Sie mein Eindringen. Ich bin Sergeant Dickson.«

Alex keuchte leise.

»Ich bin aus Diskretionsgründen in Zivilkleidung gekommen«, erklärte er. »Äh, Mr Britten-Jones?«

Beide Männer antworteten. »Ja?« Dann fügte Matthew hinzu: »Ich bin Matthew Britten-Jones, und das ist mein Haus.« Er warf seinem Vater einen finsteren Blick zu.

»Das ist mir klar, Sir. Meine Schwiegertochter … nun, sie arbeitet bei *Rowntree's* im Büro, und sie hat Sie dort gesehen.« Er räusperte sich verlegen. »Äh, das ist der Grund, warum ich es für das Beste gehalten habe, selbst zu kommen, statt einen meiner Polizisten zu schicken. Können wir uns auf das Personal hier im Haus verlassen?«

»Heute Abend ist nur Norma da, und sie wird schweigen wie ein Grab, Sergeant«, antwortete Alex kühl. Im Geiste machte sie sich eine Notiz, dass sie unbedingt mit der Haushälterin sprechen musste.

»Danke, Dickson«, antwortete Chetwin. »Ich hoffe, wir können das so ruhig wie möglich hinter uns bringen.«

»Natürlich, Sir. Äh, der andere Herr befindet sich nicht mehr in der Unterkunft, zu der wir geschickt wurden.«

Alex warf Matthew einen mitfühlenden Blick zu, und er erwiderte ihn triumphierend. In der Zwischenzeit war Minerva neben Alex getreten und hatte sich bei ihr eingehakt. Zum ersten Mal sagte sie nichts. Alex drückte ihrer Mutter die Hand, um ihr zu zeigen, dass sie ihre Unterstützung schätzte, aber sagen konnte sie nichts, weil die Situation sich rasch außer Kontrolle bewegte.

Charles sagte zu dem Polizeibeamten: »Sergeant … äh, John, dies muss mit äußerster Sorgfalt und Zurückhaltung behandelt werden. Es darf kein Aufsehen erregt werden.«

John Dickson, der die Frobishers schon sein gesamtes

Berufsleben lang kannte, blickte Matthew bittend an. Er zog seinen Mantel aus, und wie er gesagt hatte, trug er darunter Zivilkleidung, um Matthew heimlich zu seinem Bestimmungsort bringen zu können. »Mr Britten-Jones, ein Amtsrichter hat einem Aufnahmeantrag für die Bezirksirrenanstalt zugestimmt, wohin Sie zur besonderen Begutachtung überbracht werden sollen. Ich bin hier, um Sie zu begleiten. Leider muss ich Ihnen Handschellen anlegen, Sir – es ist, äh … nun, so erfordern es die Gesetze.« Er verzog unbehaglich das Gesicht. »Wir können Ihren Wagen nehmen, wenn es Ihnen recht ist, Sir, damit es so aussieht, als seien wir nur Gefährten.«

Matthew nickte stumm und ließ den Kopf hängen.

»Dass Sie meinen Mann nach Bootham bringen, können Sie doch unmöglich ernst meinen?« Alex hatte ihre Stimme wiedergefunden.

Bevor der Sergeant antworten konnte, legte Charles seinen Arm um seine beiden Frauen. »Alexandra, Liebling, es war meine Idee, dass wir Matthew in Bootham einweisen.«

»Aber Dad, die Irrenanstalt?« Sie fuhr herum, um ihrem Vater Vorwürfe zu machen, aber sie sah nur Mitgefühl in seinem geliebten Gesicht.

»Liebling, es ist zu seinem Besten. Und ich habe Giles Farthing gebeten, sich dort mit uns zu treffen; wir brauchen einen Anwalt.«

»Alex?« Das war Matthews Stimme.

Sie drehte sich zu ihm, schwankend zwischen Wut und Entsetzen.

»Es ist besser als Gefängnis.« Er schluckte und nickte ihr zu.

Seine Resignation machte ihr Angst.

»Du musst mir helfen und dich dagegen wehren, Matthew. Du darfst nicht aufgeben!«

»Zu spät, Alex. Wir haben uns seit Jahren für Matthew dagegen gewehrt. Er ist kein Krieger – wir haben unser Bestes für ihn getan, aber seine Perversität war stärker.« Chetwins Stimme klang nicht so unfreundlich wie seine Worte, aber sein Tonfall war hart, ebenso wie seine Miene.

Einen Moment lang schloss Alex die Augen. Das war fremdes Territorium für sie, und sie war sich nicht sicher, wie sie am besten reagieren sollte. Am liebsten hätte sie ihren Vater wegen Harry gefragt, damit sie ihrem Geliebten die Schuld für dieses Chaos geben konnte, in das ihre Ehe und ihre Eltern mit ihr jetzt gestürzt waren. Am liebsten hätte sie all ihre Frustration über Liebe und Treue, Pflicht und Familie herausgeschrien, aber stattdessen stieß sie nur hervor: »Nun, ich komme auf jeden Fall mit dir.«

Der Polizeibeamte sagte: »Mrs Britten-Jones, ich halte es für das Beste, wenn …«

»Sergeant Dickson, verzeihen Sie mir meine Offenheit, aber mir ist gleichgültig, was Sie für das Beste halten. Sie schaffen meinen Ehemann zu einer Institution, deren Ruf wohl kaum gerühmt wird. Ich werde ihn begleiten. Ist das klar?«

Er nickte. »Ja, Mrs Britten-Jones.«

Alex drehte sich zu Chetwin und zeigte mit dem Finger auf ihn. »Wenn du mein Haus verlassen hast, Chetwin, bist du hier nicht mehr willkommen … nie mehr. Das gilt für dich, für deine Frau und Matthews Brüder. Ich schwöre aus tiefstem Herzen, dass ich dich für all das hier hasse.« Sie spürte das Entsetzen ihrer Mutter, aber für sie zählte in diesem Augenblick nur, Matthew zu retten. »Ich kann nicht aufhalten, was heute Abend hier geschieht, aber ich werde sofort einen Anwalt einschalten, damit er Matthew vertritt. Du hältst besser schon einmal alle Beweise bereit, weil ich bis vor der höchsten Instanz für seine Freilassung kämpfen werde, und wenn es mich mein gesamtes Vermögen kostet!«

Alex merkte, dass sie viel zu flach atmete und ihre Stimme genauso wütend klang wie der Zorn, der sich in Chetwins gerötetem Gesicht abzeichnete. Niemand sonst sagte ein Wort, aber Matthews ehrfürchtiger Gesichtsausdruck gab ihr Selbstvertrauen. Sie hatte das Gefühl, mit Blackberry auf einen Kreuzzug zu galoppieren.

24

Die Kutsche erreichte im Schutz der Dunkelheit und bei leichtem Schneefall die Tore von *Bootham Hospital.* Als sie aus dem Haus kamen, hatten sie gewirkt wie eine Gruppe von Leuten auf dem Weg in die Stadt, aber wenn jemand sie genauer beobachtet hätte, hätte er verlegene Anweisungen, gedämpfte Stimmen und keinen einzigen fröhlichen Laut gehört. Minerva hatten sie mit Norma bei einer Kanne Tee in Alex' privatem Salon zurückgelassen, während Alex sich neben ihren Vater in die Kutsche setzte. Ihnen gegenüber war Matthew eingerahmt von Chetwin und dem Sergeant. Ein Polizist fuhr die Kutsche, um absolute Diskretion zu wahren.

Alex spähte aus dem Kutschenfenster auf die Säulen, die das Eingangsportal des Bezirksirrenhauses flankierten. Schon seit letztem Jahrhundert war es wohl bekannt als Einrichtung des Schreckens. Alex schauderte unwillkürlich, und sie bemerkte, wie auch Matthew sich tiefer in Mantel und Schal zurückzog. Er sah plötzlich aus wie ein hilfloses Kind – ein Ausreißer oder ein kleiner Dieb, der gefasst worden war und sich den Konsequenzen seiner Taten stellen musste. Sie konnte nur maßloses Mitgefühl mit ihm empfinden, und sie war entschlossen, ihm zu helfen. Alex wusste, dass sie wahrscheinlich noch unter Schock stand, aber sie liebte Matthew; wenn er Schmerzen hatte, ging es ihr genauso. Das war doch unter

Freunden so, oder? Ehemänner und Ehefrauen, Liebhaber oder vorbeifahrende Schiffe, das alles konnte man vergessen … Freunde kümmerten sich umeinander, weil sie sich gegenseitig zum Freund gewählt hatten. Als die Kutsche zwischen den Säulen, deren Lampen das Torhaus in ein geisterhaftes, fast unwirkliches Licht tauchten, stehen blieb, rasten ihre Gedanken zu all den Maßnahmen, die für Matthews Verteidigung erforderlich waren.

»Wir warten nur auf den Pförtner«, erklärte Dickson, als alle ihre Blicke auf das hübsche viktorianische Torhaus richteten, an dem Alex oft genug in ihrem Leben vorbeigegangen war. Mit seinem malerischen Aussehen hatte es sie immer an ihr altes Puppenhaus erinnert. Im Moment schmolz der Schnee auf den Dachziegeln, aber für die nächsten Tage waren Graupelschauer angekündigt, und dann würde sie Matthew vielleicht noch nicht einmal besuchen können.

Alex warf ihm einen besorgten Blick zu. Im geisterhaften Schein der Lampen wirkte sein Gesicht eingefallen und grau. Er hatte gar nichts mehr von einem Draufgänger. Sie empfand darüber Verlust, denn eine Konstante bei Matthew war sein zuverlässiges Selbstbewusstsein gewesen, mit dem er einen Raum voller Menschen oder auch nur sie allein unterhalten konnte. Sie stellte fest, dass auch sie zitterte. War das wirklich Harrys Werk gewesen? Sie hörte, wie der Sergeant leise einige Worte mit Chetwin wechselte, und ergriff die Chance, um ihrem Vater zuzuflüstern: »Dad, hast du Harry heute gesehen?«

»Ja«, murmelte er, und ihr Herz sank. Dann hatte Matthew also recht gehabt. »Er kam in den Club. Leider war er derjenige, der mir erzählt hat …«

»Mrs Britten-Jones?«

Alex blickte zu Sergeant Dickson, nicht sonderlich verärgert über die Unterbrechung, denn sie hatte nicht den Wunsch, noch mehr von Harrys Rache zu hören, wie Matthew es genannt hatte. Nichtsdestotrotz galt ihr ganzer Abscheu den älteren Männern in dieser Kutsche, weil jeder von ihnen seinen Anteil daran hatte, dass sich ihr Leben für immer änderte. Und es gab noch eine nicht anwesende Person, die Teil dieser Verschwörung war; es war seltsam, wie sehr sie jemanden begehren und lieben und zugleich hassen konnte. Harry hatte sie auf die spektakulärste Art und Weise im Stich gelassen; er hatte versucht, seine Liebe zu ihr zu beweisen, und dabei ihr Leben ruiniert und die Menschen verletzt, die ihr am meisten bedeuteten. »Ähm, ich wollte erwähnen, dass Sie nur bis zum Empfang mitgehen dürfen. Wenn ihr Gatte erst einmal im Irrenhaus … im *Bootham Hospital* aufgenommen worden ist, wird er auf die Männerstation gebracht.«

»Ich verstehe. Er wird nicht lange dableiben, Sergeant, das versichere ich Ihnen.«

Ihr Vater flüsterte: »Ich wollte gerade sagen, dass Blake …«

»Ich will nichts mehr über Harry hören«, fuhr sie ihn an.

Ihr Wortwechsel wurde unterbrochen, weil der Familienanwalt zusammen mit dem Mann aus dem Torhaus zur Kutsche kam.

»Ah, da ist ja Giles«, sagte Charles in das eisige Schweigen hinein.

»Guten Abend, meine Herren, Madam«, sagte der Pförtner.

Der Polizeibeamte übernahm das Reden. »Wir bringen Matthew Britten-Jones. Er soll von Dr. Ely begutachtet werden. Er erwartet uns.«

»Sehr wohl, Sergeant. Dr. Ely erwartet Sie am Haupteingang – ich sage ihm Bescheid, dass Sie eingetroffen sind«, sagte der Pförtner und berührte grüßend seine Kappe. Giles kletterte in die Kutsche und drückte sich neben Alex.

»Hallo Alex, Matthew, Mr Britten-Jones. Es tut mir so leid.«

»Mir auch, Giles«, sagte Alex.

»Ich werde mit Ihnen unter sechs Augen sprechen, wenn wir die Formalitäten erledigt haben«, sagte er freundlich zu dem Ehepaar, aber Alex hörte ihm nicht mehr zu. Die Kutsche rumpelte über das Gelände. Sie fuhren eine lange Allee entlang, an der hohe Bäume wie Soldaten den Weg bewachten, der sie zu dem Ort führte, den sie nur vom Hörensagen kannte.

In der Ferne ragte das Gebäude auf, so beleuchtet, dass sie den Backsteinbau im späten georgianischen Stil gut erkennen konnte. Die Kutsche bog auf die Einfahrt ab. Am Eingang standen ein bärtiger Herr, zwei männliche Pfleger und eine Krankenschwester.

Alex kümmerte sich nicht mehr um das Protokoll. Sie beugte sich vor und ergriff die Hand ihres Mannes. »Sei tapfer, Matthew.«

»Es tut mir leid, Alex. Ich wollte dir nicht wehtun.«

Sie nickte, um ihm zu versichern, dass sie ihn verstand. Es nahm ihr zwar nicht den Schmerz, absichtlich so getäuscht worden zu sein, aber seine Zerknirschung linderte ihn. »Ich verspreche dir, ich hole dich hier heraus.«

Er lächelte sie an, um ihr zu verstehen zu geben, dass er an ihren Versuch glaubte, doch der Ausdruck in seinen Augen war hoffnungslos.

»Du musst stark bleiben«, drängte sie ihn, als die Männer aus der Kutsche stiegen.

Sergeant Dickson packte Matthew fest am Arm. »Nun, mein Junge, ich habe zwar gesagt, ich muss Sie in Handschellen legen, habe es aber aus Respekt der Familie Frobisher und Ihrem Vater gegenüber nicht getan. Enttäuschen Sie mich jetzt nicht.«

Matthew ließ sich den beiden kräftigen Pflegern übergeben. Ein Mann in einem dreiteiligen Tweedanzug, der eine Pfeife rauchte, begrüßte die Gruppe.

»Guten Abend, Matthew. Sie müssen Mrs Britten-Jones sein?«

Alex nickte höflich.

»Kommen Sie herein. Es wird heute Abend sicher noch graupeln.« Die Worte waren zwar freundlich, aber der Tonfall passte nicht dazu – er klang sehr sachlich und nüchtern. Ely drehte sich um und führte die Ankömmlinge durch das Portal zum Haupteingang.

Alex hörte das leise Klicken ihrer Absätze auf dem Mosaikfußboden. Schuldgefühle, Entsetzen und Scham überwältigten sie, und sie musste sich anstrengen, um konzentriert zu bleiben. In ihrem Kopf schrillten Alarmglocken, aber sie schleppte ihre Füße wie Blei über das unruhige Mosaikmuster, das sie an Schokolade und Karamell erinnerte, unterbrochen von blauen Quadraten. Sie wagte nicht, Matthew anzublicken, weil sie sich sicher war, dass sie dann zusammenbrechen würde. Wie grausam sich das alles anfühlte. Und sie war ein Teil davon – hilflos oder nicht, sie gehörte zu den Personen hier, die ihren Ehemann auslieferten.

»Dr. Ely?« Beinahe überraschte es sie, dass sie als Erste etwas sagte, als sie in der hohen Eingangshalle standen.

Er ließ sie nicht weiterreden. »Mrs Britten-Jones, kann ich Sie bitte kurz sprechen?« Er wartete erst gar nicht auf ihre Antwort, und sie war zu gut erzogen, um ihm zu widersprechen. »Miles, Andrew, bitte bringt Mr Britten-Jones auf die Station. Matthew? Ich komme gleich zu Ihnen. Bitte machen Sie sich keine Sorgen.«

»Ich möchte mich von meiner Frau verabschieden«, erwiderte Matthew, der endlich seine Haltung wiedergefunden hatte. Er wartete nicht, bis Ely ihm die Erlaubnis dazu gab und schüttelte die beiden Pfleger ab. »Lassen Sie mich los. Ich kann allein gehen und brauche nicht behandelt zu werden wie ein Krimineller.«

Die beiden Männer blickten Ely an, der leicht nickte. Alex sah, dass die beiden Väter einen Schritt zurückgetreten waren und mit dem Anwalt sprachen.

Matthew breitete die Arme aus, und sie trat in seine vertraute Umarmung, die sich dieses Mal realer anfühlte als jemals zuvor. »Ich habe dich auf meine Art immer geliebt«, flüsterte er. »Du bist mein Lieblingsmädchen und wirst es immer bleiben.« Dann zog er sie noch fester an sich und flüsterte ihr direkt ins Ohr: »Verzeih mir, dass ich jemand anderen mehr liebe.«

Da endlich kamen die Tränen. Sie strömten ihr über die Wangen und flossen auf seinen Mantelkragen, der schon feucht von Schneeflocken war. »Ich verzeihe dir«, wisperte sie. Aber was verzieh sie ihm? Sein falsches Spiel? Seine Manipulationen? Die Versprechungen, die er nicht gehalten hatte?

Matthew nickte kurz, dann drehte er sich um.

»Matthew!« Er wandte den Kopf. »Wir geben nicht auf – sei stark. Ich hole dich hier raus.«

Er blies ihr einen Kuss zu. Es brach ihr fast das Herz,

als er den langen Gang hinuntergeführt wurde, an dessen Ende er in den Schatten verschwand. Sie konnte kaum noch erkennen, wie die drei Männer um eine Ecke verschwanden. Eine ferne Tür wurde zugeschlagen.

Dr. Ely räusperte sich. »Meine Herren, wir müssen uns um die Formalitäten kümmern.«

Es war Alex egal, dass sie einfach so beiseitegeschoben wurde; für sie war nur wichtig, Matthew so schnell wie möglich aus diesem grässlichen Haus herauszubekommen. Sie hob den Kopf, um die Männer, die um sie herum unbehaglich mit den Füßen scharrten, nicht ansehen zu müssen.

»Dr. Ely?« Ihre Worte hallten von den kleinen quadratischen Bleiglasscheiben wider, aus denen die äußerst dekorativen Fenster in jedem Stockwerk des Atriums bestanden. Das Dach bestand aus einer kegelförmigen Glaskuppel, die so hoch über ihr war, dass sie den Scheitelpunkt kaum sehen konnte. Um jedes Stockwerk herum waren Stuckarbeiten, die dieses Gebäude, in dem sich so Entsetzliches abspielte, wenn sie den Geschichten und den seltsamen Schreien, die von Weitem zu hören waren, Glauben schenken konnte, noch zusätzlich verschönerten. Wenn tagsüber das Licht durch die Glaskuppel fiel und sich in den quadratischen, vielfarbigen kleinen Scheiben brach, dann würde das sicher an den blassgrünen Wänden wundervoll aussehen. Wie seltsam, dass so viel Eleganz sich über einer Grube des Wahnsinns wölbte. Auf einmal hatte sie das Gefühl, nicht einen Moment länger hier stehen zu können, während Matthew in den düsteren Gewölben dieses Irrenhauses verschluckt wurde.

»Mrs Britten-Jones?« Dr. Ely klang fast gelangweilt, wie

ein Internatslehrer, der seinen neuen Schützling begrüßt, während er sich gleichzeitig der ängstlichen Mutter eines verhätschelten Kindes zuwendet.

Alex blickte den Arzt mit seinem hassenswert kriecherischen Verhalten an. »Ist meine Anwesenheit bei der Einweisung erforderlich?«

»Matthews Vater und Sergeant Dickson können die nötigen Formulare unterschreiben.«

»Gut, ich würde ihn nämlich sowieso nicht mit meiner Unterschrift ausliefern.«

Ely stieß seufzend die Luft aus, was sie beleidigte.

»Dr. Ely, was genau wollen Sie mit Matthew machen?«

Zum ersten Mal leuchteten seine kleinen Augen hinter der runden Brille auf, als ob sie endlich sein Interesse geweckt hätte. »Wir werden eine Reihe von Tests durchführen, um den Zustand seiner geistigen Gesundheit festzustellen.«

»Weil Sie glauben, dass Sie ihn heilen können?« Sie konnte ihre Verachtung nicht verbergen.

»Wir müssen die Ursache seiner … wie soll ich sagen, äh, Immoralität, wenn Sie erlauben, ermitteln.«

»Ich erlaube nicht!« Sie hätte am liebsten mit dem Fuß aufgestampft. »Und wie wollen Sie seine Immoralität feststellen?«

Der Arzt blickte sich zu den anderen um, in der Hoffnung, dass sie ihn vielleicht mit ein paar Worten unterstützten, aber alle wandten den Blick ab.

»Nun«, stieß er hervor, »wir werden natürlich mit ihm über sein perverses Verhalten sprechen, um zu erfahren, woher es stammt.«

»Ich verstehe. Dann haben Sie also gewisse Behandlungsmethoden zur Verfügung?«

»Ja. Aber sie sind nicht für die Ohren einer Dame von Stand …«

»Dr. Ely, wir sprechen gerade über meinen Ehemann. Offensichtlich bin ich nicht damenhaft genug, um Sie daran zu hindern, dass Sie mit Wörtern wie Perversität und Immoralität um sich werfen, als wenn es ganz normal wäre. Und plötzlich soll ich zu empfindlich sein, um mir die Heilmethoden anzuhören, die Sie vorschlagen?« Sie schnaubte verächtlich. »Ich habe das Recht zu erfahren, was Sie meinem Ehemann als Behandlung angedeihen lassen wollen.«

Sein dünner Schnurrbart zuckte verärgert, weil sie ihn so öffentlich befragte, aber Alex vermutete, dass er es angesichts ihrer gesellschaftlichen Stellung in York wohl kaum wagen würde, vor allen anderen Anwesenden unhöflich zu einem Mitglied ihrer Familie zu sein. »Wir beginnen wahrscheinlich mit der Anwendung von Hydrotherapie … äh, Wasser, für den Laien.«

»Und das macht ihn gesund, ja? Ehrlich gesagt könnte er dafür auch nach Harrogate fahren.«

»Wir haben festgestellt, dass diese Therapie einen positiven Effekt auf den Organismus hat.«

»In welcher Hinsicht?«

»Mrs Britten-Jones, ich glaube nicht, dass es hier und jetzt angemessen ist, über die komplizierten Vorgänge im Immunsystem des Körpers zu sprechen.«

»Mein Mann hat keine Krankheit, Dr. Ely. Er ist einfach nur ein Mann, der sein eigenes Geschlecht vorzieht.«

Die beiden Väter keuchten, und der arme Giles blickte sie verlegen an. Ihre Offenheit gab ihr auf einmal ein Gefühl der Stärke. »Und was noch, Dr. Ely? Welche anderen Behandlungen außer vielen Bädern planen Sie noch?«

Die Männer um sie herum waren ihr im Moment völlig gleichgültig.

»Wenn er auf die Bäder nicht reagiert, werden wir es mit Medikamenten versuchen. Forschungen haben ergeben, dass kleine Dosen des Malariaerregers, die mit Fieber einhergehen, einen ungeheuren Einfluss auf den geistigen Zustand des Patienten haben. Ebenso erfolgversprechend könnte eine neue Behandlungsmethode sein, über die ich gelesen habe. Man nennt sie Aversionstherapie, und ohne zu sehr ins Detail zu gehen, besteht sie darin, dem Patienten bei bestimmten Bildern Übelkeit zu verursachen.«

Alex blinzelte entsetzt, als sie hörte, was Matthew in den nächsten Tagen bevorstand. Sie hatte genug gehört; sie würde Matthew nicht einen Moment länger bei diesem Mann lassen als nötig. »Ich verabschiede mich, Dr. Ely«, sagte sie, ohne ihm die Hand zu reichen. Dann trat sie auf die drei Verschwörer zu. »Giles, ich würde Sie morgen gerne bei mir zu Hause empfangen. Ist das möglich?«

»Natürlich, Alex«, sagte er. »Sollen wir sagen, um elf?«

»Kommen Sie um neun, Giles.« Sie schüttelte ihm kurz höflich die Hand, dann gab sie ihrem Vater einen leichten Kuss auf die Wange. »Wir sprechen uns morgen, Dad. Ich kann dir nicht versprechen, dass es angenehm wird. Mutter kann gerne über Nacht bleiben, falls sie möchte.« Sie wartete seine Antwort nicht ab und warf Chetwin Britten-Jones einen vernichtenden Blick über die Schulter zu. »Denk dran, du und deine Familie seid in meinem Haus nicht mehr willkommen, Chetwin. Ich empfehle dir, mich nicht auf die Probe zu stellen.«

Und dann war sie weg. Sie trat in den eisigen Abend

hinaus, froh darüber, dass die Kälte auf ihren Wangen und in ihrer Kehle brannte, als sie tief Luft holte. Giles kam ihr nachgerannt.

»Alex, erlauben Sie mir wenigstens, Ihnen eine Kutsche zu rufen.«

»Nein, danke, Giles. Ich will nicht einen Moment länger an diesem Ort des Schreckens bleiben. Ich weiß, dass Sie nichts damit zu tun haben, aber fangen Sie bitte jetzt schon einmal an, sich zu überlegen, wie Matthew so schnell wie möglich hier entlassen werden kann.«

»Wir können eine Eingabe machen, damit Sie ihn in ein Krankenhaus Ihrer Wahl bringen lassen können.«

»Gut. Halten Sie sich bereit, das morgen früh so schnell wie möglich in die Tat umzusetzen.«

»Ein Wort der Warnung«, sagte er. »Chetwin Britten-Jones' Einweisungsantrag gilt für ein Jahr. Er kann jährlich erneuert werden.«

Sie schluckte, aber der Angstklumpen wollte nicht weichen. Alex atmete tief ein. »Ein Schritt nach dem anderen. Zuerst muss er aus Bootham heraus.«

Giles nickte.

»Ich gehe jetzt. Es wird mir guttun, zu Fuß zu gehen. Der Schnee wird meine Wut abkühlen.« Bei seiner bestürzten Miene überkam sie Mitleid. Giles war ein anständiger Mann; die Frobishers nahmen seit Jahrzehnten seine juristische Hilfe in Anspruch. Er war jünger als ihr Vater, aber etwa fünfzehn Jahre älter als sie, und er hatte es verdient, dass sie höflicher mit ihm umging. Sie stieß die Luft aus. »Der Pförtner am Tor kann mir eine Droschke besorgen.«

»Danke. Wenn man es Ihnen nicht schon gesagt hat: Matthew ist aufgrund von moralischem Schwachsinn eingewiesen worden.« Alex schüttelte voller Abscheu den Kopf. »Die nächste Option wäre Gefängnis gewesen, und Ihr Vater hat Chetwin überredet, den Weg über die psychiatrische Behandlung zu wählen, um Matthew die öffentliche Schande eines Gefängnisaufenthalts zu ersparen. Zu Chetwins Verteidigung …«

»Da gibt es nichts zu verteidigen, Giles. Haben in den letzten Jahren nicht genug Söhne ihr Leben verloren? Ist es wirklich nötig, dass mein Mann, ein guter Mann, Gott weiß wie lange untersucht und gequält, getestet und gedemütigt, wahrscheinlich sogar durch diese schrecklichen Behandlungsmethoden verletzt wird?« Erneut traten ihr Tränen in die Augen, aber sie schluckte sie hinunter. »Ich will nicht weinen. Ich werde jeden, der sich mir in den Weg stellt, bekämpfen.«

»Es tut mir wirklich sehr leid.«

»Ich weiß, deshalb muss ich auch Ihre Hilfe in Anspruch nehmen, um Matthew hier so schnell wie möglich herauszuholen.«

Alex wandte sich zum Gehen. Ihre Stiefeletten knirschten laut auf dem Kies in der Stille, die diesen Ort des Wahnsinns und der Furcht umgab. Jeder Schritt klang wie ein Protest … nein, hoffentlich wie eine Warnung. Und während sie in die Dunkelheit hineinschritt, wurde auch ihr Herz so kalt wie die Jahreszeit, gegen Harry und seine Mitverschwörer, die sie, da war sie sich sicher, bestimmt beobachteten.

25

Als Alex erschöpft und mental zerschlagen zu Hause ankam, erwartete sie eine besorgte Norma.

»Lady Frobisher wünschte nach Hause zu fahren, Mrs Britten-Jones. Ich konnte sie nicht überreden, auf Sie und Sir Frobisher zu …«

»Das ist schon in Ordnung, Norma. Haben Sie ihr eine Kutsche bestellt?«

»Sie war dazu nicht in der Lage, deshalb habe ich Mr Potter angerufen und ihn gebeten, mit dem Automobil zu kommen. Es hat sie ein wenig aufgemuntert, ihn zu sehen. Ich habe mich schon bei ihm erkundigt, und Lady Frobisher ist heil zu Hause angekommen.«

»Danke, Norma. Sie sind ein Engel. Es tut mir so leid wegen heute Abend. Ich weiß, Sie haben Fragen, aber ich bin schrecklich müde und brauche ein wenig Zeit, um alles zu überdenken. Ich verlasse mich auf Ihre Geduld und Ihre Diskretion.« Sie blickte die Haushälterin eindringlich an, um ihr zu zeigen, dass sie es ernst meinte.

»Das versteht sich von selbst, Mrs Britten-Jones. Es steht mir zwar nicht zu, aber Sie und Ihr Mann sind für mich wie Familie.«

Alex nickte müde und drückte der Frau dankbar die Hand.

»Ach, da ist noch etwas. Entschuldigen Sie, dass ich Sie damit behelligen muss, aber er wollte nicht gehen.«

»Er?«

»Er sagte, er würde vor dem Eingang auf der Treppe warten, bis Sie nach Hause kommen, aber das konnte ich selbstverständlich nicht zulassen.«

»Wer?« Ihre Gedanken überschlugen sich. War James Feeney da?

»Mr Blakeney, Madam. Er ist in Ihrem Salon. Ich hoffe, das war die richtige Entscheidung?«

»Ich spreche mit ihm. Danke, Norma«, sagte Alex mit eisiger Stimme.

»Soll ich Ihnen etwas …?«

»Nein, danke, ich brauche nichts. Er wird nicht lange bleiben.« Sie gab Mantel, Schal, Hut und Handschuhe der Haushälterin.

Vor der Tür zum Salon blieb sie stehen, um ruhig zu werden, aber als sie ins Zimmer trat, erwartete Harry sie bereits stehend.

»Ich habe gehört, dass du gekommen bist. Wie geht es dir?«

»Was glaubst du?«

Er blickte sie leicht überrascht an, wich aber nicht wirklich zurück. Als er etwas erwidern wollte, schnitt sie ihm das Wort ab. Sie wollte nicht, dass er das Gespräch kontrollierte, und er sollte auch nicht eine Minute länger als nötig in ihrem Haus bleiben.

»Du hast Nerven hierherzukommen, Harry. Ich werde dir jetzt genau das Gleiche sagen, was ich vor nicht allzu langer Zeit Matthews Vater gesagt habe, denn ich betrachte dich mittlerweile als genauso niederträchtig wie Chetwin Britten-Jones. Du bist in meinem Haus nicht mehr willkommen. Ich möchte, dass du jetzt gehst und dass sich unsere Wege nie mehr kreuzen.«

Sie sah ihm an, dass ihre Worte ihn trafen wie eine Ohrfeige. Er kniff Augen und Lippen zusammen. Noch vor wenigen Stunden hatte sie von diesen Lippen nicht genug bekommen können, und jetzt schien es eine Ewigkeit her zu sein, seit sie sich in Charlottes Cottage geliebt hatten und ihr Herz diesem Mann entgegengeflogen war.

»Wie du wünschst«, erwiderte er ruhig.

»Hast du überhaupt eine Ahnung, was sie Matthew gerade antun?«

»Nun, ich hoffe doch, dass sie ihn in die Bezirksirrenanstalt und nicht ins Gefängnis gebracht haben?«

»Du kannst zu deiner Braut eilen in der glücklichen Gewissheit, dass deine Hoffnungen sich erfüllt haben. Genau dort ist er bei einem Monster namens Dr. Ely, der vorhat, ihn mit Krankheiten zu infizieren oder ihm Tabletten zu verabreichen, die ihn aus seinem ›moralischen Schwachsinn‹ herausholen!«

»Du schreist, Alex«, bemerkte er.

»Wäre dir lieber, ich würde stattdessen kreischen? Vielleicht herauskreischen, wie sehr ich dich hasse?«

»Die Bezirksirrenanstalt war meine Idee«, gab er zu.

»Ach wirklich? Was für ein guter Einfall, um mit höchster Grausamkeit zu verfahren. Ich konnte mir auch kaum vorstellen, dass mein Vater diesen Plan gefasst hat.«

»Ich hielt es für weniger öffentlich als Gefängnis, und außerdem denke ich …«

»Es kümmert mich nicht, was du denkst, Harry. Ich kann kaum glauben, dass jemand, der behauptet, mich zu lieben, mich so tief verletzen kann, aber ich sollte vermutlich daran gewöhnt sein, dass es Männern immer nur um sich selber geht. Du und Matthew, ihr seid vom gleichen Schlag – du behauptest, mich zu lieben, und doch stehe ich hier, schrecklich verletzt und allein, nur wegen euch beiden.« Sie konnte kaum den Klang ihrer eigenen Stimme ertragen, so schrill und dramatisch, wie sie es sonst verabscheute. Doch sie hatte das Gefühl, dass ihre Nerven zum Zerreißen gespannt waren und sie nie wieder zu ihrem früheren Gleichgewicht zurückfinden würde. Vielleicht würde sie jetzt auf immer verbittert bleiben.

Alex sah, dass Harry langsam Luft holte, dann aber die Lippen wieder aufeinanderpresste; ein Muskel an seinem Kinn zuckte. Da war sie wieder, die Wut, zu der sie ihn nicht für fähig gehalten hatte ... Er hatte sie völlig unter Kontrolle, aber sie wusste, dass er sie schmerzhaft spürte. Er musste wirklich kämpfen, um nicht auf ihre Vorwürfe zu reagieren. War die gleiche Wut dafür verantwortlich, dass er sich an Matthew für dessen demütigende Behandlung heute gerächt hatte, oder waren es Eifersucht und Frustration, vielleicht sogar, weil sie nicht zusammen sein konnten? Spielte es überhaupt eine Rolle? Wollte sie diesen Kampf wirklich? Nein. Sie wollte, dass er ging, damit sie aufhörte, ihn und auch sich selbst zu hassen.

Wenn er ging, würde das seine letzte Erinnerung an sie sein ... ihre Anschuldigungen und ein wundes Herz. Und sie würde sich weiter leer und einsam fühlen.

Harry hatte tiefe Schatten unter den Augen, die vor unterdrückter Wut glühten. »Ich habe die Bezirksirrenanstalt nun wirklich nicht vorgeschlagen, um grausam zu sein. Ich glaube ...«

Plötzlich klopfte es an die Tür, und Norma steckte den Kopf ins Zimmer, ohne auf ein Herein zu warten. Alex' offensichtlicher Mangel an Respekt Harry gegenüber hatte sie offensichtlich dazu veranlasst. Seine Wut schien sich in einen harten Entschluss zu verwandeln. Vermutlich war das eine seiner Eigenschaften, die ihn sicher durch vier Jahre Krieg gebracht hatten. In der Art, wie er die Schultern straffte, lag etwas Unversöhnliches. Seine Augen blitzten und zeigten ihr seine innere Wut auf sie.

»Sir Charles ist mit einer Kutsche vorgefahren, Madam. Mr Chetwin Britten-Jones ist bei ihm«, sagte Norma sachlich.

Im Bruchteil einer Sekunde wusste sie, dass sie Harry verloren hatte. Vielleicht nicht seine Liebe – sie sah ihm an, dass für die Frau, in die er sich in York verliebt hatte, immer ein Feuer in ihm brennen würde –, aber er würde sie jetzt ohne Bedauern und voller Enttäuschung verlassen. Und das war es dann. Sie wusste, das würde in der kommenden Zeit am meisten schmerzen; sie wusste, dass sie ihn enttäuscht hatte, dass sie selbst sich von dem Sockel gestürzt hatte, auf den er sie über alle Frauen gestellt hatte.

»Ich möchte heute Abend mit niemandem mehr sprechen, Norma. Sagen Sie bitte meinem Vater, ich habe Kopfschmerzen. Ich werde ihn morgen früh wie vereinbart sehen.« Sie schluckte. »Und bitte bringen Sie unseren Gast hinaus.«

»Nicht nötig«, sagte Harry. »Ich finde allein zur Tür.«

»Das ist dann alles, Norma«, sagte Alex. Die Redensart »sich ins eigene Fleisch schneiden« ging ihr durch den Kopf.

Die Tür schloss sich.

Panik stieg in ihr auf, als Harry einen Schritt auf sie zu machte; wenn er ihr auch nur die leiseste Zuneigung schenkte, würde sie dahinschmelzen und ihn um einen weiteren Tag Aufschub bitten … noch einen Tag … noch einen Kuss … noch eine weitere Liebeserklärung – damit sie sich eher im Guten als im Bösen trennten.

»Es tut mir sehr leid, Alex, dass du solchen Kummer hast. Ich bitte dich inständig um Verzeihung, dass du glaubst, ich hätte dazu beigetragen.«

Du brauchst nur die Hand nach ihm auszustrecken, Alex, sagte eine kleine Stimme in ihr, aber der Stolz der Frobishers stand ihr im Weg, und sie nahm ihm seine Worte übel. »Ich hoffe, deine Ehe ist erfolgreicher als meine, Harry. Viel Glück.« Jetzt war sie froh darüber, dass er nie erfahren hatte, wer Kitty war … die Frau, nach der er in York gesucht hatte. Es war ein hohler Triumph, das wusste sie.

Sie sah, wie er den Blick auf die Hand richtete, die sie ihm höflich entgegenstreckte, bemerkte das schiefe Lächeln, das über sein Gesicht huschte. Ihr stockte der Atem in der Brust. Sie konnte diesen Abschied in einer Sekunde verwandeln …

»Lebewohl, Alex.« Er griff in seine Tasche und zog einen kleinen Umschlag hervor. »Das ist für dich. Es scheint jetzt überflüssig zu sein, aber die Idee ist solide. Wenn es funktionieren kann, dann wende sie an. Ein Abschiedsgeschenk, wenn du erlaubst, für ein paar Tage, die ich im Herzen bewahre.« Statt ihr die Hand zu schütteln, reichte er ihr den Umschlag, als ob er es nicht ertragen könne, sie zu berühren.

Sie drehte sich nicht um, bis sie hörte, wie die Tür ins Schloss fiel, dann fuhr sie herum. Tränen rollten ihr über die Wangen auf die Lippen, wo sie ihr Salz schmecken konnte.

26

Endlich kam der Morgen. Alex wählte Matthews Arbeitszimmer, um die Gäste zu empfangen. So wenige Stunden nachdem sie Harry dort so kühl verabschiedet hatte, wollte sie nicht in den Salon. Sie hatte sich eingeredet, dass sie dort vielleicht immer noch einen Hauch von seiner Rasierseife oder seinem Haaröl riechen würde. Dabei hätte sie unweigerlich an seine glatten dunklen Haare denken müssen, die mit Haaröl gebändigt werden mussten, wenn sie sie zerzaust hatte.

»Sir Charles und Mr Giles Farthing, Madam«, sagte Norma. Sie bedeutete den Männern einzutreten. »Soll ich Tee oder Kaffee servieren?«

Alex riss sich aus ihren Gedanken.

»Für mich Kaffee, Norma«, sagte Charles.

»Ja, Kaffee ist gut«, stimmte Giles ihm zu.

»Drei Kaffee dann, Norma, danke«, sagte Alex und rang sich mühsam ein Lächeln ab. »Setzt euch doch«, bot sie an. Sie setzten sich an das kleine Feuer.

»Liebling, ich weiß, es war schwer, Schlaf zu finden, aber du siehst schrecklich aus. Vielleicht sollten wir Hugh um ein Mittel bitten?«

»Ich brauche keinen Arzt, bestimmt nicht.« Sie zuckte mit den Schultern. »Heute Nacht haben wir wahrscheinlich alle keinen Schlaf gefunden.«

»Nun, Giles gibt uns Hoffnung.«

»Giles«, sagte sie. »Schießen Sie los.«

Der Anwalt holte tief Luft. »Ich habe dieses Zimmer immer bewundert«, sagte er. »Nicht immer sind Herrenzimmer so hell.«

Alex lächelte ihn an. »Matthew und ich waren uns in den meisten Dingen einig – vor allem bei diesem Haus, in das viel natürliches Licht fällt, vor allem morgens.« Sie war beeindruckt, dass sie zu Small Talk in der Lage war, obwohl sie sich innerlich so fühlte, als ob ihr ganzer Körper vor Schmerzen schrie.

»Ich habe gehört, Mr Blakeney ist abgereist. Stimmt das?«, fuhr der Anwalt fort.

Sie nickte. »Ja, er will heiraten und konnte seine Braut nicht länger warten lassen.« Wie überzeugend normal sie doch klang.

»Wie schade. Ich hätte ihm gerne noch einmal gedankt.«

»Und warum?«

»Nun, ehrlich gesagt, der Plan stammt von ihm.«

Alex runzelte die Stirn. »Welcher Plan?«

Norma trat ins Zimmer. Taktvoll stellte sie das Geschirr auf ihrem Tablett rasch auf den Tisch. »Möchten Sie einschenken, Madam?«

Alex nickte. Als die Tür sich hinter der Haushälterin geschlossen hatte, erhob sie sich und schenkte den dampfenden Kaffee in die Tassen. Zuerst reichte sie dem Anwalt eine Tasse. »Fahren Sie bitte fort, Giles.«

Er trank einen Schluck Kaffee und seufzte zufrieden. In der Zwischenzeit hatte sie ihrem Vater bereits seine Tasse gereicht. »Blakeney hat vorgeschlagen, wir sollten eine Einweisung in die Bezirksirrenanstalt versuchen und Ihren Gatten als moralisch schwachsinnig beurteilen lassen.«

Alex zuckte zusammen, als sie sich selbst Kaffee einschenkte.

»Ich weiß, dass das hart klingt, Alex«, sagte der Anwalt, »aber eigentlich ist es der raffinierteste Weg, mit dem Problem umzugehen.«

»Warum? Ich meine, ich verstehe zwar, dass Matthew dann nicht ins Gefängnis braucht, was für uns alle unerträglich demütigend gewesen wäre, aber wie hilft es uns denn, wenn er im Irrenhaus sitzt?«

»Nun, mit dem Gefängnisaufenthalt wäre es ja nicht getan gewesen.« Giles räusperte sich. »Es sind schon Männer für dieses Verbrechen gehängt worden.«

Alex wurde blass. Sie hatte am Abend zuvor geglaubt, Matthew würde übertreiben. »Ihr Freund, Mr Blakeney, hat in kürzester Zeit alles gut überlegt – er wäre ein guter Strafverteidiger geworden«, fügte Giles mit leisem Lächeln hinzu. Als jedoch niemand auf seinen kleinen Scherz einging, fuhr er fort: »Matthew wird jetzt von einem Arzt untersucht, um seinen Geisteszustand festzustellen. Er muss es sich gefallen lassen, als moralisch verderbt bezeichnet zu werden, weil es zu viele historische Beispiele dafür gibt. Sein Vater hat eine beachtliche Geldsumme gezahlt, damit der Direktor der Irrenanstalt Matthew unter Bewachung hält.«

Alex versuchte, einen Schluck Kaffee zu trinken, aber ihre Kehle war wie zugeschnürt. Sie stellte die Tasse ab. »Chetwin hat dafür *bezahlt*?«

»Liebling, ich will ihn nicht verteidigen, aber selbst Chetwin wusste, dass Matthew im Gefängnis wesentlich mehr zu erleiden gehabt hätte. Er hat seinen Sohn eigentlich geschützt. Ich weiß, dass du glaubst, er hasst ihn, aber wir haben erst jetzt die Wahrheit erfahren, und

Matthew war schon lange eine große Enttäuschung. Er ist schon mehr als dreimal in dieser Hinsicht dem Gesetz entgangen.« Charles wirkte peinlich berührt, während er verzweifelt versuchte, das Wort »homosexuell« zu vermeiden.

Am liebsten hätte Alex es für ihn gesagt, es laut in Matthews Arbeitszimmer ausgesprochen, damit es von den Lederrücken der Bücher und dem Walnussschreibtisch widerhallte, der doch für einen ernsthaften, wohlhabenden Ehemann sprach, der sich bemühte, für seine Familie zu leben. Wie sehr sie sich doch alle geirrt hatten. Nichtsdestotrotz war es jetzt ihre Aufgabe, einen Weg zu finden, um sein Leben zu erleichtern, und sie wollte verdammt sein, wenn sie ihn im örtlichen Irrenhaus verrotten ließ. Allerdings war ihr über Nacht auch klar geworden, dass sie sich von ihm scheiden lassen wollte. Das würde für beide Familien unangenehm werden, aber vor allem für ihre Eltern. Sie stellte sich vor, wie ihre Mutter die Notiz von der Scheidung in der Zeitung las, Lambton neben ihr mit Riechsalz und Fächer, und Minervas Heulen, das durch *Tilsden* hallte. Alex schauderte.

»Na gut, aber ich verstehe immer noch nicht, was Blakeney mit diesem raffinierten Plan zu tun hat, Giles?« Sie blickte zwischen den beiden Männern hin und her.

Der Anwalt sagte: »Nun, meine Liebe, Blakeney geht davon aus, dass Sie, wenn Sie Ihren Einfluss bei den Rowntrees geltend machen, Matthew wahrscheinlich in die Quäkereinrichtung am Stadtrand überführen lassen können … Sie werden es Ihnen nicht abschlagen, vor allem, da Sie Ihren ganzen Lohn persönlich gespendet haben.«

»Das *York Retreat*?«, sagte sie staunend. Ihr war, als sei

gerade ein Sonnenstrahl durch die dunklen Wolken am Morgenhimmel gefallen und habe alles in klares Licht getaucht. »Ach du meine Güte. Natürlich, *natürlich*!«

Giles freute sich über ihre Reaktion. »Keine Handschellen, keine Zwangsjacke, keine Elektroschocktherapie, keine heiße und kalte Hydrotherapie, keine durch Medikamente hervorgerufenen Durchfälle, keine böse aussehenden Krankenschwestern oder kräftige Pfleger, die einen festhalten«, sagte er und zählte die Vorzüge an den Fingern ab. »Während wir alle in Bootham waren, hat Blakeney anscheinend bereits Schritte unternommen und uns den Weg geebnet. Ich dachte, er hätte Ihnen das alles erzählt?« Fragend blickte er sie an, aber als sie schwieg, fuhr er fort: »Moralisch schwachsinnig oder nicht, ich glaube, die Zuflucht nimmt Matthew gerne auf. Blakeney hat hart verhandelt, wozu zweifellos auch eine großzügige Spende für das Krankenhaus gehört, damit Ihr Mann die bemerkenswerte Freiheit genießen kann, im wundervollen Park und auf dem gesamten Gelände spazieren zu gehen und sich zu erholen, mit regelmäßigen Gesprächen und friedvollen Monaten als einziger Therapie. Jetzt hängt es nur noch von Ihnen ab …«

Alex hatte das Gefühl, dass ihr Herz nur noch ganz langsam schlug. Sie konnte nicht klar denken, als ob die ganze Welt sich nur noch wie in Zeitlupe bewegte. Giles' Stimme schien weit weg, während in ihrem Kopf laute Pfeiftöne schrillten – das Bahnhofssignal, das Harrys Abreise von York nach London und von dort nach Sussex, um Bethany zu heiraten, einleitete. Und statt ihrer Liebe und Hoffnung darauf, dass er glücklich würde, begleiteten ihn nur ihre Verzweiflung und ihre Anschuldigungen.

Während sie Mauern der Wut um seinen Namen errichtet hatte, hatte er die ganze Zeit die Mauern niedergerissen, die Matthew im Gefängnis halten würden. Er hatte einen klugen Weg gefunden, um seine Rechte zu respektieren, ihm Freiheit zu geben, Mitgefühl für seine Handlungsweise zu zeigen und Empathie für seine sexuelle Neigung.

»Harry hat das für uns getan?«, sagte sie leise.

Ihr Vater und der Anwalt lächelten. »Er ist ein sehr guter Freund«, erwiderte Giles.

»Gestern habe ich das sicherlich noch nicht so klar gesehen«, gestand Charles. »Chetwin griff zur ersten Option, die seinen Sohn – und, ja, auch seinen Familiennamen – vor der Schmach von Gefängnis oder Schlimmerem schützte … Und selbst Giles hat zugegeben, dass ihm so etwas Kreatives nicht eingefallen wäre. Als Harry zu mir in den Club kam, habe ich nur Schmerz für unsere beiden Familien empfunden. Ich glaube, ihm war sofort klar, was passieren würde, wenn es herauskam; ich brauchte viel zu lange, um es zu glauben, und hörte wahrscheinlich seinen Erörterungen kaum zu, aber als er mich um Erlaubnis bat, alles in die Wege zu leiten, wurde mir klar, dass er versuchte, unsere Familie zu schützen … Vor allem dich zu schützen. Für diese gute Wendung musst du Harry in unser aller Namen danken, Liebling.«

»Warum hat er bloß nichts gesagt?«, jammerte Alex. »Warum hat er es mir nicht gesagt? Warum ist er gegangen und hat mich in dem Glauben gelassen, er sei für Matthews Einweisung verantwortlich?«

»Liebling, ich weiß nicht, worüber du dich so erregst, aber Harry Blakeney ist ein bescheidener Mann. In meinen kurzen Gesprächen mit ihm habe ich nicht ein einziges Mal erlebt, dass er sich gerühmt hat. Ich habe mich über ihn erkundigt, weißt du, und er ist ein wahrer Kriegsheld! Ein blendender Captain, aber das lässt er dich nicht spüren, wenn du mit ihm redest – er will weder nach dem Krieg noch nach dem Namen oder dem Reichtum seiner Familie beurteilt werden. Er ist verflucht zurückhaltend!«

Giles teilte seine Begeisterung. »Auf jeden Fall hat Mr Blakeney einen cleveren Weg gefunden, um Matthew aus Bootham heraus und in die Freiheit des *York Retreat* zu verlegen, und alles, ohne allzu viel Aufsehen zu erregen. Matthew könnte ja schließlich ohne Weiteres im Krankenhaus sein, um sich von einer Erkrankung zu erholen, die Familien müssen sich nur darauf einigen, welche Erklärung sie nach außen abgeben. Äh, Alex, ich vermute, Sie wollen sich scheiden lassen?«

»Ja.« Sie warf ihrem Vater einen Blick zu. Er hatte den Kopf gesenkt, schreckte aber vor ihrer Antwort nicht zurück.

»Das war zu erwarten«, sagte Charles. »Deine Mutter und ich stehen voll hinter dir, aber es muss in aller Stille geschehen und vielleicht auch nicht sofort.«

»Versteht Matthew es?«

Giles nickte. »Ich durfte heute Morgen kurz mit ihm sprechen. Zuerst wollte er gar nicht über das Thema reden, aber Ihr Vater erklärte ihm, dass Ihre Unterschrift erforderlich ist, um ihn aus Bootham heraus in das *York Retreat* zu bringen. Und dazu müsste er schon in die Scheidung einwilligen.«

»Und aus welchem Grund?«

»Nichts, was mit Ihnen zu tun hat«, sagte Giles. »Wir können uns etwas ausdenken, und er hat zugestimmt, sich darüber Gedanken zu machen.«

»Wie lange wird er in der Zuflucht bleiben müssen?«

Giles zuckte mit den Schultern. »Das kann ich nicht sagen. In den Augen des Gesetzes hat ein Verbrechen stattgefunden – so wie es aussieht, muss ein richterlicher Beschluss gefasst werden, damit er aus der Irrenanstalt entlassen werden kann, aber wenn wir uns vorsichtig verhalten, sehe ich keinen Grund, warum uns jemand Steine in den Weg legen sollte. Ich denke, er wird einige Monate im *Retreat* unter Beobachtung verbringen müssen, aber das ist ein kleiner Preis, Alex, da werden Sie mir sicher zustimmen.«

Alex fand langsam wieder ihr seelisches Gleichgewicht wieder. »Ja. Es bestürzt mich nur, dass Harry mir seinen Plan nicht mitgeteilt hat.«

»Du warst zutiefst aufgewühlt, Liebling. Es gab wahrscheinlich keine Gelegenheit dazu – schließlich hast du ihn ja nicht mehr gesehen, nachdem alles so schiefgegangen war.« Alex korrigierte ihn nicht. »Du kannst doch sicher zu einem anderen Zeitpunkt deine Dankbarkeit äußern, nicht wahr?«, sagte ihr Vater.

»Er ist weg, Dad. Verstehst du nicht? Weg, für immer.«

Ihr Vater runzelte die Stirn. »Nicht für immer, mein liebes Mädchen. Sei nicht so dramatisch. Harry ist ein Guter. Er kommt zurück – er ist jetzt ein Freund der Familie. Wir können telefonieren, du kannst ihm schreiben – es wird viele Gelegenheiten geben, ihm richtig zu danken, wenn wir ihn wiedersehen … Vielleicht bringt er ja dann seine Frau mit.«

Alex durfte es nicht laut äußern, aber es würde keinen weiteren Besuch geben. Sie würde Harry nicht wiedersehen. Und Bethany kennenzulernen – nicht dass sie es gewollt hätte – erschien ihr so unwahrscheinlich wie die

Tatsache, dass Matthew einfach so in die Scheidung einwilligte.

Später, als die beiden Männer gegangen waren und sie allein in ihrem Schlafzimmer war, setzte sie sich an ihren Schminktisch und griff nach dem versiegelten Umschlag, auf den Harry ihren Namen geschrieben hatte. Letzte Nacht hatte sie sich nicht überwinden können, ihn zu öffnen, obwohl das Mondlicht hell ins Zimmer geströmt war, als wolle es sie ermutigen, den Brief zu lesen.

Mit dem Finger öffnete sie die Klappe des Umschlags und zog das ordentlich gefaltete Blatt Papier heraus. Sie erwartete einen emotionalen Ausbruch, aber sie hätte es besser wissen müssen. Das war schließlich Harry: ein Mann, der seine Emotionen verbarg und nur sprach, wenn es nötig war. Auf dem Blatt Papier war eine einfache Bleistiftzeichnung mit Pfeilen und winzigen Anweisungen in Druckbuchstaben.

Harry hatte zwei Hälften einer Herzform gezeichnet. Ein Pfeil wies auf die Stelle hin, an der sie verbunden werden konnten, und dazu hatte er geschrieben: *Ich würde vorschlagen, sie hier mit flüssiger Schokolade zu versiegeln.*

Im Inneren der beiden Herzhälften befand sich eine kleine Karte, ähnlich wie eine Visitenkarte. Ein weiterer Pfeil zeigte darauf mit den Worten:

Kunden können eine kurze Nachricht schreiben an denjenigen, den sie lieben. Anschließend wird sie im Herz versiegelt, sodass noch nicht einmal du sie sehen kannst. Das komplette Herz mit Liebesbrief wird dann in Stanniolpapier gewickelt.

Du könntest es »Süßes Herz« nennen.

Alex drehte die Seite um. Dort hatte er ihr letzte Worte hinterlassen.

Geliebte Alex,

es sieht so aus, als habe die liebe Kitty, die uns mit ihrem zufälligen Liebesbrief an einen Soldaten an der Front unwissentlich zusammengebracht hat, eine Idee für eine Schokoladenneuheit aufgebracht, die du vielleicht einmal überdenken solltest. Ich habe ein wenig recherchiert, und keiner der großen Schokoladenhersteller hat bisher hohle Schokolade verwendet, um etwas anderes als Creme zu umhüllen. Ich kann mir keine Frau vorstellen, die nicht bezaubert wäre, wenn sie einen Liebesbrief in einem essbaren Herzen bekommt. Du könntest die Idee auch noch erweitern und tatsächlich Geschenke darin verpacken … sogar ein Verlobungsring wäre möglich!

Alex keuchte. Diese Idee war perfekt!

Apropos Ringe und Herzen, ich wünschte, ich könnte dir einen Ring anstecken, den du in meinem Namen trägst, aber das wird nie möglich sein. Doch ich liebe dich mit meinem ganzen Herzen – es wird niemals einer anderen gehören, und jedes Mal, wenn du so ein Herz aus Schokolade machst, denk an mich, weil ich immer an dich denken werde, wo auch immer ich bin, ganz gleich mit wem.

Harry

PS: Matthew wird in Sicherheit sein. Ich gebe dir mein Wort.

Nur ein einziges Mal hatte sie mehr über einen Verlust geweint, und damals war sie ein Kind gewesen, als die Wasser von Schottland einen Teil ihrer Familie verschlungen hatten.

27

Alex blickte die beiden Ärzte und die Krankenschwestern, die sie besorgt anschauten, verwirrt an.

»Was soll das heißen, ›verschwunden‹?« Sie runzelte die Stirn. »Sie haben ihn verloren? Obwohl er erst drei Tage hier ist?«

Der Arzt mit dem schmalen Gesicht zog die Luft ein, wodurch seine Wangen noch hohler wirkten. »Ich bin genauso fassungslos wie Sie, Mrs Britten-Jones.«

Das beantwortete ihre Frage nicht, zeigte aber, wie groß der Schreck und ihre Verlegenheit darüber waren, dass sie ihr nicht mehr sagen konnten.

Sie hatte ihren Eltern gegenüber darauf bestanden, Matthew zum ersten Mal allein zu besuchen, seit er von Bootham hierher verlegt worden war. Dr. Ely war der Meinung gewesen, es würde sie und Matthew zu sehr aufregen, wenn sie ihn im ersten Monat schon besuchte. Sie war außer sich vor Wut gewesen, fand aber Trost in dem Wissen, dass sie daran arbeiteten, von ihm wegzukommen. Sie musste ihre bislang unbekannten Reserven an Geduld mobilisieren, weil sie sonst riskierte, ihn vorzuwarnen. Es hatte über zwei Wochen gedauert, bis die nächste Anhörung bei Gericht stattfand und über Matthews Schicksal entschieden werden konnte. Giles Farthing war leidenschaftlich für Matthews Überführung ins *York Retreat* eingetreten, und nicht nur Sir Charles, sondern auch einige andere wichtige Persönlichkeiten in York äußerten sich zu Matthews Verteidigung. Sie erklärten alle übereinstimmend, dass Alex' Ehemann kein einziges Mal Anzeichen von perversem Verhalten gezeigt habe – weder homosexuell noch anderer Art – und dass er, obwohl bewiesen werden konnte, dass seine sexuellen Neigungen in seiner Jugend seinem eigenen Geschlecht galten, mittlerweile ganz bestimmt glücklich verheiratet sei. Außerdem habe seine Frau bis zu dieser betrüblichen Episode nie Anlass gehabt, seine Treue infrage zu stellen, und erst an dem Tag, an dem er festgenommen worden war, habe es eine Anschuldigung gegeben. Zu diesem Zweck hatte Alex eine Aussage gemacht, die bei Gericht verlesen werden konnte.

Genügend Herren in der Kommission waren mit Frobishers befreundet und waren sich ihres Einflusses sehr wohl bewusst. Noch wichtiger war, dass sie auch Matthew kannten, daher wurde eine einstimmige Entscheidung erreicht, ihn zur »Genesung« in die Pflege des *York Retreat* zu übergeben. Sein Zustand wurde als »klinischer Zusammenbruch« bezeichnet und die Beschuldigung der sexuellen Perversität und des moralischen Schwachsinns mit der Begründung zurückgenommen, dass er seit dem Ende des Krieges hart daran gearbeitet hatte, das Schienennetz im Norden aufzubauen, Passagierzüge statt Güterzügen zu bauen und ein neues Eisenbahnnetz zu eröffnen. Alex vermutete, dass sicher einige von ihnen der Anklage gegen ihren Mann glaubten, aber wahrscheinlich wollten sich diese Herren nicht damit auseinandersetzen. Und es lastete auch schwer auf ihrem Gewissen, dass eine der geachtetsten Familien im Bezirk in einen Skandal verwickelt war. Die Erschütterungen waren für keinen von ihnen oder ihre Gesellschaftsfreunde im Norden gut. Matthew wurde also ins *Retreat* gebracht, eine Einrichtung, die in ihrer Blütezeit im vergangenen Jahrhundert in der menschlichen Behandlung von Patienten mit Geisteskrankheiten führend in der Welt war.

Die unauffälligen, aber attraktiven Gebäude, aus denen das *Retreat* bestand, waren der Menschenfreundlichkeit eines Mannes aus Yorkshire zu verdanken: ein Kaffee- und Teehändler im Ruhestand, ebenfalls Quäker, der Mitglied in der *Gesellschaft der Freunde* war. William Tuke hatte seine georgianische Zuflucht für die geistig Verwirrten auf Land gebaut, das sich mit friedlichen, weitläufigen Gärten außerhalb der Stadtmauern von York nicht nur zum Wohle aller bedürftigen Quäker erstreckte, sondern auch jede andere arme Seele aufnahm, die von Dämonen geplagt wurde.

Und jetzt stand Alex hier in diesem Park, in der Nähe des Friedhofs, auf dem so viele führende Quäker des Bezirks ihre letzte Ruhe gefunden hatten, auch einige Rowntrees. Entsetzt schaute sie die Angestellten an.

»Wie konnte das passieren?«

Alle wandten sich zu dem hohlwangigen Mann, der vermutlich der älteste war, und jetzt verstand Alex auch, warum sie hier in den ruhigsten Teil der Anlage geführt worden war, wo niemand ihr Entsetzen und ihr Unbehagen mitbekam.

Alex sah dem Arzt an, dass er am liebsten mit den Schultern gezuckt hätte, weil er offensichtlich nicht genau wusste, wie Matthew seine Flucht bewerkstelligt hatte. »Ihr Gatte war in der kurzen Zeit, in der er hier war, höflich und sehr fügsam, Mrs Britten-Jones. Er war gesprächig, hat seine Sitzungen mit den Therapeuten genossen, das Personal mit seinen unterhaltsamen Anekdoten amüsiert, und ehrlich gesagt dachte ich, dass er für einige unserer jüngeren Patienten eine hervorragende Gesellschaft sein könnte, da seine Fröhlichkeit sie aus sich herauskommen ließ.«

Sie hatte nicht vor, sich durch Schmeicheleien besänftigen zu lassen. »Ja, das klingt nach Matthew, aber er war nicht als Gesellschafter hier, Doktor. Verzeihen Sie mir, aber Sie können sich sicher vorstellen, wie beunruhigend diese Information ist.«

»Ja, natürlich, und ich kann mich gar nicht genug entschuldigen, aber ich weiß wirklich nicht, wie ich es erklären soll. Allerdings machen wir uns, so enttäuscht wir auch sind, dass er in unserer Obhut war, als er verschwand, keine besonders großen Sorgen um Mr Britten-Jones.«

Alex nickte. Sie wusste genau, was er meinte, aber sie hörte sich seine Erklärung trotzdem an.

»Er ist ein Weltmann, weit gereist, hochgebildet, extrem intelligent, und er zeigt keinerlei Anzeichen für Verwirrung … Im Gegensatz zu dem, was wir sonst hier erleben. Mr Britten-Jones ist körperlich gesund und, wenn ich so sagen darf, voll bei Verstand, sodass er wahrscheinlich jetzt irgendwo im Café sitzt und seine Schlauheit feiert.«

»Wahrscheinlich eher in einem Club, Doktor. Matthew würde seine Flucht bestimmt lieber mit Champagner feiern.«

Der Arzt lächelte sie schief an, unsicher, ob sie tatsächlich einen Scherz gemacht hatte.

»Wurde er denn gar nicht überwacht?«

»Jeder wird hier überwacht, manche mehr als andere.

Mr Britten-Jones war nicht auf einen unserer größeren Tagesräume beschränkt, die gepolstert und mit Sicherheitsmaßnahmen versehen sein müssen. Er konnte sich hier auf dem Gelände frei bewegen, aber er hatte uns bisher nie Anlass gegeben zu vermuten, dass er fliehen wollte. Er sagte uns, er warte frohgemut ab, bis die Gerichte es für angebracht hielten, ihn zu entlassen. Als wir ihn gestern aus den Augen verloren, half er einem der Lieferwagenfahrer beim Abladen der Waren – so wohl hat er sich im *Retreat* gefühlt. Er war immer an allem beteiligt und half in jeder Beziehung.«

»Ich verstehe. Glauben Sie, mein Mann hatte Hilfe?«

Der Arzt blinzelte verlegen. »Da bin ich mir fast sicher. Wir entdeckten sein Verschwinden weniger als eine Stunde nachdem er zuletzt gesehen worden war, und wenn er zu Fuß unterwegs gewesen wäre, hätten wir ihn gefunden. Unsere Leute haben sofort auf dem Pferderücken die gesamte Gegend abgesucht. Bei diesem schlechten Wetter konnte er wirklich nicht so weit gekommen sein. Wir sind hier hauptsächlich von Feldern umgeben, und es führt nur eine einzige Straße zu uns.«

»Dann ist der Lieferwagen also vermutlich das Fluchtfahrzeug?« Alle nickten.

»Es hatte fast eine Stunde Vorsprung, und der Fahrer hatte die Fluchtroute wahrscheinlich schon vorher sorgfältig geplant. Ehrlich gesagt denke ich, Ihr Mann hat im Zug gesessen, noch bevor wir seine Abwesenheit bemerkt haben.«

Alex hätte am liebsten gelacht. Sie wünschte sich, es wäre Dr. Ely, den Matthew so hereingelegt hätte, aber vor dem Arzt runzelte sie die Stirn. »Ich kann mir niemanden vorstellen, der in unserem Freundeskreis zu so etwas in der

Lage gewesen wäre – aus meiner oder seiner Familie war ganz bestimmt niemand beteiligt.«

»Ich käme auch gar nicht auf den Gedanken, dass jemand aus einer der beiden Familien damit etwas zu tun haben könnte. Es ist in der Tat ein Rätsel, weil Mr Britten-Jones keinen Zugang zum Telefon hatte. Er hatte also kaum Zeit oder Gelegenheit, um eine Flucht sorgfältig zu planen. Vermutlich hat er jemanden bestochen oder überredet, ihm spontan in diesem Moment zu helfen, ich muss allerdings sagen, dass er kein Geld in der Tasche hatte.«

Alex nickte.

»Zweifellos werden Sie als eine der Ersten von seinem Aufenthaltsort erfahren, Mrs Britten-Jones, da Mr Britten-Jones eine tiefe Liebe zu Ihnen empfunden hat. Er sprach viel von Ihnen und sagte, wie sehr er sich wünsche, jede Verletzung, die er Ihnen zugefügt hat, rückgängig machen zu können.«

»Danke, Doktor.« Alex wollte dieses Gespräch nicht fortführen. »Und was machen wir jetzt?«

»Die Polizei ist natürlich informiert worden, und wenn wir als Erste etwas hören, werden wir Sie unverzüglich kontaktieren. Ich hoffe, das Gleiche gilt auch für Sie?«

»Selbstverständlich.«

Tief im Inneren glaubte Alex jedoch nicht, dass sie jemals wieder von Matthew hören würde; sie vermutete, dass James Feeney das Fluchtfahrzeug gefahren hatte.

Doch sie irrte sich. Bei ihrer Rückkehr erwartete sie zu Hause ein in braunes Packpapier verpacktes und mit Kordel verschnürtes Paket mit einer Adresse in Druckbuchstaben von einer Hand, die sie nicht kannte. Als sie jedoch das Paket öffnete, entdeckte sie, dass es nur eine

List war, damit niemand den Brief von Matthew sah. Er hatte seinen Brief im Paket versteckt. Alex riss den Umschlag auf.

Meine liebe Alex,

wenn du diesen Brief erhältst, bin ich weit weg von all denen, die mich als Wahnsinnigen einsperren würden – weit weg von Yorkshire. Wahrscheinlich werde ich, meine liebe Frau, schon den Ärmelkanal überqueren, wenn du diese Zeilen liest, um nach Paris zu fahren, zu meinem geliebten James, mit dem ich in einem Land leben werde, das Männern gegenüber, die Trost in den Armen von anderen Männern finden, tolerant ist.

Ich hasse die bigotten Kirchgänger, die behaupten, gute, tolerante Menschen zu sein und doch freudig einen Mann in Ketten schließen würden, damit er für den Rest seines Lebens gequält, mit Medikamenten vollgestopft und in eine Zwangsjacke gesteckt wird wegen einer Situation, an der er so wenig ändern kann, als hätte er ein schwaches Herz oder einen Klumpfuß.

Ich bin so geboren, und ich werde auch so sterben, aber ich weigere mich, mich mein Leben lang als moralisch schwachsinnig bezeichnen zu lassen. Ich will nichts von den grausamen Methoden in Bootham berichten, und ich bin dir, Liebste, für immer dankbar, weil du alle Hebel in Bewegung gesetzt hast, um mich verlegen zu lassen. Dr. Ely soll bleiben, wo der Pfeffer wächst! Weißt du, dass er einen speziellen Trank vorbereitet hat, um mich aus allen Körperöffnungen erbrechen zu lassen … Als ob ich die Ruhr hätte! Ich höre jetzt damit auf, denn meine Hände zittern vor Wut über das, was er mit mir vorhatte.

Mittlerweile ist dir sicher klar geworden, dass ich einen

Komplizen hatte, und die Hilfe kam für mich von einer höchst unerwarteten Seite. Ich verdanke mein Leben deinem Geliebten, Henry Blakeney. Harry, wie ich ihn nennen soll, fuhr einen Lieferwagen und organisierte meine Flucht aus dem Retreat. Harry bezahlte für mich und schmuggelte mich in den Zug, der mich jetzt schnellstmöglich nach London bringt, wo er eine junge Dame engagiert hat, die von einem Privatdetektiv in einem Hotel mit mir fotografiert werden soll. Ein Zimmermädchen wird dafür bezahlt, dass sie bezeugt, sie habe gesehen, wie ich das Zimmer betreten und die Nacht mit einer rothaarigen Schönheit verbracht habe, die auf keinen Fall meine dunkelhaarige Frau sein könne, usw. All das dient dazu, die Scheidung zu beschleunigen, obwohl ich fürchte, dass Minerva vielleicht ein paar Pillen von Dr. Rochester braucht, um diese Episode zu überstehen. Dass ich deinen Eltern, die ich sehr gerne mag, so viel Ärger bereite, tut mir schrecklich leid.

Wenn das heimliche Zusammentreffen erledigt ist, werde ich von London aus mit dem Pullman nach Brighton fahren, wo Harry einen geheimen Ort weiß, an dem ich übernachten und wieder mit James zusammentreffen kann, dem Harry ebenfalls geholfen hat, nach Süden zu entkommen.

Von Brighton werden wir nach Frankreich fahren. Paris ist zwar unser erstes Ziel, aber ich bezweifle, dass wir dort bleiben werden, Liebling, also such bitte nicht nach mir. Mach dir keine Sorgen um mich und denk am besten nie wieder an mich. Schuldgefühle in dieser ganzen Angelegenheit habe ich nur dir gegenüber, und wie ich dich getäuscht habe, damit du mich heiratest. Aber, liebe Alex, wenn du in der Zeit zurückreisen und dich in meine Lage versetzen könntest, würdest du wissen, was für eine Angst ich hatte, sowohl vor dem Krieg als auch davor, als homosexuell entdeckt zu werde. Womöglich hätte mir jemand der anderen Soldaten ein Bajonett in den Rücken gestoßen. Harry sagt auch, dass man sich in einem Schützengraben nirgendwo verstecken kann. Ich weiß nicht, wie ich ihm jemals vergelten soll, dass er so verständnisvoll und unterstützend ist, aber er tut das eigentlich alles nur für dich, weil er dich liebt … so viel ist klar.

Es ist seltsam. Während er es mir ermöglicht, mit der Person zusammen zu sein, die ich am meisten auf der Welt liebe, kann er nicht bei seiner Liebe sein. Er hat mir erzählt, dass du ihm die Schuld an meiner Einweisung gegeben hast, und diese Situation kann ich zwar nicht beheben, aber ich kann dich bitten, diesen starken, attraktiven Mann, der finster grübelnd neben mir sitzt, als Helden zu sehen. Er ist mein Retter, und er hat mich davon überzeugt, dass ich kampflos in die Scheidung einwilligen muss, die du sicherlich ersehnst. Das ist das Mindeste, was ich unter den Umständen für dich tun kann.

Er stellt mir seinen Anwalt zur Verfügung, damit ich dir helfen kann, das legale Ende unserer Ehe zu einem geeigneten Zeitpunkt, den du bestimmst, zu verhandeln. Ich gebe dich frei, und du kannst das Haus mit allem, was darin ist, und alles auf der Bank behalten. Es gehört alles dir. Glücklicherweise konnte ich über die Jahre eine beachtliche Summe beiseitelegen, und James und mir wird es gut gehen. Harry hat finanzielle Hilfe angeboten, sollten wir sie jemals brauchen.

Wahrhaftig, Alex, im Irrenhaus hätte ich einen Weg

gefunden, mich umzubringen, da kannst du sicher sein. Und auch das Retreat – so freundlich und sanft es war – war eine andere Art von Gefängnis, und ich bin kein Vogel, den man in einen Käfig sperren kann. Ich will fliegen, und wie die meisten Vögel bin ich meinem Gefährten treu. Aber wenn ich einen Seelengefährten benennen müsste, dann wärst du das, geliebte Alex.

Am Tag unserer Trennung hätte ich laut jubeln können, so stolz war ich auf dich. Du bist großartig in voller Fahrt, und ich hoffe, du nützt deine Freiheit und findest nicht nur jemanden, der deiner Liebe wert ist, sondern du machst auch alle Frobishers stolz, wenn du der Gesellschaft den Rücken kehrst und deinen eigenen Laden aufmachst. Alex, die Ladenbesitzerin! Arme Minerva – am Tag der Eröffnung wird sie sicher in Ohnmacht fallen.

Ich wünsche dir Liebe, Erfolg, Kinder, Freude, Frieden im Herzen und vor allem, dass du diesem Mann, den du geheiratet hast, verzeihst. Ich bin froh, dass du Harry begegnet bist und dass du Zuneigung in den Armen eines Geliebten entdeckt hast, der dich zu würdigen wusste, auch wenn es nur kurz war.

Wir werden uns nicht mehr wiedersehen, aber du bleibst immer in meinem Herzen. Danke für Jahre der Toleranz; so oft wollte ich dir die Wahrheit sagen, weil ich wusste, du hast sie verdient, und ich glaube, mein Herz wusste, dass du mich akzeptieren würdest, wie ich bin. Ein weiterer Grund, dich aus der Ferne zu lieben.

In Liebe, M.

Alex wusste nicht, ob sie lachen oder weinen sollte, als sie den Brief gelesen hatte. Die Tränen liefen ihr so oder so übers Gesicht, und sie waren bittersüß – eine Mischung aus Freude über Matthews Flucht und dem Hochgefühl, dass Harry die Flucht organisiert hatte. Aber diese Gefühle wanden sich wie ein Kranz um den Kummer über eine gescheiterte Ehe, Scheidung, Anschuldigungen ohne Beweise und vor allem die Erinnerung an Harrys Enttäuschung über sie.

Sie hatte ihm gegenüber in jeder Beziehung versagt, aber er ihr gegenüber nicht. Trotz seiner Desillusionierung hatte er sein Versprechen gehalten, für Matthews und auch für James' Sicherheit zu sorgen. Der Fremde – der Soldat – hatte von ihnen allen am meisten Menschlichkeit gezeigt, und er hatte das Liebespaar nicht verurteilt, sondern ihre zärtlichen Gefühle füreinander akzeptiert.

Sie musste ihn unbedingt sehen, und sei es nur, um ihn um Verzeihung zu bitten. Ja, sie musste zu ihm fahren! Harry, das wusste sie, würde nach ihrem Verhalten ihm gegenüber und ihren Anschuldigungen nie wieder zu ihr zurückkommen. Die Schuld lag bei ihr, und nur sie konnte versuchen, sie wiedergutzumachen.

28

Sie hatte bis zum Monatsende gewartet, hauptsächlich um ihre Eltern zu trösten, die sich, wie vorherzusehen gewesen war, nur schwer mit den Ereignissen abfanden. Wenn Alex das Thema Scheidung anschnitt, weigerte sich ihre Mutter, ihr zuzuhören, und flüchtete sich ins Bett. Schließlich hatte sie ihnen gestanden, dass Matthew ihr geschrieben hatte, ihnen jedoch den Brief nicht gezeigt, sondern gelogen, sie hätte ihn verbrannt. Sie hatte nicht die Absicht, ihnen von Harrys Beteiligung an der Flucht zu erzählen, aber sie erklärte, dass im Brief die Rede von einem vorgetäuschten Seitensprung war, damit eine Scheidung schnell durchgeführt werden konnte. Sie hatte auch zugegeben, dass sich Matthew irgendwo auf dem Kontinent aufhielt, und wie froh sie darüber war, dass er entkommen war. Während Giles die Scheidungsdokumente vorbereitete, machte sie sich auf die Reise nach Süden. Es war an der Zeit, Harry aufzusuchen und alles wiedergutzumachen.

Alex saß im Zug nach Brighton, und als sie aus dem Fenster auf die weite, dunstverhangene Landschaft blickte, die sich in fast unwirklichem Grün vor ihr ausbreitete, wurde ihr klar, dass sie genau auf dem Schienennetz fuhr, für das Matthew sich während des Krieges eingesetzt hatte. Der Waggon, in dem sie saß, war zwar mittlerweile wieder in ein plüschiges Erste-Klasse-Abteil verwandelt worden, aber er war sicher dazu eingesetzt worden, verwundete Soldaten von der Front zurückzuholen oder Güter und Munition, Lebensmittel und Pakete zu den Schützengräben in Westeuropa zu transportieren.

Sie hatte sich in London nicht lange aufgehalten. So verlockend es sein mochte, allein in der Großstadt zu sein, sie war entschlossen, diesen dringenden Gang hinter sich zu bringen. Tief in ihrem Inneren fragte eine leise Stimme, ob Harry vielleicht die Hochzeit abgesagt hatte und ob er seine Meinung geändert hatte und sie wiedersehen wollte. Unwahrscheinlich. Sie hatte absichtlich keine Heiratsankündigungen gelesen, weil sie sich nicht sicher war, ob sie es ertragen könnte, über die neue Mrs Blakeney zu lesen.

Sie setzte sich aufrechter hin, um diese unnötigen Gedanken zu vertreiben. Der Zug war gerade aus der Londoner *Victoria Station* herausgefahren. Sie hatte ihr Ticket gelöst und war informiert worden, dass es keinen Speisewagen gab, dass sie durch mehrere Tunnels fahren mussten und sie sich bitte in einen Waggon mit mehreren Fahrgästen setzen sollte, wenn sie das Fenster zum Schutz vor dem Rauch nicht selber schließen wollte. Man teilte ihr ebenfalls höflich mit, dass sie in Haywards Heath aussteigen musste und dass dort eine Pferdedroschke die Fahrgäste der Ersten Klasse erwartete, um sie nach Cuckfield zu bringen.

Alex stieg mit mehreren anderen Personen in Haywards Heath aus, schloss sich ihnen aber nicht ab, sondern tat so, als müsse sie nach ihrem pastellfarbenen Ticket suchen, als die anderen am Schaffner vorbeigingen.

»Guten Morgen, Madam. Wie geht es Ihnen?«, sagte er und knipste ihr Ticket für die Rückfahrt ab.

»Sehr gut, vielen Dank. Die Fahrt war sehr angenehm«, sagte sie.

»Wir tun unser Bestes, Madam. Doch Sie haben Glück gehabt. In Three Bridges hat es ein Problem gegeben … Der nächste Zug wird nicht mehr so glatt durchkommen. Wahrscheinlich dreißig bis vierzig Minuten Verspätung«, sagte er und zog seine Taschenuhr heraus, um einen Blick darauf zu werfen.

»Nun, ich habe heute auch das Gefühl, Glück zu haben.« Sie strahlte ihn an. Hoffentlich wirkte sich dieses Gefühl darauf aus, wie sie von Harry empfangen wurde. Aber in diesem Moment fiel ihr auf einmal ein, dass Harry vielleicht gar nicht auf seinem Familiensitz war. Vielleicht war er ja wieder in London. Ihr Lächeln erlosch.

»Geht es Ihnen gut, Madam?«, fragte der Schaffner besorgt.

»Entschuldigung. Halte ich Sie auf?«

»Nein, aber der Droschkenkutscher gerät ein wenig in Verzug«, sagte er und nickte in Richtung der Droschke, die vor dem Bahnhof wartete.

»Oh, dann beeile ich mich besser«, sagte sie. Sie konnte ja auch den Kutscher fragen.

Sie war der einzige Fahrgast für die Fahrt nach Cuckfield.

»Können Sie mir bitte helfen?«, sagte sie zu dem Mann, der ihr in die Droschke half.

»Sehr gerne.«

Alex lächelte; sie musste vorsichtig vorgehen. »Ich möchte die Blakeneys besuchen«, begann sie. »Äh, das Problem ist, ich habe die Adresse verlegt, und ich kenne mich hier nicht aus.« Sie zuckte mit den Schultern. »Ich komme aus York«, fügte sie hinzu.

»Wie schade, dass Sie ihre Trauung in der *Holy Trinity Church* verpasst haben! Es war erst kürzlich, und der ganze Ort war auf den Beinen!« Er lächelte. »Henry Blakeney ist ein Kriegsheld und ein echter Gentleman. Die Leute hier schätzen ihn sehr, und seine frisch angetraute Frau … nun, wir lieben Miss Bethany. Sie war eine wunderschöne Braut.« Sein Lächeln erlosch, und er machte ein ernstes Gesicht, als er ihre Miene sah. »Ist alles in Ordnung, Miss?«

Alex wusste einen Moment lang nicht, was sie sagen sollte. Sie stand unter Schock. »Äh, ja. Es ist sehr schade, dass ich die Hochzeit verpasst habe, aber ich freue mich schon darauf, sie jetzt zu sehen.«

»Es tut mir leid, Miss. Ich glaube, sie sind in den Flitterwochen. Schon seit vierzehn Tagen. Aber Lady Blakeney wird Sie sicher gerne empfangen.«

Die Fahrt nahm Alex nur verschwommen wahr. Harry war also gar nicht hier; ihre Reise war umsonst gewesen. Sie überlegte, ob sie den Kutscher bitten sollte umzudrehen, aber sie konnte den Gedanken nicht ertragen, sofort wieder nach Hause zu fahren, deshalb beschloss sie, ins Hotel zu gehen. Sie rang sich ein Lächeln ab, als sie dem Kutscher ein Trinkgeld gab. Nur mit äußerster Selbstbeherrschung schaffte sie es an die Rezeption, um sich ein Zimmer zu nehmen. Sie brauchte Zeit, um ihre Situation zu überdenken, und ein Hotel war der einzige Ort, an dem sie wirklich allein sein konnte. Morgen früh würde sie wieder nach Hause fahren. Als sie in ihrem Zimmer allein war, legte sie sich aufs Bett und blieb wie erstarrt so liegen, während die Stunden vergingen und es Nacht wurde.

Am nächsten Morgen wurde sie von einem Klopfen

an der Tür geweckt. »Mrs Britten-Jones?«, fragte eine Stimme.

Sie antwortete nicht, und kurz darauf wurde eine gefaltete Nachricht unter der Tür durchgeschoben. Alex erhob sich. Erst jetzt merkte sie, dass sie immer noch Mantel und Handschuhe anhatte. Ihre kleine Reisetasche, in der sie Kleidung zum Wechseln mitgebracht hatte, stand am Fußende des Bettes, wo sie sie gestern abgestellt hatte.

Sie hob die Notiz vom Boden auf. Die Rezeption informierte sie darüber, dass Lady Ellenor Blakeney angerufen und sie für heute elf Uhr in die Familienresidenz eingeladen habe. Alex blickte auf ihre Armbanduhr. Es ging schon auf neun zu. Woher wusste Harrys Mutter, dass Alex da war? Alex blickte auf das Bett, das nahezu unberührt wirkte. Wenn sie sich beeilte, konnte sie den Zug erreichen, der kurz nach zehn nach London fuhr. Sie konnte aber auch ihr feiges Verhalten ablegen und Harrys Mutter gegenübertreten, die sicherlich verwirrt, aber doch so liebenswürdig war, sich nach der Besucherin ihres Sohnes zu erkundigen. So wie Harry seine Mutter beschrieben hatte, entging ihr wahrscheinlich nichts, was im Ort passierte, vor allem, wenn es sich um die Ankunft einer Dame handelte, die nach ihrer Familie fragte.

Sie seufzte. Sie war kein Feigling. Alex badete, zog ihre frischen Sachen an und ging die Treppe hinunter zur Rezeption.

»Ah, Mrs Britten-Jones. Ist alles in Ordnung?«, fragte der Herr an der Rezeption.

»Ja, alles in bester Ordnung, vielen Dank«, log sie.

»Können wir Ihnen Frühstück bringen? Es ist gerade …«

»Nein, ich bin nicht hungrig, danke. Ich werde später

essen, aber erlauben Sie mir, meine Rechnung zu begleichen. Können Sie mir bitte eine Kutsche zur Residenz der Blakeneys bestellen?«

»Natürlich, sofort.« Er läutete eine Glocke, und ein junger Portier kam über den Marmorboden herbeigeeilt. »Eine Droschke bitte, Donald, nach *Ockenden Manor*.«

Die Kutsche fuhr fünf vor elf an dem elisabethanischen Herrenhaus vor. Der Zeitpunkt war perfekt. Alex stieg aus und bestaunte den wundervollen Park, in dem der Familiensitz der Blakeneys lag. In alle Himmelsrichtungen erstreckten sich gepflegte Rasenflächen bis hin zu den Feldern in der Ferne. Als Alex auf die Droschke gewartet hatte, hatte ihr der Pförtner erklärt, dass diese Felder ins Cuckmere-Tal führten, das für seine Schönheit und seine auf Ansichtskarten abgebildeten Dörfer berühmt war.

Die Fassade des Hauses war von grünen Kletterpflanzen bewachsen, die offensichtlich regelmäßig geschnitten wurden und große Panoramafenster enthüllten. Das mehrstöckige Gebäude aus gelbgrauem Sandstein hatte ein interessant geschwungenes Dach. Es gehörte sicher zu den schönsten Häusern aus dieser Zeit, die Alex je gesehen hatte, und passte zu dem Mann, dem es jetzt vermutlich gehörte.

Eine schlanke, leicht gebeugte Frau mit silbernen Haaren, die glatt und schlicht ihr Gesicht umrahmten, erschien am Portal. Aufgerichtet wäre sie sehr groß gewesen, aber jetzt im Alter wirkte sie kleiner. Sie trug ein blaues Kleid, das außer ein paar Ton in Ton gestickten Blüten an einer Schulter kaum Zierrat aufwies. Ihre Augen waren wach und hell, sie hatte eine gerade Nase, einen kleinen Mund und blasse Haut, die früher sicher einmal makellos gewesen war, dachte Alex. In ihrer Jugend war sie bestimmt eine Schönheit gewesen, und auch jetzt im Alter war sie immer noch attraktiv. Die Frau stützte sich auf einen Gehstock mit Silberknauf und einer Troddel aus blauer Seide. »Mrs Britten-Jones?«, fragte sie in klarem südlichem Akzent, auf den jedes Mitglied des Königshauses stolz gewesen wäre.

»Ja. Guten Morgen, Lady Blakeney.« Es konnte niemand anderer sein, dachte Alex. Sie ging zu der älteren Frau, die auf den Kies der Einfahrt getreten war, als die Droschke wegfuhr. »Begrüßen Sie Ihre Gäste auf *Ockenden* immer persönlich?« Sie sagte es leichthin, aber die Ehrfurcht war ihrer Stimme anzuhören.

Die Frau schmunzelte. »Nein, meine Liebe. Nur die, die mich interessieren. Haben Sie Lust auf einen kleinen Spaziergang? Sie tragen die passende Kleidung.«

»Äh, ja, das wäre sehr angenehm, danke, aber ich bezweifle, dass Sie dafür angezogen sind.«

Erst jetzt bemerkte Alex die Frau hinter Lady Blakeney. Sie trat hervor und half ihrer Herrin in Mantel und Hut. Außerdem bot sie ihr Handschuhe und einen Seidenschal an. »Mach nicht so viel Aufhebens, Polly. Ich bin warm genug angezogen. Heute ist ja ein schöner Tag. Kommen Sie, Mrs Britten-Jones. Sollen wir?«

»Bitte, nennen Sie mich Alex.«

»Das werde ich tun, denn es ist ein hübscher Name, den ich auch gewählt hätte, hätte ich eine Tochter gehabt.«

»Haben Sie Alexander für Ihre Söhne in Erwägung gezogen?« Alex lächelte ihre Gastgeberin an. Es war schwer, die Frau nicht auf Anhieb zu mögen.

»Ja, in der Tat, das habe ich. Aber mein Gatte erklärte

mir, dass ich bei den Namen bleiben müsse, die in der Familie vorkommen. Bei einem Mädchen hätte ich mich durchsetzen können, aber da ich zwei Jungen bekommen habe, hießen sie Edward und Henry, beides angemessen königliche Namen, finden Sie nicht auch?«

»Das mit Edward tut mir sehr leid, Lady Blakeney.«

Die ältere Dame seufzte schwer. »Ja, mir auch. Er war so ein feiner Mensch. Wir liebten ihn alle sehr, und der einzige Grund, warum Sie mich in Marineblau und nicht in meiner bevorzugten schwarzen Kleidung sehen, ist der, dass ich Harry versprochen habe, für den Monat der Hochzeit nicht auszusehen wie ›eine alte Krähe‹, wie er es formulierte, sondern fröhlich zu wirken, weil auch Ed das so gewollt hätte.« Die Frau kicherte bei der Erinnerung.

Alex schluckte. »Wie geht es Harry?«

»Er ist sehr verschlossen, wie gewöhnlich. Vor allem, was Sie angeht, meine Liebe.« Sie zeigte den Weg an und führte sie an eine Biegung, die von Sträuchern und Zierbäumen bestanden war. »Ich wünschte, Sie könnten das hier im Frühling sehen. In zwei Monaten wird es ein Blütenmeer sein – in Rosa und Weiß. Prachtvoll! Als die Jungen klein waren, haben wir hier Nachlaufen gespielt, und weil sie mich nicht fangen konnten, habe ich mich versteckt, und dann bin ich hinter diesem Baum hervorgesprungen«, sie zeigte wieder mit ihrem Stock, »und die beiden haben vor Entzücken über die Monstermutter, die sie so erschreckt hat, gekreischt.«

Alex lachte; das hatte sie seit einer Ewigkeit nicht mehr getan. »Das kann ich mir gut vorstellen. Es muss wundervoll gewesen sein, hier aufzuwachsen.«

»Ja, die Jungen hatten Glück, und es freut mich auch, dass sie beide für dieses Privileg, ein so gutes Leben führen zu können, ihre Pflicht für ihr Land getan haben. Edward war einer von zu vielen jungen Männern, die ihr Leben und ihre Zukunft für andere gelassen haben, deshalb gestatte ich mir nicht, zu morbide zu werden. Jeder nahe Angehörige trauert, und es macht keinen Unterschied, ob man aus den Slums von Glasgow oder aus *Ockenden Manor* kommt … Wir betrauern unsere Männer alle gleich.«

»Sie denken so pragmatisch. Mein Bruder ist als kleiner Junge bei einem Bootsunglück ums Leben gekommen, aber meine Mutter hat den Verlust bis heute nicht überwunden. Ihre Trauer hat sie ein wenig unfair werden lassen.«

»Seien Sie nicht zu streng mit ihr. Wir alle trauern auf unterschiedliche Art und Weise. Nun, Alex, ich vermute, Sie sind der Grund, warum mein Sohn Zeit in Yorkshire verbracht hat, als er eigentlich schon längst nach Cuckfield hätte zurückkehren sollen?«

Der plötzliche Themenwechsel traf Alex unvorbereitet. Es hatte keinen Zweck zu lügen. Harrys Mutter war viel zu raffiniert, und Alex erinnerte sich an Harrys Warnung vor ihrem wachen Verstand. »Ich weiß nicht, ob ich der Grund war, aber wir haben uns ein paarmal getroffen, uns angefreundet und ich habe ihn meinen Eltern vorgestellt … Sogar meinem, äh, Ehemann.«

»Er hat Sie nie erwähnt«, gab Lady Blakeney zu.

Alex blickte sie schockiert an. »Woher wussten Sie dann …?« Ihre Stimme versagte.

»Ach, meine Liebe, Cuckfield hält sich für eine Kleinstadt, ist aber in Wirklichkeit ein Dorf, in dem sich jeder für jeden interessiert. Sie hatten wahrscheinlich noch nicht einmal Ihre Reisetasche im Hotel abgestellt, als ich schon von der schönen Frau aus dem Norden hörte, die nach uns gefragt hat.«

Alex räusperte sich. »Ich wollte Sie nicht überfallen.«

»Das ist mir klar. Deshalb kann ich nur glauben, dass Sie hierhergekommen sind, um Harry zu sehen, und ich nehme an, er hat Sie nicht eingeladen, sonst hätte er sich ja darum gekümmert, wo Sie unterkommen.«

»Sie haben recht.« Alex blickte auf ihre Füße, als sie langsam weitergingen. Ihre Begleiterin ließ ihr Zeit, ihre nächsten Worte zu überlegen. »Aber ich musste mit ihm sprechen.«

»Er ist im Ausland, meine Liebe, auf Hochzeitsreise mit meiner frischgebackenen Schwiegertochter. Bethany gehört schon seit vielen Jahren zu unserem Leben. Für mich ist sie schon so lange die Tochter, die ich nie hatte, dass ich es mir gar nicht mehr anders vorstellen kann. Ich bin entzückt, dass Harry sie geheiratet hat …« Sie schwieg ein paar Minuten. Dann sagte sie: »Aber Sie werden meine Freude vermutlich nicht teilen.«

Alex blieb stehen und holte zitternd Luft. »Verzeihen Sie mir. Ich bin nicht gekommen, um Unruhe zu bringen, und ich will vor allem Harrys Glück nicht im Weg stehen. Ich hatte gedacht, er und Bethany würden erst Mitte Februar heiraten.«

»Es war Harrys Entscheidung, die Hochzeit vorzuverlegen. Er war sehr entschlossen, als er endlich nach Hause kam und schob alle Vorbehalte beiseite, obwohl es bedeutete, dass wir uns alle hastig auf eine Hochzeit Wochen vor dem eigentlichen Termin vorbereiten mussten.« Alex lächelte schwach, ihr war übel bei dem Gedanken, wie eilig Harry es gehabt hatte, Bethany zu heiraten und die Affäre mit seiner Geliebten in Yorkshire zu beenden. »Er gab mit keinem Satz zu erkennen, warum er unbedingt das Datum vorziehen wollte, obwohl ich alles versuchte, damit er sich dazu äußerte. Ich denke, ich kann zwei und zwei zusammenzählen.« Sie lächelte Alex an. »Es tut mir leid, meine Liebe. Sie sind nur eine in einer langen Reihe von Frauen, denen Harry das Herz gebrochen hat.«

Alex wehrte sich innerlich dagegen, so eingeordnet zu werden.

»Ich sehe, ich habe Sie beleidigt. Aber lassen Sie mich ausreden, Alex. Viele Frauen wollten über die Jahre Mrs Henry Blakeney werden, und ich habe die Tränen von vielen reizenden Mädchen getrocknet, die wirklich glaubten, ihn gewonnen zu haben ... Aber Harry war kein Typ zum Heiraten, und bis wir Edward verloren, fand er es nicht wichtig für die Familie, dass er heiratete. Er erzählte mir, er wolle für einen toten Soldaten, für den er sich verantwortlich fühlte und der für ihn alle toten Kameraden zu verkörpern schien, jemanden namens Kitty suchen. Ich nehme an, dass er zwar Kitty nicht gefunden hat, dafür aber Sie. Er kam mir verändert vor, als er aus York zurückkehrte.«

»Er ist im Krieg gewesen, Lady Blakeney. Ich kann mir vorstellen, dass das jeden verändert.«

»Ja, aber man sollte doch meinen, der Krieg macht einen Menschen eher härter. Harry hingegen war sensibler geworden; als er von York erzählte, klang seine Stimme so zärtlich, wie ich es nie zuvor gehört hatte. Eine Mutter kennt ihren Sohn, Alex. Ich wusste, dass in Yorkshire etwas Emotionales geschehen war, und dabei ging es nicht um einen toten Soldaten und seine Schokoladendose.«

Alex nickte. Sie musste tief durchatmen, um nicht in Tränen auszubrechen. »Harry ist ein guter Mann; er hat für meine Familie etwas außergewöhnlich Freundliches getan, aber ich habe seine Absichten falsch gedeutet. Ich bin hierhergekommen, um die Dinge zwischen uns zu bereinigen. Ich schwöre Ihnen, Lady Blakeney, ich habe nicht den Wunsch, ihm oder seiner Frau Probleme zu bereiten.«

»Das würde ich auch nie von Ihnen denken, aber ich glaube, es ist ein Segen, dass Harry nicht anwesend ist, um Ihre Erklärung anzuhören oder Ihnen Ihr falsches Verhalten zu verzeihen. Vielleicht ist es ja so einfacher, denn ich glaube, Sie könnten ihn verletzen. Sich selbst würden Sie auf jeden Fall verletzen.« Sie drückte Alex die Hand. »Außerdem war Bethany sehr geduldig. Sie ist ein feines Mädchen und wird Harry eine außergewöhnlich gute Frau sein, weil sie zu der seltenen Gattung der Frauen gehört, die keine Ansprüche stellen. Ich hingegen bin sehr fordernd, meine Liebe. Ich will einen Enkel – eigentlich sogar mehrere Enkel. Ich hoffe, Bethany ist bereits guter Hoffnung, wenn sie aus den Flitterwochen kommt, und ich werde nicht zulassen, dass sie aufgeregt oder ihre Schwangerschaft in Gefahr gebracht wird.«

Trotz des sanften Tonfalls und des freundlichen Lächelns fühlte Alex sich von ihrem scharfen Blick zurechtgewiesen.

»Es gibt sicher keinen Mann auf dieser Welt, der Ihnen widerstehen könnte, Alex.«

Das Kompliment fühlte sich eher wie eine Drohung an. »Harry hat mir widerstanden«, versicherte sie. Sie dachte an seinen letzten Blick, der in seiner Intensität dem seiner Mutter nicht unähnlich gewesen war. Sie konnte auch noch einen anderen Mann nennen, der ihr widerstanden hatte und im Moment mit seinem Liebhaber durch

Frankreich kutschierte, aber es war ja nicht nötig, Lady Blakeney mit ihren weiteren Problemen zu behelligen.

Lady Blakeney nickte nachdenklich; eine verlegene Pause folgte. »Ich habe keinen Zweifel, dass er sehr mit sich gekämpft hat, um Sie zu verlassen. Wie ich bereits sagte, er hat sich verändert. Mein verschlossener Sohn – der so vielen Frauen das Herz gebrochen hat – hat, wie ich mittlerweile glaube, den bitteren Geschmack der unerfüllten Liebe geschmeckt. Belassen Sie es dabei, Alex, denn Sie sind beide mit anderen verheiratet, und zum Glück leben Sie auch weit voneinander entfernt. So sollte es bleiben. Hinterlassen Sie ihm einen Brief, meine Liebe. Ich verspreche Ihnen, ihn ihm unter vier Augen zu übergeben.«

Alex kämpfte damit, ihn nicht wenigstens noch ein einziges Mal sehen zu können; sie wollte gerne erklären, dass sie ihn einfach nur auf eine andere Weise in Erinnerung behalten wollte, nicht mit diesem verletzten Ausdruck von Zurückweisung, von mühsam gezügelter Abscheu über ihre Wut. Wenn sie ihm doch nur erklären könnte, dass die Schuld allein bei ihr lag – ein Missverständnis aufgrund von Fehlinformationen –, wenn sie ihn doch nur noch einmal lächeln sehen könnte, selbst wenn es ein trauriges Lächeln zum Abschied war. Stattdessen jedoch nickte sie, zu stolz, um zu betteln, zu höflich, um zu widersprechen. »Es gibt viel zu sagen, und wahrscheinlich ist es in einem Brief, in dem ich die richtigen Worte wählen kann, einfacher.«

»In der Tat, und außerdem hält es die Wunde rein.« Harrys Mutter warf ihr einen vielsagenden Blick zu; sie verstand, dass sie sich liebten, aber nicht darauf bauen konnten, und sie bat Alex, Harry und seine Frau in Ruhe zu lassen. »Kommen Sie, Alex, meine Liebe. Ich organisiere uns eine Kanne Tee, während Sie schreiben. Orange Pekoe ist wohl die geeignete Wahl.«

Lady Blakeney ergriff Alex am Arm, und sie gingen einträchtig zum Herrenhaus zurück, damit Alex einen letzten Liebesbrief schreiben konnte, den sie mit Kitty unterschreiben würde, damit Harry endlich die Information bekam, die ihm gefehlt hatte. Und er würde hinter den höflichen Worten lesen, dass sie immer füreinander bestimmt gewesen waren.

29

Mai 1920

Alex Frobisher von *Frobisher's Schokoladensalon* legte in ihrem Büro hinter dem Laden den Telefonhörer auf und lächelte. Sie blickte die Frau an, die ihr gegenübersaß und sie mit gespannter Vorfreude anblickte.

»Und?«, fragte Holly.

»Er gehört uns«, erwiderte Alex und brach bei Hollys Freudenschrei in Lachen aus. Alex ging um den Tisch herum, um ihre frühere Kammerzofe, die jetzt ein kleiner Partner in ihrem florierenden Schokoladenimperium war, zu umarmen. »Oder sollte ich besser sagen, dir?«

Hollys Augen leuchteten vor Freude. »Ihr dritter Salon, Miss Alex. Ich hoffe, Sie sind stolz auf sich!«

»Er gehört uns, Holly. Du bist bei diesem Salon Miteigentümer. Du bist dir doch ganz sicher, oder?«

»Ich war mir, abgesehen von dem Mann, den ich liebe, noch nie sicherer. Ich habe Ihnen doch gesagt, dass ich nie mehr hinter anderen Leuten herräumen möchte – das soll keine Beleidigung sein, Miss Alex.«

»Das habe ich auch nicht so empfunden. Und du hast immer schon gesagt, du wolltest einen Laden besitzen, und solange es dich nicht stört, Kakao auf deinen Kleidern und in deinen Haaren zu haben, wirst du eine hervorragende Schokoladenladeninhaberin sein.«

»Dann kann ich also jetzt den Mietvertrag unterschreiben?«

»Nur zu. Sie werden dich in Lincolnshire lieben.«

»Wöchentliche Lieferung?«

»Ja. Ich werde sie auf den Donnerstag legen, damit du für die freitäglichen Zahltage und das Wochenende natürlich genügend Vorräte hast. Ich habe mir gedacht, dass du heute Abend vielleicht üben kannst, die Herzen zu versiegeln. Sonst haben wir alles erledigt. Das ist die einzige Gelegenheit, bei der du mit flüssiger Schokolade arbeiten musst – alle anderen Waren sind vorab schon in Folie eingepackt oder …«

»Ich weiß, ich weiß … Die Handschuhe an und individuelle Schokolade handverpacken. Sie haben mich gut ausgebildet.«

Alex seufzte. »Du lernst schnell, Holly. Ich freue mich sehr für dich. Wo ist Stan? Macht ihm das heute Abend etwas aus?«

»Ach was. Er ist begeistert von dem, was ich tue.«

»Er ist ein guter Mann, dass er dich so unterstützt.«

Die Freundinnen wechselten einen Blick voller Sympathie.

»Ich konnte nicht umhin, die ganzen Gerichtsdokumente zu bemerken, Miss Alex. Ist die Scheidung jetzt durch?«

Alex nickte.

»Das ist gut. Jetzt können Sie sich daranmachen, sich auch einen guten Mann zu suchen.«

Ich brauche ihn nicht zu suchen. Ich weiß, wo er ist. Ich kann ihn nur nicht haben, dachte Alex. Laut sagte sie jedoch: »Leider muss er mich finden. Ich habe viel zu viel zu tun. Und Holly, jetzt, wo du meine Geschäftspartnerin bist, kannst du das ›Miss‹ endlich mal weglassen und mich einfach nur Alex nennen, bitte.«

»Das würde sich komisch anfühlen.«

»Das ist mir egal. Gewöhn dich dran. Du bist nicht mehr meine Zofe. Du bist eine selbstständige Geschäftsfrau.«

Hollys Augen leuchteten vor Stolz. »Dann gehe ich jetzt mal zu Mr Farthings Büro, um die endgültigen Verträge zu unterschreiben, oder?«

»Ja, bitte. Deine und Stans Unterschrift sind erforderlich – mit Giles ist alles besprochen und so, wie wir es vereinbart haben. Wir sehen uns dann heute Abend. Wie spät ist es jetzt?« Sie blickte auf ihre Armbanduhr. »Ich kann ein bisschen früher zumachen. Komm einfach vorbei, wir essen zu Hause, und dann gehen wir ins Atelier und spielen ein paar Stunden mit der Schokolade herum.«

»Diese Herzen sind die beste Idee, die du jemals gehabt hast.«

»Sie verkaufen sich gut«, sagte Alex.

»Ich wette, bei *Rowntree's* ärgern sie sich, dass sie dich nicht gehalten haben.« Holly zwinkerte. Sie küsste Alex. »Danke für die Einladung zum Abendessen. Bis später dann.«

Holly ging, und Alex kehrte an ihren Schreibtisch zurück, um die Dokumente durchzusehen, die ihr bestätigten, dass sie jetzt eine geschiedene Frau war, sich mit anderen Männern treffen, sich verlieben, heiraten konnte. Seltsam war nur, dass sie sich nie mehr als Gefangene ihres Herzens gefühlt hatte wie jetzt. Matthew hatte ihr den Stempel einer gescheiterten Ehe aufgedrückt, aber Harry hatte sie für alle zukünftigen Beziehungen verdorben.

Es war jetzt fünfzehn Monate her, seit sie ihn zuletzt gesehen hatte, aber es hätten auch fünfzehn Minuten sein können, denn ihre Verzweiflung fühlte sich frisch an. Sie wagte es niemandem gegenüber zuzugeben, noch nicht einmal Holly, dass sie um Harry weit mehr trauerte als um ihren befleckten Ruf, den die gescheiterte Ehe mit sich brachte, oder das Gerede, das Matthews Name hervorrief.

Doch sie hatte Glück, weil sie nicht eine dieser Gesellschaftsdamen war, die eine Scheidung sicher verbittert zurückgelassen hätte. *Frobisher's Schokolade* zu gründen und auszubauen hatte all ihre Energie und ihr ganzes Denken in Anspruch genommen, sodass das letzte Jahr an ihr vorübergeflogen war. Jetzt hatte sie festgelegt, was sie an Schokolade anbot, und ihre Marke war bekannt und geschätzt in York wie in Harrogate; die Kurgäste nahmen ihr Produkt mit nach Süden, und sie hatte keinen Zweifel daran, dass sie als Nächstes einen kleinen Salon in London eröffnen würde. Eigentlich jedoch wollte sie lieber einen Laden in Brighton aufmachen. Den Ferienort an der Südküste fand sie sogar noch besser geeignet als die Hauptstadt, weil er mit seiner ständigen »Urlaubsatmosphäre« zahlreiche Gäste aus der Gesellschaft anzog. Außerdem lag er so nahe an London, dass ein Salon den Markt dort auch abdecken würde. Bevor sie jedoch einen solchen Schritt tun konnte, musste sie die Logistik sicherstellen, um ihr Produkt über eine solche Entfernung erfolgreich vertreiben zu können. In dieser Hinsicht wäre Matthew sicher ein idealer Partner gewesen, aber auch ihr Vater würde ihr bestimmt mit Rat und Tat in allen Fragen des Eisenbahntransports zur Seite stehen.

Doch insgeheim wollte Alex den Salon in Brighton nur haben, um Harry Blakeney zu zeigen, dass sie ihren

Traum erfüllt hatte. Es würde ein glanzloser Sieg sein, da sie seine Freude nicht teilen konnte, wenn er feststellte, wie erfolgreich seine Idee mit dem hohlen Herz gewesen war, aber wenigstens würde er es wissen. Sie seufzte; Brighton kam erst im nächsten Jahr … Im Moment hatte sie drei Läden zu beliefern und dafür zu sorgen, dass sie liefen, bevor sie an einen vierten denken konnte.

Sie legte die Dokumente in den Safe hinter sich und trat in den Salon, um den kühlen Duft der Schokolade einzuatmen, süß und dunkel zugleich, der bei ihr immer Freude auslöste. Er war wie ein Wasserfall glücklicher Erinnerungen und verwandelte ihre leicht melancholische Stimmung in Optimismus. Sie war dankbar dafür, dass ihre Zukunft hell vor ihr lag, obwohl sie vorhatte, allein zu leben. Ihre Absätze klickten leise auf dem schwarz-weiß gefliesten Marmorboden, den ihre Angestellten stündlich kehrten; Alex bestand darauf, dass nirgendwo Staub zu finden war. Sie blickte aus den zwei Reihen von Fenstern mit den kleinen Scheiben, die ihrem Hauptsitz ein viktorianisches Aussehen verliehen. Im Winter setzten sich die Schneeflocken in den Ecken fest. Der Nachmittag jetzt war zwar kühl, aber sie wusste, dass diese harten Monate hinter ihnen lagen. Allerdings war die Kälte gut für den Verkauf von Schokolade, rief sie sich ins Gedächtnis.

Alex lächelte die Kundin an, die von ihrer einzigen Angestellten bedient wurde. »Hallo, Mrs Bromley. Wie geht es Ihnen?« Unwillkürlich glitt ihr Blick zu den Vitrinen, um sich zu vergewissern, dass sie genügend von den Veilchencremepralinen vorrätig hatte, die Mrs Bromley besonders gerne aß. Stolz und glänzend standen sie da, ihre leicht gezuckerten Blütenblätter glitzerten in den strategisch platzierten Spiegeln, die die dunklen Holzvitrinen einrahmten.

»Guten Tag, Alex. Mir geht es sehr gut, danke. Ich war ein wenig erkältet, aber es geht mir wieder gut. Ich habe heute Ihre Mutter gesehen. Sie ist ungeheuer stolz auf Sie und Ihre Salons.«

»Zu Beginn musste sie erst davon überzeugt werden.« Alex blickte auf die Schokoladenschachtel, die mit einer roten Satinschleife verziert war. »Sehr hübsch, Elsie. Haben Sie auch unsere neuen Frühlingsrosenpralinen hineingetan?«

Elsie nickte lächelnd.

»Oh, ich bin froh, dass Sie sie probieren, Mrs Bromley. Es hat eine Weile gedauert, bis ich den Rosensirup richtig hinbekommen habe. Und die gezuckerten roten Rosenblätter bilden einen perfekten Kontrast zu den Veilchen.«

»Es ist so eine gute Idee von Ihnen, dass Sie frische Blumen verwenden, Alex. Ich muss gestehen, wenn ich eine Schachtel mit Ihren Pralinen bekomme, würde ich sie am liebsten nicht aufmachen. Die Verpackung mit diesem roten Band ist so exquisit. Diese hier schenke ich meiner Schwägerin. Sie betet Ihre Blumen-Fondants an, vor allem Rose und Veilchen.«

»Danke. Bestellen Sie ihr meine herzlichsten Grüße.«

Mrs Bromley bezahlte und verließ den Laden mit ihrem Päckchen.

»Diese Schleifen gelingen Ihnen immer besser, Elsie. Sie sind sehr viel ordentlicher als meine.«

»Ich habe es bei Ihnen gelernt, Miss Alex. Ich liebe meine Arbeit hier.«

»Nun, Sie können heute früher Feierabend machen. Ich schließe ab.«

»Sind Sie sicher? Ich bleibe gerne.«

»Nein, gehen Sie nur. Ich mache wahrscheinlich auch früher Schluss.«

»Na gut. Guten Abend, Miss Alex«, rief Elsie und legte ihre weiße Leinenschürze ab. »Ich schließe die Hintertür hinter mir ab.«

»Gute Nacht«, rief Alex. Sie seufzte zufrieden und überprüfte ihre Handschuhe. Sie würde sie mit nach Hause zum Waschen nehmen. Summend stellte sie die gepolsterten Schachteln aus Stoff ordentlich hin. Ihre Markenschachtel war oval und schwarz-weiß gestreift und mit einem violetten Seidenband darum – sie war reserviert für ihre teuersten Produkte, und die ovalen Schachteln waren absichtlich unordentlich auf den Regalen aufgetürmt, um ein schönes monochromes Bild zu erzielen, während die bunten Bänder in einer langen Kaskade schimmernder Farben an Haken hingen. Wenn man das Ladenlokal betrat, fühlte man sich in eine besondere Welt versetzt, in der Zeit keine Rolle spielte. Ihre Wahl der Innenausstattung hatte Alex selbst überrascht, aber die Pastelltöne, die heutzutage modern waren, passten nicht zur Atmosphäre, die sie für ihre Produkte schaffen wollte. Sie wollte die weiche Wärme, die nur das dunkle Holz hervorrief, das Alex für ihre Schränke bevorzugte. Zusammen mit den Spiegeln bildeten sie den Hintergrund für die leuchtenden Farben ihrer Bänder, der kristallisierten Blumen, dem mit Zucker bestäubten Konfekt und den mit glänzender Schokolade überzogenen Karamellen, Nougats und Fondants und betonten ihre glänzende Begehrlichkeit.

Weihnachten war ihre Lieblingszeit. Dann dekorierte sie den Salon in einem Farbenrausch, und ihr Tannenbaum im Fenster, behängt mit ihren speziellen handgefertigten Schokoladenengeln und Schneeflocken, wurde überall bewundert und sogar in der Zeitung erwähnt. Sie hoffte, irgendwann würden die Leute zu *Frobisher's* fahren, nur um die Schaufensterdekoration vor den Feiertagen zu sehen. Wenn sie eine Tradition daraus machen könnte, dachte Alex, dann würden sich die Verkäufe in der Weihnachtswoche vervierfachen.

Aber auch jetzt, wo Weihnachten noch weit entfernt war, konnte sie sich über ihr Geschäft und sein Potenzial, sich über ganz England auszubreiten, nicht beklagen. Harry wäre stolz … Und Matthew auch, musste sie sich eingestehen. Ihr früherer Ehemann hatte ihren Geschäftsträumen immer nur Erfolg gewünscht.

Sie blickte zur Decke, damit sie nicht in Tränen ausbrach, und machte sich dabei im Geiste eine Notiz, Elsie zu bitten, morgen die Kronleuchter und Wandleuchten abzustauben; es war zwar erst gestern gemacht worden, aber es zahlte sich aus, auf Sauberkeit zu achten. Die Kronleuchter warfen ein rosiges Licht in den Raum, das von den Spiegeln reflektiert wurde und die glänzende dunkle Schokolade schimmern ließ, aber im Licht sah man auch die winzigen Staubflusen, die mit den Kunden hereinkamen oder vom Boden aufgewirbelt wurden, wenn die Tür aufging. Alex überlegte, ob sie wohl eine neue Vitrine mit eingepackten Schokoladentafeln aufstellen sollte. In der Verpackung konnte sie die Geschichte von *Frobisher's* erzählen oder vielleicht über den Ursprung und die Herstellung von Schokolade berichten. Sie musste bei Gelegenheit darüber nachdenken, vor allem über ihre Idee, die Tafeln nicht flach zu gestalten, sondern sie »mundgerecht« zu formen … damit sie weiblich aussahen. Ein Gedanke kam ihr … vielleicht konnte sie bei einigen Tafeln eine Aushöhlung in der Mitte mit Fondant füllen … Pfefferminz, Orange, Erdbeere … die beliebtesten Geschmacksrichtungen. Sie grinste und gelobte sich, diese Idee am Sonntag, wenn der Laden geschlossen war und sie »spielen« konnte, wie sie es nannte, auszuprobieren.

Alex wickelte ein paar Bänder auf, die herumlagen, und räumte den Hauptverkaufstresen um die Kasse herum schon einmal für den nächsten Tag auf. Sie spähte aus dem Fenster, erwartete Nieselregen, aber der frühe Abend blieb trocken. Bald würden die Tage länger werden, und sie konnte den Laden länger offen halten. Der Frühling war mild in diesem Jahr; vielleicht konnte sie heute Abend sogar noch eine Runde auf Blackberry reiten, bevor Holly und Stan zum Abendessen kamen. Das Leben war schön; das musste sie sich immer ins Gedächtnis rufen. Sie durfte es einfach nicht zulassen, dass die Schatten ihre Stimmung beeinträchtigten und sie unglücklich machten. Es gab so vieles, auf das sie sich in geschäftlicher Hinsicht freuen konnte, und vielleicht musste das, was sie mit ihren Schokoladensalons erreichen konnte, ja genug sein.

Sie bückte sich hinter den Tresen, um einen Handschuh aufzuheben, den sie bereits vermisst hatte, als sie die Türglocke hörte. Ärgerlich über sich selbst, weil sie vergessen hatte, das »Geschlossen«-Schild aufzuhängen, richtete sie sich auf.

»Ich wollte gerade schließen«, sagte sie.

Eine zierliche Frau stand zögernd in der Tür. Ihre modische Kleidung zeugte vom Süden und war von exquisiter Qualität. Das frühlingsblaue Ensemble wirkte wie Pariser

Couture. »Oh, soll ich wieder gehen?«, fragte die Frau. Ja, sie war aus dem Süden, dachte Alex.

»Verzeihen Sie mir. Ich habe bestimmt sehr unhöflich geklungen. Ich habe gerade zusammengepackt, aber Sie können sich natürlich gerne eine Selektion aussuchen. Ich bin Alex Frobisher.«

»Die Eigentümerin?« Die Frau trat an den Tresen. Sie streifte ihre cremefarbenen Handschuhe ab und legte ihren Seidenschal in Creme- und Rosétönen ab. Sie roch nach teurem Parfüm.

Alex errötete. »Ja. Eine berufstätige Frau«, sagte sie. Im Vergleich zu der schönen Frau mit den blonden Haaren, die im neuesten Bob-Stil geschnitten waren, kam sie sich beinahe schäbig vor. Unwillkürlich fasste sie sich an ihre Haare und dachte verlegen, dass sie hinter der Zeit zurück war … Etwas, was man ihr früher nie hätte vorwerfen können. Aber Harry hatte sie gebeten, sich die Haare nicht abschneiden zu lassen.

Die Frau streckte ihre Hand aus. »Ich freue mich sehr, Sie endlich kennenzulernen, Alex.« Sie hatte eine formvollendete Aussprache, viel mehr als Alex, auch wenn sie damals bei *Rowntree's* so gelobt worden war. Aber in ihrer Haltung war nichts Hochnäsiges oder Herablassendes. Ihr Lächeln wirkte aufrichtig und erreichte ihre glänzenden runden Augen, die die Farbe eines Sommerhimmels hatten.

Alex blinzelte. »Entschuldigen Sie … sollte ich Sie kennen?«

»Nein. Wir sind uns noch nie begegnet.«

»Oh.« Alex blickte sie unsicher an. Das fröhliche Lächeln der Frau ließ jedoch nicht nach. »Ihre Frisur gefällt mir sehr gut«, sagte Alex. »Ich wollte meine auch immer kurz schneiden. Es wäre sehr viel einfacher bei der Arbeit.«

»Dann tun Sie es. Sie werden es nicht bedauern. Es befreit Sie nicht nur von all den lästigen Haarnadeln und Schmuckspangen, sondern Ihre wunderschönen dunklen Haare werden auch wie ein glänzender Helm um Ihren Kopf liegen. Meine Haare haben weder die richtige Struktur noch die richtige Farbe, aber mir gefällt die Form.«

Alex lächelte. »Ja, ich werde es wahrscheinlich tun.«

»Vielleicht gehen Sie am besten in London zum Friseur. Ich kann Ihnen den Namen meines Salons sagen, damit es perfekt geschnitten wird.«

»Danke.« Die Pause, die eintrat, war nur leicht verlegen, aber Alex fühlte sich trotzdem verpflichtet, sie zu füllen. »Und … äh, was kann ich für Sie tun?«

»Ich habe von Ihrem berühmten hohlen Herz gehört – ich dachte, ich lege vielleicht einen kleinen Brief hinein.«

»Ich wäre entzückt, eines für Sie fertigzustellen. Hier ist das Papier. Sie können nur eine oder auch beide Seiten beschreiben – es lässt sich leicht falten. Dann versiegele ich es und schweiße es für Sie ein.« Die Frau nahm den kleinen quadratischen Bogen Papier und wies auf den kleinen Tisch mit dem Stuhl daneben. Alex nickte. »Bleistifte liegen auf dem Tisch«, sagte sie. »Ich überprüfe rasch die Temperatur der Schokolade, um das Herz zu versiegeln. Ich bin gleich wieder da.«

Sie ließ die Frau ihren Brief schreiben und kehrte kurz darauf mit einem kleinen Topf geschmolzener Schokolade wieder zurück. »So, jetzt kann ich Ihren Brief im Herz versiegeln.«

»Danke«, sagte die Kundin und reichte ihr das gefaltete Stück Papier.

Alex legte es auf eine der Hälften, ergriff sie mit ihren behandschuhten Händen und träufelte Schokolade auf die Kante. Lächelnd blickte sie auf. »Das lassen wir jetzt einen Moment lang trocknen, und dann verpacke ich es für Sie.«

»Das ist so eine wundervolle Idee.«

»Ehrlich gesagt stammt sie nicht von mir«, gestand Alex. »Ein sehr guter Freund hat sie mir überlassen. Ich habe ihm nie richtig dafür danken können, und ich konnte ihm auch nie zeigen, wie gut seine Idee funktioniert.«

»Eines Tages werden Sie den Erfolg bestimmt gemeinsam genießen können.«

»Das ist ein wundervoller Gedanke, aber wir haben uns aus den Augen verloren.« Alex räusperte sich. Die andere Frau blickte sie aus ihren blauen Augen offen an. »Es ist zu viel Zeit vergangen«, fügte Alex hinzu. Plötzlich war sie verlegen. »Ich packe das Herz jetzt in Folie.« Mit großer Sorgfalt umhüllte sie das Herz mit der Goldfolie. Sie musste Holly auch das üben lassen, denn so wichtig das Versiegeln war, so war es doch die Verpackung, die jeder zuerst bewunderte, und es sollten keine Schokoladenflecken und keine unnötigen Falten auf dem glänzenden Papier sein.

»Nun, das Leben ist selten gewiss, und oft erlebt man Überraschungen. Vertrauen Sie auf Ihre Freundschaft.«

»Ich glaube, da bin ich nicht so optimistisch«, sagte Alex höflich.

»Oh, ich glaube, Sie und Harry werden sich ganz bestimmt wiederbegegnen.«

Alex wandte ihre volle Aufmerksamkeit ihrer Kundin zu. Überrascht hob sie die Augenbrauen. »W-wie …? Wer sind Sie?«, stammelte sie.

»Ich bin Bethany Blakeney.«

Alex Hand, in der sie das eingepackte Herz hielt, erstarrte.

»Verzeihen Sie mir, Alex – ich darf Sie doch Alex nennen? Ich wollte Sie wirklich nicht erschrecken, und ich sehe Ihnen an, dass ich genau das getan habe. Es gab keinen leichteren Weg, Sie kennenzulernen. Mir kam es am höflichsten vor, in den Salon zu kommen.«

Alex legte das Herz auf den Tresen, zog ihre Handschuhe aus und strich sich eine vorwitzige Haarsträhne hinters Ohr. Mit rauer Stimme sagte sie: »Warum sind Sie hier?«

»Ich wollte unter vier Augen mit Ihnen sprechen.«

Alex trat hinter dem Tresen hervor und ging an die Tür, um das »Geschlossen«-Schild umzudrehen. »Ich glaube, ich brauche frische Luft. Haben Sie Lust auf einen kleinen Spaziergang?«

»Eigentlich nicht, aber wenn Sie nicht zu schnell gehen, laufe ich gerne ein wenig.«

»Wir suchen uns eine Bank im Park. Er ist nur ein paar Schritte von hier entfernt. Es ist ein milder Abend.«

Bethany hatte keine Einwände, und die beiden Frauen verließen den Salon durch die Hintertür, um auf den gepflasterten Wegen von Davygate zu spazieren.

»Wir können den Weg durch diesen Durchgang abkürzen«, erklärte Alex. »Er ist nach dem Mann benannt, der König Stephen im zwölften Jahrhundert mit Speck belieferte«, fügte sie hinzu.

»Wie interessant«, bemerkte Bethany. Sie klang atemlos. »Sie müssen leider ein wenig langsamer gehen, Alex. Verzeihen Sie mir, aber ich bin nicht annähernd so sportlich wie Sie.«

Alex verlangsamte ihre Schritte und atmete tief durch, um ihre Nervosität in den Griff zu bekommen, aber sie konnte nichts dagegen tun, dass sich ihre Gedanken überschlugen, als würden sie in der Rassel eines Säuglings durcheinandergewirbelt.

Sie führte Bethany in den Botanischen Garten. »Die Überreste der ursprünglichen römischen Mauern verlaufen durch den Park«, sagte sie, um das verlegene Schweigen zu durchbrechen. »Äh, und dieser Turm ist zehneckig. Ich glaube, er wurde in den frühen Jahren der römischen Herrschaft für ein Katapult gebaut.«

»Faszinierend.«

»Das hier hat alles zur St. Mary's Abbey gehört«, fuhr Alex fort und zeigte auf die Ruinen des Benediktinerklosters. »Sie zerfiel, als Henry VIII. die Klöster auflöste.«

»Ah, jetzt fällt mir wieder ein, was ich im Geschichtsunterricht gelernt habe.«

»Entschuldigung … sollen wir uns dort drüben hinsetzen?«

»Ja, da bekommen wir die letzten Sonnenstrahlen des Tages ab«, stimmte Bethany zu.

In einträchtigem Schweigen saßen sie auf der Bank und beobachteten die Leute, die vorbeikamen.

Schließlich sagte Bethany: »Harry hat mir von Ihnen erzählt.«

Alex schluckte. »Was hat er gesagt?«

Ihre Begleiterin blickte auf ihre Handschuhe. »Alles, was es zu sagen gab über die einzige Frau, die er jemals geliebt hat.«

Alex keuchte und wandte sich zu Bethany, um ihr eine Erklärung zu geben, aber Bethany legte den Finger auf ihre Lippen. »Alex, ich bin nicht hierhergekommen, um Ihnen Vorwürfe zu machen. Ich bin hier, um Ihnen etwas zu sagen, das Sie unbedingt wissen müssen.«

Alex atmete aus. »Fahren Sie fort.«

»Danke. Ich kann es leider nicht elegant formulieren, deshalb müssen Sie mir verzeihen, wie unverblümt es klingt.«

Alex musterte Bethany. Innerlich errötete sie bei dem Gedanken, dass sie sie jemals hassenswert gefunden hatte. Bethany sah aus wie eine kostbare Porzellanpuppe, von zierlicher Statur, mit einem Teint wie Milch und Honig. Ihre Augen waren ausdrucksvoll und aufmerksam, als ob sie nie einen Moment des Lebens verpassen wollte. Sie konnte sich vorstellen, dass Harry neben ihr aussah wie ein mächtiger Bär, und neben Bethanys zierlicher Figur kam sie sich mit ihren großen Füßen und langen Beinen vor wie eine Amazone. »Wissen Sie, Alex, ich sterbe.«

Alex zog zischend die Luft ein und blickte ihre Begleiterin erschreckt an.

»Ich weiß es schon seit einer ganzen Weile.«

»Weiß Harry …?«

»Ja. Ich habe es ihm an dem Tag gesagt, als er wieder nach Hause kam. Er wirkte geistesabwesend und sehr traurig. Seine Mutter, Ellenor, führte es auf die schrecklichen Dinge zurück, die er im Krieg gesehen hatte, und dann hatte er ja auch noch die Gefallenen geborgen. Da würde jeder sich so trübe fühlen, versicherte sie mir. Aber ich kenne Harry seit meiner Kindheit; genauso lange liebe ich ihn schon, und ich denke, ich verstehe ihn besser als die meisten anderen. Ich wusste einfach, dass sich in seinem Herzen etwas geändert hatte. Ich konnte es nicht ertragen, ihn zu verlieren, Alex, ich war doch endlich …« Ihre Stimme brach.

Alex ergriff Bethanys Hand. »Ich verstehe. Harry und ich wussten immer schon, dass wir nicht zusammen sein konnten.«

»Nein, warten Sie. Sie müssen die ganze Geschichte hören. Ich weiß, dass Sie zu Besuch gekommen sind. Ich glaube, Ellenor wollte es mir eigentlich nicht erzählen, aber sie hatte Angst, dass man im Ort reden und ich vielleicht von dem Klatsch erfahren würde.«

Alex versuchte erst gar nicht zu widersprechen; jetzt zu lügen wäre feige gewesen.

»Ellenor hat wohl erwähnt, wie eilig es Harry hatte, mich zu heiraten. Ich versuchte, ihn wie geplant bis Februar hinzuhalten, aber er wollte nichts davon wissen.«

»Es tut mir leid.«

»Das braucht es nicht. Seine Hast hatte nichts damit zu tun, dass er Sie vergessen wollte, Alex.« Lächelnd drückte sie Alex' Hand. »Er kann Sie nicht vergessen. Sie sind Tag und Nacht bei unserem Leben dabei, auch wenn er es gut versteckt und mir nie das Gefühl gibt, mich zu ignorieren. Er ist lustig und liebevoll, und ich verzeihe ihm, dass er insgeheim Sie liebt, Alex, weil ich ihn so sehr liebe …«

»Bitte, Bethany, nicht.«

Sie nickte. »Glauben Sie mir, er hat Sie nicht vergessen. Er hat mich so schnell geheiratet, weil ich ihm von meiner Krankheit erzählt habe. Die Ärzte nennen es malignes Neoplasma … Einfacher ausgedrückt, es ist Krebs. Und er bringt mich um. Ich leide schon seit zwei Jahren daran, und ich fürchte, ich werde dieses Jahr nicht überleben. Deshalb wollte ich Sie vorher noch sehen … Nun, bevor das Reisen für mich zu mühsam wird, sagen wir besser.«

»Bethany«, hauchte Alex. »Es tut mir so leid.« Sie wusste nicht, was sie sagen sollte. Alle Worte klangen so bedeutungslos.

Ihre Begleiterin zuckte mit den Schultern. »Ich werde meine Energie nicht damit verschwenden, dagegen anzukämpfen. Die Ärzte haben mir klargemacht, dass ich den Kampf nicht gewinnen kann, deshalb nutze ich die Zeit, um meine Angelegenheiten in Ordnung zu bringen.« Sie kicherte. »Und die meines Ehemanns.«

Alex brauchte einen Moment, bis sie Bethanys Scherz verstand. Sie konnte jedoch in ihr Lachen nicht einstimmen.

»Und dabei ist mein größter Wunsch, dass Harry nach meinem Tod so glücklich ist, wie er nur sein kann. Ich will nicht, dass er ein Leben als trauernder Ehemann führt, wenn sein Herz für eine andere schlägt.«

Alex hatte seit fünfzehn Monaten nicht geweint, aber jetzt traten ihr Tränen in die Augen.

»Weinen Sie nicht um meinetwillen, Alex. Ich habe das noch niemandem erzählt, aber wenn ich die Wahl hätte, jetzt im Alter von dreißig Jahren, verheiratet mit dem Mann, den ich geliebt habe, seit ich alt genug war, Jungen von Mädchen zu unterscheiden, oder bis ins hohe Alter zu leben, ohne ihn gekannt zu haben oder, schlimmer noch, ihn mit einer anderen erlebt zu haben, dann sterbe ich lieber früh. Ich war gerne Mrs Blakeney, und angesichts der Tatsache, dass wir keine Kinder haben – keine haben konnten –, kann vielleicht eine andere Mrs Blakeney Ellenor die Enkel schenken, nach denen sie sich sehnt, und Harry die Liebe finden, die er sich versagt hat.«

»Sie sind eine erstaunliche Frau, Bethany. Ich empfinde nur Bewunderung für Ihre Haltung.«

Bethany strahlte sie an. »Danke.«

»Woher wissen Sie denn, ob Harry mich überhaupt will? Unsere letzten Worte waren hart. Ich habe ihm etwas Schreckliches vorgeworfen, und es ist schon so lange her.«

»Nun, liebe Alex, ich kann Ihnen sagen, ich habe Harry nie weinen sehen; nicht in der Kindheit, als sein Vater starb, noch nicht einmal, als unser geliebter Edward starb. Er nahm alles stoisch hin. Aber als er Ihren Brief las, kamen ihm die Tränen. Er war ebenso geschockt darüber wie ich, aber er ließ mich den Brief lesen, die Sache mit Kitty, und ich glaube, Sie haben ihm das Herz gebrochen, als er es erfuhr.«

Alex schlug sich die Hand vor den Mund, um nicht in lautes Schluchzen auszubrechen. »Ich fand es schrecklich, dass er es nicht wusste, ich wollte nicht, dass er sich betrogen fühlte. Es war schlimm genug, dass er glaubte, ich dächte schlecht von ihm, als er ging.«

»Nun, auf jeden Fall ist mir da die volle Wucht von Harrys Gefühlen für Sie klar geworden, aber trotz seiner Aufrichtigkeit konnte er mir nicht vermitteln, wie tief er Sie liebte. Sie können ihn allerdings jetzt noch nicht haben. Ich brauche ihn, und ich liebe ihn. Ich werde ihn Ihnen nicht mehr sehr lange vorenthalten, doch es bleibt Harry überlassen, wann er Sie aufsucht, wenn er frei ist.«

Alex schluckte die Tränen herunter, die ihr in der Kehle saßen. »Sie sind so tapfer.«

»Nein, ich liebe, und ich habe das Gefühl, ein gesegnetes Leben geführt zu haben, weil ich mit Harry zusammen bin. Ich mache mir nichts vor, ich weiß, dass meine Liebe einseitig ist, aber wir waren nicht unglücklich.«

»Das freut mich.«

»Aber Sie sind unglücklich – das sehe ich in Ihren Augen –, und das bestätigt mich in meiner Reise in den Norden, um Ihnen mein Geheimnis mitzuteilen. Harry weiß nicht, dass ich hier bin. Er glaubt, ich sei zur Kur in Harrogate. Zudem weiß Ellenor nichts von meiner Krankheit, und das soll auch so bleiben.«

»Ihre Geheimnisse sind bei mir sicher.«

»Ich verlasse Sie jetzt, Alex. Dieser Besuch hat mich erschöpft.«

»Kann ich Sie in Ihre Unterkunft begleiten?«

»Nein, meine Liebe. Ich nehme mir eine Droschke und fahre direkt zum Bahnhof. Es gibt einen Abendzug nach London. Um neun kann ich schon wieder in den Armen meines Mannes liegen, da Harry mich am Bahnhof abholen kommt. Ich möchte jetzt jeden Augenblick mit ihm gemeinsam verbringen.«

»Was ist mit Ihrem Schokoladenherzen?«

»Das ist für Sie, Alex.« Bethany stand auf, umarmte sie und hauchte ihr einen Kuss auf die Wange. »Keine Tränen mehr. Machen Sie ihn stolz mit ihren Salons.«

Und dann war sie weg, eine elegante Gestalt, so zierlich, dass die Sträucher am Weg sie bald schon verschluckten. Nur noch ihr Parfüm hing in der Luft – ein Hauch Vanille und ein holziger Moschusduft mit einer rauchigen Note, die sie als *Tabac Blond* aus dem Haus Caron erkannte, eines ihrer Lieblingsparfüms.

Sie kehrte in den Salon zurück und setzte sich an den Verkaufstresen. Das eingepackte Herz lag vor ihr. Sie empfand gemischte Gefühle: Halb bewunderte sie Bethanys Edelmut, halb entsetzte sie das, was sie von ihr erfahren hatte.

Aber es hatte keinen Zweck, der Wahrheit auszuweichen. Sie zerbrach das Herz. Die Schokolade knackte köstlich unter ihren Fingern. Genau so sollte frische, gut gemachte Schokolade klingen. Alex nahm den Brief heraus und holte tief Luft, bevor sie ihn las.

Liebe Alex – oder sollte ich sagen Kitty?

Ich freue mich sehr, dass wir uns endlich kennengelernt haben. Nach unserem Gespräch heute gibt es gewiss für mich nur noch zu sagen, dass Sie nicht zulassen sollten, dass die Liebe Ihnen entgleitet. Manchmal ist es einfacher, sich mit der Einsamkeit und ihrem Kummer abzufinden, als sie zu bekämpfen, aber wenn in meinem Herzen die Hoffnung auf Harry nicht immer weitergelodert hätte, hätte ich nie das Glück erlebt, seine Frau zu sein. Er war ein treuer, liebevoller Ehemann, aber ich weiß, dass sein Herz einer anderen gehört. Ich will, dass er nach meinem Ableben die gleiche Freude empfindet, die ich empfunden habe, und mir ist klar, dass er das nur mit Ihnen kann. Also, meine Freundin – und ich bin sicher, dass wir heute Abend Freundinnen sind –, lassen Sie Stolz, Enttäuschung und die Vergangenheit hinter sich und umarmen Sie die Zukunft und das Glück in den Armen des Mannes, der nie aufgehört hat, Sie zu lieben.

Ich wünsche Ihnen gemeinsame Jahre voller Liebe und Lachen.

Denken Sie freundlich an mich. Bethany x

Alex fragte sich, ob sie wohl jemals mit Bethanys Großmut würde mithalten können. Sie legte den Brief ihrer früheren Widersacherin zu ihren Scheidungsdokumenten in den Safe, und als der Messinggriff mit einem Klicken zuging, fühlte sie, dass sie ihre Vergangenheit abgeschlossen hatte. Es war, als hätte sie die ersten sechsundzwanzig Jahre ihres Lebens nur geübt, Wissen und Erfahrung gesammelt, um mit Feindseligkeit und Zurückweisung umgehen zu können.

Wenn Bethany ihrem bevorstehenden Tod so gelassen und großmütig entgegensehen konnte, dann würde auch sie kein Hindernis auf ihrem Weg dulden. Sie würde Geschäftsfrauen den Weg ebnen in diesem neuen Abschnitt ihres Lebens, in dem Großbritannien in ein neues Jahrzehnt eintrat, eine Ära voller Frieden und Wohlstand.

Harry würde in dieser Zukunft bei ihr sein, und sie würde diesen neuen Lebensabschnitt mit einer edlen neuen Schokolade kennzeichnen, in der alles Frühere enthalten war. Sie begann sie aufzuzeichnen, um die Inspiration dieses Augenblicks festzuhalten. Sie würde aus dunkler Schokolade bestehen, dekadent gesüßt mit einer dunkel gekochten Karamellmasse, und aus Trotz all denen gegenüber, die ihr Kummer verursacht hatten, würde sie Salz in die Karamellmasse geben.

Die Kunden würden schockiert und begeistert sein.

Und während sie ihr Rezept und den Entwurf zu Papier brachte, wusste Alex Frobisher, dass sie nie wieder den Geschmack salziger Tränen fürchten musste.

Epilog

September 1921

Die Beerdigung von Bethany hatte in den letzten Märztagen stattgefunden. Tauwetter hatte eingesetzt, und der vorher gefrorene Boden war von den ersten Sonnenstrahlen gewärmt worden. Sie kämpfte gegen ihre Krankheit und hielt länger am Leben fest, als diejenigen, die sie liebten, zu hoffen gewagt hatten. Sie hatte nicht nur das Jahr vorher überstanden, sondern auch noch den Geburtstag ihres Mannes im Januar feiern können und sogar ihren eigenen im Februar. Kurz vor dem Ende, als alle spürten, dass ihre Tage gezählt waren, hatte sie noch mit Harry gescherzt, dass die Götter der Unterwelt sich so lange gedulden müssten, bis sie es für richtig hielt, den letzten Atemzug zu tun. Persephone, die Königin der Toten, kam zu Bethany in den frühen Morgenstunden eines Frühlingstages, kurz bevor die Dämmerung einsetzte. Flüsternd hieß sie sie willkommen, ergriff ihre Hand und stahl sich aus der Umarmung ihres Mannes, der sie fest im Arm gehalten hatte, seit sie eine Stunde zuvor beide plötzlich wach geworden waren.

Harry erinnerte sich, wie Bethany ihn schläfrig angelächelt hatte, ihre blauen Augen dunkel und glänzend in dem schwachen Lichtschein von der Lampe, die in einer Ecke des Schlafzimmers ständig brannte.

»Geht es dir gut?«, hatte er gemurmelt und die Arme um sie geschlungen.

»Jetzt ja.« Sie hatte sich an ihn gekuschelt. »Ich habe keine Angst.«

»Beth …«, hatte er angesetzt, weil er an ihrem Tonfall hörte, dass sie nicht mehr im Halbschlaf war.

»Schscht, Harry … Ich habe keine Schmerzen«, versicherte sie ihm und streichelte ihm übers Gesicht, während sie sich noch fest an ihn drückte. »Genau hier will ich sein … Und dich mit meinem letzten Atemzug einatmen.«

»Was kann ich …«

Wieder brachte sie ihn zum Schweigen. »Nichts. Du hast alles getan, was ich brauche. Ich habe alles, was ich mir jemals gewünscht habe, und ich schwöre dir, dass ich diese Reise unbeschwert antrete. Bleib nur hier bei mir liegen, bis ich nicht mehr atme.«

Harry fühlte ein schuldbewusstes Schluchzen in seiner Kehle aufsteigen; bebend brach es sich Bahn.

»Nicht, Harry, mein Liebling. Du hast keinen Grund zu weinen, das schwöre ich dir. Du hast mich so glücklich gemacht. Und jetzt hast du die Chance, glücklich zu sein.«

»Es tut mir leid, dass es nie perfekt war, Beth«, stieß er hervor. Er musste die Wahrheit gestehen, die zwischen ihnen stand. Es schien ihm wichtig, die Worte laut auszusprechen in diesem brutalen Augenblick, als der Tod zu ihr trat.

»Dich trifft keine Schuld«, sagte sie sanft in ihrer großzügigen Art. »Ich habe dieses Leben gewählt, und ich wusste, dass es nie perfekt sein würde, aber du wirst keine Klage von mir hören.« Ihre Brust hob und senkte sich, und Harry kämpfte damit, sie nicht spüren zu lassen, wie traurig er war.

Harry dachte an Matthew Britten-Jones. Auch er hatte diesen Drahtseilakt vollführt zwischen der Person, die er über alles liebte, und der, die er nur gerne mochte. Und deshalb würde ihn von jetzt an dunkle, schwere Schuld begleiten, wenn die Frau in seinen Armen gegangen war. Sie hatte einen Mann verdient, der sie anbetete, und nicht diesen pflichtbewussten Ehemann.

»Ich weiß, was du denkst, Harry, und ich will, dass du damit aufhörst. Denk auch nicht nur einen Augenblick lang, dass ich nicht meine eigenen Entscheidungen getroffen habe. Für mich zählte nur die Liebe zu dir, und mein Herz wollte dich, nur dich. Du hast mir keinen Grund zur Klage gegeben, ich habe immer nur gefühlt, wie gern du mich hast. Hör auf mit den Schuldgefühlen. Ich gehe von dir, und jetzt darfst du egoistisch sein. Hol dir dein Herz von der Frau, die es besitzt … Und sag ihr, sie kann es nur behalten, wenn sie die nächste Mrs Blakeney wird und dich liebt, bis dass der Tod euch scheidet … Sie soll das Gleiche schwören, was ich geschworen habe.«

»Nicht, Beth«, flehte er.

»Das ist mein Wunsch, Harry.« Sie klang auf einmal so schwach, ihre Stimme war nur noch ein Wispern.

Harry beugte sich über sie, um seine Frau ein letztes Mal in der Wärme des Lebens zu küssen. Es war ein zärtlicher Kuss, und er sprach von Freundschaft und Respekt, vor allem aber von Dankbarkeit.

Als er sich von ihr löste, öffnete sie die Augen nicht. »Ich wünschte, jeder könnte mit so einem köstlichen Lebewohl aus dem Leben scheiden«, flüsterte sie und tat ihren letzten Atemzug.

Harry saß am gleichen Tisch im *King's-Cross*-Bahnhof wie auf seiner ersten Fahrt nach York. Damals war er vor seiner Pflicht Bethany gegenüber davongerannt; jetzt floh er sowohl vor all den wohlmeinenden Beileidsbekundungen für ihr Dahinscheiden als auch vor seinem Versprechen, das er ihr gegeben hatte. Wieder fuhr er nach Norden; seit ihrer Beerdigung waren mehr als sechs Monate vergangen.

Bei der Trauerfeier in der *St. Nicholas' Church* in Brighton hatte sich ihre Familie auf dem westlichen Teil des Friedhofs versammelt, auf dem sich auch eine Terrasse mit Steingewölben aus der Tudorzeit befand. Den Porters gehörte eines dieser abgelegenen Gewölbe, aber sie hatten gehofft, es viele Jahrzehnte lang nicht zu brauchen. Sie zeigten ihr Entsetzen über den Tod ihrer Tochter, indem sie darauf bestanden, dass die Beerdigung nur im kleinsten Kreis stattfand und sich auf sie beide und die beiden überlebenden Blakeneys beschränkte.

Es war Bethanys Wunsch gewesen, in dem exquisiten, doch bescheidenen Hochzeitskleid aus ecrufarbener Seide von Eden Valentine beerdigt zu werden, das sie im Winter 1919 mit solcher Freude getragen hatte.

Harry ließ sich seinen inneren Aufruhr nicht anmerken, sein Kummer mischte sich mit den Schuldgefühlen, die ihn in den Tagen vor der Beerdigung peinigten. Er verdeckte es mit distanzierter Haltung und düsterer Miene, als er ein Bouquet aus weißen Iris, Maiglöckchen, Veilchen, Freesien und Schneeglöckchen auf ihren polierten hellbraunen Sarg legte. Er war als Letzter ans Grab getreten und hatte, die Hand auf dem Sarg, ein paar Worte geflüstert, die niemand mitbekam, bevor er wieder zu den anderen Trauernden trat, um seiner immer noch unter Schock stehenden, aber gefassten Mutter tröstend den Arm um die schmalen Schultern zu legen.

Harry merkte, dass er tief in Gedanken über die vergangenen Monate versunken gewesen war, und erst als jemand ihn streifte und aus Versehen gegen seinen Ellbogen schlug, kehrte er wieder in die Realität zurück.

»Ich bitte vielmals um Entschuldigung«, sagte die Frau und warf ihm einen kurzen Blick zu.

»Keine Ursache«, erwiderte Harry mit höflichem Lächeln, das aufrichtig wurde, weil ihn die Frau entfernt an Alex erinnerte. Es mochte an ihrer Haltung liegen oder auch an ihren dunklen Haaren. Unwillkürlich fragte er sich, ob Alex sie hatte abschneiden lassen. Er wusste, dass sie erfahren hatte, wer hinter Matthews Flucht steckte; Matthew hatte ihm geschrieben und ihm alles erklärt. Sie wusste auch von seiner überstürzten Heirat mit Bethany, ebenso wie von ihrem Schicksal, aber er hatte sich trotzdem von ihr ferngehalten. Er hatte weder geschrieben noch zum Telefonhörer gegriffen, um ihre Stimme zu hören, vor allem nicht nach der Lektüre ihres Briefes, den sie bei ihrem Besuch in *Ockenden* geschrieben hatte. Das war ihm wichtig erschienen, um Bethany treu zu bleiben, um das Versprechen zu halten, das er gegeben hatte, und obwohl jeder Tag fern von Alex geschmerzt hatte wie eine alte Wunde, die nicht heilen wollte, hatte der Schmerz doch nachgelassen. Nur sein Verlangen nach ihr nicht.

Und jetzt war es Zeit. Bethany hatte recht gehabt, und sie hatte ihm die Erlaubnis gegeben, die er brauchte, um die Ruhe zu suchen, die seine ruhelose Seele brauchte. Nur bei Alex würde er wahrhaft Frieden finden – sie waren füreinander bestimmt … Zwei Hälften, die einander brauchten, um ein Ganzes zu sein.

Würde sie ihn am Bahnhof erwarten? Sie waren lange getrennt gewesen, und vielleicht war die Stimmung zwischen ihnen verlegen – darauf war er vorbereitet –, aber tief im Inneren hoffte er, dass sie einfach die Trennung und ihren unguten Abschied ignorieren würde. Er hatte ihr gestern Abend ein Telegramm geschickt. Wenn sie nicht in York am Bahnhof stehen und aufgeregt nach ihm Ausschau halten würde, hätte er seine Antwort.

»Sei da, Alex«, murmelte er, und als er zum Zug ging, begann er zu träumen, wie sie aus der Dampfwolke auf dem Bahnsteig auftauchte, auf ihn zurannte und sich in seine Arme warf.

»Du musst Kitty sein«, würde er lächelnd murmeln. Und endlich würde alles gut sein.

Danksagung

Meine Romane schreibe ich nie nur einfach so herunter; sie beginnen vielleicht in meiner Fantasie, aber die Zahl der Menschen, die an diesen Büchern beteiligt sind, wird mit jeder Neuerscheinung größer.

Die historische Recherche nimmt viel Kopfarbeit und Zeit in Anspruch. Beiträge kommen von überallher, oft aus den unwahrscheinlichsten Quellen. Für *Der Schokoladensalon* haben mir drei brillante Historiker – Experten auf ihrem Gebiet – geholfen, das richtige Ortsgefühl für diese Geschichte zu entwickeln.

Zuerst möchte ich Dr. Alex Hutchinson danken, der Kuratorin und Leiterin der Archive von Nestlé in York, England. Ein Großteil der Schokoladengeschichte, die ich um meine Charaktere herum gebaut habe, verdanke ich ihrer Expertise. Wir haben ein paar Tage zusammen verbracht – in denen wir viel gelacht haben, weil wir uns auf Anhieb so gut verstanden –, die Straßen von York erkundet und uns durch die Archive gewühlt, wo ich das Privileg hatte, die Original-Schokoladendose in der Hand zu halten, die diese Geschichte inspiriert hat, und im Handbuch für die Fremdenführer lesen zu dürfen, die 1915 Besichtigungen in der Rowntree-Fabrik durchgeführt haben. Alex wusste unermesslich viel darüber, und es gab keine Frage, die sie mir nicht beantwortet hat. Ich kann ihr nicht genug danken. Sie hat mit ihrem Respekt einflößenden, scharfen Verstand sofort begriffen, was ich mit dieser Geschichte machen wollte, und sie war eine großartige Gesellschaft. Lieben Dank, Alex, meine neue Freundin.

Ein alter Freund mit brillantem Verstand ist Simon Godly, der mich schon bei *The Perfumer's Secret* durch die Schlachtfelder von Nordfrankreich geführt hat. Für diese Geschichte hat er mich für meinen armen gefallenen Soldaten aus England mit der Gegend um Fromelles bekannt gemacht. Simon erklärte mir auch, wie die Schokoladendose aus York Tom Fletcher erreicht hat, und wie der Suchtrupp vorgegangen ist, der unter der Leitung von Captain Harry Blake Tom schließlich gefunden hat. Die Energie, mit der er meine Geschichten betreut, ist ansteckend, und er leistet Großartiges, um Schlachten, militärische Einheiten und die Gefallenen in verschiedenen Ereignissen und durch Spenden zu würdigen und Besucher aus der ganzen Welt herumzuführen. Danke, Simon.

Ein weiterer zuverlässiger Helfer ist Brian Halford, dessen großes Wissen über das Eisenbahnnetz in Südengland mich immer wieder beeindruckt und fasziniert. Er hat mir genauestens beschrieben, wie das Ticket aussah, das meine Figur an einem bestimmten Tag, Monat und Jahr auf ihrer Reise erworben hat. Natürlich wandte ich mich wieder einmal an ihn, als ich seine Hilfe für die wichtige Reise mit der Dampflok nach Cuckfield in Sussex brauchte. Wie üblich wusste er alles, was ich brauchte, um diese Reise von London aus für die Leser zum Leben zu erwecken. Danke, Brian.

Ich habe mir einige Freiheiten genommen – mein Privileg als Autorin von Romanen –, aber da ich mich im Großen und Ganzen auf geschichtliche Genauigkeit verlasse, kann ich gestehen, dass ich ein bisschen mit dem Stadtplan von York um 1915 gespielt habe. Ich gebe auch zu, dass *Ockenden Manor* in Sussex nie einer Familie mit dem Namen Blakeney gehört hat und heutzutage ein bekanntes Hotel ist. In der Zeit der Geschichte wurde es als Schule genutzt.

Lassen Sie mich hinzufügen, dass Frauen damals nicht dazu ermutigt wurden zu arbeiten, sobald sie verheiratet waren; das galt nicht nur für die Schokoladenfabriken in Nordengland, sondern war eine Tatsache in der gesamten damaligen Arbeitswelt. Ich musste jedoch Alex Frobisher eine Aufgabe geben, obwohl sie verlobt und später dann frisch verheiratet war, deshalb kamen Dr. Hutchinson und ich auf die Idee mit dem Job als Fremdenführerin in der Fabrik (der sich leicht von den üblichen Jobs in der Fabrik unterscheidet, deren Regeln hart und unveränderlich waren). Aber ich denke, diese Freiheit steht mir zu!

Meine Recherchen führten mich nach Frankreich, um mehr über die Schlachtfelder zu erfahren, und zweimal nach York, um alles richtig darzustellen. Was für eine großartige Stadt! Ich habe großen Respekt vor den Quäkern entwickelt, die im Wesentlichen die kommerziellen Schokoladeimperien in England und viele berühmte Pralinenmarken aufgebaut haben. Es ist ein faszinierendes Studiengebiet – das auch noch Spaß macht!

Wegen der Schokolade reiste ich natürlich auch durch Europa und ging in Brüssel, in der Schweiz und in Frankreich auf die Jagd für meine Geschichte. Letztendlich führte sie mich nach York, aber das, was ich an all diesen Orten über die Geschichte des Kakaos und seiner kommerziellen Entwicklung zu Schokolade gelernt habe, war im wahrsten Sinn des Wortes köstlich, zumal es überall etwas zu probieren gab. Danke an Visit Britain und das Team in York, die mir bei meiner ersten Reise geholfen haben, Dr. Alex Hutchinson zu finden und festzustellen, dass die Geschichte wirklich in dieser prächtigen Stadt spielen musste. York wurde von den Wikingern und von römischen Legionären erobert. Im Mittelalter, in der Zeit von Heinrich VIII., war York eine blühende, von einer Stadtmauer umgebene Stadt. Ein weiterer Sohn der Stadt ist der berüchtigte Guy Fawkes, was nur noch zum Reiz der Stadt beiträgt. Bitte fahren Sie hin und schauen Sie sich die Stadt an!

Dankbar bin ich Penguin Random House und meiner treuen Verlagsmannschaft, besonders Ali Watts, die zusammen mit meiner freiberuflichen Lektorin Saskia Adams jede Geschichte eng begleitet. Nie weit entfernt sind die wundervolle Lou Ryan, Rhian Davies und Ben Ball, und die weitere Familie, zu der Heidi Camilleri, Karen Reid, Nikki Christer und dieses fabelhafte Vertriebsteam gehören.

Pip Klimentou, der treue Leser meiner ersten Fassung, und Sonya Caddy, die nach uns liest – ich danke euch, ebenso wie dem besten, warmherzigsten, wundervollsten treuen Publikum, das sich ein Autor nur wünschen kann. Auch Australiens Buchhändlern gilt mein Dank; nirgendwo auf der Welt findet man engagiertere, großzügigere und loyalere Unterstützer von einheimischen Autoren.

Wie immer wurde das Schreiben des Buchs unauffällig von der Familie der Autorin unterstützt – besonders von einem Familienmitglied, das die schwersten Aufgaben übernommen hat, von der Hausarbeit bis hin zum Lesen des ersten Entwurfs. Danke, Ian, du bist mein Fels in der Brandung. Und Will und Jack … mir fehlt jetzt schon euer Lachen. Viel Glück, Jungs, in eurem neuen Leben außerhalb des Nests. Ich kann es noch gar nicht fassen, wie aufgeräumt unser Zuhause dieser Tage ist und wie viel Essen sich im Kühlschrank befindet!

Fx